P9-AFX-164
2457

Children and
Commission

Ciudad veintisiete

Jonathan Franzen

Ciudad veintisiete

Traducción de Luis Murillo Fort

ALFAGUARA

Título original: The Twenty-Seventh City

2003, Santillana Ediciones Generales, S. L.
Torrelaguna, 60. 28043 Madrid
Teléfono 91 744 90 60
Telefax 91 744 92 24
www.alfaguara.com

ISBN: 84-204-6527-5
Depósito legal: M. 52.710-2002
Impreso en España - Printed in Spain

Diseño:
Proyecto de Enric Satué

Esta historia está situada en un año que podría ser 1984 y en un lugar muy parecido a St. Louis. Muchas obras públicas existentes, actitudes políticas y productos son atribuidos a diversos personajes y grupos; no hay que confundir a éstos con ninguna persona ni organización real. La vida y las opiniones de los personajes son por completo imaginarias.

Para mis padres

1.

El jefe del Departamento de Policía de St. Louis, William O'Connell, anunció su retirada a primeros de junio, y la junta de comisarios, dejando de lado a los candidatos propuestos por los dirigentes políticos de la ciudad, la comunidad negra, la prensa, la asociación de agentes de policía y el gobernador de Missouri, eligió a una mujer, con experiencia en la policía de Bombay (India), para cubrir por cinco años el puesto vacante. La ciudad quedó consternada, pero la mujer —una tal S. Jammu— tomó posesión del cargo antes de que nadie pudiera impedírselo.

Esto fue el 1 de agosto. El 4 de agosto, el subcontinente indio volvía a ser primera noticia en la ciudad a raíz del matrimonio entre el soltero más codiciado de St. Louis y una princesa de Bombay. El novio era Sidney Hammaker, presidente de la Hammaker Brewing Company, el buque insignia industrial de la ciudad. Según los rumores, la novia era inmensamente rica. Las crónicas de la prensa local se hicieron eco de los informes que afirmaban que la princesa poseía un medallón de diamantes asegurado en once millones de dólares, y que había traído consigo un séquito de dieciocho sirvientes al trasladarse a la finca Hammaker, en la vecina localidad de Ladue. Los fuegos artificiales que culminaron la ceremonia nupcial cubrieron de pavesas todos los jardines en kilómetros a la redonda.

Todo empezó una semana después. Una familia india de diez miembros fue vista en una isleta de tráfico a una manzana al este del Cervantes Convention Center. Las mujeres vestían sari, los hombres traje oscuro, los niños pantalón corto y camiseta estampada. Todos ellos dejaban ver expresiones de disgusto controlado.

Hacia primeros de septiembre, escenas como ésta se habían convertido ya en un elemento más del paisaje urbano.

Había indios paseándose sin motivo aparente por el puente que une Dillard's y el St. Louis Centre. Se los vio extender mantas en el estacionamiento del museo de arte y prepararse un almuerzo caliente en un fogoncito portátil, jugar a las cartas en la acera delante del National Bowling Hall of Fame, visitar casas en venta en la zona de Kirkwood y Sunset Hills, sacarse fotos frente a la estación de Amtrak, en el centro, y congregarse en torno a la capota levantada de un Delta 88 parado en el arcén de la Forest Park Parkway. Los niños, invariablemente, parecían bien educados.

Por las mismas fechas se producía otra visita oriental, más familiar, a St. Louis, la del Profeta con Velo de Khorassan. Un grupo de empresarios había inventado al profeta en el siglo XIX a fin de conseguir fondos para causas loables. Año tras año volvía a St. Louis y se encarnaba en un miembro distinto de las fuerzas vivas cuya identidad era siempre un secreto celosamente guardado, y con sus misterios no confesionales el profeta aportaba un divertido glamour a la ciudad. Estaba escrito:

Y en ese trono, al que los ciegos creen
que millones de personas lo elevaron,
estaba el Profeta, el Gran Mokanna.
Su rostro estaba cubierto por el Velo, el Velo de Plata,
que él había tenido a bien ponerse,
a fin de ocultar su frente deslumbrante
a la vista de los mortales,
hasta que el hombre pudiera soportar su luz.

En septiembre llovió sólo una vez, el día del desfile del Profeta con Velo. El agua entraba a raudales por la campana de las tubas de las bandas callejeras, los trompetistas experimentaban dificultades con la embocadura. Los pompones languidecían, tiñendo las manos de las muchachas, que acababan ensuciándose la frente cuando se apartaban el pelo. Varias carrozas se vinieron abajo con el aguacero.

La noche del baile del Profeta con Velo, que era el principal evento social del año, el vendaval abatió cables de electricidad en varias zonas de la urbe. En la sala Khorassan del hotel Plaza de Chase-Park, concluía ya la presentación en sociedad de las jóvenes cuando se fue la luz. Los camareros acudieron rápidamente con candelabros, y cuando el primero de ellos iluminó la pista de baile se oyeron murmullos de sorpresa y consternación: el trono del Profeta estaba vacío.

Un Ferrari 275 negro corría por Kingshighway dejando atrás los supermercados sin ventanas y las iglesias fortificadas de la parte norte de la ciudad. Algunos observadores creyeron ver una túnica blanquísima detrás del parabrisas, una corona sobre el asiento del acompañante. Se dirigía al aeropuerto. Tras aparcar en una faja cortafuegos, el Profeta irrumpió a toda prisa en el vestíbulo del hotel Marriott.

—¿Tiene usted algún problema? —preguntó un botones.

—Soy el Profeta con Velo, imbécil.

En la planta superior del hotel, el Profeta llamó a una puerta. Salió a abrir una mujer alta y morena ataviada con un chándal. Era muy guapa. Se echó a reír.

*

Cuando el cielo empezó a clarear por el este sobre la zona meridional del estado de Illinois, los pájaros fueron los primeros en saberlo. A lo largo del río y en todas las plazas y parques del centro, los árboles empezaron a gorjear y agitarse. Era el primer lunes de octubre. Los pájaros del centro de la ciudad estaban despertando.

Al norte del distrito financiero, donde vivía la gente más pobre, una brisa mañanera sacaba olores a alcohol derramado y sudor antinatural de unos callejones donde nada se movía: un portazo pudo oírse desde varias manzanas de distancia. En los apartaderos de la zona industrial, entre el zumbido de acumuladores defectuosos y los repentinos y fantasmales estremecimientos de las cercas Cyclone, hombres con cortes de pelo cuadrados dormitaban en torres también cuadradas mientras allá abajo el material rodante tomaba posiciones. Hoteles de tres estrellas y clínicas privadas con una visibilidad abyecta ocupaban la zona alta. Más al oeste, el terreno era ondulado y árboles sanos servían de nexo entre las poblaciones, pero eso ya no era St. Louis, sino un suburbio. En el lado sur había hileras e hileras de casas de ladrillo cúbicas donde viudos y viudas dormían en sus camas y donde las persianas, bajadas en una época anterior, no se levantaban en todo el día.

Pero ninguna parte de la ciudad estaba más muerta que el centro. En el corazón de St. Louis, a resguardo del gemebundo tráfico nocturno de cuatro autopistas, había abundancia de espacios ajardinados. Aquí reñían gorriones y picoteaban palomas. Aquí el Ayuntamiento, una réplica del Hôtel de Ville parisino pero con tejado de caballete, se elevaba de un solar insípido en todo su esplendor bidimensional. En Market Street, la principal arteria de la ciudad, el aire era saludable. A ambos lados de la calle se oía cantar a los pájaros, en solitario y a coro: era como un prado. Era como el jardín de una casa.

El responsable de tanta paz llevaba en vela toda la noche en Clark Avenue, al sur del Ayuntamiento. La jefa de policía Jammu, en la quinta planta de la jefatura, estaba abriendo el periódico de la mañana y extendiéndolo bajo la lámpara de su escritorio. Todavía estaba oscuro en la oficina, y del cuello para abajo, con su hombros estrechos y encorvados, sus rodillas huesudas envueltas en calcetines altos y sus pies inquietos, la jefa era la viva imagen de una colegiala que estuviera empollando.

Pero su cabeza era de persona mayor. Al inclinarse ella sobre el diario, la luz eléctrica dejó a la vista unos mechones blancos entre el sedoso cabello negro sobre su oreja izquierda. Al igual que Indira Gandhi, que aquella mañana de octubre todavía vivía y era la primera ministra india, Jammu mostraba señales de encanecimiento asimétrico. Llevaba el pelo lo bastante largo para prendérselo detrás de la cabeza. Tenía una frente ancha, una nariz ganchuda y angosta, unos labios gruesos que parecían privados de sangre, azulados. La piel tersa en torno a su boca aparecía decorada de arrugas.

Encontró lo que buscaba entre las páginas del *Post-Dispatch:* una foto de ella tomada en un día luminoso. Estaba sonriendo, su mirada era simpática. El pie —*Jammu: mirando por el personal*— le provocó una sonrisa igual a la de la foto. El artículo adjunto, escrito por Joseph Feig, llevaba por título «Nacer de nuevo». Empezó a leer.

> Pocas personas lo recuerdan ya, pero el apellido Jammu apareció por primera vez en los periódicos norteamericanos hace ya casi una década. Corría el año 1975. El subcontinente indio estaba revuelto a raíz de la suspensión de los derechos civiles por parte de la primera ministra, Indira Gandhi, y su campaña contra sus enemigos políticos.
>
> Entre crónicas contradictorias y profusamente censuradas, la prensa occidental se hizo eco de una extraña historia procedente de Bombay. Se hablaba de una operación conocida como Proyecto Poori, obra de una funcionaria de policía de nombre Jammu. Al parecer, el Departamento de Policía de Bombay se dedicaba a la venta de alimentos al por mayor.
>
> En aquel momento parecía una locura; no menos lo parece todavía hoy. Pero ahora que el destino nos ha traído a Jammu a St. Louis convertida en jefa de policía, los ciudadanos se preguntan si, después de todo, el Proyecto Poori era realmente tan desatinado.
>
> En una reciente entrevista realizada en su espaciosa oficina de Clark Avenue, Jammu hablaba de las circunstancias que desembocaron en dicho proyecto.
>
> «Antes de que la Señora Gandhi prescindiera de la constitución el país estaba como la Dinamarca de Gertrude: podrido hasta la médula. Pero con la imposición de la President's Rule, la policía vio la ocasión de hacer algo al respecto. Sólo en Bombay estábamos encerrando semanalmente a 1.500 infractores de la ley y confiscando treinta millones de rupias en concepto de bienes y dinero ilegales. Al evaluar nuestros esfuerzos al cabo de dos meses, nos dimos cuenta de que casi no habíamos avanzado nada», recordaba Jammu.

La President's Rule deriva de una cláusula de la constitución india que da al gobierno central poderes absolutos en momentos de crisis interna. Por dicha razón, los diecinueve meses que duró el estado de excepción se conocieron como la Crisis.

En 1975 una rupia equivalía a unos diez centavos de dólar.

«Yo entonces era subcomisaria», dijo Jammu. «Propuse un enfoque distinto. Puesto que las amenazas y los arrestos no funcionaban, ¿por qué no intentábamos luchar contra la corrupción con sus propios medios? ¿Por qué no abríamos nosotros un negocio y empleábamos nuestros recursos e influencia para conseguir un mercado más libre? Nos decidimos por una mercancía de primera necesidad: los alimentos.»

Así fue como nació el Proyecto Poori. Un *poori* es un pan de hojaldre frito en aceite, muy popular en India.

A finales de 1975, los periodistas occidentales constataron que Bombay era la única ciudad en todo el país donde abundaban los comestibles y los precios no estaban hinchados.

Naturalmente, Jammu centró toda la atención. Los periódicos, así como *Time* y *Newsweek,* se hicieron eco de su operación, que acabó llamando la atención de nuestros propios cuerpos policiales. Pero qué duda cabe de que nadie podía imaginarse a Jammu en St. Louis con la placa de jefa de policía prendida de su blusa y un revólver de reglamento en la cadera.

La coronel Jammu, en su tercer mes en el cargo, lo ve como la cosa más natural del mundo. «Una buena jefa de policía insiste en la importancia de la implicación personal a todos los niveles de la organización», dijo. «Llevar revólver es tan sólo un símbolo de mi compromiso. Por descontado, es también una herramienta mortal», añadió, retrepándose en su butaca.

El estilo franco y atrevido de Jammu en su manera de abordar el trabajo policial le ha ganado fama literalmente en todo el mundo. Cuando se produjo la dimisión del jefe William O'Connell y el debate entre facciones opuestas llevó a un callejón sin salida, el nombre de Jammu fue uno de los primeros en surgir como candidata de compromiso. Y, a pesar de que carecía de experiencia policial en Estados Unidos, la junta del Departamento confirmó su nombramiento menos de una semana después de su llegada a St. Louis para las entrevistas de rigor.

A muchos conciudadanos les pilló por sorpresa que esta mujer india cumpliera los requisitos para el cargo. Pero Jammu, que de hecho nació en Los Ángeles de padre americano, afirma que hizo todo lo que pudo por conservar su nacionalidad estadounidense. Desde que era niña soñaba con establecerse aquí.

«Soy tremendamente patriótica», dijo con una sonrisa. «Es cosa frecuente en personas que, como yo, residen en un nuevo país desde hace poco. Pienso pasar muchos años en St. Louis. He venido para quedarme.»

Jammu habla con un ligero acento británico y una asombrosa claridad de ideas. Con sus rasgos finos y su delicada complexión, no podría estar más lejos del estereotipo de policía americano, bronco y viril. Pero su historial parece afirmar una cosa bien distinta.

A los cinco años de ingresar en la policía india en 1969, ya era subinspectora general de policía de la provincia de Maharashtra. Cinco años después, a la sorprendente edad de 31 años, fue nombrada comisaria en jefe de la policía de Bombay. Con 35 es a la vez la jefa de policía más joven de la historia de St. Louis y la primera mujer en ocupar dicho puesto.

Antes de entrar en la policía india obtuvo una licenciatura en Ingeniería Eléctrica por la Universidad de Srinagar, en Cachemira. Asimismo hizo tres semestres de un postgrado en economía por la Universidad de Chicago.

«He trabajado duro», dijo Jammu. «Y también he tenido mucha suerte. No creo que hubiera conseguido este empleo de no haber recibido buenas críticas de la prensa por el Proyecto Poori. Pero naturalmente el problema real siempre era mi sexo. No fue fácil vencer cinco milenios de discriminación sexual. Hasta que fui superintendente de policía yo siempre me vestí como un hombre», recordaba Jammu.

Aparentemente, este tipo de experiencias fue determinante para los miembros de la junta municipal a la hora de elegir a Jammu. En una ciudad que todavía lucha por superar su imagen de «perdedora», la nada ortodoxa elección de la junta es coherente desde el punto de vista de las relaciones públicas. St. Louis es ahora la ciudad más populosa del país que tiene una mujer como jefa de policía.

Nelson A. Nelson, presidente de la junta municipal, cree que St. Louis debe arrogarse el mérito de haber sido la primera ciudad que ha abierto sus puertas consistoriales a las mujeres. «A eso se llama acción afirmativa», comentó.

Sin embargo, Jammu opina que esta observación era exagerada. «Sí, bueno, soy una mujer», dijo sonriente.

Uno de sus objetivos principales es recuperar la seguridad en las calles. Si bien no quiso hacer comentarios sobre la actuación de anteriores jefes de policía de la zona, sí afirmó que estaba colaborando estrechamente con el consistorio en trazar un plan para luchar contra la delincuencia.

«Esta ciudad necesita volver a la vida, necesita una reorganización completa. Si conseguimos la ayuda de la comunidad financiera y de los grupos cívicos (si conseguimos que la gente entienda que esto es un problema regional), estoy convencida de que en muy poco tiempo podemos hacer que las calles vuelvan a ser seguras», afirmó.

Jammu no teme dar publicidad a sus ambiciones. No es aventurado imaginar que va a tener que vérselas con una fuerte oposición ante cualquier iniciativa que pueda tomar. Pero lo que llevó a cabo en India demuestra que es una formidable contrincante, y una figura política a tener en cuenta.

«El Proyecto Poori es un buen ejemplo», señaló. «Lo que hicimos fue dar un enfoque nuevo a una situación que parecía no tener salida. Montamos bazares frente a todas las comisarías de la ciudad. Eso mejoró nuestra imagen pública, y mejoró también el espíritu de equipo. Por primera vez en muchas décadas no tuvimos dificultades en reclutar personas cualificadas. La policía india tiene merecida fama de corrupta y brutal, debido sobre todo a la imposibilidad de reclutar agentes responsables y cultos. El Proyecto Poori contribuyó a cambiar las cosas.»

Algunos críticos de Jammu han expresado su temor a que un jefe de policía acostumbrado a un ambiente más autoritario, como es el de India, pudiera ser insensible a temas relacionados con los derechos civiles. Charles Grady, portavoz de la sección local del Sindicato por las Libertades Civiles, ha ido más lejos aún, exigiendo que Jammu sea despedida antes de que se produzca una «catástrofe constitucional».

Jammu rechaza enérgicamente estas críticas. «Me han sorprendido mucho las reacciones de la comunidad progresista de la ciudad», dijo.

«Su preocupación nace, creo yo, de una permanente desconfianza hacia el Tercer Mundo en general. Pasan por alto el hecho de que el sistema de gobierno en India se inspira en los ideales occidentales, especialmente, por supuesto, en los británicos. No saben distinguir entre el policía indio de a pie y el cuerpo de oficiales, al cual yo pertenecía.

»Se nos adiestró en la tradición británica del funcionariado estatal. Los criterios eran muy severos. Nos veíamos constantemente ante la disyuntiva de defender a nuestros agentes o defender nuestros ideales. Mis críticos pasan por alto el hecho de que fue precisamente este conflicto lo que hizo atractiva para mí la posibilidad de venir a trabajar a esta ciudad.

»De hecho, el Proyecto Poori me parece, visto desde aquí, una iniciativa típicamente americana. Lo que hicimos fue inyectar una fuerte dosis de libre empresa en una economía atascada y en bancarrota. Los acaparadores descubrieron en seguida que sus artículos valían la mitad del precio que ellos habían pagado. Los estraperlistas empezaron a pedir clientes a gritos. A pequeña escala, conseguimos un verdadero *Wirtschaftswunder»,* comentaba Jammu, aludiendo al «milagro económico» de la Alemania de postguerra.

¿Conseguirá similares prodigios aquí en St. Louis? En anteriores tomas de posesión, otros jefes de policía hicieron hincapié en la lealtad, el adiestramiento, los avances técnicos. Jammu considera que los factores cruciales son la innovación, el trabajo duro y la confianza.

«Nuestros agentes —dijo— llevan demasiado tiempo aceptando la idea de que su misión se limita a asegurar que St. Louis se deteriore de la manera más ordenada posible. Esto ha hecho milagros en cuanto al espíritu de equipo», añadió con cierto sarcasmo.

Tal vez era inevitable que muchos de nuestros agentes, especialmente los de más edad, reaccionaran con escepticismo al nombramiento de Jammu. Pero las posturas ya han empezado a cambiar. Actualmente, el comentario más frecuente en nuestras comisarías es que Jammu es «una buena jefa de policía».

A los cinco minutos de entrevista, Jammu había notado el olor a sudor de sus propias axilas, una pestilencia mohosa, salvaje. Joseph Feig tenía olfato; no necesitaba detector de mentiras.

—¿Jammu no es el nombre de una ciudad de Cachemira? —preguntó.

—Sí, es la capital durante el invierno.

—Ya —Feig se la quedó mirando fijamente durante unos segundos. Luego preguntó—: ¿Qué se siente al cambiar de país en plena edad adulta?

—Soy tremendamente patriótica —dijo ella, con una sonrisa. Le sorprendía que Feig no hubiera insistido en preguntar sobre su pasado. Estas cosas eran casi un rito iniciático en St. Louis, y a Feig, viejo periodista, se le tenía considerado el decano de los cronistas locales. Al entrar por la puerta con su arrugada chaqueta de tweed y su barba de una semana, impetuoso y gris, le había parecido tan peligrosamente investigador que Jammu llegó a ruborizarse. Se había imaginado lo peor:

> FEIG: Coronel Jammu, afirma usted que quería huir de la violenta sociedad india, de los conflictos personales y de casta, pero el hecho es que estuvo quince años al mando de una fuerza policial cuya brutalidad es notoria. No somos tontos, coronel. Sabemos cómo las gastan en su país: martillazos en los codos, extracción de dientes, violaciones con arma de fuego. Velas, ácido, palos, descargas eléctricas...
>
> JAMMU: Antes de que yo llegara, las cosas habían cambiado para mejor.
>
> FEIG: Coronel Jammu, dada la desconfianza casi obsesiva de la señora Gandhi hacia sus subordinados, y dada su propia participación crucial en el Proyecto Poori, no dejo de preguntarme si no estará usted emparentada con la primera ministra. De otro modo, no veo cómo una mujer pudo llegar a comisaria en jefe, menos aún una mujer de padre americano...
>
> JAMMU: No acabo de entender qué puede importarle a St. Louis el que yo esté emparentada con determinadas personas.

Pero el artículo ya había sido publicado, era definitivo. Las ventanas del despacho empezaron a llenarse de luz. Jammu apoyó la barbilla en sus manos y dejó que la página del periódico se desenfocara. Estaba satisfecha con el artículo pero le preocupaba Feig. ¿Cómo alguien tan inteligente como sin duda era él se limitaba a transcribir una retahíla de tópicos? Le parecía inverosímil. Tal vez sólo le estaba dando cuerda, «concediéndole» el favor de una entrevista como quien da un último cigarrillo de madrugada, mientras que a sus espaldas organizaba todos los datos en forma de eficiente pelotón de fusilamiento...

La cabeza le estaba cayendo hacia la mesa. Alcanzó el interruptor de la lámpara y se derrumbó, con un ruido seco, sobre el periódico. No bien hubo cerrado los ojos, empezó a soñar. En el sueño, Joseph Feig era su padre. La estaba entrevistando. Sonreía mientras ella hablaba de sus éxitos, del delicioso regusto de las mentiras que la gente se había tragado, de la huida de la asfixiante India. En su mirada creía ver una triste conciencia compartida de la credulidad humana. «Eres una chica peleona», decía él. Se inclinaba sobre la mesa y acunaba la cabeza en el pliegue del brazo, pensando: peleona. Luego oía a su entrevistador rodear de puntillas la butaca en que estaba sentada. Giró para tocarle la pierna, pero sus manos sólo encontraron el vacío. La cara cerdosa de él le rozaba el pelo y la nuca. Su lengua asomaba entre los dientes. Gruesa, caliente, blanda, se posaba en su piel.

Despertó con un sobresalto.

El padre de Jammu había sido asesinado en 1974 cuando un helicóptero que transportaba periodistas extranjeros y personal militar survietnamita fue abatido por un cohete del Vietcong cerca de la frontera con Camboya. Un segundo helicóptero había podido filmar lo ocurrido antes de huir a Saigón. Jammu y su madre habían conocido la noticia por la edición parisina del *Herald Tribune,* que era su único enlace con aquel hombre. Precisamente por un *Herald Tribune* atrasado, y más de diez años después, se había enterado Jammu de cómo se llamaba su padre. Siempre que, de muy pequeña, hacía preguntas al respecto, su madre la cortaba bruscamente y escurría el bulto. Más adelante, la primavera anterior a su ingreso en la universidad, la madre decidió hablar. Estaban desayunando en la galería, Maman con su *Herald Tribune* y Jammu con su libro de álgebra. Maman empujó el diario sobre la mesa y señaló con una uña larga el artículo que había al pie de la primera página:

CRECE LA TENSIÓN EN LA
FRONTERA CHINO-INDIA
Peter B. Clancy

Jammu leyó unos párrafos, sin saber por qué lo hacía. Miró a su madre en busca de una explicación.

—Ése es tu padre.

El tono fue típicamente desapasionado. Maman sólo hablaba a Jammu en inglés, y lo hacía con perverso desdén, como si no aceptara ninguna de las palabras de ese idioma. Jammu volvió a echar una ojeada a la crónica. Contraataques. Secesionistas. Panorama desolado. Peter B. Clancy.

—¿Periodista? —dijo.

—Ajá.

Su madre no quiso decirle qué aspecto tenía. Una vez admitida su existencia, procedió a ridiculizar la curiosidad de su hija. No había nada que contar, le dijo. Se habían conocido en Cachemira. Luego habían dejado el país para instalarse durante dos años en Los Ángeles, donde Clancy había estudiado alguna cosa. Maman había regresado después, ella sola, a Bombay, no a Srinagar, con su bebé, y desde entonces no se había movido de allí. En ningún momento de aquella especie de necrológica llegó a sugerir que Clancy hubiera sido algo más que un trasto inútil. Jammu captó la idea: la cosa no había funcionado. Tampoco era que le importase. La ciudad estaba llena de cabrones y Maman, en cualquier caso, era ajena a la opinión pública. La prensa solía apodarla «la hiena de la propiedad inmobiliaria»; por los hartones de reír que se daba cada vez que iba al banco. Extorsionaba a los inquilinos de las viviendas que alquilaba en los barrios bajos, era la reina de los especuladores en una ciudad llena de especuladores y de barrios degradados.

Jammu cogió dos tylenoles y una dexedrina del cajón superior y se los tragó con el poso del café. Había terminado su lectura nocturna antes de lo previsto. Sólo eran las seis y media. En Bombay eran las cinco de la tarde —en India la hora iba curiosamente media hora a destiempo del resto del mundo— y Maman estaría en casa, en el piso de arriba, preparándose la primera copa. Jammu alcanzó el teléfono, pidió conferencia internacional y dio el número.

La conexión llegó acompañada de los ruidos explicables por la distancia. Claro que, en India, las llamadas locales hacían el mismo ruido. Respondió Maman.

—Soy yo —dijo Jammu.

—Ah, hola.

—Hola. ¿Hay algún mensaje?

—No. La ciudad parece desierta sin tus amigos —su madre rió—. ¿Añoras?

—No mucho.

—A propósito, ¿te ha telefoneado la Déspota Ilustrada?

—Ja, ja.

—En serio. Está en Nueva York. La sesión general de Naciones Unidas acaba de empezar.

—Pero eso está a más de mil kilómetros de aquí.

—Bueno, no creo que le costara llamar. Será que prefiere no hacerlo. No. Prefiere no llamar. Esta mañana he leído... ¿Todavía lees los periódicos?

—Cuando tengo tiempo.

—Ya. Cuando tienes tiempo. No, lo que te iba a decir es que me enteré de su minicumbre con intelectuales americanos. En primera plana. Asimov, Sagan... futuristas de ésos. Ella es increíble. Estúdiala y aprenderás algo. Bueno, tampoco es que sea infalible. Me fijé en que Asimov estaba comiendo costillas mientras pasaban la película. Pero, bueno... ¿Qué tal por St. Louis?

—Templado. Muy seco.

—Y tú con sinusitis. ¿Cómo está Singh?

—Singh es Singh. Ahora mismo le estaba esperando.

—Procura que no te lleve él las cuentas.

—Es justamente lo que hace.

—Eres una testaruda. Tendré que enviarte a Bhandari a finales de mes para que controle las cosas. Singh no es...

—¿Cómo? ¿Vas a mandar a Karam a St. Louis?

—Sólo por unos días. Llegará hacia el veintinueve o así.

—No me envíes a Karam. No me cae bien.

—Y a mí no me cae bien Singh —se oyó un rumor que Jammu reconoció como cubitos agitados dentro de un vaso—. Mira, querida, ya hablaremos mañana.

—Está bien. Adiós.

Maman e Indira eran parientes consanguíneos, brahmanes de Cachemira, y compartían un bisabuelo por la parte Nehru. No era ninguna coincidencia que Jammu hubiera entrado en el Departamento de Policía indio antes de cumplirse un año de la toma de posesión de Indira como primera ministra. Una vez dentro del cuerpo policial, nadie había recibido órdenes de ascenderla, por supuesto, pero ocasionales llamadas del ministerio se ocuparon de hacer saber a los funcionarios pertinentes que la carrera de Jammu era observada «con interés». Con el paso de los años ella misma había recibido centenares de llamadas parecidas en su vaguedad, aunque mucho más perentorias. Un legislador del estado de Maharashtra expresaba gran interés por un determinado procesamiento, un líder del Partido del Congreso expresaba gran inquietud por las actividades empresariales de determinado oponente. Muy raramente recibía llamadas procedentes de estratos superiores a la oficina del gobernador; Indira era una gran estudiosa de los detalles, pero sólo en asuntos curriculares. Como cualquier líder de ideas fijas, se aseguró de poner suficientes amortiguadores entre ella y toda manipulación discutible, y los manejos políticos de Jammu habían sido, en el mejor de los casos, discutibles. Habían hablado en privado sólo una vez, después de que Jammu y su madre urdieran el Proyecto Poori. Jammu voló a Nueva Delhi y estuvo setenta minutos en el jardín de la residencia que la primera dama tenía en Safdarjang Road. Indira, sentada en una silla de lona, observó detenidamente a Jammu con sus protuberantes ojos castaños, la cabeza ligeramente ladeada, los labios fruncidos en una sonrisa que de vez en cuando le hacía chascar las encías, una sonrisa en la que Jammu no vio otra cosa que un mecanismo. Desviando la mirada un cuarto de vuelta hacia un seto de rosales, detrás de los cuales asomaban las bocas de unas ametralladoras, la primera dama habló.

—Quede claro que este proyecto de venta al mayor no funcionará. Usted lo comprende, porque es una joven muy sensata. De todos modos, nosotros lo financiaremos.

En la antesala del despacho de Jammu se oyó chirriar un zapato. Jammu se irguió en su silla.

—¿Quién...? —se aclaró la voz—. ¿Quién es?

Entró Balwan Singh. Llevaba un pantalón gris con raya, una camisa blanca entallada y una corbata azul celeste con listas amarillas. Su aspecto inspiraba tanta confianza, emanaba tanta competencia, que casi nunca tenía que enseñar la documentación para subir.

—Soy yo —dijo, y se acercó a la mesa de Jammu para dejar encima una bolsa de papel.

—Estabas escuchando a escondidas.

—¿Quién, yo? —Singh fue a la ventana. Era alto y de espaldas anchas, y su piel clara había recibido un esplendor adicional por parte de algún antepasado de Oriente Medio. Sólo una vieja amiga y ex amante como Jammu podía detectar los momentos en que su garbo se tornaba en afeminamiento. Ella todavía le admiraba en tanto que objeto de adorno. Tratándose de alguien que hasta julio había vivido en la sordidez de Dharavi, habría parecido extraordinariamente —sospechosamente— pulcro si no hubiera vestido exactamente igual entre sus «colegas» de Bombay, cuyos gustos iban del terciopelo y las fibras sintéticas a los jerseys más espantosos. Singh era un marxista de la variedad estética, y si le atraía la idea de una revolución exportable era, al menos en parte, porque con ella se exportaba también la elegancia occidental. Su camisería estaba en Marine Drive. Jammu sospechaba hacía tiempo que Singh había abandonado el sijismo porque consideraba que la barba desfigura el rostro.

Singh señaló la bolsa de papel con un gesto de cabeza.

—Ahí dentro hay algo de desayuno, si te apetece.

Jammu se apoyó la bolsa en el regazo y la abrió. Dentro había dos donuts de chocolate y un vaso de café.

—Estaba escuchando unas cintas —dijo ella—. ¿Quién puso los micros en las duchas del St. Louis Club?

—Yo.

—Me lo figuraba. Los micros de Baxti parece que estén envueltos en goma de mascar. Los tuyos lo captan todo muy bien. He oído conversaciones interesantes. El general Norris, Buzz Wismer...

—Su mujer es una zorra de cuidado —dijo Singh como si tal cosa.

—¿La mujer de Wismer?

—Sí. La llaman «Bev». De todas las mujeres de St. Louis que jamás perdonarán a Asha por haberse casado con Sidney

Hammaker, ni a Hammaker por casarse con Asha (y las hay a montones), Bev es la peor de todas.

—Vengo oyendo las mismas quejas en todas las cintas —dijo Jammu—. Al menos por parte femenina. Los hombres se inclinan por mostrarse «ambivalentes» en relación con Asha. Se limitan a comentar lo inteligente que es.

—En el fondo les cautiva su belleza.

—Y sus millones.

—Ya, pero Wismer, en todo caso, es de los ambivalentes. Bev no lo soporta. No deja de reprochárselo con insultos.

Jammu tiró la tapa del vaso de café a la papelera.

—¿Cómo es que Wismer lo aguanta?

—Es un tipo extraño, un genio tímido —Singh frunció el entrecejo y se sentó en el alféizar—. Oí hablar de los reactores de Wismer hace ya veinte años. Nadie los construye mejores.

—¿Y qué?

—Pues que es distinto de como yo esperaba. La voz no le pega.

—Eso es que estás viciado de tanta escucha.

—Sí, unas ciento cincuenta horas. ¿Qué crees que hago todo el santo día?

Jammu se encogió de hombros. No podía afirmar que Singh no estuviera exagerando la cantidad de tiempo que dedicaba a su trabajo. Era el colmo de la aplicación. Sin apenas distracciones (salvo algún que otro chico rubio) ni responsabilidades (salvo para con ella), tenía tiempo para llevar una vida ordenada. Una vida preciosa. Ella, con un par de empleos que le ocupaban sesenta horas a la semana, no podía competir con Singh en lo que a detallismo se refería. El pie empezó a movérsele por su cuenta, señal de que la dexedrina estaba actuando.

—Te relevo del caso Wismer —dijo.

—¿Ah, sí?

—Te encargo de Martin Probst.

—Bueno.

—De modo que tendrás que empezar de cero. Puedes olvidarte de Wismer y de tus ciento cincuenta horas.

—Eso eran sólo las cintas. Digamos trescientas cincuenta.

—Baxti ha traído el historial de Probst. Empieza de inmediato.

—¿Esto lo acabas de decidir ahora?

—No. He hablado con Baxti, él ya ha traído el informe. Por eso estás tú aquí. Para recogerlo.

—Bien.

—Pues hazlo —Jammu señaló una carpeta manchada de té que había junto a la lámpara.

Singh se acercó a la mesa y cogió la carpeta.

—¿Alguna cosa más?

—Sí. Deja esa carpeta.

Singh la dejó.

—Tráeme un vaso de agua y pon la calefacción más fuerte.

Singh salió.

Martin Probst era el contratista cuya compañía había construido el Gateway Arch. Era además presidente de Municipal Growth Inc., una asociación sin ánimo de lucro que se componía de los directores generales de las principales empresas e instituciones financieras del área de St. Louis. Municipal Growth era un modelo de eficiencia y objeto de casi universal veneración. Si alguien necesitaba patrocinadores para un proyecto de renovación urbanística, Municipal Growth los encontraba. Si un barrio se oponía a la construcción de una carretera, Municipal Growth pagaba un estudio sobre impacto medioambiental. Si Jammu pretendía modificar la estructura de poder en el área metropolitana de St. Louis, tendría que pelear con Municipal Growth.

Singh volvió con un vaso de aluminio.

—¿Baxti está buscando nuevos mundos que conquistar?

—Coge una silla y siéntate.

Singh lo hizo.

—No puede decirse que Baxti sea exageradamente competente, así que ¿para qué insistir en eso?

Él extrajo un cigarrillo de clavo de una cajetilla color caramelo y prendió un fósforo, protegiendo la llama de una brisa hipotética.

—Es que no veo por qué hemos de intercambiar.

—Me temo que tendrás que confiar en mí.

—Entiendo.

—Imagino que ya conoces los datos básicos, a la encantadora esposa de Probst, Barbara, y su encantadora hija de dieciocho años, Luisa. Viven en Webster Groves, lo cual es interesante. Es una zona rica pero en absoluto la más rica del extrarradio. Eso sí, tienen un jardinero que vive en la finca... Baxti dice que llevan una vida familiar «muy tranquila».

—¿Micrófonos?

—En la cocina y el comedor.

—Hubiera sido más eficaz en la alcoba.

—No disponemos de tantas frecuencias. Y en la alcoba hay un televisor.

—Bueno. ¿Qué más?

Jammu abrió la carpeta de Probst. Las anotaciones de Baxti en hindi la hicieron pestañear.

—En primer lugar, Probst sólo emplea obreros no sindicados. Hubo una importante pelea legal en los años sesenta. Su principal abogado era Charles Wilson, el padre de Barbara, ahora suegro de Probst. Así se conocieron. Los empleados de Probst nunca han ido a la huelga. Cobran lo que estipula el sindicato, si no más. Seguro, invalidez, desempleo y jubilación, algunos de estos planes son únicos en el ramo. Paternalismo del mejor. Probst no es ningún Vashni Lal. De hecho tiene fama, entre comillas, de implicarse personalmente en todos los niveles del negocio.

—Mirando por el personal.

—Ja, ja. Su presidencia de Municipal Growth termina el próximo mes de junio. Eso es importante. Qué más: miembro de la junta directiva del zoológico desde el año 1976; miembro de la junta de los Jardines Botánicos y del consejo rector del East-West Gateway. Miembro de Channel 9 desde hace tiempo. Eso no es tan importante. Como suele decirse, se apunta a todo. Baxti ha hecho un interesante trabajo de campo. Revisó periódicos atrasados, habló con el hombre de la calle...

—Me gustaría haberlo visto.

—Su inglés mejora por momentos. Parece ser que el *Globe-Democrat* ve a Probst como un adalid del *american way of life,* un hombre surgido de la pobreza, un don nadie en 1950, luego a partir de los sesenta construye el Arch, la estructura del estadio y una lista bastante larga. Eso también es muy significativo.

—Toca demasiadas teclas.

—Todos lo hacemos, ¿no?

—Y Probst es un pez gordo —dijo Singh después de bostezar.

—Sí —el humo hizo parpadear a Jammu—. No me bosteces en la cara. Es líder indiscutible de Municipal Growth, y ésa es la gente que hemos de trabajarnos si queremos atraer capital al centro de la ciudad. Probst es independiente, y tan incorruptible como Cristo. Todo un símbolo. ¿Te has dado cuenta de cómo gustan los símbolos en esta ciudad?

—¿Te refieres al Arch?

—El Arch, el Profeta con Velo, todo el mito del Espíritu de St. Louis. Y Probst también, por lo visto. Aunque sólo sea por los votos que atraerá, le necesitamos.

—¿Cuándo has decidido todo esto?

Jammu encogió los hombros.

—No había pensado mucho en él hasta que hablé con Baxti la semana pasada. Acababa de eliminar al perro de Probst, un primer paso para incluir a Probst en el Estado...

—Ya, el Estado.

—... aunque en estos momentos no es más que terrorismo puro y duro. Por si te interesa saberlo, fue una operación muy limpia.

—No me digas —Singh se quitó de la lengua un pedacito de papel de fumar, lo miró y lo lanzó de un papirotazo.

—Probst estaba paseando al perro. Baxti pasó por allí en una furgoneta, y el perro le fue detrás. Baxti había encontrado una empresa de suministros médicos que le vendió esencia de perra en celo. Empapó un trapo con esa cosa y ató el trapo al puente trasero del vehículo.

—¿Probst no sospechó nada?

—Aparentemente, no.

—¿Qué le impediría comprar otro perro?

—Es de suponer que Baxti habría buscado una solución para el siguiente. Bien, tendrás que replantear toda la teoría. Si te doy a Probst es entre otras cosas por su falta de reacción ante el accidente.

Sonó el teléfono. Era Randy Fitch, el jefe de presupuesto de la alcaldía. Llamaba para decir que llegaría un poco tarde a la cita de las ocho, porque se había dormido. En un tono dulce y paciente, Jammu le aseguró que no le importaba. Después de colgar dijo:

—Preferiría que no fumaras esa cosa aquí dentro.

Singh se acercó a la ventana, la abrió y lanzó la colilla al vacío. Olorcillos del río penetraron en la habitación, y un autobús rugió en Tucker Boulevard al llegar al cruce con Spruce Street. Singh se veía anaranjado a la luz del sol. Parecía estar presenciando, con frialdad, una explosión titánica.

—¿Sabes una cosa? —dijo—. Casi me gustaba trabajar con Buzzy y Bevy.

—No me cabe duda.

—Buzz considera buenos amigos suyos a Probst y su mujer.

—¿En serio?

—Los Probst saben aguantar a Bev. Me da la impresión de que son buena gente. Muy leales.

—Bien. Será un reto para ti —Jammu puso la carpeta en manos de Singh—. Pero nada de cosas raras, ¿entendido?

Singh asintió:

—Entendido.

2.

En 1870 St. Louis era la Cuarta Ciudad de Norteamérica. Era un bullicioso centro ferroviario, el principal puerto interior del país, proveedor de medio continente. Sólo Nueva York, Philadelphia y Brooklyn la superaban en número de habitantes. De acuerdo, algunos periódicos de Chicago, la Quinta Ciudad por muy poco, afirmaban que el censo de 1870 había llegado a contar hasta 90.000 saintlouisianos inexistentes, y, de acuerdo, tenían razón. Pero, en definitiva, toda ciudad es una idea. Las ciudades se crean a sí mismas, y el resto del mundo las toma o las deja según le conviene.

En 1875, mientras los profetas locales le asignaban la capitalidad natural de la nación como Primera Ciudad eventual, St. Louis se propuso eliminar un importante obstáculo de su camino. El obstáculo era el condado de St. Louis, la parte del estado de Missouri a la que nominalmente pertenecía la ciudad. Sin ella, el condado de St. Louis no era nada: un amplio trecho de bosque y tierras de cultivo en el punto de confluencia de dos ríos. Pero durante decenios el condado había dominado los asuntos municipales mediante un arcaico cuerpo administrativo, la llamada Corte del Condado. Los siete «jueces» de dicha corte eran personajes corruptos e insensibles a las necesidades urbanas. Un granjero que quisiera hacer construir una carretera hasta sus terrenos podía conseguir una barata a cambio de dinero o de votos. Pero si hacían falta farolas o parques para el bien de la ciudad, la Corte nunca ofrecía nada. Para una joven población fronteriza la mentalidad pueblerina de la Corte era frustrante; para la Cuarta Ciudad, intolerable.

Un grupo de destacados empresarios y abogados locales convenció a los encargados de redactar la nueva constitución de Missouri para que incluyeran artículos en pro de una reforma cívica. Pese al acoso constante de la Corte del Condado, dicho grupo elaboró posteriormente un borrador a fin de conseguir que St. Louis se disociara del condado homónimo, lo cual debían decidir en las urnas todos los residentes del condado en agosto de 1876.

Las críticas preelectorales se centraron en un elemento concreto del proyecto: la expansión de la propiedad inmobiliaria municipal, en una especie de indemnización por despido, de los actuales cincuenta y cuatro kilómetros cuadrados a ciento cincuenta y nueve. Los partidarios del condado protestaron ante lo que consideraban un «robo» por parte de la ciudad. El *Globe-Democrat* denunció la injusticia de apropiarse de «varios y diversos maizales y melonares, y gravarlos como propiedad urbana». Pero los defensores del proyecto insistieron en que la ciudad necesitaba más espacio para los parques y la industria del futuro.

En una votación supervisada por la Corte del Condado, el proyecto de secesión fue rechazado por muy poco margen. Rápidamente se habló de fraude. Los activistas no tuvieron dificultad para convencer a uno de los jueces de la Corte (Louis Gottschalk, que había redactado personalmente las cláusulas relativas a la reforma en la carta de 1875) de que encargara una investigación sobre los comicios. A fines de diciembre la comisión dio a conocer el resultado de sus pesquisas. El proyecto había ganado, y por 1.253 votos de diferencia. La ciudad reclamó inmediatamente sus nuevas tierras y adoptó un nuevo fuero; cinco meses más tarde, agotados todos los recursos, la Corte del Condado se disolvió.

Pasó el tiempo. En seguida se vio que ciento cincuenta y nueve kilómetros cuadrados eran menos tierra de lo que los secesionistas suponían. Ya en 1900, la ciudad se estaba quedando sin espacio, y el condado se negó a darle más. La vieja industria huyó del caos que había creado. La nueva industria se instaló en el condado. En los años treinta empezaron a llegar familias de negros pobres procedentes del sur rural, lo que aceleró la migración de los blancos al extrarradio. Hacia 1940 la población de St. Louis había empezado a caer en picado, su base imponible a menguar. Aquellos suntuosos barrios antiguos quedaron simplemente en antiguos. Nuevos proyectos urbanísticos como Pruit-Igoe, iniciado en los años cincuenta, fallaron estrepitosamente en la siguiente década. El empeño por lograr una renovación urbana consiguió atraer residentes adinerados a unas pocas zonas selectas, pero apenas sirvió para remediar los males de St. Louis. A todo el mundo le preocupaban las escuelas de la ciudad, pero sólo de cara a la galería. Los años setenta se convirtieron en la Era del Aparcamiento: acres enteros de asfalto sustituyeron en el centro de la ciudad a los semivacíos edificios de oficinas.

A estas alturas, por supuesto, muchas ciudades norteamericanas pasaban apuros. Pero comparadas con St. Louis, hasta Detroit parecía una metrópolis bulliciosa, hasta Cleveland parecía un sitio seguro donde fundar una familia. Otras ciudades tenían alternativas, buenos vecinos, una posibilidad de pelear. Philadelphia tenía terrenos con los que trabajar; Pittsburgh podía contar con la ayuda del condado de Allegheny. Constreñida en su insularidad, St. Louis había bajado en 1980 a ser la Vigesimoséptima Ciudad de Norteamérica. Su población había menguado a 450.000 habitantes, casi la mitad que en 1930.

Los profetas locales estaban a la defensiva. Allí donde antaño habían esperado la supremacía, ahora tomaban aliento ante el menor síntoma de supervivencia. Durante cuarenta años habían estado proclamando: «St. Louis lo conseguirá». Señalaban el Gateway Arch (era imposible no verlo, medía 190 metros de altura). Señalaban el nuevo centro de convenciones, tres edificios altos y nuevos y dos enormes complejos comerciales. Señalaban proyectos de saneamiento de barrios bajos, programas de embellecimiento, planes para un centro comercial que rivalizaría con el de Washington.

Pero las ciudades son ideas. Imaginemos a los lectores de *The New York Times* intentando en 1984 hacerse una idea de St. Louis desde tan lejos. Podían haber leído el artículo sobre una nueva normativa municipal que prohibía hurgar en los cubos de basura de los barrios residenciales. O el artículo sobre el cierre inminente del achacoso *Globe-Democrat.* O aquel sobre ladrones que desarmaban edificios antiguos a razón de uno al día, para vender los ladrillos usados a contratistas de fuera del estado.

¿Por qué nosotros?

No dispuestos a admitir la derrota, los profetas jamás lo preguntaron. Tampoco lo hicieron los viejos guías espirituales, cuyas buenas intenciones habían sentenciado a muerte a la ciudad; hacía tiempo que habían trasladado sus residencias y negocios al condado. La pregunta, si es que llegó a surgir, lo hizo en silencio, en el silencio de las calles desiertas de la ciudad y, con mayor insistencia, en el silencio del siglo que separaba un St. Louis joven de un St. Louis agonizante. ¿En qué queda una ciudad que ya nadie recuerda, en qué queda una época cuyo transcurso nadie vive lo suficiente para lamentar? Sólo St. Louis lo sabía. Su destino estaba sellado dentro de sí misma; su tragedia, tan especial, no era especial en ninguna otra parte.

Después de ver a Jammu, Singh se llevó la pesada carpeta de Probst a su apartamento en el West End, leyó los informes, llamó ocho veces a Baxti para que le aclarara algunas cosas y luego, a la mañana siguiente, se dirigió en coche a Webster Groves para hacer una visita a la escena de futuros crímenes.

Los Probst vivían en una casa de tres plantas situada en Sherwood Drive, una calle larga y ancha. Barbara Probst había salido de su casa puntualmente. Los martes, como los jueves, trabajaba en el Departamento de Adquisiciones de la biblioteca de la universidad local, y volvía a casa sobre las cinco y media. El martes era también el día libre del jardinero. Cuando Singh pasó de oír zumbidos a interferencias por su auricular (Baxti había colocado un transmisor en el BMW de Barbara, con un radio de acción de un kilómetro), verificó los dos canales de los micrófonos instalados dentro de la casa, vio que todo estaba en calma, y se acercó a pie. En horas de colegio había tan pocos transeúntes en Sherwood Drive como en un cementerio.

Singh iba vestido aproximadamente como un operario de la compañía del gas. Llevaba al hombro una bandolera de piel negra. A punto, en el bolsillo, tenía guantes de quirófano para no dejar huellas dactilares. Descendió la escalera posterior y entró en el sótano con la llave que le había dado Baxti. Echó un vistazo y le sorprendió la cantidad de trastos que allí había. En concreto, la cantidad de neumáticos desgastados, la cantidad de macetas con flores de plástico, la cantidad de latas de café. Subió a la cocina. Notó un olor a redecoración reciente, el aroma compuesto de empapelado nuevo, telas nuevas, calafateado nuevo y pintura nueva. Un lavavajillas resoplaba en su ciclo de secado. Singh retiró la parrilla del regulador que había encima de la estufa, cambió la pila del transmisor, ajustó el volumen del micro (a Baxti siempre se le olvidaba hacerlo), volvió a colocar la parrilla y repitió el procedimiento con el que había en el comedor.

Baxti había registrado ya el estudio de Probst y la mesa y armarios de Barbara, las agendas y los cheques cancelados y la correspondencia, de modo que Singh se concentró en la habitación de la chica, Luisa. Ciento ochenta centímetros de microfilm le sirvieron para registrar todos los documentos de interés. Cuando terminó el trabajo era ya mediodía. Se enjugó la frente con la manga de la camisa y abrió una bolsita de M&M's (no dejaban migas). Estaba comiendo los últimos, dos de color amarillo, cuando oyó una voz familiar frente a la casa.

Se acercó a una ventana delantera. Luisa estaba en el camino de entrada con una amiga. Singh se metió en la habitación libre que le quedaba más a mano, empujó la bandolera bajo la cama y luego se deslizó él también, procurando no levantar demasiadas motas de polvo mientras las chicas entraban en la cocina, en el piso de abajo. Cambió el canal de su receptor y escuchó sus movimientos. Sin decirse nada, estaban abriendo el frigorífico y los armarios, sirviendo líquidos en sendos vasos y pasándose bolsas de plástico.

—Ésos no te los comas —dijo Luisa.

—¿Por qué?

—Mi madre se fija en todo.

—¿Y éstos? ¿Puedo?

—Será mejor no tocarlos.

Subieron, pasaron de largo y se metieron en la habitación de Luisa. Singh permaneció muy quieto. Tres horas después las chicas se cansaron de la tele y salieron con unos prismáticos. Singh volvió a la ventana de antes y las estuvo observando hasta que se encontraron a una manzana de distancia. Luego volvió al sótano y salió por la escalera de atrás anotando algo en su libreta de lecturas de contador.

En su segundo apartamento, situado en Brentwood, reveló y positivó la película. No salió de allí durante tres noches y dos días, dedicado a leer los documentos y a escuchar las casi cien horas de conversaciones de los Probst registradas hasta entonces. Se alimentaba de comida precocinada y congelada. Bebía agua del grifo y a ratos echaba un sueño.

Cuando el viernes por la noche Luisa salió de la casa, él estaba esperando en Lockwood Avenue dentro del LeSabre verde de dos puertas que había alquilado dos meses atrás. Singh, deliberadamente, lo pronunciaba a la francesa: *LeSob*. Luisa recogió a cuatro amigos de cuatro casas distintas y condujo hasta Forest Park, y una vez allí fueron a sentarse en —y a revolcarse arriba y abajo y a pisar la hierba de— una colina que llamaban Art Hill. La Colina del Arte. Enfrente quedaba el museo. Al caer la noche, los jóvenes fueron en coche a un campo de minigolf que había en la Autopista 366 llamado Mini-Links, quince kilómetros al suroeste de la colina. Singh aparcó el LeSob al otro lado de la carretera y los estuvo observando con sus prismáticos mientras los jóvenes metían pelotas de colores por un agujero en la base de un poste totémico. Las caras de los dos chicos eran tan lampiñas como las de las tres chicas. Todos ellos reían y se pavoneaban con ese feliz dominio —repelente en cualquier país— de los quinceañeros cuando están en su elemento.

La noche siguiente, sábado, Luisa y su compinche de novillos Stacy compartieron marihuana en un parque oscuro y fueron a ver una película de porno blando, los placeres de la cual Singh optó por ahorrarse. El domingo por la mañana Luisa y una chica distinta cargaron material de ornitología en el BMW y pusieron rumbo al oeste. Singh las siguió sólo hasta el límite del condado. Había visto suficiente.

En la tierra de nadie limitada por las sinuosas vías de acceso a la autovía de East St. Louis (Illinois) estaba el almacén donde Singh tenía un *loft*, su tercer apartamento y su preferido de los tres. Se lo había buscado personalmente la princesa Asha —el edificio era una de las numerosas propiedades inmobiliarias de la Hammaker Corporation— y ella había pagado también la moqueta verde de sus tres habitaciones, así como los electrodomésticos y la ducha añadida al cuarto de baño. El *loft* no tenía ventanas, solamente claraboyas de vidrio mate. Las puertas eran de acero. Las paredes tenían tres metros treinta de alto, y eran a prueba de incendios y de ruidos. Encerrado en la habitación más interior, Singh podía estar en cualquier parte del mundo, es decir, no en St. Louis. De ahí que le gustara tanto.

La sombra difusa de una paloma cayó sobre la claraboya, seguida de una segunda sombra. Singh abrió la carpeta de Probst, que estaba junto a él en el suelo. Jammu le había estado llamando toda la semana, presionándole para poner en marcha un plan que llevara a Probst a su terreno. Jammu tenía mucha prisa. Con la ayuda del alcalde y de un concejal corrupto, estaba empezando a diseñar cambios en las leyes tributarias de la ciudad, cambios que la ciudad no podría llevar a cabo a menos que, mientras tanto, una parte de la riqueza y de la población del condado fuera persuadida de trasladarse nuevamente hacia el este. Pero el condado guardaba celosamente sus recursos. Nada que no fuera la reunificación podría inducirlo a colaborar en la salvación de la ciudad. Y dado que los votantes del condado se oponían obstinadamente a toda forma de cooperación, Singh y Jammu estuvieron de acuerdo en que la única forma de catalizar una reunificación era centrarse en las personas físicas que modelaban la política en la región, que determinaban la ubicación y la tendencia de las inversiones. Según Jammu, no harían falta más de una docena de catalizadores, siempre y cuando se los hiciera actuar de involuntario común acuerdo. Y si había que hacer caso de sus pesquisas, ya había identificado a sus doce candidatos. Previsiblemente, eran todos varones, asistían todos a las reuniones de Municipal Growth, y en su mayoría eran directivos con una gran influencia en sus accionistas respectivos. Éstos eran los hombres que ella necesitaba «a toda costa».

Qué pensaba hacer con ellos cuando los tuviera en el bolsillo, cuando hubiera remediado los males de la ciudad y hubiera trascendido su papel en el Departamento de Policía para convertirse en la primera dama de Mound City*, era algo que no le dijo. De momento, sólo le preocupaban los medios a emplear.

Peleando contra sus enemigos en Bombay y fomentando los intereses de su familia, Jammu había desarrollado la idea de un «Estado» en donde la conciencia cotidiana del individuo quedara seriamente limitada. La versión más blanda del Estado, la que mejor había funcionado en Bombay, explotaba la inquietud por los impuestos. Pensando en las docenas de ciudadanos cuyas ideas deseaba modificar, Jammu había hecho que la oficina de Hacienda realizara auditorías tremendamente prolongadas. Y cuando el individuo en cuestión llegaba a un estado en que vivía y respiraba y soñaba únicamente con impuestos, Jammu asestaba el tiro de gracia. Pedía al individuo un favor que éste normalmente no le habría concedido, obligaba al individuo a dar un paso en falso que seis meses antes no habría dado ni en sueños, le sacaba una inversión que el individuo habría tenido mil y una razones para no hacer... No era un método infalible, por supuesto. Inicialmente, Jammu necesitó una cierta dosis de ventaja, pero en general esa ventaja consistía en poco más que en la susceptibilidad del individuo al encanto de Jammu.

El Estado tenía dos virtudes sobre otras formas más convencionales de coerción. En primer lugar, era tangencial. Surgía de una parte del individuo que no podía asociarse a Jammu, a la policía ni, con frecuencia, a la esfera pública. Segundo, era flexible. Podía adaptarse a cualquier situación, a cualquier debilidad por parte del individuo. Jammu había transformado al peligroso Jehangir Kumar, un hombre que amaba la bebida, en un alcohólico incorregible. Cuando el señor Vashni Lal, un sujeto que venía teniendo dificultades con sus mal pagados soldadores, hizo un intento de destronar a Jammu de su jefatura, ésta le había organizado una crisis laboral, un sangriento levan-

---

* Ciudad de los Túmulos. Antiguamente se llamaba así a St. Louis por las numerosas sepulturas indias que allí había. *(N. del T.)*

tamiento que sus propias fuerzas policiales tuvieron que ir a sofocar. Había abrumado a progresistas de sentimiento de culpabilidad, había convertido a fanáticos en paranoicos de verdad. Se había cebado en los peores miedos de empresarios dinámicos impidiéndoles dormir, y en la tendencia a la gula de uno de sus inspectores rivales enviándole un apasionado chef bengalí que le preparó una operación de vesícula y una jubilación anticipada. El propio Singh había intervenido en la vida de un mariposón, un millonario de Surat que falleció poco después, volviéndolo impotente al servicio del Proyecto Poori.

Dada la naturaleza intercambiable de los empresarios, Jammu insistió en que sus candidatos de St. Louis fueran siempre operativos. Debían permanecer en el poder, pero con sus facultades mermadas. Y fue aquí —al buscar una vía para el Estado, una manera de mermar— cuando Singh se topó con el problema de Martin Probst.

Probst no tenía ninguna debilidad.

Era honesto, cabal y tranquilo hasta la suficiencia. Carecía de vicios. Para ser un contratista, su historial profesional era increíblemente intachable. Sólo apostaba por proyectos que fueran a todas luces necesarios. Contrataba asesores independientes para que revisaran su obra. Cada mes de julio enviaba a sus empleados una relación detallada de los gastos de la compañía. Los únicos enemigos que tenía en la actualidad eran los sindicatos, a los que había contrariado en 1962; y los sindicatos ya no tenían peso en la política de St. Louis.

También la vida doméstica de Probst parecía estar en orden. Singh había podido escuchar algunas peleas domésticas, pero nada más que mala hierba, de corta raíz, que brotaba por las juntas de un sólido pavimento. La sosegada imagen de la familia Probst era, de hecho, lo que más parecía admirar en él toda la ciudad. Singh había espigado entre la biblioteca de cintas que R. Gopal había estado inventariando para Jammu. En una, el alcalde Pete Wesley hablaba con el tesorero del Consejo Rector de la East-West Gateway.

Wesley (+ R. Crawford, sáb. 10/9, 10:15, Ayuntamiento)

PW: No, aún no he hablado con él. Pero el jueves vi a Barbara en el partido de béisbol y le pregunté si se lo había pensado.

RC: En el partido de béisbol.

PW: Curioso, ¿no? De cualquier otra mujer, uno pensaría que estaba chiflada.

RC: Quieres decir que iba sola.

PW: No sé cómo se lo hace. Cualquier otra... ¿Te imaginas a alguien como Betty Norris sentada allí solita en las gradas?

RC: ¿Qué te dijo Barbara?

PW: Estuvimos hablando un buen rato. No conseguí saber qué era lo que pensaba Martin, pero ella desde luego ya había tomado una decisión.

RC: ¿En qué sentido?

PW: Pues a favor. Totalmente a favor. Es una mujer impresionante. Y, mira, para ser una familia tan pequeña, hay que ver la de veces que te topas con ellos, ¿no?

Ripley (Rolf, Audrey, lun. 5/9, 22:15)

AR: ¿No te parece que Luisa es de esas niñas a las que podría pasarles algo? Hoy estaba tan simpática... Todo en ella es tan perfecto que no es difícil pensar que le ocurra alguna desgracia... *(Pausa.)* Como una muñeca que se puede romper. *(Pausa.)* ¿No te parece?

RR: Pues no.

Meiner (Chuck, Bea, sáb. 10/9, 01:30)

CM: Era Martin. Quería asegurarse de que hubiéramos llegado bien a casa. *(Pausa.)* Estoy convencido de que no habría podido dormir si no llama. *(Pausa.)* ¿Tan borracho parecía yo?

BM: Tú y todos nosotros, Chuck.

CM: Es curioso, con ellos no lo notas tanto. Quiero decir, te hacen sentir tan a gusto...

BM: Son una pareja muy especial.

CM: Sí. Una pareja muy especial.

Qué mala suerte, pensó Singh, que R. Gopal ya no tenga tiempo de seguir organizando estas conversaciones grabadas y darles una forma tan útil. «Creo que ya hemos superado esa fase», había dicho Jammu. «Tengo otro trabajo para Gopal.»

Murphy (Chester, Jane, Alvin, 19/9, 18.45)
JANE: ¿Sabes a quién he visto hoy, Alvin? A Luisa Probst. ¿Te acuerdas de ella?
ALVN: *(mascando algo)* Más o menos.
JANE: Se ha convertido en una chica muy guapa.
ALVN: *(mascando)*
JANE: Creo que estaría bien que la fueras a ver algún día. Estoy segura de que le encantará saber de ti.
ALVN: *(mascando)*
JANE: Sólo digo que estaría bien.
ALVN: *(mascando)*
JANE: Recuerdo que era más bien gordita. Hace que no la veía, uf, tres años. Ya nunca voy a Webster Groves. A su madre sí la veo a menudo. *(Pausa.)* Yo creo que estaría pero que muy bien que la llamaras.
CHES: Déjalo, Jane.

Una chica muy guapa. Una pareja especial. Singh se cuidó mucho de no inferir que una parte del poder de Probst emanaba de su encantadora familia, pero sin duda alguna la familia era una fuente de fuerza incomparable. Una fuerza como ésa podía equivaler a una debilidad. Hasta Baxti se había dado cuenta. En su resumen había escrito:

Incorrupto en el 72, y peor.

(En 1972 un miembro de un grupo partidario de extirpar los barrios bajos había solicitado una retribución, y Probst se había chivado a la prensa.)

Probst no tiene pecados y sí moralidad. Morirá: todo hombre es moral. Ésta es la clave. *Muerte en el aire.*

Primer paso: el perro. Segundo paso: la hija. Tercer paso: la esposa. Pérdidas continuadas. Y quedarse solo. Él ama a su perro. Le llama por el nombre de mascota. Adiós chucho...???

Así se expresaba Baxti cuando estaba inspirado. Su estilo informativo, en hindi, era un poco más fácil de seguir.

Singh cerró el dossier y miró las palomas borrosas sobre la claraboya. Baxti era torpe, pero nada tonto. Había tomado el camino correcto. Como ciudadano occidental, Probst era impresionable a priori. A fin de incitarlo al Estado, quizá sería necesario acelerar simplemente el proceso de aflicción, condensar en tres o cuatro meses las pérdidas de veinte años. Se trataría de accidentes no relacionados entre sí, una «mala racha», como escribía Baxti en alguna parte. Y el proceso podía darse por incrementos, durando sólo hasta que Probst apoyara públicamente a Jammu e instara a hacer otro tanto a Municipal Growth.

Muy bien. El siguiente paso era la hija. Singh había completado la investigación de Baxti leyendo las cartas, diarios y libretas de Luisa, había oído la afirmación de sus posesiones y, sin ser él un experto en juventud americana, le pareció que Luisa era una chica muy típica. Había pasado por el ortodoncista. No tenía enfermedades ni parásitos. Era rubia, más o menos, medía un metro sesenta y cinco y sabía sacar partido de su riqueza. Había gustado a varios chicos y acababa de dar calabazas al más reciente. Tenía un aparato estéreo marca TEAC, 175 discos de vinilo, no tenía coche ni ordenador, una red para insectos y un tarrito de cianuro, un diafragma dentro de su estuche original con un tubito de Gynol II, un televisor pequeño, más de 40 jerseys, más de 20 pares de zapatos. Tenía 3.700 dólares en su cuenta personal de ahorros y, aunque eso no importaba, casi 250.000 en cuentas conjuntas y fondos fiduciarios. Esta proporción —de 2.500 a 37— era la expresión matemática de su distancia respecto a la edad adulta. Hacía novillos y tomaba estupefacientes; las mataba callando.

Singh tenía que pensar en cómo desgajarla de la familia. «Nada de cosas raras», insistía Jammu. Lo menos raro era emplear la violencia. Pero si bien una cosa era que Baxti matara al perro de Probst, otra muy distinta era emplear el trauma familiar como primer recurso. El trauma producía aflicción, convulsiones catárticas. Muy bonito. Pero no inducía al Estado.

Tampoco las otras técnicas clásicas servían para Luisa. Singh no podía raptarla; eso entrañaría terror y pena en exceso. No podía emplear halagos, no podía convencerla de que tenía un gran talento en algún campo concreto, porque no lo tenía, y era demasiado sarcástica para dejarse timar. El soborno también estaba descartado. Jammu sabía de un banquero de Talstrasse que estaría encantado de abrir una cuenta, pero Luisa todavía no conocía el significado del dinero. Era también demasiado joven para persuadirla, al estilo *Misión Imposible,* de que un pariente o un amigo estaba tramando algo contra ella. No era demasiado joven para los narcóticos, por supuesto, y Singh era un camello de los mejores, pero las drogas entrañaban otra forma de trauma. Quizá hubiera funcionado el adoctrinamiento político, pero llevaba demasiado tiempo.

No le quedaba más alternativa que seducir a la chica. Aun siendo una técnica bastante rara, la seducción era ideal para objetivos jóvenes y lascivos, objetivos en esa edad en que son astutos y buscan diversión o líos. El único problema real era cómo acceder. Luisa nunca estaba sola salvo en su casa, o en el coche o en una tienda u observando pájaros o en la biblioteca (y Singh ya sabía que era mejor no hacer amistad en las bibliotecas públicas americanas). ¿De qué manera podía llegar a conocerla un extraño como él?

Tendría que hacerlo Singh, eso por descontado. No había nadie más. La chica preferiría hacerlo con un caimán antes que acostarse con Baxti. Pero Singh era pulcro. En época de vacas flacas había sido modelo de corbatas. Su imagen era la de la Limpieza. La gente decía que era por sus dientes. Bueno, quizá. En cualquier caso, era limpio. Limpio y —no menos importante— irresistible. Un auténtico gigoló con las americanas. Qué diablos, hacía sólo una semana...

El problema era acceder. Aunque consiguiera hacerla salir de casa —mandándole por correo entradas libres a un club, o a un concierto— ella se llevaría a una amiga. A veces, sí, iba a mirar pájaros ella sola, pero Singh no sabía nada de ornitología. Tardaría semanas en aprender el argot, y la idea de perder el tiempo con esos bichos que se pasaban el día lanzando chorros de excremento líquido (a Singh no le gustaba la naturaleza) le resultaba del todo repugnante. Qué pena que el hobby de Luisa no fueran los cuchillos. Singh poseía algunos por los que un coleccionista experto habría vendido a su propia hermana. El Flayer birmano...

El problema era acceder. Bastaría una hora a solas con la chica. La Mística de Oriente se ocuparía del resto. Figurillas de jade, botella de Moët, una docena de rosas. Luego la seducción; llevarla a Nueva Orleans; hincharla de cocaína.

Singh se reclinó en la blanda moqueta verde.

1. Una amiga de fuera, por ejemplo alguien con quien se carteara, llega inesperadamente a la ciudad. Llama a Luisa, la invita a tomar algo. Ya no está en el bar cuando Luisa llega. Acaba enrollándose con un amable desconocido.

2. Un representante de una famosa revista para jóvenes, un hombre intrigante de buena dentadura, la telefonea. Quiere entrevistarla. En profundidad. Le gustaría que ella hiciera de corresponsal para la revista. La invita a sesiones de trabajo a puerta cerrada.

3. Un amante de la naturaleza con muy atrayentes atributos físicos se topa un día con ella en el campo. Luisa está sola. Después de unas cuantas bromas inocentes, se adentran en un bosque para dar un paseo.

Singh estaba en el suelo, aislado, en una habitación que le obligaba a sentar la cabeza. Su estómago gruñó levemente, una hambrienta banda sonora para las silenciosas sombras de palomas en la claraboya. De la gente de su edad, los camaradas que tenía en Srinagar, el Grupo de Lectura del Pueblo, al menos diez estaban en la cárcel. Una docena habían muerto y otros diez eran organizadores en Madrás, Sri Lanka, Bombay. Algunos vivían bastante bien en Bengala Occidental. Había uno en Angola, tres en Suráfrica, uno en Etiopía, media docena todavía en Moscú, y al menos dos más en Centroamérica, mientras que Balwan Singh, el cerebro del grupo, el chaval que había matado al vicegobernador de un bayonetazo, había llegado más lejos que nadie: hasta East St. Louis (Illinois), donde ahora tramaba la más decadente de las subversiones, tumbado de espaldas en el suelo. Sólo había otro miembro del viejo cuadro en Estados Unidos, y era Jammu. Jammuji, flor silvestre, perfume inigualable. Y ella no tenía que tramar nada. Se dedicaba a amasar poder y dejar el trabajo sucio a sus subordinados, no fuera que su dignidad saliera salpicada. Singh quería entrar en acción, la única manera de olvidar todos estos planes. Quería, también, a Luisa Probst con repentina fuerza criminal. Quería doblegarla. Se quitó un zapato y lo lanzó con furia contra la claraboya. Las sombras se dispersaron.

*

Martin Probst se había criado en St. Louis ciudad, en un viejo barrio alemán que había en la zona sur. Con dieciocho años montó un negocio de demolición, y dos años más tarde lo ampliaba hasta convertirlo en una empresa de construcción en general. A los veintisiete conmocionó a todo el *establishment* de la construcción local al ganar el concurso para erigir el Gateway Arch. Al poco tiempo se había convertido en el constructor más solicitado de St. Louis: los gobernantes locales preferían sus moderadas ofertas, y los grupos privados se lo disputaban por la excelente factura de sus trabajos. La prensa local solía ponerlo en la lista de posibles candidatos a cargos de rango estatal, no porque él mostrara indicios de querer presentarse, sino porque los observadores no se lo imaginaban trabajando toda su vida en el estrecho marco del mundo de la construcción. A diferencia de muchos contratistas, Probst no era «todo un carácter» ni un temerario babeante ni un rubicundo fumador de puros. Medía un metro ochenta, se le daba bien hablar, el típico directivo de Missouri cuyo rostro era memorable únicamente porque había estado apareciendo por toda la ciudad durante treinta años. Como un albañil del Medievo, tosco pero reservado, iba dondequiera que estuviese la obra.

Ahora, la obra estaba principalmente en West County, la zona ex urbana del condado de St. Louis que había más allá de la carretera de circunvalación. En cinco años Probst había construido el St. Luke's West Hospital, un instituto de enseñanza secundaria en el distrito de Parkway West y un complejo de oficinas-ocio-hotel-centro comercial llamado West Port. Había construido los condominios de Ardmore West, ramificaciones hacia el oeste de cinco carreteras del condado, y carriles extra en la U.S. 40 hasta los límites occidentales del condado. Recientemente había empezado trabajos en Westhaven, «un gran entorno de trabajo y calidad de vida» cuyos trescientos cincuenta mil metros cuadrados de espacio alquilable estaban pensados ni más ni menos que para dejar en ridículo a West Port.

El tercer sábado de octubre, una semana después de que Singh hubiera concretado sus planes para Luisa, Probst conducía su Lincoln de vuelta a casa tras la reunión en Municipal Growth escuchando el programa de jazz que la KSLX emitía los sábados por la noche. Sonaba Benny Goodman. La luna llena había estado en el cielo al salir Probst de su casa cinco horas antes, pero entre tanto el tiempo había empeorado. La lluvia explotaba contra el parabrisas mientras conducía por Lockwood Avenue. Estaba acelerando al ritmo vertiginoso del clarinete de Goodman.

La reunión había sido un fracaso. Confiando en suscitar un poco de *esprit de corps,* Probst había tenido la idea de programar una reunión un sábado por la noche, con cena incluida y entrecot para veinticinco personas en un comedor privado del Baseball Star. La idea no podía haber sido más mala. Ni siquiera hubo quórum hasta que Probst convenció a Rick Crawford para que renunciara a ir al teatro. Todos se lanzaron a beber mientras llegaba Crawford. El debate final sobre los centros hospitalarios de la ciudad fue interminable y complicado. Y cuando Probst se disponía a proponer un aplazamiento, el general Norris se levantó y ya no paró de hablar hasta cuarenta minutos después.

El general Norris era el consejero delegado de General Synthetics, uno de los principales fabricantes de productos químicos del país y pilar de la industria en el condado de St. Louis. Su riqueza personal y sus radicales opiniones políticas tenían magnitudes casi míticas. De lo que quería hablar, dijo, era de *conspiración*. Afirmó que le parecía alarmante y significativo que durante la misma semana de agosto dos mujeres indias se hubieran arrogado posiciones de mando en la ciudad. Señaló que India era esencialmente un satélite soviético, e invitó a Municipal Growth a analizar lo que podía ocurrir ahora que Jammu controlaba la policía de la ciudad y la princesa controlaba al hombre que dirigía la Hammaker Brewing Company y era propietario de gran parte de su capital. (Por suerte para los reunidos, Sidney Hammaker era uno de los ausentes aquella noche.) Norris dijo que había claros indicios de que Jammu, con ayuda de la princesa Asha, estaba conspirando para subvertir el gobierno de St. Louis. Instó a Municipal Growth a formar una comisión especial encargada de controlar sus movimientos. Habló del FBI...

Probst sugirió que el FBI tenía mejores cosas que hacer que investigar al jefe de policía y a la mujer de Sidney Hammaker.

El general Norris dijo que aún no había acabado de hablar.

Probst dijo que ya había oído bastante, y creía que lo mismo opinaban los demás. Dijo que Jammu parecía estar haciendo bien su trabajo; era pura coincidencia que ella y la princesa hubieran aparecido en la ciudad al mismo tiempo. Dijo que, como medida política, Municipal Growth debía evitar tomar ninguna medida que pudiera poner en peligro su eficacia provocando una polarización de sus miembros y saliendo a la palestra como otra cosa que lo que era, una asociación sin ánimo de lucro.

El general tamborileó en la mesa con los dedos.

Probst señaló que había sido Norris el que había apoyado la candidatura de Rick Jergensen a jefe de policía. Señaló que la candidatura de Jergensen —mejor dicho, el poder de quienes le respaldaban— había resultado un factor decisivo en el punto muerto de las negociaciones, y que ese punto muerto había llevado directamente a la elección de Jammu...

—¡Discrepo! —el general Norris se levantó de un salto y apuntó a Probst con el dedo—. ¡Discrepo! ¡No estoy de acuerdo con esa conclusión!

Probst aplazó la reunión. Sabía que había molestado al general y a sus camaradas, pero no se quedó a enmendar las cosas. Para empezar, el general se había marchado ya.

Llovía a mares cuando Probst llegó a casa. De mala gana, abandonó la privacidad de su coche, el ambiente de jazz, cerró la puerta del garaje y cruzó el césped a toda prisa. El aire llevaba húmedas hojas muertas.

Encontró a Barbara dormida en la cama con el último *New Yorker* abierto sobre el estómago. La televisión estaba encendida pero sin volumen. Probst evitó las tablas que sabía que crujían bajo la moqueta.

En el cuarto de baño, mientras se cepillaba los dientes, reparó en unos cabellos grises cerca de su sien derecha, casi un mechón. Eso le hizo abrir los ojos como platos. ¿Pero por qué, se preguntó, tenía que encanecer de repente? Iba muy adelantado en el proyecto de Westhaven, bueno, algo justo de personal, quizá, el clima le preocupaba un poquito, pero desde luego iba muy por delante de los plazos fijados, y no estaba en absoluto preocupado.

Claro que, casi tenía cincuenta años.

Se relajó y se cepilló con energía, procurando alcanzar la cara interna de sus cuatro muelas del juicio, zonas de peligro para las caries. Al recordar que Luisa no había regresado todavía, fue por el pasillo hasta su cuarto, que parecía estar más frío que el resto de la casa, encendió la lamparita de noche y le abrió la cama. Salió al pasillo y bajó las escaleras. Abrió la puerta principal y encendió la luz del exterior.

—¿Eres tú, cariño? —llamó Barbara desde arriba.

Probst volvió a subir pacientemente la escalera antes de responder:

—Sí.

Barbara había subido el volumen de la tele con el mando a distancia.

—¿Yo te llamo «cariño»?

Puede que la Calle Cuarenta y Dos no sea el centro del universo pero...

—¿Qué tal la reunión? —preguntó ella.

—Fracaso total.

Les contaría toda la historia pero hay censura...

La imagen se arrugó al apagar Probst el aparato. Barbara frunció el ceño, ligeramente enfadada, y cogió su revista. Se había puesto las gafas de leer y llevaba un camisón azul cielo por el que se vislumbraban los pechos, sus trayectorias tangenciales, sus densas aréolas marrones. El cabello, que últimamente se había dejado crecer un poco más, caía en forma de S junto al lado derecho de su rostro, protegiendo sus ojos de la lámpara.

Cuando él se metió en la cama ella se escoró hacia el centro del colchón pero sin dejar de leer. Él no podía creer que estuviera realmente tan concentrada. ¿No dormía hacía apenas dos minutos? Echó un vistazo a las revistas apiladas en la mesita de noche y eligió un *National Geographic* que no había leído aún. En la cubierta había un sonriente Buda de piedra con ojos de piedra que no veían.

—Tu cuñado no ha venido a la reunión —le dijo a Barbara—. Es la clase de favor que yo agradezco.

Barbara se encogió de hombros. Su hermana mayor, Audrey, estaba casada con Rolf Ripley, uno de los industriales más importantes de St. Louis. Ni a Probst ni a Barbara les gustaba la compañía de Rolf (por decirlo suavemente) pero Barbara se sentía más o menos responsable de Audrey, que era proclive a desastres emocionales, de modo que Probst, por su parte, tenía que ser educado con Rolf. Se veían semanalmente en el viejo Racquet Club para jugar al tenis. Esta mañana habían jugado un partido y Rolf no le había dado opción. Frunció el entrecejo. Si Rolf tenía tiempo para el tenis, ¿por qué no para Municipal Growth?

—¿Tienes idea de dónde estaba? ¿Has hablado con Audrey?

—Ayer.

—¿Y?

—Y ¿qué?

—¿Tenían algún plan para esta noche?

Barbara se quitó las gafas y le miró.

—Rolf se está viendo con otra. Una vez más. No me hagas más preguntas.

Probst giró la cabeza. Sentía una curiosa ausencia de irritación. Era suficiente con que Barbara se peleara con Rolf;

a Probst había dejado de preocuparle. Rolf dirigía su propio imperio de electrodomésticos (sólo Wismer Aeronautics tenía una plantilla más numerosa) y St. Louis le consideraba el gran brujo de las finanzas, pero tenía hábitos de playboy y una figura enjuta y ojerosa que le iba como anillo al dedo. Unos diez años atrás había empezado a hablar con acento británico. La cosa iba a más, como si cada lío de faldas le empujara a ello. Era un tipo demasiado raro para que Probst se ofendiera.

—Pues ya ves, esta mañana hemos jugado al tenis —dijo—. ¿Dónde está Lu?

—Me extraña que no haya llegado. Le dije que volviera pronto. Cada vez está más resfriada.

—¿Ha salido con Alan?

—Cielo santo, Martin.

—Vale, vale, vale —dijo él. Luisa había terminado con Alan—. Bueno, ¿y dónde está?

—No tengo ni idea.

—¿Cómo que no tienes ni idea?

—Pues eso. Que no lo sé.

—¿Es que no le has preguntado?

—Yo estaba aquí arriba cuando se marchó. Me dijo que no tardaría mucho.

—¿Cuánto hace de eso?

—Serían las siete. Poco después de que te fueras tú.

—Ya son casi las doce.

Una página pasó. La lluvia golpeaba las ventanas y caía a chorro por los canalones.

—Creía que nuestra política era saber dónde estaba Luisa.

—Mira, Martin. Lo siento. Déjame leer un poco, ¿de acuerdo?

—Está bien. Está bien. Me sale la política hasta por las orejas. Perdona.

En la práctica, aparentemente, por el hecho verificable de no haber pecado nunca mucho, Probst podía arrogarse una superioridad moral sobre Rolf Ripley. Ya desde un principio sus ambiciones le habían impedido ir por la vida como un tren de mercancías, sus amigos casados tenían que vérselas para convencerle de que saliera a cenar al menos una vez al mes. El principal de estos amigos de antaño era Jack DuChamp, vecino de Probst con quien compartía soledad en McKinley High. Jack había sido unos de esos chicos que desde la pubertad no desean otra cosa que ser sabios y adultos como sus padres. Jack siempre estaba a vueltas con el matrimonio y la madurez, y Probst, cómo no, era uno de los principales impíos que él trataba de convertir. Sus intentos habían empezado en serio un bochornoso viernes del mes de julio, en la casita que Jack y Elaine tenían alquilada. Jack todavía hinchaba el pecho de celo matrimonial. No dejó de sonreír a Probst durante toda la cena como si esperara que le siguiera dando la enhorabuena. Cuando Elaine empezó a recoger la mesa, Jack abrió dos nuevas cervezas y se llevó a Probst al porche de la parte de atrás. El sol se había puesto detrás de la bruma que cubría las vías del tren más allá de la cerca de los DuChamp. Los bichos empezaban a despertar en la maleza. Jack chascó la lengua y dijo:

—Hay veces en que las cosas pueden salir bien.

Probst guardó silencio.

—Estás triunfando, colega, se nota a la legua —continuó Jack con voz de estar escribiendo la historia—. Las cosas suceden muy deprisa, y me gusta el tenor que están tomando. Sólo espero que podamos verte el pelo de vez en cuando.

—¿A qué te refieres?

—Bien —Jack enseñó una sonrisa paternal—, te lo diré. Todo te está saliendo a pedir de boca, y me consta que no somos los únicos que nos damos cuenta. Has cumplido veinte años, por fin tienes un poco de dinero que gastar, tienes buena pinta, inteligencia...

Probst rió.

—¿De qué estás hablando?

—De que yo, Jack DuChamp —se señaló a sí mismo—, a veces creo que te envidio.

Probst miró hacia la cocina. Se oía rumor de platos en el fregadero.

—No es eso —dijo Jack—. Soy un hombre de suerte y tú lo sabes. Es sólo que nos gusta hacer conjeturas.

—¿Sobre qué?

—Pues verás, nos gusta hacer conjeturas... ¿estás preparado? —Jack hizo una pausa—. Nos gusta hacer conjeturas sobre tu vida sexual, Martin.

Probst notó que palidecía.

—¿Cómo dices?

—Sí, hombre. En las fiestas. Se ha convertido en una especie de juego, cuando tú no estás por allí. Si hubieras oído a Dave Hepner el sábado pasado... «Sábanas de raso y tres tías a la vez.» Sí, Elaine se enfadó mucho porque le pareció que la cosa subía demasiado de tono.

—Pero Jack... —Probst estaba horrorizado.

Pasado un momento, Jack meneó la cabeza y agarró a Probst del brazo. Siempre había sido un bromista, un guasón.

—No —dijo—. Es broma. Es que a veces nos preocupa que puedas estar trabajando un poco más de la cuenta. Y... Bueno, mira. Conocemos a una chica que tal vez te podría interesar. En realidad es prima mía. Se llama Helen Scott.

Durante casi un mes, Probst no hizo nada con el número que Jack le había pasado, pero el nombre, Helen Scott, empezó a crearle una visión de esplendor femenino tan abrumadora que, al final, no le quedó más alternativa que telefonearla. Quedaron en verse. Probst la recogió un domingo por la tarde en la pensión donde estaba viviendo (Helen se había mudado a la ciudad al aceptar un empleo en Bell Telephone) y fueron a Sportman's Park a ver el partido de los Browns contra los Yankees. Helen Scott estaba muy bien. Como Probst había confiado, no guardaba el menor parecido con su primo Jack. Tenía una voz ronca y campestre, el pelo ondulado, llevaba una falda de talle alto conforme a la moda de la época, que, más democrática que modas posteriores, al menos no desmerecía la apariencia original de ninguna mujer. El amor preconcebido impidió a Probst hacer ningún otro tipo de valoraciones. Se sentaron en la grada. Los Browns, que fueron inmediatamente arrasados por los Yankees, eran el equipo perfecto para una primera cita, ya que su tendencia general a cometer errores les confería una inocencia de la que los Yankees parecían carecer por completo. Probst, con una chica guapa a su lado, sintió una caridad rayana en la alegría.

Después del partido, Helen y él fueron a Crown Candy a tomar bocadillos y batidos (aquí pudo observar que ella tenía la boca grande y muy poco apetito) y luego pararon en el apartamento de él, que en realidad era el sótano de la casa de su tío George. Allí, en su sofá cama, con una celeridad que demostraba hasta qué punto le habían impacientado los largos preliminares, Helen le besó. Por la forma en que se entregó a él, Probst supo que estaba a un paso de conseguirlo. La cabeza empezó a dolerle. Ella dejó que le quitara la blusa y el sostén. Los pasos del tío George, vacilantes por culpa de la gota, presionaban las tablas encima de sus cabezas. Helen se abrió la falda y Probst la besó en las costillas y le pellizcó los pezones, pues había oído decir que las mujeres lo encontraban muy placentero.

—No hagas eso.

Su voz sonó dolorida. Se incorporaron, jadeando como nadadores. Probst creyó entenderlo. Pensó que ella quería decir que se había propasado. Y entonces Helen cambió realmente de parecer; mientras él estaba allí sentado, contrito e inseguro, ella volvió a vestirse, defendiéndose (o así lo veía él) de sus lacerantes manos varoniles.

Probst la acompañó de vuelta a la pensión. Ella le besó en la frente antes de entrar corriendo. Él estuvo esperando un rato, en la oscuridad, como si pensara que tenía que volver a salir. Le parecía cruel que sus logros profesionales no le hubieran servido de nada en el sofá cama, que ser un hombre en el mundo no le convirtiera en un hombre de mundo. Y tanto entonces, sentado en el coche, como años después, recordando aquel día sentado en el coche —la ubicación del momento tenía esa cambiante ambigüedad, ahora lo ves, ahora no lo ves, de un autoengaño que uno sabe que está cometiendo—, decidió esperar hasta que sus logros fueran tan grandes que ya no le hiciera falta, en tanto que macho, llevar la iniciativa. Quería ser deseado. Quería ser él el objeto, tener ese poder. Quería ser así de grande.

De ahí que fuera virgen cuando conoció a Barbara y que le hubiera sido fiel desde el primer día.

Barbara apagó la luz de su lado.

—¿Vas a dormir? —preguntó él.

—Sí. ¿Tú no?

Probst procuró sonar despreocupado:

—No, creo que esperaré a que llegue Luisa.

Ella le dio un beso.

—Espero que no tarde mucho.

—Buenas noches.

El viento hacía temblar las ventanas del dormitorio. Era la una menos veinte, pero Probst estaba tranquilo porque Luisa sabía cuidarse. De eso estaba totalmente convencido. Luisa controlaba su vida de una manera casi antinatural; sólo había una cosa que controlara todavía más, y era la vida del prójimo, como el pobre Alan. Cuando iba a verla, como venía haciendo a diario desde el principio de la primavera, ella podía pasarse una hora al teléfono hablando con otros amigos. Alan esperaba sentado, sonriendo por las cosas graciosas que le oía decir a ella.

Rolf se está viendo con otra. Una vez más.

Luisa había dado calabazas a Alan en junio, el último fin de semana antes de partir para Francia. Lo anunció mientras cenaban. Sonó a una decisión muy industrial, como si todo el tiempo hubiera estado calculando los costes y beneficios, y finalmente Alan no hubiera pasado la prueba de productividad. Aunque a Probst le pareció bien aquella decisión, no quiso expresarlo verbalmente. Creía que un medio austero, un ambiente de estimulante censura, era el mejor semillero para la virtud, y en Webster Groves si tu padre ganaba tranquilamente 190.000 dólares al año y tenía un jardinero todo el día y una mujer de la limpieza a horas, no era fácil inspirar austeridad ni estimulante censura. De ahí que hubiera asumido el papel de entorno hostil cara a Luisa. Se negó a comprarle un coche. Dijo que no a una escuela privada. La había hecho pasar por las Girl Scouts. No le compró la mejor cadena de música del mercado. Imponía toques de queda. (Luisa se había saltado ya el del fin de semana en más de cuarenta minutos.) Le daban una paga semanal, que él a veces fingía haber olvidado dejarle sobre el tocador. (Luisa iba a quejarse a Barbara, quien siempre le daba lo que ella le pidiera.) La hizo llorar cuando llegó con una mala nota, en ciencias sociales. La obligaba a comer remolacha.

Barbara roncaba un poco. Como si hubiera estado esperando esta señal, Probst se levantó de la cama. Abrió el armario y se puso la bata y las zapatillas. Estaba cansado, pero no iba a poder dormir hasta que llegara Luisa. Había salido a las siete diciendo que no tardaría mucho. Ahora era casi la una. La hora de Rolf Ripley, la hora de los hombres feos ante los cuales se desinhibían inexplicablemente las desconocidas, la hora de hacerlo.

¿Lo estaría haciendo Luisa? ¿Dónde podía estar? Sus amigos habituales sabían que era mejor no saltarse el toque de queda, así que quizá había ido a alguna parte sin ellos. Luisa era muy suya. Había heredado los deseos de Probst pero no sus desventajas. Había nacido chica —era deseada— y no había tenido que ganárselo. No había tenido que esperar.

En la planta baja el frío se colaba por las ventanas. Mohnwirbel, el jardinero, no había colocado aún los bastidores suplementarios. Probst se imaginó a Luisa bajo la lluvia, poniéndole las cosas fáciles a un jovencito que no se lo merecía. Se imaginó a sí mismo dándole un bofetón cuando llegara a casa. «Estás castigada hasta nueva orden.» Una ráfaga de lluvia golpeó las ventanas de la sala de estar. Un coche con el motor trucado se desvió de Lockwood Avenue y enfiló Sherwood Drive. Cuando pasó por delante de Probst iba al menos a noventa por hora y el blap blap de los cilindros era ya un gemido. Notó una corriente de aire.

La puerta delantera estaba abierta. Luisa estaba entrando en casa. Girando el tirador con una mano y presionando el burlete con la otra, cerró la puerta sigilosamente. Una bisagra produjo un suave maullido. Probst oyó un clic. Luisa apagó la luz del exterior y dio un paso hacia la escalera.

—¿Dónde estabas? —dijo él, sereno.

Vio que ella daba un salto y la oyó boquear. Él mismo se sobresaltó, contagiado.

—¿Papá?

—¿Quién, si no?

—Me has dado un susto de muerte.

—¿Dónde has estado? —se vio a sí mismo como ella le veía, con su bata larga, cruzado de brazos, el pelo ya gris y enmarañado, las vueltas del pantalón de pijama rozando el suelo sobre sus zapatillas. Se vio a sí mismo como un padre, y culpó a Luisa de dar esa imagen.

—¿Qué haces levantado a estas horas? —dijo ella, sin responder a la pregunta.

—No podía dormir.

—Lo siento, es que...

—¿Lo estabas pasando bien? —le llegó un olor a pelo mojado. Luisa llevaba pantalón negro, chaqueta negra y zapatos negros, todo ello empapado. Los pantalones se pegaban a las curvas adolescentes de sus muslos y pantorrillas, y las costuras tenían un brillo mate a la luz del piso de arriba.

—Sí —Luisa evitó mirarle—. Hemos ido al cine. Y luego a tomar un helado.

—¿Tú y quién más?

Ella desvió la vista hacia el pasamanos.

—Pues... Stacy y los demás. Me voy a la cama, ¿vale?

No había duda de que estaba mintiendo. Él la había obligado a hacerlo, y estaba satisfecho. La dejó marchar.

3.

El caso es que Luisa se aburría. Se había aburrido mucho desde su regreso de París. También en París se había aburrido. En París, la gente se besaba en los bulevares. Así de aburridos eran. Luisa había participado en el «experimento internacional», con resultados totalmente negativos. Por lo visto la familia que le tocó en suerte, los Giraud, habían pedido un chico, un chico norteamericano. Luisa se sintió como un «error» de madurez por parte de la señora Giraud. Había espiado a la señora Giraud hablando con los vecinos. Los vecinos esperaban un chico.

La señora Giraud vendía suscripciones a revistas a sus vecinos y también a desconocidos, por teléfono. El señor Giraud era subdirector de un concesionario Saab. Tenían dos chicas, Paulette (de diecinueve años) y Gabrielle (de dieciséis). Era por ellas por lo que Luisa estaba en París. Se suponía que la cosa tenía que ser divertida. En su segunda noche en Francia, su divertida tarjeta American Express había llamado la atención de las hermanas. Paulette le había birlado la tarjeta y se la había mostrado a Gabrielle como quien enseña un insecto raro y hermoso. Las chicas se sonrieron entre sí y miraron a Luisa, que puso ojos de pánfila y sonrió a su vez. Trataba de ser amable. Cuando dejaron de mirarla, se dio la vuelta e hizo una mueca al público que siempre creía tener a su espalda.

Al día siguiente fueron las tres de compras, que en francés quería decir que Luisa estuvo entrando y saliendo de los probadores mientras las hermanas le pasaban cosas de los percheros. Sabían vender. Luisa compró ropa por valor de 2.700 francos. De vuelta en casa, la señora Giraud echó un vistazo a las bolsas y sugirió a Luisa que fuera a darse un baño. Cuando llegó arriba, Luisa se olfateó las axilas. ¿Es que los americanos les olemos mal a los franceses? Creía haber cerrado la puerta del cuarto de baño, pero no bien se había desnudado y metido en la bañera cuando la señora Giraud irrumpió allí con una toalla. Luisa se cubrió. Ella ya tenía una toalla. La señora Giraud le dijo que normalmente no llenaban tanto la bañera. Luego le dijo que la ayudaría a devolver las compras al día siguiente. Después le preguntó qué tal había dormido la víspera. ¿Se le había pasado ya el *jet lag*? Luego quiso saber si a Luisa le gustaba el hígado. Fue como la Inquisición a la francesa: *Manges-tu le foie?* Cuando se marchó, el agua ya estaba tibia. Luisa se frotó a fondo las axilas. Durante la cena, mientras atacaba gruesas lonchas de hígado, el señor Giraud le preguntó que a qué se dedicaba su padre.

—*Mon papa* —dijo ella satisfecha— *il est un constructeur. Un grand constructeur, un...*

—*Je comprends* —el señor Giraud frunció los labios de satisfacción—. *Un charpentier.*

—*Non, non. Il bâtit ponts et chemins, il bâtit maisons et écoles et monuments...*

—*¡Un entrepreneur!*

—*Oui.*

Luisa odiaba Francia. Su madre le había instado a ir. Su padre la había instado a mostrarse humilde con el «experimento»: podía dar por bien empleado el dinero. Bueno, ella era una esnob, ¿y qué? Le aburrían los Giraud. Hubiera preferido estar tomando algo con chicos. La señora Giraud no la dejaba salir sola al anochecer. Paulette y Gabrielle tenían la misión de hacer que lo pasara bien, y la llevaron a un bar vacío del Quartier Latin donde ponían música cursi en una máquina de discos. La observaron con ojos de animal disecado. ¿Te diviertes? ¿Lo pasas bien? Los domingos, el señor y la señora Giraud la llevaban a sitios como St. Denis y Versailles. Los fines de semana Luisa ayudaba a la señora Giraud en el jardín y a hacer la compra, más de lo que sus hijas solían hacer nunca. Incluso la ayudó con las suscripciones hasta que el señor Giraud se enteró de ello. Acompañó a la familia a una casa que habían alquilado por dos semanas en Bretaña y engordó un kilo y medio, sobre todo por el queso. Le salieron granos, todo un archipiélago. Añoraba a sus padres, a los de verdad. En Bretaña llovió. En un campo muy cerca del Atlántico, una oveja trató de morderla.

Se aburrió en agosto, se aburrió en septiembre, y ahora, en octubre, se aburría también. Era otra tarde de viernes. Salió del instituto al polvo que levantaban unos chicos que jugaban al fútbol al otro lado de la calle. Hacía buen tiempo porque se acercaba luna llena, pero Stacy Montefusco, su mejor amiga, llevaba una semana en casa con bronquitis. Sara Perkins estaba resfriada y de muy mal humor. Marcy Coughlin se había torcido un tobillo el día anterior en clase de gimnasia. Nadie tenía ganas de ir a ver pájaros. Nadie tenía ganas de hacer nada. Luisa se encaminó a casa.

Cuando entró, la radio de la cocina estaba dando las noticias de las cuatro. Cogió su correo de encima de la mesa y subió a su cuarto. La puerta de la pérgola estaba abierta. Su madre, en la tumbona que había en el rincón, arrojaba una sombra sobre la esterilla de ratán. Luisa cerró la puerta de su cuarto.

Entre la correspondencia había una postal de la Estatua de la Libertad. Era de Paulette Giraud.

LOUISA:
¡ESTOY EN LOS ESTADOS UNIDOS! ¡VOY A VENIR CREO
A ST. LOUIS! NUESTRO GRUPO PASARÁ UNA NOCHE AHÍ.
¿ESTARÁS EN CASA EL 20 DE OCTUBRE?
¡TE LLAMARÉ!
BESOS,

Paulette

¿El 20 de octubre? Era hoy. Dejó la postal a un lado. La señora Giraud le habría dicho a Paulette que la llamara. Luisa no tenía ganas de verla. Puso música, se dejó caer de espaldas en la cama y examinó el resto de las cartas. Había otra de Tufts y un paquete de material de Purdue. Cuando estaba abriendo la carta de Tufts, su madre llamó a la puerta. Luisa extendió los brazos como Jesucristo en la cruz y miró al techo.

—Pasa.

Su madre se había puesto una camisa blanca de su padre, con los faldones delanteros anudados. Tenía el dedo metido entre las páginas de un libro.

—Has vuelto temprano —dijo.

—No tengo nada mejor que hacer.

—¿Y eso?

Luisa levantó la voz:

—Todo el mundo está enfermo.

—¿De quién es la postal?

—No la habrás leído, ¿verdad?

—No iba dirigida a mí —dijo su madre. Sus modales eran asquerosamente buenos.

—Es de Paulette Giraud. Viene hoy a la ciudad.

—¿Hoy?

—Eso es lo que dice.

—Deberíamos invitarla a cenar.

—Pensaba que tú y papá salíais esta noche.

—Teníamos pensado ir al cine, pero no es importante.

—Yo no quiero que venga a cenar.

—De acuerdo —su madre perdió interés por la conversación; pareció suspirar inaudiblemente, sus hombros descendieron—. Como quieras —de una pila que había junto al armario cogió dos blusas sucias—. Voy a cambiarme para jugar al tenis. ¿Estarás aquí hasta la hora de cenar?

—Puede —Luisa lanzó al suelo su libro de cálculo—. ¿Papá tiene más camisas viejas como ésa?

—Al menos tiene cincuenta.

Luisa subió el volumen de la música y esperó a que su madre volviera con una camisa o dos. Diez minutos después oyó que el BMW bajaba por el camino particular. Nada de camisas. ¿Se había olvidado su madre? Fue al dormitorio de sus padres y allí, dobladas sobre la cama, había tres camisas de aquéllas. Se quitó el jersey ceñido y se probó una blanca, anudando los faldones y subiéndose las mangas. Delante del espejo de su madre se desabrochó el segundo y tercer botones y se echó el cuello hacia atrás. Su pecho tenía una piel de aspecto muy saludable. La camisa le sentaba bien. Apoyó las manos en las caderas y agitó la cabeza haciendo volar sus cabellos. Luego se bajó el párpado inferior y puso ojos de húngara, tristones y enrojecidos. Se tiró de los rabillos y puso ojos de china. Sonrió al espejo. Tenía los dientes más bonitos que su madre.

A las siete y media, poco después de que sus padres se despidieran a coro, sonó el teléfono. Una voz, la voz de Paulette, le llegó sobre el bullicio de un bar o un restaurante.

—¿Louisa?

—*Bonjour, Paulette.*

—Sí, sí, soy Paulette. ¿Has recibido mi postal?

—*Oui, Paulette. Aujourd'hui. À quatre heures. Merci beaucoup.*

—Sí, sí. Esto... Estoy en Euclid Avenue, creo.

—Que estás ¿dónde?

—En Euclid Avenue o algo así. ¿Queda cerca?

—Pues no, no mucho. Es que no vivo en la ciudad.

—Estoy en un bar. ¿Sí?

—Puedes hablar en francés —dijo Luisa.

—Este bar se llama Deckstair.

—Ya, ¿no podrías...? ¿Tienes manera de salir de la ciudad?

—No. No. Tendrías que venir tú, al Deckstair. ¿Sí?

Luisa no recordaba que Paulette hablara tan bien el inglés. Claro que apenas lo habían hablado entre ellas.

—¿Sí? —repitió Paulette.

Quizá su madre le había hecho prometer que la llamaría. Pero Paulette podría haber roto esa promesa.

—Bueno, está bien —dijo Luisa. Sabía dónde quedaba Dexter's—. ¿Estarás ahí dentro de veinte minutos?

—¡Sí! Aquí mismo. En Deckstair —Paulette rió.

Luisa intentó llamar a Marcy Coughlin para ver si quería acompañarla, pero comunicaba. Lo intentó con Edgar Voss y con Nancy Butterfield. También comunicaban. La señal llegaba muy débil, como si el teléfono estuviera estropeado, pero evidentemente no lo estaba. Dejó una nota para sus padres dándoles el nombre del bar.

Eran casi las ocho y media cuando Luisa llegó a Central West End, una zona de bares y restaurantes de moda. Aparcó el BMW en la zona de carga y descarga de Baskin Robbins y cruzó el callejón para ir a Euclid Avenue. Los contenedores de basura bostezaban desagradablemente. Las ventanas de los apartamentos tenían los toldos tan bajados que se combaban.

Era raro que un grupo de turistas europeos quisiera visitar St. Louis. Claro que las personas que Luisa había conocido en Francia no parecían saber hasta qué punto era un sitio aburrido. Incluso los adultos habían pensado que se lo debía de pasar muy bien, escuchando blues cada noche en el río a bordo de un barco. Los europeos estaban convencidos de que St. Louis era una ciudad estupenda.

Había un grupo de gente pegada a la ventana delantera de Dexter's, gente ruidosa de veintipocos años que —Luisa lo supo por instinto— no eran profesionales ni buenos estudiantes. Estaban bebiendo. Reían mucho, y sus peinados tenían un fulgor rosa fuerte debido al resplandor del neón de la entrada. Luisa miró por la ventana. El bar estaba hasta los topes. Dudó un momento, nerviosa, las manos en los bolsillos.

Un hombre con una camisa blanca como la que ella llevaba se había destacado del grupo. Tenía cara de extranjero, ella supuso que argelino, sólo que su aspecto era demasiado decente. Arqueó una ceja como si la conociera. Luisa le sonrió tímidamente. El hombre habló:

—¿Estás buscando...?

Pero Luisa había tenido un sobresalto y se había metido dentro, dando saltitos para no tropezar en aquel mar de pies y de pantorrillas. Avanzó lateralmente haciendo eses y fintas, esperando oír a alguien hablar en francés. No oyó otra cosa que inglés. Cada palabra seguida de una carcajada. En todo grupo festivo parecía haber siempre una mujer rechoncha, más baja y más sofocada que el resto, que no paraba de hacer bromas, a punto de tirarse la copa por encima. Cerca del extremo curvo de la barra, donde la gente estaba muy apiñada, Luisa tuvo que detenerse. No era lo bastante alta para divisar las mesas y los bancos, y no podía dar un paso. Y, encima, alguien no se había duchado por la mañana. Taponó su nariz por dentro y avanzó unos palmos hacia la barra. Reconoció un perfil, pero no era Paulette, sino un chico del instituto. ¿Cómo se llamaba? ¿Doug, Dave? Duane. Duane Thompson. Había terminado hacía dos años. Duane tenía las manos encima de la barra y una cerveza delante de él. Volvió la cabeza, súbitamente, como si hubiera notado que le miraban. Luisa sonrió con timidez. La sonrisa de él fue aún más tímida.

Luisa hincó el codo en la barriga de un tipo obeso y consiguió abrirse camino hasta las mesas. No vio a Paulette por ninguna parte. Una camarera pasó por su lado.

—Perdón —dijo Luisa agarrándola del brazo—. ¿Hay un grupo de franceses por aquí?

La camarera abrió la boca de pura incredulidad.

Luisa tuvo la clara sensación de que le habían dado esquinazo. Pensó que lo mejor era volver a casa, y lo habría hecho de no ser porque el argelino tenía la nariz pegada a la ventana que daba a la calle. Seguía actuando como si tuviera algo especial que decirle. Para ser un pelmazo, era bastante guapo. Se volvió hacia las mesas, luego hacia la barra. Duane Thompson la estaba mirando. ¡Todos pendientes de ella, por favor! Se abrió paso hasta la barra, esquivó un hombro ajeno y se plantó delante de él.

—¡Hola! —gritó—. Tú eres Duane Thompson.

—Sí —asintió él—. Y tú Luisa Probst.

—Exacto. Estaba buscando a un grupo de franceses. ¿Has visto a algún francés por aquí?

—He llegado hace muy poco.

—Ah —gritó ella. Miró inútilmente hacia la neblina. Cuando ella iba a primero, Duane Thompson estaba en último año. Entonces salía con una tal Holly, una de aquellas chicas supuestamente sofisticadas que llevaban blusas de brocado sin sostén debajo y que no almorzaban en el bar del instituto. Duane era rubio, flaco, desaliñado. Ahora llevaba el pelo mucho más corto. Vestía una cazadora tejana, unos Levi's negros con botones en la bragueta y unas zapatillas blancas. Luisa se fijó también en los restos amarillentos de un ojo a la funerala, cosa que la inquietó. Si no veías a alguien cada día en el bar o en el pasillo, no podías saber qué tipo de vida llevaba ni qué problemas tenía.

—¿Hay otro sitio? —gritó.

Duane giró en redondo, sorprendido:

—Todavía estás aquí.

—¿Hay otra sala abajo, o algo?

—Que yo sepa, no.

—¿Puedo quedarme aquí un rato?

Él la miró desde su altura, sonriendo con el entrecejo fruncido.

—¿Para qué? —dijo.

Injuriada e incapaz de contestar, Luisa retrocedió un poco hacia la salida. El argelino estaba allí mismo, observándola desde el exterior. Luisa le miró con saña, dio un paso atrás e hincó un codo en la barra. El barman, que llevaba una camisa reluciente, se paró frente a ella.

—No puedo servirte —dijo.

—Y a él ¿qué? —dijo ella señalando a Duane con la cabeza.

—Él es un amigo.

—No tienes veintiún años, ¿verdad? —preguntó Duane.

—No exactamente.

El barman se alejó. Luisa tenía que marcharse, pero no le apetecía volver a casa.

—¿Estás esperando a alguien? —le preguntó a Duane.

—La verdad es que no.

—¿Quieres acompañarme hasta el coche?

Él puso cara de serio.

—Claro, con gusto.

Una vez fuera, después de todo el humo, el aire parecía puro oxígeno. El argelino no estaba por allí, se habría escondido en el asiento trasero del coche de Luisa. Duane y ella caminaron en silencio por Euclid Avenue. Luisa se preguntó si él tendría algún ligue.

—Oye —dijo—, y tú, ¿vives por aquí?

—Tengo un piso cerca de Wash U. Acabo de mudarme de un colegio mayor.

—¿Estudias allí?

—Estudiaba, pero he colgado los libros.

No tenía pinta de eso, pero ella se mostró lo bastante fría para decir solamente:

—¿Hace poco?

—El martes hará una semana.

—¿En serio has colgado los estudios?

—Apenas si me matriculé —había aflojado el paso, como si se preguntara cuál de todos los coches aparcados era el de Luisa.

—¿No te encanta esa palabra? —dijo ella.

—Oh, sí —respondió él, nada convencido—. Me pusieron directamente en segundo por el año que pasé en Múnich; estuve en Múnich el año pasado.

—Yo he vuelto hace poco de París.

—¿Fue divertido?

—Oh, sí, ni te lo imaginas —Luisa hizo un gesto indicando hacia el callejón.

—¿Es tu coche?

—Pues no. Es el de mi madre —Luisa hundió las manos en sus bolsillos de atrás y le miró a los ojos. Hubo una pausa significativa, pero duró demasiado. Duane era muy guapo, con unos ojos hundidos y ahora casi negros en la penumbra. Luisa se acordó del ojo magullado—. ¿Qué te hiciste en el ojo?

Duane se lo tocó y apartó la cara.

—Quizá no debería preguntar.

—Me di contra una puerta.

Lo dijo como si se tratara de una broma. Luisa no la captó.

—Bueno, gracias por acompañarme.

—Bah, de nada.

Luisa le vio alejarse por el callejón. Qué individuo más obtuso. Ella se habría lanzado de cabeza si se le hubiera presentado la oportunidad de meterse en un coche con alguien como ella. Abrió la puerta, se sentó al volante, dio el contacto, aceleró. Estaba enfadada. Ahora tenía que volver a casa y ponerse a mirar la tele y aburrirse como una ostra. Para empezar, no había explicado siquiera qué estaba haciendo allí. Duane debía de pensar que había ido a divertirse un poco y se volvía de vacío a casa. Salió del callejón, torció por Euclid y condujo hacia el bar.

Duane estaba en la acera, fumando un cigarrillo. Luisa pulsó el elevalunas del lado del acompañante.

—¿Quieres que te lleve a algún lado? —gritó.

Él reaccionó con tal sorpresa que el pitillo se le escurrió de la mano y chocó con la fachada del edificio, despidiendo chispas anaranjadas.

—Digo si quieres que te lleve —repitió ella, estirándose con dificultad para abrir la puerta sin soltar el pie del freno.

Duane dudó un poco y luego montó en el coche.

—Me has asustado —dijo.

Ella pisó el acelerador.

—¿Es que tienes paranoia o algo así?

—Pues sí. Paranoia —se retrepó en el asiento, sacó el brazo por la ventanilla y ajustó el retrovisor lateral—. Mi vida se ha complicado un poco últimamente —empujó el espejo hacia ambos lados—. ¿Conoces a Thomas Pynchon?

—No —dijo Luisa—. ¿Conoces tú a Stacy Montefusco?

—¿Quién?

—¿A Edgar Voss?

—Sólo de nombre.

—¿A Sara Perkins?

—No.

—Pero sabías quién era yo...

Duane dejó de jugar con el espejo.

—Te conocía de nombre.

Algo es algo. Luisa contuvo el aliento.

—Yo me acuerdo de ti, y de esa como se llame.

—¿Holly Cleland? Han pasado muchos años.

—Ya. Oye, ¿adónde vamos?

—Tuerce a la izquierda por Lindell. Vivo al lado de Delmar, en U-City.

O sea que le llevaba a su casa. Eso ya se vería.

—No he pagado la cerveza —dijo Duane.

Ella decidió no tomarle la palabra. Torció por Lindell conduciendo solemne, la reina del asfalto. El silencio reptaba bajo los pies de ambos. Transcurrió un minuto.

—¿Todavía estás paranoico? —dijo ella.

—Sólo con las puertas.

—¿Qué?

—Las puertas.

—Ah —Luisa no le estaba siguiendo.

Duane carraspeó antes de hablar:

—¿Qué cosas estás dando?

—¿Dando? —preguntó ella. Ahora estaban en University City, pasando una serie de semáforos en verde.

Él carraspeó con más fuerza.

—En el insti.

—¿Te molestan las ventanillas abiertas?

—No.

—Podemos cerrarlas.

—No.

—La semana pasada me puse furiosa por culpa de la escarcha —lo lanzó así, de golpe—. Se cargó la mayoría de los bichos que puedes atrapar con red. Yo, básicamente, soy de las de red. Quiero decir, cuando colecciono insectos. El año pasado tuve entomología, y si se te da bien la red puedes prosperar mucho. Pero el señor Benton me adjudicó el papel de enchufada o algo así. Un día, en abril, me preguntó si quería acompañarle a recoger fases larvales. No veas. Yo casi no hablaba con él desde el primer trimestre. Benton me lo proponía como una especie de regalo especial. Me invitaba a mí a buscar fases larvales debido a mi gran interés por los bichos.

Duane alargó el cuello. Ella supuso que estaban cerca de su casa.

—A las seis de la mañana llegamos a ese estanque que hay cerca de Fenton, y lo primero que pensé fue, jo, este tío quiere violarme y tirarme después al agua. De entrada tiene una pinta de lo más tétrica. Yo ya me imaginaba los titulares: LA SODOMIZA Y LA ARROJA AL ESTANQUE, algo así.

Eso se le había ocurrido en abril. Duane rió.

—Pero lo que hizo fue pasarme unas botas de goma especiales, como cuarenta tallas más grandes que la mía, y empezamos a pisar aquel lodazal armados con el artilugio de recoger larvas. El tipo va y se mete en el agua, no veas el chipichape, es lógico que allá haya tantos bichos. Total, el tío tiene el agua casi por las rodillas y lo primero que saca es un repugnante organismo, qué sé yo, una menudencia, una larva rara de tábano, luego me lo tira a la cara y dice: «¿Lo quieres?». Como quien invita a chuches, ¿te das cuenta? Un poco más y vomito. «¿Esa cosa?», le digo. Supongo que le ofendí profundamente, y me da igual porque así no me invitará nunca más a ir con él. Yo, de larvas, no quiero saber nada. Lo primero que me dijo fue: «Creo que esto será muy interesante para ti. Para dedicarse a la entomología hay que recoger todas las fases, todas». No tuve valor para decirle que era precisamente por eso por lo que nunca me dedicaré a la entomología.

—¿Y las orugas?

—Son larvales. Un asco.

El brillo frío de un rótulo de Hammaker Beer centelleó a su derecha, en una tienda de bebidas alcohólicas. Luisa arrimó el coche y frenó bruscamente junto a una boca de incendios.

—¿Compramos un poco de vino? —dijo.

Duane la miró:

—¿De cuál?

—*Blanc, s'il vous plaît.* Que tenga tapón de rosca.

Giró para situarse en dirección contraria y esperó que él volviera. En una bolsa, sobre el asiento de atrás, había vasos de papel. Luisa sirvió un poco de vino en dos de ellos y le pasó uno a Duane. Él preguntó adónde iban.

—Elige tú —dijo ella. De fuera les llegaban los besos constantes del caucho con el asfalto.

—Se me ha estropeado el aparato de decidir.

—Hablas muy raro.

—Estoy nervioso.

Ella no quiso saber nada.

—¿Qué pasa?, ¿te has dado con otra puerta?

—No estoy acostumbrado a estar con gente como tú.

—¿Qué clase de gente soy yo?

—De la que va a bailes.

Luisa pestañeó, sin saber si era o no un cumplido, y puso el coche en marcha. Irían al solar en construcción.

—¿A qué universidades has mandado solicitud? —Duane se aclaró la voz como si la pregunta le hubiera dejado residuos desagradables.

—A Stanford, Yale, Princeton, Harvard, Amherst y... ah, sí, Swarthmore. Y a Carlton también, por si las moscas.

—¿Ya sabes lo que vas a estudiar?

—Puede que Biología. Creo que no me importaría hacer un doctorado.

—Mis padres son doctores, los dos —dijo Duane—. Y mi hermano estudia en la facultad de Medicina.

—Mi padre construyó el Arch.

Glups.

—Ya lo sé —dijo Duane.

—¿La gente hablaba de eso en Webster?

—No —respondió él, con una sonrisa amable.

—Pero tú lo sabías.

—Leo el periódico.

—¿Por eso te acordaste de mí?

—Eres insistente, ¿eh?

Luisa tardó un segundo en respirar. Torció a la derecha por Skinker Boulevard sintiéndose agradablemente humillada, como cuando la criticaba su madre.

Sonó un encendedor.

—No deberías fumar —dijo ella.

—Tienes razón —Duane lanzó unas chispas por la ventanilla—. No hace mucho que fumo. Un mes y medio, creo. Volví de Alemania y me fastidió lo vanidosa que se ha vuelto la gente con esto de la salud. En especial, mi familia. Supongo que en cuanto haya sacado de mi organismo todo Webster Groves, dejaré de fumar. Mientras tanto, me ayuda a pasar el rato. Cuando estoy solo.

—Entonces, ¿por qué fumas ahora?

Duane lo tiró por la ventanilla. Luisa giró detrás de un camión Exxon al llegar a Manchester Road. A su derecha, ambiguos rótulos ambarinos relucían junto a las vías de un paso elevado. Cuatro manzanas más al este Luisa se desvió. La gravilla saltaba, chocando contra el chasis del vehículo. Hizo marcha atrás entre dos cobertizos metálicos.

—¿Dónde estamos? —preguntó Duane.

—Es un solar en construcción.

—Oh.

Luisa apagó las luces. El lugar se iluminó de repente con un frío claro de luna. En unos remolques negros más allá de la cerca de cadena, unas grandes letras rojas rezaban: PROBST. Duane sacó del bolsillo de su cazadora una pequeña bolsa para cámara fotográfica. Luisa siguió bebiendo vino.

—¿Para qué es la cámara?

—Es que soy fotógrafo.

—¿Desde cuándo?

—Pues no sé. Desde hace unas semanas. He probado a vender algunas cosas al *Post-Dispatch.*

—¿Has tenido suerte?

—No.

La cadena de la verja estaba lo bastante suelta para que pudieran pasar. Bajaron un tramo de escalones de madera hasta el almacén, que medía unos noventa metros de largo por otros tantos de ancho. Cada seis metros aproximadamente había barras verticales de acero, y aquí y allá se elevaba inútil una escalera prefabricada hasta las vigas superiores. Ristras de bombillas colgaban de unos postes encima de los cimientos.

—Aquí no puedes sacar fotos.

—¿Por qué?

—Se supone que no hemos venido.

Los rodeaban por todas partes apresuradas pilas de contrachapado y atados de varillas de armadura, nudosas y alabeadas. Los zapatos de Duane produjeron suaves chasquidos sobre el metal reseco mientras subía una escalera. Luisa pensó en sus padres. Habían ido a ver *Harold y Maude.* Se imaginó a su madre riendo y a su padre mirando la película con gesto avinagrado.

Encima de ella, por entre los paralelogramos de hierro, distinguió la W de Casiopea. Al sur, dos ringleras verticales de luces de una torre de televisión competían en la noche como las emisoras a las que pertenecían. Pasaban camiones por Manchester Road, y Luisa se contoneó en la oscuridad, bebiendo vino, sin dejar de mirar a Duane.

*

Eran las siete de la mañana cuando despertó. Su padre se marchaba al trabajo y luego al tenis, como cada sábado. Le oyó silbar en el cuarto de baño. La canción era conocida: el tema de *I Love Lucy.*

Encontró a su madre en la cocina leyendo las páginas de economía del *Post,* con la taza de café vacía. Se estaba mordiendo las uñas como venía haciendo en los últimos nueve años para no fumar.

—Te has levantado temprano —dijo.

Luisa se dejó caer en una silla.

—Estoy enferma.

—¿Tienes catarro?

—¿Qué si no? —Luisa alcanzó el vaso de zumo de naranja que esperaba en la mesa y tosió de mala manera.

—Anoche volviste tarde.

—Estaba con un chico del instituto —explicó, en fragmentos de frase, lo que había pasado en el bar. Apoyó la cara en la palma de la mano, acodada en el mantel a cuadros.

—¿Estuviste bebiendo?

—No tengo resaca, mamá. Esto es serio.

—Quizá deberías volver a la cama.

Luisa no quería. La cama estaba ardiendo.

—¿Quieres que te prepare el desayuno?

—Sí, por favor.

Estaba en su cuarto viendo *Bullwinkle* cuando su padre volvió de las pistas. Todavía silbaba el tema de *I Love Lucy.* Su cara, sonrosada de jugar al tenis, asomó a la puerta.

—Me ha dicho tu madre que te encuentras mal.

Luisa se volvió en la cama y trató de ser amable.

—Estoy un poco mejor.

—Levantarse es lo peor de todo —papá era aficionado a los aforismos.

—Ya. ¿Has ganado?

—Tu tío juega muy bien —dijo él, sonriendo. Su mirada era distante, su sonrisa falsa. Tío Rolf siempre le ganaba.

—¿Qué tal era la película? —preguntó ella.

—Oh, muy divertida. A tu madre le encantó.

—¿Y a ti?

—Me gustó el personaje de Maud. Estaba muy bien pensado —hizo una pausa—. Voy a darme una ducha. ¿Comerás con nosotros?

Harta de discos y de tele, Luisa estuvo un buen rato arrodillada junto a la ventana, el mentón sobre las manos entrelazadas. Los árboles se movían, y unas nubes de algodón surcaban el cielo. El señor LeMaster, el vecino de enfrente, hacía lo posible por rastrillar hojas. Un hombre a bordo de una furgoneta azul lanzó al sendero el *Post-Dispatch* del fin de semana. Luisa bajó a buscarlo.

Su padre estaba en el estudio hablando por teléfono, encargando dieciocho entrecots para una reunión de negocios. Su madre estaba preparando algo en la cocina. Luisa oyó el ruidito del rodillo de cocina y la sintonía de las noticias de las tres.

Fuera el aire era caliente y frío a la vez, como fiebre con escalofríos. El señor LeMaster, que la tenía por una mimada, no le dijo hola.

Rasgó la envoltura del *Post* y lo dejó todo al pie de la escalera salvo las historietas grandes y la sección Cada Día, que traía las historietas pequeñas. Volvió a su cuarto con las historietas y se tumbó. Empezó a mirar las pequeñas, pero una foto en primera página se lo impidió. Era una imagen de un negro haciendo un gesto ofensivo al fotógrafo. Los créditos decían: *D. Thompson/Post-Dispatch.*

Luisa se estremeció. ¿Cómo podían publicar una foto así? Y con tanta rapidez... Duane le había dicho que el periódico no le había comprado nada.

SÁBADO EN FOREST PARK, rezaba el titular. En otras fotos se veía a juerguistas anónimos, y en la de Duane, de fondo, unos chicos jugaban al fútbol en el campo del Planetarium. Los labios del hombre en primer plano estaban abiertos en un gesto de burla. El dedo ofensivo apuntaba al fotógrafo invisible. «Benjamin Brown, en primer plano, está en el paro desde noviembre pasado. El hombre de la derecha no pudo ser identificado.»

El hombre de la derecha era un asiático de nariz ganchuda y turbante en la cabeza, un transeúnte. Forzaba tanto la mirada hacia un lado que sus ojos eran todo blanco. Parecía ciego.

*

Ocho horas después Duane y ella estaban dándose el lote bajo la lluvia en Blackburn Park. Cuando la lluvia arreció continuaron dándose el lote en el Audi gris de la madre de él, que Duane había pedido prestado para aquella noche. Las ventanas estaban totalmente empañadas. La gente que pasaba por Glendale Road no podía ver nada en el interior del coche.

Luisa tenía fiebre, probablemente treinta y ocho, pero no se encontraba mal en absoluto. Era Duane el que no paraba de preguntarle si tenía que volver a casa. Y cuando por fin lo hizo, la casa estaba a oscuras; se alegró de llegar sólo una hora tarde. Pero no bien hubo cerrado la puerta principal, su padre la acorraló. Primero le dio un susto y luego se puso hecho una furia. Ella no podía comprender por qué la gente se cabreaba por una horita de nada. Antes de dormirse decidió no revelar nada acerca de Duane durante un tiempo, aunque tuviera que mentir.

Cuando despertó, el sol ya estaba alto y el aire junto a las ventanas de su cuarto era mucho más cálido que la víspera. Después de desayunar le dijo a su madre que se iba a mirar pájaros con Stacy. A su padre le dijo que le venía demasiado corto el pantalón. Luego fue en coche a University City y recogió a Duane, telefoneó a Stacy desde una gasolinera y le pidió que le hiciera de coartada.

Una vez en Washington State Park, extendió una manta y se tumbó. A medio kilómetro de allí, en el valle mismo del Big River, fogatas moribundas despedían columnas de humo. Los campistas arrojaban agua sobre las ascuas, guardaban las tiendas en los vehículos. Para ellos era la hora de la desolación, de los sacos de dormir húmedos, pensaban ya en los aspectos prácticos de mañana mientras Luisa se refocilaba al sol. Su nuevo amigo tenía los ojos brillantes. Dijo que había dormido bien. Había llevado consigo una cámara, esta vez grande, una Canon.

—Psh-psh-psh-psh-psh-psh-psh-psh.

—¿Qué es eso?

—A los pájaros les gusta —dijo ella—. Psh-psh-psh-psh-psh-psh. Psh-psh-psh-psh-psh-psh-psh.

—¿Qué pájaros?

—Todos. Sienten curiosidad. Les intriga el sonido. ¡Mira! —señaló hacia un fogonazo rojo y blanco entre los sauces.

—¿Qué?

—Un chouí. Es uno de mis favoritos.

—¿Cuántas...?

—¡Sh! Sh-shh-shh-shh-shh-shh-shh.

—¿Cuántas especies conoces? —susurró Duane.

—Este año he visto un centenar. Pero mi lista llega a los ciento cincuenta. Lo cual tampoco es mucho, en realidad.

—A mí sí me lo parece.

—¿De veras? —se inclinó hacia él y le hizo caer—. ¿De veras? ¿De veras? —la enfermedad y los medicamentos la hacían sentir como desparramada, una manta caliente—. ¿De veras? —extendió brazos y piernas del mismo modo que él. Notó la erección de Duane en la cadera. Permanecieron quietos un buen rato. Luisa podía verse a sí misma, la postura en que estaba, desde una perspectiva que no habría sido posible si sus padres hubieran sabido quién la acompañaba. En aquel mismo instante, en Webster Groves, su madre estaba preparando la cena y su padre viendo fútbol. No la esperaban tarde.

—¡Escucha eso! —Duane se movió debajo de ella.

Graznaban gansos. Ella se dio la vuelta y vio una formación de barnaclas dirigiéndose al sur. El sol y la lanilla la hicieron estornudar.

—Levántate un momento —dijo Duane. Estaba enroscando un objetivo más corto a la cámara.

—Quieres decir ¡salud!

Duane se puso boca abajo y disparó una docena de veces.

—¿Qué clase de gansos son?

Luisa giró la cabeza para verificarlo.

—No, no mires. Sonríe. Quítate ese bigote de la cara.

Ella sonrió, los gansos se alejaron.

—¿Voy a salir en el periódico?

—Que sonrías. Estupendo. Sonríeme a mí.

—¿Y por qué a ti? —Luisa dejó de sonreír y le miró.

—Para que nadie piense que están mirando otra cosa que una fotografía. Quiero dar a entender que delante hay un fotógrafo.

—Veo que lo tienes todo estudiado —dijo ella.

—Supongo que sí.

—¿Es lo que les dijiste a los del *Post-Dispatch*?

—Yo no les dije nada. Fui al periódico con unas cuantas copias y ellos me hicieron falsas promesas. Y luego, ayer por la mañana, pareció que iban a ponerme en nómina. Creí que me dirían que habían perdido mis fotos.

—Tienes mucha suerte.

—Ya. Tú me das suerte. Ahora puedo pagar el alquiler.

¿El alquiler? Qué idea tan estrafalaria. *Pagar el alquiler.* Y qué aburrida.

—¿Te gusto? —dijo ella.

—¿Tú qué crees?

—¿Por qué te gusto?

—Porque eres lista y eres guapa y llegaste en el momento oportuno.

—¿Quieres que volvamos a tu piso?

—Más tarde, quizá.

—Mejor ahora. He de estar en casa a las seis.

4.

Detrás del primer tee del campo de golf de Forest Park, de dieciocho hoyos, el starter salió de su cabaña y cantó dos nombres.

—Davis y White.

RC White y su cuñado Clarence Davis se levantaron de un banco y recogieron sus tarjetas.

—Twosome —dijo el starter con aire de reconvención. Fijó la vista en su hombro izquierdo. Le faltaba el brazo de ese lado.

—Jugamos despacio —aseveró RC—. Somos muy pacientes.

—Ajá. Esperen a que los chicos de allá arriba vuelvan a tirar.

—Muchas gracias —dijo Clarence.

Detrás de ellos cinco o seis grupos esperaban a que el tee estuviera libre. Era sábado, el aire humeaba ya aunque el sol no iba a salvar los árboles hasta media hora más tarde. RC abrió una lata de Hammaker, cató el contenido y remetió la lata bajo la correa de su bolsa de palos. Retiró la funda del driver y procedió a hacer un vigoroso precalentamiento.

—Ten cuidado —dijo Clarence, sacudiéndose rocío y hierba del brazo. Llevaba puestos unos chinos negros, una camisa sport de color beige y zapatos de golf blancos con lengüetas. RC iba en vaqueros, deportivas y camiseta. Oteó la calle, de cuyas diversas esquinas los blancos y jóvenes jugadores de un foursome se observaban mutuamente. El primer green flotaba distante e incierto en la distancia de par cuatro, como un retazo de niebla que los jóvenes estuvieran tratando de cazar al acecho.

Clarence meneaba las caderas como un golfista profesional. Era el hermano mayor de la mujer de RC. Dos años atrás le había regalado a RC su viejo juego de palos por Navidad. Ahora RC tenía que jugar con él todos los sábados.

—Adelante, golpea tú —dijo RC.

Clarence apuntó a la pelota y levantó su driver por encima de la cabeza con estudiada parsimonia. Todo según el manual, pensó RC. Clarence era así. Cuando estuvo arriba del todo, descargó el golpe de una vez. El palo silbó. Clarence machacó la pelota y luego asintió con la cabeza, aceptando el golpe como un cumplido personal.

RC colocó tee y pelota, y sin ensayar golpeó con fuerza. Se tambaleó un poco, miró al cielo y dijo:

—Mierda.

—Ha ido muy alto —dijo Clarence—. Tienes mucha elevación, eso desde luego.

—Le he dado por debajo. Eso es lo que pasa.

La bola aterrizó a unos sesenta metros del tee, tan cerca que pudieron oír el impacto amortiguado. Metieron sus drivers en la bolsa y caminaron hacia el hoyo. Resultó que Clarence había pillado un búnker. Bueno con sus hierros, RC llegó al green en tres golpes. Tuvieron que apartar hojas de plátano del camino para tirar al hoyo. RC tenía ya los pies empapados. Cuando empleó el put, su bola se resistió con el siseo de un rodillo húmedo, arrojando gotitas de agua a cada lado.

En el siguiente hoyo adelantaron a los chicos que les precedían e hicieron sendos bogies. Como en el tercer hoyo estaba jugando otro grupo, decidieron sentarse en un banco. El hoyo, un par tres, requería salvar un arroyo y una empinada colina. El foursome lanzaba pelota tras pelota a la buena de Dios. Clarence encendió un cigarrillo y los estuvo observando con una muy elocuente inhibición de la sonrisa. Tenía una mirada lánguida y afable, la piel color de cáscara de nuez, las cejas y las patillas salpicadas de gris. RC admiraba a Clarence —una manera de decir que eran diferentes, un modo de perdonar esa diferencia—. Clarence regentaba un negocio de demolición y tenía muchos contratos. Cantaba en un coro baptista, pertenecía a la Liga Urbana, organizaba fiestas populares. El hermano de su mujer era Ronald Struthers, un concejal que algún día sería alcalde; el parentesco no afectaba negativamente al negocio de Clarence. Su hijo mayor, Stanly, era uno de los mejores zagueros del instituto. Su mujer, Kate, era la mujer más guapa que RC conocía, más que su propia esposa Annie (la hermana pequeña de Clarence) aunque no tan sexy. Annie tenía sólo veintiséis años. En los tres que RC llevaba casado, Clarence había estado «haciendo esfuerzos» por él. A veces, como cuando le había regalado sus palos de golf, su amistad parecía premeditada, demasiado consciente de que RC había perdido a su único hermano de sangre en Vietnam. Pero Annie le decía a RC que no se hiciera ilusiones, porque Kate habría vetado unos palos nuevos si Clarence hubiera tenido aún los antiguos.

—¿Sabes lo de Bryant Hooper? —Clarence daba serenas chupadas a su cigarro puro.

—¿Qué le pasa?

—Le pegaron un tiro en la cabeza —dijo Clarence—. El jueves por la mañana.

—Santo Dios —Hooper era inspector de policía, brigada de estupefacientes—. ¿Muerto?

—No, saldrá de ésta. Perdió un carrillo y varios dientes, la herida era muy fea, pero podría haber sido peor. Ayer noche pasé por el hospital.

—¿Cómo ocurrió?

—Bah, lo de siempre. Un camello armado de pistola. Bueno, ex camello.

—¿Y eso?

—Lo liquidaron —Clarence cerró los ojos—. Y había siete más en el edificio. Más al norte de Columbus Square. Un ex garito.

—¿Sí?

—El propietario solicitó una redada, y cuando hirieron a Hooper, sus compañeros dispararon gases lacrimógenos. Se produjo un incendio que pilló a todos por sorpresa —Clarence miró a RC—. ¿Te preguntas a qué viene todo esto?

RC se encogió de hombros.

—Resulta que el propietario del edificio era Ronald Struthers.

—¿Tenía seguro?

—Por supuesto. Le ha salido perfecto. Algo a cambio de nada.

—Yo diría que fue un accidente —apuntó RC, terminándose la cerveza.

—Claro. Fue un accidente. Pero formaba parte de un plan, estoy seguro.

Los que estaban en el tee hicieron señas a Clarence, que dejó el puro encima del banco, cogió su hierro 7 y les dio las gracias. Tras calentar un poco consiguió efectuar un golpe perfecto hasta el green.

La imagen del afable concejal Ronald Struthers vestido con un terno desbarató la concentración de RC. Cerrando los ojos al abatir el hierro, ejecutó un drive perfecto. Pero la bola salvó el obstáculo y fue dando botes pendiente arriba. Clarence hizo un birdie. RC falló el primer put por un kilómetro. También falló el segundo. Y el tercero. Clarence estaba allí con la banderola sujeta contra el pecho, y una expresión tan triste y abstraída como si hubiera estado viendo a un hombre ahogar cachorros. Los otros jugadores empezaron a carraspear. RC se sintió muy violento. El sol le daba en los ojos, y la cerveza mañanera le hacía sentir los brazos como si fueran larguísimos. Falló el cuarto put. Una vez en el lado malo del par, metido ya en terreno fangoso, empezó a apresurarse, a sofocarse, y cada vez le importaba menos. Clarence, cuando le salía algo mal, se aplicaba más. RC decía simplemente: aquí me planto.

Su pelota continuaba a medio metro del hoyo cuando Clarence dijo:

—Te regalo un golpe.

RC propinó un puntapié a su bola. Había al menos ocho golfistas alrededor del cuarto tee. Clarence se llevó a RC hasta unos árboles.

—Pero hombre —le dijo—. Estás cerrando los ojos.

RC cerró los ojos:

—Ya lo sé.

—La cabeza gacha, la vista en la pelota. Es el método clásico.

—Lo sé —RC escupió—. Sólo tengo que aplicarme un poco. Espera y verás —con un tee, retiró de los surcos de su driver la pulpa de hierba endurecida que se había acumulado. Un driver debía estar siempre limpio de hierba.

—La cabeza baja. Así te ahorras veinte intentos.

—¿Qué hay de Struthers? —preguntó RC.

Clarence volvió a encender su cigarro y lo inspeccionó con gesto profesional. Sus patillas relucían de diminutas gotas de sudor.

—Ronald está muy cambiado —dijo.

—Ése no cambiará nunca.

—Te equivocas —dijo Clarence—. Ahora depende de nuestra nueva jefa de policía.

—¿De dónde has sacado eso?

—De su forma de hablar y de comportarse. Parece un robot, RC. Ronald es un hombre vacío por dentro. Tiene dinero de alguna parte. Su pequeño despacho ya es historia. Ha alquilado toda una planta en el edificio que hay cerca de los adventistas. Desde primeros de octubre ha empleado a nueve personas más, y no se lo esconde a nadie. Y yo le dije: «Hombre, Ronald, ¿qué pasa, te ha tocado la lotería?». Y él se puso muy tieso y me dijo: «Comisiones, Clarence, no creas que estoy infringiendo la ley».

RC asintió con la cabeza.

—Sí —dijo Clarence—. Como si yo le estuviera acusando de algo. Bueno, no pasa nada. Tengo la piel bastante dura. Pero luego le hice la típica pregunta educada, ya sabes: ¿Quién compra qué propiedad? ¿Vale? Y el tipo me miró de mala manera —Clarence, haciendo una demostración, entornó los ojos como un malo de película—. Y va y me dice, «Ciertas personas». Como si yo fuera de Hacienda, y no un miembro de la familia. Entonces le digo, «Bueno, Ronald, ya nos veremos», pero él va y me dice, «Espera un poco» (y éste no es el Ronald Struthers que está intentando salvar el Homer Phillips Hospital), y añade: «El mes que viene van a demoler cantidad de edificios». Y yo: «¿Ah, sí?». Y él: «Sí». Y yo: «¿Quiénes?». Y él: «Gente a la que no le gustan las preguntas». Y yo: «Pues a mí no me gusta trabajar para tipos así». Y él: «Te acabarán gustando antes de que termine el año».

—Mándalo al carajo.

Clarence cerró los ojos y se humedeció los labios.

—Me lo estoy pensando, hermano, me lo estoy pensando. Tengo cuatro hijos. Ah, no me has preguntado por Jammu.

—Jammu —RC ya estaba harto del asunto. Quería hacer otro intento de meter la bola en el hoyo.

—Exacto. Jammu. Esa redada del jueves en la que Hooper salió herido; no habrían hecho nada igual con Bill O'Connell al mando. Era demasiado peligroso, y ¿qué sentido tenía? Ahora están peinando el vecindario casa por casa, echando a los yonquis y los vagabundos, y hasta a algunas familias, y los dejan en la calle. Están vallando toda la zona. La semana pasada por poco me cargo a dos familias que había detrás de una cerca de tres metros. ¡De tres metros! Y no me hizo falta ser un genio para ver que es ahí donde los nuevos clientes de Ronald están comprando terrenos. Lo mismo pasa en esos viejos bloques que hay al este de Rumbold. Jammu está luchando palmo a palmo, y alguien, no sé quién, está comprando los solares a medida que ella avanza. Podría jurar que Ronald está metido en todo esto. Y alguien más, un tal Cleon.

Cleon, pensó RC, no podía ser otro que el cínico de Cleon Toussaint, un cacique de los barrios bajos, viejo enemigo de Ronald Struthers. Se paseaba en una silla de ruedas pero nadie le tenía lástima.

—¿Quién lo dice? —preguntó RC, agarrando el driver.

—El juez municipal. El señor Toussaint es ahora propietario nada menos que de dos kilómetros de fachada al sur de Easton que no eran suyas hace cuatro semanas. Un barrio entero, RC. Hasta ha comprado el vertedero de Easton. Y todo eso desde primeros de octubre, y le importa un pimiento que la gente se entere.

—¿De dónde habrá sacado el dinero?

—Esperaba que me lo preguntaras. Nadie sabe de dónde lo ha sacado, yo tampoco. Pero lo que sí sé es cómo se gana la vida su hermano.

RC se estremeció pese al sudor. John Toussaint, hermano del odioso Cleon, era el jefe del séptimo distrito policial, sólo que ya no lo era; Jammu lo había ascendido al distrito centro en octubre.

—Y no te cuento cómo habla Ronald de esa Jammu. Es casi como si hablara de un Dios...

La cabeza de un golfista asomó detrás de los arbustos.

—¿Queréis adelantarnos?

Clarence volvió la cabeza, estupefacto:

—Oh, muchas gracias —y en susurros le dijo a RC—: Hablaremos después.

El otro grupo estaba guardando impaciente los palos en sus bolsas, lamentando tal vez su ofrecimiento. Clarence colocó el tee, se escupió en las manos, hurgó un poco en la tierra y lanzó un globo sobre Art Hill, el primer golpe de aquel par cinco. El estanque que había al pie de la loma estaba tan quieto como una gelatina. Unas hojas, inmóviles, lo salpicaban aquí y allá. En lo alto de la colina el primer sol ocupaba la sillería del museo. Con la cabeza gacha y la vista fija en la pelota, RC dio el primer golpe limpio de la mañana. Su pelota botó cerca de la de Clarence y ascendió por la siguiente loma.

—Consérvala —le aconsejó Clarence.

Después de que Clarence metiera su segundo golpe entre unos álamos cerca del estanque, RC lanzó la bola sobre la segunda loma de un golpe seco y la perdió de vista. Se dirigió hacia la cresta esperando, contra todo pronóstico, ver su pelota en las cercanías de la banderola. Lo que vio fue una multitud de hojas de plátano. Cubrían el green y la zona de aproximación; lustrosas y blancuzcas, todas ellas parecían bolas de golf.

Empezó a registrar el green. El tercer lanzamiento de Clarence pasó por encima de su cabeza y se estrelló en el tronco de un plátano, rebotando favorablemente.

—La has perdido, ¿eh? —Clarence estaba alegre mientras cruzaba el green; las cabezas de sus palos entrechocaban dentro de la bolsa—. ¿Has visto la mía?

RC caminó en círculos, pateando hojas y cada vez más mareado; el green empezó a inclinarse. Miró hacia el cielo y vio las imágenes negativas de un trillón de hojas. Finalmente hubo de poner una pelota nueva en el búnker, aceptar la penalización y jugar a partir de allí.

Clarence falló su chip, pero consiguió escaparse en un bogey. Cuando levantó la banderola para recuperar la pelota, se quedó petrificado.

—Oye, RC —dijo, dirigiéndose a algo que había en el hoyo—. Dime la verdad. ¿Qué bola estás jugando?

RC lo pensó:

—Una Wilson, de las buenas.

—La has metido en dos —Clarence seguía doblado sobre el hoyo—. Doble eagle. Qué suerte tienes, cabrón.

*

Seis meses después de terminar el instituto, RC había sido quintado y enviado a Fort Leonard Wood, donde los sargentos le enseñaron todo lo que necesitaba saber para convertirse en buena carne de cañón de insurgentes de ojos achinados. Pero cuando el resto de su unidad estaba desembarcando, el alto mando le había trasladado al personal de enfermería, ahorrándole así un largo viaje de vuelta. Agradecido, y siendo por naturaleza un hombre que no se metía con nadie, RC volvió a alistarse dos veces. Su experiencia bélica consistió únicamente en hacer de mecanógrafo. Pero de regreso a St. Louis tuvo grandes dificultades para adaptarse. Se supone que el ejército convierte a los chicos en hombres, pero a menudo convertía a los hombres en niños pequeños, porque, a diferencia de un monasterio, una universidad o una organización lucrativa, el ejército carecía de ética. Cuando cesaba la presión, te volvías un gandul; era automático. RC no solía beber, pero cuando lo hacía se emborrachaba. La palabra «coño» estaba en boca de todos. RC se reía por nada, vomitaba y dormía siempre que le era posible. Un panorama desolador. En St. Louis sus antiguos amigos se alejaban de él. Los nuevos en potencia se mostraban escépticos. Le preguntaban cómo se llamaba y él se encogía de hombros y decía, «Richard, me parece». ¿Te lo parece? Probaron con Ricky, Rick, Rich, Richie, Dickie, Dick, Blanco y Tío Blanco. Probaron Ice, porque estaba trabajando en la fábrica de hielo de North Grand. No tenía un pelo de tonto; sólo era indeciso. Finalmente se decidió por RC, abreviatura de Richard Craig, sus dos primeros nombres. En la fábrica de hielo llegó a jefe de taller. Cuando tenía treinta años conoció a una joven conductora de carretillas elevadoras, Annie Davis. Cuatro años después Annie y él tenían un bonito apartamento y un hijo de tres años, y luego, en julio, justo el mes que uno menos esperaba, Cold Ice quebró. Clarence le brindó un puesto de trabajo a RC, que éste rechazó con la misma presteza con que se lo habían ofrecido; Clarence habría tenido que despedir a alguien que no tenía ninguna culpa para dejarle el puesto a él, o bien habría tenido que pagar a RC de los beneficios, por caridad.

Así, hacía ya tres meses que RC trabajaba como encargado en el aparcamiento de las oficinas que KSLX-TV y KSLX-Radio tenían en el centro de la ciudad. Era un empleo de chiste, pero no estaba mal para salir del paso, y no estaba exento de ciertos exasperantes desafíos. KSLX había ampliado su pantilla en casi una tercera parte durante la última década sin añadir espacio a su estacionamiento. RC tenía que hacer juegos de manos con los vehículos, y hacerlo rápido, sobre todo durante las dos horas punta. Cuando aparcabas coches de cuatro en fondo, sacar uno de la fila de atrás era como hacer uno de esos rompecabezas que consistían en ordenar los ocho cuadraditos entre nueve pequeños espacios en diversos órdenes, pero con una importante salvedad: los coches no podían moverse lateralmente como sí podían hacer los cuadraditos. Tenías que saber exactamente quién necesitaba exactamente qué coche y exactamente a qué hora. Y tenías que ser flexible. En agosto, el señor Hutchinson, director general de la emisora y el hombre más importante de la cadena en todo el Medio Oeste, había pedido su Lincoln cuatro horas después de haber dicho que se iba a Nueva York en avión para estar allí tres días, y RC sacó el Lincoln en menos de (lo comprobó) cincuenta segundos metiendo tres verdaderos yates de cuatro puertas en espacios que en otro momento habría creído demasiado angostos para un camión.

Pero el lunes siguiente, después de haber humillado a Clarence con aquel doble eagle, la mañana del día siguiente a Halloween, un pez gordo le pidió lo imposible. Este personaje, un extranjero de piel oscura, había jurado y vuelto a jurar que no necesitaría su Skylark hasta las dos de la tarde; tenía asuntos pendientes con la cúpula administrativa de la emisora. De modo que RC lo había puesto en uno de los espacios para estancias prolongadas de la parte delantera, dejando que Cliff Quinlan aparcara su Alfa Romeo delante del Skylark. Quinlan, el periodista más brillante de la emisora, había mencionado una cita a las diez y se había llevado las llaves consigo. A RC no le importó, ya que de las diez a las dos de la tarde mediaban cuatro horas.

A las nueve y media apareció el personaje y requirió su coche. Reprimiendo un primer impulso, que fue gritar, RC le rogó paciencia durante media hora.

—¡Ni hablar! —el personaje señaló su Skylark como quien le señala un palo a un perro—. Sáqueme el coche inmediatamente.

RC se frotó los pelos cortos de su nuca. Siendo de cejas grandes, largas orejas y complicada nariz, le parecía adecuado llevar el pelo muy corto.

—Hay un problema —dijo— que no puedo resolver.

La mañana era plomiza en St. Louis. Gente que pasaba por Olive Street había aflojado el paso para inspeccionar el Skylark de marras. El personaje esperó a que pasaran de largo, luego se enderezó la corbata, una de color plateado con un nudo que era una auténtica patata, y dijo:

—Sepa que yo soy de All-India Radio. Estoy en visita de cortesía, y cortesía es lo que espero de ustedes —la palma de una mano apareció horizontalmente cerca de RC: encima había un billete de cincuenta dólares.

—No me ha entendido bien, hombre. No se trata de economía, sino de física.

La palma no fluctuó ni se movió de sitio.

—Bien —rezongó RC, aceptando el billete—. No estoy diciendo que vaya a ser fácil —pasó como pudo junto al Alfa Romeo de Quinlan y montó en el Skylark, frotándose las manos. ¡Cincuenta pavos! Aquel tipo no debía de saber a cómo estaba el cambio. RC se concentró. Si conseguía hacer mover aquella maravilla adelante y atrás y desplazarlo medio metro a la izquierda, podría acelerar y subir las ruedas al tope, frenar de golpe y hacer marcha atrás por la acera hasta donde esperaba el personaje.

Arrancó, giró bruscamente las ruedas hacia la izquierda y avanzó hasta tocar el pretil metálico. Tranquilo, tranquilo. Giró el volante totalmente a la derecha (la columna de dirección gimió en señal de protesta), y retrocedió a un milímetro del Alfa Romeo, antes de girar de nuevo el volante y repetir el proceso. Hizo esto seis veces, atrás y adelante. Ahora venía lo peor. Tenía que dar gas y, empleando el freno, saltar el tope de hormigón y parar inmediatamente. Y lo que estaba en juego era el guardabarro de Quinlan, no el parachoques. RC retrocedió a pequeñas sacudidas, dos dedos más, un dedo. Estaba muy cerca del guardabarro, pero retrocedió una pizca más. Entonces oyó el golpe.

El impacto fue catastrófico.

El suelo tembló, el coche tembló, el edificio repiqueteó en su cráneo. Retrocedió presa del pánico antes de pisar el freno. Una dolorosa sordera empezaba a menguar. Oyó chocar grandes fragmentos de cristal y metal contra los coches.

Al fondo del estacionamiento había un verdadero infierno de humo negro y llamas naranjas. RC abrió la puerta, arañándola con el tope, y corrió hacia el personaje. El personaje estaba tendido cuan largo era en el suelo, con las manos en la cabeza. Estaba justo encima de un charco de grasa. Las llamas crepitaban, algunas solamente visibles como un desvarío del aire. RC vio que el infierno no era otra cosa que el Lincoln del señor Hutchinson. Faltaban del mismo las dos terceras partes frontales. El Regal del señor Strom yacía sobre un costado. Los vehículos de alrededor habían perdido parabrisas y ventanillas.

Las sirenas se aproximaban ya. RC miró en derredor. Angustiado por la impotencia, empezó a dar saltos.

El personaje se movió. RC se puso de rodillas.

—¿Se encuentra bien?

El personaje asintió como pudo. Tenía los ojos muy abiertos.

—Dios, Dios, Dios —dijo RC—. ¿Qué ha pasado?

—Nada...

—¿Cómo que nada?

—Yo no he visto nada. Explotó y ya está.

—Jesús —RC se paró a pensar en la probable religión del hombre supino y añadió—: No se lo tome a mal.

El propio aire parecía haber generado interferencias de emisora de policía. Llegó un camión de bomberos. Los hombres empezaron a rociar el desastre de cualquier manera —como si regaran un césped gigante con gigantescas mangueras— antes incluso de apearse del vehículo. Un coche patrulla llegó de Olive Street y a punto estuvo de arrollar a RC y al personaje. El frenazo fue perentorio. Se abrieron puertas.

—¿Es usted el encargado?

RC levantó la vista. La persona que había hablado era Jammu.

—Yo aparco coches —dijo.

—¿Está herido este hombre?

—Que yo sepa, no.

RC siguió a Jammu con la mirada mientras ella se inclinaba sobre el personaje. Qué mujer tan menuda era. Más menuda de lo que parecía en las fotos. Llevaba puesta una trinchera gris claro. Llevaba el pelo suelto y recogido detrás de las orejas. Aunque él mismo era sólo un peso ligero, se la quedó mirando. Qué mujer tan pequeña.

El personaje consiguió ponerse de rodillas. La pechera del traje que llevaba lucía una enorme mancha de grasa.

Jammu se volvió a RC.

—¿De quién era ese coche?

—Del señor Hutchinson. Es el...

—Ya sé quién es. ¿Cómo ha ocurrido?

—No tengo ni idea.

—¿Cómo que no tiene ni idea?

RC se echó a sudar.

—Yo intentaba sacar el Skylark de este señor, que estaba, bueno, encajonado. Y momentos después...

Le contó todo lo que había visto. No había visto nada. Pero ella no le quitaba los ojos de encima. RC sintió como si le hicieran una radiografía. Cuando le dictó su nombre y dirección, ella le dio las gracias y, al partir, le rozó la muñeca con las yemas de los dedos. Jammu se acercó al coche accidentado, que estaba siendo acordonado por los policías. RC volvió a mirar impotente en derredor, sin saber qué hacer todavía. Advirtió que el personaje y el coche patrulla habían desaparecido.

Lo malo era que había abollado el guardabarro de Cliff Quinlan. Lo supo sin necesidad de ir a ver. Como empleo, la broma empezaba a estar trillada, y RC no tenía un pelo de tonto. En la Academia de policía estaban reclutando gente.

*

La una y cuarto de la tarde. Jammu estaba junto a la ventana de una habitación de la vigesimasegunda planta del hotel Clarion. Bostezó hacia las instalaciones del Peabody Coal & Continental Grain, en la otra orilla del Mississippi. En la orilla de acá, miembros de la convención tocados con canotiers de papel caminaban por los senderos en dirección al Gateway Arch. Jammu contempló el reflejo de su invitado en la ventana. Karam Bhandari estaba sentado en el extremo de la cama de matrimonio retirando el papel de la botella de Mumm's que tenía entre las piernas. Bhandari era el abogado particular y a veces consejero espiritual de la madre de Jammu. Aunque provenía de una familia de *jains,* era un tipo carnívoro de párpados caídos, y su piel tenía facetas de saurio. A Jammu no le caía simpático, pero se sentía en la obligación de hacer que se lo pasara bien en St. Louis. Aquella mañana le había dejado detonar una bomba.

El corcho hizo pop. Bhandari fue a la ventana con dos burbujeantes copas de plástico. Se había cambiado la camisa manchada de grasa pero no la camiseta, y la grasa se filtraba hasta la tela de puntitos. Alzó su copa y enseñó unos dientes pequeños y afilados.

—Por tu empeño —dijo.

Jammu devolvió el brindis con las cejas y apuró su copa. Bhandari tenía un interés personal en ese empeño. Si ella estaba soñolienta (y lo estaba) era como resultado de la reunión que habían tenido la víspera en el despacho de Jammu. Bhandari era un especialista en silencios intratables y suspiros malhumorados. Maman le había enviado para que inspeccionara la marcha de sus inversiones, para que hablara con Jammu y con Asha Hammaker y, según sus propias palabras, «para hacerme una idea de la situación». Maman tenía todo el derecho a enviarlo, puesto que estaba invirtiendo catorce millones y medio en el mercado inmobiliario de St. Louis y gastando otros quinientos mil en sobornos. Pero Bhandari era el invitado de Jammu, precisamente la persona cuya actuación había venido él a confirmar o censurar. Lo cual creaba tensiones.

—Es casi imposible —había dicho Bhandari en un momento dado—. Necesitas un contable a jornada completa.

—Ya te lo he dicho. Tengo a Singh, tengo al...

—Entiendo. ¿Puedo preguntar por qué este..., por qué el señor Singh no se encuentra aquí?

—Balwan Singh, de Karam. Ya conoces a Balwan. Esta noche se encuentra en Illinois.

—Ah. Te refieres a ese Singh. No es de fiar, Essie. Seguro que hay alguien más...

—El contable y los abogados de Asha, pero por desgracia a ella no le pareció adecuado que te los presentara. Singh es muy competente. Y, al margen de lo que Maman haya podido decirte, es totalmente de fiar.

Bhandari había puesto cara larga, de asno aburrido.

—Seguro que hay alguien más —repitió.

Al volver ahora con la botella de Mumm's, alargó el brazo para llenar de nuevo la copa de Jammu; sus cabezas quedaron muy cerca una de la otra. Hoy estaba de mejor humor, desde que ella le había dejado detonar la bomba. Jammu palmeó con gesto filial la mejilla de Bhandari.

—Gracias, Karam —bebió un poco—. ¿Tienes el transmisor?

Bhandari retrocedió un paso y buscó en el bolsillo de su chaqueta, extrajo el transmisor y lo dejó sobre el alféizar.

—Aquí lo tienes.

Una pausa. El cielo se oscureció un poco.

—¿El transmisor lo has hecho tú?

—Sólo el diseño.

—Y aún te queda tiempo para ser jefa de policía.

—Es un diseño antiguo —dijo Jammu sonriendo—. Muy clásico.

—¿Y el automóvil?

—Era de un tal Hutchinson, el director general de la emisora.

—Y tú intentas extorsionar a..., bueno, ¿debo entender que se trata de extorsión?

—No. No exigimos nada.

Un velo de lluvia apareció por el oeste, cubriendo el Arch.

—No exigís nada —dijo él.

—En efecto. Es estúpido.

—Pero quisiste que me asegurara de que no habría heridos.

—Todavía no estamos en esa fase. Sólo queremos asustarlos. En este caso, a Hutchinson. Pero llegaremos hasta donde haga falta.

—Confieso que no le veo el sentido.

La víspera, Bhandari no había visto el sentido a su estrategia con las propiedades del North Side. Era muy sencillo, le había dicho Jammu. Ya que ni siquiera Maman tenía dinero suficiente para organizar un pánico legítimo, los hombres de Asha estaban comprando pequeños solares por toda la zona, desde el río hasta el límite occidental, para crear la impresión de que grupos distintos actuaban con información privilegiada. Es más, compraban únicamente terrenos que eran propiedad de bancos locales. Esto dejaba el mayor número de terrenos en manos de los empresarios negros de la localidad —un detalle vital, políticamente hablando— mientras que los bancos tendían a creer que la suma de estas inversiones era mucho más grande que los catorce millones de dólares reales. Porque ¿quién podía sospechar que alguien tuviera un interés especial en comprar exclusivamente a los bancos?

Los dedos de Bhandari flotaron sobre las manchas del bolsillo de su camisa. El verdadero problema era su incapacidad innata para asimilar ideas que vinieran de una mujer; se escondía en un armario mental que parecía asfixiarlo en proporción directa al rato que Jammu hablaba. Ella decidió torturarlo un poco más.

—Formalismos —dijo—. Verás. La especulación inmobiliaria es un formalismo, Karam. Algo esencialmente ahistórico. Una vez empieza (una vez lo ponemos en marcha) funciona por sí sola y arrastra consigo la política y la economía. Lo mismo ocurre con el terror. Queremos a Hutchinson en el Estado. Queremos privar a su mundo de dos dimensiones, forzar una situación que supere todas las represiones que le hacen pensar de la manera que el mundo considera normal. ¿Me oyes, Karam? ¿Oyes lo que te estoy diciendo?

Bhandari le rellenó la copa.

—Bebe, bebe —dijo. Él mismo se llevó su copa a los labios, como si en lugar de sorber vertiera el líquido. Después, como una ocurrencia tardía, levantó la copa.

—Por tu empeño.

Jammu tendría que hablar con Maman. Estaba segura de que si Maman hubiera sabido cómo se comportaría Bhandari habría enviado a un espía más competente. O habría venido ella en persona. Jammu se subió un poco la manga del jersey. Eran las dos. El día tocaba a su fin. Inspiró hondo y, mientras soltaba el aire, Bhandari, que estaba detrás de ella, le pasó las manos por debajo de los brazos y las colocó sobre sus pechos. Ella se apartó de un salto.

Bhandari se enderezó, otra vez el abogado, el íntegro asesor de la familia.

—Supongo —dijo— que se habrán tomado las oportunas medidas de seguridad respecto de nuestros enlaces en la comunidad negra.

Jammu miró hacia el río con una sonrisa.

—Sí. Boyd y Toussaint no han sido ningún problema. Ya tenían mucho que ocultar. Pero Struthers, como te dije, nos ha salido caro. Era la opción más obvia: comisionista y además político, concejal muy popular, incluso tiene algo de cruzado. Pero al final conseguimos desenterrar un sucio secreto, una amante que conserva desde hace casi diez años. Era evidente que Struthers había acumulado numerosas violaciones en relación con conflictos de intereses a beneficio de la familia de esa mujer, que por lo demás vive bien. De modo que yo contaba con cierta ventaja cuando le abordé, la suficiente para sentirme protegida si él no estaba interesado en mi oferta. Y no lo estaba, hasta que hablamos de dinero. Por cierto, Maman aprobó personalmente los sobornos. No economizamos cuando es mi pescuezo el que está en juego.

Jammu notó en el cuello el aliento de Bhandari. Su cara estaba hurgándole el pelo, buscando piel. Ella giró en sus brazos y permitió que le besara la garganta. Por encima del pelo engominado de él vio la colcha «de lujo» de la habitación, su grabado «contemporáneo», el «elegante» techo enfoscado. Bhandari le desabrochó la blusa entre bufidos intermitentes. La obsesión sexual era, con toda probabilidad, la mejor metáfora del Estado. Un absorbente mundo paralelo, un principio organizador clandestino. Los hombres movían montañas a cambio de unas cuantas contracciones musculares en la oscuridad.

Sonó el teléfono.

Bhandari no hizo el menor gesto brusco. No se había percatado de que sonara. Jammu detuvo la mano que forcejeaba con su sostén y se zafó. Un momento antes de descolgar el teléfono, lo pensó mejor.

—Contesta tú —dijo.

Él estiró cauteloso los músculos del cuello y se sentó en la cama.

—¿Diga? —escuchó—. ¡Pues claro!

Por el tono condescendiente, Jammu adivinó que era la princesa Asha. ¿Otro aplazamiento? Se abotonó la blusa y se arregló el pelo. En la oficina la estarían echando de menos.

—¿Un ataúd abierto, dices? —preguntó Bhandari disimulando la risa. Llevaba haciendo lo mismo veinticuatro horas. La noche anterior habían acabado hablando de JK Exports, el negocio textil de Maman y su principal conducto de dinero entre Bombay y Zúrich. Bhandari había comentado un incidente reciente. «La semana pasada unos sijs se metieron en uno de los almacenes de tu madre.» Había pronunciado la palabra «sijs» como quien habla de polillas.

Cubrió el auricular del teléfono y le dijo a Jammu:

—Asha no podrá venir hasta esta tarde. ¿Quedamos a alguna hora?

—Esta noche estoy ocupada. Dile que a partir de las doce. Pongamos a la una.

*

El director general de la KSLX, Jim Hutchinson, volvió aquella noche a casa con su mujer Bunny, que, casualmente, estaba en el centro cuando la bomba hizo explosión. Bunny le sirvió de consuelo. Cuando se presentó en la oficina de su marido, una hora después del estallido, no se puso nerviosa como un flan como le habría pasado a otra. Estaba sombría, casi furiosa. Arrugaba la nariz. Se paseaba de un lado al otro. No le dio un beso.

—Menos mal que no estabas dentro del coche —observó.

—Y que lo digas, Bunny.

Tras haber comprobado que su esposo estaba ileso, se marchó otra vez de compras y sólo volvió a las cinco y media para llevarle a casa. Él la dejó conducir. Recién metidos en el tráfico intenso de la Autopista 40, Bunny dijo:

—¿Saben quién lo ha hecho? —conectó el limpiaparabrisas. Llovía de un cielo prematuramente oscuro.

—No —dijo él.

—Menos mal que tenemos un cuerpo de policía en el que se puede confiar.

—¿Te refieres a Jammu?

Bunny se encogió de hombros.

—Jammu es una buena jefa —dijo él.

—¿Sí? —una franja de semáforos rojos, un río de lava, brillaba ante ellos. Bunny pisó el freno.

—Se le pondrán peros a su nacionalidad —dijo Hutchinson, recordando, mientras lo decía, que Jammu era norteamericana—, pero ha metido en esto a toda la brigada de bombas e incendios.

—¿No es lo que haría cualquiera?

—Pues no, mi querida esposa.

—¿Y qué han encontrado?

—Poca cosa. Alguien dio el soplo a la policía a las seis de esta mañana, pero no había mucho donde agarrarse.

—¿Mmm?

—¿Me escuchas o no?

—Alguien dio el soplo a la policía a las seis de la mañana pero...

—La policía no supo qué hacer con la información. Un tipo llamó y dijo: «Cuando ocurra, seremos nosotros». El de la centralita tuvo la suficiente presencia de ánimo para no colgar. Preguntó quién era el que llamaba, y el tipo dijo: «¡Ow!». El operador preguntó otra vez. El tipo dijo: «¡Ow!». Y eso fue todo.

—Pues vaya soplo...

—No será porque yo tenga enemigos. Les dije a los inspectores que tenía que tratarse de una cosa fortuita, salvo que...

—Salvo que en esa zona siempre hay montones de coches aparcados.

—Sí. ¿Por qué el nuestro?

Bunny se metió en el carril de la derecha, que parecía estar un poquito más despejado. Hutchinson siguió hablando:

—No hubo ningún testigo, y prácticamente no quedó nada de la bomba. Pero se imaginan cómo lo han hecho. El inspector con el que he hablado después de comer dijo que era un radiocassette de esos que llevan los chavales negros por la calle. Un caja bomba —ahora ella se meterá con los negros, pensó. No fue así. Continuó hablando—. Han encontrado restos de un radiocassette esparcidos por el aparcamiento. Parece ser que vaciaron el aparato y lo cargaron de explosivos, luego lo metieron debajo del coche y lo hicieron detonar desde lejos. Pero no era dinamita.

—¿Mmm?

—Era plástico. Lo cual es extraño. Eso no es propio de aficionados.

—Ah, ya. ¿Podrás hablar de ello en la emisora?

—Claro, es una noticia, ¿no? Podemos hacer lo que queramos.

—¿Cliff Quinlan, quizá?

—¿Y sacar a la luz los trapos sucios de Jammu? ¿Es ésa la idea?

—Es la primera vez que le ponen una bomba a un coche en St. Louis, no digo nada más.

Media hora más tarde salían de la Autopista 40 por Clayton Road. Seguía lloviendo. Gigantescas calabazas de plástico asomaban a las ventanas de las tiendas antiguas de Clayton.

Al llegar a casa la hija menor de los Hutchinson, Lee, estaba charlando en la cocina con Queenie, su sirvienta y cocinera. Dos calabazas del tamaño de un televisor esperaban ser masacradas junto a la puerta. Lee jugaba con una más pequeña y verrugosa de una cesta de objetos otoñales. Bunny y su marido se lavaron las manos y fueron a sentarse al comedor, pero la mesa no estaba puesta todavía. Por lo visto, Queenie no había terminado de darle cera. Había puesto la mesa en el cuarto del desayuno. Cortó el asado y regó cada plato con salsa bearnesa. Había calabacines humeantes y una ensalada de lechuga roja, cebolletas y palmitos.

Tras bendecir la mesa, cosa que hizo Lee, Hutchinson se lanzó a la carne y empezó a contarle a su hija lo de la bomba, aunque Lee ya había visto las noticias. Bunny miraba sus calabacines con aire desanimado. Fuera se oía un helicóptero. Tal vez era el traficóptero de la KSLX. Sonaba muy cerca, aunque podía ser que la lluvia o el viento trajeran el sonido del aparato.

—¿Qué estará pasando? —dijo Bunny.

Mientras Hutchinson se encogía de hombros, empezaron los disparos. Primero fueron las ventanas de la sala de estar. Temblaron casi silenciosamente bajo el chillido de las partes metálicas del helicóptero. Sonaron balas contra la puerta principal. Golpearon el metal y chirriaron.

Como si siguiera un guión, Hutchinson arrastró a Lee al suelo y se acurrucó con ella bajo la mesa. Bunny cayó de hinojos y se reunió con ellos. Estaba jadeando, pero dejó de hacerlo tan pronto vomitó. El *chop suey* que había comido en la cama con Cliff Quinlan quedó frente a ella en el suelo. Bunny cerró los ojos. Queenie chillaba en la despensa.

Las ventanas del comedor reventaron. Las balas se incrustaron en la pared. La vajilla de porcelana que había en el aparador de anticuario cayó al suelo con un ruido suave. El pino que había cerca de la puerta de la cocina saltó de su trípode. Hutchinson abrazó la cabeza de Lee.

Pocos segundos después de iniciado el ataque, el primer coche patrulla procedente de Ladue aparcaba frente a la casa. La calle estaba ya abarrotada de vecinos histéricos, los Fussel, los Miller, los Cox, los Randall, los Jaeger, y todos sus criados respectivos. Luces rojas hendían la oscuridad. Llegaron dos coches de bomberos, pero nada se quemaba. Una ambulancia dio un decepcionado giro de ciento ochenta grados y se alejó. No había ningún herido.

La policía encontró el patio de los Hutchinson salpicado de octavillas fotocopiadas en papel lustre. El jefe Andrews cogió una del suelo y leyó el texto, escrito con letra infantil:

Free the Land!
OW = Osage Warriors* = Death to Gentials
= = Free the Land! = =
God is Red! OW!

Andrews encargó a dos agentes la tarea de recoger todos los papeles y les recordó que no dejaran huellas. Luego llamó por radio a la policía de St. Louis. Se enteró entonces de que la jefa Jammu iba ya de camino.

Residentes de otras seis comunidades dentro y alrededor de St. Louis —Rock Hill, Glendale, Webster Groves, Affton, Carondelet y Lemay— informaron de haber oído un helicóptero volando a baja altura minutos después del ataque. Se alertó a la patrulla de caminos de Illinois, pero ya era tarde. El heli-

* Guerreros osages, indios norteamericanos. *(N. del T.)*

cóptero se había esfumado en la lluvia que seguía cayendo al este del río.

*

—El FBI no me preocupa especialmente. Tardaron años en cazar a aquellos portorriqueños en Chicago, y encima fue una chapuza. Esto es cosa de dos, Gopal y Suresh, no tienen identidad, sus acciones no siguen una pauta, y ya habían robado todas las existencias hace seis semanas. La única persona que ha pillado a Gopal con las manos en la masa soy yo. El FBI está fuera de su elemento. Lo estarían más si fuera algo como lo que yo hago en la ciudad, pero, aunque investiguen, que no lo harán, no creo que encuentren gran cosa, quizá unos transmisores. Pero no hay modo de seguir el destino de sus señales. Lo mismo con las emisoras, y sólo un profesional podría saber de qué se trata. Los profesionales no están buscando nada. A veces me dan ganas de clausurar toda la electrónica, pero los cables sirven más para impedir que nos descubran que para facilitar eso mismo. La gente que tenemos trabajando (Singh, Baxti, Sarada, Usha, Kamala, Devi, Savidri, Sohan, Kashi) necesita la información por su propia seguridad y para su trabajo. Buena idea, pero no te molestes.

»Si alguien descubre la pauta de las compras que Asha está haciendo en el North Side encontrará el nombre de Hammaker. El dinero es de Maman, pero los cheques son de Hammaker. En esta ciudad, eso es una pista falsa. Y yo caigo bien a los medios de comunicación. Lo mismo que a los fiscales, todos los jóvenes letrados del fiscal del distrito están buscando cabelleras que cortar. La tasa de arrestos va en aumento, y las condenas significan ascensos. Y, además, no hay motivo para sospechar de mí. Lo peor que la policía puede hacer es pegar y engañar. Nosotros no pegamos a nadie, no aceptamos sobornos, al menos en nuestras oficinas. ¿Mi madre chilla?

»Sí, el palmo va muy caro en el centro, la ciudad está apretujada y no puede anexionar más tierras, pero lo que más asusta a los ricos del condado es el crimen. Un miedo reforzado por el racismo. La división ciudad-condado es una forma de discriminación. ¡Ese codo! Lo sorprendente es que la ciudad desea tan poco la reunificación como el propio condado. Los negros tienen miedo de quedar en minoría en un gobierno de tipo regional, sobre todo cuando todavía no poseen el control de la ciudad. Es increíble, pero St. Louis nunca ha tenido un alcalde negro. Pero eso es sólo cuestión de tiempo, un par de elecciones más, y luego ya nadie conseguirá unir de nuevo la ciudad y el condado.

»Las industrias se han establecido en el condado, así que ¿para qué trasladarse? Oh, sí. La avaricia. Tenemos cintas donde se oye a consejeros delegados informar a sus amigos de que los terrenos urbanos se han convertido en una mercancía de primer orden. No lo hacen por cortesía. Los bancos tienen un interés personal en los precios del terreno, en la prosperidad de la ciudad. Ellos poseen el grueso de los títulos de renta. Por lo tanto, los bancos están de nuestra parte.

»Maman puede liquidar en abril por no menos de treinta millones. Nos quedaremos una cuarta parte en concepto de impuestos, pero ella seguirá teniendo el cincuenta por ciento. ¡Ese codo! Una ley denominada Missouri 353 permite a la ciudad ofrecer reducciones de impuestos a largo plazo a todo aquel que urbanice un área desertizada. Desertizada significa cualquier cosa; hace diez años declararon todo el centro zona desertizada, así que imagínate. Y nuestro nuevo plan de impuestos endulzará el trato. ¿Me estás escuchando?

»Naturalmente, un jefe de policía no debe meter las narices en la política fiscal de la ciudad. Pero yo ¿qué voy a saber? Soy nueva en la ciudad. ¡Y el castigo por mis actividades políticas es publicidad en los medios y popularidad personal! Más contradictorio, imposible. La razón de que pueda tomarme libertades en mi cargo es la misma razón por la que nadie me tiene miedo: soy una mujer, soy extranjera, soy insignificante. Sabes, el Kama Sutra prescribe retardar.

Bhandari se apartó. La sábana se le pegó a la espalda húmeda y le fue detrás, dejando al aire el hombro y el brazo derecho de ella. Jammu se dejó la mano entre las piernas. Por el momento volvía a ser la adolescente refractaria, a gusto con el autoerotismo. Miró al techo, donde la lámpara de noche arrojaba una sección cónica de luz perforada por extraños radios de sombra, proyecciones de los travesaños de la pantalla.

Agitándose en sueños, Bhandari le rozó el costado. Jammu tenía la desagradable certeza de que en casa de Maman, cuando le llamaban para que fuera, Bhandari hacía el amor de un modo locuaz y encantador.

Pero mañana Jammu volvería a ser libre, y las partículas de su pasado, inflamadas por Bhandari, se enfriarían a medida que ella regresara a la oscuridad, a su plan, a la distancia de St. Louis. Él no notó que se estremecía.

Asha llegaría a la una de la noche. Jammu consultó su reloj, la única prenda que llevaba encima. Eran las doce y veinte. Arrastró una mano por el suelo, encontró la ropa interior y descolgó las piernas de la cama.

Alguien estaba llamando a la puerta.

Se puso de pie y le arrancó la sábana a Bhandari, que quedó tendido como una ballena varada, las aletas semienterradas en arena de percal. Jammu le tocó la cabeza.

—Vamos, levanta —dijo—. Ya está ahí.

Él se incorporó de mala gana y le miró el pecho.

Llamaron de nuevo a la puerta, con más ahínco, el tirador vibró. No parecía que fuera Asha. Jammu se apresuró a volver su blusa del revés. Se subió la cremallera de la falda. Bhandari trataba de anudarse el cinturón de la bata.

—Ve a abrir la maldita puerta —susurró ella, metiéndose en el cuarto de baño. Un momento después le oyó arrastrar los pies y descorrer el cerrojo. Hubo un grito, de él.

—¿Qué diablos haces tú aquí?

Jammu se apartó del lavabo. Singh estaba de pie en el umbral del cuarto de baño. Se la quedó mirando con inexpresiva inquietud, y a ella le gustó ver que todavía había un hombre al que podía ofender con toda franqueza. Movió los hombros, ostentando sus cabellos despeinados.

—Indira ha muerto —dijo Singh—. Asesinada.

—¿Qué?

—Le han pegado un tiro.

—¡Los sijs! —exclamó Bhandari. Estaba detrás de Singh, y con furia antisij descargó el puño sobre el otro. Casi delicadamente, Singh lo lanzó contra la pared y lo inmovilizó con un brazo. Luego le soltó, y Bhandari miró vagamente a su alrededor antes de correr al teléfono que había junto a la cama.

—Operadora. Operadora.

—Pensaba que querrías saberlo —le dijo Singh a Jammu.

—Romesh —a Bhandari le temblaba la voz—. ¿Romesh? ¿Eres tú? Escúchame bien. Todos los archivos, absolutamente todos, me escuchas, todos los que estén marcados C, sí con C de Calcuta, todos los marcados con C. Atiende. Todos los archivos...

Algo no andaba mecánicamente bien en la boca de Jammu. Una combinación de lengua y paladar la mantenía abierta impidiendo que el aire saliera o llegara a sus pulmones. Notaba una bala en la columna vertebral y no podía respirar.

5.

—¿Barbie?

—Hola. Ahora iba a llamarte.

—¿Estás haciendo algo?

—No. Todavía no he empezado. Iba a hacer una tarta.

—Escucha, ¿te llegó el paquete?

—Sí, el lunes.

—Oye, el recibo está dentro de la caja.

—Seguro que le gusta, Audrey. El otro día vio algo parecido en Famous que le gustó mucho.

—Estupendo. ¿Tienes algún plan para esta noche?

—Lu va a casa de una amiga después de cenar y pasará la noche allí.

—¿Un día laborable?

—Es su cumpleaños. ¿Para qué querría quedarse aquí?

—Nada, pensaba. Tú antes hacías algo especial. Pensaba que... ¿Cómo te sientes?

—Cansada, sabes. Anoche no pude dormir por culpa del catarro. Me di cuenta de que me ponía a roncar...

—¡Roncar!

—Siempre he roncado cuando estaba resfriada. A Martin le ponía de los nervios. Esa infección que tuve, ya no recuerdo cuándo, la que me duró tres meses, él me despertaba en plena noche con aquella cara de loco y decía algo así como SI NO PARAS DE RONCAR, puntos suspensivos.

—¿Y después?

—Se iba a dormir al sofá.

—Eso sí que tiene gracia.

Dejando el teléfono en su estribo y tras despachar a Audrey para un par de días más, Barbara descansó en una silla de la cocina. Era 1 de noviembre, y tenía que hornear una tarta de especias antes de que volviera Luisa. Aunque se marchaba después de cenar, Luisa tenía un acentuado sentido de la responsabilidad en cuando a los rituales de juventud (una disposición a utilizar piscinas de hotel, a comerse los muslos del pollo) y tal vez insistiría en hacer algo tradicional tan pronto Martin llegara a casa, algo como ver películas caseras de cuando era pequeña (no había otras) o incluso (posiblemente) jugar al *yahtzee*. Como mínimo reclamaría (y recibiría) un cocktail, y Martin bajaría el regalo que Barbara había comprado para que se lo diera él (una máquina de escribir) y añadirlo a los paquetes de familiares y a las más ordinarias (más maternales) contribuciones de Barbara (calcetines, jerseys, papel de carta en colores tropicales, chocolate suizo, una bata de seda, el muy cacareado álbum de grabaciones con cantos de pájaros, una novela de Jane Austen en tapa dura y, sólo porque sí, una de Wallace Stevens en bolsillo) que Luisa, exigiendo otra copa (y recibiéndola), procedería a desenvolver. Luego charlarían los tres de manera muy formal como si Luisa fuera la adulta que aquellos regalos, su carácter fácilmente disfrutable, indicaban que no era todavía. Unos abuelos habrían venido muy bien en una noche así. Pero los padres de Barbara acababan de irse de vacaciones a Australia y Nueva Zelanda, e incluso antes de que muriera la madre de Martin ésta sólo abandonaba Arizona para un funeral. El propio Martin no sería de gran ayuda. Últimamente se las tenía a menudo con Luisa. El lunes por la noche había vuelto a casa muy pensativo (dijo que por el proyecto de Westhaven) y durante la cena, todavía pensando, todavía ensimismado con sus plazos y sus operarios, había empezado a interrogar a Luisa acerca de las asignaturas que elegiría en la universidad. El interrogatorio duró diez minutos.

—¿Inglés? Si me viene alguien con una licenciatura en Inglés pidiendo empleo, yo le diré que no —cortó un limpio rombo de ternera—. ¿Astronomía? ¿Para qué quieres estudiar eso? —atravesó una alubia. Luisa miraba las velas desesperada.

—Déjala en paz, Martin —dijo Barbara.

Él levantó la vista del plato.

—Sólo pretendía ayudar —se volvió a su hija—. ¿Te estaba molestando?

Luisa lanzó su servilleta a la salsa marsala y se fue corriendo a su cuarto. Este otoño no tenía apetito, y había perdido unos kilos que (en opinión de Barbara) no podía permitirse perder. En el desayuno le había parecido que aparentaba más de dieciocho años. Barbara había despertado de un sueño en el que Luisa era un esqueleto con una bata blanca y sucia, y donde las manos que trataban de consolarla, las manos de la madre, eran huesos blanquecinos.

—¿Te preparo unos *waffles*?

—¿Puedo tomar más café?

—Sí. ¿Y los *waffles*?

—Está bien. Por favor.

Daba pena verla meterse los *waffles* en la boca. Era evidente que no tenía hambre. El catarro le duraba demasiado, y aunque todavía no había querido admitirlo, también parecía haber un nuevo ligue, al que por lo visto había conocido el día en que había ido a buscar a la chica francesa. La chica francesa no se había presentado. El ligue era el autor de la foto que había salido el sábado anterior en el periódico, *D. Thompson,* rezaba el crédito, y el pie de foto: *Veranillo de San Martín. Luisa Probst, de Webster Groves, disfrutando del buen tiempo en Washington State Park. Detrás de ella una bandada de barnaclas canadienses.* Martin había comprado veinte ejemplares del diario y Luisa había dicho, si bien tardíamente, que Duane había estado en el campo con ella y con Stacy. A Barbara no le importaba que Luisa no revelara de momento sus sentimientos hacia Duane. También ella, Barbara, se había criado en un ambiente de vigilancia (la vigilancia de su madre y la de la Iglesia Católica) y lo había detestado. Por otra parte, teniendo en cuenta que Luisa seguía pasando mucho tiempo en compañía de Stacy, ¿hasta qué punto podía ser Duane importante?

Estaba nublado. Dos cardenales macho, pájaros de invierno, saltaban de lado a lado en el comedero que había junto a la ventana del cuarto del desayuno. Barbara oyó un rascar lento en el lado sur de la casa, era Mohnwirbel que rastrillaba el suelo. Llevaba puesta su chaqueta roja, su plumaje de invierno, sus colores de cardenal. Vivía en la finca misma, en el pequeño apartamento de encima del garaje, y parecía más oriundo de Sherwood Drive, o al menos no tan cohibido de serlo, que la propia Barbara.

Barbara se tragó una aspirina con un poco de whisky escocés y metió el vaso en el lavavajillas. Llevaba puesta una falda de cuadros escoceses, un suéter granate de seda, botines un poco anticuados (se los había pasado Luisa), una pulsera de plata en la muñeca y unos pendientes de plata. Cada día, enferma o no, gustaba de vestirse bien. En primavera y otoño (estaciones que, retrospectivamente, la hacían meditar sobre cómo habría sido su vida de haberse casado con tal o cual hombre) usaba maquillaje.

Cuando puso la radio, que siempre estaba sintonizada en la KSLX («Radio Información»), Jack Strom estaba presentando al invitado del día en el segmento de dos a tres de su programa de tarde. El invitado era el doctor Mickey McFarland. Médico. Profesor. Discípulo del Amor... Y autor del best-seller *Tú y solamente tú.* Barbara se puso un delantal.

—Doctor —estaba diciendo Jack Strom—, en su último libro describe usted lo que denomina las Siete Fases del Cinismo, algo así como los peldaños que la persona desciende hasta llegar a la depresión de la mediana edad, y a continuación analiza la manera de dar marcha atrás a ese proceso. Bien, estoy seguro de que muchos de sus lectores habrán caído en la cuenta de que todos los ejemplos que cita implican a hombres de mediana edad. Evidentemente, fue algo intencionado por su parte; ¿podría decirnos cómo cree que encajan las mujeres en este modelo de cinismo, que si no recuerdo mal llamó usted una vez el Reto de los Ochenta?

—Bueno, Jack —dijo McFarland con voz áspera—. Me alegro de que me haga esa pregunta.

Siempre se alegraban de las preguntas que les hacía Jack.

—Como tal vez recordará, cuando se publicó *Un verdadero amigo* en el 79 (y recordará también que llegó al primer puesto en la lista de libros más vendidos, algo que yo no olvidaré nunca)... Bien. No sé si alguien ha dicho esto alguna vez, pero el primer libro de éxito es como tu primer hijo, lo quieres sin condiciones, siempre es tu favorito. En fin, como tal vez recordará, en *Un verdadero amigo* (donde, por cierto, yo abordaba el problema de la depresión femenina) hablaba del papel especial que la mujer ha de jugar en el Reto de los Ochenta.

—¿Cuál era ese papel?

—Jack, ese papel era un papel humanitario.

—Un papel humanitario.

Jack Strom era duro con los autores de bestsellers, empleaba su voz extraordinariamente meliflua para avergonzarlos. Que Barbara recordara, presentaba *talk-shows* de toda la vida, veinte años o más, y su voz no había cambiado nada. ¿Cambiaba la cara de uno?

—... Me alegro de que me pregunte eso también, Jack, porque se da el caso de que para mí el derecho a la libertad religiosa como consta en la Quinta Enmienda es el recurso más valioso que tiene este país. Lo que vemos en estos cultos es un grito de amor a gran escala. No sé si habrá usted pensado en ello alguna vez, pero en el corazón de todas, y repito, todas, las religiones hay una doctrina del humanitarismo, sea oriental u occidental, eso da lo mismo. Y creo también, estoy convencido, de que hay un término medio que todos nos esforzamos por alcanzar.

Profundo silencio.

—Doctor McFarland, autor de *Tú y solamente tú.* Pasaremos a las llamadas telefónicas después de este mensaje publicitario.

Mohnwirbel había aparecido en un lado del patio de atrás mientras seguía rastrillando la hiedra. Había hiedra, y finca, suficiente, para que siguiera rastrillando todo el día y el día siguiente. Mohnwirbel había tenido su momento de gloria la semana anterior, cuando unos fotógrafos de la revista *Home* habían ido a sacar unas fotos del césped y del jardín. Era la primera vez en once años que Barbara había visto nervioso al jardinero. Se había plantado en medio del patio como un perro rodeado de abejas enojadas, con cara de absoluta preocupación, amenazado por ardillas que lanzaban palitos y árboles que arrojaban hojas.

—Hola, estamos en antena.

Barbara midió la mantequilla.

—¿Doctor McFarland?

—Le está escuchando. Adelante.

—Doctor, me llamo Sally.

—... ¿Tiene alguna pregunta o comentario para el doctor?

—La escucho, Sally.

Barbara abrió el tarro del azúcar. Le sorprendió la —¿qué?— del azúcar refinado. Su futilidad. Aplicó la cucharilla metálica.

De promedio leía cuatro libros a la semana. En la biblioteca tenía catalogados cerca de cuatrocientos. Iba una vez a clase de gimnasia, y tres a jugar al tenis. En una semana normal preparaba seis desayunos, envolvía cinco almuerzos y preparaba seis cenas. Hacía cientos de kilómetros en el coche. Miraba desde ventanas cuarenta y cinco minutos. Comía en restaurantes tres veces, una con Audrey y varias fracciones de dos con Jill Montgomery, Bea Meisner, Lorri Wulkowicz (su última buena amiga de la facultad), Bev Wismer, Bunny Hutchinson, Marilyn Weber, Biz DeMann, Jane Replogle, diversas bibliotecarias y muchas ocasionales. Pasaba seis horas de promedio en tiendas al por menor, una hora en la ducha. Dormía cincuenta y una horas. Veía nueve horas la televisión. Hablaba dos veces con Betsy LeMaster por teléfono. Hablaba con Audrey 3,5 veces. Hablaba con otras amigas un total de catorce veces. La radio sonaba todo el día.

—Marque el seis tres tres, cuatro nueve cero cero. Si está llamando desde Illinois marque el ocho cuatro dos, once cero cero. ¿Hola? ¿Su pregunta para el doctor McFarland?

Con la espátula afeitó los costados del cuenco, embadurnados de mantequilla. Llevó huevos y suero de leche de la nevera al mostrador y partió los huevos sobre el más pequeño de los cuencos. Al arrojar las cáscaras al fregadero, pensó en Martin. Él no habría desechado las cáscaras tan deprisa. Habría pasado el dedo índice por el interior para aprovechar los últimos grumos de clara. Ella le había visto hacerlo cuando preparaba huevos revueltos los domingos por la mañana.

De recién casados, Barbara había tirado un periódico leído ya dos veces y él lo había rescatado de la papelera. «Siempre son útiles», había dicho Martin.

Pero nunca los usaba para nada. Cerraba el agua caliente mientras se enjabonaba las manos. Metía ladrillos en el depósito del retrete. La casa vieja de Algonquin Place estaba iluminada mayormente con bombillas de 40 vatios. Empleaba dos veces el carbón de la barbacoa. Si ella tiraba revistas *Time* atrasadas, ponía mala cara o la reñía. Martin recuperaba cajas de cerillas de los ceniceros de los restaurantes. Cuando regaba la hierba, procuraba que el agua que se escapaba por las juntas de la manguera cayese sobre los arbustos, no sobre hormigón, para que los arbustos echaran un traguito de agua.

Conservaba. Pero su conservadurismo era personal, por no decir perverso. Cuando, veinte años atrás, intentó impedir que sus obreros se sindicaran, la prensa local casi no podía creer que el padre de Barbara hubiera decidido representarle. En aquella época todos los operarios de Martin hacían huelga, y las huelgas empezaban a ser un asunto solidario. Normalmente el padre de Barbara no habría aceptado jamás un caso como aquél (una de sus especialidades eran las indemnizaciones laborales), pero no era fácil decir no a un patrón que se paseaba por sus oficinas en botas militares y pantalón de faena. La incompatibilidad de Martin con los sindicatos no era ideológica, sino personal. Ser la causa de tantos estragos parecía sorprenderle, y cuando ganó el pleito, con ayuda del padre de Barbara, le pareció lógico. Y cuando se presentó en la fiesta que los padres de Barbara daban con motivo del Cuatro de Julio, ella se fijó en él.

Barbara acababa de licenciarse y tenía una beca para estudiar Física en la Universidad de Washington. Sin embargo, antes de que transcurriera un año ya había renunciado a estudiar y se había casado con Martin. No necesitaba la ciencia para sentirse diferente, al menos teniendo al lado a Martin Probst. Le gustaba verle en los intermedios de un concierto charlando con sus antiguas amigas del Mary Institute. («¿Os habéis fijado en los trombones?», preguntaba. «A mí me encantan los trombones.») Le gustaba verle bailar el rock-and-roll con sus amigas de la facultad. En los bailes benéficos buscaba a ingenieros en prácticas y hablaba de vigas tubulares y de revestimientos y de pilotes de hormigón armado mientras por su lado pasaban beldades ataviadas de gasa y seda artificial. A ella le gustaba estar cerca de él.

Un domingo por la tarde apenas tres días después de la boda, Martin llevó a Barbara a ver el Arch, que todavía no estaba abierto al público. Abrió dos verjas, una puerta metálica, otra verja, otra puerta, y se detuvo frente a una caja reguladora de hierro galvanizado. Andaba pavoneándose de una forma que para Barbara era nueva, y lanzaba a la obra miradas desdeñosas. Empezó a tocar docenas de interruptores. Encima de sus cabezas, en un espacio triangular cada vez más pequeño, se fueron iluminando escaleras, cables, las vigas en T invertidas que apuntalaban a los muros las vías del tranvía interior. Martin no la miró. Podía haber sido un caballero sureño de antes de la guerra que perdiera su amabilidad al pasar revista a sus esclavos. Tirando con fuerza de un pasamanos, como si lo estuviera retando a desprenderse, Martin empezó a subir la escalera. Ella le siguió, odiándole en parte. Olía a grasa fría, a soldadura fría, a hormigón sediento. Los delgados peldaños de hierro producían un eco prolongado, zumbante. Cuando la escalera la acercó a las paredes, Barbara pasó la mano por el duro acero al carbono, por tiras de hormigón fraguado, por números de código grabados a mano, y pudo ver un lustre azul metálico entre las rebabas. La escalera torcía bruscamente hacia el otro lado de las vías, y viceversa, adaptándose a tremendas alteraciones de la vertical.

—¿Tú me recoges si me caigo?

—No te caigas —respondió él, lacónico. Era una orden, pero ella se alegró de obedecer.

Formas diagonales —las durmientes y armaduras para las vías, los vientos y puntales para la escalera— se repetían en un nivel y luego daban paso, elemento a elemento, a formas más apretadas y retorcidas. Mirando hacia abajo (involuntariamente) Barbara pudo ver algunos de los tramos que habían subido, pero en absoluto todos. Zigzagueaban como el rastro de una rectilinearidad enloquecida por la lógica catenaria. Los colores eran primitivos: naranja el anticorrosivo, azul cielo los cableados, rojas y amarillas las tuercas, verdes los tubos aisladores. Más arriba, a medida que el grado de la curva aumentaba, Barbara ascendió por largas escaleras de caracol conectadas, de arriba abajo, mediante angostas pasarelas provistas de varas endebles a modo de pasamanos. Podría haber caído si hubiera dejado de pensar. Siguió a Martin. El metal lo dominaba todo, su origen de fundición manifiesto en el recinto metálico y cerrado, en el frío literal: pudo ver el sometimiento del acero a la forma. Atornillado, se enganchaba a sí mismo en un abrazo mortal, indefinidamente. Cartabones de ensamble como brazos de cortesanos congelados sostenían las riostras, y las riostras sostenían las pasarelas, y las pasarelas a Martin. Antes, su poder había sido el reflejo de una reputación; ahora, más de cerca, desde una mayor lejanía (la verdad siempre nos sorprende), Barbara le amó con locura.

Apareció la luz del día, azul. Entraron en la sala de observación. Y después de que ella contemplara la vista al este y el oeste, después de que seleccionara un coche que pasaba frente a los antiguos tribunales, una ranchera de color rojo, y siguiera su avance a través de las desiertas calles del centro, lo viera asomar y esconderse entre los edificios, y creyera divisarlo en Olive Street para salir después a Grand Avenue; después de que ella saltara sobre el suelo para confirmar su solidez; después de que se sentara en el antepecho de la ventana, de espaldas al sol y con los muslos en el metal caliente, después de que se quitara los zapatos y Martin se hubiera situado entre sus piernas y la hubiera besado: después de que ella protestara que la gente podía verlos y él le hubiera asegurado que no, él le desabrochó los tejanos y se los bajó. Luego le hizo el amor en el suelo. Había salientes y entrantes curvos en las planchas de acero. Él la aplastó y la movió de acá para allá mientras ella pugnaba por incorporarse. Sus hombros, en espasmos, se resistían a tocar el suelo. ¿Conocía a aquel hombre? Estaba casi extática. Lo mejor de todo fue que él no sonrió ni una sola vez.

—Mickey McFarland, autor de *Tú y solamente tú*. Doctor, es un placer haberle tenido hoy aquí, estoy seguro de que tendrá usted una agenda muy apretada...

—Oh, bueno, esta emisora siempre ha tenido un lugar especial en mi corazón.

—Muy agradecidos por su presencia. Les habla Jack Strom. De tres a cuatro de la tarde tendremos al doctor Ernest Quitschak, sismólogo, que nos hablará de tres de los mayores terremotos en la historia de América y del próximo terremoto, que podría tener lugar en cualquier momento, sí, aquí mismo en Missouri. KSLX-Radio, Saint Louis, son las... tres de la tarde.

Bong.

Barbara introdujo las tres fuentes en la parte superior del horno, puso el reloj en marcha y se sentó en una silla. Estaba agotada. Le zumbaban los oídos. Mohnwirbel se había ido a alguna parte, dejando el rastrillo en la hierba, con los dientes hacia abajo.

En Nueva Delhi, el primer ministro indio Rajiv Gandhi ha sido uno más de los cientos de miles de...

Al conocer el lunes la noticia de la muerte de la señora Gandhi, Barbara había pensado inmediatamente en Jammu. Era evidente que el perentorio hechizo de la jefa de policía estaba inspirado en el de la señora Gandhi, y Barbara había esperado que el asesinato la dejaría traspuesta. Pero cuando Jammu apareció en las noticias de KSLX-TV para comentar las ramificaciones del atentado, habló con su pose habitual. «Es asombroso que haya sobrevivido tanto tiempo. Enemigos no le faltaban.» La sonrisa fría que dedicó al entrevistador había molestado a Barbara.

—No puedes juzgarla por esto —dijo Martin—. A saber lo que piensa en privado.

En efecto, nadie podía saberlo. Barbara concedía incluso la posibilidad de que Martin, en privado, ahora que estaba empezando a echar canas, tuviera miedo de la muerte. Pero no lo sabría nunca. El principio rector de la personalidad de su marido, la suma de su existencia interior, era el deseo de que le dejaran tranquilo. Si todos aquellos años había buscado la atención, la novedad incluso, y si todavía le seducía todo eso, entonces era porque captar la atención le hacía aparecer diferente, y la soledad empieza por la diferencia.

Se acordó de la fiesta que habían dado en su casa de Algonquin Place la noche de las elecciones, la noche en que perdió Humphrey. Los Animals berreando en la sala de estar, los estudiantes bailando en el vestíbulo. Barbara estaba arriba con Luisa. Al pie de la escalera había visto a Martin hablando con el joven cuñado de Biz DeMann, Andrew, un rollizo estudiante de Derecho que usaba blazer y gafas de concha.

—Harvard —estaba diciendo Martin—... Harvard. Yo pensaba que era un restaurante.

El joven DeMann:

—Es imposible que no hayas oído hablar de Harvard.

—Mira, Andrew —Martin le rodeó los hombros con el brazo y lo atrajo hacia sí—. Hay una cosa que siempre me ha intrigado. Quizá puedas ayudarme. ¿Qué significa eso de alma máter?

—Exactamente no lo sé. Algo como Nuestra Madre.

Martin frunció el entrecejo:

—¿La madre de quién? —se hacía el tonto, uno de sus números.

—Metafóricamente. Como decir: Harvard es mi alma máter.

—Ya. Es tu Nuestra Madre.

—Sí. Por qué no —Andrew sonrió indulgente.

—¿Por qué no? —Martin le agarró del cuello de la camisa y lo lanzó contra la puerta principal—. ¡Porque significa «madre nutriente», gilipollas!

Barbara se puso blanca y se llevó a Martin al comedor.

—Martin, Martin, Martin...

—Le he preguntado dónde había cursado sus estudios —le dijo él en susurros cáusticos—. Estaba seguro de que había ido a Harvard, sólo pretendía ser educado. Y va y me dice: «Oh, pues a una escuela pequeña, cerca de Boston» —se zafó de Barbara—. Deja que le machaque los sesos.

—Es un invitado, Martin.

Consiguió llevárselo al patio de atrás y hacer que se sentara. Vio que no estaba borracho en absoluto.

—Toda esa gente —dijo Martin—. Toda esa gente, tan preocupada por los pobres. No tienen la menor idea de lo que es ser pobre... Todos esos estudiantes. Me hacen sentir incómodo. Lo encuentro tan... tan mezquino. ¿Cómo se justifican, vamos a ver? Toda esa gente. En su puñetera vida han tenido que trabajar en algo que no les gustara.

Toda esa gente era la gente de Barbara, sus amistades. Si ella dejaba de intentarlo, no volverían a verlos más.

Y lo dejó. Cesaron las fiestas. Ella se quedaba en casa, tuvo una sinusitis. Los hombres llegaban a la luna, y ella allí sentada, descansando en la cocina, deseando recuperar el gusto. Fue la peor infección de toda su vida. En la ducha lamía el jabón que resbalaba sobre sus labios y lo encontraba dulce, como uno de esos venenos agradables. La cocina era un laboratorio químico. La carne de ternera calentada se volvía gris, la de pollo blanca. El pan tenía una baja resistencia a la tracción. Podía extraerse líquido de una naranja, era volumen dentro de un vaso, eran 150 mililitros.

La infección se prolongó todo febrero y hasta marzo, pero la primavera no fue más que un cambio de luz, un humedecerse el frío. Visitó a un médico, que le dijo que sólo eran virus, que necesitaba dormir mucho y dejar que todo siguiera su curso. Finalmente ya podía respirar bien, pero seguía privada de gusto. Empezó a fumar otra vez. El humo le sabía helado y casi masticable, y el dolor que sentía en la garganta —privada de otra sensibilidad— tenía un algo de eléctrico, como una fuga de corriente. ¿Era posible que la gente saboreara lo que hablaba? Sí, era posible. Las palabras habitaban el cerebro como cabezas de martillo, cayendo acá y allá sobre sus rígidas orejas. Martin la culpaba. «¿Pero qué te pasa?» *Vete al cuerno, estoy resfriada.* «Deberías tratar de dormir.» *Vete al cuerno.* Un filete se podía doblar. Un rábano, no. Cada mañana lamía la pastilla de jabón, sin perder la esperanza, y entonces, en abril, algo cambió y Barbara se dio cuenta de que el armario olía a antipolilla. Tal como ella lo recordaba. Pero ahora, cada sabor que volvía a descubrir iba acompañado de un sentido de propiedad privada. Sabores y olores no eran ya como abastos comunitarios de los que cada cual cogía su parte según sus necesidades. Los sentía como cosa propia. Estaba leyendo a Sartre, y fue como el impacto de una tonelada de ladrillos. Se sentía desbordante. Ella tenía entrañas, y en aquel entonces no eran lugares solitarios. Martin daría una versión muy diferente de aquellos años. La de ella era muy simple; había empezado a vivir por sí misma, no por los dos. Había comprendido que tenía una hija.

—¿Y en qué se diferencia de la falla de San Andrés?

—San Andrés se encuentra al borde de la placa continental; las placas, claro está, son las partes rígidas de la corteza terrestre que forman los continentes y el lecho de los océanos...

El horno estaba calentando la cocina, pero Barbara no olía la tarta sino sólo el calor de sus senos nasales. Los platos parecían ser creación del fregadero, que los pasaba al mostrador, extraños platillos, cucharas de madera. En diciembre iban a venir otra vez los de la revista *House* (incluido un periodista llamado John Nissing a quien ella sólo conocía por teléfono) para fotografiar el interior de la casa. Deberían haber venido hoy, pensó, y registrar la casa tal como es, a Barbara en su silla, presa de la confusión y mirándose las muñecas espolvoreadas de harina. En su sueño de la víspera era Luisa la que tenía aquellas manos, esos anillos, estas arrugas.

Cuando Mara, la hija pequeña de Audrey, tenía la edad de Luisa ya se había escapado de casa tres veces. La habían expulsado del Mary Institute y había sido arrestada por hurto y posesión de drogas. Los familiares preocupados, a saber Barbara y el padre de ella, convinieron en que el hogar de los Ripley no estaba haciendo mucho bien (por decirlo suavemente) a Mara, y Barbara hizo caso omiso de las objeciones de Martin y se brindó a acoger a la chica hasta que se calmara un poco o se sacara el graduado. Para desconcierto de Barbara, Mara siempre la había admirado, como si fuera el tipo de persona adulta que ella podía soportar. La chica aceptó la invitación, Barbara trató de mostrarse comprensiva y ser una buena madrastra, restañar ciertas heridas. Pero al cabo de dos meses, un domingo de marzo, volviendo con Martin de un almuerzo se encontraron a Luisa, que entonces tenía diez años, sentada en la cocina con cara de enfado. Su discurso fue realmente tortuoso.

—A veces —dijo— pienso en las habitaciones que nunca utilizamos, ¿no?

Le sabía mal que hubiera sitios no utilizados. Todas las cosas que había dentro, ¿no? Como en el sótano. O en el tercer piso, ¿no? Qué curioso que ella nunca subiera, ¿no? ¿Mamá subía alguna vez al tercer piso? Había por allí una máquina de coser a pedal, ¿no?, y montones de cosas de papá, y hasta un sofá viejo o algo así, ¿no?

Barbara le peló una manzana y envió a Martin a la tercera planta de la casa, donde Mara (en teoría había salido «por ahí») y un chico de su edad se estaban vistiendo a toda prisa. Martin dijo que Mara tenía que irse, y Barbara lo aceptó. La escarmentó descubrir que sólo le preocupaba Luisa y nadie más, que un simple rasguño en la psique de su hija era mucho más importante que un boquete enorme en la de Mara. ¿Sabía Luisa que las maletas que había en el vestíbulo eran consecuencia directa de su velado testimonio? ¿Había asociado Luisa practicar el sexo y que te echaran de casa? ¿Sabía que lo hacían por su bien? Barbara sintió nacer en su interior un tipo especial de desconfianza: ¿cuánto le estamos ocultando?, ¿mucho o sólo un poco? Deseó haber nacido con una mente menos capaz de percibir tan claramente la matemática del crecimiento de Luisa, o con un cuerpo que le hubiera permitido tener más de una hija, cualquier cosa que la aliviara de la terrible especificidad de su conciencia. Ojalá no hubiera importado tanto en qué se convertiría Luisa, qué sería de ella, cómo acontecería, merced a qué defectos y qué virtudes de Barbara. Ojalá hubiera sido como Audrey, a quien las cosas le sucedían misteriosamente. O como Martin, a quien no parecía importarle.

Oyó pasos en el piso de arriba. Libros cayendo al suelo. Luisa había entrado en casa y había subido directamente a su cuarto.

*

Pasaron tres semanas. Era la víspera del día de Acción de Gracias y en el instituto reinaba la confusión. Después de la quinta hora las masas de animadores, los organizadores y los combatientes, se adueñaron de los pasillos. Llevaban prendas naranjas y negras, lanzaban serpentinas naranjas y negras, pegaban papelitos naranjas y negros a las losetas del techo. Era el Martes de la Juerga, la víspera del encuentro entre los Statesmen y los Pioneers de Kirkwood. A las tres tendría lugar la Manifestación, y a las ocho la Hoguera, cuando quinientos fieles se congregarían en Moss Field para presenciar la quema, en efigie, de Kirk E. Wood. Este pionero auténtico ardería entre contoneos de danza macabra, mientras el humo y los vítores llevaban el espíritu académico a dolorosas alturas para el día siguiente. Que era el Día del Pavo. El día siguiente era mañana.

El señor Sonnenfeld cerró la puerta. Contempló a sus alumnos con aquellos ojillos suyos. Adelantó el labio inferior y sopló hacia los finos cabellos de su frente.

—Faltan cuarenta y cinco minutos —dijo—. Se alegrarán cuando todo haya acabado.

La clase no le miró. Oyeron sus palabras con callado hastío, como un humillante dictamen sobre ellos. Sí, señor, como usted diga. La luz de los fluorescentes empañaba sus cansados cabellos, sus cansados pantalones vaqueros, sus cansadas bolsas. Formaban un grupo tan gris como las frías nubes del exterior. Iban a clase porque Sonnenfeld no suspendía a nadie que acudiera regularmente a su aula. El chico que estaba junto a Luisa en la fila de atrás estaba tan hundido en su asiento que las rodillas le topaban con la parte inferior de la mesa. Se llamaba Archie. Era negro. Estaba dibujando en su mesa con un lápiz, convirtiendo un puntito gris en otro punto más grande.

Luisa se frotó la nariz con el dorso de la mano. Cuando lo hacía notaba el olor de Duane. Lavarse disfrazaba ese olor, pero no por mucho tiempo. Duane le salía de dentro. Cada vez más, su ahumado olor humano se le alojaba en las fosas nasales; incluso en el cerebro.

Su madre le había dicho:

—¿Por qué siempre haces eso?

—¿El qué? —Luisa había bajado la mano, metiéndosela entre las piernas. Sabía que la gente desarrollaba a veces costumbres repugnantes.

—Olerte así la mano.

—Yo no huelo nada.

El señor Sonnenfeld se humedeció la yema de los dedos y recorrió el aula distribuyendo fotocopias de poemas.

—He seleccionado cuatro poemas para introduciros a la obra de William Carlos Williams —dijo.

Luisa cogió sus papeles pero se cuidó mucho de mostrar por ellos un interés inmediato. Sólo estaba allí porque el curso encajaba en el alocado horario de este cuatrimestre. Se sentía desplazada. Una fila más adelante, en la esquina, una chica llamada Janice Jones la estaba observando. Janice llevaba tejanos holgados sin cinturón, cazadora de motorista y una camisa india con bordados cuyos cuatro botones superiores estaban desabrochados. Tenía unos ojos muy pequeños, de mirada pétrea. Su nombre aparecía en taquillas y paredes de todo el instituto. JANIS JONES LA MAMA BIEN. JJ = CHUPADAS. Miraba a Luisa todos los días sin motivo aparente; no había malicia cuando sus miradas se encontraban, tampoco sonrisa, ni siquiera contacto.

—... Creo que cuando lean estos poemas encontrarán muchas similitudes con la obra de Ezra Pound y los otros imaginistas que ya hemos estudiado —el cuello de la chaqueta de Sonnenfeld se hundió en su papada al inclinarse sobre dos mesas vacías para pasarle las fotocopias a Janice Jones. Casi perdió el equilibrio. Archie arrugó la nariz. Parecía haberlo notado sin levantar la vista.

—Bien, en primer lugar, ¿alguien ha leído algo de Williams? —Sonnenfeld retrocedió hasta el estrado. Se tiró de las perneras del pantalón para evitar dobleces.

Los alumnos examinaron las hojas. Ninguno dijo nada. Era la única clase en que Luisa no conocía apenas a nadie. Sus compañeros sí habrían dicho algo.

—¿Sabe alguien qué hacía Williams para ganarse la vida?

—Es un maricón —murmuró Archie.

—¿Archie...?

Sin dejar de dibujar, Archie se limitó a sonreír. Sonnenfeld y él venían teniendo dificultades desde el inicio del cuatrimestre hacía dos semanas, y hoy no estaba el horno para bollos. Archie solía estar muy callado en clase. No así en los pasillos, donde todos los chavales negros perdían su timidez. A Luisa le daban miedo. No les caía simpática, y tenía la sensación de que nunca llegaría a relajarse como para manifestar neutralidad, para darles al menos un indicio de que no le caían necesariamente mal.

Sonnenfeld se puso las manos en las caderas y adoptó un tono decepcionado.

—William Carlos Williams era médico. Vivió toda su vida en Paterson (Nueva Jersey). Como veremos, es corriente que los poetas norteamericanos tengan otros oficios. Muchos han sido maestros. Wallace Stevens, posiblemente nuestro mejor poeta de este siglo, un poeta difícil, trabajaba en una compañía de seguros. Cuando murió era el vicepresidente. Sylvia Plath, de la que a buen seguro habrán oído hablar, era madre de familia y ama de casa.

Luisa notó un vago aleteo de culpa en el estómago. El libro de Wallace Stevens que su madre le había regalado.

—¿Archie?

Archie negó pacientemente con la cabeza. Luisa le miró los dedos, largos y angulosos. Pensó en las manos de Duane. Ella lo llevaba escrito en la palma de su mano izquierda, en bolígrafo negro. Lo había hecho en clase de cálculo, medio dormida. La noche anterior apenas había pegado ojo. Por tercera vez en un mes se había escapado para estar con Duane. Había pasado a la pérgola desde la ventana de su cuarto, y de la pérgola se había descolgado —un crujir de rodillas, un temblor de pies— hasta el patio delantero, aprovechando los peldaños que formaban los ángulos de la fachada. Fue asombrosamente fácil, como tener delante una caja registradora abierta y nadie alrededor. Sus padres nunca iban al cuarto de ella después de las once. El último autobús a U-City pasaba por Lockwood Avenue a las 12.05. Podía ver a Duane todas las noches que quisiera, y ella prefería por la noche, porque podía verse a sí misma medio reflejada en la ventanilla del autobús mirando su propia cara y ajena a las farolas y los neones que flotaban a través de ella. Duane la esperaba en la parada del autobús, la bufanda bajo el mentón, una greña entre las cejas. Duane meneaba la cabeza. No acababa de creérselo cuando la veía en el autobús.

—... Amy Lowell y Ezra Pound, que influyeron profundamente en la poesía de Williams.

—Toma, toma y toma —dijo Archie, dando zarpazos en el aire a un bicho imaginario.

—¿Decía usted, Archie? —Sonnenfeld empezaba a enfadarse. El tono de su voz había subido.

Janice Jones estaba durmiendo.

Luisa miró las fotocopias que tenía sobre la mesa. THE RED WHEELBARROW. *So much depends upon a red wheelbarrow glazed with water beside the white chickens.** Era bastante fácil. Le gustaban los poemas cortos. Continuó con el siguiente y, viendo que era igual de fácil, siguió adelante. No se detuvo hasta que percibió una pregunta sin responder flotando en el aire. Sonnenfeld les había preguntado algo. Repasó rápidamente los instantes anteriores en su memoria y oyó, de lejos: «¿Qué era el imaginismo?».

Sin levantar la mano, dijo en voz alta:

—Verso libre, imágenes fuertes que estimulan directamente los sentimientos.

—¿Qué es lo que ha dicho?

Alzó los ojos, sobresaltada. Sonnenfeld había bajado del estrado. No le hablaba a ella. Se dirigía a Archie. Ni siquiera había oído la respuesta de Luisa. Archie estaba agrandando el punto gris, sonreía.

—¿Qué ha dicho?

—Maricón —dijo Archie.

—No le oigo.

Luisa se clavó las uñas en la palma de la mano y fijó la vista en su mesa, como estaban haciendo todos. Trató de reprimir el rubor que le calentaba las mejillas. Pero qué idiota era. Los pasillos habían quedado momentáneamente en silencio. Sonnenfeld avanzaba por entre las mesas. Luisa oyó el lápiz de Archie, rascando sin prisa. Luego un forcejeo, el raspar de unas patas metálicas sobre el linóleo, el clic de un lápiz. Levantó brevemente la vista. Sonnenfeld había agarrado a Archie del cuello de la camisa y se lo llevaba hacia la puerta. Lo

---

* Aproximadamente: «Tantas cosas dependen de una carretilla roja barnizada de agua al lado de las gallinas blancas». *(N. del T.)*

sacó a empujones y salió detrás de él. Toda la clase oyó las voces en el pasillo:

—¿Qué me ha llamado?

Hubo un murmullo de Archie.

—¿Qué?

—Maricón.

—¿Qué, negro de mierda?

—Maricón.

—¡Negro de mierda!

¡MARICÓN!

¡NEGRO DE MIERDA!

Silencio. A la fuerza. Sonnenfeld estaba arrastrando a Archie hacia el despacho del subdirector. Notando todavía que alguien estaba pendiente de ella, Luisa apoyó la mejilla en la mesa y cerró los ojos. Afuera, un desfile de animadores se aproximaba a los marciales sones de «Old Wisconsin». El trompetista tuvo que comerse unas notas para no perder a los cantantes. Al pasar el grupo frente a la puerta, Luisa oyó pisadas. Parte de la clase estaba saliendo del aula. Oyó raspar una cerilla y levantó la cabeza. Janice Jones estaba encendiendo un cigarrillo.

Se supone que Luisa tenía que ir por la noche a la Hoguera y luego quedarse a dormir en casa de Stacy. En realidad iba a cenar con Duane y a pasar la noche con él. En las tres semanas anteriores había habido un amplio repertorio de suposiciones. El día de su cumpleaños había sido bastante complicado. Stacy había llamado incluso a la madre de Luisa para que le sugiriese un desayuno y unos regalos especiales. Stacy tenía una madre como la de Duane, el tipo de progenitor normal que trabajaba ocho horas diarias y que creía que había habido una fiesta en su casa aunque no había habido ninguna. Luisa no tenía mucho miedo de que la pillaran pero sí de que un día de aquéllos, fruto del cansancio, olvidara de qué parte de la ventana estaba e hiciera alguna tontería en su casa, como besar a su madre a la francesa o llamar «monada» a su padre. Se sentía inquieta por dentro. ¿Por qué la gente que se gusta no se está besando todo el día? ¿Por qué tiene que mentir la gente? Ella se sentía más honesta y actuaba con menos honestidad.

Una combinación peligrosa, como gasolina y vino, como fiebre y escalofríos. No se le había pasado aún el catarro, parecía una cosa permanente, tenía la sensación de que las cosas que antes importaban habían dejado de importar. Podía hacer lo que le diera la gana. Podía decir: «Dame un cigarrillo».

Janice Jones la miró sorprendida.

—Son mentolados.

Luisa se encogió de hombros. Cuando el fósforo prendió, ella inhaló con cuidado para no toser. Para su consuelo el humo era suave, como un hálito de bolas de naftalina. Janice recogió sus poemas y los metió en su bolsa de cualquier manera. Miró a Luisa.

—Adiós —dijo. Jamás había tenido un gesto tan amable.

—Nos vemos —dijo Luisa.

El acto de fumar la hizo sentirse casi tan enrollada como Janice. Por desgracia los dos únicos alumnos que quedaban en el aula eran Alice Bunyan, que se pasaba la clase dibujando caballos, y Jenny Brown, que tenía grandes ojos tristones y ceceaba, llevaba peto y nunca sabía nada. Ninguna de las dos quería a Luisa. Cerró los ojos. Notó una pequeña brisa, un impacto como de plumas en el abdomen; la ceniza que había caído. Abrió los ojos.

Sonnenfeld.

Estaba apoyado con ambas manos en la mesa de la fila de delante. Estaba mirando a Luisa.

—¿Puedo preguntar qué está haciendo?

Ella no dijo nada. Tiró el cigarrillo y lo aplastó con el tacón del zapato. Sonnenfeld le dejó un papelito verde encima de la mesa. *Fumar en clase.*

—Qué pena —dijo—. Esperaba más de usted.

Luisa recogió sus libros y se echó la bolsa al hombro. Su cuerpo parecía no creer que estaba saliendo del aula. El subdirector podía expulsarla tres días por fumar, y, salvo eso, era prácticamente seguro que llamaría a sus padres. Se detuvo en la puerta y miró hacia el pasillo. Había naranjas partidas en el suelo, e ilustraciones sobre papel de color en las puertas de las taquillas pertenecientes a los miembros del equipo de fútbol.

El club de animadores había dibujado caricaturas de cada uno de ellos, añadiendo un eslogan. Nº 65 WILLY FISHER, «DOCTOR MALA LECHE». Las taquillas parecían tumbas. Luisa se volvió, indecisa.

Sonnenfeld estaba sentado a su mesa con un libro en la mano. Se lamió un dedo, pasó página y dirigió la palabra a los dos alumnos que todavía le quedaban:

—*So much... depends.*

—Deje esos espacios en blanco, White.

—Vale. ¿Qué ponemos? ¿Gateway Arch? —los dedos de RC pasearon por las teclas. *Gateway Arch*—. ¿Dirección?

—Olvídese de la dirección.

—Un tiro en la pata, ¿no?

—Muy gracioso. Pata sur, cara este, alcanzado por fuego automático.

... *fuego automático.*

—¿Arma? —dijo RC.

—Rifle automático de gran potencia y balas de acero.

... *balas de acero.*

—Objeto del ataque: desconocido. Característica: impactos formando el dibujo de las letras O y W. Resto de esa columna en blanco.

... *letras O y W.*

—Eh, *yo* conozco a los sospechosos —dijo RC.

—Cierre el pico, White. Estoy dictando, ¿entiende? Nombre desconocido, sexo varón, estatura entre metro setenta y cinco y metro ochenta y cinco, todo lo demás desconocido.

Desconocido. Desconocido. Desconocido.

—Escriba al pie. Tres dieciséis a.m., noviembre etcétera, Donald R. Colfax de Gateway Security Systems, 1360 DeBaliviere, teléfono tres tres seis, uno uno siete uno; informó de haber oído disparos cerca del lado meridional del Arch. Punto y aparte. Tres dieciocho a.m., agentes Dominick Luzzi y Robert Driscoll (dos zetas antes de la *i,* White) enviados por radio a la escena del crimen. Punto y aparte. Tres veinte a.m.,

Colfax declara que al oír los disparos se dirige rápidamente hacia allí desde su puesto en el vestíbulo subterráneo del Arch.

—*Rápidamente* —dijo RC—, ¿para ir al encuentro de una *ametralladora*?

—Al llegar al lugar de los hechos, avistó...

... *subterráneo del Arch.*

—... al arriba mencionado sospechoso huyendo entre los árboles hacia el sur del Arch. Colfax declaró que el sospechoso llevaba...

—¡Luzzi, teléfono! —ladró McClintoch, el sargento de servicio.

—Descanse un poco, White. Valore las circunstancias. Mi mujer está embarazada de diez meses. Relájese, tómese un respiro.

Eso hizo RC. Miró en el interior de la bolsa que Annie le había preparado. Ensalada de huevo sobre pan de centeno, *brownies* y una manzana. Estaba hambriento, pero quería comer tarde porque de seis a ocho tenía clase de Procedimientos Legales en la academia. Mañana libraba. Mañana era Acción de Gracias. En la comisaría el ambiente era un poco frenético, se vivía ya la fiesta.

El hombre de la mesa de al lado se afanaba ceñudo con la máquina. RC, que había transcrito millones de palabras estando en el ejército, era un consumado mecanógrafo. En el ejército había aprendido también el funcionamiento de una ametralladora. «Apunte, no dispare al tuntún. Elija un blanco, cinco tiros, otro blanco, cinco tiros más. Así se hace.» Pero las ametralladoras no eran instrumentos de precisión; harían falta unos brazos muy fuertes para escribir algo con una, aunque fueran las iniciales de tu grupo terrorista. Si tuviera que enfrentarse a un duelo al amanecer, RC elegiría por arma una máquina de escribir. Rat-a-tat, rat-a-tat. El alfabeto a diez pasos de distancia.

Volvió a echar un vistazo a su almuerzo. Diez minutos más, se dijo a sí mismo, hurgando en el roto que tenía el cojín de plástico de su silla. En la pared verde, dos mesas a su derecha, había una foto ampliada a 30 x 40 de la jefa Jammu con el sargento Luzzi, tomada en agosto en la entrada de la comisaría. RC sólo había hablado con la jefa aquella única vez cuando la explosión, antes de ingresar en el cuerpo, y en persona la había vuelto a ver una sola vez, cuando Jammu dio una charla a los novatos al término de su primera semana. RC no recordaba nada de lo que había dicho, pero el discurso fue bueno. Y no tenía la menor queja de cómo le habían tratado, exceptuando cierta altanería por parte de los agentes blancos más jóvenes. Formaban un gran equipo, en aquel Departamento, y era mucho más electrizante que la fábrica de hielo, mucho menos estúpido que el ejército. Cuando al ingresar en el cuerpo le habían hecho una prueba con armas, que había superado, le dijeron que dejara de ir al campo de tiro y le asignaron más horas de trabajo de oficina. En total hacía treinta horas a la semana, la idea era de la jefa. Entre esto y las clases, estaba muy ocupado. Pero en febrero se graduaría y las cosas serían un poco más llevaderas.

Luzzi continuaba de palique por teléfono. Por lo visto, su mujer no paría ni a la de tres. Luzzi habría tardado casi una hora (aparte del tiempo que pasara al teléfono) para mecanografiar un informe que RC podía completar en diez minutos. Que él supiera, RC era el número cuatro en mecanografía de todo el primer distrito. Había oído comentar a los agentes: «¿Te corre prisa? Llévaselo a White, si le aguantas las insolencias».

El único que le chinchaba de verdad era Clarence. «Te juro —le decía— que nunca pensé que lamentaría tu ascenso. Pero el hielo vence al fuego. Me disgusta ver que bailas al son que ellos tocan». *Ellos* quería decir la jefa Jammu. Últimamente Clarence no daba pie con bola. Estaba enemistado con el concejal Struthers, y su negocio se resentía. No demasiado (en esta ciudad siempre había algo que demoler), pero sí un poco. RC no conseguía hacerle ver que todo aquello no tenía nada que ver con la jefa.

—¿Lo ha repasado, White?

Luzzi acababa de regresar, y RC volvió a la máquina.

—Colfax —leyó— afirma que el sospechoso llevaba...

—Un arma —dijo Luzzi—. Un arma.

—Vaya sorpresa —soltó RC, y esperó a que le mandaran cerrar la boca.

En la sede central de su empresa en South St. Louis, Probst vio entrar en su despacho y tomar asiento a Bob Montgomery y Cal Markham, sus dos vicepresidentes. Estaba allí para hablar de la estrategia a tomar respecto a Westhaven.

—En un día como éste —dijo Cal— la cosa cambia. Se diría que va a nevar.

El cielo estaba casi negro, una paloma extendió sus alas y desaceleró, como un periódico abriéndose en el aire. Siempre se las veía volar alrededor de la comisaría, en la acera de enfrente.

—No está nevando en Ballwin, ¿verdad?

—No —dijo Cal.

Bob le cortó con la mirada.

—Ráfagas —dijo.

—¿Cómo nos hemos metido en este lío? —preguntó Probst.

—No sabíamos que la cosa era tan grande. Bueno, lo sabíamos y no lo sabíamos.

—Ni qué lejos estaba —añadió Bob—. Esos últimos cinco kilómetros.

—Os diré lo que pasa. Lo que pasa es que no creíamos que nos saldría este contrato.

—Pensemos un poco —dijo Probst.

—Yo hace un mes que pienso —dijo Cal.

—Pensemos.

El problema era el hormigón: cómo mezclar y transportar a Westhaven 23.000 metros cúbicos de hormigón en el plazo de cuatro semanas. Para Navidad o Año Nuevo la nieve y el hielo impedirían verter más hormigón en los cimientos, y sin cimientos la obra no podía continuar. Pero había que continuar. El contrato estipulaba tener unidades modelo listas para el mes de abril, todo el complejo para octubre siguiente. Y Cal estaba en lo cierto. Ya lo sabían, pero no lo sabían. Sabían que era una enorme cantidad de terreno, sabían que estaba perdido en el campo (y los últimos cinco kilómetros eran de locura), sabían que el tiempo se les echaría encima, pero ninguno de esos factores parecía prohibitivo. Habían apostado alto, hinchando todas las cifras salvo las relativas a los plazos. Habían ganado el concurso, y ahora estaban en apuros. La solución obvia...

—Perdone la interrupción, señor Probst —dijo Carmen, su secretaria, por el interfono—, pero su esposa está al teléfono.

La solución obvia era subcontratar. Pero Probst odiaba hacerlo, detestaba gastar el dinero, odiaba ceder el menor control sobre la calidad de la obra, detestaba poner en peligro su reputación de hacer las cosas bien. Había, además, un problema de fondos. El urbanizador, Harvey Ardmore, no iba a pagar el segundo veinticinco por ciento del contrato hasta que los cimientos estuvieran puestos, y se sabía que Ardmore nunca aceptaba una renegociación. Probst no quería pagar a un subcontratista de su propio bolsillo. Y, lo que era peor, sería difícil encontrar a alguien dispuesto a enfrentarse a los sindicatos. Sólo Probst podía hacerlo impunemente, y ni siquiera él, en realidad, porque la otra solución al problema del hormigón era contratar turnos extra durante un mes y hacer él mismo el trabajo. Necesitaría conductores. Los conductores eran sindicalistas. Aunque accedieran a trabajar para él...

—Lo siento, señor Probst —insistió Carmen por el interfono—, pero dice que...

Probst agarró el teléfono.

—¿Es algo urgente? —dijo.

—No del todo —respondió Barbara—. Pero...

—Te llamaré yo más tarde. Perdona —y colgó. Barbara sabía muy bien que Martin odiaba que le interrumpieran cuando estaba pensando, y precisamente esta mañana le había dicho lo tenso que estaba...

Los camioneros. Si realmente accedían a trabajar para él —nunca antes había tenido que pedirlo, y ellos seguramente declinarían sólo para fastidiarle— no le iban a poner las cosas nada fáciles. Podían exigir su derecho a sondear de nuevo a los trabajadores de Probst. En cualquier caso, seguro que se lo tomaban con mucha calma. Si Probst no hacía una subcontratación, la única manera aceptable de no perder el trabajo sería utilizar todo el personal con que contaba en aquellos momentos, emplear las ocho semanas que costaría terminar el trabajo y arriesgarse a que el mal tiempo se lo pusiera muy duro. Cal, el temerario, estuvo de acuerdo con esto. Bob prefería subcontratar. En ambos casos sacrificaban algo, ya fuera la reputación, ya la seguridad. El problema radicaba en el concepto mismo de Westhaven, en la grandeza de la idea. Era un proyecto demasiado ambicioso, demasiado lejos de la civilización, y en una zona donde el mercado era demasiado implacable. Harvey Ardmore estipulaba unos plazos (no se le podía culpar, no hacía otra cosa que pensar en la competencia y en los acreedores) que Probst no podía cumplir sin comprometerse.

—¿Has sondeado a los camioneros, Bob?

—Sí.

—¿Y?

Bob sonrió.

—Antes trabajarían para el diablo.

Desde los árboles casi negros de Swon Avenue los copos de nieve se arremolinaban como diminutos enamorados, juntándose y separándose, cayendo, derritiéndose. Luisa tiritó respirando a placer en el frío del exterior. Había ido directamente del aula de Sonnenfeld al despacho del subdirector, pero al llegar allí vio que el subdirector había salido ya para supervisar la Manifestación. La secretaria la envió a su tutor, y el tutor aceptó sus disculpas ridículamente sinceras y le dijo: «Por esta vez, pase». Luisa se sintió rescatada; le habían dado un trato especial; todo iba bien.

Se detuvo en la zona conocida como Santuario de la Fauna y se puso a buscar pájaros sin excesivo interés. Divisó un cardenal hembra y un pájaro carpintero, pero casi todo eran cuervos y estorninos. Desde que había conocido a Duane, no había salido una sola vez a observar pájaros en serio.

Vio pasar una ráfaga de copos. Aquel pequeño parque había sido el destino de muchos de los paseos que daba con su padre cuando ella era pequeña. Recordó que siempre le sorprendía cuando él le cogía la mano y le preguntaba: «¿Quieres ir a dar un paseo conmigo?». Claro, pensaba ella, pero nunca vamos a dar paseos. Aparentemente, sí los daban. Pero había en ellos algo de falso. Su padre parecía tener en mente a una hija distinta.

Tomó por Jefferson Avenue. Con Duane se había mostrado crítica hacia sus padres. Tenía que darle razones sobre por qué él no podía llamarla a casa o conocer a sus viejos, y no había ninguna que fuera obvia. Así, hablaba de cómo los había tratado su padre a ella y a Alan, su fingido respeto. Al objeto de burlarse de ella, su padre había actuado como si ella y Alan hubieran de casarse. A todo le daba un aire ridículo. Como si no soportara la idea de que Luisa olvidara que sus amigos no eran tan importantes como él, que nadie salvo él había construido algo como el Arch.

Su madre era todo lo contrario. Desde el principio se había sentido obligada a encontrar a Alan más interesante incluso de lo que lo encontraba la propia Luisa. Qué guapo y divertido y simpático era Alan, ¿verdad? Y de lo más inteligente, ¿no? Luisa se sentía incómoda. Su madre estaba sola.

Notando que le dolía la garganta atravesó Rock Hill Road, tan desierta que los copos salpicaban la calzada de forma uniforme, sin que los neumáticos alteraran su disposición. Las razones que inventaba para tener a Duane para ella sola no parecían lo bastante buenas para justificar que saliera por la ventana de su cuarto y dejara de dormir tantas horas. El quid de la cuestión era que no había tenido ganas de compartir a Duane con nadie. Pero ahora dudaba. Quizá cuando llegara a casa permitiría que su madre supiera alguna cosa de él. No decirle que se habían acostado, sólo que había visto a Duane un par de veces en casa de Stacy y que le gustaba mucho. El dolor desapareció de su garganta. En cambio, se puso muy nerviosa. No estaba segura de tener el valor suficiente para decirle nada a su madre en cuanto pusiera el pie en casa.

Un triángulo de cielo azul se había abierto en las nubes negras. El señor Mohnwirbel estaba cavando en el margen de ladrillo que bordeaba el sendero de la parte delantera de la casa.

—¡Hola, señor Mohnwirbel!

El jardinero levantó la cabeza.

—Hola —dijo con su bronca voz alemana.

—¿Va a ir mañana al partido? —preguntó ella.

Mohnwirbel negó con la cabeza.

—¿Va a cenar pavo? —dijo ella, más alto que antes.

Mohnwirbel negó con la cabeza.

—¿Se tomará el día libre?

—Tengo vacaciones.

—¿Va a hacer vacaciones? Qué bien. ¿Adónde irá?

—A Illinois.

—Oh —Luisa se balanceó sobre los pies—. Seguro que se lo pasará muy bien.

Él asintió con la cabeza y levantó otro ladrillo.

Los nervios le tenían atenazado el estómago. Rodeó la casa hasta la puerta de atrás, aunando fuerzas, y entró a toda prisa.

La cocina estaba a oscuras y olía. Su madre había estado fumando. Olía a tarde en la escuela primaria, cuando ella fumaba un cigarrillo tras otro. Estaba sentada a la mesa y tenía mala cara, descolorida y macilenta. No era un buen momento para decirle nada.

—Hola —dijo Luisa.

Su madre le dedicó una mirada siniestra y sacudió un poco de ceniza que había en la mesa. ¿Acaso el tutor le habría contado lo del cigarrillo en clase?

—¿Qué te pasa? —dijo Luisa.

Su madre la volvió a mirar.

—No sé a qué te refieres.

—¿Cómo? —quizá no era por eso. Quizá... La sangre se le fue a los pies.

Su madre miró hacia el fregadero.

—Iba a recoger el pavo en Straub's —dijo, hablando a una persona inexistente—. Estaba haciendo cola para pagar. La mujer que estaba delante de mí me miraba. Me sonó un poco. Tú eres Barbara Probst, ¿verdad?, me dijo. Y yo, En efecto. Luego dijo, Creo que nuestras hijas son buenas amigas. Y yo...

Basta. Luisa fue hacia el pasillo y se encerró en el cuarto de baño. Al verse en el espejo se sorprendió oliéndose la mano. Giró en redondo.

—¡Luisa! —la voz de su madre sonó muy áspera—. ¿Pero qué clase de treta es ésta?

—Necesito ir al baño —creyó que el tono ahuyentaría a su madre. No tenía sentido ponerse a discutir. Todo lo que dijera la humillaría.

Se subió los pantalones y tiró de la cadena. A cubierto del ruido del agua, retiró los jarrones que su madre ponía en el alféizar y separó los visillos. Volvía a nevar. Desde el baño a oscuras el cielo parecía claro e ilimitado.

El inodoro calló.

—Luisa, esta vez no pienso ser comprensiva. Lo siento, porque, para empezar, no lo entiendo, y por otra parte, no creo que tú quieras que lo entienda. Pero si aspiras a que te trate como una adulta será mejor que salgas y empieces a actuar como tal. ¿Qué estás haciendo ahí dentro?

Luisa apenas la oyó. Era patético que le diera la paliza de aquella manera. Quería estar con Duane. Se alegró de haber mentido. Lamentaba que la hubieran pillado al fin.

—Imagina cómo me siento —estaba diciendo su madre—. Yo allí en la cola, tratando de sonreír y aguantando el tipo mientras esa mujer, que ni siquiera sé cómo se llama, me está diciendo...

Tiró de la cadena por segunda vez, para hacer ruido, y descorrió el pestillo. Por suerte la ventana no se atascó. Levantó el montante. La taza del váter gorgoteó al vaciarse. Luisa apoyó un pie en las baldosas del alféizar, se coló por la ventana y saltó a los tejos que había fuera. Su madre le seguía hablando.

6.

Singh era todo sonrisas; como un joven inventor, había utilizado la palabra «resultados» una docena de veces en media hora. Parpadeando al sempiterno humo del pitillo de clavo, pulsó el botón de rebobinar, dio una calada, tiró la ceniza a la moqueta de la oficina de Jammu. Con un perezoso dedo del pie convirtió la ceniza en polvo. Acababa de ponerle a Jammu la escena de la llegada de Luisa Probst al apartamento de su amigo Duane Thompson, y luego la grabación de una conversación telefónica entre Thompson y Barbara Probst a poco de llegar Luisa. «Dile que he llamado», había dicho Barbara. «Si no me equivoco, sabe el número de su casa. Y si cambias de opinión respecto a lo de mañana, nosotros estaremos encantados de recibirte.»

Jammu se había arrancado tanta uña a base de mordiscos que daba la impresión de que si la carne no sangraba era sólo gracias a una única capa de células. El dolor, aunque no intenso, era como una comezón que invita a cebarse en ella. Presionó el extremo de la uña sobre la carne al descubierto y notó la presión mucho más lejos, en el ano.

Era la primera vez que oía la voz de Barbara Probst, y la primera que oía la voz de un ciudadano tan consciente de que el teléfono estaba intervenido y tan desdeñoso a ese respecto. Una voz controlada y desapasionada, no melodiosa pero sí pura, como si en la garganta de aquella mujer hubiera un filtro que impidiera el paso de ciertos armónicos, del temblor y de la aspereza, las nasales, la agitación, el miedo. Aquella claridad de voz puso nerviosa a Jammu. En cinco meses no había pensado una sola vez que pudiera haber elementos ocultos de control en la ciudad, que detrás de Martin Probst pudiera haber no una Bunny gangosa o una Biz insípida, sino una mujer con una voz como la de Barbara. Una voz como la suya difícilmente se limitaría a hablar de asuntos domésticos. Imposible. En la conversación grabada, Jammu adivinó una operación clandestina destinada a preservar el orden. La chica no quería ponerse al teléfono, pero la madre aseguraba al chico, empleando frases tranquilizadoras e impersonales, que no pasaba nada. Era evidente que St. Louis contaba con Policía Mental y que Singh, con extravagante despreocupación, había hecho surgir la voz de una agente consumada.

—¿Pudiste dormir anoche? —preguntó Singh.

—No vuelvas a poner esa voz nunca más.

La cinta se soltó de la bobina receptora.

—¿La de Barbara? Si la hubieras oído antes de...

—Nunca más, ¿queda claro?

Era el día de Acción de Gracias. A las tres Jammu tenía que ir a comer a casa del alcalde, un *tête-à-tête* para el cual había previsto prepararse durante la mañana. Ya veía que no le iba a dar tiempo ni a cepillarse los dientes antes de salir, no digamos a elegir la ropa. Al final acabaría llevando el cárdigan de costumbre y una falda de lana normal y corriente.

Singh carraspeó.

—Como te iba a decir...

—¿Qué es la Hoguera?

—Nada importante —Singh suspiró.

—¿Quién es Stacy?

—De apellido Montefusco. Una amiguita de Luisa. Le ha servido de coartada.

—¿Dónde vive Duane Thompson?

—En University City.

—¿Cómo irá ella a clase si se queda a vivir con él?

—En autobús, supongo.

Jammu asintió.

—Lo supones. El director de Bi-State me debe un favor. Si crees que a Luisa le conviene una línea de autobús para ir al instituto, me lo dices.

—Gracias. Hay buena comunicación. Ha estado tomando un autobús nocturno para acostarse con él. Desde el veintidós de octubre han copulado once veces. En cinco de esas ocasiones ella pudo quedarse a dormir. Una vez al aire libre, de día, las otras cinco por la noche, en el piso de él.

—Gracias por calcular, Singh. Respeto tu meticulosidad. Pero ¿por qué no se lo cuenta a su madre? Si se lo hubiera dicho, no habría tenido que salir a hurtadillas ni fugarse de casa. ¿Cómo lo has hecho para que la cosa salga así?

—¿Que cómo lo he hecho?

—Sí.

—Los engaños empezaron poco a poco —dijo Singh—. Hubo una conversación... el ocho de noviembre. Por la noche. Luisa y Barbara, ésta trató de sonsacarla y exageró un poco el tono. No pude entender la reacción de la chica.

—¿Cuál fue?

—Un profundo suspiro, como si fuera demasiado tarde para dar explicaciones. Los hijos únicos a veces se sienten oprimidos, y suelen ser tramposos. No tienen hermanos con los que rivalizar. Luisa no teme perder el favor de sus padres, y en consecuencia hace lo que le da la gana. Por otra parte está pasando la típica época de rebeldía adolescente.

—Es decir, la familia no es tan feliz como parece —Jammu sonrió lánguidamente—. ¿Quién es Duane Thompson?

—¿No lo sabes?

—No me lo has dicho, he estado ocupada, ¿a mí qué me cuentas?

—Pero habrás visto sus fotografías, ¿no?

—No me trates como a un niña, Singh. He visto sus fotos. Pero ¿quién es él? ¿Hasta qué punto le conoces?

Singh arrimó una silla a la mesa de Jammu, tomó asiento y la miró.

—No le conozco de nada. Thompson no tiene la menor relación con nosotros; no está «contaminado». Luisa le conocía del instituto. Fue como un shock, porque yo llevaba una semana preparando las cosas para conocerla.

—Para seducirla.

—Correcto.

—Bien —a Jammu le gustaba ver que sus empleados trabajaban de acuerdo a sus capacidades. Singh era seductor, y Jammu se alegraba de que supiera explotar esos recursos.

—Conseguí citarla en un bar, y ella se presentó sola, lo cual era gratificante. Lástima que yo estaba en el servicio cuando ella llegó. Al salir me la encontré hablando con Thompson. Estuvieron juntos todo el rato. No tuve ninguna oportunidad. Y cuarenta y ocho horas después estaban...

—Copulando, ya. ¿Por qué entraste en el servicio?

—Fue un error.

Muy interesante. Singh no solía cometer esa clase de errores. Sabía controlar la vejiga.

—Te lo pregunto otra vez —dijo Jammu—. ¿Quién es Thompson?

—Un joven. Nada que ver con nosotros, aparte de que fui yo quien le consiguió el trabajo como fotógrafo.

—¿Cuándo?

—La noche que ellos se conocieron.

—¿Por qué?

—Cuando uno gana un millón de dólares, besa a la primera persona que ve.

—Deduzco que tú no te opusiste a que se liaran.

Singh sonrió.

—No me alegraba especialmente la mecánica. La máxima es tuya, jefa: nada de cosas raras. Era claramente preferible que ligara con un chico de aquí. Por aquello de la verosimilitud. Si me atribuyo el mérito de los resultados es sólo porque conseguí que fuera a ese bar. Y fue allí donde conoció al chico.

—Si tú no le conocías de antes, ¿cómo sabías que quería vender unas fotos al *Post*?

—Tengo las orejas grandes. Thompson se quejaba de ello. Fui al *Post,* confirmé que era cierto y... tomé la delantera.

—Piensas asombrosamente rápido. ¿La chica volverá a su casa?

—Juzga por ti misma. Yo diría que tiene planes para quedarse allí una temporada.

—¿Hay algún precedente? Sociológicamente hablando, quiero decir.

—Sí y no. No, es poco usual que las chicas, o los chicos, de clase bien se marchen de casa cuando aún van al instituto. Probst, desde luego, lo considera anormal. Por el contrario, Barbara hace todo lo posible por aceptarlo. Su sobrina (la hija de Ripley) se independizó a los quince. Claro que tenía un problema clínico —añadió Singh—, pero hay un precedente en la familia.

—Añorará. Volverá a casa dentro de una semana.

—Reconozco que cuesta imaginarla perdiéndose las «fiestas». Pero podría ser que aguantara hasta entonces. Luisa tiene su orgullo. Ya ha estado fuera una vez, en Francia. Un mes, calculo yo. Treinta días. Eso nos da tiempo.

—¿Tiempo para qué?

—Bueno, suponiendo que el Estado se esté desarrollando...

—No me has dado la menor prueba de que así sea.

—Naturalmente, las señales son pequeñas. Pero yo las considero significativas, teniendo en cuenta que Probst ha perdido a su perro y a su hija. El veinticuatro de octubre (pero no antes, no en las grabaciones de septiembre) pesqué una frase como ésta en la voz de Barbara: «¿Qué pasa? No has oído una palabra de lo que te he dicho».

—De Barbara —repitió Jammu, sombría.

—Y él ha empezado a sermonear a su hija. Parece como si estuviera enfadado: habla de «oportunidad» y «autodisciplina». Obras maestras de la insignificancia. Probst no está en el caso. Los otros hablan de él; incluso lo sitúan en oposición a ti, como si de hecho hubiera ya dos bandos, el tuyo y el suyo. Y yo le escucho cada día, pendiente de notar un darse cuenta de lo que estás haciendo a la ciudad, pendiente de notar una tendencia hacia un bando u otro, cualquier atisbo de conciencia histórica... y no hay nada. Cero. Esto podría ser el año pasado o el anterior. Nunca pronuncia tu nombre, como no sea para decirle a otro que no se preocupe por ti. No es arriesgado decir que estamos obteniendo resultados.

—¿Y cómo piensas conseguir que trabaje para nosotros, si se puede saber? ¿Cuál va a ser tu siguiente paso?

—Deberíamos pasar rápidamente al asesinato —respondió Singh—. Alguien de tu cuadrilla debería abordarle. El alcalde Wesley, por ejemplo. Antes de que Luisa empiece a añorar su casa (durante el mes próximo), Wesley debería ser duro con Probst. De entrada, Probst tiene problemas serios en Westhaven. Wesley podría sacar provecho de eso, si le crees capacitado. Debería abogar por un rejuvenecimiento urbano, las fuerzas que propician un nuevo crecimiento, una nueva solidaridad. Pero tú no te mezcles, y nada de comentarios explícitos sobre la fusión ciudad-condado. Que sea el propio Probst quien saque esa conclusión.

—Básicamente, estás diciendo que Probst forma parte del Estado y que será susceptible a nuestras sugerencias.

—Básicamente, sí. Todo depende de que él entre en la situación. Se ha dormido a bordo de un tren. Si tú le despiertas y le dices que está en Varsovia, él se pondrá a hablar en polaco.

—Suponiendo que conozca el idioma —Jammu giró la cabeza y la espalda para ver el reloj de pared. Eran las doce.

—Prepara un resumen —dijo—. He de ver a Wesley a las tres, así que lo necesito para las dos. Aunque no tengo nada claro que tu plan pueda ser ni siquiera aceptable —a modo de ilustración, arrojó unas notas a la trituradora—. Dices que Probst apenas me conoce de nombre. ¿Qué esperas que haga, felicitarte? Dices que habla a su hija de un modo vago e irrelevante. A mí me parece un padre la mar de normal. Dices que matarle al perro y hacer que su hija se fugara de casa no parece haberle molestado mucho. ¿Y qué? A lo mejor tiene la piel muy dura. Dices que carece de conciencia histórica. Nombra algún habitante de esta ciudad que la tenga. Lo que has pintado, Singh, es el vivo retrato de un hombre con una excelente salud mental.

Singh había adoptado una expresión de digna sordera que recordaba un poco a la de Karam Bhandari. Jammu continuó.

—Dices que Probst no se entiende con Barbara. Puede que sea sólo de puertas afuera. Se diría que ella tiene mucha influencia sobre él. Quizá es ella la que está en el caso. Barbara no parece la persona con la que más podría contar él. Quiero que Probst oiga mi voz, la voz de lo que estoy haciendo. No la de su mujer.

—Ve a verle.

—Ni hablar. Todavía no. Necesitaría una excusa.

—Bien —del bolsillo de su camisa Singh extrajo un cigarrillo extrañamente plano. Después de inspeccionarlo se lo volvió a guardar—. Si resulta que Probst no está todavía en el Estado, se puede hacer algo más. Yo podría infiltrarme y conseguir a Barbara en cualquier momento. El trabajo preliminar ya está hecho. De todos modos preferiría esperar hasta que veamos cómo reacciona Probst ante el alcalde. Te recomiendo que des instrucciones cuanto antes a Wesley, no sea que Probst vaya a verle por cuenta propia. Si no lo ha hecho para el día catorce, puedes pedirle a Wesley que hable con él después de que se reúna Municipal Growth.

—De acuerdo —Jammu se levantó de la silla—. Tráeme un resumen a casa, sobre las dos.

*

Barbara retomó la tarea de estirar tendones con los alicates. Las piernas del pavo tenían unos diminutos ojos blancos en sus extremos. Presionó sobre el tejido rosa que rodeaba uno de ellos, situó los alicates y empezó a tirar. Sonó el teléfono. Los alicates le resbalaron de la mano.

—La madre que te parió.

Agarró de nuevo el tendón y tiró con fuerza mientras el teléfono sonaba por segunda y por tercera vez.

—Como sea Audrey...

De repente el tendón se soltó por completo, de color lavanda y rígido como una erección, arrastrando consigo una pizca de carne parda. Barbara cogió un paño de cocina, uno limpio, y se limpió las manos de grasa. Levantó el auricular.

—Diga.

Hubo un silencio, y supo en seguida de quién se trataba.

—Hola, nena —dijo—. ¿Dónde estás?

—En casa de Duane —la voz sonaba menuda.

—¿Estás bien?

—Sí —el volumen subió de golpe, como si la línea telefónica se hubiera despejado—. SÍ. ¿CÓMO ESTÁIS VOSOTROS?

—Bien. Papá acaba de irse a ver el partido. Yo estoy preparando el pavo. Es de los grandes. ¿Tú y Duane queréis venir a casa?

Después de un silencio, Luisa dijo:

—No —su garganta produjo un ruido seco.

—Está bien. No tenéis por qué venir —dijo Barbara—. Sólo pensaba que... ¿Tan mal me porté contigo?

—Do —voz gangosa. Luisa sorbió por la nariz—. Sí.

—Pues lo lamento. De veras. ¿Me perdonarás alguna vez? —Barbara oyó llorar a su hija—. Oh, nena, ¿qué pasa? ¿Quieres que vaya yo? Puedo ir ahora mismo.

—Do.

—Vale. Tú sabes que me preocupo por ti.

El pavo, que estaba apoyado en el grifo, cayó al fregadero con un ruido húmedo.

—¿Duane te ha preparado una cena especial?

—Sí. Pollo. Lo está rellenando —Luisa tragó saliva—. En la cocina.

—Anoche tuvimos una charla muy agradable...

—Es lo que él me ha dicho.

—Duane estuvo muy simpático. Me gustaría conocerle algún día. Yo...

—Te volveré a llamar, ¿de acuerdo?

La línea enmudeció.

Barbara miró en derredor como si despertara, como si fuera por la mañana. Situó de nuevo el pavo sobre sus correosas alas y buscó otro tendón. Sonó el teléfono.

—¿Puedo ir mañana a buscar un poco de ropa?

Puesto que aparcar prometía ser complicado, Probst fue andando al partido de fútbol. De las chimeneas de las casas de Baker Avenue, el humo se elevaba y se encorvaba hacia abajo, al enfriarse, para formar charcos azulados por encima de los jardines. No había luz dentro de las pequeñas tiendas de Big Ben Boulevard —la droguería Porter, la farmacia Kaegel, la librería de ciencia ficción— que compitieran con el sol que daba en sus ventanas, pero Schnuks, el supermercado, todavía estaba abierto. Probst paró a comprar la nata que Barbara le había pedido. Luego se sumó al torrente de aficionados que salía de las entrañas de Webster Groves.

Había una multitud en la entrada de Moss Field. Los bancos de los visitantes estaban atestados de hinchas de los Pioneers, vestidos de rojo, y las gradas de los locales, mucho más grandes, estaban casi igual de llenas. Bajo la caseta de la prensa esperaban los Marching Statesmen de Webster Groves, con sus instrumentos brillando al sol. Probst encontró un buen asiento cerca del extremo sur de la tribuna, a tres filas de la parte superior. A su derecha, un grupo de chicas en tejanos destrozados fumaba cigarrillos, y a la izquierda había una pareja de cuarentones de rosadas mejillas, vestidos de naranja. Se sintió seguro en su anonimato.

—¿Va a favor de Webster? —preguntó la mujer que estaba a su izquierda. La señora Naranja.

—Sí —Probst sonrió cortésmente.

—Nosotros también.

Él asintió dando a entender que no había venido al partido para hablar con desconocidos, y deslizó la bolsa con la nata entre sus rodillas sobre el hormigón en que descansaba el banco. En las puertas que daban a los vestuarios de la piscina, donde los equipos se estaban preparando, había un enjambre de estudiantes, como si dentro estuvieran ofreciendo gratis alguna cosa de calidad. Junto al terreno de juego las *cheerleaders* de los Statesmen, una docena de chicas ataviadas con faldas y maillots de color marfil, empezaron a cantar:

Los Pioneers
se creen muy altos.
Pero cuanto más grandotes sean
más dura será su caída.

Probst buscó a Luisa con la mirada, pero estaba seguro de que no había ido al campo. Se preguntó si estaría en el partido de Washington U., acompañada de Duane Thompson. Barbara daba mucha importancia al hecho de que Duane estudiara en Washington U.; le gustaba realzar la valía del chico con el que Luisa estuviera saliendo en aquel momento. A Probst no le engañaban. Para él, que una chica saltara por la ventana del cuarto de baño evidenciaba que tenía una visión de su futuro radicalmente distinta de la que él había tenido a esa edad. A su juicio, Thompson podía ser un colgado.

Un estruendo recibió a los Pioneers cuando descendieron, al estilo de los marines, por la escalera que daba al terreno de juego. El estruendo fue aún mayor cuando aparecieron los Statesmen a renglón seguido. El señor y la señora Naranja se pusieron de pie, agitando los puños. «¡Bien!», chillaron. Todo el mundo se levantó. Probst hizo lo mismo.

La moneda favoreció a Kirkwood, y un receptor de los Pioneers, un negro larguirucho, hizo el saque inicial en la línea de diez yardas. En la de 35 uno de los Statesmen le puso la zancadilla por detrás, y el visitante dio una vuelta de campana para aterrizar, grotescamente, de cabeza. El balón se le escapó de las manos.

—¡Muy bien! ¡Muy bien! —chillaron los Naranja. Las gradas de Kirkwood guardaron escrupuloso silencio. Los entrenadores corrieron a ver al jugador caído, que se retorcía en el suelo.

—¡Muy bien! —rugieron los Naranja. Probst les dedicó una mirada crítica. Sus cabellos rubios y bastos hacían pensar en sendas pelucas, y los jerseys de Webster que llevaban puestos realzaban la impresión de falsedad. La mujer tenía las mejillas moradas, los labios azules y replegados. La cabeza del marido iba de delante atrás a medida que las *cheerleaders* iniciaban un nuevo cántico:

Qué más da.
Es igual.
Os vamos a ganar
al final.

... un mensaje incoherente, puesto que los Pioneers acababan de perder a uno de sus mejores jugadores. Los preparadores se lo estaban llevando en una camilla hacia la banda.

Después de dos pérdidas y una acción incompleta, Kirkwood iba a hacer un chut de alejamiento. Los Statesmen tenían que avanzar hasta su línea de 20 yardas, y Probst se alegró de poder centrarse en el juego, contar mentalmente los touchdowns y ver fluctuar la línea de melé. Se alegraba de no estar en casa. La víspera, en casa, Barbara le había dado la clara impresión de que esperaba que él tomara alguna clase de medida respecto a Luisa. Era un empresario dinámico, ¿no? ¡Muéstrate firme con ella! ¡Deja que te afecte! ¡Ve a buscarla! O, al menos, consuela a tu mujer... Pero no había ninguna medida que tomar. Luisa le había hecho enfadar, no como hija, sino como mujer. Mientras trataba de conciliar el sueño, una idea no dejó de atosigarle: yo tengo la capacidad de no ser egoísta ni mentiroso, mientras que ella, por lo visto, no. Y estaba claro que Barbara, tumbada a su lado en la cama, no quería oír hablar de esto. «Sólo conoce a Duane desde hace un mes», había dicho ella. «Pero yo creo que es un buen chico. No puedo culparle. Ya conoces a Luisa. Ella no estaría allí si no quisiera... Oh, Martin, esto me parte el corazón.»

Probst no conocía a Luisa. Empezó a acariciar el pelo de Barbara.

Los Naranja se pusieron en pie de un salto.

—¡Muy bien! ¡Eso es!

Un árbitro alzó los brazos y los Marching Statesmen atacaron el himno del instituto. Un touchdown. Estupendo.

Deduciendo que él la amaba, o pasándole por alto su descaro de desearla si no era así, Barbara había alargado su mano de fríos y fuertes dedos para ajustar la dirección de su pene y hacerlo entrar. «Mañana llamaré a Lu», mintió él en susurros. Ella apartó la cabeza. Su boca empezó a abrirse. Probst aumentó la presión y entonces, al verle los dientes, se acordó de una tarde de septiembre. Era viernes. Una furgoneta con el silenciador estropeado, bajando por Sherwood Drive. Dozer, su retriever de tres años, persiguiendo el vehículo. Dozer nunca hacía esas cosas. Un golpe y un aullido. El conductor no se detuvo, seguramente no se había dado cuenta siquiera del impacto. Probst se arrodilló en la calle. Dozer estaba muerto, y sus dientes, los incisivos y los caninos y los molares, mostraban una risa amarga; su cuerpo estaba caliente y pesaba, cuando Probst lo levantó, las costillas le sobresalían partidas. Fue un abrazo terrible. Probst se apresuró hacia la casa, de prisa, de prisa, pero era demasiado tarde: Dozer se había vuelto malo, mirando en un ángulo inverosímil al suelo, que subió mecánicamente al encuentro de sus pies. Probst lo depositó en la hierba. Finalmente Barbara no pudo más, lo apartó de cualquier manera y se tumbó de costado.

Los Statesmen se disponían a hacer otro kickoff. La señora Naranja agarró el brazo de su marido y miró agresivamente a Probst y a los que estaban detrás de él, como si no merecieran vivir en Webster si no eran capaces de levantarse para un kickoff.

Kirkwood recibió el touchback y empezó en la línea de 20 yardas. Ya en la primera jugada las gradas explotaron de serpentinas y confeti. Un safety de los Statesmen había recogido un pase y había corrido hasta conseguir un touchdown. La señora Naranja parecía recorrida de convulsiones.

—¡Muy bien! ¡Muy bien! ¡Muy bien! ¡Muy bien!

Probst decidió que ya tenía bastante. Se levantó con determinación. «¡Muy bien!» Apartó rodillas y codos, ahora tenía prisa. «¡Muy bien!» El grito sonaba más débil. Llegó al final de la fila y bajó a la pista de ceniza. Una vez allí se dio cuenta, por la liviandad de sus manos, de que había olvidado la nata debajo del banco.

—¡Eh, Martin!

Era Norm Hoelzer, que estaba en la segunda fila. Hoelzer era un modesto empresario. Cocinas y cuartos de baño.

—Ah, hola —dijo Probst.

—Menudo partidazo, ¿eh?

—Oh. Es... —no supo qué más decir.

—¿Has venido con Barbara?

¿Cómo se atrevía Hoelzer a saber el nombre de pila de su mujer?

Negó con la cabeza; no, no había venido con Barbara. La esposa de Hoelzer se llamaba Bonnie. Cultivaba rosas. Probst se abrió paso entre un grupo de chicos con chaquetas de cuero.

—¡Eh, Martin! —una mano le saludó desde las gradas. Joe Farrell. Al parecer acompañado de su hija y su yerno.

—Ah, hola —dijo Probst. (Desde aquella distancia, Farrell sin duda no pudo oírle.) Siguió andando. No era tarea fácil, con las *cheerleaders* ocupando la mitad de la pista y los aficionados, casi todos chavales, abarrotando la barrera entre las animadoras y el banquillo de los Statesmen.

—¡Eh, Martin! —llamó otra voz desde las gradas. Probst (¡ah, hola!) hizo caso omiso—. ¡Martin!

El ruido, al fin y al cabo, era ensordecedor. Sonaban vítores a oleadas, como los arrolladores cantos de las chicharras. En aquel momento la mayoría de las *cheerleaders* estaban ociosas, pero había unas pocas que practicaban entusiastas malabarismos. Qué bien hechas estaban aquellas chicas. Probst siguió despacio a un hombre que llevaba una chaqueta de lana, satisfecho por primera vez de avanzar al ritmo que marcaba la multitud.

—¡Martin! —una mano grande le cogió del brazo. El hombre de la chaqueta de lana había vuelto la cabeza, y cuando Probst vio quién era su corazón se vino abajo. Era Jack DuChamp, su viejo amigo del instituto. No se veían desde hacía más de diez años.

—¡Me intrigaba saber quién me estaba pisando los talones! —Jack agarró el otro brazo de Probst y le miró radiante.

—¡Vaya! —dijo Probst, sin más recursos.

—Claro, tú no podías perderte un partido así —dijo Jack.

—En realidad, me lo he perdido estos dos últimos años.

Jack asintió, sin oírle.

—Iba a buscar una Coca-Cola, pero había demasiada gente. ¿Te vienes a sentar conmigo?

La invitación fue para Probst como pisar una trampa para osos. Sentarse en las gradas con DuChamp —recordar su juventud en el South Side, comparar sus trayectorias totalmente divergentes— era la última cosa que le apetecía hacer.

—¡Vaya! —volvió a decir.

—¿O has venido acompañado?

—No, sí, yo... —la mirada suplicante de Jack pudo con Probst. Había compartido demasiados años de su vida con él como para poder mentirle fácilmente—. No —dijo—, he venido solo. ¿Dónde estabas sentado?

Jack señaló hacia el extremo norte del campo y rió.

—¡En los asientos de tres dólares!

Probst se oyó sofocar una risa.

—Caramba, Martin, cuánto tiempo, ¿verdad? —Jack no le soltaba el brazo. Estaban subiendo las gradas.

—Unos diez años —al instante, Probst lamentó haber mencionado la cifra.

Del campo les llegó el silencioso trajín del encuentro, los gruñidos accidentales, los vítores y los desgarrones de tela. Jack DuChamp se había mudado con su familia a Webster Groves casi al mismo tiempo que lo habían hecho Probst y Barbara. Por desgracia, la casa que Jack había comprado fue sacrificada a la Interestatal 44, y las únicas casas en venta que quedaban entonces en Webster estaban muy lejos de su presupuesto. Tuvieron que mudarse a Crestwood, una ciudad nueva, un nuevo distrito escolar, y Probst, cuya empresa se hizo con los contratos de demolición y fue la encargada de arrasar los edificios, se sentía responsable. A fuer de sincero, se sentía culpable.

—¿Verdad? —Jack se había detenido a medio subir la escalera y estaba mirando a la gente que tenía a su derecha.

—¿Perdón? —dijo Probst.

—Digo que estás igual que siempre.

—No.

—Siempre tuviste la cabeza en las nubes.

—¿Qué?

—Disculpe —dijo Jack. Una familia vestida de cuadros escoceses se levantó para dejarle paso. Probst procuraba fijar la vista en sus pies, pero el espacio oscuro entre banco y banco le recordó la nata que había olvidado. Se preguntó cuántos minutos podría aguantar con Jack antes de despedirse. ¿Bastarían cinco? ¿Cinco minutos a cambio de una década de silencio?

Jack se detuvo.

—Martin, te presento a Billy, un amigo mío. Billy, éste es Martin Probst, un amigo de toda la vida. Él, pues...

—¡Hombre! —un individuo corpulento con los dientes salidos se puso de pie—. ¡Encantado! ¡Es un honor! —agarró la mano de Probst y la sacudió vigorosamente.

—No me he quedado con su nombre —dijo Probst.

—Windell, Bill Windell. Es un placer conocerle.

Probst le miró los dientes.

—¿Nos haces sitio? —preguntó Jack. Windell tiró de Probst y le dejó un espacio estrecho en el banco. Jack se sentó melindrosamente a su derecha con aire de haber cumplido una misión.

Windell empujó contra el pecho de Probst un frasco de bolsillo en su estuche de piel.

—¡Ni tocarlo! ¡Ja, ja, ja, ja, ja, ja, ja! —exclamó, propinándole un codazo en el bíceps izquierdo.

—Bill es mi jefe —explicó Jack.

—Nadie lo diría si nos viera en el trabajo —dijo Windell.

—No le hagas caso —Jack alargó la mano hacia Probst y desenroscó el tapón del frasco—. Ha hecho uno cuarenta él solito.

—Ya será menos —dijo Windell, haciéndole un guiño ensayado a Probst, el cual, sin pararse a pensar de qué demonios estaban hablando aquellos dos, tuvo la absoluta certeza de que Windell era jefe de boy-scouts. Sus ojos, azules, tenían un tono lechoso que era típico en hombres encargados de inculcar valores morales. Y, encima, llevaba un corte de pelo militar—. Vaya, vaya: Martin Probst —Windell se sorbió los dientes y asintió con gesto filosófico.

Probst no sabía dónde apoyar los codos. Se llevó el frasco a los labios por no rechazar la invitación. Se atragantó. Era licor de albaricoque. Con los codos pegados casi a su regazo, le pasó el frasco a Jack, que declinó.

—No, gracias. Demasiado temprano para mí.

Trató de devolvérselo a Windell, pero Windell dijo:

—No, no, continúe.

Probst dio un trago largo, se secó la boca y miró a Jack buscando el tapón. Jack, por lo visto, no lo tenía. Probst vio que él mismo lo tenía entre los pies y se agachó para recogerlo, pero las piernas se le estiraron al doblarse y el tapón salió propulsado hacia delante, cayendo a la grada inferior. Se puso en cuclillas y trató de alcanzarlo.

—Quieto. Espera... No —dijo Jack—. Yo lo cogeré.

—No, no. Deja —Probst se estiró hasta que sus dedos tocaron el suelo, y luego, inesperadamente, cayó hacia atrás aterrizando de culo a la sombra de los aficionados, que estaban saltando en respuesta a algún lance del juego. Notó frío a través de los pantalones, pero allí abajo estaba más cómodo. Su mano avanzó en busca del codiciado tapón. Regresó con un zapato y volvió a reptar por el hormigón basto y húmedo; chocó con una cosa blanda... un corazón de manzana. Sonaron gritos, había irritación en el ambiente. En su reducido espacio, Probst no podía ver lo que estaba haciendo. Tanteó un poco más allá, notando la exploradora mirada de Windell. Probst y Jack habían ido juntos a los Boy Scouts, compartiendo muchas veces la tienda, hasta que les nombraron águilas.

¡Hombre! El tapón. Había encontrado el tapón. Cerró la mano en torno a él. Se levantó con esfuerzo.

—Creo que me voy a ir —dijo.

Un sonido de congoja escapó de labios de Jack.

—Quédese al menos hasta que termine este tiempo —dijo Windell.

Probst recordó entonces aquella peculiar facultad de Jack, el torbellino de culpa al que podía arrojar a su más exitoso amigo.

—¿Cuánto falta para que termine? —dijo Probst.

—Cuatro minutos —repuso Jack con tono de reproche.

Una complicada carrera expiró ante sus ojos. El marcador estaba todavía en 13-0. Probst miró a Windell y le preguntó:

—Bien, Bill, y tú ¿dónde vives? —ya sabía, más o menos, a qué se dedicaba Windell, siendo el jefe de Jack y siendo Jack un mando intermedio de la cadena Sears.

—Hace ya seis años que estamos en West County —Windell soltó una carcajada.

¿Dónde estaba la gracia?

—Ya. ¿En qué parte?

—En Ballwin, Cedar Hill Drive. No lejos de esa cosa, como se llame. West...

—Haven. Westhaven.

—Eso. Estamos como un kilómetro y medio al este de allí. Siempre paso en coche por delante. Veo su nombre muy a menudo.

—Sí, claro —suspiró Probst.

—Parece un conjunto residencial o algo...

—Los cimientos sólo ocupan ya veinticinco acres.

—Ah —Windell miró al campo, donde habían aparecido pañuelos amarillos de penalización. Jack estaba sentado encima de sus manos, contento de que la presencia de Probst hablara por sí sola. Tenía la nariz colorada. Pequeñas matas de pelo gris protegían sus orejas.

—Debe de tardar mucho entre su casa y el trabajo —dijo Probst.

—¿Mmm? Bah, no hay para tanto. Al final te acostumbras.

—Bueno, si seguimos construyendo como ahora en West County, van a salir ganando. Quién sabe, a lo mejor Sears traslada allí su central...

—¿Sears?

—Bueno —dijo Probst—, yo pensaba que trabajaba en Sears.

—No, qué va. Estoy en Penney, uf, desde que tenía veinte años. El que había trabajado en Sears es Jack. Está con nosotros desde hace cinco años.

Jack sorbió por la nariz y tragó saliva. No parecía estar escuchando, pero unos segundos después, sin mirarlos, dijo «Es verdad», con voz clara y profunda.

—Es que... —Probst tuvo la sensación de que iba a explotar como un globo si tenía que continuar allí un minuto más—. Apenas hemos tenido contacto desde que Jack se fue de Webster...

—¡Oh! ¡Hurra! —gritó Windell, interrumpiéndolo.

—Qué partidazo —convino Jack.

Era el momento que Probst había estado esperando. Se levantó rápidamente.

—He de irme —dijo—. Bill, ha sido un placer conocerte. Cualquier día que pase por Westhaven, uno de mis hombres le puede enseñar las obras. Y Jack, tú y yo... —la huida estaba tan próxima que casi la podía saborear. Jack había levantado la barbilla, sentado aún, pero no le miraba a los ojos—. Tendríamos que quedar algún día —dio una palmadita a Jack en el hombro y empezó a andar.

—¡Martin! —gritó súbitamente Jack—. Creo que tengo una entrada extra para el partido de los Big Red el domingo que viene. Bill tiene una salida con sus boy-scouts, y yo...

Probst sintió que la cara se le encendía.

—¿Es usted jefe de exploradores?

—Es lo menos que un viejo pecador puede hacer por sus semejantes —dijo Bill, que no era viejo ni parecía un pecador.

—... los Redskins —estaba diciendo Jack—. Podríamos ponernos mutuamente al día, tomar algo antes de...

—Pues claro, hombre, estupendo —dijo Probst, mirando todavía a Bill.

*

A Rolf Ripley le gustaban las chicas con coraje, y Devi, su última adquisición, lo tenía. La víspera, en la suite que ella ocupaba en el Marriott del aeropuerto, Devi le había dicho que tenía la nariz más colorada que un borrachín.

—¿Un borrachín, mi vida? Ven acá, deja que Rolf te dé una buena zurra.

—Y empezarás a toser —dijo ella.

—De eso nada, cariño. Yo no tengo tos.

—¿Ah no?

—No —dijo Rolf—. Años de experimentación me han servido para aprender a dormir con la cabeza plana sobre el colchón. Así, la cosa esa, el *mucus,* se queda donde tiene que estar. Adiós a la tos.

Devi rió.

—¿Qué te hace gracia?

—El catarro no se propaga por el moco, sino por la sangre.

—¿Y tú cómo lo sabes?

—Lo oí un día por la radio.

—Entonces, dime, por favor, ¿por qué no me dan ataques de tos?

—¡Porque tu cuerpo es tan lerdo como tu cerebro!

Devi era una joya, una joya. Y cuando él quería cambiar de tema, simplemente pulsaba una tecla:

—Retíralo.

—Lo retiro.

Nunca había tenido una chica igual. Los bombones de su pasado, las Tricias y Maudes y Amandas, los cardos calientes y las esnobs de Dallas y las quinceañeras cachondas, las fulanas que no decían nada, esposas de colegas y dependientas en busca de dinero, chicas de alterne y secretarias cínicas y furcias a domicilio: todas palidecían delante de su Devi. Incluso las que había tenido, pocas, en Londres y Nueva York no eran auténticas sino artículos importados, campesinas en el fondo, que pecaban venial, no mortalmente. Los hombres de las grandes ciudades no gustaban de compartir su mejor ganado, y aunque Rolf los superaba en todos los sentidos, el cruel destino lo tenía confinado en St. Louis. ¡Ah, las chicas de St. Louis! Bien sabía Dios que Rolf había cumplido con tenacidad su papel de Pigmalión; ellas, sin embargo, seguían siendo porcinas y babeantes. No le llegaban a Devi ni a la suela del zapato. Ella era su mejor logro estético, alguien a quien enseñar y de quien aprender, tan deslumbrante como la esplendorosa Bombay y, debido a su docilidad, más antigua que el Viejo Mundo, un objeto con el que refocilarse y un angelito al que se mira y no se toca. De hecho casi la quería, y, de no haber sido ella india, habría podido ir más lejos y convertirse en su bufón. Pero se había propuesto tener cuidado. Y es que no sólo estaba Devi confabulada con S. Jammu y la princesa Asha Hammaker, sino que era el colmo de la indiscreción. Entre las cosas que se le habían escapado estaba el hecho de que Jammu estuviera tirándole los tejos al alcalde; que Asha, poseedora ya de una fortuna, le fuera detrás a Buzz Wismer; y que aquel par de beldades asiáticas tenían la intención de organizar un auténtico pánico inmobiliario en el gueto. Muy interesante.

En cuanto a coches, a Rolf le gustaban pequeños y veloces. Su Lotus le llevó volando a casa desde el Marriott para un prolongado letargo invernal, y en Acción de Gracias su Ferrari lo llevaba volando a él y Audreykins hasta el Club para unas civilizadas copas de mediodía y una breve demostración de decoro festivo. A fin de cuentas, era un hombre casero. No podía llevar a Devi al Club. Había demasiados accionistas en la barra, y, últimamente, Rolf se había vuelto un poquito fanático respecto a sus accionistas. Por primera vez en mucho años, sus finanzas eran dudosas. Si uno de los miembros del club que se zampaban un ponche tras otro perdía la confianza en la sensatez de Rolf, también podía hacerlo el siguiente miembro, y el otro, y el otro, y al cabo la bolsa de Nueva York, y Rolf podía encontrarse no produciendo hornos ni sistemas de guiado inercial, no teniendo sus oficinas centrales en el condado ni en la ciudad, y viviendo permanentemente en Barbados o en Lincolnshire, pero no en Ladue. Era mejor no llevar consigo a Devi. A aquellos sujetos les gustaba Audreykins. Bueno, ¿por qué no?

Chester (3,7%) Murphy se le acercó y le confesó que Audreykins estaba hoy muy guapa, como así solía ser, pese al hecho de que el Armani que llevaba estaba hecho para una mujer con un tercer hombro en las cercanías de su quinta vértebra. Rolf abandonó la sala para dejar que ella y Chester conversaran sobre la paz, la esperanza y la caridad, e hizo una amorosa llamada a la suite de Devi en el Marriott. Acabó cubriendo de besos el auricular, que ya estaba caliente del aliento del último que había hablado por él. A su vuelta vio a Audreykins asimilando las sabias palabras de la Estrella del Béisbol, que llevaba puesto un blazer verde ligeramente más claro que el que Rolf mismo llevaba, y teniendo en cuenta que la Estrella era compinche de Julian (5,5%) Woolman y de Chuck (principal acreedor) Meisner, le pareció conveniente ir al bar y tomarse otra copa. Olvidar la fiebre, olvidar el resfriado. Tuvo la desagradable sensación de haber ingerido agua. El único remedio seguro era repetir las dosis de Glenlivet. Los músculos le dolían menos cuando estaban regados de alcohol, aunque le seguía acosando la sensación de culpa. Este resfriado era por culpa de Audreykins. Dos semanas atrás ella estaba en plena producción de mocos, sobre todo en el turno de noche, y no había dejado de sorber por la nariz, casi como si estuviera lloriqueando. Por lo visto se lo había contagiado Barbie. Rolf observó que el tercer hombro de Armani había migrado hacia la región de la axila derecha. Pobrecilla. El Club era un hervidero de murmullos al sol de la tarde.

—¿Cómo estás? —le preguntó Audreykins una hora después, mientras cruzaban a toda velocidad el espantoso distrito comercial de Webster Groves.

—Borracho, gracias —dijo él.

—Qué pena —dijo ella, sin bondad.

—Oh, no es por el resfriado —mintió Rolf—. Es por la perspectiva de otra comida con Martin y Barbie y la mocosa —al poner la cuarta para dar la gran curva de Lockwood Avenue, le satisfizo ver el pie de ella pisando un freno imaginario—. Supongo —prosiguió— que debería dar gracias al cielo de que tu familia esté en Pago Pago.

—No veo a santo de qué sacas este tema. Podríamos haber ido al Club.

—Sólo que Martin habría dicho: «¿Y si fuéramos al Saint Louis Club? Allí dan, bueno, comida tradicional. Pato, pavo y todo eso. ¿Hace?» —según Martin, el nuevo Saint Louis Club era el local más elegante de la ciudad. Rolf tenía muy mala impresión de Martin.

—Además, es Nueva Zelanda, no Pago Pago.

—Mea culpa —Rolf miró a su izquierda y divisó Sherwood Drive, perdiéndose en la distancia—. Al cuerno todo eso, ¿por qué no dijiste algo?

—¿Mmm?

Rolf frunció el entrecejo. Naturalmente que no había dicho nada. Ella no le ayudaba en lo más mínimo. «Entonces tendremos que dar media vuelta, ¿no?» Treinta metros más allá del puente del ferrocarril se subió al bordillo de la izquierda con un impacto bien absorbido. Dio gas, metió la segunda y salvó la mediana. Los neumáticos del Ferrari se aferraron a la calzada. El coche cruzó de nuevo bajo el puente y enfiló Sherwood Drive mientras Audreykins temblaba como una hoja.

Ella corrió casi por el sendero de ladrillo hasta la puerta de los Probst. Rolf consultó su Tourneau. Las cuatro menos veinte. No había sido su intención llegar tan puntual. Audreykins llamó varias veces tímidamente a la puerta principal («¡Somos nosotros!»), y Martin debía de haberlos visto llegar porque la puerta se abrió de inmediato. Les indicó que entraran, dio la mano a Audreykins y, sonriendo admirativamente, le plantó un beso en la mejilla. Se dio la vuelta. «Hola Rolf.» Llevaba un jersey rojo claro y un pantalón oscuro de cuadros escoceses.

—Me alegro de verte, Martin —y era verdad. Martin tenía muy mala cara, los ojos acuosos y el pelo lleno de nudos. Rolf empezó a sentirse mejor.

Audreykins estaba hablando en voz baja a Barbie, y cuando Rolf las vio una al lado de la otra su ánimo cayó en picado otra vez. Su mujer palidecía cuando estaba al lado de su hermana. La apartó para recibir un beso de Barbie. «Querida Barbara.» Le dio un breve apretón estratégico a los cuartos traseros.

—¡Dios!

—¿Perdón? —dijo Rolf, enderezándose.

—Permíteme tu chaqueta, Rolf —Martin estaba detrás de él, y Rolf se despojó de la chaqueta. Barbie sí tenía coraje. Se había equivocado de hermana.

Las mujeres se batieron en cómoda retirada hacia la cocina. Martin estaba teniendo más dificultades de la cuenta para dejar las chaquetas en el armario, en cuyo interior Rolf distinguió prendas que provenían de los años sesenta. Le llamó especialmente la atención un anorak de color amarillo brillante. El Look Marciano. Martin el Marciano.

—Esas prendas viejas se comen mucho espacio, ¿eh? —dijo con malicia.

Martin se rindió —la chaqueta y la bufanda de Rolf quedaron de cualquier manera sobre las otras prendas— y cerró rápidamente la puerta del armario.

Regresaron a la sala de estar y se detuvieron junto a la chimenea, donde la leña menuda crepitaba bajo unos troncos empapados. Rolf notó una corriente de aire en las rodillas. Martin y Barbara habían cambiado la decoración desde la última vez que Rolf había estado allí, en agosto, y que no la hubieran enmoquetado era algo que escapaba a su comprensión. Martin hurgó la lumbre con un atizador. El sol, teñido de verde por la invasión de hiedra, hacía resaltar rayas y salpicaduras en la hilera de ventanas emplomadas de la larga pared oeste. Debajo había un asiento junto a la ventana con cojines de color amarillo verdoso, y a la derecha de Rolf estaba el piano, que Barbara sabía tocar con menos precisión y más sentimiento que Audreykins. Estaba claro que Barbie había tenido el control absoluto de la reforma. En la pared del sofá, donde Martin habría colgado posters de faisanes y setters, ella había colocado una sucesión de desmesurados bodegones, todos del mismo autor. Los cuadros dominaban el aposento. El primero era de una piña partida en dos; la corteza era de gabardina, la pulpa de un tul amarillo. En el segundo había plátanos, gordos y portentosos en un mar de grises y blancos; y en el tercero un... ¿un qué? Un kiwi. Partido en cuartos y esmeralda, con manchitas oscuras, parecía un pez abisal. Rolf examinó sombríamente las tres pinturas. Se sintió mal.

Martin se sacudió polvo y ceniza de las manos y Rolf cerró los ojos. El tipo iba a preguntarle cómo le iban las cosas. El muy imbécil siempre acababa preguntando lo mismo. Esperó. La pregunta no llegaba. Abrió los ojos y vio a Martin ceñudo.

—¿Qué tal el día? —preguntó Rolf, seguro de que le habría ido mal.

—Poca cosa. Estuve en el partido Webster-Kirkwood.

—¿Te acompañó Luisa?

Martin tosió y su rostro adoptó una expresión más avinagrada todavía.

—No. Está pasando el fin de semana fuera.

—¿No vendrá esta noche? Vaya, qué pena.

—¿Qué quieres tomar, Rolf?

—Whisky si tienes, Martin —como si pudiera no tenerlo.

Martin partió de inmediato y volvió al poco rato con refrescos. Levantó su vaso.

—Feliz Día de Acción de Gracias.

—Sí señor —Rolf miró hacia la triste lumbre. Un leño gruñó—. Bonita lumbre.

—La ha encendido Barbara —dijo Martin, absolutamente impasible.

—¿Y las chicas?

—Están en la cocina.

—¿Y Luisa?

—Pasando el fin de semana con su novio.

Rolf levantó la vista. Martin tenía la mirada vidriosa.

—Confieso que me sorprende, Martin.

—Vamos a ver algo de fútbol.

—Me sorprende, y mucho.

Salieron de la sala de estar y vieron fútbol. Martin no quiso acusar recibo de que Rolf se encontraba mal. No porque Rolf necesitara compasión, pero en la sala familiar, mientras jugadores homínidos se enzarzaban entre sí, empezó a tener la sensación de que debería haber estado en cama con la botella de agua caliente, una botella de algo y la tele en el más explícito de todos los canales. El fútbol no le entusiasmaba. Al fondo del pasillo, en la cocina, las chicas parloteaban hasta la náusea, y el sol poniente arrojaba una luz larguirucha y claustrofóbica por las ventanas. De repente la luz se extinguió. Era de noche, aunque en cierta manera el sol estaba brillando todavía sobre Chicago, las nubes rosadas y violetas. ¿Tenía el partido grabado en vídeo? Rolf se fue hundiendo cada vez más en la butaca tapizada de pana. Una horrible picazón se estaba desarrollando en su pecho. Tosió.

—¿Estás resfriado? —Martin le observaba severamente.

Rolf trató de sonreír pero vio que sólo le pedían que se tapara la boca.

—Sí —proyectó una contundente expectoración hacia donde estaba Martin.

Audreykins apareció en la puerta —el tercer hombro se había convertido en un pecho extra— y anunció que la cena estaba lista. Rolf supuso que debían de ser las ocho. Miró su reloj. ¡Las cinco y media! Aquella casa era un infierno.

Barbie, sin embargo, había preparado un buen ágape. El pavo descansaba en una fuente delante de la silla de Martin, y sobre el mantel blanco había cuencos y bandejas de plata provistos de batatas, guisantes y maíz molido, relleno de champiñones, salsa humeante, una cosa blanca e inidentificable y un puré de patata algo reseco. Cerca de allí una botella de Muscadet. Rolf apartó una silla para su mujer, procurando no tocarla, y tomó asiento delante de ella. Se frotó las manos.

—¡Estupendo!

—Barbara te ha preparado budín de ostras —dijo Audreykins.

—¿Para mí? —Rolf torció el gesto. La cara de Audreykins se perdía entre la luz de las velas. ¿Acaso no sabía que él odiaba las ostras? Seguro que sí—. Debe de haber un error —dijo—. ¿No será... budín de ciruelas? —a él le encantaba.

—¿No te gustan las ostras? —dijo Barbie, poniendo ojos de ostra.

—Pues no me dicen nada...

—¡Rolf! —gritaron las velas—. Sé educado, por favor. Lo ha hecho especialmente para ti.

—Sírvete —rogó Barbie haciendo un puchero—. Todo lo que quieras.

Mientras Martin se concentraba en no cercenarse un dedo con el cuchillo de trinchar, Rolf se sirvió sumiso una ración de budín y la dejó caer en el plato. Sería arenoso. Las ostras siempre eran arenosas.

Fueron pasando los otros cuencos y Martin cargó los platos de lonchas serradas. Rolf se encontró frente a frente con varias libras de tradición culinaria. Tosió encima, su manera de bendecir. Educadamente, por Barbie, hundió el tenedor en el budín y lo probó.

Uf.

Una ostra gorda, y encima arenosa.

Nadie más estaba comiendo. Levantó la vista. Audreykins carraspeó. ¡Santo cielo! Iba a dar las gracias.

—Podríamos tomarnos de la mano —dijo ella.

Rolf prefirió bendecir la mesa que tragar la ostra. Alcanzó su servilleta, pero todos esperaban para el rito tontísimo de darse las manos. Extendió los brazos y dio un respingo cuando su mano izquierda tocó la derecha de Martin, que estaba peligrosamente tensa. Pero la de Barbie era menuda y musculosa y caliente.

—Dios nuestro Señor —dijo Audreykins vibrante—. Bendice estos alimentos que vamos a tomar...

Rolf metió los dedos entre las sudorosas membranas de Barbie y presionó con fuerza.

—Te damos gracias por una nueva cosecha. Por tu bondad y tu generosidad, y por los dones que nos rodean, nuestra familia y nuestros hogares...

Ella le apretó también la mano, clavándole el anillo de diamantes en el hueso. Barbara era una joya. Rolf no quiso aflojar el apretón. Ella aflojó el suyo.

—Recordamos también a los Peregrinos, y el primer día de Acción de Gracias, y a Miles Standish y a los indios, y tu ayuda en tiempos de penuria...

Era el más puro estilo de alumna de tercer grado. Masticó la ostra una vez más, rechinando los dientes. Acarició la palma de Barbara con el pulgar. Ella retiró la mano.

—... con mamá y papá que están en Nueva Zelanda, y con Luisa, y con Bill y Ellen, y en Nueva York, en Nueva York... —cómo no, ya estaba lloriqueando—. Y oramos.

Sus dedos rodearon la salsera en busca de los de Barbara. Luego, sin encomendarse a nada, tosió.

—Venga a nosotros tu reino...

Rezó para que los otros tuvieran los ojos cerrados. Rezó para que la ostra cayera al plato. En cualquier caso, quería deshacerse de ella.

—Mas líbranos de todo mal, amén.

—¡Amén! —ladró Martin, batiendo palmas—. Rolf, ¿por qué no haces los honores con el vino?

Nadie dijo una palabra mientras llenaba los vasos. La ostra había aterrizado sobre sus patatas. Audreykins sorbió por la nariz y mantuvo un silencioso diálogo con Dios, que parecía estar en su servilleta. La velada prometía ser memorable por espantosa. Con la cría ausente, las cosas se ponían un poco más hostiles.

—Lástima que Luisa no pueda estar con nosotros —dijo—. Delicioso vino, por cierto. Me habría encantado conocer a ese novio suyo.

—Deja de hablar así —susurraron las velas.

Barbara le dedicó una macabra no sonrisa.

—Luisa ha dicho que lamentaba no poder veros.

—¿De verdad? Pero qué amable de su parte —Rolf despellejó su rebanada de pan y depositó la corteza encima del budín—. Es un encanto de chica.

—Sí —dijo Martin—. ¿Tienes salsa suficiente?

—A mares, gracias.

Tras hacer descarrilar cualquier otro intento de conversación, Rolf se concentró en su cena, llenándose el estómago mientras Martin llenaba los minutos con uno de sus fatuos monólogos técnicos. Había escogido por tema aquella obscenidad de Westhaven. Rolf indicó repetidamente su aquiescencia apuntándole con el tenedor. Sí, era una fabulosa cantidad de superficie útil. Sí, representaba una importante inversión por parte de los bancos del extrarradio. Sí, bastaría por sí solo para alterar la estructura económica de la zona. Sí, pasarían cien años antes de que la degradación llegara tan lejos. Sí, sí, sí —Martin estaba a dos velas de los planes de la camarilla Hammaker—. Él seguía pensando que el desarrollo del condado hacia el oeste no terminaría nunca. Tío Rolf, informado del inminente giro radical del valor de los inmuebles en el condado, había puesto bajo vigilancia los doce bloques que tenía en North Saint Louis mientras la apuesta era buena, y estaba saboreando la perorata de aquel imbécil sobre el futuro económico de la región. Sin embargo, tan pronto Barbara hizo ademán de recoger la mesa, sus impulsos románticos volvieron a la superficie.

—¿Puedo usar el teléfono, Martin?

—Cómo no, adelante —Martin señaló hacia la cocina.

—El del estudio. He de llamar a mi especialista en contratación.

—¿El día de Acción de Gracias?

—Mañana abren los mercados.

—No paras nunca, ¿eh, Rolf? La luz está en el rellano.

En el estudio había más libros de los que Martin Probst podía leer en cinco vidas. Había butacas de enorme asiento, una alfombra verde y amarilla, una foto de Barbara de joven en su marco cromado encima del escritorio. El aire fresco del piso del arriba serenó a Rolf. Girando en la silla de Martin, ensayando su llamada, revolvió los papeles amontonados sobre la mesa y en el suelo, junto a la estantería de libros. Westhaven, Westhaven, Westhaven. Cogió el teléfono y marcó. Mientras sonaba, giró la llave del cajón inferior y tiró hacia fuera.

Cartas. Las miró por encima. En el fondo, encontró tres paquetitos atados con cintas grises. ¿Cartas de amor?

Le decepcionó reconocer la letra de Barbara, le decepcionó que las cartas no fueran de otra persona. Pero cogió una de las más gruesas del paquete y se la guardó en el bolsillo de la pechera. Tal vez le podía servir.

El teléfono de Devi continuaba sonando. ¿Dónde demonios podía estar? Cerró el cajón y husmeó en los papeles de la mesa. Encontró un montón de recortes del *Post,* más de una docena, con la cara de la mocosa en cada una de ellas. ¿Qué payaso podía tener guardados tantos ejemplares? La chica tenía la misma nariz que su madre. Tosió de mala gana.

Devi respondió al vigésimo toque.

Se excusó diciendo que estaba en el cuarto de baño. ¿Tanto rato? Dijo que quizá había pillado la gripe. Rolf frunció el entrecejo. Pero ya se sentía un poco mejor, dijo, sólo de oír su voz, y que por qué no pasaba a verla. Rolf le aseguró que no deseaba otra cosa. Y que a lo mejor le llevaría unos regalitos...

Devi hizo ruido de beso y colgó. Sin duda alguna, estaba en onda.

Antes de bajar se detuvo en el rellano. Vio un ligero resplandor en la habitación principal y se preguntó si la mocosa no estaría allí escondida. Retrocedió sigilosamente. El dormitorio estaba vacío. Una lámpara ardía dentro del tocador de Barbara.

Del comedor le llegó un ligero murmullo, como la dicha del agua en una fuente. Oyó claramente la voz de Audrey. El murmullo se repitió. Estaban riendo.

Cogió del tocador uno de los peines pero lo volvió a dejar, temeroso de echarse a llorar si lo olía. Tocó uno por uno los frascos de perfume. Reparó en los distintos niveles de líquido en su interior, testigo de un sinfín de compras y aplicaciones, de una selección y modificación de fragancia únicas de esa mujer, únicas en el mundo. Entre frascos de lociones y tarros de crema había un tríptico con fotos recientes de la mocosa. Rolf se estremeció, y Luisa le devolvió la mirada, rubia y franca, como una chica del ganado de reserva, esa chica a la que uno no podía tocar. De tamaño más que natural, como el kiwi en el bodegón de la sala de estar.

Pero qué tontería. Con un estremecimiento más vigoroso que el anterior, Rolf volvió en sí y abrió el cajón inferior del tocador. Había en él un gran surtido de lencería. Escogió unas medias negras y se las llevó a la cara, inhalando. ¿Le servirían a Devi? Seguro que sí.

7.

Lunes por la noche, pasado Halloween. Jammu conectó los faros giratorios al incorporarse al carril interior de la Autopista 40. Los postes de defensa lateral se bamboleaban en los destellos de luz azul. Conducía a ciento treinta.

Había empezado el día con una llamada de Nelson A. Nelson, el presidente de la junta de policía. Nelson acababa de enterarse de que desde septiembre Jammu había reclutado a 190 negros por sólo 35 blancos. «¿Y...?», dijo ella. Nelson farfulló unos segundos, antes de soltarle lo que le intrigaba: «¿No le parece que hay una cierta desigualdad?». Sí, claro, dijo ella. Treinta y cinco eran demasiados. Apenas había habido un diez por ciento de solicitudes por parte de blancos. «¿Y por qué —quiso saber Nelson— tan pocos blancos se interesan por ingresar en el cuerpo?». Jammu prometió investigarlo a fondo. Posteriormente recibió llamadas del resto de la junta. Incluso sus partidarios estaban molestos, pese a que en agosto habían respaldado su propuesta de aumentar los efectivos. Ahora que había parido, la trataban como a una tía reticente, una chica traviesa. Mantener la falsedad costaba un verdadero esfuerzo. El miércoles tenía prevista una reunión.

Por la tarde la oficina de Presupuesto y Finanzas alzó sus velos manchados de tinta para revelar, sin sonrojo alguno, un «descuido» de dos millones cuatrocientos mil dólares. La junta había otorgado competencias a Jammu a finales de agosto. Ahora ella comprendía que había cometido un error táctico al asumir responsabilidades financieras antes de haber consolidado suficientemente su control sobre las operaciones. El contable, Chip Osmond, uno de los compinches de Rick Jergensen, había empezado a inquietarse ante el vacío de poder. En julio Rick Jergensen esperaba ser nombrado jefe de policía; el «descuido» sonaba un poco a revancha. El interventor municipal fue a verla en un arranque de sarcasmo, seguido del director de presupuesto Randy Fitch. Osmond le mandó a la oficina una carretilla con todos los libros de contaduría, y allí estuvieron los cuatro, pasada la hora de cenar, discutiendo y negociando. Por último, Jammu dijo basta y declaró, sin ambages, que el alcalde tendría que añadir al presupuesto los dos millones y pico de su propio bolsillo.

El interventor dijo:

—¿Y ésas eran las buenas noticias?

Osmond llamó a su mujer.

Randy Fitch soltó una risita.

El interventor dijo que el alcalde no tragaría. Jammu sabía que sí.

Randy Fitch siguió riendo por lo bajo.

Los hombres estaban cerrando sus carteras cuando Singh irrumpió en el despacho.

—¿Quién es usted? —preguntó el interventor.

—El conserje —respondió Singh, encendiendo un cigarrillo de clavo. Jammu le regañó tan pronto como estuvieron a solas.

—A tu administración le falta arrogancia —fue la respuesta de Singh.

Al llegar a Kingshighway, Jammu salió por el Barnes Hospital. Una ambulancia pasó como un rayo silencioso. Llamó por radio a la central.

—Aquí Coche Uno —dijo—. Estaré en casa hasta mañana.

—Recibido, Coche Uno.

Aparcó el Coche Uno en zona de carga y se subió el cuello de la chaqueta. El cielo, encapotado, tenía un tono naranja urbano; el aire le supo metálico en la lengua. Dos camareros gays de Balaban se chillaban mutuamente en el callejón, detrás de su apartamento.

Una vez arriba, examinó la correspondencia y escuchó el contestador. Sólo la había llamado Gopal, hablando en maratí pero con palabras en clave en inglés. Decía que había visto un remolque lleno de manzanas en un solar vacío cerca de Soulard Market. Que la policía fuera a echar un vistazo. *Manzanas* quería decir cordita.

Del frigorífico de dos puertas Jammu sacó una botella de vodka y el muslo de pollo que quedaba de la cena de Acción de Gracias con el alcalde. Un cristal flojo de una ventana del domitorio vibraba con el ruido de los anuncios de televisión en el piso de arriba. Se quitó los zapatos, se tendió en la cama y rasgó el sobre de Federal Express procedente de Burrelle, un servicio de recortes de prensa. El sobre contenía más recortes que la semana anterior. Fortalecida por un trago de vodka, Jammu los hojeó.

ST. LOUIS SEDE DE LA CONVENCIÓN DE MAQUETISTAS DE TRENES.
Bajan los dividendos de SW Bell.
Estreno en el Medio Oeste del musical *Snow Bunnies.*
Baja en los dividendos de SW Bell.
Botelleros rechazan oferta de contrato.
El museo de St. Louis comprará dos Dégas.
Cambios en Ripleycorp.
PRÓXIMA DIVERSIFICACIÓN EN RIPLEYCORP.
Parker presidirá la Comisión del Queso.

Jammu desdobló un largo artículo del *New York Times* escrito por Erik Tannenberg, que la había invitado a comer en Anthony's hacía diez días.

> Ese mismo día, la vivienda del señor Hutchinson en Ladue fue atacada con fuego de armas automáticas desde un helicóptero en vuelo. Dos días después, la principal torre de transmisión de la KSLX quedó fuera de servicio durante cinco horas a consecuencia de un tercer ataque, esta vez con granadas de mano...
> En medio de una atmósfera de tensión, todos los ojos están puestos en la jefa de policía de St. Louis, S. Jammu, quien a mediados de julio dejó su cargo de comisaria en jefe de la policía de Bombay, India, para dirigir las fuerzas del orden de St. Louis.
> La coronel Jammu, una mujer de 35 años que ha conservado su nacionalidad estadounidense, saltó a la palestra en 1975 como artífice del «experimento de libre

empresa», una iniciativa de la policía de Bombay contra el corrupto sector privado de la ciudad.
Inicialmente, las fuerzas vivas se mostraron escépticas respecto a que Jammu, por ser mujer y no estar familiarizada con la práctica policial en nuestro país, supiera adaptarse a su nuevo papel. Pero con una astucia que ha acallado casi todas las críticas, Jammu ha conseguido revitalizar el Departamento de Policía y transformar el cargo de jefe del cuerpo en una plataforma política.

Máxima visibilidad

La coronel Jammu, que realizó un posgrado de economía en la Universidad de Chicago, ha hecho de la visibilidad personal su marca de fábrica. Jammu ha aparecido regularmente en toda la ciudad y hablado de temas tan diversos como la planificación familiar y la legislación de armas de pequeño calibre.
A mediados de septiembre los agentes de policía empezaron a ostentar botones azul cielo en sus gorras, una referencia a los «St. Louis Blues», el sobrenombre de la policía local inspirado en la popular serie de televisión *Hill Street Blues.* El apodo aparecía también en pegatinas donadas por comerciantes locales para los coches patrulla...
Ya antes de que empezaran los atentados, la coronel Jammu había solicitado aumentar los efectivos del cuerpo de policía en un treinta por ciento, aumento que le fue concedido. Los líderes ciudadanos se sorprendieron ante la magnitud del incremento previsto, pero parece ser que, al menos por el momento, la coronel Jammu ha ganado la batalla.
Las cifras del tercer cuatrimestre muestran que la tasa de arrestos se ha incrementado en un veinticuatro por ciento global, un treinta y ocho por ciento sólo en delitos con violencia.
Los tribunales y la oficina del fiscal han ofrecido su cooperación, comprometiéndose a modernizar el siste-

ma judicial y a «reducir sustancialmente» el periodo de espera entre arresto y proceso para finales de este año. Esto ha hecho que el Sindicato por las Libertades Civiles de América haya puesto una demanda popular ante el tribunal de Apelaciones número Ocho solicitando un requerimiento judicial que congelaría el periodo de espera en su índice actual hasta que el fiscal del distrito pueda demostrar que el derecho a un juicio rápido no está siendo violado.

«Estamos asustados»

Charles Grady, portavoz de la sección local del SLCA, declaró que «nuestra organización no da abasto con todo lo que ha sucedido desde que Jammu tomó posesión como jefa de la policía de St. Louis. Estamos abrumados de trabajo. Estamos asustados».

En su alocución a un congreso de estudiantes en la Universidad Washington la semana pasada, Grady reiteró su llamamiento para que Jammu sea destituida del cargo, insistiendo en la importancia de «la justicia india para los indios, la justicia americana para los americanos».

Jammu dejó los recortes. Tiró a la papelera el muslo a medio comer y bebió más vodka. Dos semanas atrás esta lectura todavía le divertía y la aleccionaba; ahora le daba ganas de vomitar. Los periodistas sabían demasiado. En el tono de Tannenberg había traicioneras corrientes subterráneas de conocimiento, así como en la indolencia con que soltaba palabras como «visibilidad» y «astucia». Tannenberg la había calado. En Nueva York Jammu no sería nada del otro mundo. El tratamiento superficial de Tannenberg era un modo de mantenerlos a distancia, a ella y a la ciudad, dejando entrever que Jammu podía engañar a aquella gente del Medio Oeste (para formar una nación hacen falta toda clase de ciudades) pero asegurando a los lectores de Nueva York que todo iba bien, que la nación en su conjunto funcionaba con arreglo a las normas...

Un coche estaba parado en la calle con el motor en marcha. Había sonado un portazo. Jammu fue a la sala de estar y abrió un resquicio en la persiana. Estaba nevando, los copos parecían ascender en su caída a la luz de las farolas y los haces parejos de los faros de un taxi. El limpiaparabrisas del taxi ensuciaba la nieve. Sonó el timbre de la puerta.

¿Laksmi? ¿Devi? ¿Kamala?

Abrió. Era Devi Madan. Llevaba los cabellos remetidos bajo el cuello de un abrigo de piel de zorro largo hasta los pies.

—Tengo un taxi esperando —dijo Devi.

—Dile que se vaya. En este barrio hay muchos.

—No.

—Ve a despedirlo.

Devi cerró de un portazo. Jammu guardó el vodka, meneando la cabeza, y encendió el gas bajo el hervidor de agua. Devi Madan había cometido un error crucial en su vida, cuando sin el conocimiento de sus padres había contestado a un anuncio de *The Bombayite* («El Periódico Divertido»):

> ¡CHICAS!
>
> ¿Eres guapa de verdad? ¿Eres responsable y estás liberada? Gánate una buena suma de dinero haciendo de modelo de pasarela; prendas de USA/Francia/Japón, firmas de referencia.

Devi estaba sacudiendo el picaporte. Jammu cruzó la cocina y fue a abrir.

—Déjame el abrigo —dijo.

Devi encorvó los hombros.

—No —quiso echarse el pelo hacia atrás, pero el pelo no se movió, inmovilizado por el cuello del abrigo. Sus manos enguantadas temblaron un poco y buscaron alivio tocándose la cara, aquella cara exquisita, y no hallaron ninguno.

—¿Cómo estás? —preguntó Jammu.

Devi se dejó caer en el sofá y hundió los talones húmedos en los cojines. Se quitó los guantes e hizo con ellos una pelota.

—Ya lo sabes.

—Llegas muy temprano —Jammu no obtuvo respuesta—. Espera aquí.

La caja fuerte estaba en la cocina, debajo de la encimera. La caja de repuesto y la heroína sin cortar que había traído de Bombay estaban enterradas en Illinois. La heroína que tenía en casa estaba cortada a un seis por ciento. Marcó la combinación, retiró el pestillo y extrajo la gaveta. Los fogones eran visibles a través de la rejilla en que descansaban la droga y los pasaportes, listos para arder si alguien trataba de forzar la caja fuerte. Harta de las frecuentes visitas de Devi, Jammu no se molestó en medir la cantidad habitual y volvió con una bolsita de cincuenta gramos.

El salón estaba asfixiantemente perfumado. Devi le arrebató la bolsa y se encerró en el cuarto de baño.

Mientras se calentaba el agua, Jammu retiró las cortinas de la pequeña ventana de la cocina y levantó la persiana. La nieve se había acumulado en el alféizar. En el callejón se oyó un ruido de cristales rotos. Un empleado del Balaban había tirado unas botellas al contenedor. Poniéndose de puntillas, metió la mano dentro. Sacudió un hombro. Algo se hizo pedazos, tintineó, se hizo pedazos. El tipo estaba rompiendo las botellas unas contra otras.

Devi salió del baño con el abrigo sobre el brazo y el bolso en las manos.

—Quiero pasar aquí la noche —dijo.

Jammu se sentó en el sofá y sirvió el té.

—Me levanto a las cinco y media —dijo.

—Puedo dormir en el diván. ¿Tienes un cigarrillo?

Jammu señaló hacia la cocina.

—Encima de la nevera.

—¿Quieres uno?

—No.

Se notaba que Devi era joven. Tenía veintidós años. En Bombay, Jammu había sido muy frugal con su fuerza de trabajo, haciendo de madre a las chicas en vez de limitarse a utilizarlas hasta que se agotaban. Había reglamentado los hábitos de Devi, le había dado dinero, una paga, y le había costeado chequeos médicos mensuales. Ahora, en St. Louis, estaba intentando quitársela de encima.

Devi volvió fumando a la francesa con un meneo de caderas.

—Están rancios.

Jammu rió.

—¿Y los tuyos?

—Lo dejé ayer. Soy sagitario —tiró la ceniza a la alfombra—. ¿Tú qué eres?

—Leo, me parece.

—¿Cuándo cumples años?

—El 19 de agosto.

—Eres Leo por los pelos. Yo los cumplo la semana próxima. El martes —vio el té y torció el gesto—. ¿No tienes nada más?

Jammu señaló de nuevo hacia la cocina y contempló sombríamente la taza y el platillo que tenía sobre el regazo. Le apetecía dormir. Una botella exhaló gas en la cocina. Devi regresó con una Amstel Light y un cigarrillo en una mano, un tarro de aceitunas en la otra. Bebió de la botella, y Jammu dio un respingo al ver qué cerca del ojo estaba la brasa del cigarrillo.

—Son noventa y cinco calorías, pero es todo carbohidratos. Hasta esto yo andaba casi en las mil —trató de quitarse una bota empleando el otro pie, saltó para conservar el equilibrio y, finalmente, consiguió quitársela haciendo cuña con el talón en una pata del sofá. Sonrió a Jammu pestañeando—. Prefiero treinta aceitunas a un martini. Tienen la misma cantidad de calorías. El otro día me enteré de cómo saben las calorías que tiene cada alimento. Lo calculan con un calorímetro. La empresa de Rolf fabrica calorímetros.

Hizo una pausa. No le digas nada, pensó Jammu.

—Queman los alimentos, sabes. Los queman y luego miden cuánto calor extra despiden —Devi apoyó peligrosamente la botella en el asiento de la mecedora y se quitó la otra bota—. Y yo le dije: ¿Cómo se quema la leche?, creyendo que le había pillado. Me dijo que la calientan hasta que hierve y luego la hierven hasta que se quema. Me imaginé a unos científicos en bata blanca mirando arder la leche, y no sé qué me pasó, total, que empecé a reírme y él me riñó —el cigarrillo se había consumido en su mano y Devi lo miró con ceño.

—Dile que se acabó.

Sonriendo, Devi dijo algo sin emitir sonido.

—¿Qué?

—Voy a matar a su mujer.

Jammu cerró los ojos.

—No, es broma.

—No tiene gracia.

—He dicho que era broma.

Oyó a Devi abrir el frigorífico. Miró y la vio meter una cucharilla en el envase del yogurt.

—¡Entre ceja y ceja, Audreykins!

—No comas eso —dijo Jammu.

Sobresaltada, Devi se volvió con unos ojos como platos.

—¿Por qué?

—Porque lo digo yo.

Devi se quedó sin saber qué hacer, la cucharilla cargada, a unos dedos del envase. Jammu dejó su té. Cerró la nevera, le cogió la cucharilla a Devi y devolvió el yogurt a su envase con un golpecito.

—Oye —dijo—. Seguramente estás muy cansada. Voy a llamar a un taxi y te vas a casa y duermes hasta que te hartes. Ah, otra cosa: veré si puedo mandarte en avión a Bombay para tu cumpleaños.

Devi negó rápidamente con la cabeza.

—Rolf es mi único amigo —dijo.

—Es un cerdo y un grosero.

El bofetón pilló a Jammu con la guardia baja. Giró hacia el fregadero; el dolor surgió de su carrillo como la respuesta de otra mano. Miró a Devi con los ojos entrecerrados. Devi se había postrado de rodillas.

—Está enamorado de Barbie.

Algo andaba mal. Normalmente, Devi era un corderito después de pincharse.

—¿Te has metido el pico o no?

—Por favor, deja que me quede aquí.

—No —Jammu la levantó tirándole del pelo. Una lágrima solitaria había dejado un rastro negro en su mejilla. Jammu llamó a un taxi y después se limpió el rímel con un paño de cocina.

Devi frunció el entrecejo.

—¿Qué hora es?

—Ponte las botas —Jammu la siguió a la sala de estar—. ¿Dices que Rolf está enamorado de... otra mujer?

Devi asintió, calzándose las botas con submarina indolencia.

—De Barbie.

—¿Barbie qué más?

—Ya sabes. La hermana.

Jammu sintió más náuseas que nunca. Le costó un esfuerzo sobrehumano no correr a la nevera y sacar el vodka.

—¿Barbara Probst? —dijo.

—Jugábamos a Martin y Barbie —Devi se había bajado la cremallera de su pantalón de pana y estaba tirándose de la tela negra de sus bragas—. Para ver si...

—Abróchate los pantalones —dijo Jammu.

Un coche hizo sonar la bocina. Devi permitió que Jammu le pusiera el abrigo encima, y luego el bolso en las manos.

—No pierdas esto.

Devi hizo que no con la cabeza.

—No te preocupes. Todo irá bien.

*

La culpa era del subcontratista. El hormigón parecía papilla de cereales. La culpa era del subcontratista. Probst estaba recorriendo los recién vertidos cimientos de Westhaven. Seguía un rastro de pisadas, tratando de alcanzar a quien las había hecho. (¿Era el subcontratista?) Una película de agua cubría el hormigón, reflejando el cielo azul, pero ahora el cielo no era azul; era del color del hormigón. Un pájaro púrpura cruzó por encima, lanzando improperios con su espinosa lengua. Probst llegó a la cresta de un montículo de hormigón que miraba a un valle de hormigón. Las huellas, grabadas en la pendiente, conducían a una silueta allá abajo en la hondonada. Era Jack Du-

Champ. El pájaro púrpura describía círculos en el cielo color de escoria. ¡Martin! El grito vino de Jack, pero sonó como un pájaro. Las pisadas hicieron descender a Probst. Mientras se aproximaba vio que Jack se había hundido en el hormigón hasta la cintura, y que sus ojos tenían como una costra de sangre. Eran dos cuencas agrietadas, hinchadas. Los globos oculares le habían sido arrancados. Probst se detuvo, y Jack dijo, «¿Martin?», con la voz aterida de miedo. Probst no podía hablar. Agarró a Jack de los sobacos para izarlo, pero al levantarlo vio que Jack no tenía piernas. Lo soltó y Jack preguntó gimiendo: «¿Me voy a morir?». Probst no podía hablar. Puso sus manos sobre la frente de Jack e, inadvertidamente, rozó los ojos encostrados. Eran blandos como pechos, y Probst empezó a acariciarlos. Unos pezones cobraron vida bajo la palma de sus manos.

—Eh, aquí no se puede aparcar. Está prohibido aparcar sin pegatina.

Probst estaba tratando de dejar el coche en el estacionamiento de la KSLX. Durante quince años había disfrutado del privilegio de aparcar allí en fin de semana. El propio Jim Hutchinson le había animado a hacerlo. El lugar solía estar vacío, y si alguna vez el encargado le preguntaba quién era, él sólo tenía que mencionar a Hutchinson para que le dejaran en paz. Tiró del freno.

—¿Cree que llevo una bomba en el maletero?

—Usted lo ha dicho, no yo —el encargado tenía la cara granujienta y tenebrosa, cara de falsificador de poca monta o de camello obsceno. Se hurgó la nariz e hizo pelotillas con el resultado.

—A ver —dijo un policía negro que acababa de llegar—, ¿qué pasa aquí?

—Este payaso, que dice que puede aparcar aquí —informó el encargado.

—Oiga... —empezó a decir Probst.

—Vaya, conque ésas tenemos, ¿eh?

—Hace bromitas sobre bombas...

—¿De veras? Vaya, vaya —el agente apartó al encargado y se inclinó de tal manera que Probst pudo olerle aliento a café—. ¿Quién es usted?

—Martin Probst. Soy amigo del señor Hutch...

—Afton Taylor, del primer distrito —babeó el agente, la boca pegajosamente húmeda—. Encantado de conocerle, señor Boabst. Bien, si me hace usted el favor de sacar su vehículo de aquí... El aparcamiento está restringido por orden de la jefa de policía. Le supongo al corriente de las circunstancias.

Probst cerró los ojos.

—Hay estacionamientos públicos, señor Boabst. Plazas de sobra para todos. ¿Dónde cree usted que aparca el resto de la gente? —el agente Taylor se hizo atrás y señaló con su porra hacia la calle. El encargado hizo adiós con un gesto afeminado de los dedos. Ninguno de los dos había identificado a Probst, ni les sonaba su apellido.

Todo había ido muy despacio desde la mañana. Había tenido que esperar una eternidad en la gasolinera (la cola de los otros surtidores iba mucho más ligera) después de entretenerse demasiado en casa. Barbara había fingido perplejidad.

—¿Vas a verte con Jack DuChamp?

—Sí.

Ella hizo una mueca.

—¿Jack DuChamp?

—Sí. Mira, creo que hasta puede ser agradable.

—Si a mí no me importa —dijo ella—. Pero pensaba que Jack se había caído en el camino.

—Bien... —nunca sabía qué decir cuando ella ponía pegas a un sentimiento generoso por parte de él—. Ya veremos —no le habló del sueño. De haberlo hecho, ella probablemente habría deducido lo mismo que él, a saber, que se sentía culpable respecto a Jack. Y así era, en efecto. Sin embargo, lo que no se le iba de la cabeza era el recuerdo de los pechos.

En Market Street aparcó delante de una boca de incendios, calculando que podría pagar la multa. Siendo domingo no se lo llevaría la grúa.

El cielo escupió unas gotas de lluvia mientras se aproximaba al estadio. Jack estaba junto a la estatua de la Estrella del Béisbol, tal como habían quedado, con su chaqueta de lana y su bufanda beige. Se mecía sobre los talones sonriendo afable al mundo indiferente que le rodeaba. Al ver a Probst su expresión no cambió en lo más mínimo.

—Siento llegar tarde —dijo Probst.

—Tranquiiilo, hombre. Tranquiiilo —rió Jack adoptando su tono de agente comercial—. ¿Qué crees, que empezarán sin nosotros? —entregó una entrada a Probst y fueron hacia las puertas, Jack pisándole literalmente los talones. El brazo de un torniquete presionó la ingle de Probst—. Arriba del todo —dijo Jack.

A pesar de la altura, las localidades no estaban mal. Detrás de ellos el viento se colaba por el perímetro del estadio, por las arcadas ornamentales hechas a imagen del Gateway Arch, la parte superior del cual asomaba por el otro extremo del campo, gris oscura y a mano. Con sus patas oscurecidas, parecía erguirse, no a seis manzanas de distancia sino en la plaza junto al estadio, como si quisiera mirar hacia el azulado césped donde Cardinals y Redskins estaban en plena melé.

—Nos hemos perdido el kickoff —dijo Jack—. Van por el segundo touchdown.

Probst cruzó los brazos y se inclinó hacia el frente. Los Big Red tenían la pelota en su propia línea de 17. Un comienzo prometedor. Los Redskins, de calzón rojo y jersey blanco, pateaban el césped con despreocupada confianza. Ya se habían asegurado el título de la División Oriental, mientras que los Big Red —«Pero dásela a Ottis, hombre, que no te enteras», murmuró Jack—, los Big Red, por segundo año consecutivo defendían valientemente el cuarto puesto.

—*Búmero buarerca y bres, Bardkdy Brarkerbark, bugando para los Brarkinals* —vomitaron guturales los altavoces. Acústicamente, estas localidades eran inferiores.

—¡Hurra! —bramó Jack, meneando la cabeza mientras el chutador de los Cardinals lanzaba la pelota fuera del terreno de juego, a la altura de la línea de 40 de los Redskins. Luego miró a Probst, esperó a que sus miradas se encontraran y sonrió—. ¿Cómo está Barbara? ¿Ha bajado contigo?

La ficción era que Probst no había podido bajar en coche con Jack porque después del partido iba a salir con Barbara. Tenía la respuesta preparada.

—No —dijo—. Ha preferido quedarse. Iré a buscarla después a Clayton...

—¿A qué se dedica últimamente?

Barbara no era persona que se «dedicara» a nada en especial.

—Sale por ahí —dijo Probst—. ¿Y cómo está...?

—Estupendamente —cortó Jack—. ¿Te conté que volvió a la universidad y se sacó la licenciatura?

—No me digas —(Elaine, por supuesto. Elaine).

—Le gustó tanto que no ha dejado de ir. En junio se sacará el doctorado.

—*Enkrando a placar, búmero breita, Bork McRukkuk...*

—Economía. Sólo Dios sabe lo que va a hacer con ese título. ¿Recuerdas que habíamos quedado en que ella reanudaría sus estudios en cuanto los chicos fueran al instituto? Yo, la verdad, ya me había olvidado, pero ella se lanzó de cabeza a estudiar. Hacía deberes. Yo he tenido que plancharme algunas camisas desde que ella empezó. Ha sido una buena cosa para los dos, de veras que sí, Martin. Hoy en día las mujeres necesitan esa... esa... esa, bueno, no sé, esa autoestima o como se llame. Eh, ahora sí que están jugando bien, ya era hora —la multitud rugió por primera vez—. ¿Has visto cómo avanzaba el linebacker derecho?

Probst hizo un sí-no circular con la cabeza.

Jack cubrió su mentón cuadrado con la mano y estudió el terreno de juego. ¿Resultado? Cero a cero. Probst le miró de soslayo varias veces. La siguiente pregunta de Jack había empezado a formarse como un chubasco, sus ojos mirando de un lado al otro, los hombros inquietos, los dedos entrelazados, hasta que descargó:

—Luisa estará a punto de entrar en la universidad.

—*Cuarerta y bruatro, Dwight Eigenrarkman...*

—Ha hecho varias solicitudes —Probst confió en no tener que dar nombres.

—Sería estupendo verla hecha una mujer. Mira, la última vez que la vi debía de tener cuatro o cinco años. Parece ayer, ¿verdad? Tú te la llevabas de paseo, ¿recuerdas?, y una vez yo le pregunté si le gustaba ir de paseo con su papá. «Va muy despacio», dijo. Con aquella vocecita. No se me olvidará nunca. «Va muy despacio» —Jack le propinó una palmada en la rodilla—. Pero ahora tiene un montón de admiradores, ¿eh? —Jack sonrió mirando al campo—. Sí señor —de repente se puso serio—. ¿Tiene novio?

—Pues...

—¡A docenas! ¿No es cierto? Uno diferente cada semana. Seguro que... ¡Pero Johnson! ¡Qué puñetas está haciendo? Si todo el juego va por la izquierda, ¿se ha vuelto tonto, o qué?

Probst se quitó la chaqueta y la dobló sobre el regazo, ofreciendo sus hombros al viento. «Bueno, sí», dijo. A su derecha, una pareja de sesentones se servía café de un termo en vasos de plástico, la mujer con la vista fija en los vasos como si hubiera en ellos algo más preciado que el café, los ojos orlados de una preocupación pura y afable. Hacía tiempo que Probst no veía una mujer mayor tan bonita.

Volaban pañuelos amarillos, sonaban silbatos. El público refunfuñó de desilusión.

—*Sebroras y sebrores, el deparkramento de policiark ha imbrarktido...*

Se hizo el silencio en las gradas.

—Laurie todavía sale con el mismo...

Probst asió el brazo de Jack:

—¡Sssh!

—*... los embreados del estadio. Bo hay ninbún...*

—Sigue saliendo con...

—¡Calla!

Todo el estadio contenía el aliento, los jugadores esparcidos por el campo, convertido éste en un agitado tablero de ajedrez.

—¿Qué pasa? —preguntó Jack en voz baja.

—*Sebruridad. Breketimos. Que. No. Cundaelpánico. Busquenlasalida más brórxima.*

Era el fin. Tieso como un muerto, Probst sintió que el cuerpo se le separaba del alma y se elevaba hacia el cielo, dejando el alma cual fría masa informe sobre el cojín de plástico rosa en espera de la tormenta de fuego que él ya preveía.

Una mujer gimió a su espalda. El estadio entero empezó a murmullar. Cuchicheos. Voces tensas, subiendo de volumen. Aullaban sirenas en la calle, eco que se alimentaba del eco. La gente estaba poniéndose de pie.

—Vamos —dijo Jack.

La huida era inútil. No había adónde ir.

—Vamos, hombre —Jack se levantó.

—Es una trampa —rezongó un hombre—. Una maldita trampa.

Probst se volvió hacia Jack:

—¿El qué?

—Amenaza de bomba —Jack señaló el pasillo con un gesto de cabeza—. Larguémonos.

¿Una amenaza de bomba? Probst cerró la boca, avergonzado. Él pensaba que era algo peor.

—Bamasybaballeros, reketimos que el deparpamenko de policía ha brercibido un aviso sobre un bosible aterktado y labertamos la intebrurción del brartido de hoy entre los Washingborn Rorskins y los Brarkinals de St. Louis ... Dirígranse a la salida bras cercana y sigan blas isbrurciones de los embreados del estadio.

Según el reloj oficial faltaban 7.12 minutos para finalizar el primer cuarto, 7.11, 7.10, 7.09. Se habían olvidado de pararlo. El marcador principal ostentaba un mensaje intermitente:

MANTENGAN LA CALMA. QUE NO CUNDA EL PÁNICO.
ACABAN DE COMUNICARNOS UNA AMENAZA DE BOMBA.
NO SE APRESUREN. HAY TIEMPO DE SOBRA.

Varios aficionados, arriba y abajo de donde estaba Probst, se reían. Otros imitaban la onda expansiva de una bomba con los brazos y añadían guturales efectos sonoros.

6.54, 6.53, 6.52...

¿Y si la bomba tenía que estallar a una hora determinada del partido?

Tonterías.

En el terreno de juego unos Redskins se tiraban la pelota, hacían placajes, señalaban tumultos en las gradas. Secciones enteras se habían vuelto rosas, el color de los asientos, a medida que los aficionados desfilaban hacia las salidas. Los Cardinals se habían marchado hacía rato.

Por una entrada que había detrás del lado del visitante estaban irrumpiendo en el campo coches patrulla; seis, ocho, diez, una docena, silenciosos pero con las luces a todo trapo. Agentes de a pie formaban la retaguardia. Hicieron parar a los que placaban imaginarios contrincantes. Los Redskins se dirigieron a las bandas, pasándose lateralmente la pelota.

6.25, 6.24, 6.23...

Pendiente del reloj, Probst tropezó con la mujer que había estado sentada a su lado.

—Disculpe —dijo.

La mujer se volvió.

—No se preocupe —tenía unos dientes perfectos, nacarados, pequeños—. Trudy Churchill —dijo.

—Vamos, vamos, vamos —le dijo Jack al oído.

Probst se quedó mirando aquellos ojos chispeantes:

—Martin Probst.

La señora Churchill continuó sonriendo.

—Ya lo sé —dijo.

Él le agarró el brazo con las yemas de los dedos, vio que tenía una musculatura firme.

—La cola avanza —dijo.

—¡Oh! —la mujer volvió entonces la cabeza.

Algo explotó.

Fue un estallido breve. La mujer estaba en brazos de Probst, la cara sepultada en su jersey. Probst notó la explosión en la cavidad pectoral. Todo él se estremeció. Un resplandor había encendido las arcadas que bordeaban el estadio. Hubo ruidos y gritos distantes. Una columna de humo negro se elevó de un punto exterior al estadio.

—¡Aprisa, maldita sea! —chilló un hombre.

Probst acarició torpemente el cabello de la señora Churchill, los ojos fijos en el marido, que, en ese momento, se volvió y le dedicó una mirada ausente.

—Aprisa —ahora no gritaba.

No había adónde ir. Una barbilla puntiaguda, la de Jack, se clavó en la nuca de Probst, que sujetó con fuerza a la señora Churchill.

—Cincuenta mil jodidas personas —dijo Jack al oído de Probst, con voz de denme-una-oportunidad—. Y nosotros seremos los últimos en salir.

Tres helicópteros descendieron como libélulas sobre el estadio, borrosas las aspas contra las nubes bajas.

—¡Mierda! ¡Mierda!

Los que estaban más arriba gritaban. Probst giró la cabeza y perdió a la señora Churchill...

5.40.

—Ay, mi cuello...

Una oleada de cuerpos se precipitó encima de él, una masa sin equilibrio, rodeándolos a él y a la mujer y a Jack y a todos los demás, y...

Aaaaah.

Cayeron de cabeza a los asientos de más abajo. Una pierna gruesa atenazó el cuello de Probst. Los ojos le salían de las órbitas, y los asientos rosa se precipitaron rápidamente hacia él, clavándosele en las costillas. El meñique izquierdo se le enganchó en un reposabrazos, salió disparado hacia atrás y se partió. Los cuerpos resoplaban, gruñían, jadeaban. El gordo, pataleando de mala manera, dio una voltereta y aterrizó en la siguiente hilera de asientos. Entre un río de lágrimas, Probst vio el cielo encima de él, jirones de humo rabioso y pájaros.

Jack estaba sentado, muy erguido él, tragando aire a bocanadas. En este pasillo no había caído mucha gente. La señora Churchill estaba tendida al lado de Probst sobre el hormigón salpicado de Coca-Cola. Él empezó a incorporarse pero el dolor que sentía en la mano le obligó a renunciar. Se inclinó hacia la mujer. Tenía un rasguño en la mandíbula y sangraba. Probst tocó el rasguño con el dedo.

—¿Se ha roto algo? —preguntó.

—Sí —respondió ella con la voz rota—. Creo que la pierna.

Probst miró la pierna embutida en un pantalón de cuadros escoceses. El ángulo que formaba con la cadera era antinatural, y el tobillo estaba atorado en el asiento sobre el que se encontraba Jack. Detrás de ella, el marido se levantó con esfuerzo y se sacudió con manos manchadas por la edad.

3.47, 3.46, 3.45...

Otras cabezas de aturdidos aficionados empezaron a surgir de la masa. El grupo más numeroso de cuerpos estaba tres filas más arriba, donde un par de policías vadeaban entre extremidades magulladas, ayudando a la gente a levantarse e instándola a ir hacia la salida. El atasco en la salida había disminuido.

—Los que puedan —gritó uno de los policías— que sigan avanzando hacia las puertas. No dejen de caminar. Por favor. Nosotros nos ocuparemos de los heridos, sigan avanzando.

—¿Qué hacemos? —dijo Jack.

—Esta mujer se ha lastimado —Probst la cubrió con su chaqueta. El marido le estaba limpiando la sangre de la mandíbula con una servilleta.

—Trudy —dijo—. ¿Puedes andar?

La mujer consiguió levantarse. El marido, muy pálido, sus cabellos blancos disparados en todas direcciones, miró a Probst y a Jack.

—Dejémosla descansar un momento. Voy a necesitar ayuda —empezó a sacar el pie del asiento.

Se aproximaba un helicóptero. A Probst le sorprendió ver el logotipo de la KAKA-TV, la emisora rival de KSLX, en un lado del aparato. Había supuesto que era de la policía. Del portal izquierdo asomaba el objetivo de una cámara de vídeo.

Jack gritó algo. Estaba señalando al marcador principal.

ATENCIÓN CERDOS GENOCIDAS
DIOS ES EL GRAN ROJO
LOS ¡OW! SOMOS REDSKINS*
LIBERAMOS LA TIERRA DE LOS
IMPERIALISTAS NAZIS ESTADOS UNIDOS
MUERTE A LOS PAGANOS

---

* Pieles rojas. *(N. del T.)*

Los policías que estaban en el campo también lo habían visto. Un enjambre de hombres de azul estaba mirando hacia el marcador, y varios de ellos corrieron a sus coches patrulla. Más de veinte vehículos ocupaban ahora el campo, la mitad de ellos recorriendo el perímetro del mismo. La mayor parte del estadio era rosa.

2.36... 2.36. El reloj se había parado.

Probst se quedó mirando aquella cifra. Luminosa. Era su dirección. 236 Sherwood Drive.

—Intentemos moverla —gritó el señor Churchill.

Probst intentó flexionar el dedo partido. No pudo. Jack y el señor Churchill pasaron los brazos bajo los hombros de la señora Churchill y la situaron en posición de transportarla. La mujer no emitió sonido alguno. La chaqueta de Probst colgaba precariamente de la cintura de ella. Se sintió inútil, pero el meñique le estaba matando.

En la cavernosa zona de venta había locutores de radio. Los habían instalado allí para que los aficionados que iban a comprar refrescos pudieran oír la retransmisión en directo de la KSLX, pero Jack Strom estaba hablando desde los estudios. Su tono de voz era comedido y grave.

—... Un ochenta o noventa por ciento de los aficionados ha abandonado ya el estadio, aunque todavían quedan bastantes en las inmediaciones. Las calles circundantes, en especial Broadway y Walnut, son verdaderos ríos de gente pues la policía ha dado instrucciones de que la multitud siga alejándose todo lo posible de la zona amenazada. El tráfico ha sido cortado salvo en Spruce Street, que la policía y los bomberos están empleando como vía de acceso al estadio. Para aquellos que acaban de sintonizarnos, ha habido una amenaza de bomba en el estadio de fútbol en el centro de St. Louis, donde se estaba jugando un partido. Una pequeña explosión ha tenido lugar en la plaza próxima al recinto. La policía, parece ser, estaba al corriente de que podía producirse un atentado. El estallido ha podido oírse en todo el centro de la ciudad, y no ha habido heridos graves. Les repetiré que no se han producido heridos graves en ninguna parte, y la evacuación del estadio debería estar lista en el plazo de cinco o diez minutos. Hemos... Un momento... Acabamos de recibir confirmación de que los responsables del atentado son el grupo conocido como Osage Warriors. Vamos a conectar ahora con Don Daizy, que se encuentra frente al puesto de mando en el cuartel general de la policía. ¿Don?

—Bueno, Jack, parece que la situación está bajo control. He hablado hace unos instantes con la jefa Jammu, que se encuentra aquí, en el puesto de mando. Las cargas han sido localizadas, y parece ser que estamos ante suficiente cantidad de explosivos como para cumplir la amenaza, que no era otra que matar a todos los aficionados presentes en el partido. Bien, no es nada seguro que las cargas sean verdaderamente auténticas, la brigada de bombas se está ocupando de desactivar las cargas, aunque, según me ha dicho la jefa Jammu, la amenaza es real. Se han producido serios disturbios en las gradas, y los aficionados van hacia las salidas, pero como tú has dicho la policía tiene más o menos despejada Spruce Street, de manera que las ambulancias puedan llegar en número suficiente para hacer frente al... problema. La policía ha podido desplegarse con mucha rapidez, hasta ahora han hecho un trabajo excelente, la evacuación se ha desarrollado de la mejor manera posible, y...

Probst notó que las rodillas le fallaban en medio del cálido aliento humano. Se agarró a los tubos de una fuente y cayó al suelo, inconsciente de todo salvo de una profunda infelicidad.

INFORMACIÓN

Las palabras se agrupan en fila india, individuos pasando de uno en uno por una única puerta. La presión es constante, la huida interminable. Hay tiempo de sobra. Nacidas en movimiento, llevadas por la sintaxis, matrimonio entre desconocidos, se precipitan al vacío...

Probst volvió en sí. La muchedumbre que tenía delante se empezaba a despejar, los aficionados apresurándose de puntillas, apoyados los dedos en los hombros de quienes les precedían.

Levantó la vista hacia la herrumbrosa porcelana de la parte inferior de la fuente. En las juntas de las cañerías se habían formado quistes minerales.

Al sentarse vio que las cabezas de la gente revelaban, eclipsaban y revelaban de nuevo un mundo resplandeciente. La palabra era INFORMACIÓN. Al otro lado del pasillo había un punto de información.

—Vamos a hacer una pausa para las noticias de las dos, y en seguida volvemos con la última hora de lo que ocurre en el estadio. Les habla Jack Strom, Radio Información, KSLX, St. Louis; son las dos en punto.

—¡Eh! Hijo de tu madre —Jack levantó una pierna para mantener el equilibrio y tomó un sorbo de agua.

—Creo que me he desmayado —dijo Probst, apartándose de la frente una gota de agua.

—Caray, Martin, ese corte es feo de verdad.

Jack estaba mirando la nuca de Probst, el cual alargó la mano y se palpó bajo el cuello de la camisa. La mano salió mojada. Notó que la sangre se le encharcaba en la cintura de los pantalones, pero no pudo palpar la herida.

—¿Dónde están los Churchill?

—Los he metido en un ascensor. Pero deja que te mire. ¿Por qué no has dicho nada?

Probst permitió que le tocara la nuca.

—¡Oh! —exclamó Jack—. Uf —Probst seguía sin notar nada. El dedo le dolía horrores, le escocía. Los zapatos de Jack rechinaron sobre el hormigón—. Uf. Ooooh. Martin. Uf.

—¿Qué?

—Uf.

—Será mejor que nos vayamos.

—Jo. ¿Tienes un pañuelo?

Probst se dio cuenta de que el pañuelo estaba donde la chaqueta, lo mismo que las llaves del coche. Barbara tendría que conducir con el otro juego de llaves. De todos modos tendría que venir a buscarle. Su marido estaba sangrando.

8.

En tiempos remotos, la región había sido cazadero del pueblo cahokia, nativos americanos con un estilo de vida tan poco afín a la subsiguiente experiencia caucásica de las praderas orientales, que pareció que se habían llevado la tierra consigo al otro mundo cuando desaparecieron. La historia vive o perece en los edificios, y los cahokia no construían con piedra. En la otra orilla del río, en Illinois, y corriente abajo, ya en Missouri, sí edificaron enormes montículos fúnebres hechos de tierra que se cernían sobre las tribus sucesivas como los picos romos de una Atlántida hundida; pero aquí en las colinas apenas quedaban vestigios de los cahokia, y sólo puntas de flecha señalaban el paso de los últimos iowas, sauks y foxes, aquellos norteamericanos lo bastante modernos para que los llamaran equivocadamente indios.

Fue el hombre blanco el que fijó la tierra en una cuadrícula. Los blancos la habían recorrido a lo largo y a lo ancho durante el siglo XIX, acarreando madera ocho kilómetros al este hasta el Mississippi y embarcándola aguas abajo hasta St. Louis, donde era cortada para construir barcos o casas. Habían intentado también cultivar la tierra, pero aquel terreno pedregoso e irregular no favorecía una buena cosecha. Llegado el cambio de siglo había caído en manos de acreedores, que la dejaron granar, como es propio de acreedores, las tierras bajas convertidas en un inmenso pantano, mientras en el terreno elevado se iban borrando las cicatrices de los pioneros.

Buzz Wismer había comprado mil trescientos acres en 1939 por pura fe en los bienes raíces, que difícilmente podían desintegrarse como sí podía hacerlo su incipiente negocio aeronáutico. Diez años más tarde, después de que la guerra le convirtiera en un hombre rico de por vida, la tierra le ofreció un tipo de seguridad que él no había previsto. Wismer hizo excavar un amplio refugio antiatómico en la cara norte de la sierra más alta de la región, refugio invernal para los meses en que los vientos predominantes soplaban del norte. Su refugio de verano estaba en los Ozarks, idealmente situado para evitar la lluvia radiactiva de los silos y de los centros urbanos. A menos, claro está, que el viento le jugara una mala pasada.

Era una región hermosa. Matorral de segunda formación, el roble enano y el álamo, el plátano y el sasafrás, el espino y el zumaque, habían salido del abrigo de los torrentes para dar un salto anual, invadiendo cada vez los viejos maizales, convergiendo y creciendo. Las coníferas consolidaban unas ganancias tempranas, zarzamoras y espadañas reafirmaban los pantanos, el viejo pomar se dejaba crecer el pelo, enloquecía entre la dulce podredumbre de sus frutos caídos, y ningún hombre podía tocar una sola rama de nada de esto sin autorización de Buzz. Había hecho poner una cerca de dos metros y medio rematada con alambre de espino, y unos rótulos de grandes letras en los pocos sitios donde había un espacio para que entraran y salieran los venados. Dentro del recinto dejaba crecer el monte. Ni siquiera hacía caminos, prefiriendo abrir atajos allí por donde pasaba, abatiendo arbustos con su machete, sus botas y sus guantes. Algo más arriba, en los taludes pedregosos, era más sencillo avanzar.

A los dieciséis años, Buzz era el niño prodigio del vuelo acrobático. No sólo había recorrido el condado de Warren, la ciudad de St. Louis y la campiña circundante haciendo exhibiciones, sino que había volado en el Medio Oeste, Alberta, Toronto y Quebec. Había caminado por alas de aeroplano sobrevolando Nueva Inglaterra, había rozado techumbres en Aurora, y con el bolsillo lleno y su apodo en el fuselaje, había regresado a casa. En St. Charles, durante una exhibición, había caído en picado desde seiscientos pies y se había roto las dos piernas. Buzz reestructuró sus prioridades, se casó con una enfermera de nombre Nancy George y se metió en negocios. Su negocio prosperó, pero su Nancy —que había entrado en su vida por una trayectoria casi vertical, como los VTOL que él construiría más adelante— no tardó en alzar el vuelo. Ahora estaba casada con un petrolero, un sujeto que respondía al nombre de Howard Green.

Bev, con quien Buzz estaba casado ahora, era su tercera mujer. A la gente no le gustaba Bev, y aunque a Buzz ya tampoco, la lenta revelación de la falta de caridad del género humano le había horrorizado. A fin de tener algún tipo de vida social diurna que no fuera almorzar de vez en cuando con Barbara Probst, Bev estaba limitada a organizar partidas de bridge con las esposas de los ingenieros menos importantes de su marido, esposas que se sentían honradas de que la mujer de Buzz Wismer se interesara por ellas. A falta de alguna invitación a cenar, Bev hacía que Buzz la llevara al St. Louis Club, cosa que Wismer había llevado mal durante muchos años y hecho todo lo posible por rehuir. Sin embargo, últimamente las veladas en el St. Louis Club eran mucho más agradables porque la princesa Asha solía cenar allí con su marido, Sidney Hammaker.

Buzz estaba entusiasmado con esta india. A Jammu podías tomarla o dejarla; Asha Hammaker tenía mucha hondura. Bev y él habían compartido un televisor con los Hammaker en la fiesta de las elecciones que se celebró en el Club. Habían compartido mesa los cuatro en el banquete de boda de la chica de los Murphy. Y después, en el bar del Club el primer sábado de diciembre, Buzz había tenido ocasión de pasar varios minutos a solas con la princesa —«Llámeme Asha»— mientras Bev se acicalaba y Sidney hablaba con Desmond, el maître. Asha se apartó el pelo de la frente, de su punto con un gracioso gesto de barrido, y se lo anudó atrás con ambas manos.

—Me han contado un secreto de usted —dijo la princesa, acercándose más a Buzz—. Dicen que ha comprado terrenos en la ciudad.

—¿Sí? Pues es cierto.

—Me alegro —le tocó la muñeca con la suave punta de dos dedos—. ¿Tiene previsto edificar?

—¿En la propiedad?

—Sí.

—Oh. Quizá.

—Quizá —Asha trazó una larga y pausada línea en la mano de Buzz, desde la muñeca hasta la palma para acabar en la barrera de su sortija de boda—. Me gustaría hablarlo con usted alguna vez. Pero... —se levantó bruscamente de su asiento—. En privado.

Buzz volvió la cabeza y vio que el general Norris, whisky en mano, cigarro en boca, le estaba mirando. Buzz sonrió. Asha puso tierra por medio. El general se acercó y le propuso ir de cacería.

Con misteriosa frecuencia, el general Norris había estado irrumpiendo todo el otoño en la vida de Buzz, invitándole a beber, hablando de las agonías y los éxtasis de ser presidente de una empresa, ofreciéndole vegueros y recreándose interminablemente en su teoría de una conspiración india. Buzz no acababa de endenter qué motivo podía tener Norris para querer gozar de su compañía. El general contaba con todo un ejército de compinches y aduladores, pero siempre parecía meter las narices en los asuntos de Buzz. No se les podía llamar amigos.

Y no obstante helos aquí en el predio de Buzz un martes a las once de la mañana, preparándose para una cacería. Estaban los dos sentados en sendos taburetes de safari en la galería del chalet, un centenar de metros más abajo del refugio. La tierra estaba tan callada como una capilla en día hábil, el cielo de un blanco azulado.

El general descorrió la cremallera del estuche y enseñó su arma de fuego.

—Un hombre grande necesita una escopeta grande —declaró. Llevaba una cazadora roja y negra de leñador, pantalones verdes y formidables botas de agua. Acarició con un pulgar gigante la culata de nogal—. Me la hice hacer a medida, del cañón a la caja. ¿Sabe cuánto me costó?

Buzz estaba cargando la recámara de su Sako.

—Tres de los grandes —dijo Norris.

—Es mucho dinero —dijo Buzz.

—Esta preciosidad vale eso y más. ¿Le he enseñado ya la mira telescópica? Eche un vistazo.

Con esfuerzo —el rifle pesaba una tonelada— Buzz arrimó el ojo a la mira. El campo de la imagen era muy brillante, extragrande, con corrección de paralaje y un retículo fino. Pero un teleobjetivo era un teleobjetivo.

—No está mal —le devolvió el arma a Norris.

—Se adapta a mi ojo, Buzz. Se adapta perfectamente —hizo una pausa—. ¿Tiene algún retrete por aquí?

—¿Un retrete? —lo que tenía era mil trescientos acres de tierra.

—Arriba en el refugio.

—Pararemos allí un momento.

El general bajó delicadamente de la galería. Buzz le fue detrás no sin antes meterse un puñado de cartuchos en el bolsillo de la chaqueta. Al llegar al refugio abrió tres cerrojos y dos puertas y mandó a Norris al servicio, que en veinte años no se habría usado más de dos veces. Buzz deseaba terminar cuanto antes la cacería y así volver a la ciudad con tiempo para picar alguna cosa y trabajar ocho horas. Dos jóvenes de Investigación y Desarrollo le habían ayudado a escribir un juego de programas para simular tensores de corriente de aire. Trabajaba en la predicción del tiempo desde una perspectiva relativista, basando su modelo en las variaciones de las coordenadas de un sistema isobárico individual, un nuevo artilugio, y la cosa tenía posibilidades, al menos en ámbitos meteorológicos «sencillos» como las Grandes Llanuras. A eso de las siete se haría subir un bocadillo, patatas fritas, encurtidos y una botella de Guinness.

En lo alto de la sierra los árboles conservaban su paz. Sus copas peladas estaban repletas de nidos de ardillas, y arrendajos azules parloteaban entre los polvorientos rayos de sol. Hoy habría sido un día perfecto para andar y nada más. A excepción de dos dedos de nieve de la semana anterior que no tardaron en fundirse, no había habido precipitaciones desde antes de Acción de Gracias. La tierra estaba seca. Las hojas suspiraban y palpitaban cuando uno las pisaba, y la arcilla roja despedía un rielante calor.

Norris cerró la puerta al salir y se enjugó la frente y las cejas de un rubio entrecano con un pañuelo grande como una toalla de hotel.

—Vamos a cazar algunas piezas. ¿Tiene una cuerda?

—Vaya. La he olvidado en el chalet.

—Nos apañaremos sin ella. Quiero irme de una vez.

Al llegar a la cresta torcieron hacia el oeste, el general a grandes zancadas y de un humor visiblemente mejor que antes y Buzz afanándose por no rezagarse. Su machete le iba machacando el muslo, y sus botas, que no estaban hechas para marchas forzadas, empezaban a levantarle ampollas en los tobillos. El suelo tenía un tono ambarino. Para Buzz, una cacería consistía en sentarse en una paranza mientras salía el sol, tomar café, charlar con Eric, su yerno, y luego, quizá, dispararle a algún ciervo. El general se detuvo. Buzz llegó a su altura a tiempo de oír lo que preguntaba.

—¿Esto es territorio osage?

—Bueno, en realidad no.

El general reanudó la marcha.

—Tengo entendido que existió esa tribu.

—Sí, sí, desde luego. De hecho eran dos tribus, y luego... los Missouri. Que eran parientes —Buzz tragó una bocanada de aire—. Ellos estaban en la parte baja del valle cuando llegaron los franceses. Los Missouri y los pequeños osages permanecieron junto al río. Fueron diezmados por la viruela, y también por las tribus de los Grandes Lagos...

—Y por el whisky —dijo Norris, mirando al frente.

—Claro, el whisky. Pero los grandes osages consiguieron aguantar hasta el siglo veinte. En la zona de los Ozarks. Luego en Oklahoma. Se hicieron ricos. Ricos gracias al petróleo. ¿Podemos parar un momento?

Norris hizo un alto.

—En un momento dado fueron la tribu india más rica del mundo. Aunque puede que la nueva generación...

Norris torció el gesto.

—¿Cómo sabe todo esto?

—¿Usted no lee el *Post-Dispatch*?

—Salvajes.

—Ya. No lo eran tanto como se imagina.

—Yo no he visto pruebas de lo contrario —dijo Norris—. Eran salvajes y punto.

—Sí, ciertamente. Pero ésa es una manera crítica de ver las cosas.

—Salvajes desnudos y sedientos de sangre.

—Sí, en efecto, lo eran, aunque...

—Hubo doce heridos en el estadio, Buzz. Doce heridos graves. ¿Y qué decía el *Post-Dispatch*? Que es una suerte que esos Guerreros sean perros que ladran pero no muerden. Apuesto a que las doce personas que están en el hospital...

—Trece, en realidad. Martin Probst estaba allí...

—Probst —el general lanzó un escupitajo y dio un puntapié a un liquidámbar.

—Sí. No tuvo suerte. Se rompió un dedo y recibió un tajo en el cuello. Dice que perdió casi medio litro sangre, y Barbara tuvo que ...

—¿Llevaba algo encima con que medirlo?

—En serio. Probst estuvo en el meollo.

—Ya, ligando con las espectadoras...

—No, general. Tuvieron que hospitalizarlo. No entiendo por qué se mete tanto con él.

—Es demasiado presumido para mi gusto.

—Creí que eran ustedes amigos.

—Se equivocaba.

—Vamos, no me diga que se han peleado por esa pequeña discusión que tuvieron en Municipal Growth. Estoy seguro de que él lo ha olvidado. No hay ninguna...

—Un poquito afeminado.

—Eh, un momento, general. No sea usted así. Yo estoy de su lado, no lo olvide, y le aseguro que está usted tomándose esto de los indios demasiado a pecho. Disculpe, pero Martin Probst es uno de los hombres más patrióticos, generosos y viriles que conozco. Estuvo el domingo en el estadio, salió bastante mal parado, tuvieron que darle doce puntos...

—Pare el carro. ¿Es que... sangró?

—Eso acabo de decir.

—Bien, pues si sangró... —Norris se puso ceñudo—. Quizá yo no... Mmm.

Buzz les debía mucho a Martin y Barbara, aunque sólo fuera por haber sido buenos con Bev cuando muchos de sus amigos, los de él, empezaban a borrarlos de sus listas de invitados.

—Yo creo —insistió— que no tiene sentido desdeñar a un aliado como Martin.

Norris toqueteó pensativo la boca del cañón de su rifle.

—Sangró por la causa...

—Si quiere verlo así.

—Por la causa.

—Dele otra oportunidad, general. ¿Qué me dice?

Norris echó a andar y Buzz, una vez más, tuvo que corretear para no perderle. El monte era cada vez más intrincado, el terreno cuesta abajo. Habían cubierto unos ochocientos metros. Al poco rato divisaron el talud de barro donde empezaba la pradera occidental, y Norris descendió con agilidad anclando lateralmente los pies en el terreno. Buzz le seguía como podía. El barro seco, un laberinto de grietas, despedía penachos de humo a su paso. La tierra estaba sedienta de lluvia. Buzz percibió olor a humo, seguramente de la granja que había junto al extremo noroeste de su finca. Una pareja joven había adquirido recientemente los terrenos y se dedicaba a cultivos de subsistencia. El humo le resultó refrescante.

—¡Ssst! —el general le hizo señas.

Buzz se reunió con él en un saliente arenisco y contempló el pastizal que se extendía a sus pies. Había ciervos en la maleza. Cuatro, seis, ocho ciervos. El más grande de los dos machos tenía unas astas de campeonato.

El general se escabulló talud arriba y se perdió de vista. Buzz miró los ciervos. Estaban saliendo del prado, dirigiéndose sin prisa hacia el bosque de la margen occidental. El venado grande se rezagó un poco. Si Buzz disparaba estando de pie difícilmente podía alcanzarlo. Pero si se sentaba no podía verle. Se apoyó en el tronco de un arce y separó las piernas, ancló el arma en el hueco del hombro y siguió al ciervo por la mira. El hilo del retículo vagó libremente. Los hombros del ciervo desaparecieron entre la maleza. Buzz soltó el seguro, hizo puntería y disparó.

La culata le maltrató el hombro. El ciervo, ileso, estaba saltando hacia la espesura. Tras esquivar unas ramas bajas, saltó de nuevo y luego cayó de costado con un ruido sordo.

El disparo había salido de la izquierda de Buzz. Una chaqueta roja brilló más arriba. El general estaba bajando a todo correr, mientras Buzz iba en cabeza.

El ciervo yacía de costado en un lecho de hojas de roble y agujas de pino. Salía sangre de un agujero que tenía en el cuello, justo encima del omoplato. Resollaba. Buzz no había oído nunca respirar a un ciervo. El animal permaneció quieto, luego removió las hojas con sus patas delanteras, horizontales. Tenía las traseras visiblemente paralizadas. Las astas se movían de atrás a delante. La sangre goteaba sobre su manto y brillaba en las hojas caídas. El olor a humo, a humo de leña, humo caliente, penetró con fuerza en las narices de Buzz.

Norris recobraba el aliento respirando entre dientes.

—Buen disparo —dijo Buzz.

—Este rifle es muy bueno. ¿Quiere hacer los honores?

Buzz sintió un vahído.

—No. Usted mismo.

Norris alargó la mano al estilo de un cirujano. Buzz desajustó la correa y puso su machete en la mano que le ofrecía el general. Cuando éste se arrodilló, Buzz cerró los ojos. Oyó desgarrarse la carne y el tejido conectivo. Abrió un ojo. La sangre brotaba a chorros rápidos y grumosos de la yugular del ciervo. Norris le sonrió.

—Acérquese.

Buzz negó con la cabeza.

La sonrisa se agrandó.

—Acérquese, hombre.

Buzz tuvo que apartar la vista. Le ardían los ojos. El aire parecía nublarse de humo. Oyó otro desgarrón de carne. El general había abierto la tripa del ciervo. Se puso de pie y rodeó los hombros de Buzz con el brazo.

—El trofeo también es suyo —dijo, y le llevó hacia el cadáver, haciéndole hincar las rodillas. La sangre humeaba, férrica, acre. Los pobres muslos de Buzz no aguantaron más. Cayó sobre sus talones.

El ciervo tenía motas de polvo en los ojos abiertos.

—Toque el corazón —dijo el general.

—¿Qué?

—Tóquelo. Está más caliente que cualquier zorra india.

Buzz miró la ola de sangre que salía del vientre hendido.

—¿De qué está hablando?

—Usted lo sabe. Tóquelo.

—Oiga, espere un poco.

—Tóquelo, Buzz —el general le agarró de la muñeca y le empujó la mano hacia el interior del animal, bajo el costillar y atravesando el peritoneo perforado. Estaba caliente. Buzz palpó. Localizó el corazón, que ya no latía. Estaba caliente, y todo su cuerpo enfermó con la transformación, el calor le subió por el pecho hasta el cerebro, el humo en sus pulmones y en su cara, latiendo en los pasadizos, arrasando la piel. El animal había defecado. Todo humeaba, y Buzz, trastornado por el calor, metió también la otra mano. ESTABA CALIENTE.

—Muy bien —el general estaba en pie a su lado, fumando un maldito puro. Buzz se apartó de las vísceras. Tenía las mangas encarnadas y pegajosas hasta más arriba de los codos. Los dedos empezaron a ponérsele tiesos con el frío.

—Aprobado, muchacho —dijo el general—. Cuelgue a este hijoputa en el estudio y acuérdese de esto la próxima vez que ella le arañe la mano.

Buzz le miró con culpa que era casi amor. Había pasado la prueba. El general, imponente a su lado, chupó con fuerza del cigarro y exhaló el humo. Pero el humo era invisible. El aire estaba blanco. Buzz miró a un lado y a otro.

—Dios mío —graznó.

Una gigantesca columna, gris como los nimbos, se elevaba por el este en el centro de sus tierras. Su propiedad estaba ardiendo.

El general volvió la cabeza.

—Santo cielo.

Buzz intentó levantarse, cayó hacia atrás, apoyó los brazos en el suelo y se puso de pie trastabillando.

El general había empezado a correr. Buzz le siguió dejándolo todo atrás, rifle, machete, trofeo. El general portaba su arma encima de la cabeza, como una lanza. Su rapidez era inverosímil para un empresario de sesenta años. Buzz quedó rezagado en el polvo.

—¡Espere, general!

La chaqueta roja iba dando brincos colina arriba, al fondo del pastizal.

—¡Espere! —era inútil. Buzz paró y tosió y vomitó. Nubes grandes sobrevolaban veloces la pradera. El sol era una brumosa estrella beis.

Llamar al jefe de bomberos del condado. Un teléfono: ¿dónde?

Los chavales de la granja. Buzz había visto hilos de teléfono.

Corrió hacia una esquina de su propiedad y cayó como doce veces en doscientos metros, aterrizando en unas zarzas. Rasguños rosados se abrieron en la piel de sus manos manchadas. Ganó la cerca, buscó la entrada de ciervos y se precipitó por la vieja carretera cubierta de maleza que llevaba a la granja.

De unas cuerdas pandeadas, en la parte de atrás de la casa, colgaban descoloridas prendas de faena y amarillenta ropa interior. Llamó con los nudillos y miró por encima del hombro. La columna de humo era cada vez más grande y se escoraba al sur a merced de un viento suave. En un día así cualquier incendio se extendía más de prisa de lo que un hombre era capaz de andar. Buzz llamó de nuevo, probó el tirador y vio que la puerta no estaba cerrada. Entró. En la cocina olía a algo desagradable que parecía proceder del fregadero, donde los restos de un estofado a la naranja flotaban en un puchero. Buzz vio libros de cocina en el antepecho de la ventana. *Tesoros integrales. Cocina con laurel. Comida típica india. Guía para cocinar con hierbas.* En la pared del hornillo había un teléfono. Marcó el cero y preguntó por el jefe de bomberos.

El jefe le dijo que estaban al corriente. Los departamentos locales habían sido notificados del incendio y un hombre estaba en camino para pulverizar.

—¿Una avioneta? —preguntó Buzz.

—Sí, señor. ¿Cómo estamos de agua?

—No muy bien. Los cauces están muy bajos.

—¿Cortafuegos?

—Me temo que no.

—Haremos lo que podamos.

La línea enmudeció. Buzz salió corriendo de la casa y desandó el camino por el pastizal hasta la carretera. Al llegar al prado se detuvo. El humo era ahora más espeso, viajaba a capas, moviéndose, posándose, asfixiante. Gente, vecinos: necesitaba ayuda para extinguir el incendio, pero no conocía a sus vecinos. Había demasiado monte, poco campo, y en las únicas vías de acceso crecían manzanos. Se necesitaba una avioneta...

La oyó. Acercándose por detrás, el aparato apareció sobre los árboles, todavía alto pero trabajando. Cortinas de anaranjado producto ignífugo caían de sus tubos. Contempló reverente cómo el avión pasaba sobre su cabeza y hundía el morro hacia el incendio. El motor calló, y cuando las alas penetraban en la parte de la columna a favor del viento, Buzz oyó un disparo. Luego dos más, a intervalos de dos segundos. Cayó de rodillas y se agarró de los pelos.

Otro tiro.

—¡Basta, general! —chilló.

Otro.

Con el motor rugiendo de nuevo, la avioneta se ladeó alejándose del humo sin soltar su carga. Viró hacia el sur en un ángulo peligroso. Buzz lo perdió entre los árboles, y el general, con la recámara vacía, cesó el fuego.

*

—¿Martin? Aquí Norris.

—Ah —los ojos de Probst se cerraron otra vez—. Buenos días —sábado por la mañana, las ocho. Gotas de lluvia resbalaban a cámara lenta por la ventana, los canalones rechinaban, y en el cuarto de baño se oía el chapoteo de Barbara, que se estaba duchando—. ¿En qué puedo ayudarle, general?

—¿Está usted ocupado?

—Estaba durmiendo.

—El motivo de que le llame tan temprano... ¿Le importa mirar por la ventana?

—Mejor dígame usted qué es lo que voy a ver —dijo Probst.

—Mi coche. Estoy hablando desde el coche. Dígame, ¿está ocupado?

—A las once tengo partido de tenis.

—Estaríamos de vuelta hacia las tres o las cuatro.

—Entiendo —Probst trasladó una pierna al territorio fresco de la cama, en el lado de Barbara—. ¿Adónde iremos?

—A México.

—A México. Ya.

—Se lo explicaré —dijo el general—. No se preocupe por el desayuno. Eso lo tengo controlado.

—¿De veras piensa que voy a ir a México con usted?

—Salga, hombre. Se lo explicaré.

—Mire, general. No puedo pasarme todo el día de parranda.

—Le hubiera llamado ayer, Martin, pero piense en el elemento sorpresa.

—Estoy sorprendido, no se lo niego.

—No me refiero a usted, sino a ellos. Sólo serán unas horas. Es importante, Martin.

—Si se trata de Jammu otra vez...

El general colgó. Probst apartó la sábana de mala gana y saltó de la cama. Le dolía la cabeza. La víspera habían tomado *szechuan* caliente y mucha cerveza con Bob y Jill Montgomery. Fue rápidamente al cuarto de baño y giró el pomo.

Cerrado. ¿Cerrado...?

—¡Un momento! —canturreó Barbara.

Pero ¿qué demonios? ¿Desde cuándo cerraba la puerta? Volvió sobre sus pasos, dobló la esquina, atravesó el vestíbulo e irrumpió en el baño por su flanco no cerrado con llave. El vapor saturado de sales le dejó sin respiración. Barbara asomó la cabeza tras la cortina de ducha y le dedicó un ceño de risueña perplejidad.

—¿Qué?

—He de afeitarme.

Ella frunció todavía más el entrecejo.

—Pues hazlo.

—¿No llevas ahí mucho tiempo?

La cabeza desapareció. El agua dejó de sonar. Barbara jamás tenía en cuenta si gastaba mucha o poca.

—Pásame una toalla.

Probst agarró una de las de Barbara y retiró la cortina. Ella saltó, tiritando, para hacerle sentir como un bruto.

—Lo siento —dijo Probst—. El general Norris me espera en su coche y está delante de casa.

Ella se envolvió en la toalla y salió del baño dando un portazo. Él abrió la puerta y le gritó:

—¡Lo siento!

—¿Por qué lo sientes?

Desde la partida de Luisa las cosas no iban bien.

Se humedeció la barba con un ineficaz movimiento de una sola mano. El agua abrió un reguero en su pecho hasta la cintura del pijama y Probst intentó detener su curso pegando la cadera al lavabo, pero ya se le había colado por la cara interior del muslo, como si le estuviera bajando la bragueta. Se echó un grumo de crema de afeitar en la muñeca izquierda, más arriba de la tablilla de aluminio, y se enjabonó la cara con la mano derecha. Siempre había empleado la izquierda para enjabonarse. Su cara le resultó extraña, llena de inaccesibles recovecos.

Después de ponerse la ropa que había llevado la noche anterior (olía a restaurante), bajó a la cocina y pidió a Barbara que le abrochara los cordones de los zapatos. Ella lo hizo. Doble nudo. El general hizo sonar largamente la bocina de su Rolls.

Probst estaba ya a medio camino de entrada cuando Barbara pronunció su nombre. Él se volvió.

—¿Me llamarás? —dijo ella.

La bocina mugió otra vez. Probst sonrió a Barbara y asintió con la cabeza. La puerta se cerró y Barbara penetró en la penumbra verde de la sala de estar. Vio el coche, aquel féretro negro, tragarse a su marido. A solas, paseó la mirada a todo lo largo de la sala de estar, primero a un lado y luego al otro. Deseó que Luisa pudiera aparecer en cualquier momento y decir algo, cualquier cosa, como: «El cuenco grande estaba muy caliente, el de en medio muy frío, pero el pequeño estaba riquíííííisimo»: Luisa, Rizos de Oro eventual que había venido a robar el porridge y romper la silla y marcharse de nuevo para vivir feliz en otra casa, en el país de los seres humanos... Mamá

Oso atravesó el bosque encantado y fue a la cocina a servirse un poco de café. Se sentó a la mesa, se secó los ojos, sorbió por la nariz. Escribía otra carta a Rizos de Oro. Aunque hablaban las dos cada día por teléfono, no era suficiente. Escribió la fecha en la primera hoja de su bloc de papel de carta —9 de diciembre— y fumó un Winston, volviendo a su adicción, esta vez conscientemente, analizando el cómo. Nunca le pedía a Rizos de Oro que volviera. Rizos de Oro no era un objeto, no era un electrodoméstico. Era una persona. Ahora actuaba de determinada manera, pero algún día, tal vez pronto, actuaría de otra. De momento, Mamá Oso se contentaba con ver desestabilizado a Papá Oso. Ella no pensaba solucionarle la vida; pero tampoco pensaba callarse, no señor. Dentro de una hora llamaría. De momento: «Querida Luisa. He hecho algúnas compras navideñas».

El humo estaba molestando a Probst.

—¿Puedo abrir la ventanilla?

El general bajó la de su propio lado y lanzó el cigarro a la lluvia. Aterrizó en la cuneta opuesta, como un excremento de perro. El semáforo se puso en verde. Por las lunas tintadas de verde se veía casi blanco. El motor zumbó cuando el general irrumpió acelerando en la carretera de circunvalación por una rampa húmeda y desierta. Probst miró de nuevo la nota que Norris le había dado al subir al coche.

No diga nada. Hay micrófonos
en el coche. México es una estratagema.
Estaremos por aquí. Ahora le explico.

Probst se palmeó el muslo:

—Hace siglos que no voy a México.

Norris le miró con severidad, pero le pasó otro donut.

—Bueno, ¿cómo está Betty? —preguntó Probst, masticando.

—Bien. La han nombrado presidenta de la junta de educación.

—Supongo que tendrá muchas reuniones...

—No si puede evitarlas.

La extensión norte del cinturón interior pasaba entre complejos de apartamentos nuevos e instalaciones comerciales sin ventanas y zonas ajardinadas de tono pardo. En St. John, bajo la lluvia, Probst divisó a un hombre alto colgando una corona de flores de la barandilla de su balcón.

—¿Le importa que use el teléfono? —dijo.

Adelante.

Marcó el número de Ripley. Se puso Audrey. No pudo evitar decírselo:

—Estoy llamando desde un coche.

—¿De veras? —la voz sonó apagada.

—¿Puedes decirle a Rolf que esta mañana no puedo ir a jugar?

Colgó con un agradable sentido de irresponsabilidad. Se volvió al general, que llevaba puesto un impermeable negro y, debajo, una bonita camisa de algodón a grandes franjas verticales, marrones y negras.

—¿Dónde ha comprado esta camisa?

—En Neiman.

El general conducía por un polígono industrial al este del aeropuerto. Al final del polígono había una cerca alta con tablillas de plástico verde entre la malla y una verja voladiza en un extremo. Bajó su ventanilla, consultó una tarjeta y picoteó una serie de números en unas teclas de teléfono. La verja subió y entraron a un solar donde había ocho o nueve coches aparcados. Detrás de los coches había un edificio parecido a un hangar y provisto de abombadas claraboyas de plexiglás. La calzada daba directamente a la ringlera inferior de sus paredes de cemento armado sin siquiera un zócalo simbólico, como si el edificio, al igual que los coches, descansara simplemente sobre la superficie y pudiera ser movido a placer.

Al salir del coche, Probst se pilló la mano mala en la puerta. La rodilla le dio una sacudida y mandó la puerta contra el coche vecino, haciéndole un arañazo considerable. El coche era un LeSabre verde con rayas de barro detrás de las ruedas. Pensó que lo correcto era dejar una nota, pero en lugar de hacerlo siguió a Norris. El coche tampoco era gran cosa.

Al llegar a la entrada Norris marcó más números, el último de los cuales hizo zumbar la cerradura. Todo estaba enmoquetado y en penumbra en el interior. Formas cercanas a una rampa de poca pendiente empezaron a definirse, paso a paso, como un escritorio de patas cromadas y un hombre de gafas grises. El hombre estaba sentado con los pies asomando por el lado derecho de la mesa.

—¿Nombre? —dijo. Tenía un portátil.

—Bacroft —dijo Norris—. Y un amigo. Tengo reservada la suite número 6. Quisiera cambiarla por otra.

—Suite número 12 —el hombre empujó unas llaves sobre la mesa. Giró en su silla y encaró la pared que tenía detrás—. Dos a la izquierda, sigan las escaleras, y otra vez a la izquierda.

Las paredes eran un bloque de color ceniza sin pintar, los techos indeterminadamente altos. La moqueta olía a nuevo. A mitad del segundo pasillo se toparon con una chica oriental que sólo llevaba una camiseta, tan negra como el triángulo de su vello púbico. Iba en dirección contraria, rozando la pared con la yema de los dedos. Levantó la vista y Probst trató de evitar sus ojos. Ella le miró sin ver.

—¿Es ciega? —susurró él.

—Todos son ciegos.

—Es terrible.

—Este sitio es sórdido de cojones. Pero muy privado.

—¿Qué es, en realidad?

—Un club de *fitness.*

Entre el pasillo y la suite había dos puertas equipadas con cerrojos de seguridad que daban a un pequeño vestíbulo. La suite era espaciosa. Probst examinó su interior. Había una pequeña cocina, un aparato para ejercitar los músculos, una cama extragrande, una bicicleta estática, un jacuzzi, una cama de rayos UVA y varias máquinas como de tortura que Probst no pudo identificar. Cerca de la puerta había una caja de esmalte blanco, que recordaba un ataúd, algo más grande que un congelador. Dio unos golpecitos en ella.

—¿Qué es esto?

—Privación sensorial.

Probst se apartó. Detrás de él, por una abertura de calefacción, salía aire caliente. Olía raro. Como a especias.

—Sórdido de cojones —repitió el general.

Probst se acercó a la cama y se despojó de la chaqueta. Miró al techo. Había un espejo. Se le veía enano.

—De modo que ha descubierto...

El general le tapó la boca con una mano perfumada.

—Ni le digo lo que cuesta ser socio de esto —dijo en voz alta—. Le pedí prestado el carnet a Pavel Nilson —de su impermeable extrajo dos cajitas negras con una pátina suntuosa. Pulsó un botón. Una luz roja parpadeó dando paso a una luz verde constante. Pulsó un botón de la otra cajita—. De este modo no nos oirán.

—¿No habría sido más fácil vernos en el bosque?

—Tengo sesenta años. Me gusta estar cómodo, lo reconozco. ¿Y a usted?

—Claro, a quién no.

El general se sentó y procedió a quitarse los zapatos. Probst reprimió una curiosa sensación adúltera.

—El martes estuvo usted en el bosque, creo.

—No hablemos de eso —dijo el general. Dejó su camisa sobre la cama y Probst no pudo menos que seguir admirándola—. Pienso tomar una sauna. Venga conmigo.

—Desde luego. Hace tiempo que no lo pruebo.

—Deje que le dé algunas respuestas antes que nada. Sí, yo disparé contra la avioneta. Sí, fue un error. No, no me arrepiento. No, no creo que ese incendio fuera accidental. Sí, Buzz Wismer se negó a acompañarme a la ciudad. Sí, me importaba un pepino. El motivo de que esté usted aquí es que no tiene sentido conversar con Buzz Wismer.

—¿No nota un olor? —dijo Probst.

Norris olfateó.

—Es incienso.

—Huele a tarta de especias a punto de quemarse.

—Aquí he olido cosas peores. Tienen una calefacción promiscua —Norris, ya en calzón corto, encendió un habano.

—Ha descubierto una chicharra —Probst empezó a desnudarse. Norris volvió a buscar en el impermeable y le pasó una pequeña bolsa transparente. Probst tuvo una revelación: a las chicharras se las llamaba así porque parecían eso: chicharras. Ésta era minúscula, del diámetro de una moneda de cinco centavos y menos de la mitad de gruesa. Por uno de sus lados sobresalían ocho pequeñas patas.

—Esto es alta tecnología, Martin. Alta tecnología de verdad.

—¿Dónde la ha encontrado?

—En mi despacho.

—¿Cómo?

Norris señaló las cajitas con un gesto de cabeza.

—Contratecnología. Cuando quiera, se las presto.

Aquello era demasiado extraño para Probst. Fue un alivio ver que Norris sacaba de su impermeable una cosa más humana, una botella de whisky, importado de Irlanda.

—Y ha encontrado un micrófono en su coche —dijo.

—Sí. Pero no quiero que ellos lo sepan. Este de aquí lo encontró el guardián de casualidad.

—¿Y en su casa?

Norris negó con la cabeza, yendo hacia la cocina.

—A ellos no les sirve mi casa.

—«Ellos» quiere decir sus competidores industriales.

—No sea tonto, Martin. Ya sabe quiénes son ellos —cogió un vasito de los armarios y se sirvió un poco de whisky—. ¿Quiere tomar algo?

—Sí, lo que sea —dijo Probst.

Recibió una dosis ínfima. Era la primera vez que estaba en privado con Norris, y le parecía mucho menos estúpido que el general que todos conocían, más refinado. En la sauna se sentaron en bancos opuestos, relajando el cuerpo en espera de la avalancha de calor. El vapor se insinuaba ya por las tablas del suelo, y lentamente consiguió separar la toalla de Norris y dejar a la vista la fofa abundancia de su entrepierna, rosa y peluda. Sus partes pudendas. Había nacido con ellas.

—En otro tiempo —dijo el general— podía telefonear a la policía y enterarme de cosas. Ahora no quieren hablar conmigo. Y Jammu tampoco se trata mucho con el FBI. Tiene lo del estadio atado y muy bien atado. Se diría que no quiere compartir la gloria cuando atrape a esos terroristas. O bien que está tratando de protegerlos. Yo apuesto por lo segundo. De todos modos, aún se pueden averiguar cosas en esta ciudad. Había tres toneladas de cordita en el estadio, en dos lotes, y un tanque de nitrógeno en cada uno. Había ocho cargas más pequeñas en la estructura, lo justo para echar la tribuna abajo. Había además cloro industrial, presurizado, suficiente para cargarse un batallón y dejar ciega a una división entera. Los temporizadores eran independientes, no de control remoto. Nada de receptores. Y actuaban de manera coordinada y secuencial, no simultánea, con el gas al final, a fin de maximizar la letalidad. Debían ponerse en marcha a las 2.25 p.m., hora central. La explosión que se produjo, la que hizo volar la estatua de baseball...

—Cosa que no me ha importado —dijo Probst.

—Una mina antitanques. Al parecer, soviética. El FBI no está seguro.

Probst se inclinó hacia la pared de madera y cerró los ojos: le ardían.

—Conclusiones —dijo el general—: Primero, los guardias nocturnos del estadio dejan mucho que desear. Pero eso ya lo sabíamos. Es como una plaga. Segundo, esos Warriors tenían contactos internacionales. La mina soviética...

—Si es que es soviética —apuntó Probst.

—Y lo más significativo, el tanque de nitrógeno. Eso es de los árabes. Muy popular en Oriente Medio. Tercero, y lo peor de todo. Martin, ¿me sigue?

—Le sigo.

—Tercero: se tomaron todas las medidas para matar a unos diez mil civiles nada menos y herir a otros treinta mil. Le pido que se imagine una matanza así en el centro de St. Louis.

Probst no pudo imaginarlo.

—Entre tanto, la policía recibió un aviso a la 1.17 p.m., hora central, sesenta y ocho minutos antes del momento en que debían detonar las bombas. Pues bien, la policía necesitó cuatro minutos para personarse en el estadio, y otros cincuenta y siete para localizar y desactivar las cargas. No se dejaron ni una, no se produjeron accidentes. Así pues, sólo faltaban siete minutos. ¿No le huele un poco a coreografía? A mí sí. Pero hay otra cosa: no he visto una sola mención de este asunto, los medios de comunicación no han dicho nada al respecto; ¿para qué gastarse una fortuna en material supersofisticado, correr riesgos importantes para instalarlo y luego dar un aviso? ¿Para qué poner una bomba en un coche sin ocupante? ¿Para qué disparar con una ametralladora a la única ventana oscura de una casa? ¿Para qué volar una torre de transmisiones sin nadie dentro? Sí, de acuerdo, ha habido un poco de sangre, y casi le envidio el privilegio de haberla derramado, Martin...

—Gracias.

—Pero, usted me perdonará, eso no basta. Incluyendo ese pequeño ataque a la torre, ha habido otros cuatro atentados y ni un solo desperfecto por causa de las balas. Yo creo que esto es obra de alguien muy remilgado. Me huele a cosa de mujeres. Me huele a cosa de Jammu.

—A mí no me parece que sea remilgada, precisamente.

—Ya, pero eso es de puertas afuera.

—Vamos, general. O una cosa o la otra. Si los terroristas son remilgados, si sólo están tratando de crear un clima de violencia, con amenazas creíbles, entonces estamos de acuerdo. Pero si van en serio, y a mí lo de los tanques de nitrógeno me parece serio, entonces Jammu ha hecho un buen trabajo y esos tipos han salido corriendo.

—Se equivoca de medio a medio, maldita sea —el general hizo una pelota con su toalla, la lanzó al vapor, se puso de pie y empezó a pasearse en un espacio reducido—. No es simple anarquía. Demasiado dinero metido en esto, demasiado equipo extranjero, demasiada pericia. Pero tampoco es que sea grave. Es Jammu, Martin, seguro. Un truco de manual. Crear una ilusión de terror y luego atribuirse el mérito de aplastarlo; consigues fondos, consigues poder. Y es eso lo que está pasando. A Jammu le van bien las cosas. Fíjese en Jim Hutchinson. Nadie entiende por qué esos Warriors fueron a por él y su emisora. Y nadie pregunta cómo es que todavía vive. Pero es tan evidente que me dan ganas de llorar. Resulta que Hutchinson respalda a Jammu. Hace dos meses no. Ahora es su mejor partidario y no hay forma de hablar con él. Por eso no le han matado. La KSLX no para de producir editoriales a favor de la policía, a favor del aumento de fondos, a favor de Jammu, y usted sabe tan bien como yo que hasta el más tonto considera la KSLX la voz de St. Louis. Pero no lo es, es la voz de Jim Hutchinson, ¡y ya ve usted lo que ha pasado!

—Mire —dijo Probst. El sudor le corría ahora como un millar de gusanos superficiales—, yo creo que no ha cambiado gran cosa. Hutchinson siempre ha sido progresista. Jammu lo es, al menos en parte, según la prensa. Ahora Hutch la apoya. No por eso deja de ser progresista. Usted ya pensaba en conspiraciones hace tres meses. Todavía piensa en ello. Lo sabía antes de que todo empezara. Usted no ha cambiado. Yo sólo veo coincidencias. Indios y más indios. Una princesa, una mujer policía, ambas de Bombay. El primer partido de los Big Red al que voy en años resulta ser fatídico. Coincidencia, nada más. Yo podría sacar alguna conclusión de eso, pero para qué. «Dios es Rojo.» Seguro que usted ve comunistas detrás de eso.

—En efecto.

—Pues yo no veo que ellos tengan ningún motivo para insinuar algo parecido. Más bien al contrario. No veo motivo alguno para que Jammu empiece a poner bombas cuando le va bien tal como está. Ni siquiera la creo capaz de algo así. Yo no creo que la gente auténtica actúe de esa manera. No creo que una persona por sí sola (recuerde que es nueva en el cuerpo) tenga tiempo siquiera para hacer mucho más que su trabajo. Evidentemente yo tampoco he cambiado. Digo lo mismo que decía hace tres meses.

Se produjo una pausa. En el vapor se abrían brechas y se cerraban. Luego el general dijo:

—Veo que no me ha escuchado atentamente, Probst.

La observación le dolió. Por vaga.

—¿Lee los periódicos?

Le distrajo una punzada de dolor en el dedo meñique. El sudor y la condensación habían empapado la esponja verde de la tablilla.

—Ay —apretó los dientes para concentrarse—. Normalmente sí.

—¿Sabe algo de la situación inmobiliaria en North Side?

—Pues... Creo que marcha bien, ¿no?

—Será mejor que lo averigüe. ¿Sabe algo de la Hammaker Corporation?

—¿Como qué?

—Como el anuncio que harán el próximo martes... —el martes era el cumpleaños de Probst— de que el municipio de St. Louis poseerá el veintiuno por ciento de sus acciones ordinarias; en otras palabras, un tercio de las acciones que ahora están en manos de la familia Hammaker.

—Es escandaloso —dijo Probst—. ¿De qué está usted hablando?

—De hechos. Conforme, es un pacto especial, sin privilegios de voto. Conforme, es alto secreto. Pero es un regalo para la ciudad. Que, por cierto, va directa a una crisis financiera.

—No pueden hacer eso. La carta municipal no lo contempla.

—Sí pueden —los dientes del general brillaron entre el vapor—. Existen precedentes. Pueden detentar total o parcialmente cualquier empresa (y cito), que esté claramente considerada una institución cívica. Y no hay duda de que Hammaker está considerada como tal.

—Es escandaloso —repitió Probst.

—Me limito a los hechos. Al fin y al cabo, ¿quién dirige realmente Hammaker? Esa tía, la princesa. La misma que le busca las cosquillas a Buzz Wismer.

—Coincidencias.

—Conspiración. Mire, no quiero parecerle rudo, pero se lo diré igualmente. Usted es el presidente de Municipal Growth; se supone que debería estar atento.

—Y lo estoy, general. He estado atento a los hospitales. He estado atento a la segregación. A la renegociación de bonos.

—Frivolidades mientras la ciudad arde. Mientras los rojos contratan a un noventa por ciento de negros para la policía de St. Louis. Mientras un par de zorras nacionalizan una industria privada. Mientras su cuñado traiciona a Municipal Growth. Mientras alguien pervierte a su propia hija.

La sauna empezó a dar vueltas, con Norris ocupándola centrífugamente, en tangentes, una esvástica hecha carne. Había una pierna delante de Probst, un brazo en un rincón, otro en la pared opuesta, torso, cuello, cabeza saltando sobre él, y bailando en el centro de su visión un sombrío escroto canoso.

—Ya he tenido bastante sauna —dijo.

—Yo no.

—Mi vida privada no es de su incumbencia.

—Martin, eso ya lo sé. Pero la gente habla. La gente oye cosas. Debería usted saber lo que dice la gente.

—Prefiero no saberlo.

—Santo Dios. Nunca he visto tantos avestruces —la voz tembló de emoción—. ¿No le ha pasado alguna vez que conoce a alguien que le da grima y todo el mundo piensa que es la persona más interesante del mundo? Y uno sabe que tiene razón, uno se da cuenta de lo que pasa. Qué sensación tan rara, ¿verdad? Todo el mundo animando a sus equipos, y ella va y arriesga la vida de cincuenta mil inocentes. ¿Usted cree que es divertido quedarse sin piernas en una explosión? La gente no piensa. ¿Y Buzz Wismer? Bueno, sí, se ha vuelto un poco blandengue, pero todavía consigue mantener su empresa en números negros, año sí, año no. Y entonces veo a esa princesa india arrimándose a él, y Buzz con cara de que le gusta. Yo intento hacer algo, ¿no? Veo que mi ciudad está en apuros e intento hacer algo. Mire, usted y yo no somos amigos. Normalmente nuestros caminos no se cruzan. Pero cuando me enteré de lo suyo, me lo imaginé cubierto de sangre, y eso volvió a darme esperanzas. Usted y yo estamos en el meollo.

Probst se tranquilizó. El peligro había pasado. De abstracciones entendía bastante. Levantó su vaso, pero sólo una gota mojó su lengua, acuosamente dulce.

—No es por los negros —dijo Norris—. Ni siquiera es por los rojos. Es por todos esos asiáticos que tenemos aquí, los industriosos nipones y los indios. No saben lo que es la ética, son el colmo del individualismo. Sólo quieren ganar, ser los primeros. ¿Sabía que en Japón ni siquiera van al cine?

—Es curioso que diga esto —Probst sonrió—. Porque es lo que los británicos debieron pensar de los americanos hace cincuenta años. Gente sin cultura, que sólo piensa en el negocio. Nada de juego limpio. Es duro cuando uno no está ya en la cresta de la ola. No podemos competir con la industria japonesa. Ni con... ni con los atletas comunistas. De modo que pasamos a otras cosas. El cine. La ética.

—Según usted, es pura envidia.

—Claro —no lo decía en serio. Probst era optimista. Trató de pensar en algo optimista que decir—. Jammu no... ¿Ha traído la botella?

—No.

—Jammu no elude los problemas. Al margen de la investigación sobre los atentados, su trabajo está siendo excelente. Nadie lo creía posible. Y lo está haciendo. La delincuencia ha disminuido. Hablaremos de cifras en la próxima reunión de Municipal Growth. Yo creo que le tiene usted celos. Creo que estamos todos un poco celosos.

—No le niego que Jammu es implacable como policía —dijo Norris—. Pero usted tampoco me negará que antes de que ella llegara a St. Louis aquí no había terroristas. No veo accidentes.

—Yo sí. Entonces ¿qué?

—Concédame esa posibilidad. No se ponga en contra mía, no difame. Yo lamenté que Jammu fuera elegida en julio pero no es nada personal. Yo entonces no sabía nada. Hágame un favor, Martin. Coja mi detector de señales y peine su casa, su oficina y su coche. Hoy mismo, antes de que ellos sepan que tiene usted el aparato. Luego convoque una reunión de urgencia en Municipal Growth. Hable con Hutchinson, Hammaker, Meisner, Wesley, y, por el amor de Dios, hable con Ripley. Despierte. Entérese. Le necesitamos.

—Me alegro de que lo piense así, general.

—Sam, por favor.

—De acuerdo. Sam.

Pocos hombres tenían el privilegio de llamar a Norris por su nombre de pila; se suponía un honor.

Más tarde, cuando salieron del club, todo estaba cambiado. Habían caído siete centímetros de nieve y seguía nevando, auténticos valles aerotransportados, picos blancos, bosques azules y campos grises. Eran las diez y media. El coche que Probst había abollado al llegar debía de haber partido momentos antes. En el pavimento había un rectángulo negro sin nieve, una mancha de tubo de escape hacia atrás, huellas recientes de neumático, pisadas. Probst observó las pisadas bajo la nieve. No las pudo identificar.

*

—Te pido una dispensa, amigo. Lo siento pero no. Quizá en enero —Rolf metió las patas en los pantalones y se subió la bragueta. Contempló su reloj con fingido desconsuelo—. Caramba. Pues sí que se me ha hecho tarde.

—Es culpa tuya —dijo Martin entre dientes—. Has sido tú el que ha pedido otro set.

—Pura competencia varonil, me dejo llevar por el entusiasmo —rió Rolf, poniéndose el abrigo.

—Déjate de historias —dijo Martin. Todavía en calzón corto, avanzó con aire agresivo—. Hace media hora no tenías tanta prisa.

—Claro que sí, hombre. Pero no he querido que se me notara. Pura y simple urbanidad.

—No me vengas con ésas —Martin avanzó otro paso, y Rolf se vio obligado a toser para defenderse, una tos con denominación de origen. Martin reculó—. Tápate la boca, ¿no?

—No he tenido tiempo.

—Una hora, Rolf.

—Me quedaría pero no puedo.

La mano de Martin le agarró el brazo. Rolf se la sacudió, tosiendo, dio un garboso tirón a su bufanda y se dispuso a partir.

—Mira, Rolf. No sé qué mentiras has estado divulgando...

—La ignorancia es una bendición, muchacho. Me voy corriendo. El trabajo me llama. ¡Ciao!

Y se alejó por los cálidos y panelados pasillos del Club. Sólo al llegar a la puerta se acordó de la nieve. Seguía cayendo de un cielo deslustrado. Se lanzó a ella. Le costó andar a pasos oblicuos y pesados hasta el garaje. Cuánta nieve. La nieve le gustaba menos aún que las mascotas.

¿Mentiras? ¿Qué habría querido decir Martin? No podía ser la pequeña anécdota sobre la mocosa, no. Él sólo había adornado un poco los datos que le había dado Audreykins. Si el problema era sólo ése, no tenía por qué haberse escabullido de esta manera. Seguramente había algo más. Martin estaba rarísimo. Primero le llamaba para cancelar la cita. Luego, a mediodía, le volvía a llamar insistiendo en que jugaran el partido. Su manera de jugar también había sido rara. Normalmente lo hacía como un robot —¡Ugh! ¡Agh! ¡Tuya! ¡Punto!— pero hoy, tal vez porque el dedo roto arruinaba su volea, no había dejado de subir a la red. Y luego, en el vestuario, había cargado contra Rolf como un perrito enfurruñado. «Quiero hablar contigo.» Como si hubiera olfateado algo. Je, je. Vaya usted a saber. Je, je.

Rolf puso la cuarta y recorrió alegremente los toboganes de Warson Road, encorvados los hombros, la nariz pegada al parabrisas. No iba a su casa; Martin podía localizarlo allí. ¡Zas!

Un objeto había golpeado la ventanilla trasera. ¿Una bola de nieve?

¡Zas! ¡Zas! Dos de ellas alcanzaron un costado del coche. Procedían del instituto de Ladue. ¡Zas! Estaba perdiendo el control. ¡Zas! Cuánto odiaba la nieve. Pasó una intersección, sin frenar. Más bolas aterrizaron a su izquierda en la nieve sucia.

Pero llegó al Marriott sin más apuros. Tenía una llave de la suite y entró con sigilo. Ella estaba en ropa interior, una colección de ángulos redondeados encima de un sillón, leyendo una revista. Alzó la vista.

—¿Quién es?

—Rolf —le guiñó el ojo.

Mientras ella se cambiaba, Rolf reparó en el desorden, la ropa sucia y las cartas de Tarot esparcidas por el suelo, las latas de Tab y los ceniceros. Un aroma a curry. Muy poco típico de ella. Tendría que reñirla más tarde.

Apareció embutida en un traje chaqueta verde y zapatos de tacón bajo.

—¿Qué es lo que te trae por aquí, un...? —ella frunció un poco el entrecejo.

—¿Un día tan espantoso?

—Eso.

—Pasaba por delante —dijo él— y se me ha ocurrido parar. Martin no está aquí, ¿verdad?

—No, ha ido a un partido de fútbol. Pásame el abrigo —de un capirotazo hizo saltar unos copos de nieve que había en el cuello. Él le pellizcó el culo—. ¡Eh, capullo! —susurró a la oreja de Rolf, mientras iba hacia el armario. Él le agarró la mano. Ella le clavó la uña del pulgar en la palma y se zafó—. ¿Cómo te atreves?

De repente Rolf se puso a toser, haciendo que no con la cabeza para dar a entender que negaba toda validez a la interrupción.

—Pulmonía —dijo ella.

—¿Tenemos que empezar otra vez? —suspiró él.

—Perdona —ella pestañeó—. Es que hace un día horrible.

—No hay para tanto. Debes de sentirte muy sola aquí.

Ella se dio la vuelta y alargó el brazo para colgar el abrigo, momento en que Rolf, de un solo tirón, le bajó la falda.

Ella chilló de manera muy convincente.

—¡Rolf Ripley! —retrocedió hacia las perchas vacías, se hizo un lío de pies y falda y cayó contra el fondo del armario ropero.

Él se arrodilló.

—Por fin —dijo.

—Oh, Rolf, Rolf. ¿Aquí?

Él se preparó:

—Aquí.

Ella se llevó la mano de él a la boca y le mordisqueó los dedos.

—Pero ¿y si Martin...?

—Está en el partido. Y acaba de empezar.

Ella se relajó. Una percha cayó tardíamente, después de balancearse un rato, y rebotó en el hombro de Rolf, que se cernió majestuoso con su Siempre A Punto. Ella ahuecó la mano alrededor del glande e inició una lenta y tentadora caricia con la parte interior de su dedo índice.

—Oh —dijo—. Tenía ganas de ti.

*

Al día siguiente Probst se levantó muy de mañana y a las siete y cuarto ya estaba preparándose el desayuno. En la KSLX cantaban mormones. Barbara aún dormía. Probst se había hecho nudos llanos en los zapatos usando los dientes.

Llamó a varias personas, concertó citas, huecos en el día que tenía por delante. Se había puesto un traje negro con solapas estrechas, una corbata roja y una camisa blanca con finas listas grises. En el espejo del cuarto de baño parecía un diplomático, alguien importante. Sus cabellos, definitivamente, se estaban volviendo grises y su rostro se veía más enjuto de lo normal, más una prominencia que un plano. Su calor no se arredró al salir al aire glacial por la puerta de atrás. El motor del coche prendió en seguida con un rugido.

Esta mañana, conducir era como ir en barca, con todas las superficies igualmente navegables. Las calles estaban desiertas. Bajo la nevada, la ciudad parecía cosa del siglo diecinueve.

Probst todavía trataba de procesar la información que el general —Sam— le había dado la víspera. Le costaba más cuando tenía que hacerlo solo, sin la ayuda de Barbara. Había llegado a casa saliendo del club de fitness con una necesidad casi física de divulgar y hablar, pero la necesidad feneció al verla a ella, aquel brillo de resentimiento en su mirada, el fuego oscuro. Ni siquiera le aportó la menor alegría barrer la casa (tampoco descubrió ningún micrófono oculto) cuando ella no estaba mirando. Barbara se quedó sentada y fumando hasta que el cuarto empezó a oler a beicon.

—*Entrez-vous*—dijo Chuck Meisner, sujetando la puerta. Probst entró zapateando, remetiendo nieve en la alfombra.

Aun en domingo y tan temprano, daba la impresión de que acababan de quitar el polvo y pasar el aspirador a la sala de estar. Chuck iba vestido con prendas holgadas, de pana y lana.

—¿Quieres tomar algo? ¿Café, un bloody mary?

—Nada, gracias, Chuck —se encontraba de maravilla. No necesitaba nada.

—¿Se trata de algo que... querrías hablar en privado?

—Sí. Buena idea.

Probst y Barbara habían visto bastante a menudo a los Meisner aquel otoño. Chuck era presidente del First National Bank y gerente de First Union & Centerre. Si, por alguna razón, la gente le había estado ocultando hechos a Probst, Chuck era uno de los primeros candidatos. En privado, naturalmente, Chuck había sido tan discreto acerca de asuntos profesionales como el dueño de una funeraria. Y Probst era cliente de Boatmen's, el banco de Hammaker, que, no obstante el respeto que le merecía Chuck, en su opinión era el más fiable de St. Louis. Probst no solía hacer amistad con banqueros. El dinero puro, como el puro sexo, era un estorbo para la amistad. Había otros contratistas que tenían incestuosas relaciones bancarias con hermanos o cuñados y muchas veces conseguían créditos flexibles, cosa que era legal pero poco ética; Probst no recurría a eso. Le gustaba ver a Chuck porque Chuck era demócrata y a Probst le gustaban los bichos raros, la gente que iba un poco contra corriente. Un banquero democrático: era una sensación suave como una papaya fresca.

Chuck se plantó detrás del imponente escritorio de anticuario que presidía su estudio y le indicó la silla correcta a Probst. Fuera, una nube de copos de nieve llevados por el viento, maravillosamente pequeños, una multitud celestial, revoloteaba a la luz del sol. Las paredes crujían con el viento. Probst confió en que Chuck supusiera que estaba allí para buscar consejo personal sobre alguna inversión, o un refugio fiscal. No quería engañar a un amigo, pero su enfrentamiento con Rolf el día anterior le había vuelto precavido sobre mostrar las cartas de buenas a primeras. Empezó por echar un buen vistazo a su amigo, y no pudo ir más allá.

Chuck tenía una pinta horrible.

Él también lo sabía. Miraba a Probst con ojos expectantes, con la culpa, el triste candor del que pillan deleitándose en un vicio. Chuck tenía los párpados hinchados, el blanco de los ojos de un rosa intenso. Su labio inferior mostraba una grieta amoratada. Su pelo carecía de vida.

—No tengo muy buen aspecto, ¿eh?

—¿Has estado enfermo?

—Hace más de dos meses que no duermo bien.

Probst notó la furia que el otro se esforzaba por contener. *Más de dos meses.* Una frase de cruel autopropaganda, una queja pronunciada en silencio una vez y otra, un estímulo interior (Sabes, ese cuarto huele mucho a beicon) hasta que la queja cobraba tanto significado, tanta fuerza, que expresarla en voz alta solamente podía reducirla, y tenerla era una derrota.

—No te recordaba con esta cara de fatiga —dijo Probst.

—A veces estoy bien —Chuck cerró los ojos—. Te parece que vas saliendo a flote, y entonces otra noche mala —meneó la cabeza.

—¿Te ha visto un médico?

—Sí. Tomo pastillas. Y aminoácidos. La semana pasada fui a ver a un hipnotizador. Bea me ha hecho empezar con un psicoanalista. Ya ves, anoche dormí unos veinte minutos en total. El martes fueron seis horas. La noche siguiente, cero —Chuck parecía hacer un esfuerzo sobrehumano para hablar, aunque fueran pocas palabras.

—¿Te han dicho cuál puede ser la causa? —preguntó Probst.

—He procurado dejar la bebida y el café. También dejé de comer carne unas semanas. Me dediqué a la proteína pura. Cambié de cama, lo cual funcionó, pero sólo una noche. Salí bien de la conferencia de ABA en San Francisco, pero sólo fueron tres días. Cuando volví, zas, vuelta a empezar. Probé la meditación. El yoga, el footing, los baños turcos. Leche caliente, picar algo en la cama, tomar valium a docenas. Estoy completamente alelado, vivo en un sopor constante, pero la parte del sueño, Martin... —levantó las manos y, con los dedos, formó una jaula de lo que estaba describiendo—. La parte del sueño la tengo totalmente despierta.

—¿A qué crees tú que se debe?

—Ésa es la cuestión. Todo me parece que podría ser importante. El lado de la cama en el que duermo. El trabajar demasiado. El no trabajar suficiente. ¿Debería ponerme furioso? ¿Debería mantener la calma? Fin de semana contra día laborable, vino tinto contra vino blanco. Es que tiene que haber una razón, sabes, y cualquier cosa que hago cada día... Mira, son muchas las variables, las combinaciones. No consigo señalar las importantes por un mero proceso de eliminación. ¿Y si el motivo de que no pueda dormir es comer azúcar, o acostarme temprano, o ver deportes los fines de semana? No consigo identificar la razón, pero me paso horas y horas en vela dándole vueltas a lo mismo. Ya no recuerdo si alguna vez he dormido bien. Como si toda la vida me hubiera pasado lo mismo.

Probst estaba pasmado. No era momento para una confrontación, por muy amistosa que fuera. Carraspeó y se acordó de la cajita que tenía en el bolsillo. La sacó y se la puso encima de la rodilla.

—¿Qué es eso? —preguntó Chuck.

—Un juguete que compré ayer —Probst pulsó el botón «test». Luz roja. ¡La luz roja! ¿Lo habría estropeado sin querer?

—¿Qué pasa?

Probst se levantó y rodeó la silla en que había estado sentado. Al pasar junto a la ventana, la caja empezó a chillar como un despertador de cuarzo. Se apartó de la ventana y el chillido disminuyó.

—Creo que hay micrófonos ocultos —dijo. Examinó la pared de la izquierda, jugando a frío o caliente con los chillidos para localizar el centro de la irritación electrónica. Al nivel de la cintura encontró un punto donde la pintura era un poquito más clara que en el resto de la pared. Dio unos golpes. Estaba hueco. Apretó con el dedo. Era tela metálica pegada con cola sobre un agujero pequeño y pintada del mismo tono que la pared. La arrancó con el dedo. El agujero tenía dos centímetros de diámetro y uno de hondo. En el centro, con las patas empotradas en yeso, había una chicharra. Probst sacó su cortaplumas y desarmó el micro. Un cable de unos veinticinco centímetros de largo, fino como un cabello, se desprendió de la pintura fresca. Lo dejó caer en la mesa de Chuck.

—¿Sabías que había esto? —dijo Chuck.

—Claro que no. Pero creo que deberías saber que Sam Norris encontró uno idéntico en su despacho.

—¿De veras? —el sonsonete de la respuesta sorprendió a Probst—. ¿Estás seguro de que encontró un micrófono oculto?

—¿A qué viene eso?

—¿No será que se lo pidió a un amigo y dijo que lo había encontrado? —los graznidos de Chuck eran repulsivos—. Sam Norris, como tú le llamas, ha estado cortejando a Bobby Caputo y Oscar Thorpe del FBI. Mi primera reacción a esta cosa —Chuck barrió la mesa con la mano y mandó el micro a la alfombra persa— es el apellido Hoover. Norris ya no confía en mí. Mi comportamiento la parece sospechoso. ¿Y desde cuándo hacéis tan buenas migas tú y él? Creía que ni siquiera os hablabais.

—Bueno...

—Te sorprende lo del FBI, ¿verdad? Entonces no debes de saber que Norris envió a Bombay a un detective privado para que le sacara los trapos sucios a Jammu. O que sólo está a dos firmas y un apretón de manos de comprar el *Globe-Democrat,* porque ya nadie le saca en la prensa —Chuck suspiró e hizo como que se mecía en la silla inmóvil. Agitó lánguidamente los brazos—. Bueno, así que me han puesto micrófonos. No creo que sea la primera vez. Pero lo que Norris ignora, lo que el FBI ignora, es que no todos son tan arteros como ellos. Yo no tengo nada que ocultar.

Salvo a mí y a Barbara, pensó Probst. Nos has ocultado tu extenuación.

—Entonces dime qué está pasando en North St. Louis.

—Nada que no esté saliendo cada noche en los periódicos —Chuck alzó un poco la voz, como si muchos estúpidos le hubieran estado haciendo esa misma pregunta—. Nada más que lo normal. El público, Martin, invierte en nosotros algo más que su dinero. Invierte confianza, y eso es muy importante. Tenemos la responsabilidad de usar ese dinero de los inversores (esa confianza) de la manera más productiva posible. Lo contrario sería pura negligencia. Que yo sepa, en el North Side no ha habido un exceso de especulación. Los valores de la propiedad han subido, y las diversas instituciones a las que sirvo han creído oportuno proteger su futuro y el futuro del depositante (el hombre de a pie, Martin) haciendo algunas adquisiciones escogidas y yo diría que inteligentes en esa zona. Para engrosar lo que ya teníamos. Y, por supuesto, para sustituir lo que habíamos vendido antes de valorar adecuadamente la fuerza del mercado. En esa zona hay terrenos muy interesantes, y ya va siendo hora de que la ciudad les saque provecho. Nosotros fomentamos la urbanización. Forma parte de la confianza que el público deposita en nosotros. Yo creo que ha llegado la hora. Estamos bastante satisfechos con la actual situación en lo que respecta a la delincuencia.

Probst, con un hipotético gesto de sus dedos:

—¿Y esto no tiene un efecto desfavorable sobre el conjunto de la economía de la región?

—¿Cómo podría tenerlo un aumento de las inversiones? —Chuck sonrió como una maestra de jardín de infancia.

—Por ejemplo. En West County.

—Oh. Pero si esa zona es más que rica, Martin. Riquísima. Por ahí no tienes nada que temer. ¿Es eso lo que te preocupa? ¡Por el amor de Dios! No tienes absolutamente nada de que preocuparte, respecto a West County.

*

La siguiente parada de Probst fue de nuevo en Webster Groves, concretamente en Webster Park, detrás de la biblioteca. Recorrió el camino, todavía lleno de nieve, y llamó al timbre. Esperó. No lo había oído sonar. ¿Estaría estropeado? Llamó con los nudillos. Al poco rato acudió a abrir un hombre sin afeitar, de la edad de Probst, vestido con unos tejanos y una bata de cirujano, verde y sin cuello.

—¿Martin Probst? Qué tal —el hombre alargó la mano e hizo entrar a Probst—. Soy Rodney Thompson.

En montones mezclados a lo largo de los rodapiés de la sala de estar había cientos de revistas, en su mayoría de las que tienen texto en la cubierta pero no fotos. El aire olía a tortitas rancias. Las plantas de las ventanas habían cubierto de mantillo las tablas del suelo, y alguien había derramado café en la alfombra de lana al lado del televisor. La taza estaba todavía en el suelo.

—No usamos mucho esta habitación —dijo Thompson. Hundió las manos en los bolsillos del pantalón y regresó a la cocina. Probst le siguió.

—Así que es usted el padre de Luisa.

—Sí.

—Creo que nuestras respectivas esposas han hablado —Thompson se sentó, tomó un sorbo de un vaso largo con zumo de naranja y, después de tragar, ofreció a Probst por gestos si quería uno, a lo que éste negó con la cabeza—. Y usted es el que construyó el Arch.

—Bueno, no con mis propias manos —era la respuesta acostumbrada.

—Claro, claro. Pero es una gran obra. Estoy impresionado. Y también lo estoy con Luisa. Me cae muy bien.

Probst buscó la manera de preguntar, en el contexto de aquella primera visita de contacto, cuánto tiempo habían pasado los Thompson con su hija.

—Habla mucho de usted, y positivamente, aunque tengo entendido que ahora mismo no están en muy buenas relaciones, por los motivos que sea.

—¿La ve usted a menudo? —preguntó Probst.

—Los hemos llevado a cenar fuera un par de veces. Procuramos esforzarnos por mantener el contacto. Son años difíciles para los chavales. Sé que Duane está dándole vueltas a varias cosas, sondeando alternativas, tratando de organizarse un poco. Estamos en contacto. Claro que Pat y yo tampoco tenemos mucho tiempo últimamente. Por cierto, ella está trabajando, lástima que no hayan podido conocerse. Tendríamos que vernos algún día, los seis juntos.

Thompson entornó los ojos para mirar un calendario.

—Pero esta semana no, me refiero a la semana próxima. Creo que mejor pasadas las fiestas, en enero. Oh. Quizá en febrero. Pueden venir a casa, será una fiesta. A los chicos les encanta la paella que hace Pat. ¿Una fractura?

—Sí —Probst exhibió su dedo más ostensiblemente y luego, por enésima vez relató lo ocurrido en el estadio. Las diez últimas veces lo había contado exactamente igual, sin cambiar una palabra.

Thompson fue asintiendo a cada frase. Todo un repertorio de cabeceos, calados, horizontales y en sucesión, rotatorios para indicar aquiescencia y entendimiento, cabeceos extraños en planos oblicuos, otros a modo de vaivén de limpiaparabrisas. Cuando Probst terminó su exposición, dijo:

—Respecto a Lu y Duane, es difícil decir hasta qué punto van en serio, pero creo que bastante. Ella parece muy decidida a afirmar su independencia —Thompson alisó la primera plana del *Post* dominical y leyó unas líneas—. Si uno lo piensa bien, se trata de una cuestión de valores. La vieja historia, ¿no? Poco puedo añadir, personalmente, aparte del hecho de que Pat y yo queremos a Lu. Es más, la respetamos —consultó su reloj.

*

Hacía dos semanas que Buzz Wismer no se veía con Martin Probst. Muchas cosas habían cambiado. Martin no. Su aspecto era despierto y lozano cuando llegó, aquel domingo por la tarde, al despacho de Buzz. Hasta la tablilla de aluminio contribuía a ello. Parecía un apuesto soldado de permiso.

—Pensaba —dijo— que tal vez podrías informarme sobre lo que está haciendo Rolf Ripley últimamente. Estoy casado con su cuñada, pero estoy a dos velas.

—Bien —dijo Buzz—. Hubo mucho alboroto con su nueva división de defensa electrónica. Pero, por lo que he podido saber, eso ha estado en proyecto desde hace tiempo.

—Para un poco —dijo Martin sin alterarse—. ¿Cómo sabes que estaba en proyecto?

—Mira, es lógico. Somos competencia, a la hora de buscar ingenieros. Mi gente de personal me contó que en marzo Ripley estaba contratando gente en otras áreas. Más informática, más nucleares...

—Vale. De acuerdo. ¿Qué más?

—¿Quieres decir, últimamente? Bien. Hay rumores de que está trasladando a la ciudad algunas de sus instalaciones.

—Pero los periódicos publican cosas así a diario.

—Es verdad. De todos modos, yo me lo tomé más en serio porque mi nombre también salía a relucir. Muchos accionistas vieron ese rumor, creo que hasta el *New York Times* recogía la historia, y yo he recibido llamadas incluso de Boston. Me pareció que había que preguntar al *Post* por sus fuentes de información, lo cual es como sacar muelas. Para abreviar, parece que un importante funcionario de Ripleycorp hizo correr los rumores de traslado, y dijo que nosotros también estábamos pensando en algo parecido.

—Entonces ¿la cosa no salió de ti?

—No y sí —Buzz explicó que si bien él no había originado el rumor, éste fue la causa de que encargara al Departamento de Finanzas un estudio sobre la viabilidad de un cambio de sede. El Departamento le había desaconsejado un traslado pero saliéndose por la tangente al sugerir que no estaría mal comprar algunas propiedades en la ciudad antes de que los precios subieran todavía más. Buzz había autorizado la compra. Cosa de rutina. Pero, de hecho, mientras se lo contaba a Martin, notó que se le encendía la cara como si le estuviera revelando un oscuro secreto, algo primitivo, porque la compra tenía que ver con Asha.

Martin sonrió apesadumbrado.

—Gracias por decírmelo, Buzz. Como comprenderás, necesito saber qué va a pasar y, en cierto modo, los últimos meses he estado un poco fuera de juego. Sí, también es un fallo de dirección por mi parte. Este año, más que presidente de MG, parezco el portero. Al mismo tiempo, no creo que sea exactamente culpa mía. ¿Acaso las tendencias no han sido siempre visibles en esta ciudad con años de anticipación? Como Clayton, las autopistas, las dársenas, West County. Antes había franqueza, ahora no. Por eso quiero saber cómo ves tú las cosas.

No era lo que Martin decía, pensó Buzz, ni siquiera la manera de decirlo, sino aquella honradez subyacente, su torpeza. Aquel hombre era íntegro. El mal lo desconcertaba. No había cambiado nada.

—Cómo veo yo... las cosas. Mira, yo creo que todo va bien, en serio —Buzz pestañeó—. He tenido una semana bastante inquietante, a decir verdad. Y suelo perder un poco de vista la...

—¿Qué opinas de Asha Hammaker? —preguntó Martin a bocajarro.

Por un momento, Buzz tuvo la clara sospecha de que ésta era la única pregunta que Martin había venido a hacerle.

—No me refiero como persona —añadió Martin—. Sino como mujer de negocios.

—Como mujer de negocios, ni idea.

—¿Has oído algo de un traspaso de acciones a la ciudad?

—Pero en caso de que hayas oído rumores —continuó Buzz, no queriendo dejar pasar la oportunidad de confesar—, yo añadiría que es cierto que la señora Hammaker me ha hecho varias..., ejem, varias insinuaciones de carácter físico, a mí y quizá a otros, en público, de modo que no me extraña que hayas oído rumores al respecto.

Martin sonrió y meneó la cabeza retóricamente divertido.

—¿Por qué será que a mí no me pasan esas cosas?

Se miraron. Buzz sintió que le salía de dentro una carcajada como si fuera una astilla.

*

Fue después de que Probst abandonara el complejo de Wismer y torciera de nuevo al sur, fue justo en mitad de aquel día que él mismo se había programado, cuando su desayuno se había gastado durante la mañana y quedaba apenas en forma de metabólicos efectos secundarios y un leve amargor de zumo en su paladar; fue entonces cuando el peso de los hechos y las conjeturas acumulados el fin de semana, las posibilidades y la conciencia de las cosas, le superaron por completo.

Experimentó una especie de aturdimiento. Ante él, el sol bajo del invierno tenía una blancura cegadora, un brillo inverosímil, y las calles mojadas y nevadas eran un catálogo de tonterías. Pedazos de toda forma y magnitud borraban las sencillas líneas de la calzada. Con el brillo, en los semáforos, no podía ver cuál de las tres luces estaba encendida, la roja, la ámbar o la verde. Aflojaba la marcha cada vez, y pasaba los cruces a paso de tortuga.

Y fue entonces, mientras sus ojos buscaban alivio en el retrovisor, en las escenas más oscuras y más frescas que tenía detrás, cuando empezó a sospechar que le seguían. El coche era un Chevrolet viejo de color blanco. Creyó recordar que lo había visto antes, en Webster Park, y ahora estaba unos treinta metros detrás de él, en Hanley Road. El parabrisas era una barra mellada de refracción solar.

El Chevrolet lo siguió hasta Clayton, y cuando Probst torció a la derecha por Maryland Avenue el coche torció también. Aparcó en el estacionamiento de Straub's para comprar algo de fruta, y el coche pasó de largo, sus ocupantes protegidos siempre por el resplandor.

*

En la sala de estar de Jim Hutchinson repitió su sigilosa búsqueda de micrófonos ocultos y obtuvo luz verde. Jim regresó de su estudio, donde acababa de atender una llamada.

—Soy consciente —dijo— de que el general encuentra sospechoso que los Warriors no me hayan cazado todavía. Por lo demás, sus balas eran de verdad. ¿Alguna vez te han disparado? No es una experiencia que tenga ganas de repetir, sabes. Para tu información, el helicóptero reventó esas ventanas que tienes a tu izquierda, porque generalmente cenamos en la habitación de delante. Contrariamente a lo que te habrán dicho, estas ventanas no tenían las cortinas corridas. Las del cuarto del desayuno sí lo estaban, y además están protegidas por árboles y por la casa que hay detrás. En cuanto a la bomba en el coche, no sé qué decir. Hay indicios de que explotó inesperadamente, una hora antes de lo previsto. Aquella mañana yo salía a las once. La granada contra nuestro transmisor dio en el objetivo que buscaba, y no iba dirigida a blancos blandos. Desde entonces, tomo muchas precauciones. La policía ha colaborado bastante. Por lo visto, los Guerreros han cambiado de táctica. Por mí, mejor. Prefiero que no me acribillen en plena calle por mucho que eso pueda consolar al general. También es cierto que he cambiado de opinión respecto a Jammu. No se demuestra nada siendo obstinado. Me he entrevistado personalmente con ella varias veces, y te aseguro que no es ninguna terrorista.

—¿Cómo lo sabes?

—¿No eras tú el que lo negaba este mismo otoño? Además, tengo un sexto sentido. Fui periodista durante veinte años. Jammu no es absolutamente franca conmigo (no tiene por qué serlo) pero tampoco es tan deshonesta. Al menos, no tanto como Norris, por poner un ejemplo.

—¿Es cierto que va a comprar el *Globe*?

—Le gustaría. Falta que le dejen, no lo sé.

—Si está intentando comprarlo, ¿cómo es que nadie informa de ello?

Jim lo pensó un rato.

—Sin comentarios. Digamos que es por cortesía profesional. En esta fase, no ha de extrañarte. Bueno, seguro que el *Post* saca un artículo a finales de esta semana.

—¿Y lo de las acciones de Hammaker?

—Ah, eso. Oirás algo en las noticias, y a escala nacional, yo diría. Es un buen ejemplo de los manejos de Jammu. Asha Hammaker, de soltera Parvati Asha Umeshwari Nandaksachandra, no es una simple chica asiática con encanto. De entrada, tiene cuarenta y un años.

—Caramba —Probst agitó la cabeza. Él le habría puesto veinticinco.

—Tiene tres licenciaturas, Berkeley, la London School y algún sitio de su país, trabajó cinco años para los Tata, llegó a algo así como vicepresidenta; y luego, en 1975, experimentó una conversión política y quizá religiosa, absolutamente inexplicable, pasó dos años en la cárcel, fue agitadora marxista durante tres años en Bombay y, por último, sorpréndete, inició una carrera más, esta vez como actriz profesional, trabajo en el que volvió a destacar. Puede que no sepas a qué edad la conoció Hammaker.

—Creí que no lo sabía nadie.

—Ella estaba rodando en México, creo que era su primer papel importante. Hammaker estaba pasando allí sus vacaciones. Sería el mes de febrero o marzo; como mucho, abril —Jim hizo una pausa, como si esperara que Probst se diera cuenta de algo. Al final, así fue.

—Jammu no fue convocada aquí hasta el mes de julio. En abril ella no sabía que iba a venir a St. Louis.

—No *podía* saberlo —le corrigió Jim—. Bill O'Connell podía haber seguido siendo jefe de policía otros catorce meses, o bien le sustituía Jergensen. Jammu no tenía forma de saber que iba a venir aquí.

—A menos que Asha tuviera algo que ver en...

—¿En la jubilación y en la lucha por conseguir el puesto? Imposible. Ella ni siquiera se había mudado a la ciudad, y todavía no llevaba el apellido Hammaker.

—Jim, ¿por qué no le cuentas algo de esto al general?

—No tendría sentido. Ya sabes que no piensa con lógica. Y hay ciertas coincidencias que él de seguro querría explotar. Es evidente que Jammu y Asha se conocían bien ya en Bombay. ¿Cómo lo sé? Se lo pregunté a Jammu. Si yo se lo contara al general, los hechos demostrarían no sólo que dos extraordinarias mujeres de Bombay aparecieron en nuestra insulsa ciudad con pocos meses de diferencia, sino que además son amigas. Está claro que Jammu se interesó por el puesto que le ofrecían al saber que Asha tenía previsto trasladarse aquí, y en cualquier movimiento migratorio se da el hecho de que los grupos tienden a aglutinarse en una sola ciudad. Jammu no es ninguna excepción. Pero la coincidencia existe, y si puedo evitarlo procuraré no alimentar las ilusiones del general.

—Bueno, ¿y lo de las acciones?

—Yo creo que eso lo han orquestado Jammu y Asha. Por lo que respecta a la primera, es un problema de poder. Acudes al rescate financiero de una ciudad y, a cambio, te ganas el derecho a pedir ciertos favores. Será interesante ver en los próximos meses qué clase de favores son los que pide Jammu. Por otra parte, tiene a su cargo un contingente muy numeroso y no está dispuesta a perder los efectivos que ha añadido al cuerpo en los tres últimos meses. En cuanto a los Hammaker, no creo que eso los lleve a la quiebra. Imagino que Asha lo ve así: ella y Sidney son los únicos herederos de todo ese capital, no hay hijos en perspectiva (aunque si él ignora la edad de Asha, puede que no sea consciente de ello), ¿qué sentido tiene aferrarse a unos activos que no influyen para nada en su actual tren de vida? Lo que hacen es entregarlo a la ciudad, atribuirse todo el mérito cara al público y, encima, tienen algo valioso que añadir a su ya portentoso arsenal mercantil: Hammaker es hasta tal punto una institución, que incluso es propiedad de la ciudad donde se fabrica. Ellos no pierden un ápice del control de la empresa, y si Asha es la mitad de lista de lo que aparenta, apuesto a que pueden recuperar esas acciones cuando les venga en gana. Una jugada perfecta. Por el momento, la ciudad va a presentar todo el paquete como garantía subsidiaria para pedir un préstamo que les ha concedido...

—Chuck Meisner —dijo Probst.

—El Felix Rohatyn de St. Louis. Es lo que él quiere ser. No, pero Chuck me cae bien. Opino que se exige demasiado a sí mismo, pero eso en parte es porque a la ciudad se le exige demasiado. Deduzco que le has visto hace poco...

—Esta mañana. Ni siquiera se me ha ocurrido preguntarle por lo de Hammaker. Se encuentra mal, sabes.

—Tiene insomnio.

—Lo sabes todo, Jim.

—No creas.

—Bien, sabes más que yo, eso sí. Deberías publicar una hoja informativa. Yo pagaría lo que fuera por estar suscrito.

Jim sonrió.

—No creo que mi posición sea tan privilegiada. Si alguien quiere saber lo que yo sé, sólo tiene que pedirlo. Con Jammu pasa lo mismo. Ojalá hombres como tú fueran a verla personalmente, en vez de hacer conjeturas.

—Necesitaría un pretexto —dijo Probst, preguntándose cómo no se le había ocurrido a él—. Pero dime lo que sabes acerca de Rolf Ripley.

—Menos de lo que sabes tú. Imagino que habrá hablado contigo sobre ese proyecto que...

—¿Proyecto? —Probst estaba boquiabierto.

—Sólo sé las líneas generales; en el North Side, doce manzanas. Oficinas, espacio hábil para alquiler, su ala de investigación y quizá también, a la larga, algo de manufacturas, y naturalmente los apartamentos de rigor. Nada de rascacielos. Un máximo de ocho o nueve plantas...

—En realidad todavía no lo hemos hablado —dijo Probst.

—Bien —Jim le miró astutamente por encima de sus gafas—. En cuanto hayas aclarado las cosas con Harvey Ardmore...

—¿Ardmore?

—Oye, Martin —la voz de Jim fue apenas un susurro—. Tú sabes, verdad, que va directo a la bancarrota.

A estas alturas tenía que estar claro lo poco que sabía Probst.

—Espero que no tenga deudas contigo —añadió Jim.

Ardmore, el promotor de Westhaven, debía a Probst un cuarto de la factura total. Probst había pagado al subcontratista por adelantado, pero Ardmore no tenía que cobrar hasta aquella misma semana.

—¿Bancarrota? —repitió Probst.

—Casi seguro. Ha hecho la ronda habitual, pero parece ser que nadie le ha prestado oídos. Los bancos del extrarradio están bastante atrapados. Este boom está desfondando a los especuladores de West County. Tiene trazas de ser con mucho la mayor operación urbanística en la historia de la zona. Bueno, no en lo que respecta a número de hectáreas, pero yo creo que dará pie a que la ciudad vuelva a fusionarse con el condado, y en las condiciones que estipule la ciudad, no el condado. Espera y verás. Recuerda lo que te he dicho.

*

Probst recibió una llamada de Buzz poco después de llegar al despacho del alcalde. Fue con el teléfono hasta la ventana y contempló la nieve sucia acumulada a ambos lados de Tucker Boulevard, y, más allá del centro comercial, el Arch ahora dorado al sol endeble.

—Qué hay, Buzz.

—Bien —dijo Buzz—. Ed Smetana, tú ya le conoces, ha pasado por aquí hace un rato y hemos echado un vistazo a tu juguete. La batería y el circuito son americanos; es más, fabricados a un paso de aquí: una General Syn Power Sedd y un chip de Ripleycorp, no pensado precisamente para esta función pero casi. Yo diría que esas cosas las fabrica para la CIA. En cuanto al micro y la carcasa, que de hecho son lo mejor del equipo, no puedo decirte nada. No tengo ni idea. Habría que llevarlo a un laboratorio forense. Hay otra cosa: el transmisor tiene un alcance máximo de apenas trescientos metros, es decir, que cerca de donde encontraste eso tiene que haber un receptor.

—Bien. Te lo agradezco mucho, Buzz. Te llamaré pronto.

—Eso espero, Martin.

Probst fue hacia la silla, pero algo que había avistado subliminalmente abajo en la calle le hizo volver a la ventana. Había un Chevrolet blanco aparcado allá enfrente, con el motor en marcha. El conductor quedaba protegido por la capota del coche, y a la sombra del ayuntamiento.

—¿Pasa algo ahí abajo? —preguntó Pete Wesley.

—Nieva —repuso Probst. La llamada telefónica había interrumpido un turbio monólogo de Wesley (para Probst, un mensaje optimista), en el más puro estilo cámara de comercio. A Probst no le caía bien Wesley. A su juicio los alcaldes norteamericanos se dividían en dos especies físicas bien definidas: endomorfos desgarbados con personalidad fuerte y que podían arrasar con cualquier tipo de oposición, y personas blandas de complexión menuda y enjuta capaces de esquivar las dificultades. Pete Wesley era de los primeros. Su rostro recordaba al del homo sapiens de las enciclopedias.

—Como iba diciendo, Martin, es muy gratificante tenerle aquí.

Probst cerró los ojos. Descortesía. Los volvió a abrir.

—Porque para un hombre nacido y criado en la ciudad, y que vive aquí (no crea que desconozco su dirección profesional), permítame decirle que últimamente no le hemos visto mucho el pelo —Wesley hizo una pausa—. Déjeme que le haga un par de preguntas. Estas semanas he pensado bastante en su situación, he tratado de ponerme en su piel. No olvide que yo también he sido empresario, sé cuáles son las cuestiones prioritarias. Por ejemplo: ¿qué límites de crecimiento tiene una empresa como la suya? ¿Ha dedicado tiempo a la teoría? Yo sí, y córteme si cree que me paso de la raya. Para usted, Martin Probst, los límites al crecimiento son en primer lugar la incertidumbre del mercado, segundo, la imposibilidad de seguir reuniendo capital indefinidamente, y, tercero, las consideraciones de tipo interno tales como la necesidad de un control estricto y centralizado de las operaciones. ¿Voy bien?

Tratándose de algo abstracto, Probst se implicó en la pregunta. Cambió la posición de las piernas:

—Bueno, a esos límites yo añadiría que el mercado es finito además de incierto, y que un crecimiento ilimitado importa muchísimo menos que la calidad del producto, la situación laboral de mis empleados y, en concreto, que mis ejecutivos no vayan sobrecargados de trabajo.

Wesley asentía todo el rato.

—Cierto. Por supuesto. El mercado es finito, ¡pero también lo es el universo! Eso no impide que siga siendo muy grande ¿verdad? Vamos a ver, imagínese lo siguiente: supongamos que de pronto hay una gran demanda de nuevos bloques de oficinas y que para construir uno necesita una grúa muy grande. No sé cuántas grúas grandes tiene usted, pero digamos que dos.

—En realidad, sólo una. Si está hablando de la torre de...

—Una. Estupendo. Mejor aún. Así que si se le presentan seis proyectos grandes a la vez, sólo puede optar a uno. De hecho podría aceptar más pero calculando los costes del alquiler o la compra de más grúas, lo cual podría mermar su competitividad. ¿Correcto?

—Más o menos.

—Pero ahora supongamos que mañana sucede algo que hará mucho más fácil financiar una grúa. Cualquier cosa, ¿de acuerdo? Y vamos a suponer también que como espera hacer bastantes proyectos similares, todos en la misma zona, no a kilómetros de distancia sino digamos a doscientos metros uno de otro, eso le permitirá despachar contratos suficientes como para seguir siendo competitivo a pesar de los costes de financiación. ¿No sería posible amarrar esos seis contratos y quintuplicar los beneficios que podría esperar de uno solo?

—Eso dependería de las condiciones de financiación —dijo Probst con calma. En la exposición de Wesley, en su fingida ingenuidad, presintió que iba a proponerle algo ilegal, y siempre se le había dado bien hacer que los demás se incriminaran a sí mismos.

—Supongamos que las condiciones son buenas —replicó Wesley—. Supongamos que ciertos ciudadanos muy influyentes tienen un interés especial en que lo haga usted, por su categoría profesional, por su currículum, que quisieran implicarle en el rejuvenecimiento de la ciudad, en una serie de proyectos que redundarían en beneficio de la gente de St. Louis, de todos sus ciudadanos, usted el primero.

—Se refiere al North Side...

—North Side, South Side, West End, eso no importa. Lo pregunto hipotéticamente.

—No me interesan las hipótesis —dijo Probst con un deje de fría criminalidad—. Me gustan los hechos.

—De acuerdo. Pues el hecho es que yo sé de un grupo de gente, personas cabales, personas que usted conoce de toda la vida, que concuerdan con la suposición que le acabo de plantear.

—¿Por qué no me lo plantean ellos mismos?

—En cierto modo lo hacen. Digamos que yo soy su representante.

Vaya: una confesión.

—¿Rolf Ripley es otro representante? —dijo Probst—. Porque si lo es, estoy seguro de que se equivoca usted respecto a que les interese implicarme en el proyecto.

—Martin, ¿alguna vez se ha parado a pensar cómo sería su vida si se dedicara a otros negocios aparte del suyo?, ¿a negocios más especulativos? Si lo ha pensado, entonces no me cabe duda de que se imagina cuán poco dispuestos estamos a ampliar nuestro círculo prematuramente.

Círculo. Banda. Camarilla. Algo hizo clic dentro de Probst y le instó a levantarse.

—No tengo más preguntas —dijo.

Wesley le miró como si desconfiara un poco de haber convencido a Probst sin resistencia por su parte.

—Supongo que querrá saber más detalles.

Probst se puso la chaqueta, y ahora que estaba de pie se dio cuenta de que las bobinas del dictáfono del alcalde estaban girando.

—No, gracias —se envolvió el cuello en la bufanda y se la anudó con firmeza—. Las camarillas no me van.

—Siéntese, Martin —el tono de Wesley era amable—. Por favor. Siéntese. Veo que ha sacado una impresión equivocada. Esto no es una camarilla, por Dios, odio esa palabra. Se trata de algo que interesa a toda la comunidad.

Probst comprobó si tenía los guantes.

—Mire —dijo—. Creo que esperaré a tener noticias como todo el mundo.

Wesley meneó la cabeza viendo que Probst no lo entendía.

—La gente no mostrará interés si a usted no le interesa.

—Oh, estoy convencido de que encontrará a quien le interese. Hay gente para todo. Porque si lo que dice es cierto, Pete, lo único que tiene que hacer es plantearlo en la próxima reunión de Municipal Growth. El jueves a las siete de la tarde.

—Mis obligaciones de alcalde me lo impiden.

—Pues Hammaker. O Ripley.

—Martin, sabe perfectamente que es a usted a quien escucharán. Algunas de estas personas ni siquiera van ya a las reuniones.

—Sí, lo he notado. He hablado con ellos.

—Pues debería saber que no descartan dimitir si el grupo no empieza a mostrar un poco más de interés respecto a lo que les preocupa.

—Una tercera ausencia a las reuniones implica la expulsión —dijo Probst—. Bien, alcalde, tengo que irme. Pero antes, si no le importa, quizá podría responder a una sola pregunta: ¿para qué negociar? Me necesita o no me necesita, eso es todo.

—Me cae bien, Martin. No hay nadie que no...

—Bla, bla, bla.

—Espere un poco. Le cuento todo esto por su propio bien. Le estoy haciendo un favor, ¿entiende? A veces pienso si no es usted un poco esnob. La reurbanización seguirá adelante, con o sin usted. No puede hacer nada por impedirlo. Pero somos amigos suyos. Queremos que se suba al tren. Le queremos en el equipo. Usted tiene espíritu de equipo, le echaríamos a faltar. La comunidad empresarial ha estado unida bajo la misma jefatura desde hace más de veinte años...

—La comunidad empresarial blanca —Probst se preguntó de dónde venía la frase.

—La comunidad que cuenta, la gente que tiene auténtico interés por St. Louis. Nos mantenemos unidos, cuidamos de nosotros mismos, y vamos a seguir así. De modo que no nos haga un feo.

Probst se acercó a las ventanas. El Chevrolet blanco se había marchado. El Arch estaba negro.

—¿Y mi poder de negociación? —dijo.

—Muy sencillo. No tiene ninguno a menos que participe en el juego. Pero si lo hace, puede tener prácticamente todo lo que quiera. Sería presidente...

—Presidente ¿de qué?

—De lo que fuera. Tendría acceso automático y constante a toda la información. Tendría más trabajo que nunca, y podría hacerlo de la manera más eficiente.

—¿Y si decido no jugar?

—No espere muchas ofertas.

—Menudos amigos.

—Oiga, yo no... —tartamudeó Wesley.

—Ya lo sé —Probst giró sobre sus talones—. No se haga una idea equivocada, alcalde. No he creído ni un diez por ciento de lo que me ha contado. Pero incluso hipotéticamente, lo que me plantea es un privilegio injusto. Sí, imagino que me dirá que todo es legal, toda mi vida he oído basura parecida. Legal. Lo pinte como lo pinte, está hablando de un privilegio injusto para alguien, sea yo o sea otra persona. Y no es ésa la idea que yo tengo de los negocios, de la vida. Bueno, alcalde —Probst notó que estaba al borde de las lágrimas—. Yo todavía tengo voz en cómo se gobierna esta ciudad, y le aseguro que voy a hacer todo lo que esté en mi mano para que la comunidad no caiga en poder de ninguna mafia, independientemente de que esté dirigida por gente estupenda, por muy buenos amigos míos que sean. En cuanto a lo demás, ya hablaremos más tarde, el jueves a las siete, y si no se presenta, considérese expulsado, se acabó (yo cuento con los votos, Pete), y podemos hablar de esto en presencia de algo más que ese dictáfono.

—Oh, mierda —Jammu se quitó los auriculares y los arrojó al escritorio—. ¿Cómo se le ocurre poner en marcha el dictáfono?

Singh se quitó los otros auriculares y los dejó sobre la mesa al lado de los de ella.

—¿Sabe que estamos escuchando?

—No —Jammu se retrepó pesadamente y adoptó un aire de irritación que a Singh le era familiar pero no veía desde hacía algún tiempo—. Pero sí sabe que yo no necesito una transcripción. Bastaría con un resumen.

—Está jugando a conspiradores. Es contagioso —dijo Singh.

Jammu pateó el suelo, cerró un cajón de mala manera, pateó otra vez.

—El dictáfono no ha tenido nada que ver —prosiguió Singh con tono experto y tranquilizador—. Probst tenía la mosca detrás de la oreja.

—Gilipollas. Ese Wesley es un gilipollas integral.

—Eh, cálmate un poco. Debes de tener hambre —Singh colocó en lugar destacado un bollo de arándanos a medio comer, el segundo de los que le había llevado a ella.

Jammu lo aplastó con el puño y mandó los trocitos al suelo.

—Lárgate, Singh. Me pones de los nervios. Ese teléfono va a sonar de...

—... un momento a otro —terminó Singh—. Y tú te largarás y no podremos tener nuestra «conferencia» particular. Estaré perdido, sin saber qué hacer. Se perderán unas horas valiosas —fue a las ventanas que daban al este, acariciando la alfombra con sus pasos—. Cálmate, quieres. Wesley ha equivocado la táctica. Y qué. A mí no me extraña.

—Wesley lo ha hecho bien —dijo ella entre dientes—. Ha sido tu Probst el que...

—Mmm, ya. Lo que yo decía. No es el dictáfono. Sino «mi» Probst. Y si hubiéramos tenido unos minutos antes de que mi Probst llegara, yo te habría dicho por qué no me extraña en absoluto.

—Porque has desperdiciado tres meses enteros.

Singh contempló el Arch silueteado a través de la ventana. El sol se había puesto pero todavía había luz.

—Es posible —dijo—. Aunque tú sabes que he hecho todo lo que se podía hacer. Y eso vale para Wesley. Mis cumplidos. Especialmente que haya sabido eludir la mención de tu nombre. Se nota que está entregado. Es un auténtico reservista político. Yo, en cambio, te habría echado las culpas de todo al primer signo de resistencia por parte de Probst.

—No aguanto a ese cabrón.

—Claro, jefa. Es lógico.

—Es nefasto.

—Exageras —Singh preparó un cigarrillo de clavo, lo encendió, dio una calada y escuchó su poderosa exhalación—. En el aspecto informativo la cosa no ha ido tan mal. Tuve tiempo más que suficiente de silenciar su casa. Eso sí, admito que me sorprendió cuando descubrió el micro en el estudio de Meisner. Pero de algo nos sirve. Ahora está convencido de que sus aparatos funcionan. Pondré cables nuevos a los dos aparatos dentro de unos días, y seguiremos a la escucha. Sólo «luz verde». Tú misma lo has dicho: cualquier filtración es independiente. Además, la pérdida de datos ha sido mínima. La única conversación importante que me perdí fue la hora que estuvo con Wismer. No es un precio alto. ¿Y en dónde más ha estado hoy? Presiento que vas a hacerme esta pregunta.

Abajo, en Tucker, Martin Probst estaba abriendo la puerta de su coche como si quisiera arrancarla de cuajo, tan enfadado como lo había parecido con el alcalde. Deberías tratar mejor esas puertas, pensó Singh.

—Fue a ver al padre de Duane Thompson, una conversación breve e insulsa, luego a Wismer y después a Hutchinson. Cuando me fue posible, me tomé la libertad de escuchar con un micro direccional. El sonido dejaba mucho que desear, pero capté lo más esencial. Por cierto, podrías decirle a Gopal que han pillado a Bunny Hutchinson en faenas adúlteras.

—Gopal lo sabe —dijo Jammu—. Fue él quien organizó la detección. ¿Tú podrías...?

—Por supuesto. Gopal está muy ocupado. Qué poca delicadeza por mi parte. ¿Yo podría...? Vale. De acuerdo. Ahora se puede afirmar sin margen de error que Probst ya no está en estado de animación suspendida, por así decir.

—O sea en el Estado. Dijiste que eso era el Estado, hace tres semanas dijiste que él estaba dentro. Ya no.

—Al contrario. Claro que lo está. Mira, es una dialéctica de manual. Libertad absoluta, terror absoluto, la Revolución Francesa *à la* Hegel. Es la demostración, no la refutación.

—Ve al grano, ¿quieres? Tengo sólo dos o tres minutos.

—Y estarás ocupada toda la noche.

—Esto es una lección práctica de primer orden.

—Bien —dijo Singh—. Yo creo que no ha cambiado nada. Esperábamos que Probst despertara tarde o temprano y así ha sido, por mediación de Norris. Pero despertar no es lo mismo que ser consciente. ¿Has leído mi resumen de la conversación que mantuvo ayer con Norris?

—No.

—Pues deberías. Es uno de mis mejores trabajos. Norris (y ahora Probst) sabe más sobre lo que pasó en el estadio que yo mismo. Pero hasta Norris, que no deja de pensar en ello, es incapaz de entender el sentido de la advertencia de los Guerreros.

—Era de esperar.

—No lo entiende ni lo entenderá, pese a que estuvo implícito a lo largo de toda la conversación. Otro tanto pasa con Hutchinson; parece ser que sabe bastantes cosas sobre Asha...

—Yo le ayudé un poco en sus pesquisas —dijo Jammu—. Quería que supiera cuándo se habían conocido exactamente ella y Hammaker.

—Ya lo sabe. Y dudo mucho que llegue a adivinar cómo...

—Por supuesto. Nadie lo sabe excepto Asha.

—Aunque si tienes un momento...

—No —dijo Jammu—. Pero ¿qué?

—El detective de Norris.

—Sí, se apellida Pokorny. Bhise le puso una multa por violar la legislación sobre alcohol, lo metió con los acusados de crímenes sexuales. Tres días, y cuando el cónsul lo sacó de allí, Birjinder orquestó un accidente de coche.

—¿Mortal?

—No, pero fue en taxi del hospital al aeropuerto.

—Pokorny. ¿De dónde es eso..., de Hungría?

—Al grano, Singh. Tengo cinco segundos.

—Cuatro, tres, dos, uno. Estoy esperando. Bien. Al grano, sí. Nadie sabe, ni siquiera yo, qué efecto van a tener en Probst estas revelaciones. Pero ahora conoce los hechos. Hutchinson le habló de Harvey Ardmore y de Westhaven. Cuando se haya calmado, es posible que lamente algunas de las cosas que ha dicho hoy.

—Lo dudo.

—Esperemos a ver qué pasa el jueves. Hay reunión de Municipal Growth.

—Pero son cuatro días. ¿Y si su hija vuelve a casa?

—Descuida. En cualquier caso, necesito tiempo.

—¿Para?

—Barbara.

—Ponlo en marcha mañana mismo, Singh. Siempre puedes volverte atrás.

—Es lo que tenía previsto. Pero ¿tengo tu permiso?

—¿Para tirarte a Barbara?

Singh asintió.

—Sí, si no te complicas la vida; sí, si crees que puede servir de algo.

—Servirá, servirá.

Sonó el teléfono. Singh se inclinó para mirar a la calle. El coche de Probst ya no estaba. Había dejado un hueco junto al bordillo, la vívida ausencia que queda cuando un objeto se esfuma entre dos vistazos, visto y no visto: historia viva, la partida que precede al acoplamiento.

El teléfono volvió a sonar. Singh se dio la vuelta. Jammu ya no estaba, la puerta de la antecámara se cerraba en aquel momento. Su butaca estaba vacía.

*

Un sedán blanco apareció en el retrovisor de Probst cuando estaba cruzando los apartaderos a la altura de la Calle Dieciocho. El coche le siguió perezoso, a ras de suelo, pegado a la nieve que se amontonaba en el bordillo. ¿Era el mismo que había estado viendo todo el día? Matones, pero ¿de quién?, ¿de Wesley?, ¿de Norris? Levantó el pie del acelerador, confiando en que el semáforo cambiase a ámbar. Quería que el Chevrolet se parara justo detrás de él. Ahora la visibilidad era buena. Pero el semáforo no cambió de tono. Probst pasó el cruce muy despacio, sin apenas mirar la calle vacía. El Chevrolet serpenteaba dentro de su carril. Una semana antes, dos días antes, Probst no hubiera creído que le seguían a él, pero su credulidad había aumentado. Le estaban siguiendo, alguien a quien le interesaban sus movimientos. Creían que podían hacer lo que les diera la gana. Aprovecharían el momento en que no estuviera alerta, para conspirar, para no trabajar, escurrirían el bulto para no hacer lo que había que hacer, para eludir la prueba del verdadero mérito, tratando de hacerse fuertes a fin de proteger su estupidez y alimentar su hedionda codicia...

En Chouteau Avenue un semáforo le hizo el favor que esperaba. Probst frenó en seco, bastante antes de la línea, y sorprendió al Chevrolet, que apareció de golpe llenando el retrovisor. Sus neumáticos rechinaron. Probst abrió la puerta y se apeó, e inmediatamente supo que había cometido un error.

En el coche iban cinco jóvenes, dos delante y tres detrás. Las cuatro puertas se abrieron. Los jóvenes tenían pómulos prominentes que parecían obligarles a entornar los ojos, su tez era cobriza y sus cortes de pelo militares, sus brazos poderosos. Empuñaban latas de Hammaker.

—Eh, tú, hijo de puta —dijo el conductor, cerrando de un portazo y avanzando hacia Probst.

Probst dio un paso atrás. El quinto de ellos, un chico flaco con unas gafas gruesas, se apeó del Chevrolet. Probst los miró de uno en uno. Nadie decía nada. No pasaba un solo coche. Domingo a última hora en una zona despoblada, cerca de la I-44: el quinto infierno.

—Capullo —dijo el conductor. Los otros cuatro se situaron a su espalda. Llevaban cazadoras tejanas, chaquetas del ejército. Probst vio un tatuaje de barras y estrellas. El conductor gargajeó y lanzó un escupitajo al Lincoln. No podían saber quién era Probst. Imposible.

El conductor le pegó en la oreja.

Probst trastabilló hacia el Lincoln.

—Ten cuidado —dijo con voz ronca.

—¡Ten cuidado! —en falsete.

—Gilipollas.

—Marica.

—¡Ten cuidado!

El flaco se puso a mear contra el maletero. Los otros lanzaron vítores. El conductor agarró a Probst y le hizo dar media vuelta. Probst, por fin lúcido, dijo:

—Ahí viene la policía.

Mientras todos se volvían, él se zafó y montó rápidamente en el Lincoln, cerrando la puerta. Los jóvenes empezaron a aporrear el techo y las ventanillas. El parabrisas se cubrió de salivazos, y Probst aceleró para pasar en rojo. Notó un golpe en la capota y una lata de Hammaker resbaló por su lado izquierdo. A su espalda vio cerrarse la última de las cuatro puertas. De las ventanillas del Chevrolet salieron brazos, cuatro brazos, todos ellos enseñando a Probst el dedo medio levantado.

Poco después se encontraba en el carril más próximo al arcén de la I-44, con el Chevrolet a escasa distancia. Probst se los imaginó incrustándose contra su coche. El limpiaparabrisas convirtió en arcos opacos las manchas de saliva. Conducía a ciento treinta. A ese ritmo estaría en su casa al cabo de diez minutos. Pero ellos también. Le zumbaba el oído. No podía llevarlos hasta su casa. La emprenderían a pedradas. ¿Dónde estaba la policía? Por una vez deseó que estuvieran acechando con sus radares. Pensó en su oficina, su ciudadela, y en la comisaría que había al otro lado de la calle.

Dejó rápidamente la autopista. Cruzó un semáforo en ámbar pero el Chevy le fue detrás. Pegado a sus ruedas traseras, se precipitó en la autovía por la rampa de entrada opuesta. Cuatro manos continuaban enseñándole el dedo. Era terrible. ¿Dónde diablos estaba la policía?

Los gamberros le siguieron por el paso a desnivel de la Calle Doce y por la I-55. En las tinieblas que le rodeaban, en las grises calles estrechas, luces azules pasaban a toda velocidad como ventanillas de un tren de pasajeros, y el silencio era absoluto, un silencio de muerte, como si Probst estuviera agonizando igual que agonizaba la ciudad y sólo pudiera controlar el sentido de la vista y el del equilibrio. Ahí estaba la enorme y humeante fábrica de cerveza, a la sombra de la cual había perdido a Helen Scott, ahí los haces rojos de sus chimeneas, ahí Broadway, todas las calles secundarias que estaban ya medio muertas cuando las había abandonado treinta años antes, ahí Chippewa, ahí Gravois, las funerarias y el Boatmen's Bank, ahí el solar donde había estado la tienda de Katie Flynn hasta que su hijo retrasado se puso a jugar con cerillas, ahí un garito de gitanos en lo que había sido una tienda de comestibles de unos polacos...

Y ahí estaba la policía.

Media docena de coches patrulla había parado a lo ancho en mitad de Gravois. Probst se detuvo. Por el retrovisor vio que el Chevrolet había sido detenido algo más atrás; estaba dando media vuelta. Luces azules colisionaban con luces blancas, el cielo se hizo luminosos añicos. Sirenas y radios, faros, nieve. Un agente señalaba a Probst y le decía algo: media vuelta. Probst salió del coche. Estaba a salvo.

—Dé media vuelta —dijo el agente.

—¿Adónde puedo ir?

—La carretera está cerrada —más allá, otros agentes corrían hacia un cordón policial con rifles y metralletas.

—¿Qué ocurre?

—Dé media vuelta.

Más coches patrulla pararon detrás de Probst, cortándole la salida. Un poco más atrás el tráfico estaba siendo desviado hacia Morganford. En lo alto, un helicóptero.

—Unidad Seis Unidad Seis —graznaron las radios—. Velocidad alta en Kingshighway South. Unidad Siete Holly Hills.

Probst volvió al coche. Estaba realmente bloqueado. A su izquierda vio otro automovilista encallado como él, con las ruedas traseras sobre la mediana.

Una furgoneta con una parabólica encima avanzaba por el lado incorrecto de los vacíos carriles de Gravois, rumbo al norte. Apenas se había detenido cuando la puerta trasera y las dos laterales se abrieron, partiendo en dos el logotipo de la KSLX. Un cámara se apeó de un salto, seguido de un reportero al que Probst conocía. Era Don Daizy. Las luces de la cámara le condujeron hacia la hilera de coches patrulla, y ahora, por primera vez, Probst distinguió el centro de toda aquella actividad: embutida en su trinchera, apoyada en uno de los coches, un megáfono colgando de una mano y un micrófono de radiorreceptor en la otra, estaba Jammu.

Don Daizy se le acercó con su séquito cargado de cables. Un agente fue a su encuentro, pistola en mano, y le hizo dar media vuelta. Hablaron un momento. Un segundo agente agarró al cámara y se lo llevó hacia el furgón. Daizy se encasquetó unos auriculares y escuchó, pestañeando y asintiendo con la cabeza. Golpeó ligeramente un micrófono grande.

Probst conectó la radio de su coche y observó a Jammu. Era de noche. Los numerosos reflectores arrojaban una luz que era casi estable, igual que las chicharras se funden en una sola voz. Jack Strom estaba hablando por la KSLX. Jammu llevaba unas botas de nieve. Estaba inmóvil al lado del coche, mirando hacia lo que sucedía más allá del cordón policial. Dos agentes que estaban a su lado miraban en la misma dirección.

—... a raíz de un ataque abortado contra una instalación de Bell Telephone en el suroeste de la ciudad. Se aconseja a los residentes de la zona limitada por Chippewa, Gravois y el río des Peres que permanezcan dentro de sus casas. Repito, en la zona limitada por Chippewa, Gravois Avenue y el límite municipal, los residentes...

Probst recordaría esa primera visión de Jammu. Al describir su aventura en semanas posteriores, comentaría sobre la manera en que ella parecía controlar la situación, sobre cómo, diciendo algunas palabras de vez en cuando por la radio, manteniéndose casi totalmente quieta mientras la crisis se desarrollaba, daba Jammu la impresión de controlar los movimientos de los hombres que la rodeaban y de los que estaban más lejos, en la zona de oscuridad. Recordaría su manera de vestir, las botas de nieve y la trinchera, su espontánea confianza, lo recordaría incluso cuando ella utilizó sus fríos y crueles argumentos para sacarle todo el jugo político a aquella hora: domingo, 10 de diciembre, de 4.00 a 5.00 de la tarde.

—Armados y peligrosos. Conectamos ahora con Don Daizy, que se encuentra en el bloqueo de Gravois. ¿Don...?

... Porque los cordones policiales no serían de ninguna utilidad. Los Osage Warriors, atrapados al fin, abandonarían su vehículo, cruzarían el río seco, esquivarían a la desorganizada y escasa policía local al sur del río y escaparían sin dificultad. Jammu declararía tristemente en Jefferson City: «Estábamos esperando esto, teníamos la trampa preparada hasta el último detalle, y no ha servido de nada por culpa de unos efectivos que no estaban bajo mi control». Probst oiría esas palabras, captaría la manipulación de los hechos y la perdonaría porque la había visto actuar, la había visto en persona, y sabía distinguir a un profesional cuando lo tenía delante.

—Las arterias principales ya no están bloqueadas, y veo coches patrulla desplegándose ya por las calles al sur y el oeste...

Daizy estaba hablando por su micrófono.

—La jefa Jammu se encuentra diez metros a mi izquierda y está dirigiendo la operación conjuntamente con agentes del helicóptero de la policía...

La voz de Daizy sonó en la radio de Probst.

—Por lo que he podido deducir, la policía recibió datos sobre el paradero de los terroristas hace varias horas, y en los últimos veinte minutos han podido seguir sus movimientos con extraodinaria precisión...

Daizy gesticulaba mientras se dirigía a su invisible público, moviendo los labios en la luz arlequinada mientras sus palabras, perfectamente sincronizadas con sus labios, golpeaban como lluvia las ventanillas del coche de Probst.

9.

Titus Klaxon y sus Steamcats, gente de St. Louis que había triunfado y se había largado a Los Ángeles, tenían un bolo muy especial en el Shea's Lounge de Vandeventer Avenue, un acontecimiento que uno no se podía perder. RC y Annie dejaron a su hijo Robbie con los chavales de Clarence y Kate y permitieron que Clarence llevara el coche bajo una nevada colosal y aparcara en un sitio libre cuya identidad y propiedad (¿un jardín?, ¿un aparcamiento?, ¿una calle?) quedaban ocultas bajo más de un palmo de nieve. Era la segunda tormenta de invierno en dos días y el cielo aún no se había cansado. Al pasar frente al gorila de turno, RC vio que las gafas de Annie se empañaban impidiéndole ver. Annie se las quitó y sonrió, y él le dio un beso y le apretó los hombros. En el estrado en penumbra alguien estaba tocando un ritmo rápido en el charles, lo que quería decir que el espectáculo no iba a empezar todavía. Ernie Shea, que era amigo de Clarence, los condujo a una mesa bien situada y les llevó personalmente unas jarras de Hammaker. El batería dejó de tocar. RC y Clarence, Kate y Annie estuvieron hablando un rato de todo y de nada, como en los viejos tiempos, una cita doble, sólo que no habían existido tales viejos tiempos. RC tenía diez años y Annie dos cuando Clarence y Kate se habían casado.

Al poco rato Clarence trasladó su silla un par de palmos para un *tête-à-tête* con RC.

—Bueno, agente White —dijo—. ¿Cómo va la vida?

RC reflexionó. Lo más importante de su vida era que su casero, Sloane, los echaba a Annie y a él del apartamento. Había una normativa nueva para que los alquileres no fueran abusivos, pero Sloane cobraba honorarios, hacía ruidosas reformas en pisos vacíos y ofrecía una cantidad ridícula a todo aquel que estuviera dispuesto a marcharse. Eran muchos los que ya habían aceptado.

Clarence olfateó un cigarro puro y le hincó los dientes.

—¿No es al cien por cien maravillosa? —sus ojos se veían claramente inyectados en sangre pese al humo y las luces anaranjadas—. ¿Qué es lo que anda mal, agente White?

—¿Te interesa, Clarence, o sólo te estás riendo de mí?

—Me interesa, agente White.

—Pues deja de llamarme así —aquellas sesiones de preguntas y respuestas ponían nervioso a RC cuando Annie estaba delante. A Clarence le preocupaba otra cosa, en el fondo, algo como: ¿qué tal trata la vida a mi hermanita?—. Estoy bien —dijo RC—. Lo que pasa es que nos echan del apartamento.

—No me digas —Clarence exhaló humo.

—Sloane estuvo en casa el sábado hablando con Annie. Dijo que seguramente no podía hacer nada para evitarlo.

—Un Sloane siempre será un Sloane —daba la impresión de que a los ojos de Clarence les dolía ver—. Qué otras novedades hay.

No era una pregunta, pero RC la respondió.

—Annie consiguió ese empleo, sabes. Y yo he aprobado la prueba de comunicaciones.

—Ya veo que acabaréis pagando un alquiler de los altos.

RC sorbió de su cerveza. Los músicos que había al fondo del estrado llevaban camisetas y jerseys sin mangas, mientras fuera la ventisca era capaz de matar a cualquier vagabundo. No tenía ninguna gracia, pensó RC, estar al lado de un pesimista que estaba viendo confirmadas sus predicciones, y Clarence no era otra cosa sino un genuino pesimista. Le entraron ganas de disculparse en nombre del mundo, en nombre de todas sus cosas malas. Podía aceptar las dificultades y los gastos de su vida, pero le jorobaba ver que cuadraban con las escasas expectativas de Clarence.

En realidad, RC había llamado a Struthers, de Alderman Rondo, para preguntar si se podía hacer algo respecto a Sloane. Fino, finísimo, Struthers le había dicho que había un proyecto de viviendas en curso, pero RC le preguntó que quién quería vivir en una comunidad de viviendas protegidas si podía evitarlo, aunque fuera una «buena» comunidad para gente «decente» —como lo calificó Struthers, lo cual debía de ser mentira, conociendo a Struthers y sabiendo lo que era una comunidad de viviendas protegidas. Struthers le dijo que con el fondo de renovación tenía para tres meses de alquiler, hasta febrero o marzo, pero que con el recibo le darían un préstamo. Y RC dijo: «Ya. Nos vamos a vivir tres meses a un motel. Y luego ¿qué? ¿Habrá sitios en esta ciudad dentro de tres meses si todos estamos en la misma situación?». Y Struthers dijo: «Está todo calculado, muchacho. A partir de ahora no van a joder a nadie». Struthers, la antítesis de Clarence, hizo pensar a RC que podía ocurrir lo peor. Todo brillaba como los chorros del oro en el mundo de Ronald Struthers, el hombre más rico que RC había conocido jamás.

Annie y Kate estaban mirando unas fotos que Kate había sacado de su bolso.

—El martes demolimos un edificio en Biddle, RC —dijo Clarence, poniendo su cara de contar anécdotas, los ojos entornados, el cigarro en ristre—. Lo desmantelamos a fondo, tuberías, fusibles, puertas, y gran parte de los ladrillos. Unas puertas de buena madera, me temo. En fin, procuramos que no quedara nada que llevarse o dejar allí y empezamos con la bola de demoler, y no te digo que se nos había pasado por alto un pequeño sótano. Un agujero antiquísimo, con piso de tierra, de esos que se usaban para guardar patatas, conservas y carbón hace casi un siglo. O sea, una especie de gatera, y no te digo que veo aparecer una familia de tres.

Clarence le enseñó aquella espantosa sonrisa que exhibía últimamente, sonrisa de no-me-extraña-nada.

—Una señora no mucho mayor que Stanly, con una hija de tres años y un bebé pegado a la teta, mamando mientras nosotros hablábamos —hizo otra pausa para cerciorarse de que RC le seguía—. Estas cosas me afectan, sabes. Sí, todavía me afectan. Hice marcha atrás con la bola y me puse a hablar con la mujer. Había llegado de Mississippi en agosto, de un pueblo llamado Carthage, sólo había estado en St. Louis de visita, pero buscando al padre de sus hijos. Una cosa conduce a la otra, y en pleno diciembre está viviendo en una carbonera alimentándose de sopicaldo, demasiado tonta o demasiado tímida para hacer otra cosa. Viviendo en una carbonera, nada menos. Le dije que lo sentía mucho, pero que teníamos que hacer nuestro trabajo. ¿Adónde pensaban ir? Ella no lo sabía. No lo sabía. Mira, nadie debería vivir en una carbonera. Y yo estaba echando abajo una para que puedan construir oficinas. Es que hay gente así, y se avecina el invierno.

RC conocía bien a Clarence.

—¿La chica ha vuelto a Carthage? —preguntó.

—Lo único que sé es que subió al autobús —de súbito, Clarence se irguió como un pointer—. Mira eso —hizo un gesto de cabeza, y al otro lado de la sala, hablando del diablo, estaba Ronald Struthers. Llevaba jersey de cuello cisne y pantalón de pana, la cadena de oro con el enorme medallón, y estaba charlando con Ernie Shea. Ambos de cara al estrado. Tras el telón se presentía un silencio preliminar. Puntas de luz brillaban sobre el escotillón, sobre pies que sostenían saxos y trompetas sin su embocadura. La sala estaba repleta y nerviosa, y el humo era tan denso que pronto llovería alquitrán.

—Vaya, vaya —dijo Clarence, nada impresionado—. ¿Qué estará haciendo aquí?

—Quizá viene a oír la música —respondió RC con sarcasmo pero no sin cierto nerviosismo, atrapado como estaba en una disputa que él no había provocado. Struthers y Shea fueron hacia el estrado en estricta línea de montaje, parándose en cada mesa para que Struthers pudiera repartir políticos apretones de mano, sonrisitas y halagos. Pasaron tras el telón y se convirtieron en dos bultos con pies. RC volvió a arrimar su silla a la mesa y tocó a Annie en el hombro.

—¿Mmm? —dijo ella, sonriendo a una observación de Kate.

—¿Has visto a Struthers?

—A mí qué me importa Struthers.

RC se llenó el vaso, llenó los de las señoras, alargó la mano y llenó también el de Clarence, e hizo señas a una camarera para que les llevara otra jarra. Pagaría esta consumición a las seis de la mañana cuando tomara el autobús para ir a la academia. Ahora Annie necesitaba el coche. Él estaría seco y tiritando, y los copos de nieve cortantes como limaduras.

Los Steamcats asomaron al estrado y tomaron posiciones. El batería, un rasta o presunto rasta de pecho desnudo, marcó unos compases de ritmo para darse importancia, ajustó la posición de su banqueta, hizo malabarismos con una baqueta y ejecutó un redoble en la caja. Entonces salió Titus, más gordo que nunca, embutido en una túnica plateada con lentejuelas y un tocado de plumas, indio. Hizo una venia al público, recibió aplausos aislados. Pero entonces, con un guiño de advertencia a los allí presentes, retrocedió para esconderse de nuevo tras las cortinas.

—Qué estilo tiene —dijo Annie.

Clarence, con cara de enfermo, machacaba el puro entre sus dientes.

Avanzando ahora entre los músicos estaban Ernie Shea y Ronald Struthers, éste conducido del codo por el primero, guía en un territorio inexplorado y hostil. Una vez delante del micro observaron a la multitud. Los Steamcats se cruzaron de brazos, encorvaron los hombros y miraron a Struthers como si fuera el presidente de un banco blanco. Las luces del local se fueron extinguiendo. La luz retrocedió hacia el estrado, se fundió en un baño púrpura en el que los Steamcats se movieron furtivos, lamiéndose los labios. Shea dio unos golpecitos al micro.

—Siempre es un enorme placer —dijo— dar la bienvenida a estos caballeros que nos traen, a mí y seguro que a ustedes, tan gratos recuerdos. Bueno, nuestra estrella acaba de echar a perder el clímax con sus prisas por entrar y salir...

Risas generalizadas.

—Pero tenemos toda la noche por delante, así que vamos a intentarlo de nuevo. A ver si esta vez sale bien. Señoras y señores, amigos, romanos, paisanos, les presento al astro de St. Louis... ¡Titus Klaxon!

Salió Titus, menos garboso que antes. Cabizbajo, fue hacia Shea y Struthers y los empequeñeció con su estatura musical. Se situó entre los dos, abrazándolos como a muñecos.

—Gracias —dijo cuando los aplausos menguaron—. Muchas gracias.

Gente muriendo fuera en la tormenta de nieve. Siempre que había ventisca moría gente.

—Quisiera decir unas palabras si me lo permiten —Struthers se apoderó del micro.

Silencio inmediato. La gente desconcertada.

—Sé que vamos a dar a Titus la bienvenida que se merece —dijo—. Lo sé porque conozco a Titus Klaxon, me consta que es un hombre que nunca perderá sus raíces, y sé que lo mismo puede aplicarse a todas las personas presentes en este local...

Alguien rió por lo bajo a la derecha de RC; a su izquierda, Clarence se estaba mordiendo el dedo gordo, no la uña sino el dedo en sí.

—Me acuerdo de cuando estos chicos empezaban en la música...

CRAC. El batería descargó un golpe contra el aro de la caja y Struthers dio un salto. Los Steamcats miraron al techo.

—Bien —carraspeó Struthers—. Parece que todos estamos impacientes por empezar, a todos nos conmueven los recuerdos que sin duda evoca esta noche, de modo que sin más preámbulos...

Pasando un brazo sobre Shea y otro brazo sobre Titus, Struthers enseñó su sonrisa a toda la sala como si estuviera reclamando una foto, y luego, con un destello azul, fue fotografiado. ¿Estaban permitidas las cámarass en el local? RC alargó el cuello buscando el origen del flash. Lo encontró. Pegado a la pared tres mesas más allá había un chaval de pelo rizado, blanco, con una camara y una chica al lado. Jóvenes, pinta de zona residencial. Típicos.

—Es el chico que le sacó la foto a Benny Brown —dijo Clarence por lo bajo.

Struthers se había esfumado y Shea anadeaba entre las mesas en busca del fotógrafo. Hablaron. La chica parecía preocupada. El chaval sacó una tarjeta y Shea asintió, pero no parecía muy contento.

Mientras los Steamcats ajustaban boquillas y pulsaban cuerdas, Titus cogió el micro.

—Mi buen amigo Ronald Struthers —dijo— me ha pedido que dedicara una canción a una señorita que sin duda muchos de vosotros conocéis, y la primera pieza vale como cualquier otra —Titus tensó el abdomen y tragó una bocanada de aire, como si quisiera impedir que le repitiera la comida—. Se trata de una canción nueva. Hacía tiempo que no veíamos las calles de esta ciudad y es posible (quiero que lo meditéis), es posible que ahora que soy un forastero pueda ver cosas que vosotros no podéis ver. Si es así, no voy a pedir disculpas, porque me alegro mucho, en serio, de estar aquí esta noche. Mi lema es que el blues es la verdad, así pues, chicos, vamos a enseñarles a estos amigos de qué clase de blues estoy hablando —el batería empezó a tocar—. Ésta va por la señorita de azul, y se titula —anunció con voz de bajo profundo—: *Gentrifyin' Blues*».*

*

Probst estaba enfermo. Tenía un fuerte resfriado, el peor en años, con todo el repertorio: escalofríos, jaqueca, dolor de garganta, una sensación general de injusticia y agravio. Los medicamentos de costumbre apenas le hacían efecto. Durante el fin de semana había tocado ligeramente la superficie, o la superficie le había tocado a él, y luego Probst se había tocado los ojos o la nariz y los virus habían penetrado. Podía haber sido cualquier superficie. Todo tenía una superficie, y los gérmenes activos estaban a la espera, saltando en el aire, un número indeterminado de ellos; en lápices y cojines, en zapatos y en aceras, calles y suelos, en vasos y toallas y parquímetros. Los teléfonos eran un hervidero de virus. Las monedas que te daban como cambio supuraban enjambres de ellos. Los botones de los ascensores eran pústulas repletas de virulencia adquirida. Rolf Ripley se había limpiado bolitas de viviente viscosidad en las mangas, y Probst las había tocado. Había secreciones de Buzz por toda su oficina. Hutchinson había cogido el abrigo de Probst. El doctor Thompson le había estrechado la mano, a Meisner le moqueaba la nariz, y el general

* Aproximadamente, «Blues de los nuevos burgueses». *(N. del T.)*

—Sam— le había pasado unos donuts, nada menos. Visto en retrospectiva, no se fiaba de nadie.

Eran las tres de la tarde, 12 de diciembre. Arrebujado en su abrigo, una bufanda debajo del mentón, cruzó las dos puertas de Plaza Frontenac, las galerías donde tanto Barbara como él preferían hacer sus compras. Los que entraban con él llevaban las manos vacías y un paso febril. Los que salían llevaban paquetes en brazos, bolsas de Saks colgando a la altura de la pantorrilla, libros o discos en el pliegue del codo, pequeñas bolsas de papel asomando por los bolsillos del abrigo. Probst se detuvo a fin de orientarse. Estos sitios no estaban hechos para ejecutivos, y Probst se sentía especialmente desplazado en una tarde de día laborable. Normalmente, ningún catarro, por fuerte que fuera, le impedía ir a la oficina. Pero además había contraído un cumpleaños, que era asimismo el peor que había contraído en años. Cumplía cincuenta. Un niño vestido con un loden verde estaba persiguiendo un globo rojo y fue a parar a los pies de Probst, que estornudó encima de sus caracolillos rubios.

—¡Jesús! —dijo la tierna voz infantil.

—¡Vaya! Gracias.

Sus palabras le dejaron un mal sabor de boca. La gente le daba empellones. Se refugió en el escaparate más cercano, detrás del cual unos torsos blancos exhibían lencería negra. ¡Vaya! ¡Vaya! Hablaba igual que su padre. Su padre había recurrido constantemente a la palabra «vaya», no sólo como partícula dilatoria sino también como exclamación que denotaba a la vez sorpresa y beneplácito. Si un cliente de la zapatería Gamm's donde él trabajaba hacía un comentario elogioso sobre su traje o su corbata (era muy detallista con la ropa), él iniciaba su respuesta con un entusiasta, aunque ligeramente desconcertante, «¡Vaya!». Cuando Ginny o Martin iban a la tienda a pedirle dinero, aquella palabra expresaba su contento al recordar su posesión de una hija tan bonita y despabilada, o de un hijo tan cortés y tan serio. «¡Vaya!» La palabra dejaba a sus clientes en suspenso; estos dos eran sus importantísimos hijos; sus hijos, fíjense bien, no sus nietos. De la tienda se llevaba a casa otras coletillas, coletillas que en su momento no parecieron nada características, pero que, cuarenta años después, salían de la boca de Martin con creciente frecuencia a medida que se aproximaba a la edad que su padre tenía cuando Martin se dio cuenta por primera vez de que su padre era un hombre más débil que él. Últimamente se había sorprendido a sí mismo utilizando la palabra «bien» como adverbio, peor aún, la construcción «Y digo yo», una frase distintiva de un hombre que piensa en voz alta (pensar en voz alta entrañaba arrogancia) en vez de dirigirse a quienes le rodean. Supongamos que Ginny, Martin y su madre habían estado hablando durante la cena de buscar un sustituto para Shannon, el chucho que una noche no había vuelto de su carrera diaria; su padre se quedaba sentado en silencio con su cerveza mientras retiraban los platos y servían melocotón en almíbar, y luego, con un gruñido, decía: «Y digo yo si no sería más sencillo conseguir un animal disecado para Gin y una novia para Martin».

En el escaparate, ante los propios ojos de Probst, un torso blanco estaba cobrando vida. Giró con frenesí sobre su ausencia de extremidades; dos manos de dependienta lo habían agarrado por el muñón del cuello y estaban retirando el sostén de sus cónicos pechos de alabastro. La dependienta leyó la etiqueta de la talla. Luego se volvió a una cliente, negó con la cabeza y se encogió de hombros.

A la izquierda de Probst una niña estaba llorando. Su madre se arrodilló para tirarle de los bucles como si la pusiera guapa para una foto. Secó sus lágrimas con el pulgar, sin darse cuenta de que ésa era una excelente manera de introducir virus en la corriente sanguínea de su hija. Probst se alejó.

Había ido a comprar unos regalos para Barbara, confiando en dejar al menos un asunto zanjado. En su lista había libros, productos de baño y pendientes de diamantes. Su plan era dejar que Plaza Frontenac le sugiriera otras y más abstractas ideas. Por fortuna, sólo tenía que comprar regalos para Barbara y para nadie más.

La víspera, cuando intentó enseñarle a su propio cuerpo quién mandaba allí ayudando a Mohnwirbel a despejar los últimos veinte centímetros de nieve del camino particular, Barbara le había llamado desde dentro de la casa. Jack DuChamp estaba al teléfono. Jack no le llamaba desde la noche del incidente en el estadio. Le dijo que Elaine y él —ejem, bueno, desde hacía años— daban una fiesta el día veintitrés. Lamentaba avisar con tan poca antelación, pero estarían encantados de contar con Martin y su mujer.

Bajo la supervisión de Barbara, Probst le dijo a Jack que le parecía que no podrían ir, unos parientes de Barbara habían anunciado su visita a la ciudad y, claro, ya sabía él cómo era eso, pero que harían todo lo posible por...

—Estupendo, estupendo —dijo Jack, mientras Barbara salía de la habitación, aparentemente satisfecha—. Nos haría mucho ilusión verte. Y procura traer también a Luisa, será una cosa muy familiar. A nuestros hijos les haría mucha ilusión verla.

Al salir de nuevo a la nieve, Probst asomó la cabeza en el cuarto lleno de humo. Dijo que parecía que al final no tendrían que ir. ¿Que no tendrían que ir? Demonios, Martin. Claro que no irían.

Por la mañana había hecho un pedido adicional por teléfono a la firma de cítricos de Florida que solía solucionarles sus regalos de fuera de la ciudad. Los DuChamp tendrían pomelos en pleno mes de febrero; el aviso llegaría en torno a la fecha de la fiesta. Probst confiaba en que los cítricos, aquel soborno tan formal, tendrían el efecto deseado.

Que no era otro que conseguir que Jack le dejara en paz.

Esquivando pelotas mortales de necesidad —dos chavales regordetes con cazadora tejana que se precipitaron a una tienda de videojuegos— ganó los ascensores y una vez dentro estornudó en la mano y se agarró al pasamanos de plástico negro, infectándolo. Vio correr el pasamanos como salido de una máquina de extrusión hacia los mecanismos del aparato. Vio extenderse sus gérmenes a lo largo de la tira. Volvió la cabeza. Diez rostros le estaban mirando, algunos de ellos como si le reconocieran de algo. Les había producido asco.

Una tienda que proyectaba ciencia e integridad, un estanco, le llamó la atención. Unos tarros grandes con tapones de cristal biselado se alineaban con sus respectivas etiquetas en estantes, como en un museo de muestras de suelo, unos tabacos tan negros como Iowa, otros tan rojos como Arkansas, otros austeros y rubios, otros de color de arena, otros en fin margosos y jaspeados. La tienda vendía también caramelos y revistas. Era un comercio a la antigua usanza. Probst entró, saludó con un gesto al propietario y negó con la cabeza: sólo estoy mirando. Mientras recorría el expositor de golosinas, sus ojos quedaron prendados de las cajas triangulares de Toblerone. Cogió una y leyó mensajes en alemán, francés e italiano, un idioma en cada cara.

¿Y en inglés no? ¡Vaya! Qué pulcro, qué importado, qué suizo que estas chocolatinas utilizaran los tres idiomas oficiales de Suiza. Así se aclaraba un pequeño misterio: ¿por qué las cajas eran triangulares? Compraría unas cuantas. Venían en colores navideños.

Del expositor de periódicos cogió un ejemplar de *House.* Quería saber algo de la gente que el viernes fotografiaría su sala de estar, la cocina y el baño. El dueño marcó la compra en la caja. Probst preguntó si había encargado los Toblerone directamente a Suiza.

¿Por qué?

Hombre, como no ponía nada en inglés...

El hombre frunció el entrecejo.

—Sí, aquí está.

Probst miró también. Había algo en inglés. También en alemán e italiano. ¿Cómo podía haber tomado el francés por inglés?

—Sí, en inglés, francés y alemán —dijo el hombre. Probst se encogió de hombros disponiéndose a salir, pero entonces vio que el hombre se restregaba la nariz con dos de los dedos que había empleado para coger un billete de cinco dólares.

—¿Está todo bien?

Mirando hacia atrás, Probst hizo que sí con la cabeza y de pronto chocó con un objeto, al cual se agarró para no perder el equilibrio y a punto estuvo de volcar antes de identificarlo: era el típico indio de madera, casi tan alto como él, y que ahora se balanceaba violentamente. Probst lo sujetó. El dueño de la tienda meneó la cabeza con cara de irritada desaprobación. Probst había subestimado su propio vigor.

Atravesó el atrio y se sentó en un banco de roble bajo un árbol en miniatura con las hojas enceradas. No estaba en condiciones de hacer compras. Pero si no las hacía ahora tendría que volver en otro momento. Barbara le había preguntado cuánto tiempo estaría fuera y él había dicho que al menos una hora. No podría cooperar en los preparativos del cumpleaños. Además, si iba a casa, tendría que meterse en la cama. Odiaba meterse en cama, precisamente el día de su cumpleaños.

Pero, bueno, ¿qué importaba un cumpleaños? Lo único que le venía a la mente, cuando especulaba sobre el hecho de nacer, era su cabeza asomando entre las piernas de su madre. La imagen se volvía muy nítida cuando pensaba en ello, como si lo hubiera visto en la televisión o en un cine y lo estuviera recordando. ¿Qué cámara, al nivel de la cama, había registrado la aparición de su cabeza? Era una vieja película, filmada con una cámara muy vieja. Ninguna otra cosa le parecía más antigua.

Cuando Luisa le hacía preguntas agradables, tiempo atrás, una vez le había preguntado cuál era su primer recuerdo. Seguramente, le respondió él, el accidente de coche cuando no había cumplido aún los tres. Recordaba haber salido despedido y chocar con una barra metálica. Sí. Iba de pie sobre el asiento, y aún no tenía tres años...

Los zapatos y los murmullos de los compradores que pasaban por su lado parecían impacientes, como los movimientos de los transeúntes suelen parecerlo a quien está descansando, y el único consuelo a ese parloteo insoportable es incorporarse a él. Pero Probst resistió. Su garganta era un tubo de dolor. Necesitaba descansar un rato más. Luego haría las compras: aceite de baño, libros y pendientes. Seguramente no estaría con ánimos para buscar gangas, pero los catarros le volvían extravagante. Se encontraba mal, era su cumpleaños, podía hacer lo que le viniera en gana. Recordó que durante años le había acosado el recuerdo de la propulsión, del impacto con la barra, como en una pesadilla que no deja de serlo pese a identificarla como tal, sin saber que era a él mismo a quien le había ocurrido aquello. La gente olvidaba los accidentes, sólo la casualidad había hecho que su madre, años después, hubiera mencionado aquel día en la cola de Grand Avenue «cuando tú, Martin, saliste despedido y tuviste conmoción cerebral».

Podía retroceder todavía más, a la historia de su padre. Carl Probst tenía una finca y una casa en StillWater, era joven y libre de deudas y poseía acciones en el principal banco de la localidad, cuando los años de vacas flacas llegaron a Oklahoma. Su esposa falleció, y no llovía nunca. Los bancos empezaron a embargar las hipotecas. Probst padre vendió sus acciones en señal de protesta (así lo afirmaría después, aunque también necesitaba el dinero), es más, las vendió en contra de lo que todo el mundo sabía: había petróleo en la zona. Hacia 1940 el banco era uno de los más prósperos del estado. En 1940 Carl Probst estaba en St. Louis tocando pies de desconocidos. Si hubiera conservado sus acciones no habría sido millonario pero tampoco tan pobre como para no sobrevivir a los años de sequía, arrendar sus tierras y salir airoso. Él no salió airoso. Probst le había visto tratar de romper aquella tierra dura y roja en pleno febrero con ayuda de dos caballos y de su hijo único —Carl Jr.— abrir surcos para unas semillas sobre las que no caería lluvia, o apenas, mientras en otros horizontes, en cualquier parcela fuera de la lista negra, medraban las grúas. Le había oído decir a los hijos pequeños de su segunda y joven esposa que él hacía lo Correcto. Y él recordaba, de niño, haberle creído.

Zapatillas de tenis chirriaban sobre el suelo de parquet. La sensación que tenía ahora ya la había tenido siendo más joven sentado en bancos, la sensación de ser un viejo sentado en un banco mirando pasar el mundo. El mundo eran las mujeres de Frontenac con sus botas sucias de sal, fugaces mecanógrafas que consultaban el reloj, hombres de negocios que reían con y hacían reír a sus colegas, niños pequeños que se desenganchaban de sus madres para señalar los elefantes de color lavanda que había en el escaparate delante de Probst, tratando de tocarlos. Pero había mundos paralelos: el mundo de lo invisible, de los virus, del comportamiento latente, de las frases dichas por su padre. El domingo, cuando Wesley le había tirado los tejos y había mencionado el «círculo» y Probst había decidido marcharse inmediatamente, no había habido tal decisión. Se había encontrado en el umbral de la causa y el efecto, a raíz de un acto surgido raudo y franco del alma de lo que él era, cuando escenificó la negativa fundamental de su padre: No quiero tener nada que ver en esto; sea cual sea el precio, no quiero tener nada que ver.

A su lado en el banco había una mujer mayor con botas de goma rojas. Probst le dejó un poco más de sitio y la oyó decir, con toda claridad: «Qué melindroso». Probst puso todo un metro entre ella y él.

Estamos en el meollo de las cosas, Martin.

Probst no había dejado de pensar en la sesión de sauna con el... con Sam. A Sam le parecía importante que Probst hubiera derramado sangre en el estadio. A Probst le parecía extraño que sus heridas no hubieran sido mencionadas en la prensa ni en las ondas. Cuanto más pensaba en ello, más peculiar lo encontraba. Era el presidente de Municipal Growth, había resultado gravemente herido como los otros doce; ¿qué más hacía falta para que a uno lo tuvieran en cuenta? ¿Algún sargento de policía o empleado de hospital había declinado contar un decimotercer herido por la misma razón que los rascacielos no tenían planta decimotercera? Probst no necesitaba ver su nombre en los periódicos, ya aparecía a menudo en otros contextos, pero le intrigaba que el quinto poder hubiera considerado oportuno, por una vez, ignorarle. Si el nombre, la dirección y la pierna rota de Trudy Churchill les eran conocidos, entonces el meñique roto de Probst y la sangre perdida tenían que serles conocidos también. Se trataba sin duda de una supresión.

Conspiración. Coincidencia. No, conspiración.

Jammu controlaba la policía. Hutchinson, que había hablado siniestramente de cortesía profesional, controlaba la KSLX. Los padres de Duane Thompson eran ambos figuras importantes en Barnes, donde Probst había recibido tratamiento. Pete Wesley controlaba la oficina de prensa municipal. Los propietarios del Big Red eran íntimos de toda la gente importante, de Meisner, Norris, Buzz, Ross Billerica, Harvey Ardmore.

Probst no se fiaba de nadie. Desconocía los motivos que impulsaban a cada uno de ellos. ¿Cómo podía ser él decisivo estando tan mal informado? ¿Estaba mal informado *porque* era decisivo? En ese caso, la conspiración era doble, excluyéndolo de las noticias y a las noticias de él. Estaba enfermo. La gente le rehuía. Los oía gritar, reír y susurrar como colegiales más allá de la ventana de su cuarto interior de enfermo. Estaba enfermo, y le costaba tanto despejar la cabeza como le costaba recuperar su implicación en la vida pública de la ciudad, aunque nominalmente siguiera estando en el meollo. De repente todo eran traiciones, Wesley, Meisner, Ripley, Ardmore, su propia hija, buena parte de Municipal Growth. Querían utilizarlo sin hacerle partícipe del secreto. No contaban con él porque la conspiración no quería que él contara.

Las mil y una voces calladas de Plaza Frontenac podían haber sido visitas de un hospital, afligidos en un mausoleo, refugiados, evacuados, viajeros nocturnos o mirones en la escena de un crimen o un accidente, tal era el implacable desenfado de su voz colectiva. Mientras escuchaba, un gran yermo pareció abrirse en el paisaje sonoro. Capilares preceptuales llenaron todo el espacio interior, superexfoliando, produciendo un dolor sordo, todos ellos translúcidos, y todos ellos de Probst, o ¿se había encogido el centro comercial, con una repugnante sensación de pequeñez, hasta encajar en el oído de Probst y reducir los mil y un sonidos a puntos auditivos, comprimiéndolos, en el caparazón de su cráneo, para darles el blanquísimo ímpetu de un océano inerte? La idea del cumpleaños le fastidiaba. Su concepto mismo se tornó hidrópico y global. ¿Y si él era la ciudad, no algo centralmente ubicado, sino la cosa en sí?

Nacido en el momento crítico de la Depresión, había tenido que luchar a brazo partido para salir del hoyo, demoliendo y allanando y construyendo alto, construyendo el Arch, construyendo urbanizaciones de carácter juvenil y próspero, los años dorados de Martin Probst. Por dentro, empero, estaba enfermo, y la ciudad también estaba enferma por dentro, se atragantaba de motivaciones indigestas, atormentada por las mentiras. La conspiración invadía la corriente sanguínea de la ciudad sin alterar sus superficies, bramaba alrededor y dentro de él mientras él seguía allí no visible, no tenido en cuenta, no involucrado, y era justamente aquí, en la identidad de su vida con la vida de la ciudad, donde percibía su propia desaparición. Cuanto más era una figura, menos era una persona. Cuanto más completa la identidad, más completamente lo excluía. Era como si hubiera dos Probsts, como si así hubiera sido siempre; ¿quién si no había manejado la cámara en la sala de partos, quién si no estaba aquí sentado en este banco, pensando? Pero el Probst personal estaba desapareciendo. Así como su cabeza había asomado al mundo cincuenta años antes, así también estaba desapareciendo él. Era un conspirador, tan responsable de su desaparición como lo eran los demás. Permitía que un amigo de la infancia le fastidiara, que una vieja disputa con Barbara lo dejara agotado, permitía que cualquier cosa le distrajera, y, mientras tanto, caían de las paredes micrófonos ocultos, se venían abajo personalidades en cosa de semanas y por todas partes había indios: poniendo bombas, tentando a ejecutivos, deslumbrando a la prensa, traspasando acciones y deteniendo el tráfico, heraldos y furias a la vez, de nuevo por la senda del viejo Territorio Indio, de donde los Osage Warriors le estaban diciendo que no había escapatoria posible. *No sirvo para las camarillas.* Era una frase de su padre. El hijo debería haber dicho: *No sirvo.* Ya nada estaba a salvo de su xenofobia, ni siquiera su propio corazón, ni siquiera el corazón de su ciudad.

Oyó un chapoteo.

Era la mujer de las botas rojas. «¡Marisabidilla!», canturreó. «¡Marisabidilla!» Balanceaba las piernas con el abrigo abierto, y en un charco pálido orinaba entre los listones del banco sobre el piso de parqué, borbotones de orina, como si la hubieran pinchado. Probst se puso de pie. «¡Marisabidilla!» La vieja balanceó las piernas, meando todavía cuando él ya estaba fuera del alcance del oído.

Decidió entrar en Crabtree & Evelyn, una tienda que parecía una caja de bombones envuelta en colores apagados y bañada de aromas que se mezclaban en un popurrí casi cáustico. A diferencia de Barbara, Probst raramente perdía el sentido del olfato. Vio brochas y esponjas. Pastillas de jabón. Cristales rosas. Estaba temblando de pies a cabeza.

—¿En qué puedo servirle?

—Oh, quisiera comprar un aceite de baño.

Una mujer con un reflejo verdoso en el pelo le sonreía, tratando de ayudar. Parecía sencilla y buena.

—¿Tenía alguna idea en concreto?

Probst dejó que le mostrara varios artículos. Normalmente no era tan humilde con las dependientas, pero quería dejarse llevar. Respondió preguntas sobre las preferencias de Barbara. Cogió cuatro frascos distintos, una cosa exagerada, pero eran todos de aromas que él había visto alguna vez en la repisa junto a la bañera. Cuantos más frascos cogía, más servicial se mostraba la mujer. Comprando, Probst se sosegaba.

—Con esto será suficiente —dijo.

—Mire, quería enseñarle...

—Gracias. Con los cuatro está bien.

La acompañó a la caja. Pagar era un asunto agradable. Utilizó la American Express. La mujer habló de la nieve. Mucha, concedió él. Pero no tardaría en fundirse. Mientras ella le pasaba el papel para firmar, sonó el teléfono. La mujer se disculpó.

Martin Probst

Miró lo que había escrito. Como siempre, había formado cada letra por separado. Eran doce en total, seis letras en cada nombre. La fecha era 12 del 12. Luisa había nacido el 1 del 11 y Barbara el 8 del 4. «Luisa» tenía cinco letras y «Barbara» siete. Martin, nacido el 12 del 12, era a la vez el promedio y la suma, y estaba desapareciendo en una imprevista racha de asuntos turbios. Unos asuntos no sólo turbios sino perfectos, que no dejaban vestigio alguno, que no le dejaban a él otra opción que morir, su vida explicada.

—Aquí tiene, señor —la mujer del reflejo verdoso le estaba mimando—. Que tenga un buen día.

Probst guardó la tarjeta dentro de su cartera y la cartera en su pantalón mientras entraba en el atrio principal. Tenía que salir de allí. Pero le había asegurado a Barbara que no interferiría. Paró delante de la pequeña tienda de Johnston & Murphy, donde el vendedor parecía un pingüino con relucientes zapatos negros. ¿Neiman o Saks? Ésa era la cuestión. Saks era más grande, pero para llegar allí tenía que pasar delante de la mujer de las botas rojas. Bueno, entonces Neiman. Se acordó de la camisa a rayas de Sam Norris.

Te quiero, Barbara. *Te quiero, Barbara.*

Era difícil, pero en el fondo lo conseguía porque en el fondo podía creer que ella era finita, podía verla tendida en una camilla y creer que estaba muerta.

Pero ¿yo soy Martin Probst? *¿Yo soy Martin Probst?*

Existían límites —la velocidad de la luz, el momento de nacer— y pronunciar su nombre para sí mismo, decirlo con convicción, era traspasar el límite, partirse en dos, verse nacer. Desaparecía en la multitud que veía a su alrededor. A su derecha tenía un bombón con los labios rojos, pantalón de chándal y zapatillas de deporte rosa y un abrigo largo de visón. A su izquierda dos aristocráticas viudas con blusas abotonadas hasta arriba miraban con altanero desdén las tiendas donde compraban sus regalos. Al pasar, los pendulantes brazos de un negro obeso le produjeron en la boca glotales afirmativas. Qué sencillo le sería a un periodista itinerante —un Don Daizy o un Cliff Quinlan— parar a esas personas de una en una y decirles: «Mire, no quiero que me dé su nombre, quiero que se diga a sí mismo quién es usted», y que las cámaras capturaran el rostro en cuestión cuando la persona lo hiciera, con independencia de la sorpresa o el desaliento que pudieran cruzar por ese rostro al enfrentarse a un mundo que no era una envolvente pantalla esférica en la que se proyectaban imágenes, sino una colección de objetos a los que la persona en cuestión tenía que supeditarse. Era un panorama aterrador: dentro y fuera de las galerías, una infinidad de portadores de consciencia latente. La infestación de la tierra por seres humanos dotados de vista.

Probst había llegado ya a Neiman-Marcus y se había sumido en el silencio enmoquetado propio de las compras serias. Tomó un ascensor, esta vez sin tocar nada. Veía a la gente con otros ojos: como co-conspiradores. Norris tenía razón. Su visión, no obstante, era demasiado primaria; él sólo podía pensar en términos literales, en aparatos de escucha y subterfugios de docudrama. Probst no tenía micrófonos ocultos en su casa.

Había camisas en cantidad. Una línea en colores rústicos y tela gruesa, de Ralph Lauren. Colores pastel, de Calvin Klein. Estrafalarias, de Alexander Julian. Probst se topó con la mirada de un hombre muy bronceado que llevaba unas gafas sin montura. Los ojos se ensancharon un poco. Entre ambos hubo recelo, sospecha. Sospecha de reconocimiento. Probst buscó su talla, que era la M en ropa informal.

No había micros ocultos. Pero había cosas peores, pautas demasiado internas y personales como para deducir de ellas un complot humano, demasiado cohesivas para ser accidentales. Era cuestión de simple aritmética que Luisa cumpliera dieciocho años el mismo año que Probst cumplía cincuenta. Pero ¿por qué había tenido que ser el mismo año en que Jack DuChamp volvía a entrar en su vida? ¿Por qué no el anterior, o el siguiente, o ninguno? ¿Por qué Barbara había empezado a fumar otra vez después de diez años de buena salud? ¿Por qué había muerto Dozer? ¿Por qué Rolf Ripley se convertía de pronto en la malevolencia personificada, y la ciudad entera en una cosa de extraños y de amenazas?

Había una respuesta. Camisas de seda a cuadros, seis u ocho variaciones sobre un tema rojo y amarillo. Le dieron ganas de tenerlas todas, de ponérselas todas juntas, de hacer justicia al espectro de la imaginación del diseñador. Miró a los ojos a una chica de la edad de Luisa. La chica devolvió a su sitio la camisa que había estado palpando y le miró también. Podía haber sido una Hatfield, y él un McCoy... Feas camisas de Christian Dior que estaban pensadas para hombres con pechos de maniquí y cintura de avispa.

Había una respuesta: si uno buscaba pautas, las encontraba. Si no, no las había. Al fin y al cabo, Probst no había nacido ayer. Sabía que no había Dios, que no había conspiración ni significado; no había nada de nada. Salvo camisas. Había encontrado las que quería, como si algo le hubiera atraído hacia ellas. Las había de tres colores, la marrón y negra, una verde y negra y una amarilla y negra. Las dos últimas eran un poco de payaso, y otro comprador había puesto la mano encima. El hombre llevaba bigote. Era nada menos que Harvey Ardmore.

Se trabaron. Miradas enconadas, murmullos de sorpresa y consternación. Retrocedieron.

No era Harvey Ardmore. Probst giró sobre sus talones y salió de Plaza Frontenac.

Una muralla de nieve bordeaba el estacionamiento. Por el oeste se ponía el sol, mientras que en el sur las ventanas del Shriner's Hospital para niños tullidos empezaban a iluminarse.

Después de guardar los paquetes en su estudio, Probst volvió a la cocina.

—Me parece que tendría que ir a ver a Jammu —dijo.

—¿Jammu? —Barbara comparó lados opuestos del pastel que estaba glaseando—. ¿Para qué?

Probst hinchó de nuevo los saquillos de sus pulmones e intentó, sin éxito, formar palabras con el aire que expulsaba. El calor de la cocina, el perseverante calor de Barbara hoy le impedían reconstruir las pautas que había visto en Plaza Frontenac. En su casa no podía pensar.

—¿Quieres rebañar el cuenco? —preguntó Barbara.

—Luego.

—¿Llevabas la radio puesta en el coche?

—No.

—Por si te habías enterado del atentado.

—Pues no.

—Creo que ha sido en Chesterfield, a las tres o algo así. Los indios. Puedes poner la radio si quieres. Yo me he cansado de oír todo el rato lo mismo —giró la tarta, como dándola por terminada—. Ha habido heridos pero ningún muerto. Fue en unas instalaciones de la compañía telefónica. Con cohetes. Cohetes... portátiles. Supongo que no estaba muy atenta a la radio.

—Ya —con una cuchara Probst rebañó el perímetro interior del cuenco. Barbara estaba retirando tiras de papel de aluminio de la parte inferior del pastel. Ella no pensaba mucho en Jammu. A veces parecía que no pensaba mucho en nadie—. Estoy preparando la agenda de febrero para Municipal Growth —dijo Probst—. Pensaba que tendría que invitar a Jammu. Me sorprende lo bien que lo ha hecho.

—¿Por qué te sorprende? —Barbara se chupó un dedo—. ¿Porque es mujer?

—En cierto modo, sí. Está muy capacitada.

Otra palabra heredada, y Barbara le miró. Si se había vuelto un poco tímido, era en gran parte por culpa de ella.

—Bueno, entonces ve a ver a Jammu —Barbara le palmeó la mejilla y le apartó el pelo de la frente—. ¿Qué tal te encuentras?

—Sí, creo que lo haré. He oído decir que es extraordinariamente comunicativa.

Barbara esperó unos segundos.

—¿Todavía te duele la garganta?

—No me extrañaría que llegara lejos en esta ciudad —prosiguió él—. La verdad es que nos da cien vueltas a todos.

—Querrás ducharte y cambiarte de ropa, supongo —dijo Barbara—. Quizá tengamos visitas.

—Imagino que viene de un sitio donde las mujeres hacen este tipo de cosas.

—Quiero fregar unos cuantos platos, y luego iré yo también a asearme.

—Cuesta creer que sólo tenga treinta y cinco años.

—Martin —le pellizcó las mejillas con el índice y el pulgar e hizo que la mirara—. Cállate de una vez, ¿quieres?

Probst se soltó.

—Mira, ve a darte una ducha o lo que te apetezca.

Probst dio unos golpecitos al canto de una encimera, disponiéndose a salir de la cocina, satisfecho de dejar pasar el peligro. Pero demasiado tarde. Barbara se paseaba hecha una fiera, agarrando platos y lanzándolos a la pila, desatándose el delantal y haciendo una pelota con él. ¿Qué diablos le pasaba? (Se preguntaba ella.) Se estaba convirtiendo en un monstruo. (Afirmaba.) Podía tolerar que fuera un cabezón, podía tolerar sus silencios, pero no se dejaría insultar de esta manera; lamentaba portarse así el día de su cumpleaños, pero llegaba un momento en que no lo podía evitar. (Explicaba.) ¿Por qué se quedaba allí de pie? ¿Por qué no iba a cambiarse? (Preguntaba.) Lárgate de una vez.

Probst frunció el entrecejo.

—¿Qué he dicho? No me acuerdo de lo que he dicho.

—¿No te acuerdas? —Barbara se le acercó—. ¿No recuerdas lo que has dicho? ¿Es posible que no te acuerdes?

Vamos. Probst la oía por primera vez. Sonrió un poco, y percibió que esto iba en su propio detrimento. Barbara cambió su estilo de pasearse. Empezó a dar vueltas por la cocina con las manos a la espalda, las cejas unidas, los hombros encorvados. Se detuvo y le miró.

—¿Por qué me tratas tan mal?

—Yo sólo he dicho que quizá sería buena idea ir a ver a Jammu. No veo qué hay de malo en ello. Es una mera cuestión de responsabilidad cívica.

—Vaya por Dios —Barbara se dejó caer en una silla.

—Y ahora ¿qué? No lo entiendo.

—Ve a ducharte. Vamos, vamos, vamos.

Él no era una persona insensible. Si lo pensaba un poco, como estaba haciendo ahora, podía ubicar los sólidos apuntalamientos lógicos de sus actos. Al elogiar a Jammu no lo había hecho de manera agradable. Simplemente no quería que lo trataran como a un niño, que le hicieran carantoñas. Barbara era «amable» con él, de modo que cuando la cosa explotara él sería quien cargara con la culpa. Él no era tan amable como ella, pero tampoco era un pícaro.

—Yo nunca te he pedido que te pases el día en la cocina —dijo.

Al oír esto, las manos de ella surcaron el aire, cerrándose sobre objetos invisibles. Finalmente agarró alguna cosa, y sus puños cayeron sobre sus rodillas.

—Mi vida está en orden, Martin —hizo una pausa—. A veces hago cosas para que la gente sea feliz. Yo no les pido que sean felices, sólo quiero que se me atribuya una pequeña parte del mérito, como cualquier ciudadano de primera clase.

—La verdad, todavía no entiendo qué es lo que pasa.

—Llevo dos meses diciendo que no me gusta esa mujer, y tú llegas a casa (tú siempre llegas a casa, ¿lo habías notado?), vienes a casa y haces como si acabaras de descubrirla. Como si el mundo hubiera sido creado el lunes y tú fueras el primero en notarlo. Jammu actúa como si fuera la primera, también. Ella..., bah, olvídalo. Es inútil —Barbara paseó la mirada por la mesa de la cocina, el movimiento de sus ojos reflejado ligeramente por la cabeza mientras seguía escurridizas cosas invisibles. Fuera, un perro empezó a ladrar—. Pero ¿sabes una cosa, Martin? —levantó la vista con una sonrisa perpleja, los ojos húmedos y brillantes—. Yo me gusto a mí misma —era otra mujer la que hablaba ahora, una Barbara mucho más joven. Se alisó la falda, remetiendo la parte suelta bajo los muslos. Luego sollozó—. Yo me quiero a mí misma.

Probst ya no se sentía nada enfermo. Cuando ella sollozaba, él tenía una erección.

—Yo también —dijo.

—¡No! ¡Tú no! —Barbara se puso en pie de un salto y lanzó la silla de una patada contra el armarito que había detrás—. ¿Cómo te atreves a compararme con esa mujer? *¿Cómo te atreves a comparar a Luisa?*

Asustado, Probst apoyó la espalda en el frigorífico. Barbara se le acercó con el índice levantado y la cabeza echada a un lado, como si él fuera un incendio o un viento desapacible.

—Será mejor que no vuelvas a intentarlo —dijo ella—. Ándate con cuidado. Será mejor que empieces a valorar a esa chica, porque si no lo haces me largaré de aquí y me la llevaré conmigo. También te quiero a ti, pero... —se retiró un poco—, pero no tanto.

—Me alegro de que hables claro.

—Ya, me lo vas a echar en cara, ¿eh? Te lo noto. Eso te lo vas a guardar para otra ocasión.

—Y si lo hago, ¿qué? —el volumen de su voz le sorprendió—. Sabes que estoy resfriado. No he venido a casa para reñir contigo. No pienso reñir. Juegas tan sucio como dices que hago yo. Me dices que me vaya. Qué pasa, ¿tan grande es el dolor? Eres como tu hermana, sabes. Todo es fingido. No pienso adivinar qué es lo que pretendes con esto. No pienso jugar a ese juego. Me desafías a que suba arriba. Si lo hago, mal; si no lo hago, también. Esto es culpa tuya. Tú misma lo estabas pidiendo.

—Oh, vaya, ¡ha hablado el oráculo! ¡La esfinge ha hablado!

—Que te jodan.

—¿Te parece bonito?

Probst dio una patada al suelo.

—Que te jodan.

Algo duro, una moneda o una bellota, golpeó la ventana a la altura del fregadero, y Barbara lanzó un grito. Le agarró del brazo y le empujó, o tiró de él, hacia la puerta.

—Vete arriba, vamos, vete ya.

Él se resistió.

—¿Es que interrumpo algo?

Otro objeto chocó con la ventana.

—Sube arriba, vuelve a bajar y pórtate como Dios manda, o... —Barbara se miró las manos—. O te clavo el primer cuchillo que encuentre.

—Si antes no te mato yo.

Se miraron.

—¡Vete!

Probst se fue. La oyó abrir la puerta de atrás e imaginó que era Luisa, persuadida de volver a casa para el cumpleaños, quizá acompañada de Duane. Subió la escalera de dos en dos y de tres en tres.

Sosegado tras la ducha, Probst se tomó tiempo para vestirse. Los radiadores despedían calor en el cuarto de baño y un ligero olor a infancia, a veladas de invierno cuando a él lo mandaban arriba antes de que llegaran invitados para jugar al pinacle. Se sintió escarmentado y joven. Se abrochó los zapatos. El suelo vibraba con el sonido del telediario en el piso de abajo; debería estar viéndolo, para mantenerse informado.

Cuando por fin bajó se encontró a Luisa sentada en el estudio viendo *The $10,000 Pyramid.* Desde el pasillo, mientras la televisión mantenía ocupados los ojos y oídos de su hija, tuvo un momento para observar sin ser observado. Luisa estaba inclinada sobre el lado izquierdo del sofá, medio repantigada, con la pierna derecha parcialmente cruzada sobre la izquierda, sostenida por la fricción de sus pantalones negros de algodón, y el brazo izquierdo doblado entre sus costillas y el cojín. Parecía haber quedado flotando en una caída sobre la pantalla. De haberla sorprendido, ella habría adoptado una postura más cómoda. Luisa era pura fauna, no una hija; era como ver en carne y hueso, en un hábitat natural, a un antílope exótico que hasta entonces sólo conocía por las fotos de *National Geographic.* El público del programa gimió. Luisa meneó una sola vez la cabeza, como si se sacudiera agua del oído. Bajo la presión de su ignorancia, Probst carraspeó un poco y vio, al volver ella la cabeza, la falsedad que se esperaba de él. Se suponía que debía actuar como el papá de una serie de televisión, dejar que su rostro mostrara seriedad cuando dijera —el gesto trascendente—: «¿Te importa si veo la tele contigo?». Se puso tenso.

—¡Vaya! —dijo.

—Feliz cumpleaños —dijo ella sin la menor inflexión.

—Gracias —se sentó en la butaca de enfrente—. ¿Te importa si miro también?

—Iba a apagarla.

—Ya. Es un programa muy tonto. Ya está —apagó el televisor. Barbara estaba mezclando algo en la cocina.

—Bueno, ¿qué? —dijo Luisa—. ¿Estás sorprendido?

—Oh, sí. Mucho —sonrió—. Una agradable sorpresa. Esto, ¿Duane va a venir?

—Está trabajando.

—¿Te traigo algo de beber?

—La St. Louis Magazine le ha encargado copias de unas fotos. Son para el número de enero y tiene que entregarlas mañana. Estará toda la noche en el laboratorio.

—No me digas. ¿Quieres una cerveza o algo?

La cara y el semblante de Luisa experimentaron una muerte suave, una pérdida de vitalidad característica de su madre.

—Ahora mismo no, gracias —de un momento a otro, ella saldría de la habitación, y con un aire de reproche que la abarcaría a ella misma, porque de hecho no quería irse.

—Bien —dijo papá—, así que está trabajando. Eso es buena noticia.

Ella asintió.

—Pero todavía no gana mucho dinero —¿Dinero? Barbara le daba dinero, y Luisa tenía su propia tarjeta de crédito—. Creo que como demasiado.

—Bueno, todavía estás en edad de crecer.

Por la sonrisa de ella, Probst supo que iba por el buen camino, aunque no habría sabido decir por qué. Le hizo algunas preguntas fáciles sobre sus notas, el cálculo, el transporte, preguntas para engatusar a un antílope, para acostumbrarla a un hábitat más doméstico. Luisa le dedicó otra sonrisa, y él se sintió cada vez más como Marlin Perkins* cuando la voz de Barbara llegó en un grito desde la cocina:

—Lu, ¿puedes venir a echarme una mano?

Salió disparada.

Pero no tanto. Durante dieciocho años, en batallas más encarnizadas que la de aquella noche, Barbara había conseguido evitar decir eso, y ahora, innecesariamente, lo había dicho. Una afinidad casi deportiva le hacía remiso a maldecirla por aquella metedura de pata. Pero ella haría otro tanto por él.

Luisa reapareció.

—Mamá dice que vayamos a la sala de estar.

Probst la siguió pasillo abajo. Cuando ella giró al este, él torció al norte hacia la cocina. Barbara estaba sirviendo daiquiris. Dejó la jarra a un lado y sin mirarle a los ojos le besó con fuerza, arañándole el cuello con las uñas. Luego le dijo al oído:

—Quiero hacer el amor después de cenar.

Él también. Siempre tenía ganas. Pero no se esperaba aquello, esperaba instrucciones, o una disculpa. Era como una amenaza. Era el gran notición, un intento de Barbara por salvar la velada. Un cebo muy atractivo, sin duda.

---

* Célebre guardián del zoológico de St. Louis. *(N. del T.)*

—No quisiera contagiarte —dijo él.

—Oh, estoy segura de que es lo mismo que tuve yo —fue a donde estaban los daiquiris—. ¿Quieres llevar el brie, por favor?

Había muchos regalos en la sala de estar junto al fuego que ella había encendido. El que estaba encima del todo, pulcramente envuelto en papel de periódico, contenía evidentemente libros. Probst cogió el último daiquiri de la bandeja y se sentó. Luisa se quedó de espaldas a la lumbre, su vaso medio vacío ya. Barbara se sentó en el sofá en la pose vigilante que solía adoptar cuando jugaban a acertijos en las fiestas. El silencio fue posible gracias a Luisa, que se había graduado en timidez y los imitaba; en otro tiempo habría hablado por los codos. Sorbió su combinado tropical. Focos montados en guías arrojaban manchas sobre los bodegones. En Sherwood Drive los Probst estaban en la selva, y llamas y sombras saltaban por las paredes y les daban una profundidad mística. Nunca antes se había producido un momento igual. La familia había cambiado, y esto podía significar dos cosas. O bien el último de los viejos encuentros, la última reunión, o bien el primero de los nuevos, el primero de muchos. A Probst le pareció que el aposento pendía de un hilo y giraba lentamente con el ir y venir de las llamas. Sintió un mareo.

—Bueno. *¡Feliz cumpleaños!* —dijo Luisa, alzando su vaso.

—Sí, Martin —Barbara cargando de presagios sus palabras. Probst se sentía objeto de su voluntad, sintió las riendas del deseo y la amenaza. Barbara tenía los pies en el suelo, las piernas ligeramente separadas.

—Gracias. ¿Tengo que abrir esto?

Le indicaron que lo hiciera. Sacó una caja de camisas y rompió la cinta. Una camisa. Dio las gracias. Luisa fue a buscar la jarra de los daiquiris, que Barbara aseguró haber preparado porque pensaba que le iría bien a la garganta de Martin.

—Así es —dijo él. Colocó sobre su regazo los libros envueltos en papel de periódico—. Son unos zapatos. No, una tartera —sonrió y leyó la etiqueta. «Para papá, de Luisa y Duane.» Mucho tacto, desde luego. Él ni siquiera conocía a Duane.

Pensó en el doctor Thompson; ¿por qué no constaba también su nombre? Y el de su mujer, para el caso. Para papi, de parte de Pat. Percibió olor a carne asada.

—¿No piensas abrirlo? —dijo Luisa.

Probst lo había devuelto a la pila.

—Me lo guardo para el final.

—¿Por qué no lo abres, Martin?

Volvió a coger el paquete. Era agradable aceptar órdenes de ella. A menudo pensaba en cómo podía haber organizado su vida de otra manera, ser más sumiso en casa, dejarse llevar por ella.

—¡Vaya! Muchas gracias.

—¿Qué es? —preguntó Barbara, de repente fumando un cigarrillo.

Probst le pasó los libros y rasgó un sobre que venía de Nueva York. Era una postal de felicitación en blanco y negro, de Ginny y Hal, y también Sara, Becky y Jonathan. Todos la habían firmado, lo cual era un bonito detalle. Ginny solía hacer las cosas bien.

—¿Los has leído? —le preguntó Barbara a Luisa.

—Sí.

Probst meneó los dedos pidiendo los libros:

—¿Puedo verlos otra vez?

Barbara se los pasó y dijo:

—¿Para el instituto?

Paterson, de William Carlos Williams. *Cuento de invierno,* de Shakespeare.

—Más o menos. Estoy escribiendo un trabajo de poesía sobre Paterson —Luisa miró a Probst—. Me los recomendó Duane.

Del Shakespeare cayó un recibo. Paul's Books, $3,95 más $5,95, más impuestos: $10,50. El dinero malgastado le dio dolor de garganta. Arrojó el papel de periódico a la lumbre.

—Pensé que a papá le gustarían —Luisa volvió la cabeza—. Pensamos que te gustarían.

—Seguro que me van a gustar.

—Esa caja grande es de Audrey —dijo Barbara.

—Cuyo marido trata de arruinarme.

—¿Qué? —dijo Luisa, mientras Barbara meneaba la cabeza tratando de hacerse notar.

—Es verdad —dijo él—. Tu tío Rolf está haciendo lo posible por dejarme en el paro.

—¿Por qué?

—Eso tendrías que preguntárselo a tu madre —el corazón le latía con fuerza. Mientras agarraba el siguiente regalo, trató de hacer una lista de motivos para dominarse. Lo único que se le ocurrió, literalmente, fue el ofrecimiento de Barbara. Su meretricia proposición.

—Bueno —le preguntó a Luisa—, ¿estás de visita o vas a quedarte unos días?

Un agujero negro se abrió al otro lado de la sala. Era la boca de Barbara.

—La verdad es que no lo había pensado —dijo Luisa, aparentemente sincera.

—Claro que no —dijo Barbara.

—¿Claro que no? Puede que tampoco hayas pensado en dónde has estado durmiendo las últimas tres semanas.

—Sí lo he pensado, papá. Y tú lo sabes.

—Es verdad, Martin.

—No te metas en esto —dijo él. La orden, con Luisa allí mirando, fue como un calcetín en la boca de Barbara, y ésta reculó—. ¿No se te ha ocurrido pedirnos disculpas? —dijo él—. ¿Dar una explicación? ¿Prometer que esto no se repetirá?

—No he cometido ningún pecado, papá. Yo hago lo que hago y nada más, ¿de acuerdo?

—No. No sé qué pretendes decir con eso.

—A ti sólo te preocupan las apariencias. Quieres que todo sea de una determinada manera. No me has llamado ningún día. Hemos estado... yo he estado esperando. También tú deberías pedir disculpas. ¿Cómo voy a saber que algo está mal si tú no me lo dices?

—Ya deberías saberlo, sin que yo te lo diga. Estoy muy, pero que muy decepcionado.

—¿Y por qué crees que he venido hoy a casa?

—No tengo ni idea.

—Porque mamá me dijo que tú lo deseabas. Dijo que me querías y que me echabas de menos. Yo te quiero y te echo de menos. Ya está.

¿Por qué no lloraba Luisa?

—Si quieres, me marcho —dijo—. ¿Quieres que me vaya?

Habló Barbara:

—No te vayas. Es tu padre el que debería hacerlo.

—Te he dicho que te calles.

Sin respuesta.

Él sí quería irse. Se estaba levantando, pero Luisa le tomó la delantera. Ya estaba en el pasillo, pero al cabo volvió y, para alivio y satisfacción de Probst, estaba chillando a Barbara, cerrados los puños y doblado el cuerpo, mientras su madre permanecía allí sentada.

—¿Por qué no le dices tú que se calle? ¿Por qué? Permites que te digas esas cosas. ¡Pero mamá! Permites que te trate como... —dio una patada al tobillo de Barbara y se encogió, cubriéndose la cara—. Oh —dijo. Subió corriendo las escaleras y la puerta de su cuarto se cerró con estrépito.

Las puertas se podían identificar según la resonancia del portazo; también los pestillos tenían sus frecuencias particulares.

Hubo un chillido, Luisa, probablemente unas palabras muy amplificadas. La puerta de su cuarto se abrió y, tras una pausa, una pila de revistas aterrizó al pie de la escalera, patinando unas sobre otras, rodando hasta la puerta principal. (En su ausencia, Probst había guardado algunas cosas en la habitación de Luisa.) La puerta se cerró otra vez.

Barbara meneó la cabeza.

—No he debido decir que te callaras —dijo Probst—. Pero te estabas poniendo en mi contra.

Ella siguió meneando la cabeza.

Probst estaba sereno y cansado. Fue arriba para disculparse. Habló Barbara:

—Es culpa mía, ¿no?

Él subió y llamó a la puerta. Dos veces.

—¿Quién es?

Probst carraspeó.

—No quiero hablar contigo —dijo Luisa.

Accionó el tirador, pero el pestillo estaba pasado. Su boca no paraba: *Lo siento. Eres mi hija. Te quiero. Perdona.* Para él, las palabras contaban. Pero no querían salir, no sin un poco de ayuda, y no estando a solas en el pasillo, a la escucha.

*

Singh le había dicho a Jammu que Probst tenía intención de visitarla. Sin embargo, en vista de que el jueves por la noche la visita no se había producido aún, quedó claro que Probst tenía menos prisa por verla que ella por tomar una decisión sobre su destino, y que ella tendría que decidir sin haberlo inspeccionado personalmente. Jammu estaba enojada, era como si le hubieran dado calabazas.

Las últimas puertas y lavabos de su edificio habían quedado en silencio. Era viernes desde hacía dos horas. En su célula, la única que no dormía, Jammu estaba archivando los informes de Singh sobre los Probst —documentos satisfactoriamente malignos— y sus propias notas sobre el alcalde. Cerró un cajón y se puso una chaqueta de plumón roja, un gorro de lana y botas de nieve. Su aspecto en el espejo se veía muy americano. No era su intención. Su intención era ir caliente y preservar su salud, aunque dada la última actuación de sus senos nasales, su salud era una causa perdida. Las pocas veces que se había acostado aquella semana, había tenido que levantarse al poco rato para ponerse gotas.

Una vez fuera respiró por la boca el aire helado, escupiendo repetidas veces. En noviembre le habían dicho que los diciembres de St. Louis eran suaves. Pero este año, no; diciembre no estaba siendo suave. Una luna roñosa se posaba tras los árboles de Forest Park, arrojando una luz del color de la leche descremada que Jammu había estado tomando a litros. La mayor parte de las ventanas del Chase-Park Plaza compartían la cosa lechosa, pero en algunas de las habitaciones aún se veía luz. La discernibilidad de la ocupación humana en la ciudad en un mundo nocturno compartimentado, donde los planos se adivinan en las fachadas de los edificios, aquí el dormitorio, allí la cocina, allá el baño, esta correspondencia de ventanas con viviendas y de viviendas con moradores, de estructura y humanidad: esto, para Jammu, era hoy una carga.

Al cruzar Kingshighway vio que un tractor arrancaba del cruce con Lindell. Se afanaba interminablemente en primera, interminablemente en segunda, arrastrándose de un modo que parecía derrotar al impulso, en vez de generarlo. Jammu saltó un terraplén de nieve sucia y empezó a correr por el parque con sus pesadísimas botas. Este diciembre no era suave. A las dos y cuarto de la mañana invernal, cuando los árboles desnudos aspiraban viento como bronquios fosilizados, la oscilación del continente era perfectamente visible para Jammu. Después de todo, se había producido resistencia a sus planes, una contrarreacción lógica y predecible por parte de la comunidad, y precisamente aquí y ahora ella había perdido un poco la sensación de sí misma. Estaba exhausta, lejos de los odios que la motivaban, más lejos todavía de los deseos que la estimulaban. Tenía a Martin Probst en el pensamiento. Probst había reaccionado con insensata hostilidad a la propuesta de Wesley. En la reunión de hacía seis horas en Municipal Growth había exigido hechos y asignado a cada uno de los miembros restantes la tarea de investigar una faceta de la agenda de Jammu. Y no había ido a verla esta semana.

Sin Martin Probst, la resistencia habría tenido un núcleo muy endeble, el formado por Sam Norris, el supervisor del condado Ross Billerica y unos cuantos extremistas. Pero, con Probst a bordo, ya no parecían estar en minoría. Si la vida pública de St. Louis era la corte de un magnate, entonces Probst era los elefantes. Jammu tenía que apropiarse de él. Pero en la pérdida de sí misma perdía asimismo la capacidad de ver a los otros como meros personajes. Algunos, al menos, eran personas, y el hecho de saberlo la agobiaba. No conseguía decidirse a dar a Singh el visto bueno para perseverar en su asalto a los Probst. No era miedo lo que la detenía, era más un temor reverencial, el que siente involuntariamente el saboteador que, en una cámara acorazada, se topa con un instrumento cuya complejidad o delicadeza mismas actúa como sortilegio contra el estrago. En este contexto, cualquier tipo de manipulación, por muy sofisticada que sea, deviene un acto violento.

Jammu corría esquivando el hielo. Su carrera la tenía confundida, esta actividad de su niñez, este correr a la desbandada por una calle. No era digno de una jefa de policía. Pisó hielo; hielo negro.

Salió volando por los aires. Se retorció y fue a chocar con el hombro en la nieve limpia más allá de la calzada. Había casi dos palmos de nieve. Se dio cuenta de que estaba caliente.

Movió los brazos. Los agitó, aplanando la nieve y formando alas. Veinticinco años antes, en Cachemira, su madre la había llevado a esquiar donde muy pocos indios iban. Habían visto niños americanos de espaldas en la nieve, y Maman, experta en todo lo que viniera de América, informó a Jammu de que estaban haciendo mariposas; pero a Jammu le parecieron más bien ángeles, ángeles cristianos, con falditas y alas y halos, ángeles caídos del cielo.

La imagen le gustó. Se sintió un poco restablecida, otra vez indómita. A eso de las tres llamó por teléfono a Singh para decirle que se levantara y pusiera manos a la obra.

—Gracias, jefa —dijo él—. Será pan comido. Ya lo verás.

10.

El mismo jueves por la noche, más temprano, Luisa y Duane habían pasado un rato en la lavandería. Luisa estaba miserablemente mal equipada de ropa interior y calcetines; podía lavarlos una vez en el fregadero, pero de dos veces no pasaba. Y para sábanas y toallas hacía falta un lavado a máquina. Hacia las nueve, los últimos estudiantes y solteros habían salido ya, cediendo a Luisa y Duane toda una batería de secadoras libres. Duane estaba leyendo mensajes en el tablón junto a la puerta. Luisa, con su libreta francesa abierta sobre el regazo, contemplaba Delmar Boulevard por la ventana empañada, cerrando un ojo y luego el otro. Aquel otoño, su vista había pasado de no ser perfecta a necesitar corrección. El padre de Duane le había recomendado un oftalmólogo, y la víspera, al salir de clase, Luisa había ido a verle y había dejado que le dilataran las pupilas, sintiéndose abrumada de responsabilidad cuando el doctor Leake empezó a cambiar lentes y a preguntar: «¿Mejor así..., o así? ¿Ahora..., o ahora?». Finalmente ella le pidió que definiera qué quería decir con «mejor». Él se rió y le dijo que hiciera lo que pudiese. Luisa dijo a la secretaria que enviara la factura a sus padres. Para pagar las gafas emplearía la American Express. Duane le dio la paliza con lo de la tarjeta, diciendo que era antiséptica, pero ella no veía el menor problema en utilizarla.

Pasó un autobús a toda velocidad. Duane, sin sus dos jerseys, estaba copiando algo del tablón de anuncios en su diario. Cuando le veía con el diario, Luisa se sentía sola. Una vez, justo después de empezar a vivir juntos, le había pedido leerlo. Él había dicho que no; si sabía que ella lo iba a leer le daría vergüenza escribir ciertas cosas. A ella le dolió, pero no había vuelto a mencionarlo.

En la segunda secadora, una de las sábanas verdes que utilizaban había caído contra la ventanita redonda y parecía, invertebrada y todo, esforzarse entre calcetines y toallas por recuperar el centro del tambor. Sólo tenían un juego de sábanas. Verde manzana era el primer color que Luisa veía al sonar el despertador a las seis y media. Ella le decía que no tenía por qué, pero él siempre se levantaba para desayunar con Luisa.

Duane se sentó en la silla contigua y guardó el diario en el bolsillo exterior de su mochila.

—¿Cómo va tu trabajo de poesía?

—Aún no he empezado —dijo ella.

—¿Quieres un empleo? Hay un anuncio ahí. Una viuda que necesita que le hagan la limpieza de la casa una vez a la semana.

—Yo no sé limpiar casas —Luisa cerró su libreta con la frase a medio terminar—. ¿Cómo sabes que es viuda?

—Lo dice el papel. Hay otro anuncio de un coronel retirado que vende un Nova. Modelo 350.

Luisa apoyó las manos en el hombro de Duane y le sujetó el brazo desnudo con ambas manos, frotando su cuello con la mejilla y aspirando su olor. De cerca, la oreja de Duane era curiosa. Le pasó el brazo por el cuello, levantó una pierna y la apoyó sobre las rodillas de él, y miró las secadoras.

Un aire fresco penetró en la lavandería. El recién llegado era un negro flaco con unos pantalones brillantes de color amarillo y una cazadora roja de piel. Arrojó una bolsa de lona a la hilera más próxima de lavadoras y miró en derredor con gesto teatral, consciente de que le estaban observando. Llevaba un rubí en la oreja.

—Buenas tardes —dijo, con una venia dirigida a Duane. Hizo lo mismo a Luisa y lo dijo de nuevo—: Buenas tardes.

Ella también inclinó un poco la cabeza. Sólo había algo peor que ser objeto de burla, y era ser objeto de burla por parte de alguien que te daba miedo. Se apartó de Duane.

El hombre abrió su bolsa y extrajo unos calzoncillos morados y una sudadera morada. Los metió en la lavadora y pasó a la siguiente. ¿Eso era todo? Introdujo otros calzoncillos y otra sudadera, ambos de color naranja, y continuó sacando de la bolsa ropa de colores parejos, verde, rojo, negro y azul con gestos de prestidigitador, hasta que hubo repartido doce prendas entre seis lavadoras distintas. Con dedos de araña desenroscó un tarro de detergente azul y puso un poco en cada máquina, como un chef con la sal. Luego introdujo monedas en las máquinas y las puso todas en marcha. Chorros de agua sonaron al unísono mientras él guardaba el tarro vacío en su bolsa, se la echaba al hombro e iba hacia la puerta. Se detuvo. Dio tres pasos rápidos hacia su derecha y chasqueó los dedos, explosivamente, bajo las narices de Luisa.

Ella dio un chillido. Le ardían las orejas. El hombre ya se había ido.

Duane hundió la cara en un libro, una novela de Simenon, dejando la palma de la mano en el lomo y cuatro dedos sobre la parte superior para mantener las páginas abiertas. Con la otra mano acarició el pelo de Luisa y le frotó el cuello.

Una de las secadoras se paró. Luisa fue a ver.

—Duane, esto está empapado.

—¿En qué punto está? —dijo él, pasando página.

—Argh —Luisa giró el selector a «normal» y añadió dinero. Estarían toda la noche. Empezó a dar vueltas y vueltas a las lavadoras, tropezándose con los pies—. Este sitio no me gusta —dijo al pasar.

—Busca una lavandería que acepte American Express.

—Vete a tomar por el culo —le espetó ella.

Duane levantó los ojos del libro, despacio.

—¿Cómo has dicho?

—Digo que este sitio es horrible.

—Entonces ¿por qué no vas a buscar más ropa a tu casa?

Ella no tenía respuesta. Rompió a llorar. Luego paró. Estaban en una lavandería. No podía hacer otra cosa que ir a Webster Groves y vaciar su cómoda. Estar con Duane no era tan divertido como ella había pensado —muchas veces no lo era en absoluto— pero después de lo que había pasado en el cumpleaños de su padre no concebía la idea de volver a casa.

*

La puerta se abrió de golpe en la mano de Barbara. Se precipitó en la brisa entrante hacia un hombre dispuesto a, lo vio claro en seguida, agarrarla. El día era cálido, muestra de la debilidad del invierno, de su disposición a volverse primavera. Barbara se tambaleó un poco.

—¿La señora Probst?

Dos ojos castaños claro evaluaron su figura sin asomo de vergüenza. Barbara estaba demasiado sorprendida para hacer otra cosa que mirar también.

—Me llamo John Nissing.

Por supuesto. Barbara le estrechó la mano. Él señaló con la cabeza hacia el furgón aparcado en el camino, donde los dos fotógrafos que habían estado en la casa en octubre descargaban cajas de aluminio. El hombre le soltó la mano.

—Hemos de entrar mucho material.

Se volvió por el camino de entrada, envuelto en la ondeante capa de su abrigo, su pantalón de tweed ceñido a los músculos de sus pantorrillas y muslos. Barbara acababa de tomar un café. Tenía mal aspecto, pero no había esperado que eso importara. Ella siempre estaba a la altura. No tenía nada que demostrar, y nadie a quien demostrarlo, o a quien asesinar. Era demasiado cruel, después de una semana de peleas constantes con Martin, conocer a John Nissing. Su rencor la calmó. Inspiró el aire, dulzón y deshonesto.

Con una caja en cada mano, Nissing se acercó por el camino a paso rápido. Ella se fijó en su manera de limpiarse los zapatos en el felpudo.

—Creo que nos ocupará unas cuantas horas —dijo, dejando el equipo en el suelo—. Supongo que no interrumpimos nada —tenía un ligero acento que cuadraba con sus rasgos árabes.

—No.

—Espléndido.

—¿No es usted americano? —dijo ella con curiosidad.

—¡Claro que sí! —giró la cabeza y arqueó las cejas. Ella retrocedió un poco—. ¡Naturalmente! ¡Soy rojo, blanco y azul! —dijo el hombre sin rastro de acento. Su expresión se relajó de nuevo. Con sendos gestos de los hombros, se despojó del abrigo—. Pero no he nacido aquí.

Barbara se quedó con el abrigo en la mano.

—Ya conoce a Vince y a Joshua —le recordó Nissing mientras aquellos dos entraban cargados de cajas—. ¿No vas a saludar, Vince?

—Hola —dijo Vince, el latino.

—Encantado de verla otra vez, señora Probst —dijo el juvenil Joshua.

Nissing estaba radiante.

—Me ha dicho Vince que el sol da en la cocina por la tarde.

—Si se mantiene despejado, sí —dijo Barbara.

—Y si se nubla, tampoco importará demasiado. Perfecto. Ideal. Empezaremos por la sala de estar —se inclinó hacia la sala pero sin entrar. Frunció el entrecejo—. ¡Qué oscuro!

—Sí, no es una habitación luminosa —dijo Barbara.

—¡Oscuro! —agarró a Vince, que estaba saliendo—. Cambia las bombillas. Vino tinto, rosas rojas. Han encendido fuego. Tendrás que avivarlo —Vince partió, y Nissing le dijo a Barbara—: ¿Le han fotografiado la casa anteriormente?

—Sólo para el seguro.

—Hemos de cambiar la hora del día. Yo no sabía que la sala era oscura —podía haber estado hablando de discapacidades humanas. No me había fijado en que la chica era coja—. Si está usted ocupada... —dijo.

Ella encogió los hombros y se balanceó sobre los talones.

—Bueno, no... —hizo un gesto vacío con las manos, cediendo al impulso de disimular su sensación de inferioridad física con una muestra de juventud, actuando como la chica fácilmente turbable que nunca había sido—. Esto me interesa. Me gusta mirar.

—¿Puedo ver la cocina? —preguntó él.

—Claro. Puede ver toda la casa.

—Me encantaría.

En el comedor, donde Martin y ella habían tenido la cena de cumpleaños en dos turnos, Nissing mencionó los espléndidos moldeados de nogal, y ella explicó en tono de disculpa que los mejores acabados de madera estaban en los aposentos de Mohnwirbel, encima del garaje. En la cocina, donde la radio estaba en silencio, las encimeras despobladas y las ventanas cristalinas, Nissing habló de una mousse que había preparado el día anterior, lo cual hizo que ella le encasillara en la zona más moderna del espectro sexista. En el cuarto del desayuno vieron a Mohnwirbel amolar las hojas de unas tijeras de jardín en una muela de carborundo en el camino de entrada; Barbara señaló los arcos estilo Tudor de sus habitaciones. Pasando frente al baño de la parte de atrás, por cuya ventana había saltado Luisa, llegaron al cuarto de trabajo y cortaron blancos rayos de sol matinal, arrojaron sombras sobre las cubiertas aparentemente descoloridas de sus libros. Nissing explicó que su familia provenía de Irán. En la pérgola, depósito de la mayoría de los regalos navideños, envueltos o no, Barbara le miró con detenimiento y decidió que aquel hombre era sensiblemente más joven que ella, le calculó treinta años. Volvieron atravesando la sala de estar. Joshua estaba de rodillas, soplando a una lumbre recalcitrante, y Vince estaba subido a una escalera, aumentando la potencia de la iluminación. La gira con Nissing parecía haber tenido un efecto limpiador, como si le hubiera quitado a Barbara la casa de las manos. Subieron arriba.

Nissing se detuvo para admirar el cuarto de invitados, donde Barbara dormía desde el martes (no se notaba), y rápidamente preguntó si habían tenido invitados recientemente.

—No.

—Curioso. Normalmente noto por el olor si se ha utilizado una habitación.

Barbara le enseñó el cuarto absolutamente pulcro de Luisa, y se alegró de que él no entrara. Sí lo hizo en el estudio de Martin, andando a pasos cortos, como en una galería de arte. Preguntó a qué se dedicaba ella durante el día. Barbara mencionó su trabajo en la biblioteca y añadió, con un sentido de defensa propia que el tiempo había convertido en insincera elocuencia:

—Leo mucho. Veo a mis amistades. Me ocupo de la familia.

Él la estaba mirando.

—Eso está muy bien.

—Tiene sus desventajas —dijo ella.

Nissing tenía las cejas levantadas y la cara iluminada como esperando que ella dijese algo más, o que ella captara una gracia que había quedado en suspenso.

—¿Ocurre algo? —dijo Barbara, deseando, demasiado tarde, no haber hecho caso.

—¡No! —de repente, su cara estaba muy cerca de ella—. ¡Nada! —Nissing retrocedió, y de nuevo pareció desprenderse de aquel aire extravagante—. Es que he oído hablar mucho de usted —salió al pasillo y se apoyó en el pasamanos de la escalera. Tenía la piel dorada, no morena, el color nativo se revelaba en la rojez de sus grandes nudillos. Pelos negros crecían uniformes en el dorso de sus manos y sus dedos.

Vince gritó en la planta baja.

—Éste es el dormitorio principal —dijo Barbara, indicándole con un gesto que podía entrar. Martin no había hecho muy bien la cama. Nissing se sentó en ella.

—Una cama colosal —dijo, presionando el colchón. Barbara se convenció de que él sabía dónde habían dormido ella y Martin.

—¿Cómo es que ha oído hablar de mí? —dijo.

—Creo que hemos elegido las habitaciones perfectas para las fotos, ¿cómo es que he oído hablar de usted? Pues gracias a una mujer llamada Binky Doolittle y a otra llamada Bunny Hutchinson —las estaba contando con los dedos— y otra llamada Bea Meisner y... ¡oiga! Usted se llama Barbara. Muchas Bes, ¿verdad? ¿Se había fijado usted? ¿Es el resultado de algún plan?

—No. En realidad, no. ¿Dónde ha conocido a todas estas mujeres?

—En sus casas, por supuesto. Las casas que sacaremos en el número de mayo. Las casas de los superricos de St. Louis. Casas como la de usted. Siempre tengo los oídos bien abiertos. Estas mujeres, y otras, mencionaron muchas veces esta casa.

—No me diga.

—Le digo. Puede usted creerme. El apellido Probst estaba en la punta de la lengua de todo el mundo, al menos en octubre.

—No sabía que nuestra casa...

—Bueno, la casa no. O no fue ésa mi impresión. No sólo la casa, en todo caso. El hogar, por así decirlo. Me dijeron que si iba a St. Louis tenía que ver por fuerza el hogar de los Probst —la miró fijamente desde la cama—. De modo que les añadí a la lista.

—¿Se acuesta usted con muchos de sus temas? —dijo ella.

—Mis temas son arquitectónicos, en general.

—Pero ¿y Binky? ¿Y Bunny? Apuesto a que las encandila.

—Puede. Pero he de ganarme la vida.

De nuevo en la planta baja, Barbara observó a los tres hacer ajustes en la habitación principal. Le pidieron que no fumara. En una libreta Nissing anotó datos de la habitación para los títulos y pies de foto. En cuanto empezaron a disparar, el tiempo pasó muy rápido, y Barbara se sorprendió de que fuera ya mediodía. Vince y Joshua empezaron a meter trípodes y cables en la cocina. Nissing siguió con Barbara en la sala de estar. Sobre la mesa de pícea había un jarro con rosas, una botella abierta de Beaujolais y dos copas. El jarrón y las rosas eran de ella, el vino de él. Nissing sirvió generosamente.

—En realidad no soy fotógrafo —dijo—. Me asocié con Vince para un trabajo de *free-lance,* y una cosa ha llevado a la otra. Se gana bastante dinero. Supongo que debería ser más ambicioso, pero así he podido tener más tiempo para dedicarlo a mi hijo.

—¿Su hijo?

Nissing abrió una cartera y le pasó una fotografía. Se le veía a él con camisa blanca y jersey azul de cuello de pico, rodeando con el brazo a un chico flaco de grandes ojos oscuros. Ambos sonreían, pero no a la cámara. Se veía parte de un sofá blanco y un suelo de madera clara. Serían imaginaciones de Barbara, pero la iluminación sugería un típico apartamento de Manhattan, donde el alto nivel de vida, por la proximidad de un millón de apartamentos similares, era más natural y autosuficiente que en cualquier otra parte. Barbara sabía que él era de Nueva York.

—¿Quién es la afortunada madre? —dijo.

Nissing guardó la foto.

—Mi mujer murió hace cuatro años.

—Lo siento —Barbara vio que cogía un cigarrillo de los de ella—. ¿Cómo se llama su hijo?

—Terry.

—No tiene pinta de llamarse Terry —sonrió amablemente, esperando que pasara la sombra de la muerte de la esposa.

—Es un buen nombre americano —dijo él—. Somos buenos norteamericanos. Yo nací en Teherán y pasé mis primeros seis años allí, pero ya no me he movido de aquí. Estudié en Choate & Williams. Di forma inglesa a mi nombre. ¿No tengo los requisitos para ser americano?

—Me confunde su acento.

—Eso es porque no se me da muy bien la pronunciación. Como puede ver, mi inglés es perfecto...

—Salvo las haches.

—Desde luego, salvo las haches a principio de palabra. Pero para los Doolittle del mundo, tengo que hacer de Omar Sharif.

A Barbara le chocó la autenticidad de su afirmación, la conciencia de que en un ambicioso no americano el deseo de adaptarse y el deseo de deslumbrar estaban claramente en conflicto. Comprendió que el dominio de los códigos sociales podía rezagarse respecto al control del idioma. La exagerada familiaridad que él había estado exhibiendo era probablemente fortuita. En sus cartas desde París, Luisa se había quejado de que por lo visto siempre estaba ofendiendo al señor y la señora Giraud, y a Barbara le había sido fácil imaginar que su sarcasmo, moneda corriente aquí en casa, podía haber resultado presuntuoso en el extranjero. De modo que concedió a Nissing el beneficio de la duda. Se quitó los zapatos.

—Su marido construyó el Arch.

—En efecto.

—No había caído en la cuenta —la miró—. ¡Hay que ver!

—Son esas cosas que una se cansa de oír al cabo de veinte años.

—Pero es un edificio increíble —dijo él—. La gente que no lo ha visto en persona no se imagina...

—A eso iba —prosiguió Barbara—. Mi marido es contratista. Él no diseñó el Arch. No tuvo nada que ver con el diseño. Se valió de dos innovaciones en materia de ingeniería, cosas que no había inventado él, y levantó el monumento. Pero si hubiera de creer a la gente, pensaría que mi marido es Saarinen.

Nissing se echó hacia atrás, por así decir, y dejó que las palabras aterrizaran entre ambos y redundaran en descrédito de ella.

—Es cierto que su nombre se relaciona a menudo con ese edificio —dijo ella.

—Por algún motivo será.

—Bueno, en su momento, lo hubo.

Nissing volvió la cabeza, miró hacia el patio de atrás y luego miró nuevamente a Barbara.

—Me gusta St. Louis —dijo—. Es una vieja ciudad. Los edificios están bien asentados. Casi demasiado, no sé si me entiende. La ciudad es una ramificación física (los ladrillos, las colinas, los espacios abiertos, los árboles), hasta tal punto que la arquitectura y el paisaje lo dominan todo. No digo que no haya personas, pero por alguna razón parece que se pierden en medio de las vistas. Quizá se trata de una opinión de forastero. Procuro tomar contacto con el genio de los lugares que visito, en el viejo sentido de la palabra, la unidad de lugar y personalidad. La ventaja de este trabajo es que si me gusta una casa puedo entrar a mirarla. A propósito, quiero ver esas habitaciones...

El teléfono estaba sonando. Barbara se disculpó. Una súbita punzada menstrual la obligó a caminar despacio al salir. A Nissing debió de parecerle que se le habían dormido las piernas. El cartero llegó por el camino particular con un puñado de postales navideñas. En la cocina, Joshua estaba pasando un paño al bote del azúcar. Vince colocó un trípode.

—¿Barbie?

—Hola, Audrey —caminó hasta el frigorífico—. ¿Es algo urgente? —sacó leche, pero sus píldoras, incluido el Motrin, habían desaparecido de la pequeña repisa. Por lo visto, en *House* no querían saber nada de espasmos abdominales.

—Te llamaré luego —estaba diciendo Audrey—. Los fotógrafos deben de estar ahí.

—Están.

—¿Te encuentras bien?

—Sí.

Después de colgar, preguntó a Vince dónde había puesto sus píldoras.

—En la mesa del comedor —dijo él, ocupado con el trípode—. Le agradeceríamos que no fumara tampoco en la otra habitación.

Barbara se detuvo:

—No he sido yo.

Vince no dijo nada.

Nissing se estaba calentando la espalda en la lumbre semiapagada.

—No haga caso de Vince —dijo—. Vamos a ver esas habitaciones. El Tudor me chifla.

*

Probst recibió un susto de Barbara antes haberse quitado siquiera el abrigo. Con el sobresalto, se sacó una manga del revés.

—Escucha, Martin —dijo ella, retorciéndose las manos—. Tenemos un problema. No sé qué hacer. Se trata de Mohnwirbel —siguió a Probst hasta el vestidor—. Es algo tan... Resulta que... Mira. Mohnwirbel tiene fotografías donde salgo yo, ampliaciones grandes, las tiene en las paredes de su vivienda.

—¿Cómo? —Probst dejó su abrigo en una percha. El vestidor repleto le incomodaba, máxime porque todas las chaquetas eran suyas.

—En su apartamento. Tuve que acompañar allí a uno de los fotógrafos, quería ver... Bueno, las molduras de madera, ya sabes. Y Mohnwirbel, no sé dónde se había metido. Esta mañana estaba aquí, y ahora también, pero a mediodía no estaba en su casa. Tuve que ir a por nuestra llave. Estaba segura de que a él no le importaría si entrábamos un momento. Y entonces abrí la puerta y estaba tratando de sacar la llave de la cerradura (¿la habíamos usado alguna vez?), y le dije a Nissing, al fotógrafo, que pasara. Al final conseguí sacar la llave y él estaba allí mirando. Dios mío, qué humillación, Martin. Ese jardinero es un pervertido o algo así. Tenemos a un pervertido viviendo encima del garaje.

—¿Qué clase de fotos son? —preguntó Probst.

—Ya te imaginarás que no me quedé a verlo en presencia de un extraño...

—Vestida, supongo —dijo él, tratando de hacer que comprendiera.

—Sí.

—Bueno, menos mal.

—No le veo la diferencia. Está despedido.

—Creí que te caía bien —observó Probst. ¿Por qué no podía Barbara haber esperado unos minutos?

—Igual que a ti. No nos caía mal. ¿Qué significa eso? Pero probablemente tiene cadáveres escondidos...

—Esto no es propio de ti.

Barbara se echó atrás.

—Estoy molesta. ¿Tú no?

—Por supuesto —pero él lo había dicho en serio. Barbara parecía otra. Incluso cuando le había dado la noticia de la partida de Luisa, el mes anterior, había sabido completar las frases y explicar los hechos de manera cronológica.

—Ve a mirar —dijo ella—. Ve a hablar con él.

—Tú no lo has hecho.

—¿Yo? ¡Por Dios! Claro que no.

—Veo que aún me toleras cuando me necesitas.

Ella meneó la cabeza con gesto siniestro.

—Qué más quisieras tú —y fue a encerrarse en su cuarto de trabajo.

Olía a beicon.

La escalera que llevaba a los aposentos de Mohnwirbel estaba en la parte de atrás del garaje. Probst encendió la luz y empezó a subir. El aire era fresco y olía a madera podrida y al moho que se acumulaba entre el polvo endurecido. Retazos de linóleo viejo se pegaban a los peldaños renegridos. Hacía años que no subía aquellas escaleras. Mohnwirbel practicaba la autonomía. Le pagaban por correo.

Pasado el primer descansillo el aire se volvió más caliente. El rellano superior estaba iluminado por la luz que se colaba bajo la puerta del apartamento y por los visillos del ventanuco de la puerta. El corazón de Probst latía como si hubiera subido veinte tramos. Llamó, oyó pasos. La puerta se abrió lo que daba de sí la cadena.

—Heinrich, qué tal —dijo Probst—. ¿Puedo hablar con usted?

—¿Qué es lo que quiere?

—Quiero pasar.

Le llegó un suspiro con algo de voz en él, y Mohnwirbel dijo:

—Conque quiere pasar.

—Quiero ver las fotos de mi esposa.

Los ojillos negros desaparecieron y reaparecieron en un juego de párpados.

—Está bien.

Había muchas fotografías, pero por un momento Probst sólo registró su existencia, no su contenido. Recorrió las paredes de la exposición. Era verdad: aquéllas eran las mejores habitaciones de toda la finca. Los techos altos, las molduras extravagantes, la pequeña cocina anticuada pero ideal. Por la ventana que daba al este podían verse las ventanas iluminadas del número 236, y Probst experimentó una suerte de epifanía al abrirse paso, gracias a aquella perspectiva, en una vida ajena. Nunca veía su propia casa desde ese ángulo. Mohnwirbel llevaba décadas viviendo allí.

Se le ocurrió otra cosa. Si se desembarazaban de Mohnwirbel, podían alquilar estas habitaciones por cuatrocientos dólares al mes.

Junto a la puerta del baño vio un desnudo de perfil, una foto de Barbara en el baño tomada con un teleobjetivo. Las cámaras culpables colgaban junto al vestidor donde Mohnwirbel, inexpresivo, le observaba.

Barbara estaba vestida en la otra docena de fotografías, su pelo mostraba los diversos estilos de peinado que había ensayado en los tres o cuatro últimos años. Había dos fotos en la cocina, una en la pérgola, y el resto fuera de la casa. Salvo las fotos en la cocina, todas las instantáneas compartían la perspectiva que Probst tenía ahora, y, todas ellas, recordaban a las fotos que publicaba el *National Enquirer* de Jackie Onassis o de Brigitte Bardot en sus playas, barcos o propiedades. El grano, la espontaneidad, la escasa profundidad de campo del teleobjetivo le daban a Barbara un encanto especial.

—Bueno, Heinrich, ¿qué significa todo esto?

—Ya las ha visto, ahora váyase —Mohnwirbel llevaba una chaqueta a cuadros de leñador y unos pantalones raros. Eran pantalones de frac, negros y muy gastados.

—Este lugar es mío —dijo Probst.

—Según la ley, no. Yo no estoy de alquiler. Tengo mi residencia aquí.

Esto, comprendió Probst, podía ser verdad.

—Está despedido —declaró.

—Renuncio.

—¿Cuánto me va a costar echarle de aquí?

—No pienso irme. No tengo adónde ir —Mohnwirbel lo expuso como un hecho, no como un sentimiento—. Yo podría hablar con la señora de la casa.

Probst no cejó.

—La señora de la casa no desea hablar con usted —arrancó el desnudo de la pared y lo hizo pedazos—. Esto es asqueroso, propio de un pervertido, ¿se entera?

—Es su esposa —dijo Mohnwirbel.

Probst arrancó otra fotografía, mandando chinchetas sobre las marchitas alfombras orientales. Fue a arrancar una tercera, pero Mohnwirbel, tomándolo del codo, lo arrinconó contra la pared.

—Si toca otra lo lanzo escaleras abajo, Martin Probst —su aliento tenía un fuerte hedor etílico—. Quiero que sepa que es usted el hombre más arrogante que he conocido jamás. Usted entiende de categorías, normal y perverso, bueno y malo. Como si las tetas de la señora no le calentaran cuando ella va a por la toalla. Para usted todo eso es repugnante, usted no tiene dios. ¿Cree que ella no mira nunca a otro hombre? ¿Qué soy yo, entonces? Vamos, Martin Probst. No me llame pervertido.

—Sea como sea, caballero, usted se larga de aquí. Le voy a enviar a la policía, le voy a enviar al fiscal del distrito...

—Qué sentimental. Usted a lo suyo, y yo a lo mío. Esto es una morada de placer —un brazo a cuadros incluyó el espacio con un gesto amplio—. ¿Qué placer obtiene usted, Martin Probst? No tiene la casa, no tiene la mujer, no tiene la hierba del jardín —Mohnwirbel miró de soslayo, como si se hubiera distraído—. No me gusta su hija —observó.

—Dudo que a ella le guste usted —Probst recuperó el codo y dio unos pasos hacia las ventanas. Miró desde allí el camino particular.

—Veremos si puede hacer que me metan en la cárcel, Martin Probst.

Entre las ramas de un cornejo divisó a Barbara, hablando por teléfono desde la cocina con ambas manos en el auricular.

*

Era Luisa. Quería llevarse más cosas. Barbara le preguntó si estaba segura. Sí, estaba muy segura. No hacerlo sería jugar sucio con Duane.

La última frase provocó en Barbara una hiperventilación, pero permaneció al teléfono. Imploró. Suplicó. Ofreció a Luisa libertad absoluta de movimientos si volvía a casa; le ofreció un coche; le ofreció pararle los pies a Martin. Las respuestas de Luisa fueron cada vez más monótonas. Finalmente expuso su trato: Barbara podía ir a verla siempre que quisiera, pero ella estaba enamorada de Duane y quería vivir un tiempo con él, si no les parecía mal.

Y añadió:

—De todos, me habría marchado pronto de casa.

*

Pasó el fin de semana. Deprimida, con síntomas más clínicos que nunca, Barbara despertó a las tres de la mañana en el cuarto de invitados. El viento del norte batía la pared de ese lado. Apoyó los dedos como para mantenerla quieta. Una luna llena se consumía en la escarcha de las ventanas del lado oeste. Imaginó aquella habitación en la esquina de la casa como si se hubiera desprendido, desgajado de su mortero, y estuviera a punto de caer —con ese ruido de lo defectuoso— a los arbustos.

Se había recuperado de la primera conmoción tras el hallazgo de Nissing. El sábado por la mañana había hablado con Mohnwirbel, que se había mostrado cortés. El jardinero se disculpó y, más tarde, mientras Martin miraba un partido de fútbol, se presentó en la puerta de la cocina con negativos y copias, docenas y docenas, dentro de una caja de camisas. Ella le pidió, por favor, que no le sacara más fotos.

Él no podía prometer nada. «No está usted bien valorada», dijo, una muestra de perspicacia si no de cordura. Pero Martin seguía con la idea de ponerle una demanda.

Todo el fin de semana se había sentido como si tuviera cáncer, como si estuviera ordenando su vida para una muerte programada. La caja con las fotos —que no podía tocar, abrir ni tirar a la basura— podía haber contenido los fatales rayos X. Los objetos domésticos eludían el contacto con ella, supersticiosamente. Le habría gustado tener allí a Dozer para que rompiera el maleficio, verlo ir de habitación en habitación olisqueando, bostezando, esparciendo sus sonidos. Pero Dozer estaba muerto.

Y, sin embargo, hoy lunes, se encontraba mejor. La lluvia golpeó el techo y el parabrisas del coche mientras avanzaba a paso de tortuga por Euclid Avenue. Encontró una plaza bien situada donde aparcar, cosa que, en un barrio como aquél, era todo un presagio. Se encasquetó la capucha del impermeable, se deslizó sobre el asiento, abrió el paraguas y se apeó, justo en un torrente de agua helada. Tenía los pies empapados, ¿y qué? Introdujo monedas en el parquímetro, cruzó la calle, chapoteando, y entró en Balaban.

John Nissing estaba recogiendo su abrigo.

—¡Estupendo! —le quitó la capucha y la sujetó por los hombros—. ¡Has venido! —la besó en la boca como impulsado por la mera alegría de verla otra vez. Les dieron una mesa con razonable intimidad.

—Hoy me siento especialmente bien —dijo él mientras el Pouilly-Fuissé chispeaba en sus copas—. Un paquete que ha estado en el correo desde 1979 y que yo daba por perdido me estaba esperando en Nueva York el viernes por la noche.

Sonrió complacido y esperó. Ella esperó también. De pronto él se inclinó al frente.

—¡Joyas! Y es más, joyas sin ningún valor sentimental —metió la mano en el bolsillo—. Esto es para ti —le pasó un estuche de terciopelo—. Y el resto para Christie's.

Barbara abrió el estuche. Contenía dos pendientes: diamantes, medio quilate cada uno, en monturas de oro blanco. Ella quería unos pendientes de diamantes para Navidad.

—Puedes quedártelos —dijo él—. Y no te preocupes. No son antiguos.

—Tengo muchas preguntas al respecto —dijo ella.

El camarero les sirvió sendos cuencos de puré de espárragos.

—¿Sí? ¿Cuál es la primera?

—¿Dónde esperas que los luzca?

—¡En las orejas! —se levantó a medias e hizo lo que ella no pensaba que hacían los hombres, que fue quitar unos pendientes de las orejas de una mujer. Barbara levantó las manos a la defensiva, pero las dejó caer de nuevo sobre la servilleta. Él guardó sus aros en el estuche y, asomando la lengua de pura concentración, le colocó los diamantes—. Puedes decirle a tu marido que te los regalé por lo mucho que me gusta el Arch.

Se sentó y miró el cuenco de Barbara. Si ella hubiera tenido algo en el estómago tal vez lo habría vomitado. Barbara levantó su cuchara.

—¿Y la número dos? —él también sumergió la cuchara y probó el puré, la vista desenfocada como un buen *connaisseur*—. La número dos —respondió él mismo— es qué espero yo a cambio.

Barbara lo confirmó con su mirada.

—Será suficiente con un simple «gracias».

—Gracias.

Por teléfono, él había sugerido un par de restaurantes en Clayton, pero ella le había pedido que se vieran en Balaban, sabiendo que se sentiría más anónima en el West End. Pero, bien pensado, no veía ningún motivo para haber evitado ir a Clayton. Nadie pensaría nada malo al verla con Nissing, y si lo pensaban, ¿qué más le daba a ella?

—¿La número tres?

Olvídalo. Negó con la cabeza. Pero luego lo pensó mejor:

—¿Por qué yo?

—No te lo sabría decir. Lo vi claro desde el primer momento.

—No me convences. Me temo que no cuela.

La mesa de detrás de ella estaba vacía, pero él bajó la voz hasta hacerla casi inaudible.

—Veo —dijo— que a mí se me exige que explique mis motivos, cosa que a ti no, porque tú vives en un castillo y te explicas por ti misma, mientras que yo no y me paso el día volando en avión. Yo ejecuto mi número y ¿la dama aplaude un poquito?, ¿se enternece, quizá?, ¿no se enternece? Tienes una superioridad cansina, Barbara, y no te sienta bien. Si yo hiciera suposiciones acerca de ti como tú las hecho acerca de mí, me atrevería a decir que no has tenido una aventura desde que te casaste. ¿Es un dato positivo? ¿Con cuarenta y tres años? ¿Acaso te da derecho a exigir explicaciones? —desvió un momento la vista y luego la volvió a mirar a los ojos—. Sabes que no hablas como los demás. La gente que te rodea está objetivada. Eso lo sabes bien. Tú hablas otro idioma. Tú ostentas tu tristeza. Sabes muy bien que te gustaría enamorarte de alguien como tú. ¿Me explico con claridad?

—Desde luego —dijo ella—. Pero deberíamos hablar de otra cosa, o no voy a poder comer.

Nissing acababa de pagar la cuenta, una hora más tarde, cuando mencionó que debía tomar un avión a las 3.45. Barbara se sintió un poco dolida, pero en seguida se alegró. Estaba agotada.

Fuera, bajo la llovizna, ella se despidió sin un beso, sólo una sonrisa y un gesto de la mano. No creía todo lo que él le había dicho, pero sí creía tenerle en un puño.

En el primer semáforo se quitó los pendientes. Tenía que ir a casa a buscar los regalos de Luisa, el grueso de los cuales pensar entregar aquella misma tarde. La tarea le parecía más sencilla después del almuerzo con Nissing, pero era una lástima tener que ir hasta Webster Groves para volver otra vez; el piso de Duane estaba sólo a un kilómetro de donde ella había aparcado.

*

Singh se levantó antes del amanecer, ejecutó una versión abreviada de sus ejercicios gimnásticos, tomó una ducha helada y se afeitó. El miércoles se había hecho cortar el pelo radicalmente, casi al cero en la parte de atrás y los costados. Cambiar de apariencia era exagerar el paso del tiempo, eludir antiguas reclamaciones de propiedad, reconocerse a sí mismo. Eligió la ropa con un fin similar. Barbara le había visto en elegantes prendas de lana, así que hoy se pondría tejanos negros y cambiaría la camisa de vestir por una color azul marino sin cuello. Comió un bollo con mantequilla y se limpió los dientes.

La opacidad de las claraboyas adoptó un azul translúcido al despuntar el día. En la nevera casi no había nada. Singh lo tiró todo a la basura. Tenía un plato extra y dos tenedores de más. Los tiró. Tiró también calcetines sobrantes y una camisa que le sentaba mal. Leyó el informe sobre Probst y destrozó el noventa por ciento del mismo. Sabía lo esencial como no lo había sabido dos meses antes: estaba estrechando el cerco. En la página superior de las notas que estaba rompiendo se fijó en algunas frases utilizadas: «superioridad cansina», «enamorarse de alguien como ella». Llevó la basura al ascensor y luego al callejón y subió de nuevo con el aspirador del edificio. Aspiró el polvo que quedaba en la moqueta verde, las migas de la zona de cocina, los pelos del cuarto de baño. Telefoneó a Barbara y luego, por segunda vez, escuchó las conversaciones mantenidas por ella los últimos cuatro días, incluida la noche anterior. Su compostura era perfecta, pero eso lo decía todo; una semana antes no habría estado tan segura de sí misma.

AR: ¿Dónde has estado todo el día?
BP: Oh, fui a llevarle unos regalos a Luisa.
AR: Te he estado llamando...
BP: Oí el teléfono un par de veces. Estaba intentando dormir. No duermo muy bien.
AR: Pensaba que estarías trabajando.
BP: No, trabajo mañana, todo el día.

Singh borró la cinta. Llegaron las palomas. Intercambió cuatro palabras con Jammu por teléfono. Recientemente Jammu había tenido un leve acceso de escrúpulos, una reacción alérgica a meterse en vidas ajenas, pero se había recobrado y, dentro de muy pocas horas, Singh iba a tener el placer de tumbar sobre un colchón a la mujer de Martin Probst.

Condujo el recién alquilado Pontiac Reliant hasta su refugio en Brentwood y entró a recoger su portafolios. Las fotos del 236 de Sherwood Drive eran prudentes y extrañamente lóbregas, como la propia casa, pero al parecer eran del gusto del redactor jefe. Singh había pagado a Vince y a Joshua y los había mandado de vuelta a Chicago. Sus días de *House* habían terminado. Encendió un cigarrillo de clavo pero se lo pensó mejor. Lo arrojó al inodoro, tiró la cadena y salió del apartamento.

El servicial jardinero de los Probst estaba quitando el hielo del camino principal cuando Singh llegó. Mohnwirbel devolvió el saludo con una mirada y un silencio penetrantes. Singh llamó al timbre y Barbara le fue a abrir. Él la observó para ver qué efecto le producía su nuevo aspecto, y advirtió que ella también había cambiado el suyo. Se había sujetado el pelo con un pasador y se había puesto una camiseta ceñida y unos pantalones ceñidos, cambiando el énfasis de un cuerpo acechante a un cuerpo maduro. Le divirtió que hubieran empleado estrategias similares. Por un momento olvidó la frase ensayada. Luego la recordó:

—Te traigo unas fotos.

—No, gracias —dijo ella, alargando unos brazos ingrávidos y besándole. Él no se lo esperaba. Se le notó la sorpresa. Ella se apartó—. Voy acostándome, ¿verdad?

Dio media vuelta, subió tres peldaños y se detuvo, sin mirarle.

Él dejó el portafolio apoyado en la cómoda de roble del pasillo. Pensó en ir a sentrse al salón y esperar acontecimientos, ver el tiempo que ella tardaría en volver. Por qué no. Sus aires de grandeza le aburrían. Se hundió en el sofá y cogió algo de la mesita baja, un libro de fotos del Arch por Joel Meyerowitz. La última vez no estaba. Pasó las páginas. Él llevaba ventaja. Además de las muchas razones que Barbara tenía para ser «infiel» a Martin, su corazón de burguesa estaba ansioso por complacer. Mujeres menos virtuosas habrían dudado al telefonearla él el lunes; mujeres menos inteligentes habrían coqueteado con más talento. Barbara, privada de sentido del humor, sólo había dicho sí y propuesto un restaurante.

Apareció junto al sofá.

—Has venido para acostarte conmigo, ¿no?

Singh filtró paciencia en su suspiro.

—He tenido un vuelo de órdago —dijo—. ¿Por qué no te sientas un rato conmigo?

Barbara se aposentó en el borde del sofá.

—Relájate, quieres —él se hundió todavía más—. ¿Qué te pasa?

—Todo esto es una cursilada. Deja de decirme lo que debo hacer.

—No gracias —dijo él—. He tomado algo en el avión.

Barbara apretó las rodillas, con las manos juntas en medio.

—Eres muy amable, John, mucho —dijo ella—. Pero no quiero sentarme a hablar contigo como si estuviéramos ligando. Eres muy gracioso, pero ahora no quiero oír nada. Dijiste que me querías. Que me conocías. Así que, por favor.

Entonces, se lo había tragado.

—Vamos arriba —insistió ella.

—Con lo bonito que es este sofá.

—No quiero. Él puede vernos.

—Oh —Singh miró a las ventanas de la parte de atrás—. Claro.

Barbara había corrido las cortinas del cuarto de invitados. Singh retiró la colcha y dejó que ella le desnudara. Miró hacia abajo. Todo iba bien. No era que lo hubiera dudado. Ella se quitó la blusa y se quedó allí en tejanos y zapatos, las manos en las caderas, evaluándolo. Él sintió un tirón. Ella le montó a horcajadas y lo tumbó de espaldas, besándolo alrededor de la boca. El tirón aumentó. Él ya lo había anticipado, pero el salto estaba por dar. Se incorporó en la cama y ella con él. Éste era el punto crítico, fuera del ámbito de su propio atractivo, el punto más allá del cual era demasiado peligroso falsear las cosas. La agarró de las muñecas y fijó la vista en la carne que sobresalía apenas de la cintura de sus pantalones. Todo pasó en un segundo. La amó un poco, su pecho moreno contra el rosado de ella, costillas contra costillas, estómago con estómago. Su censor de reserva dejaría que pasara cualquier cosa: ella era blanda. La mejor hembra del mundo. Alargó la mano y le bajó la bragueta, otro tirón, deslizando los dedos entre sus húmedos rizos. Ella se quitó los pantalones y, con una exclamación que pareció salir de todo su torso, se abrió para que la penetrara. Él la tumbó de espaldas, subieron hacia las almohadas. Ella no emitía sonido alguno. Le espoleaba a hundirse más arañándole la espalda. Para él fue fácil, y aunque a ella pareció costarle una eternidad, finalmente dejó de mover las caderas y se puso rígida. Sus costillas botaron contra las de él. Boqueó y sonrió con unos labios forzados ya a la asimetría.

El teléfono sonó a lo lejos, dos llamadas.

El tiempo había cambiado. Solía pasar.

Estaba empezando a despertarse cuando ella le confesó que estaba un poco dolorida. Él propuso un procedimiento alternativo. Ella negó con la cabeza. Él se olvidó del asunto y retomó la postura tradicional, empezando con delicadeza pero con la intención de inmovilizarla como había planeado previamente. Ella le dijo que la estaba vaciando. Ésa era la idea. Pero no quería hacerle daño. Dejó que rodara con él lateralmente, y mientras lo hacían, completamente enlazados, él empezó a experimentar dificultades perceptuales. No era inmune a ellas. Las aceptaba como un fenómeno. La dificultad consistía ahora en una imagen fantasma, un negativo, una mujer de piel oscura y pelo oscuro y labios pálidos que se ocultaba en Barbara y la emparejaba cuando se movía sin timidez, pero que surgía a la vista cuando ella erraba, corrigiendo sus movimientos. Las formas estaban unidas en el ritmo del acto mismo y en el punto espumoso donde se fundían con Singh, que era un fulcro arquimédico.

¿Quién puso la mira a Cachemira?
¿Quién le puso el mu a Jammu?

Canción de sus años de estudiante. Estaba perdiendo la objetividad, y pasó algunos minutos en ningún sitio en particular. Su retorno se debió por entero a los afanes de Barbara. Cuando volvió a mirar, la imagen negativa había desaparecido, y entonces supo que su éxito había sido completo, los resultados impresionantes. La poseía y ya no la iba a soltar. Le pasó los brazos a la espalda, que ardía, hundió los dedos en su grupa, los hundió en su trasero, los dientes contra su lengua, las piernas mutuamente entablilladas, y el resto de un buen número de centímetros dentro de ella, explorando cavidades y coronando crestas, y se corrió otra vez, en un vacío recién hallado, y le parecieron litros.

Pararon.

Una expresión de pura y lúcida malicia asomó al rostro de Barbara, como muñeco a una caja de sorpresas.

—Adiós —dijo—. Me alegro de que hayas venido.

—Hasta pronto —respondió él, siguiéndole la corriente.

11.

Es la noche antes de Navidad. Por el oeste, en una esquina de cielo lo bastante azul todavía para que copas de árboles y chimeneas aparezcan en silueta, Venus luce una blancura absoluta. Perseo está borroso en el cénit y atravesado por reactores; Orión se yergue sobre los repetidores; la galaxia ejecuta su condensación nocturna. En el centro de la ciudad, mientras cierran las últimas tiendas, los últimos compradores abandonan rápidamente las frías aceras para meterse en sus coches. Suenan campanas en una iglesia vacía. Un vapor que huele a tubería corroída sale a borbotones de la parte trasera de bloques de oficinas, y las ramas del árbol de la luz del Ejército de Salvación se mecen y tiemblan al viento. En las ventanas de las salas de estar de los bloques de apartamentos —Plaza Square, Mansion House, el Teamsters Complex, Darst-Webbe, Cochran, Cochran Gardens— se ven velas eléctricas encendidas, y ristras de luces rodean los bastidores de las ventanas y brillan como plazas de Hollywood. Bajan persianas, se mueven cortinas. Hay una preocupación, un nerviosismo, algo que conseguir. La mayoría de la gente está involucrada, pero no toda. Botones del Sheraton presencian la partida de elegantes forasteros y beben Coca-Cola. Dos veteranos periodistas, Joe Feig y Don Daizy, han entrado en el Missouri Grill para compartir una jarra de Miller y disfrutar de su afinidad con el barman, que está mirando los últimos momentos de la Holiday Bowl en el televisor del establecimiento.

Mississippi abajo, el vapor *McDonald's* («RAY KROC, CAPITÁN») está cerrado a cal y canto. De sus permanentes amarres penden carámbanos, y en sus florones de plástico, sus arcos dorados y sus tuberías estriadas anidan montones de nieve. Más allá, se balancean témpanos. El tráfico fluvial es escaso. Qué distante esta noche del calor y el trueno del verano, cuando a media tarde el sol calienta en lo alto y los Cardinals entrenan a batear y los turistas se rascan la nuca al pie del Arch, goteando mostaza de sus perritos calientes, y el aire huele a brea; qué distinto este silencio, estas simas color índigo, estas mesetas enguijarradas. La fábrica de regaliz Switzer ha tirado la toalla. En la barricada de sus puertas hay un rótulo:

DELEGACIÓN CENTRAL DE SWITZER
SE ALQUILA
PARA OFICINAS Y MINORISTAS

La tapa de un vaso de papel patina sobre un cruce de vías, estorbada por su pajita. Adornos de ventana, empalidecidos por las farolas, aparentan decenios de edad. La gente que ha salido y está junto al río es la que no puede ver. Incluso la policía, los agentes Taylor y Onkly, tiene la mirada fija en sus relojes, la mente en la cena. Terminan a las nueve. El único movimiento que verán en tres horas tendrá que ver con borrachos, ya sea vagabundos o conductores. Rodean una manzana y pasean su reflector sobre latas de basura. Las interferencias en la radio son continuas. Antes, desde la centralita, han cantado dos versos de una canción navideña, interrumpida por las risas. Es la estación del hastío, de los sentimientos y del deber, salvo para los niños, y en las calles del centro no hay niños.

Hacia el sur. Pasado el edificio Pet Milk y Ralston Purina, robustas familias bien se solazan en las casas rehabilitadas de LaSalle Park y Soulard y Lafayette Square. Aquí, a salvo tras varias hileras de coches aparcados, Andrew DeMann y su hijo Alex juegan con su ordenador mientras la mujer, Liz, da de comer al bebé. Alex se ha cansado y empieza a fingir que los juegos no tienen normas. Andrew se pone estricto y baja al sótano a por vino. Respira, el corazón le late. Elige una botella.

Más lejos. En lo alto del Hill, la fiesta vespertina en casa del teniente coronel Frank Parisi, comandante en jefe de Área I, se acerca a su pináculo. La jefa Jammu ha telefoneado para saludar. Cincuenta policías y sus respectivas familias se apretujan en cinco pequeñas habitaciones. Luzzi, Waters, Scolatti y Corrigan entonan a voz en cuello un villancico, una armonización a dos voces y media con acompañamiento de piano. Parisi remueve ponche de huevo en la cocina, admirando los remolinos del ron. La mezcla va bastante cargada. Los jóvenes están radiantes. El ruido es perfecto. Hay más de doce coches patrulla aparcados en la parte delantera, sus ventanillas reflejan todas las luces de colores que iluminan la calle feliz, puntos de luz confieren aureolas a la nieve que se acumula en arbustos y cunetas. Coches grandes transitan lentos y suenan gritos. Desde arriba los barrios parecen ríos de plancton luminoso, centelleando a trechos y abarcando oscuras islas de servicio, almacenaje y reposo. Las sinuosas vías de Forest Park son un circuito para coches. Esta noche, exponerse entraña un peligro. Todos quieren estar en alguna parte. Pasado el límite municipal, un abollado Nova rojo con la mitad inferior de un pino asomando del maletero ralentiza al llegar a Delmar para torcer a la izquierda. Aparca. Duane Thompson se apea del coche, abre del todo el maletero y extrae el pino. A esta hora del día se consiguen a dólar el árbol. Andando a saltitos, con resuelta ligereza, sube el pino a su apartamento. Dentro, Luisa sigue al teléfono. Ya estaba allí hacía una hora, cuando él se fue. Luisa saluda agitando los dedos. Duane vuelve al coche a buscar las palomitas y los arándanos.

Inmediatamente al norte y al este, en lo que según imagina el condado es el rincón más oscuro y populoso de la ciudad, Clarence Davis ve terribles espacios y luz. Era uno de los últimos compradores del centro. En su radio suena *El Mesías,* y la pata de conejo que cuelga de su retrovisor salta a cada bache. De lo alto de unos incólumes postes de aluminio, una luz eléctrica color de escarcha desciende en rayos quebradizos y machaca su parabrisas una y otra vez. Espacios abiertos de casas demolidas en hileras a derecha e izquierda. Manzana tras manzana, la luz continúa sin un matiz de amarillo, sin un matiz de fuego. Domina sobre los semáforos, bravos colores jamaicanos, bajo los cuales un año atrás se reunían, incluso en Navidad, muchachos de semblante malévolo que empuñaban botellas y trataban de cortar la calle. Los grupos han desaparecido. En medio kilómetro, Clarence se ha cruzado con tres coches patrulla. No están vigilando nada. No hay transeúntes, no hay comercios, sólo perros y vehículos desmantelados. Y propiedades. Vallas altas corren paralelas a la calle protegiendo solares allanados y ventanas de contrachapado. ¿Es realmente una tragedia? No tuvo que marcharse mucha gente para hacer de este sitio un desierto; tal vez la ciudad puede absorber a esas personas. Pero Clarence está asustado, asustado de un modo especulativo que nada tiene que ver con el miedo visceral al asesinato que pudo haber sentido aquí una vez. Es el alcance de la transformación: kilómetros cuadrados vallados y tapiados, ni un solo ser humano a la vista, ni una sola familia en los alrededores. La mano que ha limpiado esto no es una mano americana. Ningún norteamericano, ningún supremacista de Idaho, ningún miembro del KKK, podría salir impune de esto. Esta zona es la visión del sentido práctico de una mujer. Esto es su solución. Y está saliendo impune, y ¿cómo va a quejarse Clarence con el asiento de atrás repleto de regalos, que ni siquiera son la mitad del total? ¿Cómo puede nadie quejarse? Sólo los que no tienen voz pueden quejarse de muchas cosas. Y a la luz del día, un día no festivo, estos acres tienen un aspecto diferente. Hombres blancos y hombres negros tocados con casco miran entre las casas con impresos en la mano, clavan estacas, hablan con topógrafos. Clarence ha reconocido varias caras. El hermano Ronald, que tiene problemas con su casco. Cleon Toussaint frotándose las manos. Gente del ayuntamiento señalando futuros parkings, futuras fuentes, futuras urbanizaciones. Peces gordos, miembros de la junta y luminarias, tomando café de obrero sacado de un termo. Oh, sí, aquí hay mucha actividad. A ojos de algunos debe de parecer muy, pero que muy bonito. Clarence entra en un barrio. Ve más policías, pero humanos al fin. Se apresura por su calle y mete el coche en el garaje. Stanly y Jamey todavía están fuera haciendo canastas a la luz de la cocina.

La ciudad respira hacia el norte. Ristras de luces centelleantes se tornan reactores al descender sobre pistas aradas. La multitud en el aeropuerto Lambert mengua con rapidez. Se suceden abrazos, abriéndose como flores repentinas, en explanadas, en puertas y controles, un brotar de sentimientos. Azafatas arrastran equipajes de ruedas con gesto hosco. Los taxis parten sin pasajeros. Desde su habitación la adicta contempla el tráfico aéreo con la mirada no crítica de quien observa una escena de la naturaleza, vacas paciendo, árboles perdiendo la hoja, reactores que despegan, que descienden, que se ladean. Enciende un cigarrillo y ve el último todavía encendido en el cenicero. De un relicario en caja de zapatos saca una larga carta fechada el 24 de diciembre de 1962, y la lee por vigésima vez mientras espera a Rolf, que quizá, piensa ella, llegará de un momento a otro.

Rolf está durmiendo la mona de un par de copas en su butaca favorita. Sueña con cloacas. Interminables, amplias cloacas. Arriba, Audrey ha envuelto el jersey que le regalará a Barbie mañana en casa de sus padres. Le encanta la Navidad. Con una hoja de tijera forma un rizo en cada una de las cintas y, tarareando un poco, revisa su obra.

Casi todo el mundo vive en un radio de tres kilómetros de los Ripley. Sam Norris, su casona repleta de hijos y nietos, va de grupo en grupo tocándolos con las manos, colocándolos, irradiando satisfacción mientras Betty dora la carne. Tres calles más allá, Binky Doolittle está en la bañera hablando por teléfono. Harvey Ardmore cruza su césped cargado con un enorme tronco navideño, Chet Murphy sirve champagne rosado, los Hutchinson miran las noticias de la CBS en habitaciones separadas. Ross Billerica lanza dardos con su cuñado. La casa de Chuck Meisner, sin embargo, está a oscuras. Chuck se encuentra en St. Luke's West con una úlcera péptica sangrante. Ha estado durmiendo como un bebé desde que lo ingresaron hace tres días.

*

El viernes, Probst trabajó hasta las ocho de la noche, y al llegar a casa se encontró a Barbara acalorada, vestida con ropa ligera pese a que en la casa no hacía calor. Barbara le sirvió la cena. Mientras él comía y leía las postales navideñas, ella salió de la cocina y volvió. Recorrió las encimeras y volvió a salir. Así varias veces.

—¿Qué estás buscando? —preguntó él al fin.

—¿Cómo? —parecía sorprendida de que hubiera reparado en ella.

Distraída y encogida, Barbara estuvo circulando el resto de la noche, parándose a descansar sólo después de que él hubiera apagado la luz de su mesita de noche, cuando ella regresó de su exilio en el cuarto de invitados en camisón de franela clara, infantilmente grande para su talla, y se tumbó en la cama sin dar la menor explicación. Por la mañana le preparó torrijas y zumo de naranjas sanguinas que había comprado en una tienda nueva de Kirkwood. La espuma era rosada, el café fuerte. Barbara le sonreía todo el tiempo.

—¿Qué hay? —dijo él finalmente.

—El lunes es Navidad —dijo ella.

—No me lo digas. Luisa viene a casa.

—No. No va a venir.

—Entonces ¿qué?

—¿Es que no puedo sonreír?

Él se encogió de hombros. Si quería, que lo hiciera.

Por la tarde jugaron juntos al tenis. A Probst se le estaba curando el dedo, casi no lo notaba. Barbara se dio un tute de correr por la pista, rió a carcajada limpia cuando fallaba un golpe. No falló muchos. Estaban a un mismo nivel, y Probst sintió una punzada al pensar en lo mucho que esto había significado para él a lo largo de los años. Pero ella no tuvo ganas de hacer el amor cuando volvieron a casa. Quería comer fuera e ir al cine.

—De acuerdo —dijo él.

A media cena en el Sevens ella empezó a echarle un rapapolvo. Tenía la coherencia de un mensaje ensayado, y Barbara lo dirigió mayormente a su pescado a la parrilla. Luisa, dijo, tenía ya dieciocho años. Después de todo. Y como algunos otros miembros de la familia, Luisa era testaruda. Si esas otras personas fueran un poquito más caritativas, ella lo sería también, aunque tal vez insistiera en seguir viviendo con Duane. Luisa era una buena chica. Había escrito unos trabajos excelentes para su solicitud de ingreso en la universidad. Seguramente podría elegir. Sólo tenía dieciocho años, por el amor de Dios.

Probst quedó estupefacto ante el crudo optimismo de Barbara.

El domingo, después de desayunar, adornaron el árbol. Ella se ocupó de las luces y él, que tenía apego a algunos viejos adornos de la colección de su madre, hizo el resto. Para almorzar hubo cerveza, arenques, pan Wasa, queso y excelentes manzanas del estado de Washington. Barbara jugueteó con las envolturas de papel. Los arenques arengaban a sus huestes marinas. Las manzanas de lujo eran perlas de ostra gigante. Tomar el rábano por las hojas era una forma de tergiversar su realidad. Barbara apuró su vaso y miró a Probst.

—¿Qué? —dijo él.

—El viernes me acosté con ese fotógrafo.

Probst vio que a ella empezaban a temblarle las manos.

—¿Haces estas cosas a menudo?

—Tú sabes que no, Martin.

La salsa de rábanos picantes estaba ribeteada de aceite amarillo. La noticia era cierta pero él no la había asimilado; eran momentos de caída libre durante los cuales sus palabras escapaban a su control así como al control de un sentimiento coordinador, como los celos o la ira, que habrían conectado su lengua con su voluntad, su cerebro con su sangre.

—¿Fue divertido? —estaba diciendo.

—Sí.

—¿Se va a convertir en un hábito?

—No —ella podría haber dicho: Y si lo fuera ¿qué? Él deseó que lo hubiera hecho—. ¿Estamos en paz? —dijo ella.

—Me has estado mintiendo todo el fin de semana. Has estado fingiendo.

—No es verdad. Quiero que esto termine de una vez. Estoy harta de pelear contigo. Tú has estado más raro que yo. Y sé que no has salido de ahí. Quiero que salgas.

—Ya veremos —Probst se puso de pie.

—¿Adónde vas?

—A dar un paseo.

—¿Puedo ir contigo?

—Prefiero ir solo.

—No quiero que vayas solo. Quiero estar contigo. Te qu...

—No puedes decir eso. Yo tampoco.

—Te quiero.

Se lo repitió de habitación en habitación, a su codo, a su garganta. Y cuanto más lo decía, más lástima le tenía él. Pero ella no le dejaba en paz. Cuando se puso el abrigo, ella se lo puso también. Se quedó a un palmo de él y, finalmente, mientras iban camino arriba momentos después de haber ido camino abajo, él sucumbió.

—Está bien —dijo, mirando por encima de su hombro. George LeMaster estaba cambiando una bombilla de colores en su valla delantera. Probst llevó a Barbara adentro y cerró la puerta—. Está bien. Yo también te quiero.

Ella le besó la mano, pero él la retiró. Empezaba a sentirse traicionado. Barbara había desertado del mundo en general, de sus optimismos, de sus suaves mecanismos de amor y remordimiento, y como todo el mundo ahora quería tener a Probst de su lado.

—Tú habrías hecho lo mismo en mi lugar. Te conozco, te conozco mejor que nadie. Sé que lo habrías hecho.

—Eso lo dices tú —replicó él.

—Mírame y dime que crees en la fidelidad perfecta. Atrévete.

Lo que hizo Probst fue subir y cambiarse de ropa, bajar, encender fuego y abrir la puerta delantera. Eran las tres y media. Empezaron a llegar invitados, sus mejores amigos, como respondiendo a una palmada de Barbara. Ella había calculado muy bien el momento. Probst no tuvo más elección que parecer él mismo cuando abrió a los Montgomery. Jill y Bob irradiaban felicidad. La mesa del comedor estaba repleta de bizcochos, frutas y verduras, diminutos emparedados de gruyère y rosbif. Barbara apareció de pronto cargada de botellas de licor. Bob hizo un chiste, miró a Probst y empezó con una anécdota acerca de un neumático que se le había pinchado hacía dos noches en la autopista.

El timbre de la puerta no dejaba de sonar. Cal Markhan con una chica nueva llamada Nancy, Lorri Wulkowicz, amiga de Barbara de cuando la universidad. Los padres de Barbara, ambos muy bronceados. Sally y Fred Anderson, la secretaria de Probst, Carmen, y su marido Eddie, que sonrió y tartamudeó. Peter Callahan, el ingeniero jefe, viudo él, y su hija Dana, de dieciséis años. Más ingenieros, los Hoffinger, los Fox, los Walton, los Jones. Dos compañeras de trabajo de Barbara, con sus respectivos maridos. La gente se congregaba en torno a la lumbre, en torno a Barbara que reía y a Probst que sonreía. Pequeños paquetes se iban acumulando en la repisa de la chimenea. Las ventanas perdieron luz. Cal se ofreció para ir a buscar más leña, y Nancy se unió a Probst, Dana y Lorri Wulkowicz en las sillas junto al piano. Lorri estuvo especialmente simpática con Probst. Todavía usaba las pequeñas gafas redondas de montura metálica que usaba en los años sesenta. Se comió cinco emparedados de gruyère entre tragos de Heineken. Recientemente la habían nombrado presidenta de su Departamento de Inglés. Hacía mucho que no pisaba aquella casa.

Adiós y felices fiestas. Probst recogía abrigos y acompañaba invitados a la puerta. A cada momento volvía con Lorri, que le había hecho hablar de la situación política en la ciudad. Sonó el teléfono. Barbara fue a contestar y no volvió.

Ahora, cerca de las seis, sólo queda Lorri. Probst oye que Barbara está hablando por teléfono en la cocina. Lorri está sentada al estilo indio en el suelo, liando su primer cigarrillo de la tarde.

—Carisma pero sin atractivo —dice Lorri—. A mí me sigue pareciendo totalmente tercermundista. Las trivialidades más estúpidas significan algo, sabes, son verdades vitales en su país de origen. Tiene la impronta de la lucha. Y las ambigüedades. Por un lado está su socialismo ingenuo; por otro seguramente es una mafiosa de salón, como su prima Indira.

—¿Su prima?

—O lo que sea; su sobrina quinta, o quizá octava. Tú y yo somos sobrinos duodécimos.

—La gente se hace una idea romántica de ella —dice Probst—. Yo también. Pero estabas hablando de su... carisma. Hace una semana hasta yo estaba convencido de eso —menea la cabeza.

—No, sigue.

—Pensaba que significaba algo el hecho de que fuese india, que tenía que ver con los indios americanos...

—Los presuntos terroristas.

—Pero también en lo supersticioso —explica él.

Lorri le dice que es simple comportamiento culto.

—Mira, puedes hacer trucos de numerología, asignar un número a cada letra de tu nombre. Lugar de nacimiento, fecha de nacimiento, signo. Siempre estoy racionalizando la atracción.

—Cuáaaanto lo siento —dice Barbara, regresando al fin.

Lorri se pone el abrigo, que ha dejado en el suelo, detrás de una silla, reparte besos a Probst y Barbara y parte con una invitación a cenar con ellos pasada la Nochevieja.

—Me gusta —dice Probst.

—Y tú a ella. Siempre le gustaste.

El silencio ha caído sobre los vasos usados y los platos salpicados de azúcar. Por primera vez en dieciocho Nochebuenas los Probst pueden hacer lo que quieran. La actividad tradicional a esta hora es que Luisa abra los regalos que le envían a Probst sus proveedores.

—Quizá deberíamos abrir algunas cajas —dice.

Las cajas están apiladas contra la pared meridional del estudio. Probst pone el televisor y espera a Barbara. La noticia del día en el telediario local de la KSLX es una visita a un comedor para pobres del North Side.

Barbara entra secándose las manos.

—Luisa y Duane van a ir a casa de mis padres mañana.

—Y has tardado todo este tiempo en convencerles.

—Sí —se sienta—. No te importa, supongo.

—¿Por qué debería importarme?

—Minnie Sanders tiene sesenta y tres años. Leroy, su hijo único...

—Los padres de Duane están en St. Croix.

Probst sorbe un poco por la nariz.

—¿Me lo imagino yo, o son un poco raros?

Ella no responde. Él la mira. Barbara está llorando.

—No es el fin del mundo —dice él—. La veremos mañana.

Ella hace que no con la cabeza.

—¿Quieres que la llame?

Barbara mira la tele, las manos sobre el regazo, la cara arrugada y húmeda. Qué pocas lágrimas habrá derramado, piensa Probst, desde que se hizo mayor hasta el día en que muera. Una taza llena. A lo lejos, la caldera se pone en marcha.

Cliff Quinlan tiene la cara gris. La luz del exterior convierte en altorrelieves sus hoyuelos como tajos. «Me encuentro en el límite meridional de St. Louis, detrás de mí el río des Peres y, más allá, un tranquilo barrio residencial en lo que es Bella Villa. Mi primer reportaje analizaba los dilemas a que se enfrentan las fuerzas del orden de la región ante problemas como el de los "Osage Warriors". Fue muy cerca de donde me encuentro ahora que dicho grupo cruzó el río y se desbandó por el condado. Todavían andan sueltos.» Quinlan consulta su texto. «En mi segundo reportaje vimos que este tipo de fronteras facilita la entrada y salida de malhechores de los barrios de la periferia con relativa impunidad, y lo difícil que resulta seguirles la pista en un condado que actualmente cuenta con más de cincuenta cuerpos policiales independientes. El índice de robos en el condado de St. Louis es siempre muy alto. No obstante, en los últimos cuatro meses ese mismo índice en la ciudad ha ido bajando regularmente. Esta noche: perspectivas de cambio.»

Probst apaga el televisor. Barbara llora. Él sabe lo que tiene en la cabeza, el recuerdo y la pauta de todas las navidades con Luisa a los ocho, diez, doce, dieciséis años. Una niña capaz de cualquier reacción, de cualquier estado de ánimo. Él se pondrá sentimental y sentirá lástima de sí mismo. En el suelo, entre ellos dos, hay una caja de imágenes significativas: la manera en que ella fingió con lo de John Nissing. El lenguaje vulgar de éste, su risa insinuante. Quién tocó a quién y cuándo. Si Nissing era mejor que él. Hasta qué punto.

Seleccionando cajas al azar (para Luisa, abrir estos regalos era toda una ciencia; para él, una tarea pesada) se sienta y rasga cinta adhesiva con un cortaplumas. Blancas cucarachas de porespán salen de la primera caja junto con un sobre. Felicitaciones de Ickbey & Twoll, Fabricantes. Las cucarachas se le pegan al jersey. Se las sacude, pero se le pegan a los dedos, lo evitan, se escurren hacia su mano entablillada, le suben por la muñeca. Tiene que arrancárselas de una en una.

Dentro de la caja hay un radiodespertador. Probst escribe «radiodespertador» en la tarjeta, pensando en Carmen, que es quien mandará un mensaje de agradecimiento.

Felicitaciones de Thuringer Brothers: una lata de anacardos. Felicitaciones de Joe Katz, representante de Variatech: un juego de llaves inglesas. Felices Fiestas de Morton Seagrave: *The Soul of the Big Band Era*, volumen XII. Paz en la Tierra de Fulton Electric: un taladro de dos velocidades. Feliz Navidad de Zakspeks: tarta de frutas. Felicitaciones de Pulasky Maintenance: tarta de frutas. Feliz Navidad de Dick Feinberg, representante de Caterpillar: un termo y una manta, ambos en cuadros escoceses. Felicitaciones de Camp & Weston: tarta de frutas.

—Está bien, Martin.

—Creo que Luisa se divertía más que yo con esto.

Su piel huele a humedad de lágrimas y a alcohol cuando él se arrodilla a sus pies y se inclina hacia ella. Ella se baja del sofá y aplica su boca a la de él y empuja, acaricia, muerde. Él cierra los ojos. Es el año pasado. No es ningún año. Él le toca las costillas y los omoplatos, se siente a la vez aliviado y alarmado por la facilidad con que puede controlar su propia conducta, por la arbitrariedad de la postura. Cuando no tienen de qué pelear, contra qué luchar, la necesidad se impone. ¿Qué importa lo que hayan hecho? ¿Qué importa lo que hacen? La noche es libre.

Una hora después oyen un villancico fuera de la casa, que transmite la trepidación de unos pasos desde el camino hasta el dormitorio. Suena el timbre de la puerta. Probst besa el cabello de Barbara y se demora para besarle la nariz, los ojos, las yemas de los dedos.

Abajo todas las luces brillan sobre los restos de una fiesta ajena. El estribillo de *Veni te adoremus* se desvanece, perdiendo la esperanza, pero cuando abre la puerta los cantantes cobran ánimo. No reconoce ninguna de las caras, jóvenes o viejas, que le sonríen. Cuando se arrancan con *Santa Claus Is Coming to Town,* Barbara se le acerca en bata. Hasta los niños saben lo que han estado haciendo los Probst.

*

Aunque las calles de Webster Groves enlazan con los barrios vecinos y, aparte de Deer Creek en el norte, la ciudad no tiene lindes naturales, sus residentes lo viven como un recinto cerrado, una zona en la que la Navidad puede desarrollarse a salvo de todo. Algunas personas abandonan Webster Groves en vacaciones pero son muchas más las que acuden, en avión, en coche o en tren. Y el paisaje resume la personalidad. No hay campos abiertos, no hay rascacielos ni parques de remolques y ni siquiera galerías comerciales, no hay zonas de potencial negativo que el espíritu navideño pueda purgar. Todas las casas están iluminadas, y ninguna aislada. Todas las calles se entrecruzan. Webster Acres, Webster Forest, Webster Ridge, Webster Hills, Webster Gardens, Webster Downs, Webster Woods, Webster Park, Webster Knolls, Webster Terrace, Webster Court. El aire va cargado de humo de leña, pero el cielo está despejado. Los residentes se creen afortunados. Esto es un hogar y parece un hogar.

Incluso en casa de los Thompson, los padres de Duane, pululan criaturas. Son ladrones. Vacían cómodas en el suelo, arrancan colchones de las camas, pasean linternas por armarios y vestidores. Han localizado la vajilla de plata. Han descubierto un vídeo. Una buena colección de monedas ha salido a la luz.

Watson Road, antes la U.S. 66, no está poblada ni vacía. Oldsmobiles y otras formas vetustas pasan por ella a intervalos discretos. Detenidos en el cruce de Sappington Road, junto a una Crestwood Plaza cerrada hasta pasado mañana, conductores con corbata sonríen a otros conductores con corbata, o no, según. A decir verdad, Jack DuChamp no sonríe. Está rumiando. Elaine va a su lado en el asiento delantero, y Laurie, Mark y Janet en el de atrás. Van a cenar a casa de los padres de Elaine. A medianoche irán a la iglesia; Laurie canta en el coro. Jack piensa en que de Sappington Road a Webster hay muy poco trecho. Piensa que sería una gran idea, entre una cosa y otra, hacer una visita sorpresa a los Probst, aunque Martin le ha dicho que tienen familia de visita. La casa debe de estar llena de parientes. Con todo, una visita rápida... Los cinco DuChamp podrían hacer el papel de borrachines, cantar una canción frente a la puerta: una pequeña broma. Quizá los inviten a entrar. ¿O es que Martin y Barbara (Dios la bendiga) abren sus regalos en Nochebuena y no el día de Navidad? Jack no lo recuerda. Se muestra muy reacio a estorbar cuando alguien está abriendo regalos.

—Verde, papá.

Jack pisa el acelerador.

En ese momento más de la mitad de los seres humanos de St. Louis tiene alcohol en su corriente sanguínea. La temperatura corporal media de la ciudad/condado es de 37,2 ºC. Tres bebés han nacido en la última hora (dos de ellos se llamarán Noel) y cinco adultos han fallecido, tres de muerte natural.

En un bar del West End llamado Dexter's, Singh ha tomado dos copas nerviosas con un joven alemán fornido procedente de Lübeck camino de Santa Barbara. Stefan lleva un jersey de pescador y pantalones con manchas de leopardo, una bufanda morada y un sombrero de cowboy. Tiene el pelo dorado, largo como Jesús. Singh y él charlan en alemán, francés, inglés, alemán; les gusta cambiar rápido de uno a otro. Pero Singh no acaba de concentrarse en un local donde es demasiado conocido. Le sugiere a Stefan un cambio de escenario, y el alemán se ajusta el sombrero y dice que de acuerdo. Les dan unos bocadillos calientes de pastrami en la tienda de la esquina que no cierra en todo el día, y Singh lleva a Stefan a su tercer apartamento, donde al poco rato lo tiene alimentado y desnudo. Descuelga el teléfono. Se quita la ropa. Una moneda cae del bolsillo de su pantalón. La lanza al aire, y mientras centellea en la luz humosa antes de caer a la alfombra, dice «¿Cara o culo?», y Stefan se ríe.

*

Cerca de allí, Jammu está estudiando unos mapas de la zona norte de St. Louis. Se encuentra mal, pero tiene una idea. Las calles de St. Louis son amplias, y fuera del centro las manzanas son pequeñas. En una zona de viviendas de seis por uno las cinco travesías comprendidas pueden abarcar hasta un veinte por ciento de la superficie total. En la medida en que dan acceso a casas individuales, hay que mantenerlas en perfecto estado, con los gastos que esto genera. Pero como las casas particulares, urbanizaciones como el complejo Ripley, los Allied Laboratories y las casas de vecindad de Northway están siendo sustituidas por urbanizaciones grandes, en ciertos casos las calles se han convertido en verdaderas molestias. La ciudad puede venderlas. Eso podría dar millones.

Por desgracia, la vista de Jammu no está funcionando como debiera. Las calles torcidas aparecen a sus ojos como paralelas, las diversas densidades como algo uniforme. Es algo que le suele pasar cuando se dedica a algo mucho tiempo, cuando la mente pone orden a las pautas fortuitas de la realidad. Pero ahora, por más que pestañee o gire la cabeza, por mucho que acerque los ojos al mapa, lo único que ve son cuadrículas perfectas de crucigrama.

Es el frío. Son las anfetaminas. Es el cansancio. Es el tiempo seco, los hirientes dardos que lanzan sus senos nasales. Cuando inhala, los pulmones se le arrugan y graznan como cajas de leche de papel parafinado.

Cierra los ojos y apoya la espalda en la pared, estirando las piernas hasta que los pies quedan sepultados en las almohadas. Mañana tiene otra cena con el alcalde, y después una entrevista con Singh. Mientras tanto tiene que dormir un poco, para limpiar su mente de los centenares de caras que ve cada semana, rostros enjutos, rollizos, avariciosos, lascivos, humildes, fríos, los quinientos americanos que consiguen colarse en cualquiera de sus semanas y le exigen un millar de respuestas, remedios y favores. Pero cuando esta tarde había conseguido dormirse, inmediatamente soñó que el teléfono estaba sonando. Abrió los ojos y contestó.

—Malas noticias, jefa. Al menos en apariencia.

—Di.

—Barbara Probst ha reaccionado negativamente.

—Quizá es algo provisional.

—No. He probado varios sistemas, y no quiere verme otra vez.

Singh pidió a Jammu que lo comprobara por sí misma, y aunque ella estaba cansada y había jurado no someterse nunca más a la voz de Barbara Probst, conectó con el módem del centro de grabaciones y escuchó segmentos editados desde las tres de la tarde. Singh no se equivocaba. La cosa pintaba mal. Los Probst estaban teniendo unas pútridas, rancias y lacrimosas vacaciones, Dios y la pecadora reconciliados, y Barbara Probst metida más que nunca en su papel de agente de la Policía Mental, apelando a su esposo con trémolos ensayados, venciendo su resistencia con una sinceridad de autoayuda y haciendo que se durmiera con la idea de que todo iba bien. El instrumento de la represión: «el amor».

Jammu llamó a Singh.

—Sí que la has hecho buena. Son más felices que nunca.

—Superficialmente, sí. Pero lo he estado meditando y...

—Probst no está ni de lejos en el Estado, y dentro de unos días ya es enero.

—Como te iba diciendo, lo he meditado y creo que vamos por buen camino, porque a partir de ahora Probst no confiará en ella. Barbara ha forzado su suerte, ella misma me lo dijo. Todavía está en el bote.

Quizá. Pero después de invertir tanto talento, tanto dinero, tanta técnica y tanta teoría en un puñado de saintlouisianos, Jammu cree razonable exigir victorias sonadas. Tiene las cabelleras de Meisner, Struthers, Hammaker, Murphy, Wesley, Hutchinson, y tiene más o menos controlados a todos los demás... salvo a Probst.

Singh le dijo que se animara, le leyó una referencia de un poema publicado en *The New Yorker.*

Para Gary Carter, Frank Perdue,
Bono Vox y S. Jammu.

Luego colgó.

Dejando el mapa a un lado, Jammu va al baño y micciona unas gotas. La orina le quema al abandonar su cuerpo. Sobre el grifo de la izquierda de la bañera una cucaracha simula parálisis, impasible al ritmo funky que baja por las cañerías.

Tira de la cadena y se está lavando las manos, mirando al frente en el espejo, cuando de pronto toda la difusa maldad del mundo se ha concentrado en una sola boca y está soplando hacia ella desde el espejo. La cara que la está mirando es blanca, una cara blanca maquillada de india. Un rostro americano aparece tras la máscara y choca contra la pared cuando ella abre el armarito. Sus dedos se cierran alrededor del termómetro. Está ardiendo.

12.

A las once de la mañana, Navidad, Luisa se puso el vestido rojo regalo de su madre que había desempaquetado una hora antes, Duane se puso el traje a rayas de segunda mano y una corbata azul iridiscente, y fueron los dos en el Nova a Webster Groves. Cuando Luisa vio las montañitas de regalos que sus padres habían abierto no se puso exactamente triste, pero sí se preguntó qué había querido demostrarles no yendo antes a casa, sobre todo desde que su padre volvía a estar simpático. Se mostró tan sereno con Duane como si hubiera estado en presencia del Papa. Le estrechó la mano y casi brincó por toda la casa, haciendo quién sabe qué, y luego volvió y estuvo sentado con ellos en el salón durante tres minutos, y luego se levantó casi de un brinco y dijo que tenían que marcharse. En casa de los abuelos comieron y bebieron mucho. La abuela miró a Luisa de mala manera antes de pellizcarle la mejilla y desearle felices fiestas. El abuelo le dio un beso de verdad, y ella le agradeció el «presente», pues no podía llamarse de otra manera a un billete de cien dólares. Tía Audrey le dijo dos veces que estaba muy guapa, lo cual fue agradable. Estrechó la mano de sus primos y se dejó elogiar por su tía abuela Lucy y su tío abuelo Ted. Despóticamente instalado en la butaca de bambú junto a la chimenea, el tío Rolf tenía las piernas cruzadas por las rodillas y una copa de brandy acunada en la mano como un orbe real. Enseñó a Luisa muchos dientes y ella respondió con una sonrisa y un gesto de cabeza. Luego apareció su padre. Dificultades técnicas. Permanezcan atentos a la pantalla. Barbara estaba presentando a Duane a tía Audrey. «Sí, claro que he visto tus fotografías.» Luisa se sintió excluida, como siempre. Duane no tenía necesidad de ser tan educado. Pero luego él se la llevó al pasillo y dijo: «Socorro, auxilio». Fueron a ver a la abuela, que estaba en la cocina. La abuela les dijo que todo estaba controlado.

De camino a casa, Duane fue con la madre de Luisa en el asiento de atrás y empezó a contarle lo de la vez que le dieron en la cabeza con un bate de béisbol mientras sus padres estaban en Aruba. Papá, en vez de escuchar, habló en voz baja con Luisa. Dijo que posiblemente el día de su cumpleaños había dicho cosas que no tenía intención de decir; que tanto en el trabajo como en Municipal Growth estaba sometido a una gran tensión; que confiaba sinceramente en que pudieran verlos a los dos más a menudo, a ella y a Duane, que le había caído muy bien.

—Y Peter se había ido a jugar al golf, de modo que allí estaba yo, un chaval de once años, sin sentido, nadie me conocía de nada ni sabían a quién llamar.

Barbara rió:

—¿Y luego...?

—¿Lo has pasado bien hoy? —preguntó el padre.

—Sí, muy bien.

—Desperté en el hospital, y una enfermera vino corriendo y lo primero que dijo fue: «¿Cómo te llamas?». Porque ninguno de los chavales sabía cuál era mi nombre. A alguien le sonaba algo como «Don».

—Sabes, tu abuela no está muy bien.

—¿En serio? Ya me pareció que estaba un poco... —Luisa se encogió de hombros.

—Me equivoqué al darles el número de casa. Estuvieron llamando y llamando, y no contestaba nadie. Al final, a eso de las diez de la noche, decidieron comprobarlo en el listín telefónico. Y naturalmente nuestro número no consta en el listín.

—Oh, vaya.

—Mientras tanto, Peter que pierde los estribos, del susto que lleva encima. Se suponía que debía cuidar de mí, y el pobre no tiene la más remota idea de...

—Y comprenderás que a su edad las cosas se ven de una manera bastante distinta de como tú, o incluso yo, podemos verlas. Quiero decir, no te lo tomes a mal si ella no aprueba tu... tu relación con Duane.

—Tranquilo, me hago cargo.

Los faros y las farolas de la carretera empiezan a iluminar la nevada.

—Pero Peter ya se ha marchado, está en la comisaría de policía.

—Oh, no, santo Dios.

—¿Iréis bien en el coche de Duane?

—Tenemos neumáticos de nieve.

—¿Vas en ese coche al instituto?

—A veces.

—Y por fin a alguien del hospital se le ocurre llamar a la policía...

—¿Y eso? —pregunta el padre volviendo un poco la cabeza.

La semana de vacaciones tardó en pasar. Duane dijo que le gustaban sus padres pero que más le gustaba ella. Salieron un día con Sara y Edgar. Fueron a patinar. Fueron en trineo y quedaron uno sobre el otro al chocar. Luego, un día antes de Nochevieja, Duane fue a Webster a ver a dos amigos suyos del instituto y Luisa se quedó en el apartamento pasando a máquina todas sus solicitudes.

En cuanto vio partir a Duane en el coche se puso a andar de un lado a otro por la cocina, la sala de estar y el dormitorio. No había estado nunca sola todo un día en el apartamento, y estaba claro que no iba a hacer el trabajo pendiente. Recordó que cuando sus padres la dejaban sola en casa ella sentía un acceso de aburrimiento y de irresponsabilidad tan pronto salían por la puerta, y antes de que pudiera hacer ninguna de las cosas que se había propuesto, tenía que registrarles los cajones, o beberse el whisky, o llenar la bañera hasta el borde y darse un baño, cosa que según su padre era un desperdicio casi criminal.

Lo primero que hizo fue fumarse un cigarrillo de Duane. Lo siguiente fue ir al dormitorio y buscar su diario. Normalmente, Duane lo dejaba en su mochila con parte del equipo fotográfico, pero hoy la mochila estaba vacía. Miró en todos los libros alineados contra el zócalo —la libreta tenía el lomo gris, como un libro normal— pero allí tampoco estaba. Rebuscó en los cajones de la cómoda, luego entre las copias y el papel fotográfico, y finalmente en la ropa del armario. Registró incluso sus maletas vacías. El diario no estaba por ninguna parte. Por pura inercia, cuando ya pensaba que Duane lo habría guardado en el coche sin que ella lo viera, levantó el colchón del suelo. Y allí estaba el diario.

El hecho de que él hubiera querido esconderlo hizo mucho más horrible e interesante la perspectiva de leerlo.

Se tumbó en el colchón y empezó a buscar el nombre Luisa. La decepción fue instantánea. La última entrada con fecha era del 6 de octubre, dos semanas antes de conocerse. A partir de ahí sólo había frases sueltas, precios y garabatos, ideas para fotos y cosas que había copiado de tablones de anuncios y de libros. Su nombre no se mencionaba una sola vez.

Se alegró de que él no estuviera allí para verle la cara. Estaba muy enfadada. Por motivos diferentes, decidió seguir leyendo. Las primeras anotaciones eran del mes de agosto.

> Anoche vimos *A Chorus Line* en el Muny Opera, rodeados de 5.000 gigantes que agitaban envases de limonada y soplaban pajitas envueltas en papel. Hasta el último de ellos tenía pinta de turista americano.

Escribía tal como hablaba. O quizá era al revés. Había muchos comentarios sobre sus inicios en la universidad, Luisa los leyó muy por encima.

> Connie no durmió sola anoche.

¿Connie? ¿Quién era esa Connie? Luisa miró la entrada anterior y vio que Connie estaba en el mismo colegio mayor que Duane.

> Lo oí todo, todos los ruiditos que ella hacía. Normalmente habla con la garganta (cuando se digna dirigirme la palabra) pero anoche los ruidos salían de mucho más abajo. (Yo no sé qué ve de malo en mí. Sospecho que le caería bien si mi carnet de identidad dijera que tengo 35 años.) La cosa no terminaba nunca. Eran más de

las doce, las bibliotecas estaban cerradas. Fui a casa de Tex. No había nadie.

Había páginas y más páginas sobre sus padres y algún vecino suyo, y luego una entrada muy larga el día 1 de octubre.

... Vi a Tex (en realidad se llama Chris) en un rincón, en compañía de dos chicas con los ojos maquillados de tal manera que parecían avispones. Me di cuenta de que las estaba impresionando con su anécdota de la serpiente, o la del tío que tomaba sosegón en el concierto de Van Halen:

Se durmió hecho un ovillo dentro del bafle.

A eso de las once la música mejoró. Tocaron varias canciones en tonalidad menor, *Born Under Punches, Computer Blue, Guns of Brixton,* y esa de los Eurythmics que dura diez minutos. Y cuando bailas con música enlatada y el volumen está tan fuerte que tus oídos no perciben nada más, te preguntas: ¿dónde están estas voces que oigo? No están en la garganta de nadie, no están en los altavoces, están dentro de tu cabeza y suenan como las voces de los muertos. Te hacen sentir lástima de ti mismo por estar vivo. Estas canciones entre oído y oído, que podrían cesar pulsando un simple interruptor, te ponen triste. Porque el mundo entero, como la luz, podría irse en cualquier momento. El mundo entero podría morirse como se moría antes una persona. En eso consiste la era nuclear: en la materialización del terror de la subjetividad total. Sabes que te puedes morir cualquier día. Sabes que el mundo puede morir.

Tex me tocó el hombro y dijo:

—¿Conoces a alguien de toda esta gente?

Negué con la cabeza.

—Entonces yo me abro.

Las dos chicas y yo le seguimos escaleras arriba. Salimos a la lluvia. Se llamaban Jill y Danielle, iban al John Burroughs. Tex las hizo subir al asiento trasero de su Eldorado, yo monté delante. Fuimos a un bar que se llama Dexter's, donde a Jill le entraron ganas de bailar, o eso pretendía, y Tex le hizo caso. Danielle dijo que le dolían los pies, cosa que yo me creí. Vi un poco de sangre en el borde de uno de sus zapatos de tacón. Estábamos rodeados de gente ruidosa, cerca de la caja. Le expliqué que yo había estado estudiando un año en Alemania. Ella me dijo que tenía un caballo que se llamaba Popsy.

¿Cómo se entiende que yo, sin embargo, no deseara otra cosa que llevármela a la cama? Pero ella se largó a no sé dónde, y entonces Darshan dijo que me invitaba a una copa. Le dije que bueno. Yo nunca había hablado con un indio de la India. Tendría unos treinta años. Cuando le expliqué que era estudiante él me dijo que también. Yo estaba fumando Marlboro, él estaba fumando cigarrillos de clavo y cuando mencioné lo de Phillip Morris él estaba perfectamente al corriente, sacó las mismas conclusiones que yo. Le caí bien. «Ahí está el quid de la cuestión», dijo. «La gente fuma pese a saber que el tabaco es peligroso.»

Cuando cerraron el bar fuimos a su apartamento, que estaba en un barrio malo cerca de Delmar. Bajo la lluvia, las calles eran negras y relucientes. Una vez arriba, al fondo de un largo pasillo de puertas cerradas, había una habitación con alfombras persas en el suelo, otra alfombra en la pared y poca cosa más. Fue a la cocina a preparar té. Yo me tumbé y me acomodé en las alfombras. El radiador crujió al ponerse en marcha la calefacción. Recuerdo que me concentré en el ruido. Yo estaba bastante borracho, pero el té era bueno y, de repente, o quizá media hora o una hora después, me estaba hundiendo en las alfombras y no llevaba ropa encima y el radiador hacía ruido otra vez. Todo estaba a una misma temperatura.

Luisa pasó varias páginas, saltando visualmente de frase en frase. Su corazón latía como si una persona corpulenta pisara fuerte en el piso de arriba.

> Cada vez que termino uno, inmediatamente quiero otro. Pero no es exacto. Cuando empiezo uno, es decir, antes de que lo encienda siquiera, ya tengo ganas de otro. Tanto como tengo ganas de verle a él.

> Saltó unas cuantas páginas más.

> ... Salí a las seis en punto. Llovía. Bajé por Delmar, subí dos tramos de escalera y llamé a la puerta. Vi sus ojos chispeantes en el dorso de mi mano como el fantasma de Marley: toc, toc, toc (un eco del tic, tic, tic del radiador), pero no estaba cerrado. Entré. Había seis puertas abiertas y todos los cuartos estaban vacíos, pelados a excepción de rollos de moqueta. Se había marchado. Salí del edificio pero no había andado un gran trecho, apenas una manzana en realidad, cuando me encontré a dos tíos a quienes desde hacía diez años imaginaba robándome la cartera. Pues ni cartera, ni cámara, ni 20 dólares, ni nada. Se rieron con cierta amargura, dieron media vuelta y luego giraron de nuevo y me golpearon dos veces, una en la boca y otra en el ojo, y me dejaron allí tirado a menos de treinta pasos de la parada del autobús de epifánica fama, tan avergonzado que casi deseé que me hubieran pegado un tiro para ahorrarme tener que ponerme de pie. Pero lo hice y estaba pensando en una sola cosa, a saber: Por Dios, he de volver a casa cuanto antes y escribirlo en el diario.

Luisa dejó el cuaderno y fue a mirar la calle por la ventana. Coches con las ventanillas negras estaban aparcados de cualquier manera entre montones de nieve. La sangre se le estaba yendo a los pies. Se imaginó a Duane en los fuertes brazos de un hombre, los brazos morenos de un indio. Podía verlo pero no podía creerlo. Besando a un hombre, revolcándose desnudo por el suelo con un hombre. No cuadraba con el Duane que ella conocía. Pero lo había hecho. Y era por eso por lo que había ido a Dexter's la noche en que Luisa le había conocido: estaba buscando al indio. No a ella ni a nadie como ella: a él.

Meditó sobre esto durante un rato. Luego volvió a meter el diario bajo el colchón y fue a fumar otro cigarrillo a la cocina.

Sonó el teléfono. Luisa volcó la silla en que estaba sentada, pero sólo era su madre. Si ella y Duane querían ir a almorzar fuera con ellos mañana.

—Vale —dijo Luisa—. Ahora no está, pero... Pero yo sí. O sea que iremos.

Tres horas más tarde tenía la mesa de la cocina cubierta de papeles. No creía que los directores de cine organizaran tan bien las escenas como la que ella le estaba preparando a Duane para cuando llegara a las cinco a casa. No podía ocultar el hecho de que las solicitudes no estaban terminadas, pero sabía lo que diría que había visto en la tele si él le preguntaba qué había estado haciendo todo el día.

Duane no preguntó. Se llevó una sorpresa al ver todo lo que ella había escrito a máquina.

Durante diez minutos más Luisa actuó como si todas sus expresiones y gestos requirieran tirar de unos cables específicos, cables con mucha parte floja; sus risas eran chillidos o gruñidos, sus pasos los de un buró trasladado de un rincón a otro; pero para Duane ella era la misma de siempre, ni más ni menos, y al rato ya no tuvo sentido fingir. Ella volvía a ser la de siempre, y él también.

Y llegó la Nochevieja. Stacy había organizado una fiesta, pero Luisa estaba enfadada con ella porque no la había llamado durante las vacaciones hasta ese mismo día, y, de todas formas, ella y Duane ya tenían planes. Habían salido de casa de los padres de ella con comida decente, más ropa de Luisa y una semana de cartas. El apartamento les pareció muy pequeño viniendo de Sherwood Drive. Los arándanos de su arbolito se habían marchitado y las ramas soltaron una lluvia de agujas cuando ella cruzó la habitación para sacar la correspondencia del bolso. Vestía un pantalón tejano y una camiseta blanca.

Duane llevaba puesta la camisa hawaiana que le habían regalado. Estaba tratando de cortar un poco del salami de los Probst con su navaja del ejército suizo.

—Nunca utilizo la hoja pequeña —dijo— porque quiero que esté muy bien afilada para ese trabajito especial. Pero es demasiado corta. Utilizo el cuchillo de sierra de cortar tomates.

—Prueba con unas tijeras —dijo ella, abriendo un sobre.

—Precisamente —dijo él—, éstas son las únicas fiestas que mis padres saben cómo celebrar. Mi padre solía comprar petardos...

—¡Brown no ha recibido mi solicitud! ¡No la ha recibido! Pensarán que no me interesa.

Un sobre por avión resbaló de un envío promocional de la Universidad de Baylor. Los sellos eran de Francia. Era una felicitación navideña de los Giraud. Luisa la abrió.

—Qué detalle —dijo—. Nada menos que una suscripción a *Elle* —la señora Giraud había escrito una larga nota al dorso—. Pero Duane...

—¡Ay, ay, ay, ay! —Duane bailó y se chupó el dedo.

—Duane...

—Esta navaja no vale una mierda.

—Dice su madre que Paulette Giraud ha pasado el otoño en Inglaterra.

Él la miró, con el dedo en la boca.

—Escucha. *Étudié depuis septembre jusqu'à décembre en Angleterre!*

—Qué curioso.

—Pero si ella me telefoneó —Luisa volvió a leer la nota. ¿Podía haber estado Paulette en Estados Unidos sin que su madre lo supiera? Imposible, Paulette era demasiado tonta para hacer una locura así. Pero si no había estado en St. Louis, ¿quién la había llamado por teléfono? ¿Por qué quería nadie hacerse pasar por Paulette?

—Quizá fue una broma de Stacy —dijo Duane.

Luisa hizo ademán de encogerse de hombros, pero luego meneó la cabeza.

—Me lo habría dicho tarde o temprano. Cualquiera de mis amigas me lo hubiera dicho, porque ahí fue donde te conocí. Querrían atribuirse el mérito.

—Ya. Es verdad.

—Esto es muy raro —dijo ella.

Duane empezó a despejar la mesa.

—Esto es muy raro.

Duane sacó zanahorias y pepino. Sacó pan de centeno, pan blanco, queso cheddar, pepinillos, doritos, salsa. Puso dos vasos y sacó el champagne de la nevera. Lo envolvió en una toalla, retiró el papel y después el alambre, descorchó.

El corcho fue a dar al techo.

—¡Eh!

Ambos miraron al techo.

—Lo ha atravesado.

—Será de papel o algo así.

Después de servir los vasos, Duane se subió a una silla y hurgó en el agujero que había hecho el corcho. Le vino yeso a la cara, y luego algo cayó del agujero, no el corcho sino algo metálico. Luisa lo recogió. Era una especie de babosa pesada y reluciente, con alfilerazos en un lado, como un micrófono, y un cable colgando.

—¿Qué es esto?

Duane se lo cogió.

—Parece una chicharra.

—¿Una qué?

—Una chicharra, un micro, ¿no crees? Como los del FBI. Aquí siempre han vivido estudiantes. A lo mejor antes había extremistas o algo.

Luisa se subió a la silla. El corcho se desprendió y le dio en la nariz.

—La pintura es reciente —dijo.

—No sé quién viviría aquí antes de llegar yo.

—Ahora vivimos nosotros.

—Sí, ya lo sé. Pero nosotros no somos elementos subversivos.

Luisa le miró desde la silla, el chico hogareño que ahora sacudía el mantel de los pedacitos de yeso que habían caído y sacaba escamas de pintura de la salsa. Luisa se apeó y tomó asiento en la silla. Acababa de recordar otra cosa. Aquella primera noche en Dexter's, la noche en que había conocido a Duane, la había abordado alguien que ella había tomado por argelino. Pero también podía haber sido indio de la India, y a decir verdad era bastante guapo. Recordó que había querido hablar con ella pero que no entró en el bar. ¿Cuántos indios podía haber por allí que fueran habituales de Dexter's?

Duane encendió las velas y apagó la luz.

—Reconozco que es muy extraño —dijo—, pero es evidente que no tiene nada que ver conmigo.

—¿Y conmigo?

—Ni contigo tampoco —dejó la chicharra encima de la nevera—. Después de cenar podemos probar a desmontarlo.

En la puerta de la nevera había fotografías en blanco y negro de Luisa que Duane había pegado allí antes de que ella se mudara al piso. Luisa desvió la mirada. Alguien había falseado una llamada y una postal. Esto no se lo inventaba: la postal existía. Quizá había sido el amigo de Duane. Quizá había querido que ella y Duane ligaran porque entendía que Duane necesitaba una chica, no un hombre. Pero entonces ¿por qué estaba merodeando fuera del bar? Y ¿para qué era el micrófono oculto? ¿Se calentaba el tipo oyéndolos comer a los dos? Estaba muy confusa.

—¿Qué pasa? —dijo Duane.

Ella le miró. Duane no tenía la menor idea de lo que sabía acerca de él, de las asociaciones que estaba haciendo mentalmente. De pronto su ignorancia le pareció terriblemente patética.

—Nada —lo dijo con intención, antes de arrimar su silla a la mesa—. ¿No vamos a brindar?

—Claro. ¿Por qué quieres brindar?

—Por las chips, sabor mexicano.

Duane levantó su vaso.

—Por las chips —dijo.

No bien ella hubo levantado también su vaso, dejó de pensar. Fue fácil. Duane le había explicado una vez que un reactor podía perder energía de dos de sus motores y seguir volando como si nada. Tras las cortinas de la cabina todo era angustia, pilotos tocando mil botones, accionando palancas, pero los pasajeros estaban terminando de cenar como si nada hubiera ocurrido. Comieron salami y compararon a sus respectivos padres. Todo era ordinario tan pronto uno dejaba de pensar. No había misterio alguno en la forma en que se habían conocido, ninguna magia en las velas sobre la vajilla y ninguna diferencia abismal entre el fregadero de la cocina de casa de Duane y la de casa de sus padres. Lo que había sobre la mesa era la clase de cosas que la gente comía en todas partes, y Duane la quería porque ella era lista y bonita y había aparecido en el momento adecuado, y ella no era más que una chica que había mentido a sus padres y mentido a su novio y que lo volvería a hacer si era necesario, igual que podía seguir durmiendo en sábanas manchadas de sangre porque no tenían un centavo. Y luego, por supuesto, el avión aterrizaba sin novedad y los pasajeros se sumaban a la multitud de la terminal y tomaban el coche y se iban a sus casas ordinarias, y no se paraban a pensar que apenas una hora antes habían estado sentados a once kilómetros del suelo.

13.

En los primeros días del año nuevo, un frente cruelmente frío había descendido sobre St. Louis, consolidándose con una secuencia de temperaturas bajas que superaban todas las marcas. La máxima del 3 de enero fue de cero grados. El 4 la máxima fue de dos. Al día siguiente el cielo se encapotó y la temperatura subió a más de diez para que pudiera caer medio palmo más de nieve, y luego, la noche del día 6, el mercurio bajó a diecinueve bajo cero. Durante el resto de la semana, los camiones de sal se alternaron en las calles con las máquinas quitanieves, como la ansiedad con el pesimismo. Llegada la semana del día 13, casi un metro de nieve cubría los jardines del extrarradio, los solares en construcción y los riberos que daban a un Mississippi tapizado de hielo. Cuanto más duraba el mal tiempo, más impulsivamente excluía asesinatos y política de las noticias locales, de los titulares de prensa, de los programas de radio. Explotaba la ventaja del clima: su constante disponibilidad al comentario.

Al principio, Barbara había seguido el progreso de la ola de frío con el ánimo de quien va al circo, pero finalmente hasta ella sucumbió a los portentos y empezó a pensar que todos los partes apuntaban de algún modo hacia dentro, igual que una concentración de bichos raros y deformidades podría apuntar bajo tierra, a un depósito de residuos tóxicos. Grados-días, efecto enfriador del viento, centímetros cúbicos de precipitación, antiguos partes meteorológicos, días consecutivos bajo *x* grados, bajo *y* grados, enteros positivos y negativos: las cifras contagiaban la mente. Había cañerías rotas en los sistemas de riego por aspersión. Fallos en el suministro de gas, fuertes protestas. Fiambres congelados en East St. Louis. Lanchones bloqueados por el hielo. Ataques al corazón de la gente que quitaba nieve a paletadas. Coches atascados y abandonados en las autovías.

Y siempre la búsqueda de precedentes, el placer de no hallar ninguno, la sensación de ser especiales, la creciente convicción de que asistir a un invierno como aquél certificaba el derecho a atribuirse una fortaleza insólita. La ciudad, en los telediarios, en los boletines, se conducía como un testigo presencial. Dominaba un estado de ánimo. El tiempo se orientaba según las polares de las tendencias políticas de los seis meses previos. Todas las tendencias juntas. Un desvelo peculiar había descendido sobre St. Louis en las primeras semanas del nuevo año.

El día 16, sin embargo, trajo consigo un poco de alivio en forma de temperaturas apenas por debajo de los cero grados y una brisa del sur, procedente del Golfo, muy atenuada. Era martes. Pese a ser normal para el mes de enero, el tiempo tenía algo de primaveral, y Barbara estaba limpiando. En su vestidor aplicó la Regla de los Dos Años, tirando sobre la cama toda prenda que no se hubiera puesto desde la navidad de hacía dos años. No hizo ninguna excepción, ni siquiera con cosas que le había regalado Martin, ni siquiera con su más lujoso vestido de noche. Si le gustaba algo, la regla dictaba que lo llevara al menos una vez en veinticuatro meses. En su vestidor no había sitio para ropa sin usar o no ponible, y ella poseía menos prendas de ropa que Luisa o que Martin, menos ropa, sin duda, que todas las personas que ella conocía.

Las perchas vacías quedaron quietas en la barra. Las faldas y blusas utilizables las corrió impacientemente hacia la izquierda. Estaba buscando víctimas y encontró una en una tontería de traje de chaqueta que se había comprado hacía cuatro meses. No se lo había puesto nunca.

Allá fue el traje, agitando sus pliegues mientras volaba hacia la cama. Le siguió una falda de lino que le venía grande de cintura, un vestido marrón que no le gustaba y unos zapatos de ochenta dólares, accesorios de un crimen impulsivo.

Pasó a la cómoda y se puso de rodillas. Echó un último vistazo al regalo de Navidad de Audrey, el jersey. Se lo había puesto una vez, para ir a comer la semana anterior. Una vez era suficiente. Pobre Audrey. A la cama.

Gracias a las obras de caridad de la Congregational Church, todas estas prendas terminarían en el barrio viejo de la ciudad o en el Missouri Bootheel. Barbara se imaginó que iba a algún pueblo al sureste de Sikeston y que veía todas las modas del decenio, todos los errores cometidos, los de ella y los de Audrey y los de Martin, lucidos en las calles polvorientas por negras pobres. Pero por ella como si los tiraban a un vertedero. Depositó sobre la cama un cargamento de regalos y de ropa interior muy manchada.

La casa estaba en silencio. Mohnwirbel se había ido después de almorzar y no había vuelto. Era muy diligente. Martin había renunciado a demandarlo, y la caja de fotos obscenas había acabado en una de las madrigueras de Martin, donde probablemente permanecería hasta enmohecer. Barbara tuvo ganas de ampliar su redada al estudio y los armarios de él, arrasar el tercer piso y el sótano y asolar aquellos pozos ocultos de cachivaches. Se imaginó una vida sin la tiranía de los objetos, una vida en la que Martin y ella fueran libres de irse cuando quisieran y demostraran, por tanto, al quedarse que su elección era libre. En realidad, esperaba que la muerte misma pudiera ser llevadera si todo cuanto ella quería poseer todavía cuando llegara la hora le cupiera en dos maletas; porque a veces te perdían las maletas en un aeropuerto, y cuando te dabas cuenta ya habías llegado a tu destino.

Añadió un fajo de recibos al montón de papel que revisaría en su mesa cuando volviera a bajar. Un sol pequeño brillaba en la moqueta. En las ventanas de la segunda planta nutaban ramas, buscando brechas en la suave ofensiva del viento del sur, senderos para recuperar su posición natural. Las ardillas descansaban. La casa estaba muy callada.

Al abrir el estuche de sus alhajas diarias se fijó en unos pendientes, los que le había regalado John. Ni siquiera había pensado en devolvérselos. Con una sensación de inquietud se miró al espejo. Los ojos que la miraron no eran los suyos.

Dio un respingo. John estaba en el umbral del cuarto de baño. Barbara pateó el suelo, en un intento de sacudirse de encima el temor.

—¿Cómo has entrado en casa?

—¡La puerta no está cerrada! —respondió él.

—Te lo dije. Vete. Te avisé.

—Sí, sí —entró en la habitación y se sentó en la cama—. Ya sé lo que me dijiste —se cruzó de piernas y la miró con gesto simpático—. Insistes en tratarme como a una sustancia que sale de un grifo que puedes cerrar con tu sonrisa gentil o con tu firmeza y tu madurez; no, no, John, por favor. Eres muy dulce, John, pero... y sin embargo te encuentro aquí con mi regalo.

—Yo puedo hacerte lo mismo —dijo Barbara. Acalorada. Ya no le costaba ningún esfuerzo sentir aversión por él—. Puedo hacerte exactamente lo mismo. Puedo decir que eres un capullo y un rufián. Sí, te expresas con claridad, pero no consigues hacer que me sienta a gusto contigo. Puedes irte al infierno, entiendes. Lárgate de mi casa. Llévate tus malditos pendientes. No deberías colarte en las casas ajenas. Tus modales son infames. ¿Quién te has creído que eres?

Él suspiró y metió las manos en los bolsillos de su abrigo.

—No vas del todo desencaminada —dijo—. Pero existe una línea entre el descaro y la simple insistencia.

—Fuera —Barbara cogió los pendientes y alargó la mano para metérselos a él en el bolsillo. Luego retrocedió. Le rugían los oídos. Él llevaba un arma en el bolsillo. Dio unos pasos cautelosos hacia el cuarto de baño.

—Para.

Barbara se dio la vuelta y vio el arma apuntándole a la cara. Él era un perfecto desconocido.

—Baja una maleta —dijo él.

—Oye...

—Esa de piel, la mediana, irá de maravilla. Coge el vestido de seda negro, el verde con lentejuelas y otro de invierno. Unos tejanos y los de pana gris. Varias camisetas. Necesitarás camisetas. Seis mudas, un traje de baño, un camisón y la bata. ¿Voy a tener que hacerlo yo?

—John.

—Coge tres jerseys, tres camisas y un par de zapatos corrientes. Esos que llevas puestos irán bien. Y unos de lona, si te queda espacio. Tengo la impresión de que ni siquiera estás escuchando.

Ella giró de nuevo tratando de escapar, y sólo oyó una pisada antes de que él la pegara en la cara. Luego en el abdomen. Cayó de rodillas. Recibió una patada en la clavícula que la tumbó de espaldas. Sintió la presión de un zapato en la garganta. Era gratuito. John se estaba desquitando.

—Me dará mucho gusto dispararte a las rodillas si tratas de huir —dijo él—. Y en la espina dorsal si armas alboroto cuando salgamos. Ya sabes que lo digo en serio.

El talón dejó de pisar. Barbara le oyó retirar la maleta de su estante en el armario, le oyó guardar las cosas. Oyó tintineo de frascos de colonia, el clic de un pestillo.

*

Lo que quedaba de Municipal Growth apenas llenaba la sala de conferencias de Probst & Company. Diecisiete de los treinta y dos miembros activos habían abandonado el barco sin dar la menor explicación a Probst. Quentin Spiegelman, el guardián financiero de St. Louis, alguien cuyo nombre aparecía en las líneas de puntos de un millar de testamentos, había asegurado por dos veces a Probst que no se saltaría ninguna reunión, y por dos veces se había saltado una. Sus embustes eran tan infantiles que sólo se explicaban por un odio implícito. Probst no se tenía por enemigo de Quentin, pero ahora estaba dispuesto a creerlo así. Él era el presidente y se sentía personalmente traicionado.

Eran las siete en punto. Al otro extremo de la mesa oval, Rick DeMann y Rick Crawford miraron sobre sus gafas de media luna, listos para empezar.

—Vamos a darle unos minutos más a Buzz —propuso Probst.

Había convocado la reunión en sus oficinas para crear una impresión de quórum y asegurarse una atmósfera profesional. Las paredes estaban cubiertas de fotografías de los principales proyectos en los que había trabajado, ejemplos enmarcados de crecimiento municipal: el puente de Poplar Street, el de la Calle Dieciocho, el complejo Loretto-Hilton, West Port, el centro de convenciones. El aire olía ligeramente a electricidad y a aceite de máquina de escribir.

P. R. Nilson y Eldon Black, superconservadores aliados del general Norris, estaban hablando con Lee Royce y Jerry Pontoon, gente del ramo inmobiliario. El único banquero que quedaba en el grupo, John Holmes, estaba tratando de llamar la atención del supervisor del condado, Ross Billerica. Jim Hutchinson, todavía bronceado después de sus vacaciones, estaba retrepado en su silla entre Bud Replogle y Neil Smith, buena gente, hombres del ferrocarril. Un movimiento extraño hizo volver a Probst la cabeza hacia la derecha. El general se estaba sacando del bolsillo un detector de micrófonos. Luz verde. Lo volvió a guardar.

—¿Empezamos? —le dijo a Probst.

—Podemos esperar unos minutos.

—A la orden —la cabeza del general se le aproximó—. Ahora no mire, Martin —dijo con su voz de treinta hercios—, pero parece que en la otra acera hay unas parabólicas muy interesantes. He dicho que no mire —Probst había hecho ademán de mirar por la ventana—. Es muy posible que tengan medios de escuchar. ¿Qué le parece si corre la cortina como si tal cosa?

Probst frunció el entrecejo.

—Haga lo que le digo, Martin —la voz era de barro, barro cocido por un sol implacable y agrietado en baldosas—. Lo primero es la seguridad.

Siempre había habido antenas de comunicación en el tejado de la comisaría. Eran antenas, no micros. Probst pasó las cortinas y una corriente de aire las pegó a los cristales: se había abierto la puerta de la sala. Carmen estaba dando paso a Buzz Wismer, que venía resoplando. Probst le hizo una seña a la secretaria. Ya se podía retirar. Buzz se sacudió el abrigo y lo colgó en el perchero del gabinete. Tomó el último asiento libre, a la izquierda de Probst.

—Me alegro de que hayas podido venir —dijo Probst, y dio una palmada a la huesuda rodilla de su amigo. Buzz asintió, mirando al suelo.

Hacía una semana, Barbara había almorzado con Bev Wismer y regresado a casa con la noticia de que Buzz tenía un lío con la señora de Hammaker. Probst desechó rápidamente esa contingencia. Estaba harto de todo el asunto de la infidelidad, de la doble moral y de la forma en que hablaba la gente. Quería que lo dejaran tranquilo.

—Martin —gruñó la voz calcinada.

—Sí, sí.

—Adelante.

Probst alzó la cabeza y vio cejas grises, mejillas con manchas de la edad o moradas de frío, lentes de gafas convirtiendo los satinados paneles del techo en arcos y barras. Vio corbatas de colores prudentes, cabellos peinados y calvas incipientes, manos de ejecutivo sobre la mesa con plumas en ristre. Municipal Growth, a la espera. En medio de la tensión, unas pocas sonrisas habían surgido como líneas de falla.

—Imagino que todos conocemos la gran noticia —empezó Probst—. ¿Hay alguien que no haya leído hoy el periódico?

El día anterior, la cámara baja de la Asamblea General de Missouri había empezado a estudiar un proyecto de ley que, en caso de ser aprobado, autorizaría un referéndum vinculante para decidir si había que cambiar los límites territoriales del condado de St. Louis a fin de incluir en ellos nuevamente la ciudad.

—Hay mucho que hablar sobre esto —continuó—. Pero de momento me gustaría centrarme en la agenda que les hice llegar ayer. No podemos pasarnos toda la noche peleando como la última vez. Hay que poner manos a la obra.

Esto provocó respuestas gestuales de todos menos de Buzz.

Rick Crawford presentó el primer informe. La ciudad de St. Louis, dijo, vivía precariamente pero salía adelante. El consistorio había cuadrado sus cuentas de diciembre y enero desviando cantidades que normalmente se invertían en pagar la deuda de la ciudad. Esto había sido posible gracias a utilizar las acciones de Hammaker, junto con la fuerte subida de la cotización de los terrenos propiedad de la ciudad, como garantía para una renegociación de bonos. Lo cual había servido esencialmente para obtener una segunda hipoteca sobre las mejoras municipales del pasado. Esta maniobra, que no había requerido la aprobación de los votos ni una modificacion de la carta municipal, era mayormente obra de Chuck Meisner. Él y sus amigos de los círculos bancarios habían conseguido garantizar que los bonos renovados tuvieran compradores. Todo había sido muy rápido. Previamente al «anuncio navideño» de la solvencia municipal había habido una reunión maratoniana de setenta y dos horas con la asistencia del alcalde, el jefe de contaduría, Meisner, el director de presupuesto, Quentin Spiegelman, Asha Hammaker, Frank Jordan, de Boatmen's, y S. Jammu.

—Creo que esto deja clara la postura de Chuck con respecto a nosotros —dijo Probst.

—También deja claro por qué estuvo en el hospital —dijo Crawford—. Las condiciones de la refinanciación ocupan más de doscientas páginas, y lo hicieron todo en sólo tres días.

Probst se imaginó al grupo en pleno trabajo. La presencia de mujeres le hizo sentir especialmente excluido. Era un vestigio de su época de instituto, de los sábados por la noche que había pasado tirando piedras al río en compañía de nadie aparte de Jack DuChamp.

El alcalde, dijo Crawford, había hecho muchas promesas a muchos distritos electorales, y la única promesa barata era financiar buenas viviendas para familias desplazadas.

—No he de recordar a nadie que ha sido una transacción absolutamente bien orquestada. Ella, es decir, bueno, sí, ella lo consiguió en la votación de noviembre y lo hizo aprobar cuando apenas quedaba un mes. Imagínense la oposición si lo hubiera propuesto ahora. En cuanto a cumplir el resto de las promesas, podemos esperar una transformación en la estructura generadora de ingresos para la ciudad, empezando por la eliminación del impuesto sobre la venta y del impuesto de sociedades.

—Qué cerdos —dijo Norris. Moviendo los hombros, se despojó de su chaqueta. Debajo llevaba unos tirantes negros y una de esas camisas ceñidas de Christian Dior que Probst creía que no solían sentar bien. Desde luego, no era el caso de Norris. Su formidable caja torácica la moldeaba. Probst se preguntó si él también podría llevar tirantes.

—... Así como continuar renunciando al impuesto municipal sobre la renta para los residentes en la ciudad. Esto podría no ser tan suicida como parece. Los ingresos por impuestos sobre la propiedad para el año fiscal subirán al menos un cuarenta por ciento sólo con el boom del North Side. Por supuesto, en cuanto las urbanizaciones estén avanzadas, los ingresos caerán de nuevo porque la ciudad va a toda máquina con su programa de disminución de impuestos. La salida parece ser doble. En primer lugar, una emisión de bonos...

—¿Para aumentar los ingresos generales? —interrumpió Billerica. Las palabras salieron de su boca como expulsadas por mala conducta—. Eso requeriría una enmienda constitucional, digo yo.

—No —dijo Crawford—. Todavía tienen suficientes ingresos fiscales para gastos de operación. Es forzar un poco la ley, pero incluso el mantenimiento de rutina, si se aplaza el tiempo suficiente, puede incluirse en una mejora de los bonos. Los votantes lo aprobarán y la ciudad debería encontrar compradores de sobra para esos bonos. Pero lo que cuenta es la noticia de hoy. Si la fusión progresa, entonces el condado tendrá que asumir buena parte del coste de los servicios, a un precio comparativamente pequeño para la ciudad.

Crawford concluyó su informe con una conjetura. Dijo que la historia del área metropolitana de St. Louis parecía una sierra entre la ciudad y el condado, como si la zona en la confluencia de los ríos no hubiera sido ni sería jamás productiva para que ambas mitades fueran simultáneamente viables. La ascensión de la ciudad y la caída del condado eran una misma cosa, y se estaba dando ahora por dos sencillas razones: las posturas inversoras modificadas de un puñado de empresarios y la drástica disminución en el índice de criminalidad de la ciudad.

Todos empezaron a hablar a la vez, pero Probst los cortó e hizo un gesto de cabeza hacia John Holmes. Holmes tenía un enorme parecido facial con Franklin D. Roosevelt, pero llevaba unas gafas modernas. Su banco se había sumado a Probst y a Boatmen's y a otra docena de acreedores en un pleito contra Harvey Ardmore.

—¿Quieres darnos la mala noticia ahora, John?

La mala noticia eran las finanzas del condado. Seis meses atrás, dijo Holmes, sólo una de las cinco grandes corporaciones de la zona tenía su sede en la ciudad: Hammaker. Dentro de seis meses, tres de las cinco grandes estarían allí: Hammaker, Ripley y Allied Foods. Solamente Wismer y General Syn quedarían en el condado, y sólo éstas seguirían estando a distancia de transporte corto de la mayoría de las nuevas urbanizaciones del condado para gente de ingresos altos y medios.

Todos miraron a Probst, que estaba emparedado entre aquellos dos gigantes. El general miraba al techo, sus labios prietos e hinchados. Buzz no se había movido al oír mencionar su apellido. Sobre el asiento de la silla, sus muslos parecían neumáticos pinchados. A Probst le chocó el contraste entre la modestia corporal de Buzz y el poder que tenía. Controlaba directamente más de un millar de vidas y cientos de millones de dólares. Tenía caspa en las gafas.

Desde octubre, prosiguió Holmes, otras diecinueve empresas se habían trasladado a la ciudad o tomado medidas en ese sentido. Ocho de ellas empleaban a más de doscientas personas. Eran Data-Rad, Syntech, Utility Software, Blanders Electric, Newpoint Systems, Hedley-Carlton, Heartland Control y —la mayor de ellas— Kelly Richardson's Compunow. En otras palabras, las industrias de alta tecnología, las empresas nuevas, las que tenían sueldos más elevados. Llevaban la iniciativa y parecían estar congregándose en torno a la nueva división de investigación de Ripley, que operaba ya con carácter provisional en el North Side.

—Esto se podía esperar de Ripley —dijo Holmes—. En treinta años operando en St. Louis jamás ha dado un paso en falso.

En noviembre y diciembre la tasa de construcción de viviendas en el condado, reajustada estacionalmente, había disminuido por vez primera desde la última recesión, y lo había hecho casi en un veinte por ciento. Se había producido asimismo una ostensible racha de quiebras, la principal de todas la de Westhaven. Los valores de la propiedad estaban en franco declive, con West County como la región más afectada; esto era especialmente cruel dado que la recalificación a escala estatal, recién completada en agosto, había dejado los valores catastrales en su índice más alto. En los numerosos bloques de oficinas al oeste de la I-270, la ocupación estaba menguando.

—De un índice de desocupación del siete por ciento hace un año, estamos ya en un dieciséis y la cosa va en aumento. Supongo que las cifras de marzo nos darán por encima del veinticinco por ciento, y eso significa, caballeros, que vamos mal, sensiblemente mal.

Era cierto que en muchos sentidos el condado no había cambiado respecto a un año atrás, las empresas de servicios y los minoristas no se habían visto muy afectados. Viendo Webster Groves o Ladue o Brentwood nadie adivinaría que está ocurriendo algo. Pero la mala actuación de los indicadores económicos estaba originando profecías supuestamente satisfactorias. Un artículo en portada del *Wall Street Journal* describía fervorosamente los esfuerzos de la ciudad por atraer nuevos inversores, esbozaba oscuramente los problemas subsiguientes del condado y predecía, más o menos, lo mismo.

—Hemos podido contar hasta cinco firmas de tamaño mediano de fuera del estado que planeaban instalarse en el condado, o al menos lo estaban estudiando seriamente, pero que ahora buscan un emplazamiento en la ciudad. Y están construyendo, no alquilando, en St. Louis. Puede que la ciudad reviente antes o después, pero ha amañado las cosas de forma que esas compañías apenas pueden permitirse dejar pasar las inherentes ventajas fiscales de construir. En cuanto a por qué el condado no ha proporcionado nunca incentivos similares, la respuesta es porque hasta este año no había tenido la menor competencia.

Probst observaba la reacción del supervisor del condado al informe. Ross Billerica era unos años más joven que él. Tenía el pelo de un negro mediterráneo y lo llevaba en una especie de corte militar largo, un tupé corto, con las puntas de los cabellos buscando cobijo todas a la vez, uniformemente, relucientes. Abogado de profesión y millonario por haber heredado la cadena de tiendas de bebidas alcohólicas de su familia, tenía una (¡Ja!) belicosidad que hacía que muchos le creyeran altamente competente. Pero si tan maravilloso era, había que preguntarse por qué era también (¡Ja! ¡Toma ya!) tan sumamente antipático, y por qué después de veinte años de sonar como posible senador o incluso presidente, seguía siendo sólo supervisor del condado y tenía que luchar a brazo partido en cada elección.

—¡¡Alto ahí, John!! —Billerica, como si no pudiera soportar más inexactitudes, estaba corrigiendo a Holmes—. Para tu información, todavía tenemos superávit. Quizá olvidas que ni los tipos contributivos ni los valores catastrales han cambiado.

Holmes le miró con paciencia.

—Lo que estoy diciendo, Ross, es que si la rentabilidad de la propiedad inmobiliaria está cayendo en picado (sobre todo en las áreas no incorporadas al condado, que siempre han sido vuestra principal fuente de ingresos) no veo cómo podréis evitar bajar los impuestos. Hablas de mantener los actuales niveles de ingresos. Yo te garantizo que mandarás a varias empresas a la quiebra o a la ciudad. Si pretendes mantener bajo el índice de insolvencia (y espero que sea así), y si pretendes seguir teniendo empresas en el condado, creo que tú y la mayoría de municipios vais a tener que hacer importantes recortes en los servicios dentro de uno o dos años. En el caso del condado, yo lo recomendaría ya.

Billerica sonrió como si admitiera un detalle técnico.

Bud Replogle informó sobre hospitales. De repente, dijo, la jefa de policía se había convertido en la principal partidaria de mejorar los dos hospitales de la ciudad. Bud hizo hincapié en la palabra «dos» y obtuvo sonrisas generalizadas, porque durante veinte años la renovación del Hospital Número Dos, bautizado posteriormente Homer G. Phillips, había sido origen de gran controversia entre la comunidad negra de la ciudad. Durante veinte años los candidatos a la alcaldía y las concejalías habían prometido medidas al respecto, y en todo ese tiempo el hospital se había deteriorado cada vez más, perdiendo primero su acreditación y luego sus vínculos con las facultades de Medicina. Un estudio de Municipal Growth había concluido que Homer Phillips era insalvable. Pero ahora Jammu estaba utilizando ese mismo estudio como base para sus propias y más ambiciosas propuestas. La principal de ellas, preservar y revitalizar el hospital Homer Phillips.

—¿Se puede saber —dijo Eldon Black— qué pinta la jefa de policía en la planificación hospitalaria?

—Te lo diré —respondió Replogle—: Está liquidando nuestro activo. Está alardeando en público de lo que nosotros hemos hecho durante años en privado.

El informe de Lee Royce sobre política negra siguió derroteros parecidos:

—Durante veinte años hemos estado cultivando una relación con los negros de la zona urbana, y entonces llega ella, que no les tiene un cariño especial, y procede a darles dinero para que se larguen. Ellos se han dejado comprar, por un nuevo Homer Phillips, por concesiones fiscales y un centenar de favores a propietarios negros. Por una apuesta política. Es una relación puramente mercantil. Cuando trataban con nosotros, era en términos de igualdad.

—Dejemos los sentimientos aparte, Lee... —le espetó Probst.

—Basábamos nuestra relación en el hecho de que puesto que la ciudad tiene una numerosa población negra, por no decir mayoría, deberían recibir nuestro apoyo en cualquier intento responsable de mejorar la calidad de vida. Ellos estaban contentos así. Es su ciudad, no lo olvidemos, al margen del color del alcalde.

—Amarillento, según he podido ver hace poco —le dijo a Probst la voz calcinada—. Con una franja roja, muy roja.

—Jammu ha conseguido ponerlos en la tesitura de votar a favor de la fusión, creo yo, y si logra crear un gobierno más orientado hacia la región, son los negros los que acabarán perdiendo presencia política. Pero ella les está contando otra historia.

Rick DeMann aportó su informe sobre las escuelas. La prosperidad del distrito escolar de St. Louis estaba ligada a los valores de la propiedad, dijo, y lógicamente estaba destinado a ser uno de los principales beneficiarios del boom.

—Lo que me irrita, sin embargo, lo que realmente me fastidia es la actitud de Jammu. Se necesita dinero, dice ella, y mucho, para mejorar los centros escolares. Sólo si hay dinero vendrán profesores jóvenes, se reducirá el número de alumnos por clase, se mejorará la disciplina. Es como decir: «Pero mira que sois papanatas. ¿No veis que hace falta dinero?». Pues claro que lo vemos. Pero hasta este año nunca hubo dinero que gastar.

Una fusión del extrarradio y la ciudad, añadió Rick, volvería discutibles las espinosas cuestiones legales suscitadas por la integración regional, con la posibilidad de graves implicaciones demográficas.

—Una de las razones de que la clase media blanca se mudara al condado es, como todos sabemos, su deseo de tener buenas escuelas y, más concretamente, su temor a los barrios negros. Si la ciudad se integra en el condado, no habrá sitio adonde escapar.

—Salvo a otras ciudades —dijo Eldon Black.

Probst intervino alzando la voz, en un intento apresurado de inventar un nuevo tema de debate:

—Me gustaría volver sobre algunas de estas cuestiones. Bien, yo creo que, bueno, que deberíamos analizar la situación con realismo —sí. Con realismo. Carraspeó—. Con realismo. Nosotros, en tanto que grupo, nunca nos hemos opuesto realmente a la fusión de ciudad y condado, ¿no es cierto? El trazado actual está lleno de desigualdades. Si alguien hubiera propuesto una fusión hace un año, habríamos hecho todo cuanto hubiera estado en nuestra mano para que la votación fuera favorable. Porque la cosa tiene su lógica. Nosotros apoyamos la sensatez. En cuanto a los supuestos perjuicios para la economía del condado...

—Perjuicios reales —dijo John Holmes.

—... No estamos aquí para tomar partido, sino para determinar qué es lo mejor que se puede hacer. Lo que está bien para la ciudad y el condado, en conjunto. Lo que es sensato.

—Martin...

—Martin...

—Martin —dijo Holmes—, me da la impresión de que nos estás diciendo que sigamos sin hacer nada.

—No estoy de acuerdo. Sólo intento eliminar el rencor de esta discusión, y destacar la parte positiva de nuestra postura pro-condado.

—Tontear mientras la ciudad está en llamas —dijo la voz calcinada.

Probst no hizo caso.

—Jim —dijo—, ¿querías decir algo?

Jim Hutchinson estaba mirando la maqueta a escala de noventa centímetros de alto del Gateway Arch que había en el antepecho de una ventana.

—Sí —se encaró a la mesa—. Hemos estado siguiendo...

—¿Hemos...? ¿Quiénes? —inquirió de inmediato P. R. Nilson.

Hutchinson bajó la cabeza un par de centímetros, como para dejar que la pregunta le pasara por encima, por encima del Arch, y saliera por la ventana.

—La KSLX —dijo— ha estado siguiendo el desarrollo de un grupo denominado Urban Hope* desde su creación el mes pasado. Parece que se trata de una agencia de reurbanización muy vinculada al alcalde y a los concejales. El alcalde ha reconocido en privado la existencia de dicho grupo, y aunque nadie ha podido establecer ni siquiera aproximadamente quiénes lo forman, yo me inclino a pensar que está constituido por los miembros de Municipal Growth que no están aquí esta noche. Es decir, los ex miembros. Bien, creo que podría ser interesante hacer una votación extraoficial para ver cuántos de nosotros han recibido ofertas para vincularse a cierto sindicato.

—Interesante ¿para quién? —dijo Norris, a pleno pulmón.

—Muy agradecido, general. De interés para todos nosotros. Puesto que el tema parece ser si tomar o no partido, yo pensaba que...

—Está bien —dijo Probst—. El alcalde me sondeó el mes pasado y me ofreció cierto papel en la planificación y construcción de algunos proyectos en el North Side. Lo mandé al cuerno. Entonces, por supuesto, pensé que no todo el mundo estaba recibiendo ofertas de privilegios especiales. De lo contrario, bueno, pues no hubieran sido tan especiales. ¿Alguien más...?

---

* Esperanza Urbana. *(N. del T.)*

Todos menos dos levantaron la mano.

—Es decir, todos menos Hutch y yo —dijo Norris—. ¿Qué conclusión hay que sacar?

Probst quedó decepcionado. No había sido el único.

—Les invito a que analicen los hechos —dijo Hutchinson—. La ciudad se encuentra en estos momentos en la misma situación que Clayton a principios de los sesenta. El condado se encuentra en la situación que estaba la ciudad en 1900. Sí, de acuerdo, el condado no está muerto. Pero en el plazo de seis meses un recién llegado a St. Louis ha dado la vuelta (no sólo modificado) al equilibrio de poder en el área metropolitana. Los informes de esta noche y las manos alzadas son nuevas pruebas a favor del argumento del general: Jammu está en el fondo de todo esto, y es consciente de nuestra existencia. Dado que controla todo lo demás, me parece muy improbable que no sea ella la fuerza instigadora de este sindicato llamado Urban Hope.

—Urban Warriors, Osage Hope —dijo Norris.

—Efectivamente, entre nosotros hay quien infiere también una implicación con el grupo terrorista. Pero cuando todas sus otras actividades, me refiero a Jammu (y, caballeros, no me privaré de recordarles que esta mujer lleva aquí sólo cinco meses), cuando todas sus otras actividades son legales y de una eficacia extraordinaria, ¿para qué demonios tendría que mezclarse con los Osage Warriors? Ahora bien, al hecho de que nos hayamos quedado sin la mitad de nuestros miembros, que parece haberse unido a un sindicato cuasi comercial, y al hecho de que las fuerzas económicas sean las únicas que están acelerando el rejuvenecimiento de la ciudad, añadimos hoy la noticia de que la Asamblea General se dispone a autorizar el referéndum sobre la fusión.

—Se dispone a estudiar esa autorización, Jim.

Hutchinson miró a Probst.

—No, se dispone a autorizarlo. Tenemos una cámara mayoritariamente demócrata, un gobernador demócrata y casi una mayoría demócrata en el senado. Si no has notado el fuerte sabor partidario de lo que está pasando, es que no has meditado lo suficiente.

Probst entornó los ojos.

—Porque los líderes del partido sólo se han opuesto muy tangencialmente a la idea de una fusión, y Jammu sabe cómo contrarrestar las pocas objeciones que han puesto. Ellos lo ven, y es lógico, como una oportunidad para echar a los republicanos del poder en este condado. Y las cifras respaldan esa posibilidad. Pensemos, además, que el alcalde ha estado más en el candelero durante este otoño e invierno que todos los otros destacados demócratas de Missouri juntos. Pensemos también que en un noventa y cinco por ciento lo ha estado por razones positivas. Pensemos que es lo mejor que le ha pasado al partido demócrata desde Harry Truman. Pensemos que el alcalde puede hacer que la votación sea vital para su continuidad. Y pensemos que el alcalde debe enteramente su éxito a una sola persona. La cosa empezó con las estadísticas de criminalidad. Ella estuvo presente cuando el anuncio navideño. Y lo está ahora, y quiere esta fusión; tengamos en cuenta, cuando menos, su habilidad como testigo en los juicios orales del mes pasado. Creo que deberíamos aceptar que en abril vamos a tener unas elecciones muy especiales.

Se produjo un largo silencio.

—Y a usted eso le encanta, ¿verdad? —dijo el general.

Probst carraspeó explosivamente:

—El senado lo frenará.

—Vamos, Martin —dijo Holmes—, pero si Clark Stallhamer va a ser el copatrocinador...

—Sí —dijo Probst, un tanto inseguro—. ¿Y qué?

—Stallhamer es de la misma cuerda que Chuck Meisner —respondió cansinamente Lee Royce—. Nunca ha permitido que los electores se metan en su camino. El hermano de su mujer es Quentin Spiegelman. Posee un montón de acciones de Ripley...

—Lo ves, Martin —dijo Hutchinson (ahora que la reunión consistía en A Ver Si Lo Entiende Martin)—, es por eso por lo que los republicanos del condado están en apuros. El cambio a la ciudad de las instalaciones de Ripley y de Murphy es simple pensamiento corporativo. Urban Hope no es un grupo extremista, aunque me imagino que a Ross no le agrada considerar el hecho de que Meisner sea demócrata de carnet. ¿Comprenden a qué nos enfrentamos?

—A un doble mal de ojo —dijo Probst.

—Bingo. Alguien ha estudiado la dinámica política de la zona este de Missouri y ha visto la oportunidad de formar una coalición. Ese alguien es Jammu. En la historia de St. Louis no ha habido, ni de lejos, un fenómeno como ella. Jammu es magistral.

Se produjo otro silencio —Hutchinson tenía un estilo de periodista para el dramatismo—, que Probst dejó alargar antes de hablar de nuevo.

—Lo que ahora me gustaría —dijo— es escuchar otras opiniones sobre si merece la pena bloquear cualquier medida en la legislatura o si, como Jim parece implicar, deberíamos concentrarnos en ese inevitable referéndum. Yo, por mi parte...

—¿No creen que...?

La voz menuda le hizo callar. Era Buzz.

—¿No creen que —preguntó a la mesa en conjunto— antes deberíamos determinar si una fusión sería algo tan malo? —echó la cabeza atrás, tosió un poco.

—Buena idea —dijo Probst. Sin poder evitarlo, miró a Hutchinson en busca de más información—. Yo diría que depende de...

—Depende —tronó el general— de que los términos y el efecto de ese referéndum, como cualquier otra medida desde el mes de julio, aumenten los objetivos y el poder de un grupo concreto, el grupo que dirigen la Reina de los Negros, el Rey de la Cerveza y la Princesa de las Tinieblas (y me consta que es una furcia, Buzz, todos lo sabemos).

El general se puso de pie y colgó los pulgares de sus tirantes.

—Este grupo me pone muy impaciente —les confió—, así que no pienso quedarme cruzado de manos un segundo más —chasqueó los tirantes con gesto majestuoso—. Durante dos horas hemos olvidado el hecho principal, y el hecho principal son los motivos. Es muy bonito hablar de lo que está pasando, y de cómo está pasando, y por mediación de quién, o de quiénes, y a saber qué más puede estar pasando ahora, pero lo que cuenta, damas y caballeros, es el porqué.

Empezó a pasearse alrededor del círculo de cabezas, cada una de las cuales avanzó al frente al notar su proximidad, como una margarita bajo la lluvia.

—Veo aquí a un grupo de seres humanos que se niega a entender el hecho de que en St. Louis tenemos una conspiración en marcha, una conspiración dedicada a la anarquía y a propuestas socialistas y al derrocamiento del gobierno y de los valores que todos nosotros apreciamos. Desafío a cualquiera de ustedes a demostrar lo contrario. El hecho mismo de que Jammu patrocine esta mariconada de referéndum es para mí prueba suficiente de que esto apesta.

Se había detenido junto a la ventana del fondo, apoyado sus manos en la maqueta del Arch y levantado la misma del antepecho. Giró con ella y la sostuvo con los brazos extendidos como quien aleja a un vampiro con una cruz. Uno de los arbolitos en la base de la maqueta se desprendió, rodó sobre el río de yeso y cayó al enmoquetado. La maqueta era vieja y frágil. Probst respiró hondo cuando el general volvió a sentarse.

—Por lo visto algunos de ustedes necesitan razones para oponerse a esta fusión, y para su tranquilidad de ánimo enumeraré las muchas razones y desafiaré a cualquiera de los aquí presentes a refutar una sola de ellas —guiñó un ojo a Probst. Probst hizo lo propio sin querer—. De entrada, esto no es más que una lucha por el poder. Ya hemos visto con la municipalización de Hammaker que Jammu no siente el menor respeto por la santidad de la estructura empresarial. A ella no le preocupa en absoluto nuestro estilo de vida ni el de los trabajadores. Lo único que le interesa es conseguir los votos de la gente. Por descontado, tal como ella lo expone, puede parecer que la fusión tiene sentido, pero eso no significa que sea lo correcto. No dejo de pensar en Adolf Hitler. Tal como él lo planteaba, la guerra total tenía sentido. Bien, segundo, esta medida viola el espíritu de St. Louis. Creo que ya saben a qué me estoy refiriendo. Déjeme preguntarle una cosa, Martin. ¿Cuántas veces cree que le han mentido, y quiero decir mentido de verdad, en los últimos cuatro meses?

—Más de las que me atrevo a contar.

—¿Y antes? Elija un año cualquiera. 1979. ¿Cuántas veces a lo largo de ese año le mintió alguno de los hombres en quienes confiaba?

Probst estaba convencido de que en 1979 no le había mentido nadie en absoluto.

—Bien. ¿Qué le dice eso acerca del espíritu de estos acontecimientos? ¿Qué le dice acerca de la calidad de la nueva jefatura de la ciudad, de esta Urban Hope, cuando todos ellos son demasiado cobardes para dar la cara esta noche? Si tuvieran un motivo limpio para la fusión, estarían defendiéndolo aquí ahora mismo. Pero no están. Y luego hay un aspecto práctico, el punto número tres —Norris estaba completando su circuito, leyendo sobre los hombros ajenos. Se detuvo junto a la silla de Billerica y lo cubrió de conmiseración y desprecio. Billerica sonrió gallardamente, una exhibición dental, cosa que pareció desconcertar a Norris. Miró una foto que había en la pared, de Probst y el ex senador Symington dándose la mano en Washington—. Tercero —repitió—. Se supone que para el condado sería una ventaja asumir la carga de la ciudad, porque supuestamente la ciudad va a ganar más dinero y el condado supuestamente menos, y ésta es supuestamente la última oportunidad del condado para reclamar lo que le pertenece. Muy bien. Olvidémonos de todo esto, no es más que un esfuerzo inútil. Olvidemos que el motivo de que la fusión parezca una buena idea es que aquí se está hablando de *hipótesis*. *Si* las empresas siguen trasladándose a la ciudad; *si* los bienes raíces siguen cayendo en el condado. Olvidemos que estos índices de cambio se basan en un único juego de manos, a saber lo de Ripley y lo de Murphy. Olvidemos que si esa tendencia se corta en marzo (y así va a ser, muchachos, así va a ser) el condado se verá forzado a una fusión y solamente Jammu sacará provecho de ello. Olvidémonos de todo esto y déjenme que les pregunte una cosa: ¿qué más le va a dar a West County si nos fusionamos? ¿Tan mezquinos son los poderes económicos y tan endebles e incrédulos nuestros corazones, que sólo una mitad de la región puede dominar a un tiempo? Miren a Martin, ahí sentado sonriendo como la Mona Lisa. ¿No es la imagen del hombre corriente, del hombre medio? ¿Nuestro prójimo? Martin es el hombre a imitar, de modo que ahora le pregunto a usted, Martin, en calidad de prójimo: si no se produce ninguna fusión, ¿se mudará de, perdón, de...?

—Webster Groves.

—¿De Webster Groves? ¿Va a empezar a angustiarse por conseguir contratos? ¿Qué significaría realmente un recorte en los servicios del condado?

—Será el hombre corriente —intervino Billerica—, pero Webster Groves no es Valley Park. Esa parte del extrarradio no es el problema.

—Tampoco las zonas más apartadas —dijo Norris—. Quiero decir, sí que lo son. Pero fusionarse no les va a servir de mucho más que no fusionarse. Los únicos que lo pasarán mal son los especuladores y la mala gente de las inmobiliarias, lo siento, Lee y Jerry, no me refiero a ustedes. ¿Se hace cargo, Ross? Lo que está mal es la fusión. El statu quo es bueno.

—Es justo lo que yo opino, general. Justo lo que yo estaba diciendo.

Probst-Prójimo estaba pensando en la visita que había hecho a Wesley en diciembre, y en la osadía del alcalde al tomarle por un hombre de recursos éticos corrientes, de escrúpulos normales, al sugerirle incluso que se sumara al sindicato. Probst-Prójimo necesitaba esta parábola, este planteamiento de lo bueno y lo malo, para afianzar su dictamen: había que discrepar de la fusión. Era el paso correcto. Se lo debía a los hombres que le eran leales.

—¿Cómo podemos frenarla? —preguntó.

Hutchinson trató de darle una respuesta. Dijo que no compartía la aversión de la mesa por la fusión ciudad-condado. Su punto de vista era que lo que era bueno una vez, era bueno siempre. Pero que estaba dispuesto a asesorarlos mientras fuera bien recibido por el grupo. Presumiendo que era mejor descartar una acción legislativa como conclusión inevitable, Hutchinson sugería dar también por perdidos a los votantes de la ciudad. El plan de consolidación de 1962 había fracasado en la ciudad, desde luego, pero por un margen mucho más estrecho que en el condado, y las circunstancias eran bastante distintas; ni siquiera el alcalde había apoyado el plan en 1962. Él consideraba mucho más interesante centrar todos los recursos en frustrar el referéndum en el condado, y eso (si querían saber la opinión de Hutchinson) era factible, por no decir sencillo.

—Esta noche la KSLX efectuará un sondeo telefónico —anunció— y creo que se demostrará que el condado se opone en un cincuenta por ciento. Pero eso cambiará tan pronto el asunto se haga público y tan pronto los peces gordos (Jammu, Wesley, Stallhamer, los Hammaker) se impliquen en la operación. En el caso de Jammu y de la familia Hammaker, la popularidad trasciende la escisión ciudad-condado. Jammu es popular, se mire como se mire. Si se quiere frustrar el referéndum, hará falta algo más que los millones de sus empresas respectivas y del partido republicano. La causa necesitará un portavoz que sea muy conocido y absolutamente fiable, alguien que pueda exponer ante el público la opinión del grupo y darle cierto peso. La oposición necesita una voz.

Todos miraron a Probst. El Prójimo.

*

Al llegar a casa y torcer para enfilar el camino de entrada, le sorprendió un poco ver que todas las ventanas estaban a oscuras. Normalmente, Barbara dejaba encendida al menos la luz de la cocina. Aparcó el Lincoln junto al BMW de ella y activó la puerta del garaje, agachando anticipadamente la cabeza. El viento, en el rato que había tardado en volver a casa, se había vuelto feroz. Tenía la brutalidad de ciertas hemorragias, no el chorro de una arteria cercenada sino el frío rezumar constante de un miembro destrozado. Arrasaba los aleros y gabletes de los vecinos, entraba a la fuerza por las chimeneas, traía sirenas y un latir de vías al norte. Como el viento en Chicago, Boston o cualquier ciudad frente a una gran extensión de agua, la sensación en las mejillas era más de dolor que de escozor. Entró rápidamente en casa.

En la cocina hacía demasiado calor.

Lo notó de inmediato. El ambiente era sofocante para la hora. Ella siempre bajaba la calefacción antes de irse a la cama. ¿Es que no estaba en casa? ¿Estaría enferma? ¿Se habría lastimado? ¿Habría salido? ¿Alguien estaba herido, muerto? ¿Se habría caído en la bañera? ¿Se habría asfixiado?, ¿electrocutado?, ¿dormido en un cuarto distinto del habitual? ¿Estaba muerta? Todas las preguntas latentes se fundían. Las desechó, pero hacía demasiado calor. Volvieron las preguntas.

Se detuvo en el salón para bajar el termostato y subió la escalera. ¿Estaba Barbara en casa? No se oía nada, no olía a jabón ni a pasta de dientes como solía ocurrir por la noche en el pasillo, cerca del cuarto de baño. Pero esperaba entrar en el dormitorio y encontrarla allí —la cama desordenada y su cuerpo levantando la sábana—, aceptar su presencia por completo y al instante.

Pero la cama estaba lisa. Lo esperaba tanto como esperaba encontrarla a ella. Era imposible que se hubiera acostado con la calefacción tan fuerte. Dobló la espalda y sus dedos encontraron el interruptor de la lámpara de noche. La luz dejó ver un sobre encima de la almohada.

Barbara había ordenado la habitación. Las huellas de sus zapatillas de gimnasia salpicaban la moqueta recién aspirada en ángulos metódicos. Junto a la pared del televisor había cuatro bolsas de papel, de Schnuck's, de Straub's, llenas de ropa. Una de ellas tenía pegada una nota. Cruzó la habitación y la leyó. IGLESIA CONGREGACIONISTA, decía.

¿Habría puesto la nota para recordárselo a sí misma? Claro que no. Todo traslucía un momento de pánico. Llevaba en casa sólo sesenta segundos y ya era consciente de que aquélla era una experiencia que apenas podía engullir de una vez sin atragantarse. Estaba casi al límite. Veía el tiempo como algo corpóreo. Era un hombre tubo con una sección transversal en forma de hombre, el apretujón unidimensional desde la cocina hasta este punto, donde se detuvo todavía con el abrigo puesto, pasando calor, y luego se sentó en la cama. Cogió el sobre con un gesto deportivo de la muñeca, como habría hecho con un sobre que pudiera contener buenas noticias: podía haber un cheque dentro, cuidado. Lo sopesó, jugueteó con su centro de gravedad, se encogió de hombros y le dio la vuelta. Sellado. Había un rastro de lápiz de labios. Barbara había sellado el sobre. Lo rasgó con el dedo, separando el BARBARA PROBST del resto de la dirección del remitente.

> Querido Martin:
> Esto te parecerá tan repentino que apenas sé cómo empezar a explicarlo, ni si debería intentarlo siquiera. He visto a John a menudo, prácticamente cada día. En eso estaba el sábado por la tarde. Y la mayoría de los días, aunque tú no podías saberlo. Ya sé que te dije que esto no iba a ser una cosa habitual, pero al final así ha sido. Lo cual no significa que tú y yo no podamos seguir renqueando juntos el resto de nuestras vidas, pero cada vez que me quedo quieta te oigo decirme que me calle y me oigo decirte que en realidad no te quiero, y creo que esto no tiene sentido. Nunca fue mi intención llevar una vida estúpida. Me marcho a Nueva York esta tarde. Si pensara que esto puede matarte, si pensara que puede afectar siquiera a tu vida, probablemente no lo estaría haciendo. Pero no creo que lo vayas a pasar mal sin mí. Eso es casi motivo suficiente para abandonarte. Estoy cansada de cuidar de ti cuando tú ni siquiera me necesitas. No quiero esconderme como hace el resto de la ciudad. Tú apenas parecías notar que Lu se fue de casa. Tampoco notarás mi ausencia. Tienes un trabajo que te absorbe. Te llamaré pronto. Yo te respeto, Martin. Tú mereces algo mejor que una esposa que se ve a escondidas con su amante. Mereces la verdad, y aquí la tienes. No esperes que vuelva.
>
> Barbara

Probst se levantó. Su cuerpo se inclinó hacia la cómoda y sus piernas le siguieron. Arrojó la cartera y las llaves a la mesita.

—Pues muy bien —dijo.

Metió las manos en los bolsillos del abrigo y se lo ciñó a la cintura. El pecho le subía y le bajaba. «De acuerdo.»

Tras unos instantes de calentamiento el televisor vomitó carcajadas, los sonidos de estudio del *Tonight Show.* Probst lo apagó cuando la imagen aparecía sesgada en la pantalla. Encendió la luz de la mesita de Barbara. Encendió la luz del techo. La lámpara de pie junto a la mecedora pareció desairarlo. Probst se acercó para encenderla. «Maldita...»

Su boca formó palabras, pero pocas tenían sonido. En alguien que había estado hablando todo el día, esto era ilógico.

Fue al estudio y encendió más luces. Su deambular tenía un aire vacilante. Se dirigía hacia un sitio y luego paraba, giraba sobre las puntas de los pies, se detenía para pensar otra cosa. En cada lámpara, asimismo, paraba y volvía la cabeza hacia un lado, como si accionara un gatillo interior. Luego encendía la luz. «¿Yo te respeto?» Cogió la foto de Barbara que tenía sobre el escritorio y la estampó contra la pared. ¿Que tú me respetas...?

En la sala de estar encendió los tres reflectores dirigidos a los tres bodegones. Recorrió la habitación y el techo se fue iluminando. Cada nuevo punto de luz revelaba restos de telaraña o vestigios de una grieta. El polvo de bombillas raramente utilizadas dio al aire un matiz quemado. Cuando todas las luces estuvieron encendidas —las lámparas de las mesas del fondo, las luces empotradas de la repisa, el fluorescente del rincón, la lámpara de anticuario con su pantalla de cristal verde, los ojos de buey sobre los asientos de las ventanas, las bombillas pequeñas dentro de la librería— salió del salón.

Se dejó caer en el sofá del cuarto de trabajo de Barbara y clavó los talones de sus zapatos en un cojín bordado, pero eso no pareció complacerle. Pasó las piernas a la mesita baja. Una revista resbaló de su montón. Luego otra. Mandó el resto al suelo de un puntapié. «Maldita...» El tono de su voz apenas fue más grave que el de una mujer. Claro que la voz de hombre raramente lo es. Apretó las mandíbulas. Apretujados por sus vecinos, los dos dientes inferiores de en medio se solapaban un poco. Su piel, que durante muchos años había conservado una tensa uniformidad, tenía manchas y defectos y estaba cubierta de pelillos como arena oscura, salobre arena marina que uno podía sacudirse. Los ojos, en sí mismos, eran grises y amables. Los ojos casi no envejecen; son el espejo del alma. Pero la cara cerró la ventana con una fea convulsión, y Probst se lo agradeció mucho a su mujer. La voz alcanzó registros más graves. «Maldita furcia asquerosa», dijo. Miró el escritorio que había al otro lado del aposento, miró las casillas organizadas para almacenamiento, miró el cenicero que ella había lavado y secado. Miraba, con el abrigo puesto y apesarado, como un vagabundo.

Fue a hacer café. «Sí, yo también te respeto», dijo mientras llenaba el depósito de agua. Luego retiró la tapa de la lata del café y empezó a abrir cajones, cerrándolos después de muy mala manera.

—¿Dónde demonios mete los filtros? —susurró.

¿Dónde?

¿Dónde?

¿Dónde?

Fue de cuarto en cuarto, lleno de ira y apaciguándose después en el arquetípico ciclo de tempestad y calma, con pausas para beber whisky, café pastoso, galletas de chocolate, hasta que despuntó el día por el este. Él era un hombre que no había estado solo en su casa, realmente solo, durante más de veinte años. Sus movimientos se debían a algo más elemental que la ira o la congoja, por el desencadenamiento, tal vez, del propio yo. En algunos momentos parecía que lo estaba pasando bien; lo que hacía solo sólo él podía saberlo. Aunque la temperatura no bajó en toda la noche, Probst siguió con el abrigo puesto y abrochado hasta el cuello. Era como si aceras, viento y aire libre hubieran podido penetrar en la casa.

Por la mañana fue a trabajar y pasó cinco horas sentado a su mesa, principalmente ladrando al teléfono. El tiempo estaba empeorando a marchas forzadas. Soplaba un viento recio del este, extendiendo sobre la ciudad una aceitosa capa de agua que al instante se congelaba. Los viandantes se agarraban la cabeza, y los coches patrulla que salían de la comisaría en dirección oeste eran adelantados por sus propios gases de escape como mujeres cuyas faldas se arremolinaran bajo sus axilas.

El tráfico en la I-44, generalmente fluido a eso de las seis, era penoso. Probst había ido al centro a firmar un contrato y había empleado casi una hora para llegar a los tanques negros de metano que había en el límite municipal. Una vez allí descifró la causa del atasco. Un camión que iba hacia el este había embestido la doble barrera y tras media vuelta de campana había acabado, hecho pedazos, en los carriles sentido oeste, donde al menos seis coches y otro camión habían chocado con él.

Había habido muertos, era fácil de suponer. Cuando Probst pasó por el único carril libre fijó la vista en el coche que le precedía, pero el coche frenó. Una camilla apareció ante sus ojos mostrándole, a menos de dos metros, un cuerpo inerte cubierto totalmente por una sábana. Las luces de freno estaban reforzadas con espinas y vértebras de plástico. Finalmente se apagaron. Unos sanitarios trataban de forzar puertas de ambulancia contra el empuje del viento. Probst se precipitó hacia los desembotellados, oscuros carriles.

Estaba en el segundo carril cuando vio su salida, Berry Road. Sus manos empezaron a girar el volante, pero un peligro, una parálisis, el hielo en la calzada o el ácido láctico en sus músculos, parecían impedirle cambiar de carril a tiempo. Pasó de largo. Se sentó más erguido y vio hacia dónde iba. Hacia el oeste. Meneó la cabeza y se pasó la salida de Big Bend, y después la de Lindbergh. El siguiente cruce de trébol mandó el Lincoln a la I-270.

«Veremos a ver», estaba diciendo media hora más tarde. Había dejado el coche en la nieve en lo que había sido la entrada de camiones a Westhaven, donde las hormigoneras habían dejado profundos surcos en diciembre cuando iban a descargar el hormigón. El viento hacía bailar el Lincoln sobre sus amortiguadores. Copos de nieve, secos, patinaban por el parabrisas.

Sujeto con alambre encima del macizo candado había un rótulo metálico que decía: PROPIEDAD DE LA CORTE DE ACREEDORES DE MISSOURI, DISTRITO ESTE. PROHIBIDO EL PASO POR LAS LEYES FEDERALES.

Probst avanzó a duras penas por la nieve, rompiéndola con las rodillas, hasta llegar a la alcantarilla que pasaba bajo el cercado. Pasó él también bajo la cerca, violando las leyes federales, y regresó hacia la carretera. Ante él tenía los cimientos de Westhaven. Era un proyecto formidable y abandonado, y ahora, en invierno, sepultado. Dejaba un gran negativo blanco en el bosque, una imagen de catástrofe contemporánea, como una ciudad arrasada por las bombas o una dehesa condenada al ostracismo por contener dioxinas. El área había sido despejada y terraplenada, los cimientos vertidos, construidos muros de contención para separar los niveles. Ahora la nieve se pegaba a esos muros en trechos, en manchas ovaladas, en plumosas formaciones de helechos acanalados, en líneas verticales siguiendo las juntas selladas con alquitrán, en todos los dibujos del descuido. Era como un puticlub en medio de la pradera, así de desolado. Una clara decepción para su época. Nadie empezaba un proyecto pensando en su fracaso; el espíritu era ansioso; pero la carne era proverbial.

Andando con dificultad pero resueltamente, Probst siguió un ramal de carretera que torcía hacia el centro de una excavación en lo que habría sido —y a saber si no lo sería al fin— la entrada a un aparcamiento subterráneo. Cuando no pudo avanzar más, dio media vuelta y levantó la cara. Era como una manchita en un cuenco. Desde donde se encontraba podía ver únicamente el cielo gris y, moviéndose coléricos, una horda de copos negros que parecían radiactivos pero que, al fundirse al contacto con sus mejillas, notó que eran de nieve.

*

Todavía era de noche. Al desnudarse, mandó los calzoncillos al aire de una patada y los cazó al vuelo. Se quedó helado. Una expresión de ansiedad cruzó su rostro. Los calzoncillos cayeron al suelo.

Se metió en la cama. «¿Cómo estáis, manos mías?», dijo a sus manos, e hizo una mueca. Su mirada escrutó la habitación. Como si se escondiera de algo, se inclinó para coger una revista. Oyó el coche de Mohnwirbel en el camino, el crujir de neumáticos en el hielo al dirigirse hacia su aparcamiento detrás del garaje. La puerta se cerró de golpe. Mentalmente, Probst oyó una voz germana diciendo: Martin Probst. En la portada del *Times* había un dibujo de misiles, un ajedrez, misiles negros rusos, misiles blancos americanos, la cara del Presidente en el misil-rey blanco, la cara del Primer Ministro soviético en el misil-rey negro, y encima de ellos la palabra ¿TABLAS?

Probst apagó la luz de un gesto brusco y se tapó la cabeza con la almohada.

En todos los años de su matrimonio había habido noches en que Barbara le había despertado para decirle que tenía miedo y no podía dormir. Su voz, entonces, era grave y densa. «Necesito saber cuándo va a venir. Es preciso. No puedo soportarlo.» Entonces él la abrazaba, abrazaba a su temerosa mujer. La había amado, porque a través de la piel y los huesos de su espalda él podía notar los latidos de su corazón, y le daba pena. *Yo te respeto, Martin.* Ahí estaba el quid. Él también la respetaba. Barbara era la mujer con la que dormía y con quien afrontaba la muerte. Él pensaba que en eso estaban de acuerdo. Que eran modernos sólo hasta el punto de no ser vitalistas, de encarar el futuro y confiar en que, si el amor era orgánico, podía ser sintetizado en función del respeto, del recuerdo de estar enamorados, de la piedad, de la familiaridad y la atracción física y del vínculo de la hija que ambos amaban como padres. Que no se abandonarían el uno al otro. Que el proyecto era importante. Él pensaba que tenían un pacto.

Pero ¿cómo podía haberle abandonado? Lanzó la pregunta al espacio en mil direcciones distintas y la pregunta llegó a todas partes menos a ella. Un escudo mágico la protegía, algo que él no había experimentado antes: una obstinada incredulidad. No lo ha hecho. Es imposible.

—A la mierda este país —dijo.

La resonancia viajó desde su cráneo hasta sus orejas. Se oyó a sí mismo desde dentro. Oyó la respuesta del país, los estampidos amortiguados, estallidos a miles. Entérate, Martin Probst. ¿Crees que ella nunca miró a otro hombre? Siempre estoy racionalizando la atracción. Porque hay aparcamiento púbico de sobra, caballero. Hoy en día las mujeres necesitan ese extra... no sé qué. Aventuras de, bueno, de carácter físico. ¿Estamos en paz? Esa región es muy saludable, Martin. Te gané, amigo. No se trata de lo bueno y lo malo, papá.

*

Vio en el despertador que sólo eran las doce y media. Estaba otra vez despierto. Tumbado de espaldas. El brazo derecho doblado sobre las costillas, la curva de sus dedos encajaba en la curva de su pecho, cubriendo el corazón. Su mano izquierda descansaba plana entre las piernas, apoyada en el pene y el muslo. ¿Había yacido siempre con las manos en esta postura? ¿O era sólo ahora, que estaba solo? Le invadió una sensación de paz. Las yemas de sus dedos palparon el vello del pecho y la curiosa labor de su corazón. Se palpó las costillas. Las manos enviaban mensajes al cerebro a través de los nervios. Palpó los pelos entre sus piernas, la piel flexible de sus genitales. Se adormecía, estaba cayendo en un estado confuso y primitivo, porque ahora sabía qué era lo que cubrían sus manos mientras dormía y el mundo no, y era vulnerable.

Si estaba despierto cuando cayeran los misiles, existía una posibilidad de que pudiera escapar. Buscaría refugio, protegería la cabeza de los objetos que cayeran. Pero cuando estaba dormido, su cabeza no podía saber de su importancia. Dormido, protegía otra cosa. Dormido, era un animal. Este conocimiento le amparó durante varios días de vigilia, mientras trabajaba para frustrar el referéndum ciudad-condado.

14.

—Pero mi querida coronel —dijo Rolf Ripley—. Estoy seguro de que conocerá usted la historia del huevo y la gallina.

—¿El huevo y la gallina?

—Sí, qué fue primero.

—Ya.

—¿Y bien? ¿Capta mi idea?

—No me haga perder el tiempo —dijo Jammu, la vista fija en el reloj de pared. Sonidos de una multitud impaciente chocaban contra la puerta de su oficina—. Usted no se trasladaría a la ciudad sin todo lo que yo he hecho al respecto. Yo no apoyaría la fusión si usted y Murphy no se estuvieran trasladando. Eso está claro. Pero el hecho es que los negros ya estaban aquí antes que usted o que yo. Me parece un poco infantil intentar olvidarse de esta realidad. En cualquier caso, no veo qué es lo que yo puedo hacer por usted.

Ripley levantó una mano para interrumpirla y miró al techo con una suerte de afectuosidad, como si le hubiera venido a la cabeza su canción favorita. Sus grandes caderas llenaban todo el asiento de la butaca.

—He hecho un descubrimiento desconcertante, coronel —dijo.

Sonó el intercomunicador de Jammu.

—Un momento —dijo ella.

—Mi Departamento de Compras había advertido que ciertas piezas clave de los terrenos de la ciudad estaban en manos de especuladores de color. A mí esto me parecía normal e incluso conveniente hasta que descubrí que habían adquirido la mayor parte de estos terrenos muy recientemente. Y todavía me sorprendió más saber a quién se los habían comprado. Parece ser que la señora Hammaker ha invertido entre veinte y treinta millones de dólares en bienes raíces desde el pasado octubre.

—¿Sí?

—Por Dios, querida coronel. Yo no tenía ni idea de que ella fuera tan rica.

—Pertenece a una familia real, señor Ripley.

—Treinta millones de dólares y, usted me perdonará, ella no es hija única, y, usted me perdonará, nadie pone todos sus huevos en una sola cesta, y, usted me perdonará, no creo que su fortuna sea ni de lejos tan grande como para que treinta millones sean apenas una fracción de la misma.

—Naturalmente, yo no tengo una idea clara al respecto.

—Mmm. Naturalmente.

—Aunque me aventuraría a decir que el capital pertenece mayormente a la familia Hammaker —dijo Jammu.

—Los hechos parecen indicar lo contrario. Pero ella ha borrado muy bien sus huellas. Me atrevería a decir que nunca llegaremos a saber la verdad.

—Es lógico, puesto que esto no es asunto nuestro, señor Ripley.

—Se equivoca, coronel. Mire, sé que esto le sorprenderá (casi todo lo que digo le sorprende) pero yo y el Ripley Group y Urban Hope estamos siendo chantajeados con esos mismos terrenos de los que hablo. No hay apenas una sola manzana en toda la zona donde Cleon Toussaint, Carver-Boyd o Struthers Realty no hayan comprado un par de solares estratégicamente situados.

—Creo que Pete Wesley podría persuadir a la ciudad de que condenara esos solares cuando a usted le convenga.

—El alcalde está más que dispuesto a hacerlo. Pero, lógicamente, usted no es consciente de que cualquier proyecto condenado por la municipalidad se convierte en un proyecto con absurdas cuotas raciales para cualquier brigada de construcción.

—No creo que la composición racial de las brigadas de obreros haya de preocuparle mientras la obra se haga a un precio justo.

—Naturalmente que no. Usted no cree que a un grupo de empresarios pueda preocuparle si toda la adjudicación de obras sobre sus propios proyectos no estuviera ya en sus manos.

—¿Y por qué no compra los solares que necesita?

Ripley la fulminó con la mirada.

—Sabe muy bien qué es lo que piden. Quieren una mayoría negra en Urban Hope. Quieren compromisos por escrito para una representación proporcional en nuestras plantillas respectivas; si la ciudad tiene un sesenta por ciento de población de color, dentro de cinco años deberíamos emplear a un sesenta por ciento de obreros de color. E insisten en que se garantice un porcentaje enorme de familias de color en urbanizaciones patrocinadas por Urban Hope.

Era un treinta y cinco por ciento, la cifra que Jammu había sugerido.

—Familias de ingresos bajos —dijo ella.

—Supuestamente bajos.

—Vaya, ¿no hay blancos pobres en la ciudad? Le repito, señor Ripley, que no puede esperar que interceda entre usted y los dirigentes negros de la ciudad. Mi papel es limitado. Yo pertenezco a los agentes de la ley.

—Pero sus recursos son muy grandes. Seguro que hay alguna manera. Porque si todo lo que recibo a cambio es que la gente de color me fastidie, no pienso contribuir a esa cruzada en pro de la fusión, y el apoyo por parte del resto de Urban Hope será muy tibio. Y sin una fusión, muchos de nosotros podemos pensar que no merece la pena quedarse en la ciudad. Así podrá ver qué fue primero, si el...

—Naturalmente —dijo Jammu, mientras las voces de fuera de la oficina seguían subiendo de volumen—, agradecería la ayuda de Urban Hope en una campaña por el bien común de toda la gente de St. Louis, ciudad y condado. Por charlas informales con algunos de sus colegas he sacado la impresión de que la fusión se contempla con muy buenos ojos. Sí, los negros quieren ser mayoría en Urban Hope. Actualmente la minoría es de cero. Sí, quieren el compromiso de una igualdad de oportunidades en la contratación. Actualmente su plantilla, señor Ripley, es de un once por ciento de negros. Dos por ciento de negros con ingresos superiores a la media. Vivimos en la década de los ochenta, y su empresa tiene ahora su sede en una ciudad con casi dos terceras partes de negros. Y, sí, quieren un treinta y cinco por ciento de viviendas para gente con ingresos bajos en proyectos de Urban Hope. Los planes que yo he visto hasta ahora exigen niveles entre el cero y el diez por ciento. Mientras tanto los bloques de oficinas y las viviendas de lujo que su grupo patrocina están desplazando a familias negras a un ritmo de ocho diarias. Su negativa a tomar en serio al señor Struthers no me parece justa. Puede que yo no haya sintonizado del todo con el estilo de vida americano, pero a mí esto me parece una oportunidad de oro para que los empresarios de St. Louis hagan algo sustancialmente bueno por la comunidad negra local.

Ripley asintió y sonrió ante el sermón.

—Si yo lo creyera —dijo— su ingenuidad me dejaría estupefacto. Pero confío en haber dejado bien clara mi postura —se puso de pie—. Ciao —abrió la puerta y se perdió en medio de una oleada de rostros ansiosos.

—Esperen —ladró Jammu—. Cinco minutos. Háganme el favor.

Randy Fitch, el rostro que iba en cabeza, dijo:

—Es que...

—Cinco minutos, por el amor de Dios. Y cierre la puerta.

La puerta retrocedió vacilante. Alguien la volvió a empujar, pero había quedado cerrada.

Jammu marcó un número.

—Escucha —dijo—. En cuanto pueda te lo pasaré por escrito, pero quería que estuvieras preparado por si ves a Rolf hoy. Ha estado aquí profiriendo amenazas. Dile que me las he tomado muy en serio. Dile que me ha asustado. Pero he de seguir fingiendo que ayudo a Struthers. Les exigen tres cosas a Urban Hope. Rolf debería conceder las dos primeras. Él sabrá por qué no he podido decírselo personalmente. La mayoría negra de Urban Hope...

—Sí —dijo Devi.

—Rolf debería dar su visto bueno. Al fin y al cabo es un grupo de transición, y cuando nos haga falta podemos sustituirlo por una directiva más reducida.

—¿Y la contratación proporcional?

—Ésa es la segunda cosa a conceder. Rolf ha de dejar que Struthers le marque la cuota que a él le interese, el mismo porcentaje de negros que en la población de la ciudad. Struthers no se ha dado cuenta de que dentro de diez años esto será una ciudad sólo de blancos.

—Estás engañando a Struthers.

—Se puede decir que sí. Las concesiones no tienen por qué ser totales. Urban Hope puede rebajar las cifras. Le dije a Struthers que las pusiera altas y que esperara un compromiso. Digamos un cuarenta por ciento de Urban Hope y cuotas completas en diez años, no en cinco. Rolf seguirá teniendo poder de negociación para la demanda de viviendas. Es la clave para una ciudad blanca. Yo creo que Struthers se echará atrás si Ripley le dice que los proyectos no van a atraer financiación con más de un quince por ciento de viviendas para gente de ingresos bajos.

Devi lo repitió todo.

—Estupendo —dijo Jammu—. La verdad es que no me tomo muy en serio sus amenazas. Empezó invirtiendo en la ciudad como refugio fiscal, y si se retira ahora, la plusvalía acabará con él. No es probable que haga nada, creo yo. Por otro lado, todavía no se ha pronunciado claramente sobre el Ripley Center...

—¿Ah, no?

—No. En cuanto lo haga, no podrá echarse atrás. Sobre este tema, lo que has de hacer es dejarle en paz, ni siquiera se lo menciones. Que piense que yo creo que está comprometido.

—Descuida.

—La otra cosa es el Estado. Yo creo que la vena Probst de Rolf es uno de los motivos de que ocupe una posición central en Urban Hope. Hemos de fomentarlo. ¿Tú sigues dentro?

—Desde luego —fue la respuesta.

—Bien. Nos hace falta, ya que la cosa funcionará siempre y cuando Probst esté al mando de la resistencia. ¿Entendido? Hay que fomentar esa situación.

—Comprendido.

Jammu giró la llave de su escritorio, se puso el abrigo y abrió la puerta.

—Lo siento, Joe Feig —dijo—. Seguro que me odias pero tendremos que dejarlo para las cuatro. Pásate, y te daré lo que necesitas. Randy, habla con Suzie. No tengo tiempo para mirarlo ahora, Suzie, pero Randy lo necesita y yo aceptaré lo que digas. Ve a conseguir las firmas. Rollie, dile a Farr que tiene que venir a verme hoy mismo. Digamos a las ocho, y si no estoy aquí, es problema suyo. Anette, ¿es cuestión de vida o muerte?

—Más o menos. Strachey ha salido en primera plana esta mañana...

—Escribe un memorándum. Empléate a fondo; yo lo revisaré esta noche y se lo haré firmar a Pete. Ningún empleado del ayuntamiento va a perder su empleo por una fusión. Ni uno solo. Como mucho podrían ser trasladados a otros puestos. Si puedes colar algo sutil sobre mecenazgo, mucho mejor. Y, los demás, apartaos de mi camino, volveré a las dos y media y estaré libre hasta las cuatro. Mis disculpas a todos, os estoy eternamente agradecida.

El Corvette estaba esperando frente a una boca de incendios en Tucker Boulevard. Jammu montó disculpándose brevemente a Asha, que se quitó las gafas de leer y pisó el acelerador. Llevaba marta y esmeraldas. Esquivó un furgón de correos y enfiló la vía de entrada a la Autopista 40. Este compromiso era, virtualmente, el menos importante del día para Jammu, pero como cada vez veía menos a Singh esperaba ansiosa su almuerzo semanal con Asha Hammaker.

Los coches a los que adelantaban parecían estar inmóviles, saltando sobre el terreno en la calzada manchada de invierno. Más allá, los edificios parecían moverse hacia atrás entre una bruma fría. Asha levantó las manos del volante para arreglarse el pelo, y el Corvette viró hacia el carril interior. La velocidad era su elemento, estaba enamorada de la velocidad. Tenía licencia para pilotar aviones, montaba a caballo, apostaba muy fuerte. Era una de las personas peligrosas que surcaban el lago Dal, en Cachemira, en lancha rápida. Ahora corría mucho, y cuando rebasó el límite municipal y entró en la jurisdicción de otro cuerpo policial menos benévolo con ella, Jammu la obligó a reducir la marcha.

—¿Ripley? —dijo Asha.

—Sí.

—¿Podías imaginar en julio que iba a ser un elemento tan importante?

—No del todo. Era un futurible. Todos lo eran.

Jammu recordó el mes de julio, los días de intimidad y aire acondicionado. Pasaba las mañanas reunida con la junta; después de almorzar iba a la biblioteca municipal y veía cómo su pedido de libros y revistas era succionado por tubos neumáticos que enlazaban con las estanterías; a media tarde se la encontraba en uno de los húmedos túneles de la planta baja de la biblioteca, metiendo monedas en fotocopiadoras; las noches en movimiento con Asha por el condado, con Asha en el centro de la ciudad entre tacitas de salsa holandesa, con Asha y bourbon en el balcón de su hotel; por las noches leía las fotocopias del día. ¿Hubiera sido previsible? En todos y cada uno de los debates sobre toma de decisiones aparecían estas dos palabras: Municipal Growth. En cada lista de personas influyentes en la ciudad aparecían los apellidos Meisner, Hutchinson, Ripley, Wismer, Probst, Murphy, Norris, Spiegelman, Hammaker... Y Asha sonsacó a Sidney, le pasó más nombres a Jammu. Todos futuribles, pero en conjunto no había duda. *En pocas ciudades norteamericanas viene determinada la política por un grupo tan pequeño y compacto de independientes. En pocas ciudades norteamericanas el sistema de toma de decisiones ha permanecido inalterable desde el siglo* XIX *hasta el presente. Aunque los nombres han cambiado, la pauta de gobierno por parte de un puñado de familias establecidas con una visión romántica del avance hacia el oeste se ha venido reproduciendo con toda exactitud...* Ciencia política, palabras elocuentes, pensamientos de verano, preñados de posibilidades. La señorita Jammu, hemos decidido, Asha, han decidido, Maman, he decidido. Ah, una ciudad para cautivar, en julio.

Asha se bajó el abrigo de los hombros.

—¿Cómo está Devi?

—Lo está haciendo muy bien. Pero el hecho de que ahora sea tan importante porque Ripley lo es indica las flaquezas de nuestro enfoque.

—¿Algo va mal?

—Nada que yo vea claro. Quiero decir, no es que vaya exactamente mal. Devi es tan brillante como la que más y también depende demasiado de mí, en cuanto a sustancias y a todo, para ponerse en marcha. Pero preferiría tener a otra agente en su lugar. Supongo que me gustaría que te encargaras tú.

—Ojalá pudiera.

—Fue bastante fácil quitar a Baxti de Probst en octubre. Pero ahora mismo no podemos pedir a Ripley que cambie de pareja sexual.

—Hablas como si pasara algo.

—No sé. Ripley es muy exigente. Me huelo que estamos perdiendo contacto. Con Devi. Con... Mira, tú eres casi la única que no ha perdido el rumbo.

Asha estaba habituada a escuchar las inquietudes de Jammu. Fijó la vista en la calzada. Brentwood se ensanchaba para dejarse atravesar por la autopista, las paredes de sus edificios bajos y cuadrados tan sucias como si las hubiera salpicado la sal de la carretera. Jammu no vio nada nuevo.

—¿No es ésa la salida? —dijo.

Salió despedida hacia delante cuando Asha cruzó en diagonal cuatro carriles y enfiló la rampa. Los brazaletes de oro bailaron en sus muñecas.

—¿Norris? —dijo.

—Caliente, pero sin quemar. No ha conseguido amigos nuevos ni más conversos.

—Buzz dice que él y Probst parece que congenian.

—Probst carece de la ética del perdedor que se requiere para creer en conspiraciones. Encontró un micro oculto en casa de Meisner y no sacó conclusiones. Su hija encontró otro en el piso de su amigo y el amigo se lo dio a la casera.

—Dios está de nuestra parte, Ess.

Jammu miró los neumáticos, muy rebajados, de un enorme camión volquete. De repente el Corvette pareció un objeto aplastable. El camión era negro. Escritas en rojo en la puerta del conductor estaban las palabras PROBST & CO. El camionero, un negro con gorra de béisbol, miró primero la capota del Corvette y luego a Jammu. Le guiñó el ojo. Asha lo adelantó.

—Los Warriors se cargarán un puente este domingo —dijo Jammu.

—Qué divertido.

—Háblame de Buzz.

—Es guapo —dijo Asha—. Un verdadero encanto.

—Siempre dices lo mismo. ¿Eso es buena noticia, o mala?

—Indiferente. Sigue siendo un futurible más. Tiene que ver con tus variaciones aleatorias sobre la solidez moral. Parece que Buzz va sobrado de eso. Sobre el papel, aunque no visceralmente, siente lealtad hacia lo que queda de Municipal Growth, la vieja administración. Respecto al asunto ciudad-condado, es de miras muy estrechas. O por decirlo de otra manera...

—El Estado. Pero objetivadas las facetas que no nos interesan.

—Como quieras llamarlo. No se trata de algo político, y sólo es formalmente económico. En realidad, es talismánico. De pronto Buzz venera a Martin Probst. Lo encuentro frustrante. Cuanto más tiempo paso con él, más interesante le parece Probst. No lo veo justo.

—Ya.

—Y por otra parte, es algo personal y cada vez más. Si logras que Probst te apoye, Buzz también lo hará.

—Estás muy segura.

—Si yo estoy de tu parte y Probst también, tendrás a Buzz.

—Estás completamente segura de que trasladará sus instalaciones a la ciudad.

Asha movió los hombros.

—No lo sé, Ess. Eso es pedirle mucho. Algo hará. Ahora mismo estaría trabajando para la fusión si no fuera por Probst.

—Le quiero en la ciudad.

—¿Para afianzar la fusión?

—Para tenerlo en la ciudad, sin más. La gente ve la fusión como algo apocalíptico y no hay para tanto. Bueno, sí, yo necesito esa fusión. Pero si falla, yo al menos quiero la ciudad y la élite. No pierdas de vista lo que más cuenta.

—Hacer que Buzz se traslade.

—Sí.

—¿Qué piensas hacer cuando consigas lo que quieres?

Jammu sonrió.

—Más de lo mismo.

Asha bajó su ventanilla y cogió un ticket del dispensador electrónico del aparcamiento de West Roads. Le pasó el ticket a Jammu. La hora estaba impresa en color púrpura, 1.17 p.m. Tendrían una hora para comer.

—Sabes —dijo Asha mientras ascendían por la rampa—, me ha impresionado la forma en que Singh entendió a Buzz en septiembre. No le hizo falta intervenir, sólo escuchar, y dio totalmente en la diana, incluso con el papel que juegan los Probst.

—Tengo hambre —dijo Jammu.

Las cien luces del comedor de la Junior League se reflejaban idénticas en las ventanas empañadas e iluminaban las flores frescas de cada mesa y el maquillaje seco como el polen en la cara de cada mujer. Se oía chocar de copas, carcajadas. El comedor olía vagamente a agua mineral. Una chica con falda blanca de lana, chaqueta de color glauco, blusa rosa de algodón y una bufanda de cuadros escoceses saltó de una mesa y gritó:

—¡Asha!

De repente Jammu estaba mirando a sus espaldas.

—¡Creía que tenías el teléfono estropeado!

—¡Me encantan!

—¡Si a Joey no le importa!

Asha condujo a Jammu del codo hasta una mesa. Se sentaron.

—Es la pequeña de los Jaeger —explicó—. Mañana nos vamos a bailar.

—Esto no interfiere entre tú y Buzz.

—No.

Se pusieron a hablar en hindi. Rodeadas por el ruido de las mujeres que allí consumían, el mascar de la frase comunal, divino qué guapo, interesantes paseos en coche al Frontenac Billblass Powell Hall, fantástica partida de bridge, merienda con divorciadas (Hilary Fontbonne, Ashley Chesterfield), pero mira el miércoles (toca madera), rebajas en Eric, London Saks, cáncer, visillos, Vail, un kilo y medio.

—*mere sir mem dard bai.*

Cada vez que Jammu dejaba de mirar a su amiga tenía que rechazar invasiones de las mesas cercanas. Postres «pecadores» en los platos, miradas cáusticas. Las mujeres eran atractivas y dinámicas. Atacó la ensalada con el tenedor y dijo, en su fuerte acento hindi:

—Singh ha raptado a Barbara Probst.

Una cabeza se volvió. Los oídos habían reconocido, quizá, el nombre.

—Ya lo hablaremos más tarde, Ess.

—No, ahora —dijo Jammu—. Lo haremos sin dar nombres. Come. Vamos. Come. No vendremos más a este sitio. Pero dispongo de poco tiempo. La secuestró el martes pasado.

—¿Dónde la tiene escondida?

—En su piso del otro lado del río.

—No me gusta esto —Asha se tocó los labios con la servilleta—. No me gusta nada. Hammaker es el dueño de ese edificio.

—A mí no me gusta la idea en general. Pero ella no sabe dónde está. Singh tiene un montaje en Nueva York. Encontró a una mujer que se le parece bastante, la paseó por su apartamento, se la enseñó al portero y a los vecinos. Lo hará de vez en cuando.

—Pero secuestrada... —dijo Asha—. No lo comprendo.

—Me alegro de que estemos de acuerdo.

—¿Tú no le diste la orden?

—Le di mi aprobación. Singh lo tenía todo previsto. P. cree que ella le ha abandonado. No había otra manera de seguir adelante con esto salvo recurrir al secuestro. El Estado tiene sus propias exigencias. Y B. es la P. que más me critica. Con Estado o sin él, nos conviene tenerla apartada de P.

—Entonces ¿qué? ¿La tiene drogada?

—Ojalá. Yo le aconsejé que lo hiciera. Se lo dije bien claro. Él dice que eso no influirá en nada. Se hace pasar por un psicópata iraní. Necesita una coartada porque, naturalmente, al final tendrá que dejarla en libertad.

—Después de las elecciones. Después de que P. haya jugado su papel.

—Seguramente.

—Pero entonces esto significa... ¿Qué hará él en cuanto la haya soltado?

Jammu dejó una anchoa en un lado del plato.

—¿Lo mandarás a casa? —preguntó Asha.

—Sí.

—¿Y tú cómo lo ves?

Jammu, masticando, dijo:

—Podré soportarlo —tragó—. Estos días está diferente. Le veo muy ensimismado, y se pasa el día machacándome. Está demasiado metido en la operación P. Yo le dije que contratara a un profesional para raptar a B. No quiso. Y todo por hacer bien el trabajo. Como si confiar en una cadena y unos cuantos cerrojos para retener a B. fuera hacer las cosas bien.

—¿Qué es lo que te amarga, Ess?

Jammu encogió los hombros. Singh se volvía a India. Secuestrando personalmente a Barbara había quemado sus puentes. Esto es América, jefa. Muy pronto vas a tener que largarte con todo el material clandestino o te van a cazar. Cuando pares, ya no me necesitarás. No me gusta estar en este país. Me siento incómodo. Si pensara que no ibas a sobrevivir sin mí, no la secuestraría. Incluso si pensara que ibas a echarme un poco de menos. Toda llegada es una partida, jefa. Si me necesitas, estaré en Bombay.

*

—Sábado por la mañana. De madrugada hemos hecho el amor como bestias, y yo me he ido a pasar el fin de semana al Medio Oeste por asuntos de trabajo. Te levantas tarde, te duchas para quitarte mi olor y vas a dar un paseo. Recoges la ropa que has hecho lavar en seco. Te compras un pomelo, un par de roscos de pan y una libra de café colombiano recién molido. Mmm. Huele. Vuelves y desayunas. Fumas un cigarrillo y «te sosiegas». Está un poco nublado, no hace demasiado frío. Recuerda que estamos en una duodécima planta, y el tráfico queda muy abajo. Piensas en lo que le ha pasado a tu vida. Lo mucho que ha cambiado en cinco días, lo que traerán los próximos meses. Te preguntas qué vas a hacer mientras yo estoy fuera. ¿Buscar trabajo? ¿Escribir un libro? ¿Ser periodista como yo? ¿Hacer una prueba de pantalla? Estás un poco sola, pero es excitante. Es un nuevo tipo de soledad. Piensas en Luisa. Habrá pasado mañanas de sábado como éstas en casa de Duane, todavía hoy. Todo debe de parecerle muy nuevo. Haces acopio de valor porque quieres llamarla. Piensas en la fiesta de cumpleaños de Martin, en la escena que tuvisteis delante de Luisa. Crees que podría ser la mejor manera de explicarle a ella por qué le has abandonado. Quieres explicar que tú, precisamente tú, no tienes por qué aceptar lo que te da tu marido. Que ciertas cosas son simplemente inaceptables. No quieres que Luisa se quede con la idea de que le has dejado por egoísmo. Naturalmente, estás nerviosa, porque tienes mucho que explicarle y porque si dices alguna de las cosas que yo te he advertido que no digas, o si yo creo que estás hablando en clave, te voy a matar y ella lo va a oír. Pero coges el teléfono.

Nissing dio un golpecito al teléfono con el cañón de su pistola. Luego se retrepó en la silla plegable y Barbara, en la suya propia, mirando hacia él, levantó el auricular. El tono de marcar la asustó un poco. Siguió con la mirada el cable del teléfono por el piso enmoquetado de su celda hasta la puerta cerrada con llave. El procedimiento era el mismo que el primer día, cuando Barbara había llamado a la supervisora de la biblioteca. Oyó respirar a Nissing, oyó en la claraboya un arrullar de palomas.

—Y tú marcas, por supuesto. Tres uno cuatro...

Barbara marcó el código de zona y esperó, escuchando el rumor de la larga distancia.

—Sencillamente no podías seguir viviendo con él.

Marcó el resto del número de Duane.

—Te acomodas en mi butaca de piel. Ya la sientes como tuya.

Contestó Duane.

—Hola, soy la señora de Probst.

Nissing levantó las cejas al oír el desliz. Con el dedo índice de la mano izquierda sostenía en la oreja un pequeño auricular. En la otra mano sostenía una pistola. La muesca del seguro, una placa metálica, no estaba puesta. En cinco días ella había aprendido a saber cuándo estaba puesto y cuándo no.

—Acaba de salir —dijo Duane—. ¿Puede llamar dentro de una hora?

Nissing asintió con la cabeza.

—Por supuesto. Llamaré más tarde. ¿Cómo va todo?

Nissing sonrió en señal de aprobación.

—Bien —dijo Duane—. Pocos cambios. Todo marcha sobre ruedas. Esto..., ¿llama desde Nueva York?

—Sí. Imagino que Luisa habrá hablado con su padre. Yo... —el arma agitaba ahora la punta de su cañón—. Bueno, llamaré dentro de una hora. Puedes decirle que he telefoneado.

—De acuerdo. Luisa se alegrará.

—Gracias, Duane.

Nissing le arrebató el auricular.

—Estás decepcionada —dijo—. Tú ya te habías mentalizado. Tu mano permanece en el teléfono, pensativa, y aprovechando la subida de adrenalina decides hacer esa llamada a Martin que tanto pánico te da. Si sale bien, llamarás también a Audrey. Te sabe mal por Martin, que no tenga tu dirección. Querrá saber adónde no ha de enviarte cartas.

15.

RC estaba aniquilando a Clarence, estaba en plena forma, era un acorazado en calzón corto. Tras perder el sexto punto por una dejada de su adversario, Clarence se palmeó la pierna y exclamó riendo: «¿Pero qué me pasa hoy?». En respuesta, RC sirvió una pelota alta y fuerte. Clarence pivotó, perdió el equilibrio, falló en su intento de darle a la bola, y el marcador se situó en 9-1. RC hizo el siguiente servicio lanzando la pelota rasa contra la pared, de modo que Clarence tuvo que levantar los brazos para protegerse la cara. «¡Tiempo! ¡Tiempo!» RC saltó sobre el terreno para mantener el ritmo y observó impasible a su contrincante, que había caído de rodillas.

—Tú ganas —jadeó Clarence.

RC ni siquiera estaba fatigado. Despegó el *vel* del *cro* de sus guantes de frontón y estiró los dedos castigados. De las otras canchas llegaban gruñidos y rugidos, patinazos, el errático ¡ponk!, ¡ponk! de las pelotas de squash, de paddle, de frontón. Clarence seguía arrodillado y meneando la cabeza, como si insultarse a sí mismo por haber perdido pudiera convertirlo en ganador. Se levantó con aire resignado.

—Vamos a asearnos.

Cruzaron la puertecita y recorrieron el pasillo en fila india hasta las duchas. Había que pagar si querías toallas limpias. Clarence le cogió dos al hombre de la cabina y le pasó una a RC. Tenía filamentos encarnados en los ojos.

—Has hecho todo un partidazo —dijo. Se volvió al tipo de la cabina—. Mi cuñado ha hecho un partidazo, Corey.

RC hubiera jurado que la mirada que recibió de Corey fue asesina.

Se situó debajo de una alcachofa, mirando como de costumbre a la pared para evitar la vista del acolchado trasero de Clarence y el perfil de su tripa peluda. Cuando salió el agua caliente, parpadeó y fue girando la cabeza, su visión como una película donde el operador bajara la cámara, bamboleándose, solapando imágenes borrosas de azulejos y vapor, pies y codos, un tercer hombre dos duchas más allá. La banda sonora era cortesía de Clarence, que estaba cantando:

Y cruzábamos el canal
cargados de heno, madera y carbón,
poco a poco, daba igual,
desde Albany hasta Buffalo.

Era el cuarto día de febrero, con lo que la de hoy sería la cuarta noche de RC y Annie en su nuevo apartamento de University City. Habían hecho la mudanza el miércoles con uno de los camiones de Clarence, y ya habían vaciado todas las cajas excepto las de los juguetes rotos, o las cosas de verano, los trastos de la barbacoa, las gafas y las aletas de bucear. RC no podía quejarse del edificio en sí. Había una mezcla de gente bastante interesante. Pero los pasos que sonaban sobre su cabeza y las voces que sonaban bajo sus pies eran extrañas y nerviosas, y las habitaciones eran eso y nada más. Se sentía como un actor de televisión sentado a una mesa colocada de cualquier manera, con unos cubiertos sacados de una caja de atrezzo. Sus actos carecían de fluidez, no conseguía hacer que las cosas funcionaran como hacía una semana. La víspera, cuando Annie y él estaban viendo *Saturday Night Live* en el sofá del salón, él le había quitado las gafas. Al instante, la tele rió y Annie le arrebató las gafas y se las volvió a poner, torcidas. Luego se las ajustó.

—No veo —dijo.

—¿Para qué necesitas ver? —RC se deslizó al suelo duro y puso la cabeza en medio de la pantalla—. Soy yo —dijo—. En directo desde U-City.

Annie se inclinó hacia un lado.

—Sal de en medio, Richie.

—Esta noche tenemos un invitado muy especial...

—Salte de en medio —estaba sentada en la luz grisácea con las piernas encogidas y los brazos cruzados sobre la sudadera. Hacía dos meses que estaba cansada, desde que había aceptado empleo en una de las nuevas empresas del antiguo vecindario. Había aprendido procesamiento de textos. Cosas como: Estoy fatigada, RC. Tiene un peaje psicológico. Ahora somos una familia con dos ingresos... Pero si ella estaba cansada, RC lo estaba todavía más. Había llegado a casa a las diez después de un turno inagotable patrullando y dos horas de oficina.

—Está bien —dijo él—. Está bien.

—Richie, no.

—Tú a lo tuyo.

Se puso la chaqueta. Annie siguió mirando la tele mientras jugaban a ver quién tenía la culpa. Ella le preguntó adónde iba, y él se acordó de que ya no vivían en el viejo barrio. Estaban en U-City. No sabía adónde podía ir.

—A caminar —dijo.

Annie le sacó la lengua y él casi se rió, que era la idea; la boca pareció obedecerle, pero lo que salió fue una tos.

—Duerme un rato —dijo—. Te hará bien descansar.

Una vez en la calle apresuró el paso. Tras varias manzanas andando, a medida que los edificios eran más grandes e institucionales, empezó a ver estudiantes. En las pocas ventanas iluminadas se veían tubos de ensayo, pizarras, instrumentos esmaltados en gris, pantallas de ordenador. Chicas en tejanos y abrigos largos se arrimaban entre sí un poco más al cruzarse con él. Se desvió por un camino entre árboles, alejándose de los edificios, y atajó por la nieve del gran césped que bajaba hasta Skinker. En lo alto de la colina, a su derecha, estaban las torres almenadas que podían verse desde el campo de golf cuando caía la hoja. Llegó al sendero que partía el césped en dos y se detuvo apoyándose en un árbol. La ducha lo empapaba, el agua estaba tan caliente que casi parecía fría. Clarence cambió de tonada.

RC tenía dieciocho años cuando por fin dio una paliza a su hermano mayor, Bradley, peleando. Les servía de lona un colchón que habían rescatado de una cama turca rota por ellos dos de tanto usarla como trampolín. Lo tenían en el suelo de la despensa que había junto al garaje, en casa de su madre. Bradley era luchador del equipo universitario y utilizaba el cuarto como sala de entrenamiento. Cuando colgó los estudios para ser subdirector de un Kroger, conservó la sala. Además de la lona, tenía un juego de barras con pesas que había encontrado casi completo en una cuneta, y una prensa de banco que había comprado con la parte del sueldo que no le pasaba a su madre. Las dos ventanas del cuarto, que daban al oscuro garaje, estaban ocupadas por su colección de latas de cerveza. Bajo una tabla floja del piso había una lata de Sterno que nunca quedaba vacía de hierba, y todo el zócalo de la habitación estaba espolvoreado de DDT procedente de un envase de cartón que había estado pudriéndose en un estante del garaje. DD-Tox, era la marca; los bichos dibujados en el envase eran negros con los ojos blancos.

Junio. A Bradley le había dado por dormir en el cuartito y reunirse allí con sus amigos. En el transistor, sintonizado como siempre en la KATZ, sonaba un Otis Redding póstumo el domingo por la tarde que RC cruzó el patio de atrás, dejó atrás los berros que su madre intentaba cultivar todos los veranos, las cuerdas de tender con calzoncillos y toallas como para cinco chavales, el aro de canasta sin red y el Dodge de Brad, y llamó a la pared con los nudillos. Necesitaba un sitio para la noche.

—¿Por qué? —preguntó Brad.

—Fiona.

—A mamá no le va a gustar.

—Mamá no sabrá nada.

Bradley tenía una perversa veneración por ciertas normas. Sonrió.

—Coge las llaves de mi coche.

—Quiero una habitación —RC era un chico muy resuelto. Tenía planes, imágenes de escenas, se hacía su película.

—Tendrás que ganarme.

—Pero ¿a ti qué más te da, Brad? Es sólo por una noche.

—Tendrás que ganarme.

Apartaron las revistas de encima de la lona y se quedaron en ropa interior. RC consiguió tumbarlo una vez, pero no llevaban cuenta de los puntos. Sus dedos buscaban asidero en los redondeados músculos de su hermano, algún surco, tendón o ligamento donde agarrarse. Atenazó con el pliegue del brazo el pliegue de la rodilla de Bradley y empujó con todas sus fuerzas, el cuello medio doblado y la cara pegada a las costillas de su hermano, aspirando aquel olor fuerte y como a ostra que había llegado a creer característico de Bradley, el olor de las sábanas en la litera de arriba, hasta que cumplió los doce y empezó a oler también de la misma manera. Bradley nunca fue bien recibido en las reuniones de lucha libre. Su estilo era defensivo, la táctica de la tortuga: barriga a ras de suelo y espalda inexpugnable. No parecía un modo varonil de luchar; los seguidores del otro equipo murmuraban y le abucheaban hasta que, cuando su contrincante cambiaba de presa, Bradley explotaba, levantando al otro de la lona y lanzándolo de espaldas para inmovilizarlo inmediatamente. Así pues, RC no las tenía todas consigo. Consiguió poner a Bradley de costado y hacerlo girar sobre sí mismo. Los botones del colchón le arañaron la piel. Pensó que los resoplidos de Bradley eran carcajadas disimuladas, pensó que Bradley no estaba empleándose a fondo, y, de repente, por primera vez en su vida, tenía los dos hombros de su hermano sobre la lona y las palabras estaban saliendo ya de su boca: cuatro, cinco, seis, ¡siete!, triunfales y sorprendidas, como si hubiera ganado la habitación de pura casualidad, y se dio cuenta de que Bradley sí había peleado.

Su hermano sonrió de un modo espantosamente escueto, dio una palmada sobre la lona y le señaló con el dedo:

—¡Me has ganado, hermanito! —sus ojos eran rajas inundadas de sudor—. Me has ganado limpiamente.

Aquella noche, mientras su madre y sus hermanas dormían, RC peleó con Fiona como un hombre de verdad en una cama de verdad. Con sitio de sobra para revolcarse, olores y líquidos y extremidades podían mezclarse a placer. A lametazos recorrió el vientre de Fiona, su sabor a sal, a vinagre, a levadura (al cabo de quince años sería una mujer obesa, cajera en un supermercado que RC evitaría), paseando la lengua sin encontrar fricción, alojándola finalmente en su ombligo. Ella se incorporó, empezó a hacer ruidos. Él le cubrió la boca con la mano y la obligó a tumbarse de espaldas. El sexo está en la mente, RC. Más tarde la vio quedarse dormida. La atmósfera era sofocante, y, observando la grupa y los hombros y el cuello de Fiona, RC comprendió que las chicas guapas, sin cambiar, podían dejar de ser guapas. Con sólo estar allí tumbadas. Fue horrible: que aquellas curvas siguieran siendo curvas pero vacías de significado; que Annie pudiera ser una putilla con gafas, demasiado aburrida incluso para retozar con ella. Se puso los calzoncillos y salió a caminar por las callejuelas, entre ambrosías y roedores. Las plantas de sus pies descalzos eran lo bastante gruesas para no notar los añicos de cristal.

Ladró un perro.

Era julio, y ahora el cuarto del garaje era suyo porque Bradley se había ido a la guerra. RC se fumó el contenido de la lata de Sterno en compañía de chicas nuevas y tuvo que aguantar las broncas de los activistas por no involucrarse. Pasó septiembre, octubre, noviembre, y Bradley, sin haber entrado en combate, se convirtió en un número. Ahogado en tres metros de agua, a resultas de una emboscada.

Y llegó el número de RC, el veintidós. En febrero oyó casualmente una conversación entre dos tenientes de Fort Leonard Wood:

—Es un chaval inteligente. Su hermano volvió a casa hace dos meses metido en un féretro.

Lo transfirieron a enfermería, como mecanógrafo, el único soldado negro del equipo. Él lo tomó casi por algo hecho. Era un chaval inteligente.

Dos haces de luz precedieron a un coche, que se le acercaba por la nieve. El parachoques se detuvo a un metro de sus rodillas. Se apearon dos tipos de uniforme blanco, miembros de la seguridad del campus.

—¿Podemos ayudarte en algo?—preguntó uno.

—Estoy bien —dijo RC—. ¿Y vosotros?

—¿Has venido aquí por algún motivo?

—Sólo daba un paseo, gracias.

—¿Quieres subir al coche?

—He dicho que estoy bien, gracias.

—Te llevaremos a dar una vuelta.

—Gracias pero no, gracias.

—Subamos al coche.

—Oye, tío, estoy dando una vuelta. Soy poli de St. Louis.

Habló el otro hombre:

—Sube al coche y calla.

—Te vas a quedar como una ciruela pasa, RC —Clarence, colorado y chorreando, se ajustó la billetera en la muñeca. El agua de la ducha de RC salpicaba solitaria en el silencio reinante. Cerró el grifo y fueron a vestirse.

—¿Qué te ronda por la cabeza? —dijo Clarence.

—Nada. Cosas. La mudanza y eso. Es como si fuéramos refugiados.

—¿Es que el agente White no está contento?

—Corta el rollo.

—No me lo puedo creer.

Hacía tres meses que Clarence le machacaba con lo mismo, diciendo que no veía el día en que el «chaval inteligente» se quejara de algo.

—¿De verdad sientes que yo sea policía? —dijo RC.

—¿Sentirlo, yo? —Clarence fue a un espejo y se desenredó el pelo—. ¿Yo, sentirlo? —con un dedo se frotó ligeramente detrás de la oreja y luego la mandíbula—. Lo sentiré si te has dejado engañar por toda la fanfarria.

Al sentarse en el banco, RC descubrió lo cansado que estaba.

—De fanfarria, nada —replicó—. No entiendo qué problema tienes con Jammu.

—Exacto. No lo entiendes. Ronald tampoco, y por eso estoy tan cabreado con él.

—¿Y conmigo, estás cabreado?

Clarence suspiró.

—Tú no cuentas. Es Ronald el que aspira a ser alcalde. Cree que tiene futuro sólo porque lo dice Jammu. Mira, casi me da pena. Ronald ha subestimado a esa mujer, justo lo contrario que tú.

—No sé si te entiendo.

—Quiero decir que es lo mismo. A Jammu no le importas tú, ni le importa Ronald. Es como una bomba. Está explotando, y somos nosotros los que recibimos la onda expansiva, porque resulta que vivimos aquí. Fíjate en lo del hospital. Hemos estado luchando veinte años por el Homer G. y ahora nos llueven promesas de todas partes, y esta vez no es sólo que prometan hacer un estudio, como pasó con Schoemehl. Realmente van a salvar ese hospital, y ahora todo son hurras y vivas. ¡Votaremos a favor de la fusión! ¡Votaremos por Jammu, Wesley y Ronald! Mierda, RC, es que no se enteran de nada. Ese hospital ya no será para nosotros, será un hospital para blancos con mucha pasta, porque estará en un barrio de blancos con mucha pasta. Todo St. Louis será para ciudadanos de primera, pero ¿de quién será la ciudad? Tú ya vives en U-City. Ya te has marchado. ¿Crees que podrás volver algún día? Ahora perteneces al condado. ¿Crees que una fusión te va a servir de algo? Qué va. Pero sigues siendo un policía municipal, y te apuesto, óyeme bien, te apuesto a que has pensado que sería buena idea votar sí en abril, porque lo dice Jammu y su palabra es ley. ¿Me equivoco?

RC se puso los pantalones.

—Ni siquiera estoy inscrito en el censo, Clarence, ya lo sabes.

Cada vez que parecía que iban a hablar de RC, Clarence llevaba las cosas al terreno de la política. Igual que los Panteras Negras hacía quince años, igual que todo el mundo, siempre. Todas las cosas que le habían pasado, flotando hacia su presente desde lo que había sido el futuro, todas las muertes y las mudanzas, los empleos y los cambios buenos y malos, los giros de su vida, todo tenía que ser parte de algo más importante. No podías tener una vida propia a menos que pertenecieras a la mayoría. No era justo. Lo había sabido desde siempre y había tratado de no hacer caso a esa injusticia, de ser un hombre independiente. Y sólo ahora se daba cuenta de lo que Clarence y los demás se proponían.

Sube al coche, chaval.

Y se preguntó: ¿Por qué yo?

*

El mes benjamín, febrero, medio terminado antes de empezar, presenció el inicio de una batalla por ganarse a la opinión pública de St. Louis. Todos los ingredientes estaban a mano. Había dos bandos dispuestos a pelear. Tenían el personal. Tenían los materiales. Eran bandos opuestos. Pero pocas veces en la historia de la guerra se había librado una batalla por un pedazo de tierra más dudoso.

¿Qué pasaría si condado y ciudad se fusionaban? Las pocas respuestas claras —los republicanos lo pasarían mal, West County quedaría frenado y descompuesto, Jammu se comería a los demócratas de Missouri para desayunar, a cuatro mil empleados del condado para almorzar y los doscientos millones de dólares del presupuesto del condado para cenar— no podían sacarse a colación en un debate público. Eso requería adornar las frases, disfrazarlas, y era aquí donde la máquina de guerra empezaba a plantarse. El *Globe-Democrat* avisaba de que la fusión («esta tontería») podía desequilibrar la economía regional con consecuencias catastróficas. Martin Probst avisó de que una fusión («una idea poco realista») no servía de nada, ni siquiera para justificar el coste de un referéndum. Por su parte la jefa Jammu sostenía que la fusión («un verdadero regalo del cielo») racionalizaría el gobierno local a expensas de ciertas desigualdades. Ronald Struthers, más cauto, admitía que podían susbsistir ciertas desigualdades, pero prometía a sus electores que por una vez no tendrían que bailar con la más fea. El alcalde Wesley desdeñaba igualmente los temores de la población del condado; dijo que una fusión liberaría a la ciudad de la carga de muchos servicios básicos y le permitiría recuperar la ascendencia que le correspondía por derecho propio. Ross Billerica se mostró burlón en ambos sentidos, incapaz de creer que los residentes de la ciudad y los del condado quisieran arriesgarse a pagar más impuestos por votar una fusión. La KSLX-TV y la KSLX-Radio discrepaban del razonamiento de Billerica y anunciaban los muchos e interesantes resultados de sus encuestas telefónicas semanales.

Las salvas cayeron en terreno cenagoso, desaparecieron. La Opinión Pública, sus sinuosos canales, no podía conquistarse mediante un ataque frontal. Y sin embargo la batalla la afectó. Tras la lluvia de proyectiles, los rumores salieron a la superficie. Sutiles fuerzas de saneamiento habían puesto manos a la obra, invisibles, y por la noche se percibían parpadeos y destellos en el aire que parecían espectros.

Después de un mes de inactividad los Osage Warriors habían vuelto a escena, esta vez en las afueras del condado, donde los espacios abiertos eran proporcionales al cuadrado de su distancia respecto al centro urbano. A las tres y cuarto de la mañana del 22 de enero, una serie de detonaciones reventó los pilares de un paso elevado de seis carriles en la U.S. 40 al norte de Queeny Park. Los daños humanos fueron relativamente pequeños. Dieciséis automovilistas resultaron heridos cuando un autobús de la compañía Trailways que se dirigía a California volcó al frenar para esquivar el precipicio que de repente se abrió en la calzada, y un motorista se fracturó la espina dorsal al salir despedido antes de que la policía pudiera cortar la carretera. La explosión reventó ventanas en un radio de ochocientos metros, hiriendo a otras tres personas.

Los quebraderos de cabeza reales empezaron a la mañana siguiente, cuando millares de oficinistas de la periferia anegaron las estrechas carreteras del condado en busca de rutas alternativas. La copiosa nevada que cayó la noche del veintidós acabó de empeorar las cosas. Se iniciaron obras en un paso elevado provisional, pero las semanas se convirtieron en meses hasta que el tráfico recuperó visos de normalidad. Los propietarios de viviendas de West County, a quienes ya se les venía encima un aumento de los impuestos y la remota amenaza de un embargo de hipotecas, exigieron saber cómo era que los terroristas podían actuar con impunidad en un distrito que se suponía más que civilizado.

En la segunda semana de febrero, una serie de ataques con ametralladora aterrorizó a subdivisiones aisladas por toda la zona limítrofe del condado, en Twin Oaks, Ellisville, Fenton, St. Charles y Bellefontain. Como de costumbre los Warriors mostraron un respeto curiosamente elevado por la vida humana, disparando a ventanas oscuras y cobertizos, y como de costumbre reivindicaron rápidamente la autoría de los atentados. La policía estatal y del condado respondió con frecuentes bloqueos de carreteras, pero apenas si disponían de descripciones físicas de los terroristas, no tenían constancia de sus efectivos y sólo podían cubrir una pequeña parte de la enorme red de carreteras del condado. Los bloqueos, eso sí, agravaron los atascos.

West County se estaba introduciendo, poco a poco, en la opinión pública.

Mientras tanto, la estatura de la jefa Jammu no dejaba de crecer. Aunque hacía meses que salía en las noticias, no se podía hablar de ella como un fenómeno. Como otros tantos efímeros personajes de la cultura popular americana, desde cantantes pop a genios del monopatín, su popularidad sólo empezó a madurar tras hundir sus raíces en la comunidad negra de los barrios pobres. Fue en el gueto donde empezaron a venderse las primeras camisetas con la efigie de la jefa de policía. Fue en las tiendas de accesorios de Delmar donde se vendieron los primeros pósters de Jammu (totalmente vestida), en las peluquerías unisex sin ventanas de Jefferson Avenue donde se estiraron rizos y se eliminaron flequillos para crear el austero y cómodo «estilo Jammuji», y en los estudios de la KATZ-Radio donde el irreverente «Gentrifyin' Blues» de Titus Klaxon empezó a escalar puestos en las listas locales.

Pero el jammusianismo se extendía. Lo hizo entre los jóvenes, los chavales de instituto. La jefa siempre se las apañaba para tener tiempo de actuar ante una nueva multitud de jóvenes. Hablaba en conciertos y campeonatos de baloncesto, en ferias de las ciencias y exposiciones de Boy Scouts, en muestras de arte estudiantil y debates universitarios. Sus mensajes dependían del contexto. La ciencia es importante, parecía decir. Los deportes son importantes. Los Boy Scouts son importantes. El ajedrez es importante. Los derechos civiles son importantes... Dondequiera que iba había cámaras y periodistas, y eran éstos quienes transmitían su mensaje a los jóvenes: Yo soy importante.

El resto de la ciudad, los dos tercios superiores de la pirámide demográfica, respetaba y admiraba a sus juveniles apuntalamientos. La juventud salía. La juventud estaba al tanto. La juventud era bella, y la belleza joven. Eso era todo lo que los saintlouisianos maduros necesitaban saber antes de sumarse al desfile. Jammu se convirtió en la estrella de una ciudad hasta entonces carente de glamour. Anteriormente, las «estrellas» de la ciudad habían sido hombres mayores o mujeres casadas dedicadas a la política; seguir sus movimientos nocturnos no entusiasmaba a nadie. Pero Jammu era una supernova, una personalidad de oro macizo, tan brillante (a los ojos de St. Louis) como una Katharine Hepburn, una Peggy Fleming, una Jackie o una Lady Di. No era guapa, pero siempre estaba donde estaba la acción. Al típico hombre de mediana edad residente en el extrarradio le era muy difícil no quererla.

Y este hombre era Jack DuChamp.

La idea de Jack, proclamada mayormente durante la pausa para el café, era que Jammu ganaría la nominación por el partido demócrata para el senado de la nación tan pronto pudiera ser elegida, y que derrotaría de calle a cualquier candidato republicano. Según él, la cosa tenía sentido. Jammu era buena policía, pero evidentemente era más que eso. Jack decía que, si llegaba el caso, no estaba muy seguro de si votaría por ella. Pero, maldita sea. Quizá sí.

Si lo hacía, iba a ser un voto millonario. Jack DuChamp tenía una aptitud innata para las elecciones. Si uno comprobaba los resultados de todos los comicios a escala estatal, local y nacional de los treinta años en que Jack había ejercido el voto, y si uno leía las historias electorales de todos los residentes en el condado de St. Louis, y si uno se esforzaba por encontrar una correlación, la respuesta era Jack. Obedeciendo a su instinto, había dado un empujoncito a Kennedy en 1960. Tras una reflexión de última hora consigo mismo se había vuelto republicano en las apretadas elecciones al senado del 84. Emisiones de bonos, propuestas especiales, referéndums, elecciones municipales en Crestwood: su papeleta de voto estaba siempre en la lista de ganadores.

Jack sabía que su marca era buena y se vanagloriaba de ello, a veces apostaba incluso pequeñas cantidades de dinero. Pero no era consciente de hasta qué punto su marca era perfecta, esto es, perfecta en todas aquellas ocasiones en que se había tomado la molestia de votar. Y la frecuencia con que había votado (bastante menos de la mitad de las veces) guardaba un sospechoso parecido con la afluencia normal en una votación cualquiera.

Sobre el tema de la fusión, Jack no se había decidido. Contaba con que le quedaban unos meses para sopesar las alternativas. Si el plebiscito se hubiera celebrado por San Valentín él suponía que habría votado a favor, aunque ahora que Martin Probst salía por la tele oponiéndose a la fusión quizá era cosa de pensárselo mejor. Como al votante medio, esta perspectiva le causaba muy poco placer.

*

Sam Norris no tenía paciencia con la opinión pública. Todo proceso constitucional estaba muy bien cuando lo único que estaba en juego era la política. Pero al fuego había que combatirlo con el fuego.

Había tres rangos de actualización.

El control del tráfico, en el peldaño inferior, se le confiaba a la policía. Era el terreno de la racionalidad modular, del bien y el mal, admitidos los requisitos indispensables de la «luz ámbar» y demás tonterías en los límites superiores, allí donde la ley y una autoridad más enrarecida empiezan a perfilarse.

Esta autoridad hacía la guerra, en el segundo rango, a su contrapartida —llámese política, llámese interés propio, llámense nubes, lo que sea— y flotaba en la atmósfera. La opinión pública tenía su sitio en este primer palco.

En el rango superior quedaban subsumidas y rebasadas la ley planetaria y una festiva contienda aérea. Llámese poder, llámese plasma, llámese circuitería criogénica. En cualquier caso, las agencias no obedecían ya a lúgubres dictados constitucionales ni a la inercia de la dinámica política, sino que fluían sin la menor resistencia, siendo la energía de la razón apenas un corolario del profundo numen mecánico-cuántico capaz de retroceder en el tiempo. Bastaba pulsar un determinado botón y veinte millones de muertos se desquemaban, se ponían de pie, paraban, y seguían viviendo.

En resumidas cuentas, Sam Norris se lo olía. La conspiración. Desde el Día D se había olido que algo pasaba. Pero nadie más era capaz de notarlo. Incluso Black y Nilson se mostraban apáticos, y los demás eran todavía más obtusos. Gente de buen corazón, confiaban en los soviéticos, confiaban en los sandinistas... y confiaban en Jammu. Querían creer en las cosas bonitas. El mejor ejemplo era Martin Probst, y no es que Norris no sintiera afecto por el muchacho. Era un típico hombre-mujer, un adalid del hogar y por tanto de todos esos maravillosos efectos secundarios a los que Norris regresaba tras un largo día en el centro del universo. Pero qué sitio más triste sería el universo si todo fueran Martin Probsts. El universo quedaría paralizado. Oler flores. Contemplar un atardecer. Leer un libro.

Existía una conspiración, pero era difícil. Eso consolaba a Norris. Toda gran idea era difícil. Toda gran idea era también sencilla, como lo era esta conspiración: Jammu tenía a St. Louis por las pelotas y no lo iba a soltar. Este hecho era una verdad como un templo. Y sin embargo era difícil.

1. Jammu no se hacía la comunista. (Una prueba más de la insuficiencia filosófica de la vida pública.) Asha Hammaker tampoco se hacía la comunista. La primera era una poli de las duras y una demócrata moderada, la segunda tenía un perfil claramente no-socialista, aun teniendo en cuenta su traspaso de acciones al municipio.
2. El compromiso de Asha con Hammaker era anterior a la llegada de Jammu, y el matrimonio no tenía la menor conexión con la subida de Jammu al poder. (Una prueba de la insuficiencia de la fórmula causa-efecto.)
3. El episodio de la bomba en el estadio, el gasto que entrañó, no tenía el menor sentido. (Prueba de la insuficiencia de la lógica humana corriente.)
4. El FBI no abriría una investigación. Según ellos no había evidencia de fechoría ni de subversión, y tampoco tenían órdenes de la policía ni de Washington. (Prueba de la insuficiencia del primer palco.)
5. St. Louis carecía de valor estratégico internacional que pudiera convertirla en blanco del imperio del mal. En octubre, Norris, obedeciendo a una corazonada, había hecho uso de su influencia para convencer al De-

partamento de Defensa para que verificara la protección de secretos de defensa en Ripleycorp y Wismer, y la auditoría había dado notas altas a ambas compañías. El ayudante del subsecretario, Borges, había dicho que ojalá todos protegieran tan bien los secretos de la seguridad nacional como las empresas de St. Louis. Era posible que Jammu confiara en controlar esas mismas empresas y abrir con sus propias manos los sobres con el membrete Top Secret, pero Norris conocía el funcionamiento del espionaje. Si Jammu tenía gente buscando secretos, esta gente esperaría a cobrar un poco antes de seguir financiando la operación. No había la menor evidencia de espionaje. El misterio seguía en pie: ¿por qué precisamente St. Louis? (Prueba de la irrelevancia del concepto newtoniano del espacio-tiempo.)

6. Era inaudito que Ripley, Meisner, Murphy y los demás traidores al Progreso Cívico hubieran hecho lo que habían hecho, sin entrar en que fueran unos cabrones. Seguían siendo empresarios. ¿Podía el dinero (ese gas noble) estar sujeto a la biológica de estos tiempos?

7. La conspiración había despegado demasiado deprisa. Estaba en el aire el día en que Jammu tomó posesión del cargo. Norris había hecho una investigación exhaustiva de la junta de comisarios —o más bien de aquellos miembros que no le debían fidelidad— y no había hallado pruebas de juego sucio. La elección de Jammu no había sido amañada desde fuera. A ella, como mínimo, debió de sorprenderle un poco. Pero la conspiración cobró vida tan pronto ella aterrizó en la ciudad. Por consiguiente, *ya estaba en marcha antes de eso.* Lo cual confirmaba uno de los axiomas alquímicos de Norris: los individuos eran vectores, no orígenes. Pero quedaba una pregunta por responder: ¿quién había plantado la semilla? ¿Ripley? ¿Wesley?

Aquello no tenía lógica. La conspiración era un inestable territorio de acrimonia, que le volvía loco. No tenía flancos ni prometedores puntos de entrada, su conquista nada prometía. Pero si Norris había ganado sus estrellas de plata en la guerra era gracias al instinto, y el instinto le dictaba ahora cómo desarrollar su hipótesis.

Exprimiendo al máximo sus conexiones federales, consiguió hacerse con una lista elaborada por la USIA de las personas de nacionalidad o ascendencia india que habían obtenido visados de entrada en Estados Unidos desde el 1 de junio. Le llegó en un disquete y de manos de un mensajero.

Su detective particular, Herb Pokorny, era especialista en telecomunicaciones. Pokorny ceceaba como un ornitorrinco (si éstos pudieran hablar) y se había topado con toda clase de obstáculos legales y lingüísticos mientras espiaba en Bombay, pero cuando trabajaba en St. Louis era un buen tipo. Husmeó en archivos de líneas aéreas, en reservas de hotel, alquileres de coche, cuentas de crédito y de teléfono. Lo que obtuvo fue una lista de 3.700 indios, residentes en el área metropolitana de St. Louis desde hacía menos de ocho meses. Incluso después de eliminar los hijos menores de dieciocho años, la lista ascendía a 1.400 personas. Pero Pokorny no desesperó. Los inmigrantes normales dejaban una firma en los registros totalmente diferente de la firma de los espías, y aunque se le podían colar algunos individuos conspiradores, la mayoría no. A mediados de febrero constaban en lista menos de un centenar de nombres.

Los agentes de Pokorny iniciaron un programa de vigilancia sistemática. Objetivos prioritarios eran Jammu, Ripley, Wesley, Hammaker y Meisner. Prestaron especial atención al despacho y el apartamento de Jammu. (Descubrieron que dicho apartamento tenía un sistema anti intrusos, la combinación de la tarjeta magnética del cual Jammu parecía cambiar diariamente. La buena noticia era que tenía algo que ocultar. La mala, que sabía ocultarlo.) Todos los individuos que visitaban a los vigilados fueron debidamente catalogados.

Empezaba a vislumbrarse una amplia red de conexiones. La bestia que Norris había olisqueado durante meses iba tomando forma.

El trabajo de campo de Pokorny consiguió localizar el origen de la cordita empleada en la bomba del estadio. El robo había tenido lugar el 7 de agosto en una fábrica de explosivos con sede en Eureka (Missouri). Todo apuntaba, para variar, a la jefa de policía de St. Louis.

El 15 de febrero Pokorny resolvió el misterio del compromiso matrimonial de Asha Hammaker. Hablando por teléfono con su hermano Albert, que dirigía una agencia de detectives en Nueva Orleans, Pokorny se enteró casualmente de que en abril Asha ya estaba prometida. Albert rió y dijo: menuda pécora; ese mismo mes de abril ella estaba prometida a Potter Rutherford, sultán de los valores mobiliarios en Nueva Orleans. Inmediatamente, Pokorny contactó con todos sus sobrinos, primos y tíos en sus respectivas agencias distribuidas por todo el país. A media tarde, cinco de ellos le habían telefoneado corroborando los datos.

Pokorny llamó a Norris, ceceando a placer:

—Ezto eztá lizto, zeñor Norriz. Asha eztaba prometida en matrimonio con el hijo de puta máz codiciado dezde Bozton a Zeattle.

Norris apretó los puños en un gesto de victoria. ¡Entonces era eso! Pero el puño se aflojó, y su cósmico triunfo dio paso a un orgullo local herido: si Jammu había estado dispuesta a ir a cualquier parte, entonces sólo la casualidad la había traído a St. Louis.

16.

Probst estaba contento de haber aterrizado en el centro de la cruzada antifusión, pero no tanto como para tener ganas de ser el director de la asociación Vote No. Dirigir una campaña era una tarea interminable e ingrata. Años atrás John Holmes había dirigido la batalla de la Propuesta Uno, y ya hacia el final invertía más de sesenta horas semanales en ocuparse él solo de las minucias de última hora (se encargaba de poner la voz en off en los espots de televisión, iba personalmente a los Kentucky Fried en busca de voluntarios para una maratón telefónica), porque cuando la cosa estaba en su apogeo ningún director podía delegar responsabilidades, ni encontrar alguien en quien delegarlas. El fracaso de la propuesta le había reportado muchas palmaditas en la espalda, muchas e inocentes muestras de gratitud. («Te mereces un mes de vacaciones en Acapulco, amigo.») Una semana después, su trabajo era ya agua pasada. En el mundo partidista, la dedicación le suponía a uno un sueldo, el éxito una sinecura. En el mundo no partidario, el mundo de Municipal Growth y sus causas, la única recompensa era la oportunidad de presentarse a la siguiente campaña. Y esto fue lo que le ocurrió a John Holmes. Probst le nombró director general de Vote No.

Tampoco así estaba Probst a salvo. Cuando la campaña se pusiera difícil y los voluntarios abandonaran, él seguiría al pie del cañón y probablemente tendría que ocuparse de alguna tarea especialmente odiosa, como reclutar nuevos voluntarios. La cautela dictaba delimitar cuanto antes el ámbito de su papel. Decidió verse a sí mismo como un aplique caro y, en esencia, inamovible. Se veía a sí mismo como un elefante.

Los elefantes no eran muy articulados. Probst no participaba en las sesiones de estrategia de Vote No. Los elefantes no eran rápidos, no recuperaban patos recién cazados; Probst no le haría de chico de los recados a Holmes. Los elefantes, sin embargo, eran pesados, y Probst accedió a pisotear a todos aquellos poderosos que fuese necesario pisotear. Cuando era factible, lo hacía por teléfono, a última hora de la tarde, desde su escritorio en el cuartel general que Vote No tenía en Bonhomme Avenue, en Clayton. Sin embargo, con frecuencia se levantaba majestuoso de su mesa, saludaba con un gesto de cabeza a Holmes (si Holmes preguntaba adónde iba, no le quedaba más remedio que levantarse e ir detrás de él, porque Probst no se detenía) y conducía sin prisas hasta el domicilio del alcalde de Richmond Heights, o del rector de la Universidad Washington, o del presidente de Seven-Up.

Desde que en enero Municipal Growth tomara la decisión de pelear, Probst se había convencido cada vez más de que la fusión era un error. La fuerza económica que la impulsaba —a saber, la especulación— le ofendía profundamente. El boom del North Side se basaba en el papeleo, en el estar allí, en comprar barato con la esperanza de, más adelante, vender caro. El espíritu de ese renacimiento era el espíritu de los años ochenta: espacio para oficinas, espacio de lujo, espacio para aparcamientos, todo ello planificado por analistas financieros, no por urbanistas. Probst conocía el paño. Y ahora que Westhaven había fracasado, podía permitirse criticar.

Siempre había hablado bien delante de un micrófono, y sacaba lo mejor de sí cuando estaba enfadado. Fue el único, entre todas las caras que salían por televisión, que se atrevió a mencionar los aspectos sectarios del referéndum. El único que empleó argumentos elementales. Describió con todo detalle el sindicato en el que había decidido no participar. (De mala gana, el día siguiente a estas declaraciones, el alcalde confirmaba la existencia de Urban Hope.) Afirmó que el referéndum había sido preparado con excesivas prisas como para que fuese factible evaluar de manera realista sus consecuencias. ¿A qué venía tanta prisa? ¿Por qué no aplazar el plebiscito hasta que se hubiera hecho un estudio concienzudo? Afirmó que la gente del condado no debía fiarse de la palabra de figuras políticas famosas. ¿Creían que Jammu y Wesley tenían un interés personal en la calidad de vida de la población del condado? Si era así, ¿dónde estaba la prueba? Era la Pregunta Deplorable, el sortilegio que hacía callar a los políticos. Los periodistas no podían hacer otra cosa que cambiar de tema.

Después, en la ducha o comiendo, Probst notaba que el corazón le daba vuelcos: ¡era un anarquista!

John Holmes no impugnó su forma de enfocar el asunto. Los sondeos telefónicos revelaban un giro constante de opinión pública hacia el bando favorable al No, y como era demasiado pronto para que nada salvo las apariciones de Probst hubieran producido algún efecto, demasiado pronto para que hubiera empezado la publicidad masiva y el puerta a puerta, el giro se podía atribuir únicamente a Probst. Con todo, éste no se sentía querido. Era un bicho raro, el elefante que iba por libre. No fraternizaba con los voluntarios como habría podido hacer antaño, nunca salía con ellos. Se sentaba a su mesa favorita y leía *Time* y *Engineering News-Record* y los periódicos locales. Los sondeos habían demostrado su valía y Probst estaba aprendiendo —nunca era tarde para aprender— a pedir lo que quería (un escritorio especial y ninguna responsabilidad), a reclamar las recompensas de su posición única y a no sentirse tan culpable por ello.

Se alegraba de tener dos cosas a las que dedicar todo su tiempo. Los días los pasaba en su oficina, las cenas en Miss Hulling's o en First National Frank & Crust, a menudo con su vicepresidente Cal Markham, y las noches en el espacio que habían alquilado en Bonhomme Avenue. La casa de Sherwood Drive —ahora pensaba en ella como la casa de Sherwood Drive, como si hubiera perdido la custodia de la misma y sólo fuera allí para dormir— estaba casi siempre vacía. Tenía los días muy ocupados. Barbara había dado en el clavo. Él no la echaba mucho de menos, al menos después de la primera semana. Cuando le preguntaban por ella, les decía que estaba de vacaciones en Nueva York y los dejaba intrigados. Era en su ausencia cuando había aprendido a seguir el ejemplo de Barbara y decir no a lo que no quería y a llevar su cruz con desenvoltura. Podía haberse pasado sin sus llamadas semanales.

ELLA: Estás en casa.
ÉL: ¿??
ELLA: He llamado antes y no contestaba nadie.
ÉL: No estaba en casa.
ELLA: Es lo que te decía. Que no estabas en casa.
ÉL: Ya.

Siseo transcontinental.

ELLA: Todavía estás enfadado, ¿verdad?
ÉL: ¿Enfadado, yo?
ELLA: Entonces, ¿tiene algún sentido que te llame?
ÉL: Lo mismo me pregunto yo. Por aquí todo está muy tranquilo.
ELLA: ¿Ves a Luisa?
ÉL: El jueves cenamos juntos. Tiene buen aspecto. Ha ingresado en Stanford.
ELLA: Ya lo sé. Me hace gracia pensarlo. ¿Has hablado con Audrey?
ÉL: Están incomunicados. Rolf se las apaña para ser el primero en darle las noticias. Es todo muy complicado.
ELLA: ¿Todavía trata de hacerte la puñeta? Bueno, claro, por qué no iba a hacerlo.
ÉL: Es muy complicado.
ELLA: Qué raro, Martin.
ÉL: Sí, muy raro.
ELLA: Quiero decir, hablar así. ¿No te parece raro?
ÉL: Raro es la palabra, ni más ni menos.

Siseo transcontinental

ELLA: ¿Estabas haciendo algo? Tengo la sensación de que interrumpo.
ÉL: No, no. Por aquí todo está tranquilo.

Pero no lo estuvo tanto después de que colgara, cuando pudo hablarse a sí mismo otra vez. Era sábado. Sombras de mediodía abrazaban las plantas de maceta que había en el antepecho de la cocina. Morían de las raíces hacia arriba. Había dado instrucciones a Emerald de que las cuidara y ella parecía haberlas regado más de lo debido.

Comió un gran número par de Fig Newtons y dos plátanos. Luego fue en coche hasta Clayton y se sentó a su mesa, desde la que tenía una vista de Bonhomme Avenue a mano derecha y un tabique de formica detrás, protegiéndolo de las actividades de la tropa. Esta tarde había poco movimiento. Un voluntario estaba sentado en la mesa de una voluntaria, una secretaria de pago esperaba que los teléfonos empezaran a sonar. Probst revisó los mensajes que se habían acumulado desde el jueves.

A las cuatro fue a ver a Eldon Black a su casa de Ladue para implorarle otra subvención. A las cuatro y media Black le extendió un cheque.

Hacia las cinco estaba de vuelta en la casa de Sherwood Drive y vistiéndose. A principios de la semana había conseguido por fin una camisa a rayas negras y rojas en algodón egipcio, como la del general, y mientras esperaba que la dependienta de Neiman le entregara el recibo, unos tejanos negros prelavados le llamaron la atención. Hacían conjunto con la camisa. Le sentaban bien, ciñéndole el trasero y los muslos como no le ocurría desde hacía años. La diferencia era notable. Aparentaba cuarenta años. Incluso treinta y nueve.

Pero no tenía zapatos a juego. Se puso a gatas y empezó a sacar zapatos polvorientos del fondo de su armario. Todo eran mocasines o náuticas o con puntera de goma o con borla.

Fue a mirar en la caja de cartón que había en el sótano y rebuscó entre sesenta variedades de calzado, zapatos, pies de pato, patines, chanclos, descansos, chancletas. Olían a casa clausurada. La piel estaba cubierta de un moho verdoso. Muchas de las suelas tenían agujeros.

Subió tres tramos de escalera hasta uno de los armarios trasteros que había en la planta superior. Tuvo que apartar revistas y regalos de empresa, pero al final encontró lo que necesitaba: la Colección de Calzado Exótico. Había alpargatas blancas de España, chinelas orientales con bordados, zuecos pintados de Holanda, los tres pares de galochas que había comprado en Suecia para la familia, mocasines sioux de una tienda de souvenirs en Dakota del Sur, sandalias de paja mexicanas, zapatos de piel de caimán de alguna escala en el Caribe, zapatillas de ballet que jamás había visto y, justo como él recordaba, unas botas italianas de ante. Perfecto.

En el coche, su elegante atavío le hizo sentir ligeramente cubierto de conciencia de sí mismo, como un colchón de aire que redujese a la vez la fricción y la precisión de sus movimientos. Las botas insistían en pisar el acelerador más fuerte de lo necesario. En seguida llegó a la Arena, y los penachos de vapor que la coronaban, blancos contra el crepúsculo avanzado, estaban ensuciando una extensión aún mayor de cielo. Aparcó. El vapor procedía de una larga columna de parrillas frente a la entrada de la Arena. Se trataba de barriles de quince litros partidos en dos y montados sobre caballetes de aserrar. Leyó las letras de plástico de la marquesina: PRIMERA BARBACOA ANUAL DE CARNE Y PESCADO DEL LIONS CLUB.

Elefante, se dijo a sí mismo.

Estameñas tricolor pendían de las vigas de la Arena y de las barandillas en la base de los asientos. Un retrato de un león había sustituido al marcador, y debajo del mismo había una gran pancarta que rezaba L I O N S, cada letra una mayúscula con una cola en caja baja: ibertad, nteligencia, alvaguarda, e, uestra, ación.* En la cancha, donde últimamente habían patinado los Blues, hijos y padres comían en mesas de aluminio con manteles blancos de papel. En delantal sucio, hombres bien peinados, bien afeitados, bien alimentados entraban y salían como culíes de las puertas de atrás, los entrantes acarreando cubetas hasta arriba de comida marrón, los salientes con cubetas vacías sostenidas contra la cadera o el muslo. LIMONADA, aseguraba una pancarta en las mesas de servir. REFRESCOS. ENSALADA DE COL. Al pie del podio situado bajo el enorme león una multitud de un millar de piernas se agitaba entre empellones. Probst vio

---

* Naturalmente, las siglas en inglés no corresponden a la traducción al español: «Liberty and Intelligence: Our Nation's Safety». *(N. del T.)*

vasos de papel naranjas y amarillos y un paisaje de gorras ceremoniales. El ruido era extrañamente suave.

Dejó el abrigo en guardarropía, dio un billete de veinte a la encargada de la taquilla y se alejó sin esperar que le devolvieran el cambio. Le extrañaba que los Lions no hubieran actuado separadamente en sus respectivas poblaciones. Difícilmente habría muchos habitantes de Chesterfield dispuestos a hacer un viaje tan largo, sobre todo con la Route 40 cortada. No tenía sentido.

Sí lo tenía. Estaba pasando entre los que esperaban de pie cuando comprendió la razón: allí estaba Jammu. Sentada en medio de una media luna de sillas plegables ocupadas por Ronald Struthers, Rick Jergensen, Quentin Spiegelman, varios hombres de uniforme y algunos Lions con sombrero. Probst reconoció a Norm Hoelzer, presidente del cabildo de Webster Groves.

Decidió alejarse y buscar entre los que le rodeaban una cara amiga, y encontró a Tina Moriarty, la secretaria de prensa de Vote No. Probst sintió las manos húmedas. Tina estaba de pie abrazada a una tablilla y estirando el cuello. No había cumplido aún los treinta, era guapa, morena, un poco proclive, quizá, a una facundia de locutora, pero humanizada por sus esfuerzos remunerados en bien de Vote No (el supuesto perdedor) y por sus rodillas. No se le notaba al andar o cuando llevaba pantalones, pero cuando llevaba falda y se quedaba quieta de pie, sus rótulas se tornaban cavidades y asomaba la parte de atrás. Se acercó a Probst de lado y empezó a hablar sin mirarle.

—Ah, estás aquí —dijo—. Por un momento he pensado que iba a ser la única. Ya ves que Jammu se nos ha adelantado. Eso va a complicar las cosas. No la conoces, ¿verdad? Me la acaban de presentar. Nunca volveré a lavarme esta mano. John tenía que llegar a las cinco pero no le he visto. En serio, pensaba que iba a ser la única. Estos actos están obsoletos, Mart. Apuesto lo que sea a que no influyen para nada. Esto no es la prensa. Esto no es el público. Esto son los Lions y nada más. Para que veas lo poco que sé, yo creía que los Lions eran una especie de feria. Los Ringling Brothers, o algo así, en serio. Comprenderás mi confusión. Los circos, cuando vienen circos, lo hacen aquí, en la Arena, que antes se llamó el Checkerdome, y antes de eso la Arena. Creo que una vez vi uno en el estadio, los Shriners, se llamaban. En Wash U. Oye, qué camisa más bonita.

—¿Qué vamos a hacer? —dijo Probst. Después de haber criticado a Jammu por la tele, tenía menos ganas que nunca de conocerla.

—Darnos un baño de multitudes —dijo Tina—. Espera, espera —le sujetó de la manga—. No te vayas todavía. No quiero perderte de vista. Oscar corre por aquí, pero le he perdido. Ha traído su equipo, al menos podremos tener algunas fotos del espectáculo. El organizador es Butch Abernathy, ya sabes, el presidente del cabildo de Hazelwood. Estaba sentado con Jammu pero ya no. A propósito, te prevengo de la comida. Está todo muy salado. Es un milagro que estas mujeres no estén gordas como globos si comen así todo el día. Deja que anote tu nombre, para eso me pagan. Probst. Me encantan los monosílabos. Esto es un encuentro entre Oriente y Occidente. Al menos vas mejor vestido que ella. Pero, lo que es mi mano, te juro que no me la lavo nunca más. Lo curioso es que yo no les veo nada malo. Se habla de dobles articulaciones, pero eso no tiene ningún sentido. Lo he preguntado, no quiere decir literalmente nada. Está en el límite de lo normal. Lo que ves son ciento noventa grados, la mayoría son ciento setenta. Es una variación natural.

Una mano grande agarró el deltoides izquierdo de Probst y le volvió la cabeza hacia la de Tina. Ross Billerica asomó la cara entre los dos y la besó a ella en la mejilla. Tras escrutar la muchedumbre inclinó la cabeza con aire confidencial.

—Nos han chafado el plan, muchachos.

—Hola, Ross.

—Ross, por un momento he pensado que Mart y yo íbamos a ser los únicos.

—Yo dije a las cinco —dijo Billerica.

—Son las seis —dijo Probst.

—Más vale tarde que nunca. Tina, he reservado sitio en la mesa de Abernathy para ti y para mí con otros presidentes de cabildo: Hoelzer, Herbert, Manning, DeNutto, Kresch, etcétera, etcétera. Martin, sugiero que te des una vueltecita y te hagas fotografiar un poco.

—No me parece mal, pero creo que debería llevarme a Tina conmigo.

—Tú a lo tuyo —dijo Billerica.

—Nos falta John, nos falta Rick, nos falta Larry. Esto es de lo más arcaico. Esto es la decadencia, en serio, os lo juro. No sé a quién se le ocurrió la idea.

—Abernathy se está sentando —Billerica se llevó a Tina de la muñeca, serpenteando entre la gente camino de los canapés. Tina iba de un lado a otro como un trineo tirado por una cuerda.

Probst se miró las botas camperas. Se mordió los carrillos.

¡Martin! Dave, claro, Dave Hepner. Estás estupendo. Tú también. Quiero que conozcas a Edna Hamilton, éste es Martin Probst. Pensaba, no te lo tomes a mal, pensaba que habías muerto. (Por una ventana entre chaquetas sport y pantalones de traje, Probst divisó a Jammu en medio de un corro de caras risueñas, las mejillas arreboladas de placer tras algún chiste afortunado.) El Arch me está gustando cada vez más. Oh, a mí también. Dave Nance, de Shrewsbury. Gente súper de verdad... Lo siento, yo... Martin, perdona un momento, lo siento Dave, Martin, quería que saludaras a mi hijo y a su ardilla; Dave, éste es Martin Probst. Naturalmente. La Patrulla del Bisonte...

El rumor había menguado parcialmente. Probst volvió la cabeza. Jammu le estaba tendiendo una mano, que él automáticamente tomó y estrechó. Llevaba de la otra a una niña que no tendría aún cinco años. La niña sorbía una pajita con la máxima atención, apurando el hielo de un vaso.

—¡Vaya! —exclamó Probst.

—Soy S. Jammu, me alegro de que por fin nos conozcamos, señor Probst.

—Lo mismo digo —le soltó la mano a Jammu—. ¿Quién es esta niña?

—Se llama Lisa. Es la nieta de Quentin Spiegelman. Lisa, ¿quieres decirle hola al señor Probst?

Las mejillas de la niña se aflojaron; su mirada fue iracunda.

—Bonita fiesta —dijo Probst.

—Re-arc-sio-nario —dijo Lisa.

—Chiquillos —Jammu sonrió antes de arrebatarle a la niña el vaso y la pajita. Vestía un sencillo vestido beige, medias de color lavanda y zapatos de tacón negros. Probst se sintió mal vestido. Un poco peligroso. Jammu tenía lo mejor de dos culturas, el viejo truco político de besar críos y el viejo truco femenino de ocuparse de un niño mientras el hombre esperaba. Probst carraspeó:

—Vaya.

—Atento, Mart —dijo una voz, la de Tina, en su oído—. Ahí llega Oscar.

Jammu alzó la vista y Probst rodeó a Tina con el brazo. Era su turno. Arrimó la nariz al pelo de Tina y susurró:

—Estoy a punto de arrojar la toalla.

—¿Usted es Barbara? —le preguntó Jammu a Tina.

—Christina Moriarty. Nos hemos conocido hace un rato.

—Oiga —dijo Probst—. ¿Dónde está Quentin? Me gustaría hablar con él.

—Creo que está en la cola —dijo Jammu.

—Re-arc-sio-nario.

—Lo mismo digo —Probst no tenía ganas de enfrentarse a Spiegelman. Hizo dar la vuelta a Tina cogiéndola de la tablilla y se la llevó hacia el gentío. Sólo tenía un deseo, y era primario.

—¿Qué, Mart?

—Oye, me llamo Martin, ¿está claro? —el deseo tenía que salir—. ¿Has traído chaqueta? —preguntó, reclamando su abrigo.

—¿No deberíamos volver? He dejado a Ross con mi plato en la mano cuando he visto a Oscar...

Probst frunció el entrecejo.

—Necesitas el abrigo porque nos marchamos —dijo—. Vamos a ir a cenar juntos.

—No sé si te entiendo —Tina sacó del bolso el ticket de guardarropía, se lo entregó como si no supiera qué hacer con él. No opuso mayor resistencia.

Era, por supuesto, la hora punta de la semana para los restaurantes. El Old Spaghetti Factory estaba abarrotado. Probst y Tina se terminaron sendos daiquiris de fresa en una de las catacumbas del local antes de que los altavoces anunciaran: «Moriarty, mesa para dos, Moriarty». Les dieron una cerca de un grupo que festejaba el cumpleaños de un niño. Probst protestó, pero Tina no se dejó arredrar. Luego, cuando llegó la tarta de cumpleaños, obligó a Probst a cantar.

Una vez fuera, sobre el adoquinado de Laclede's Landing, Probst se detuvo para estudiar el siguiente paso en su campaña. Tina apoyó pacientemente la espalda en una farola, como si fuera un cuadro en una subasta.

—¿Adónde vamos? —preguntó.

Probst lo pensó. Sabía que no era capaz de pronunciar las palabras —ninguna de ellas— que podían seducirla. Un elefante no hablaba. Pero si iban en coche hasta Sherwood Drive, ella tendría que acompañarle.

—Vamos a buscar el coche —dijo.

En las calles estrechas se cruzaron con parejas jóvenes que reían, las caras tiznadas por la bebida. Corrientes tibias de aire primaveral se mezclaban con los humos de hamburguesa de los bares.

—He descubierto —dijo Tina— que lo único que puedo tomar después de una cena como ésta es un Pernod con hielo. Lo malo es... —se tambaleó un poco, y Probst decidió no rodearla con el brazo—. Lo malo es que me hace divagar, y de qué manera. Te sugiero que me lleves a un bar y me invites a un Pernod con hielo y luego me cortes. Que me cojas de los hombros y me digas, No, Tina, no. Billerica tiene problemas con la bebida. Puedes archivar esa información en tu silenciosa cabecita. Por cierto, la diferencia entre tú y ella es que Jammu todavía está en la Arena. Ella aguantará, largará sus discursos. Creo que estoy enamorada de esa mujer. Y quién no. Mira, hazme callar cuando te hartes. Hago ver que no sé que lo estoy haciendo pero lo sé. Me han dicho, literalmente a la cara, que me calle. Así que no eres el primero, para que lo sepas.

—Puedes callarte, si quieres —dijo Probst, parándose al llegar al Lincoln.

—No, si yo ya lo intento. Pero luego pienso en todas las cosas que no he dicho. Por otra parte, nunca hablo conmigo misma cuando estoy sola. ¿Debo entender que vamos a mantener una relación?

Probst cerró los ojos y los abrió:

—¿A ti te parece bien?

Los labios de Tina rodaron uno bajo el otro, sus ojos negros centellearon. Una luna lánguida en forma de pelota de rugby empezaba a salir sobre Illinois. Su luz frotó la tela del abrigo de Tina y se perdió en su interior, allí donde se abría la prenda. Probst contuvo el aliento. Barbara le había dejado del todo. Era libre del todo para hacer lo que quisiera.

—A decir verdad, Mart...

Probst se lo vio venir.

—Lo cierto es que no tengo muchas ganas.

*

La habitación era evasiva. Barbara había despertado la primera mañana, tras dormir el sueño de la droga que él le había administrado en el coche, viendo que estaba sobre un colchón corriente y una sábana bajera ajustable, que olía a camada de mininos como suele pasar con la ropa de cama recién comprada; le dolía la cara del golpe que le había dado él, y el tobillo amarrado. Esto era Nueva York.

O así lo suponía ella. Podía haber sido cualquier parte. La claraboya difuminaba una luz que parecía caer, no brillar, pulverulenta y pura, luz libre, no reflejada por ningún paisaje. Tenía el tobillo metido dentro de un grillete, un aro de hierro sujeto por un cable de dos centímetros de grueso a un formidable perno de ojo anclado en la pared. Al pie de la cama había un inodoro de cámping, que Barbara utilizó y en el que después intentó vomitar, sin sacar nada.

Al despertar por segunda vez le pareció que la luz había cambiado, pero sólo porque eso (cambiar) era propio de la luz, como lo era del cerebro esperar ese cambio. La moqueta tenía el color y la textura del musgo sobre el que hace tiempo que no llueve. Su maleta estaba al otro lado de la habitación, junto a la única puerta, en mitad de la cual había una mirilla. En una pared contigua a la suya había un marco pequeño con una foto del fallecido Sha de Persia. La cuarta pared estaba desnuda. Ése era el inventario de su habitación rectangular, la suma de su contenido. De haber habido algo más, se podría haber dicho que tenía personalidad; de haber tenido algo menos, habría estado desnuda, y también la desnudez era una clase de personalidad. Sólo se le ocurría pensar que Nissing estaba loco.

Pero cuando él abrió la puerta y dijo: «¡Desayuno de astronautas!», ella se quedó intrigada. Nissing le pasó una bandeja con Pop-Tarts de frambuesa y un vaso alto de Tang. Llevaba la pistola remetida en la cintura de sus tejanos, medio escondida bajo la camisa. La puerta, que había quedado entornada, le permitió ver que una cortina negra tapaba por completo el marco exterior. Barbara preguntó dónde estaba. Cautiva, le dijo él. ¿Qué iba a hacer con ella? Ya lo verían.

Le llevaba tres comidas al día, el desayuno siempre Pop-Tarts y Tang con dos y tres repeticiones si ella lo pedía; el almuerzo, sopa caliente y galletas salads; la cena, una cena de televisión. Él la miraba comer, cosa que a Barbara no le molestaba. En Sherwood Drive, en el dormitorio, él había tenido que agarrarla del pelo para que se levantara. Pero cuando la había drogado, una vez dentro del coche, sus instintos de lucha y de resistencia se habían adormilado, y ya no habían vuelto a despertar. El dolor que había sentido en el dormitorio había sido horrible. El dominio físico de Nissing fue completo, monolítico. Ella se contentó con pensar que si se resistía sólo alimentaría el sadismo de aquel hombre, y no quería volver a sentir tanto dolor.

Durante unos días vivió de luz natural y de tiempo natural. Cuando se hacía oscuro se sentaba o se tumbaba o hacía ejercicios a oscuras. Pidió una lámpara y un reloj. Él se negó. Pero cuando le pidió libros y le llevó algunos, novedades Penguin de bolsillo, también trajo una lámpara de lectura. Ella pidió revistas, un periódico. Él dijo que no. Ella pidió darse un baño o una ducha, y la tercera noche, pocas horas después de anochecer, él entró, le soltó el grillete y le puso una capucha en la cabeza. La condujo por dos habitaciones que ella notó vacías por el modo en que la voz de él resonaba en los rincones. Le quitó la capucha en un cuarto de baño recién decorado y se sentó en el inodoro, pistola en mano, mientras ella se desnudaba, se duchaba y se ponía ropa limpia. Luego la llevó de nuevo a su cuarto y le ajustó el grillete. Barbara pudo repetir la operación cada tres días. Cada dos, después de que ella se quejara del olor del cagadero portátil, Nissing se lo llevaba y lo devolvía limpio. Finalmente, ella se dio cuenta de que no era que estuviese limpio, sino que cada vez era uno nuevo.

—Estamos en Sardi's, un «capricho tuyo», un sitio para turistas. Esos guisantes que te estás comiendo son caracoles a la mantequilla de ajo. Yo estoy tomando paté con biscotes. Tres mesas más allá puedes ver a Wallace Shawn, agitando el tenedor sobre su plato de spaghetti y hablando con la boca llena. Es el día de San Valentín. Has pasado la tarde en el MOMA, sentada en un banco delante de un Mondrian. Sobre el regazo tenías un bloc de espiral, y en la mano un rotulador negro de punta fina. Todo el mundo quiere ser artista. La idea te vino a la cabeza y te dejó paralizada, el problema de la originalidad, de la individualidad como mercancía. Habías pensado que podías empezar por poco, con algo concreto, describir un cuadro de un museo. Estabas pensando en las raíces de la escritura moderna, tanto la literatura como la otra cosa, la mía. Hombres y mujeres liberados enfrentándose al nuevo arte y aprendiendo nuevas maneras de mirar. Pero lo único que pudiste escribir fue la letra *E.* Una *E* mayúscula. Al principio de la página. No te atreviste a tacharla, pero ¿qué iba a seguir? ¿El? ¿Este? ¿Ellos? ¿En? Comprendías la dificultad. Estabas pensando en mí y en mi manera de escribir, mi cómodo mecanografiar en el estudio, en tu butaca favorita. El problema era yo. Yo te había liberado. No había sido cosa tuya. Pasó una hora. Contemplabas aletargada las posturas y andares de los visitantes. Un guardia de seguridad te contó una cosa poco sabida sobre ese Mondrian y luego pasó de largo. Ahora que alguien te había dirigido la palabra, ya no podías quedarte allí.

—Muy hábil, John, pero estoy tratando de comer.

—¿Es culpa mía que tu historia no sea nueva? Ese trozo de pollo frito es tu chuleta de primera. La última vez que comiste chuletas de primera debió de ser el cuatro de enero, en el Port of St. Louis.

Todo lo que decía acerca de ella era verdad. Desde los momentos iniciales de su nueva relación, cuando él le había entregado una carta escrita a máquina para Martin, para que la copiara en su papel de carta, Nissing había desplegado —se había jactado de— una familiaridad criminal con la vida privada de Barbara. Sabía exactamente lo que había ocurrido en el cumpleaños de Martin, tres días antes de que ella le conociera. Barbara le preguntó cómo sabía todo aquello. Él le recordó que puesto que se habían visto casi a diario a primeros de enero, ella había podido extenderse a placer explicándole su vida. Ella le preguntó de nuevo: ¿cómo sabía lo que había pasado en el cumpleaños de Martin? Él le recordó que se habían conocido en octubre, cuando había ido a fotografiar el jardín; le recordó que se habían besuqueado como colegiales, escondidos detrás del garaje.

—Después de que el camarero se lleva los platos, yo alargo la mano y te paso un estuche de terciopelo. Te acuerdas de tu primer almuerzo conmigo, de mi primer regalo. Yo digo Feliz San Valentín. Esta vez eres amable. Abres el estuche. Esta vez es un reloj, un Cartier, con una cadena de plata.

Le tiró a la falda un reloj de plata. Las manecillas marcaban las diez y diez, la hora mágica del relojero. Barbara se lo puso en la muñeca.

—Esta vez eres amable, y estás preparada. Tú me regalas una corbata negra de seda que compraste de segunda mano en la Calle Ocho este. Pedimos champagne. Somos el parangón del romance figurado. Pero somos despiadados, temblamos casi de cinismo mientras progresamos en el proceso de una aventura extramatrimonial, eso que todo hombre y mujer moderno ansía. Estilo propio. Individualidad. La juventud que no lo ha visto o leído ya todo. La extinción de los fuegos de la duda a base de cubos y cubos de dólares. Nos une el dolor...

—Este reloj no va.

—¿Parado? ¿Muerto? ¿Seco?

Nissing se puso en pie de un salto e hizo fuego. Barbara vio todo negro, olió a humo, sintió una quemadura en el cuello y el sonido volvió; oyó el bang. Nissing había disparado a la pared. Ella tocó el agujero en el yeso. Estaba caliente.

—Llegamos al apartamento y hacemos el amor como bestias.

Él no la engañaba. Se dio cuenta de que todas las piruetas, todos los gritos, las hamletianas asociaciones libres, eran simples pasos hacia la locura y en absoluto la cosa en sí. Ella también había dado esa clase de pasos siendo joven, cuando trataba de ser «enrollada» e impresionar a sus amigas con su complejidad y los riesgos que corría. Él daba los mismos pasos, sólo que un poco más largos. Por supuesto, nadie podía formular una definición compacta de cordura, pero Nissing se ajustaba a todo lo que ella intuía. Entonces ¿por qué la había espiado?, ¿por qué la había secuestrado? La pregunta quizá no habría surgido nunca si él hubiera mantenido la boca cerrada. Pero la había abierto, y ella oía hablar a un espíritu afín. La pregunta quedó en pie. Sin dejar de alimentarla, ella trató de mantener la mente despejada. Era el momento ideal, le dijo en broma, para leer *The Faerie Queene* y *Moby Dick*. Entonces entraba John y le daba de comer y le contaba lo que habían hecho ese día en Nueva York. Si ella se aburría, empezaba a hacer abdominales y flexiones de piernas antes de que él terminara.

Le resultaba imposible pensar en Martin. Él estaba encerrado en su pasado común, aferrado a los barrotes de unas circunstancias que ya nunca se actualizaban, paseándose entre muros de actividades y situaciones que envejecían como materia inorgánica, desvaneciéndose en vez de cambiar. Así lo confirmaban los diálogos que mantenían semanalmente. Era la conclusión a que llegaban algunos estudiosos de lo sobrenatural: podías hablar a los muertos, pero éstos no tenían nada que decir.

Al principio pensó que la cautividad no la alteraría si era capaz de desarrollar una rutina y mantener la mente ocupada. Pero sí la alteraba. Hacia el final de la primera semana se dio cuenta de que había empezado a retorcerse las manos en la oscuridad. Eso le chocó. Y cada vez caía con mayor frecuencia en un estado de gran confusión, a la luz tenue de su lámpara, en las horas diurnas. ¿Era de buena mañana o última hora de la tarde? No podía recordarlo. Pero ¿cómo podías no recordar lo que habías hecho una hora antes? Y luego estaba la desorientación espacial. Nissing sólo le soltaba el tobillo las noches en que la dejaba ducharse. El cable, como de un metro ochenta de longitud, le permitía cierta libertad de movimientos pero no lo suficiente para alejarse mucho del colchón o darse la vuelta en el mismo. Por consiguiente, dormía, leía y comía siempre con la cabeza cerca de la pared con el retrato del Sha. Asociaba esa pared con el este. De pronto, le parecía el oeste, cuando lo único que había hecho era pasar una página. Lo aterrador era que le importaba saber dónde estaba el este. Tratando de activar su brújula interna, se pellizcaba, pestañeaba, se daba de cabeza contra la pared, agitaba frenéticamente las piernas.

—Domingo por la mañana —dijo Nissing, entrando con el teléfono y unas sillas plegables—. He salido a dar mi paseo matutino por el parque. Tú hace tiempo que no hablas con Luisa.

—Y esta mañana no tengo ganas. Acabo de escribirle una carta.

—Me temo que esa carta se ha extraviado.

Barbara dejó el libro.

—¿Qué tenía de malo esa carta, si se puede saber?

Nissing parpadeó:

—¡Nada!

—Entonces ¿por qué se ha extraviado?

Él desplegó las sillas.

—Yo no controlo el correo, querida. Eso es cosa del jefe de la estafeta. Estoy seguro de que si le preguntas te dirá que una parte de la correspondencia, una parte pequeña, por supuesto, suele extraviarse inevitablemente. Puede que alguna máquina rasgara la dirección. Puede que la carta cayera a una alcantarilla cuando el empleado de correos estaba vaciando el buzón de la Quinta Avenida donde tú la tiraste.

—Nunca te cansas de ti mismo, ¿verdad?

—¡Nuestra primera pelea!

—¡Que te den por el culo, cabrón!

—Va a ser ineludible que telefonees a Luisa. ¿Después de una pelea como ésta? Te cansas de mi inalterable manera de hablar, de mi inalterable seguridad en mí mismo, y luego reñimos. Pierdo un poco la calma. Sí, así es. A veces grito. ¿Por qué no vuelves con tu marido, con alguien a quien puedas dominar? Y luego cierro de un portazo y salgo a correr un rato. Tú piensas en mí y en mi preocupación por la perfección corporal, en la jubilosa mueca de mi rostro cuando empiezo el sexto kilómetro de carrera. Respiras agitadamente. Domingo por la mañana. Dieciocho de febrero.

—Te he hecho una pregunta —se levantó y se retorció las manos—. He preguntado qué pasaba con esa carta.

—No intentes razonar con un loco, encanto.

—Tú no eres ningún loco.

—¡Claro que lo soy! —la empujó contra la pared—. ¡Claro que lo soy! ¡Estoy más loco que una cabra! —su mano libre voló hasta cerrarse bajo la mandíbula de ella y apretar con fuerza. Sus dedos olían a cigarrillo de clavo. Le atenazaron la garganta. Barbara no podía tragar, y él apretaba cada vez más fuerte—. Eres un pedazo de carne. Te mataría ahora mismo y me encantaría, pero no tanto como me encantará cuando estés a punto y te dé una paliza de muerte y tú, de rodillas, me pidas más.

Aunque su certidumbre flaqueaba, Barbara decidió aferrarse a la afirmación que tenía en la cabeza.

—No lo harás —chilló—. Porque no estás loco.

Él la soltó. Ella cayó de rodillas, tosiendo.

—Porque estas cosas tienes que prepararlas —dijo—. Tienes que hacer pruebas. Tienes que encontrar el impulso porque no está en tu interior. Te conozco. No puedes estar loco. Créeme, tengo cierto sentido de..., de la personalidad humana.

—Oh, claro. ¿Piensas que necesito ponerme a discutir contigo?

—Sí —tosió—. Lo creo. Lo estás haciendo, ¿no?

—Vomita de una vez y habla normal.

Ella levantó la vista.

—No puedes demostrar...

—Porque cuando estés muerta, cariño, cuando seas un montón de basura, no estarás aquí para hacer ninguna comprobación. Tú no sabes lo que pasa detrás de esa puerta, lo que pasa dentro de mí. Puede que pienses lo contrario, porque soy agradable, hasta cierto punto, cuando estoy aquí dentro, puede que me hayas calado un poco, que tengas la «sensación visceral» de que estoy cuerdo, pero sólo ves lo que yo te ofrezco cuando estoy a este lado de la puerta.

Sus ojos eran negros y castaños, su piel parecía más morena, como si el bronceado le saliera de dentro. Parecía un ligón de playa, latino y culto. Si lograba demostrar que Nissing actuaba con lógica, podría empezar a adivinar por qué hacía lo que hacía. Se acordó de Dostoievski, del recio desvarío de los estudiantes. Pensó en los estudiantes iraníes. Pero ¿John era iraní? El retrato del Sha le parecía cada vez más una broma. John era nihilista, no monárquico. ¿Podía haberla raptado por iniciativa propia?, ¿como un experimento de maldad?, ¿algo revolucionario? ¡Oh! Esto era lo más doloroso, que el mundo se moviera según motivaciones que ella no alcanzaba a entender. Aun cuando esta cautividad fuera una cosa claramente política, ella seguiría sin entender que un diablo político o incluso que el pragmatismo más corriente pudiera empujar a alguien a correr tantos riesgos. Y la política simbolizaba todas las otras motivaciones que ella era incapaz de entender.

—¿Por qué me escogiste a mí? —preguntó.

—¿De todas las mujeres que conozco? Supongo que es normal que pienses que eres la primera.

Y el pequeño misterio —era grande para ella pero pequeño considerando la situación en su conjunto— representaba simplemente el misterio grande, la ignorancia sin condiciones: ¿por qué había nacido?

—Es hora de llamar por teléfono.

—No.

—Vamos, encanto. ¿Me prometes que lo harás más tarde?

Trataba de aparentar un asfixiante patetismo. Pero no conseguía que su rostro estuviera a la altura de sus palabras, lo cual no era una demostración de demencia, porque cualquiera podía aprender a hablar así. Y ¿qué más le daba, si ella le creía loco? La pregunta conducía a unos espinos.

—Sé amable conmigo, John —dijo.

—Yo no he hecho nada, es el servicio de correos. Esto se va a convertir en el lema de nuestro hogar. Hacemos las paces y hacemos el amor, como bestias.

—Sé bueno conmigo.

17.

Estaba limpia otra vez, inodora, una esposa espiritual. En el espejo del cuarto de baño, embutida en un albornoz que se desabrochaba y caía, más y más, a medida que levantaba las manos, ella se afilaba los bordes. «Ay, mierda», dijo, porque dolía. Claro que mantener las apariencias siempre era doloroso. «Ay, mierda.» Se permitía un taco por cada pelo que arrancaba. Según Rolf, ella era valiente. En el estante inferior del armarito de las medicinas, en un lecho de mugre compuesto de polvo y talco para bebé y restos de pomada y los copos blancos que salían del tubo de Colgate, había Q-Tips, un termómetro, jeringuillas en sus fundas asépticas, terapias diversas. «Ay, mierda.» Ella, por supuesto, no estaba lo que se dice sana, pero Rolf, sin saberlo, le había enseñado que tres martinis podían aliviar casi todos los síntomas vespertinos de la gripe, y aunque la gripe todavía le fastidiaba un poco, los tirones demostraban que era una mujer respetable. Tras sólo diez semanas ahorrando (Mamaji solía decir que los hombres no sabían ahorrar porque estaban hechos a semejanza de los dioses derrochadores), ya se había tragado más de una onza de prevención para el futuro. «Ay, mierda.» Tenía fe en un divino televisor por circuito cerrado que registraba todos sus movimientos, todos sus impulsos ahorradores y respetables, y que algún día Mamaji encontraría tiempo para ver. Era testigo del *maya* pero conservaba la fe. Jammu no le reconocía dignidad, pero ella no era ninguna adicta, no era un ángel caído, por más que en determinados momentos hubiera podido dar esa impresión. «Ay, mierda.» Jammu la tenía oprimida, no la quería pero sí le daba una libra de remedio cada semana, de la que ella utilizaba sólo la mitad, porque el sino de la mujer era duro. Todas las mujeres hacían cosas en el baño de las que nadie sabía nada. Todas. Y era especialmente fácil engañar a Jammu porque siempre estaba ocupada y porque pensaba lo peor de Devi, creyendo que Devi dependía de ella. Pero su otro yo se vengaría, sólo que no sería exactamente una venganza sino algo para que Rolf (y quizá un día Mamaji) lo viera. «Ay, mierda.» Practicaba su acento para el día en que la verdad saliera a la luz y ella pudiera aparecer públicamente como la pareja de Rolf. Sólo le restaba demostrarle que era capaz de llevar una casa, que podía hacerlo con medios independientes y ahorrar.

Listo. Comprobó su obra y alivió la piel escocida con una torunda de algodón empapada en Isopropil que enrojecía, y limpió el lavabo de pelos pequeños. Le estaba entrando la gripe de la tarde. Un escalofrío repentino la hizo temblar, y el estuche de sombra de ojos cayó al lavabo y se mojó y la tapa de plástico se desprendió de la caja. Los dedos le quedaron pegajosos y grises. Se sentó en la tapa del váter para reponerse, pensando que era horrible que la bata se le abriera todo el tiempo. Aunque se la anudara, los nudos de seda se aflojaban inoportunamente a menos que fueran llanos, y los nudos llanos te hacían polvo las uñas. Le gustaba ir aseada. El botón de la puerta del cuarto de baño era un ombligo, cerrado. Apriétame. Una buena manera de demostrar que era capaz de llevar una casa, estar sentada en el baño con los dedos manchados de gris y minúsculos alfilerazos de sangre encima de los ojos, y temblando de pies a cabeza. Rolf nunca se lo decía pero, en ocasiones, y cada vez más, se negaba a ver que ella era dos personas. Devi quería explicárselo. ¡Este alquiler es muy caro!, y ¡Mi trabajo no consiste en limpiar, se supone que he de llevar la casa! Lo único que hacía era llevar la gripe de un lado a otro de la suite. Pero las buenas amas de casa no buscaban coartadas. Tenía que esforzarse mucho por ser buena un poquito más, incluso ponerse a limpiar, hasta que consiguiera dos onzas, a ser posible, de prevención. Después podría costearse sus gastos. ¡Costearse sus gastos! Pero le dolía, porque escatimar era casi peor que morirse de hambre, y no quería oler a martini cada vez que viniera Rolf.

*

Con el control directo sobre el cuarenta y uno por ciento de su empresa, Buzz Wismer era, sobre el papel, uno de los veinte hombres más ricos del país. Pero Wismer nunca había diversificado en el sentido clásico de la palabra, puesto que el espacio aéreo estaba ya suficientemente diversificado para adaptarse a un mercado cambiante, y el activo disponible de la compañía, aunque holgado, era relativamente pequeño. Una gran proporción de sus otros activos tomaba la forma de cuentas a cobrar, principalmente de las líneas aéreas. Así, la riqueza de Buzz no era la del especulador ni la del magnate del petróleo, pendientes de una ola de pánico financiero. Era una riqueza restringida a la empresa, y sus gustos eran consecuencia de ello. Le gustaba la buena compañía, la tierra virgen, la paz y la tranquilidad. Comidas saladas, bebidas frías. Venía de una extensa familia del interior del Missouri rural. Una de las pegas de su vida era el no haber llegado a ser cabeza de una familia así. Sus tres matrimonios le habían dado dos hijas, una de las cuales seguramente tendría que hacer terapia hasta el fin de sus días. A diferencia de Martin Probst, Buzz había tenido demasiado trabajo y demasiadas pegas constitucionales para disfrutar los placeres de la familia. Cuanto más mayor era, más aguda sentía esa carencia. Después del incendio en sus tierras se había lanzado compulsivamente a trabajar en el ordenador. Como un escarabajo agarrado a un gran globo de riqueza e importancia, Buzz trataba de no perder pie. Pero el globo había empezado a rodar.

*

—¿Deviiiii? —los goznes chirriaron un poco. Tío Rolf asomó la cabeza por la jamba y sacó la llave de la cerradura—. ¿Deviiiii? —entró de puntillas.

Algo hizo ruido tras la puerta del cuarto de baño, pero los sonidos posteriores fueron tragados por el estruendoso despegue de un avión. Fue ensordecedor; vio que Devi se había dejado una ventana abierta. La habitación parecía y olía como un andén de estación. Al ir hacia la ventana más próxima, Rolf vio una cara en la tele. Era la cara de Martin, frente a un rebaño de micrófonos. El estruendo se extinguió en el tiempo que Rolf tardaba en llegar al televisor.

«*... No digo que lo hayamos descartado, pero es indicativo de cómo enfocan ellos el asunto. Los debates nunca han resuelto nada. Se convierten en concursos de personalidad, y ése es justamente el tipo de confusión respecto al referéndum que a mí me interesa eliminar.*»

—Conque sí, ¿eh? —Rolf plantó la palma de la mano en la cara de Martin. La pantalla estaba caliente—. ¡Pelagatos de mierda!

«*Tendremos una respuesta definitiva el próximo jueves.*»

—Estoy impaciente, cabeza de chorlito.

Nunca le había caído muy bien Martin Probst, pero hasta ese invierno no había sabido hasta qué punto sentía aversión por él. Con una risita, lo borró de la pantalla a golpe de mando a distancia.

Al inclinarse para cerrar la ventana, el batiente se le escapó de la mano impulsado por una ráfaga de viento. Se afianzó en el alféizar y alargó el brazo. Más arriba, en una repisa practicada en la pared exterior encima de la ventana, advirtió una caja pequeña envuelta en plástico. Cerró la ventana y pasó el pestillo. Se acarició el bigote. Una caja pequeña. Vaya. Envuelta en plástico. Abrió de nuevo la ventana y se asomó al exterior..., pero mejor no preguntar, ¿eh? Tener una querida sólo valía la pena si no inspeccionabas más de la cuenta. Cerró la ventana cuando ella estaba saliendo del cuarto de baño.

—Hola, Rolf —dijo con coqueta insipidez.

—Buenas noches, amor.

Devi llevaba unas gafas nuevas al estilo de las que Barbie usaba para leer, pantuflas negras para parecer más baja, Levi's azules y una camisa blanca muy holgada. Rolf no veía el artículo genuino desde hacía más de dos meses, desde las vacaciones, y su presión sanguínea aumentó de repente. Tras cinco meses de relación Devi podía reducirlo todavía a un mozuelo patizambo. Ella acercó sus manos. Él se quedó allí de pie, fascinado, mientras se iban acercando, le separaban las solapas de la chaqueta, acariciaban su jersey por debajo de los brazos. Luego el resto de ella lo abrazó como a cámara lenta. Él vivía para eso. Tosió.

Devi torció el gesto. Rolf la apartó de mala manera y lanzó otro esputo, con los oídos que le reventaban.

—Lo siento —Devi se dejó caer en el sofá.

Él se fijó en la tirita que tenía en el antebrazo, el maquillaje seco. No le importaba lo que pudiera hacer cuando estaba sola, pero si perdía el control delante de él...

—¿Por qué me has llamado? —dijo Rolf.

Ella alzó los ojos e hizo que la amara otra vez con su perfecta sonrisa medio irónica.

—Rolf —dijo—. Dependo absolutamente de ti. No puedo pasar un solo día sin oír tu voz. Después de todos estos años, cada día cuenta, cada minuto cuenta. Hemos esperado mucho tiempo el uno al otro, ¿no lo comprendes?

Él abocinó la mano y tosió allí un poco.

—No te enfades conmigo, Rolf. Soy una mujer débil, pero las cosas cambiarán pronto, todo será como tú quieres que sea. He dejado a Martin. Todo el mundo lo sabe. Oh, ¡la de años que he malgastado con él! Por esperar. Me estaba perdiendo algo, sabía que me estaba perdiendo lo que otras mujeres tienen, y, mira, he terminado con él. Y después de cómo me chilló yo ya no podría volver... Y tú te quejas cuando te llamo a la oficina.

Frunció los labios. El parecido era misterioso. Rolf se puso de rodillas y apoyó la mejilla en el pecho de ella, mordió con los labios, como un bebé sin dientes. El sudor cubrió sus ojos.

—Lo que pensaría Martin —dijo ella— si pudiera ver lo que estás haciendo.

*

Empezó a rodar por Nochebuena cuando Buzz estaba trabajando en su despacho y el guardia le llamó para informarle de que una tal señora de Sidney Hammaker deseaba verle. «Que suba», dijo Buzz. Mientras esperaba, se hizo un chequeo de sistemas y encontró luces de alerta roja en todos los sectores: su procesador moral vomitaba mensajes de error en la pantalla —DIVISIÓN POR CERO EN COMA FLOTANTE A 14000822057G—, ventiladores estropeados en el regulador de potencia, una tarjeta defectuosa en la unidad de vocalización, y todo su programa CANCELADO POR UN PROCESO SUPERIOR, ERROR AOS GRAVE, ¿DESEA VOLCAR LA MEMORIA? Desconectó el teléfono y comprobó su peinado en la pantalla trazadora, cuya convexidad dobló la escala de su nariz de dos cañones y su boca ovalada y dio a su cabeza una forma escandalosamente redonda. Era un monstruo de rostro verde.

Asha llamó a la puerta, que estaba abierta. Esperaba no interrumpirle. Él dijo, no, por Dios, es Nochebuena, de todos modos no tendría que estar trabajando. Ella se sentó en la mesa, junto a su consola. El punto que lucía en la frente parecía suspendido bajo la superficie de su piel tersa y fresca, como el punto de los decimales en una pantalla de cristal líquido.

En los minutos y horas que siguieron, su falda pareció ir subiendo dotada de vida propia, a un ritmo independiente de la conversación. Cada vez dejaba ver más cantidad de pierna, subiendo sin tregua la línea en que las sombras intensificaban el tono de sus medias de nylon, del gris al negro. La falda detenía su trayecto vertical y acampaba durante media hora, tres cuartos, como si tuviera la intención de no subir más. Entonces Buzz miraba y veía aparecer otros dos dedos de muslo.

Resultó que Asha conocía bien el análisis tensorial. Escuchó atentamente la exposición que Buzz hizo de su método iterativo, y mientras el sol de diciembre se ponía sobre los campos nevados de North County, ella percibió una redundancia en su tensorial, una simetría oculta, y le sugirió que lo colapsara y añadiera nuevas variables. Estaba intentando, afirmó, poner a Hammaker a tono con los tiempos que corrían. Sólo las empresas de refrescos de cola podían rivalizar con el éxito de Hammaker y la originalidad de su márketing, pero incluso Hammaker no había afrontado hasta ahora el misterio más importante: ¿funcionaba la publicidad? Las ventas demostraban poco. Las pruebas de mercado —grupos de televidentes bebedores seleccionados al azar y supervisados en salas a prueba de ruidos— eran puro chamanismo. Asha se estremeció ante la espantosa desmesura implícita en la publicidad masiva, el vergonzoso despilfarro de recursos. Ansiaba alcanzar perspectiva divina desde la cual poder ver rápidamente la fórmula que hiciera de Hammaker la cerveza preferida de todos, no de un treinta y siete o un cuarenta y tres o un sesenta y cinco por ciento, sino de todo el mundo. La fórmula tendría que consistir, por supuesto, en más que una táctica o un simple eslogan, porque los dos principales rivales de Hammaker de seguro los iban a copiar. Sería una serie infinita que tomara en cuenta dialéctica cualquier posible contraataque y lo superara automáticamente. Era ahí donde Buzz entraba en juego. Asha había leído sus trabajos sobre estimulación tensorial n-variable de la meteorodinámica. Quería aplicar su método a la venta de cerveza.

—En vez de contemplar pasivamente este sistema isobárico en su aparato trazador —Asha se lamió los labios—, imagínese un simulacro de guerra. Imagine el sistema en manos no de pautas climáticas globales dictadas por el azar sino en sus propias manos, y que su misión es crear condiciones templadas y de baja humedad en St. Louis 365 días al año, con un solo chubasco importante digamos que cada seis días entre las seis y las ocho de la tarde.

Y Buzz dijo:

—Lo que usted describe es un monopolio.

Y la princesa dijo:

—Nueve degustadores de cada diez no nos distinguen de nuestros competidores. La competencia sólo fomenta la saturación del mercado, lo cual hace que cada pack de Hammaker cueste un dólar más.

Y Buzz dijo:

—Las leyes de la psicología no son absolutas, usted lo sabe.

Y ella:

—Se sorprendería. Pueden ser mucho más absolutas de lo que usted cree.

El despacho estaba oscuro, los sombreados toroides del monitor tan verdes y brillantes que parecían bailar, y mientras ella se inclinaba, con el codo apoyado en la mesa, para encender una lámpara, Buzz vislumbró puntillas blancas debajo de su falda.

*

Audreykins estaba jugando a las cartas en el buró de anticuario de su tocador. Llevaba una bata rosa de cordoncillo. Antes de hablar, Rolf se detuvo un instante y la miró con indulgencia. Ella sostenía en la mano el siete de tréboles como si estuviera tratando de enseñar su tarjeta Platino a un vendedor despistado. Puso el trébol encima del ocho de corazones, pero luego lo levantó. Miró por encima de su hombro, inexpresiva, un payaso hembra con la cara cubierta de crema.

—¿Todavía estás levantada? —dijo Rolf.

Audreykins absorbió la pregunta y continuó jugando. Dejó el trébol con firmeza encima del corazón, sacó otra carta, la reina de diamantes, y cambió una serie de naipes con movimientos rápidos e intrincados.

—¿Te han ido bien las cosas?

De nuevo, el mínimo acuse de recibo. La oyó moverse en busca de posibles jugadas. Rolf mascó las puntas de su bigote. Especialmente tierno después del coito de la tarde, lo intentó otra vez.

—No podías dormir, ¿eh?

—Diez de picas —murmuró ella.

Unos cuantos momentos como ésos bastaron para que Rolf considerara con más seriedad los planes de Devi sobre una reorganización de los vínculos legales. Casi de inmediato, sin embargo, recordó la vieja lógica —fideicomiso conjunto, la mitad de las acciones, las dos casas, la mitad de los bonos, los terrenos en Arizona, Oregón, St. Thomas, santo cielo, al menos veinte millones de dólares— que por supuesto no era lógica ni era nada. No te cases nunca con la hija de un abogado.

—Debes de estar muy preocupada por Barbie, ¿no? En cuanto tu cabecita toca la almohada se te ocurre pensar en que se abre de piernas a un apuesto desconocido.

Audreykins tomó una carta del montón.

—No deberías hacer trampas, Audrey, en serio, así no es nada divertido. Para no hablar del mandamiento número ochocientos: no harás trampas en el solitario. Estoy seguro de que al padre Warner le molestaría mucho enterarse.

Buscó unas tijeras en forma de pico de ave y se dio unos toques en las comisuras de la boca. Por el espejo vio que ella no le estaba mirando. La calefacción empezó a hacer ruido en el radiador de encima de su cama.

—Se está muy bien aquí, por cierto. A ver, recordemos a Martin un momento. ¿Habrá que inclinar la cabeza? Pensemos en él, pobre, solito en esa casa tan grande, con ese fascinante mobiliario, sin nadie con quien hablar.

Rolf se imaginó al alegre Martin dado puntapiés a los muebles con rabia de cornudo, o jugando al solitario en medio de la cama. ¡Porque la mocosa también le había abandonado! El señor Todo-Lo-Hago-Bien había sido pillado con los pantalones caídos, perdiendo a sus virtuosas chicas y poniéndose en evidencia haciendo campaña en contra de un referéndum inevitable.

Audreykins se había dado la vuelta. Su expresión era franca pero cordial.

—¿Mmm? —sonrió él.

—Estás loco, Rolf —dijo ella—. Has perdido el juicio.

*

Su trabajo empezaba a resentirse y Buzz analizó la situación. Nadie podía esperar de él que a su edad produjera ideas originales, así que lo poco que conseguía hacer, aunque fuera menos de lo que hacía meses atrás, era puro relleno exento de impuestos. El trabajo, además, le proporcionaba una excusa. Cada día daba instrucciones a su secretaria de que no le molestara por ningún motivo. Por la noche interponía un contestador entre el mundo y su sancta sanctorum. Su investigación, le explicó a Bev, había entrado en una fase que exigía la máxima concentración. Ella no le creyó. Él tampoco lo esperaba.

Dejando el sancta sanctorum deshabitado, viajó hasta la planta baja en el amplio montacargas. Mientras los empleados de la parte trasera de sus oficinas centrales levantaban cajas o empujaban escobas, él pasaba brevemente las horas diurnas y siempre mencionaba que era crucial que nadie supiera de sus idas y venidas; dejaba caer oscuros indicios de negocios supersecretos y al más alto nivel. Empujaba con el hombro la pesada puerta posterior y salía al muelle de carga. Asha estaba esperando en su Corvette, por la tarde o por la noche, normalmente lo último.

Era ella quien hacía apuestas en Cahokia Downs, comía chiles en el 70-40 Truckstop y tomaba café en los restaurantes baratos. Buzz simplemente la acompañaba. Le sorprendía que todos los locales rústicos en los que le hacía entrar, el desfile de camareras decrépitas y apostadores cursis y tartas y pasteles que giraban en pedazos, hubieran sobrevivido los cuarenta años transcurridos desde que él era joven y un poco rústico también. Hasta las carreteras lo tenían asombrado. Asha conducía kilómetros y kilómetros hacia el norte por rutas estatales que él jamás había visto pese a que había vivido toda su vida en el este de Missouri. En días laborables, pasada la medianoche, el tráfico huía de las carreteras dejando un vacío fantasmagórico, como si hubiera caído una bomba de neutrones. Asha superaba los ciento cincuenta kilómetros por hora en llano.

Pero el personal de vigilancia no podía guardar un secreto. Bev le decía a Buzz que sus numerosísimas amigas creían que Asha y él estaban manteniendo realmente negociaciones supersecretas. Las esposas, incluida Bev, creían que sus negociaciones eran de otra índole.

Buzz era más o menos inocente de ambas suposiciones. Respetaba demasiado a Asha y dependía demasiado de su compañerismo para arriesgarse a una relación física. Y, aparentemente, a ella no se le había ocurrido en ningún momento esa posibilidad. Eran simples amigos que de vez en cuando charlaban de negocios, cosa que Buzz se habría alegrado de evitar por completo. Cuando Asha trataba de animarlo a ampliar sus propiedades en el North Side, él se quedaba desconcertado. La responsabilidad de administrar Wismer Aeronautics recaía personalmente en él. Pero Buzz, personalmente, ya no se imaginaba la vida sin Asha Hammaker. En la palabra «personalmente» dos curvas hostiles saltaban una asíntota. El resultado era el caos.

Mientras febrero daba paso a marzo, su mente empezó a concentrarse en Martin Probst, el otro amigo en el que creía. Martin estabilizaba las curvas, restableciendo las condiciones de contorno límite. Lealtad a Martin significaba lealtad a la reputación de Buzz, al hombre honrado y amable que el mundo le había considerado siempre. Buzz le telefoneó varias veces.

—Oye —le dijo—, lo que puedas haber oído sobre la señora Hammaker y yo (sé que hay rumores) no es lo que parece. No hay más que una relación social. Sidney también podía estar, o Bev, si hubiera accedido a venir alguna vez. No hay nada raro, ni fiscal, ni físico...

Martin dijo que lo entendía.

—Y créeme que yo estoy de tu lado en lo del referéndum. Sé que no he dedicado tiempo suficiente para colaborar con algo más que mi dinero, pero estoy firmemente comprometido con la situación actual. Por mí, nada de fusiones, no señor. Desde el punto de vista de los beneficios, no tiene sentido trasladar mis oficinas (como ves, en realidad no sé qué clase de rumores son ésos). No te negaré que he notado, bueno, cierta presión para trasladar solamente las oficinas centrales (como te dije, tenemos los terrenos, ya los teníamos) pero entiendo que es muy importante tener la administración de la empresa cerca del centro técnico, y eso sí que no podría trasladarlo...

—Mira, Buzz. No te molestes. Ya me contaste cuáles eran tus planes. Confío en ti.

—¡No! Quiero que creas lo que te estoy diciendo, en concreto.

—De acuerdo. A mí me parece lógico. Por eso estoy metido en esta campaña. Entiendo perfectamente lo del centro técnico. Te creo, Buzz.

*

Rolf se demoró frente al espejo, arreglándose el pelo con un peine de plata. Loco de verdad. El vello de su pecho, limpio y esponjoso, lucía una cadena de oro que subía y bajaba sobre las matas individuales como exquisitas vías de montaña rusa, desapareciendo tras el cuello de su bata rojo rubí. Escabrosa, áspera, su cara era muy distinta de todas las jetas Charlie Brown del resto de la gente de St. Louis. Meneó su Capitán Caterpillar, el nombre que Mara le había puesto de jovencita a su bigote. El recuerdo de aquella invención la anclaba a sus años de inocencia.

Fue a la puerta y la abrió. Una luz color de miel inundaba el pasillo colándose por las tablas de la puerta de Audreykins. *Peinándose las trenzas.* Cada vez que miraba de noche hacia el pasillo, por más tarde que fuera, veía luz, y la frase le venía a la cabeza. La imaginación era algo maravilloso. *Peinándose las trenzas.*

Arrancó los últimos teletipos de la impresora que había junto al cesto de la ropa, se sirvió un trago de Glenlivet y se metió en la cama. La hora —la una y media— se perdió casi en el dorado laberinto de su reloj Gübelin.

Por la mañana remoloneaba un poco en la cama, iba en coche hasta Lambert y tomaba un avión a San Antonio para hablar con el presidente de Gelatron, una fábrica de plásticos que estaba a punto de comprar. Revisó con el dedo las cifras que su agente de bolsa le había enviado.

Gelatrn 7 2061 $8\frac{1}{4}$ $6\frac{5}{8}$ $8\frac{1}{4}$ $+1\frac{5}{8}$

El secreto había dejado de serlo, y la respuesta era favorable, un sólido voto de confianza en Ripleycorp. Dentro de unos meses San Antone perdería algunos puestos de trabajo mientras Gelatron se trasladaba al lado norte de St. Louis. Filial en propiedad absoluta. Las palabras, combinadas con el whisky, añadieron calor al entusiasmo subsiguiente a la adquisición. Rolf alcanzó el inalámbrico para charlar con su filial favorita, pero se detuvo a tiempo. La telefoneaba demasiado a menudo. Su indiscreta y pequeña filial de propiedad absoluta...

Hizo un último viaje al orinal. La quietud que observó en el lado de Audreykins le pareció un tributo a sí mismo. Estaba en la cresta de la ola. Ya nunca tendría que temer a uno de los Probst, ni soportar otra velada con ellos, como tampoco Audreykins hallaría refugio en la cocina de Barbie. Por un momento, mientras empezaba a sonar el ruidito de goteo, se sorprendió a sí mismo creyendo, sin tener por qué, que Barbie estaba muerta. Eso no le turbó. Tenía a Devi, y Martin no tenía a nadie. Había ganado el mejor. Se ruborizó. En la ventana un cristal vibró al zumbido de un pequeño avión nocturno.

*

—¿No crees que deberíamos establecer contacto por radio?

Pasado Ladue, Asha desaceleró y condujo el Cherokee hacia un suave picado, enderezándose a 550 metros sobre University City.

—A esta hora creo que no será necesario —dijo ella—. La visibilidad es perfecta. De vez en cuando me gusta volar sin un plan de vuelo. Es un poco como hacer submarinismo.

Estaba yendo rumbo al este, hacia la ciudad. En Nueva York o Chicago habrían estado arañando edificios de muchas plantas, pero St. Louis se veía bajo y desolado, las intersecciones meros cruces de color de hueso, sin carriles. Coches solitarios empujaban pálidos charcos de luz delante de ellos. Si esto hubiera sido una misión de bombardeo... El vuelo nocturno sacaba a relucir una propensión especial en las ciudades norteamericanas, o así se lo parecía a Buzz, que estaba pensando que América, St. Louis, nunca había sido bombardeada y ya no podría ser bombardeada por otra cosa que por cabezas nucleares. La falta de una experiencia intermedia agudizó su idea de la fragilidad del continente, cuya población no tenía memoria cultural de plagas ni de incursiones aéreas. Una espléndida ilusión, la Norteamérica actual, daba origen al más patético horror, el horror de un hombre que, al igual que Buzz, no había pasado una sola noche en un hospital, pero que, a diferencia de él, se enfrentaba ahora a una muerte segura y espeluznante.

—Vas directa al centro, ¿eh?

—Pensaba que estaría bien echar un vistazo —dijo Asha.

—Se ve todo muy misterioso a esta hora. Me empieza a gustar.

—Ya lo sé. Para mí también es excitante. Las formas me resultan todavía extrañas. El hecho de que una ciudad tenga este aspecto. Que haya encontrado motivos para tener este aspecto.

Perdiendo altitud, siguieron la autopista Daniel Boone rumbo al este. Como todas las carreteras principales, ésta conducía a la zona ribereña, al Arch. Era el Arch lo que daba su apariencia chata a la ciudad. Buzz lo contempló con ingenua fascinación, un irreflexivo placer en su improbable tamaño, su extensa tridimensionalidad, su firme curvatura a lo largo del horizonte de Illinois. Se erguía casi a la altura que ellos volaban, transformaba la zona del centro en un espacio interior, y a Buzz y Asha en pájaros que lo sobrevolaban. ¡Martin! Estar encima de la ciudad pero también dentro de ella: Buzz experimentó una repentina afinidad con su otro amigo, en cuyo discurso, estatura y porte hallaba expresión toda la plasticidad del St. Louis real. Entonces oyó que el motor enmudecía. Vio a Asha tirar de la columna de control y comprendió lo que estaba a punto de ocurrir.

—Asha, no —dijo.

Una ordenanza municipal prohibía volar a través del Arch. Asha se concentró. El vistoso estadio se abrió a sus pies, blanco y negro.

Ya estaba sucediendo. Sin peligro alguno, con una velocidad proporcional a la de ellos, el Arch abrió las piernas para dejarlos pasar. Wharf Street era un arroyo al que estaban cayendo. Por un momento Buzz casi pudo haber rozado el ángulo interior de acero. Ya habían pasado. Asha puso el aparato en vertical.

Yo no podía, se dijo Buzz. Estoy firmemente comprometido con la situación actual. Nada de fusiones, no señor. No tiene sentido trasladar las oficinas entiendo que es muy importante cerca del centro técnico y eso sí...

—¿Estás rezando? —preguntó Asha.

—¿Lo parecía...?

—Casi no te oigo.

A sus pies el Mississippi retrocedía a la par que East St. Louis, donde Buzz observó el fulgor amarillo de unos incendios diminutos.

18.

Probst iba a sentarse para desayunar el primer domingo de marzo cuando vio que en el patio de atrás había dos intrusos.

Uno era Sam Norris, un yeti en pequeño con un loden azul. El otro era un desconocido, un individuo bajo vestido con una parka verde cuya capucha forrada de pieles caía sobre su espalda. Probst vio a Mohnwirbel salir del garaje, las perneras del pantalón del pijama apretujadas entre el abrigo y la parte alta de sus botas de goma negras, avanzando a trancas y barrancas por la nieve en dirección a Norris y su acompañante. Intercambiaron palabras. Probst mordió un bollo pegajoso. Norris señaló hacia algo en un arriate de azaleas sin hoja. Mohnwirbel negó con la cabeza e hizo enfáticos gestos como si aplicara golpes de karate. Norris sonrió y miró hacia donde estaba Probst sin llegar a verle.

El jardinero volvió al garaje. Con los brazos en jarras, Norris y el hombre bajo aguzaron la vista y patearon el suelo. Probst se imaginó terminando de desayunar, leyendo el periódico y no molestándose en averiguar lo que estaba pasando fuera. Pero Norris le estaba haciendo señas con gesto impaciente.

Probst salió en mangas de camisa.

—Buenos días, Sam. ¿Qué le trae por aquí?

—Herb —dijo el general—, le presento a Martin Probst. Martin, éste es Herb Pokorny.

El hombrecillo cruzó los brazos a la espalda. Llevaba un pequeño casco de cabello rubio y como mojado. Tenía la nariz chata y menuda, la piel marcada como la piedra, los ojos muy hundidos y casi sin pestañas. Le recordó a la famosa esfinge cuya nariz habían destrozado los soldados de Napoleón.

—Encantado de conocerle —dijo Probst.

Pokorny miró a Norris.

—Parece que se ha preparado un buen desayuno —dijo Norris—. Herb y yo estábamos hablando de un pequeño agujero que tiene aquí en el jardín. Herb, ¿quiere usted enseñárselo?

Pokorny dio un paso y señaló con una puntera de loneta un trecho de tierra sin nieve y recién removida entre dos azaleas.

—¿Quiere enseñarle la huella?

Pokorny señaló una huella en la nieve a la izquierda de las plantas.

—¿Es de su pie, Martin?

Se le ocurrieron varios chistes, pero se limitó a decir:

—No.

—Tampoco es de su jardinero.

Probst miró al cielo, que empezaba a encapotarse. Cuatro cuervos se lanzaron desde un nogal, cada aleteo acompañado de un graznido.

—¿Ha utilizado ese detector que le dije, Martin?

—No puedo decir que sí —respondió Probst—. Al cabo de unos meses dejó de ser una novedad.

Pokorny frunció el entrecejo, no le había gustado la sorna implícita en la respuesta.

—¿Cuándo fue la última vez que peinó la casa? —dijo Norris.

—Hará unas tres semanas —mintió Probst.

—Es interesante, porque en este agujero ha habido un transmisor-receptor hasta las dos y media de ayer noche.

—Hemoz oído la zeñal —dijo Pokorny.

—¿De veras? —dijo Probst.

—Sí. Digitalizada y codificada, de lo contrario habríamos podido decirle exactamente lo que ellos oyeron. Claro que es fácil de adivinar.

—Así que había un transmisor en eso que llaman agujero. Y transmitía mensajes cifrados. Pero ha desaparecido.

—Sólo sintonizamos ayer. Tenían un procesador de los buenos enterrado aquí —Norris señaló hacia la tierra removida—. Recibía señales de su casa, las digitalizaba, las comprimía por un factor de cien o así, y las enviaba cada doscientos segundos en una diversidad de frecuencias muy altas, esto es, cuando estaba en activo. Funcionaba cuando usted llegaba a casa. Supongo que se activaba por la voz. Haga caso de Herb. Esas cosas no son fáciles de descubrir.

—Impresionante —le dijo Probst a Pokorny—. Pero luego vino alguien por la noche, lo desenterró, dejó aquí una sola huella y se fue corriendo.

—Bingo.

—Lo siento, pero no creo nada de todo esto.

—Muéstrele la lista, Herb.

Pokorny se arrodilló en la nieve y abrió una cartera maltrecha. Le pasó a Norris una carpeta de la que éste extrajo un par de papeles impresos en matriz de puntos, sujetos por una grapa. Se los pasó a Probst.

.

.

.

Ahmadi, Daud Ibrahim
*Asarpota, Mulchand
Atterjee, T. Ras
*Baxti, V. L.
Benni, Raju
*Bandari, Karam Parmanand

—¿Y bien? —dijo Probst.

—Sospechosos.

Probst bostezó:

—Ya. ¿Qué clase de sospechosos?

—Todas las personas de origen indio y perfil tipo Q que se sabe que han estado en St. Louis entre el 1 de julio y... ¿hasta cuándo, Herb?

—Ezte martez.

—Martes, veintisiete de febrero.

—¿Qué significan los asteriscos?

—Son los que nosotros, o testigos fidedignos, hemos visto en compañía de Jammu. Bien, ¿tiene usted...?

—Perdone, Sam, pero esto me pone enfermo.

El general movió los párpados.

—¿A qué se refiere?

—No he puesto reparos a que tratara de indagar algo ilegal como las bombas del estadio, pero esto es completamente distinto. Si quiere saber mi opinión, me huele a caza de brujas. Esto es condenar por el mero hecho de haber nacido en un país determinado.

—Ahórrese el discurso, Martin. Quiero que lea esto y me diga si conoce de oídas o personalmente a alguna de las personas en la lista. Por favor.

.

.

.

*Nand, Lakshmi
*Nandaksachandra (Hammaker), Parvati Asha Umeshwari
Nanjee, Dr. B. K.
*Nissing, John
Noor, Fatma
Patel, S. Mohan
Pavri, Vijay

Probst le devolvió el papel a Norris.

—Aparte de la señora Hammaker, no puedo ayudarle.

—¿Está usted seguro?

—Sí.

Norris intercambió una mirada con Pokorny.

—Pues mire, es interesante. Porque, que yo sepa, este de aquí (John Nissing) vino a su casa a tomar unas fotos.

—No me diga —Probst comprendió que Norris sabía que Barbara le había abandonado. Pero ¿qué más sabía? ¿La había visto Pokorny con Nissing? ¿Había husmeado en Nueva York? Probst no veía motivos para hablar de su vida privada en el patio de atrás con Pokorny haciéndole muecas.

—Yo no conocí personalmente a los fotógrafos —dijo, sincero—. Fue Barbara la que trató con, bueno, con ellos.

—¿Cómo sigue Barbie?

Norris lo sabía. Todo el mundo lo sabía. Probst desvió la mirada hacia la nieve salpicada de ramitas, siguiendo la pared del garaje arriba hasta las ventanas de Mohnwirbel.

—Bien. Está en Nueva York.

—¿Ah, sí?

—Con unos parientes.

Las azaleas susurraron en la brisa. Probst llevaba zapatillas de tenis, y los pies se le estaban quedando ateridos en la nieve.

—Está bien —dijo Norris. Pokorny asintió, cerró su cartera y fue hacia el sendero—. Creo que lamento un poco todo esto, Martin.

—Sam... —la voz de Probst se quebró; estaba furioso—. Sam, me temo que si sigue hurgando en este tipo de cosas se llevará su merecido.

—No me dé lecciones de moral.

—Los detectives privados remueven la mierda. Deles tiempo y dinero suficiente y...

—Maldita sea, Martin, no me dé lecciones de moral.

—Le he escuchado con la máxima atención. Cuando quiera ayuda para un proyecto legítimo, ya sabe adónde acudir. Pero un episodio como éste es lo que yo llamaría un abuso de...

—Me hace usted un mal servicio. Ya le dije que me importa bien poco lo que pase en su familia. Le dije eso y también...

—Quiero que esa sabandija salga de mi propiedad.

—No se lo tendré en cuenta, Martin. Ahora escuche. Le he pedido disculpas por las posibles molestias. Quiero que las acepte.

Norris clavó los dedos casi desesperadamente en el codo de Probst. Éste se sintió halagado sin poder evitarlo.

—De acuerdo.

—Gracias. Bien, dos cosas antes de que termine usted de desayunar y se vaya a pasar el día a Clayton. Dos cosas. ¿Me va a escuchar?

Probst suspiró.

—Una. Tiene que creer que en este agujero había escondido un aparato. No es ninguna conjetura. Puedo ponerle la cinta si quiere. Supongo que no le permitirá a Herb (él haría un trabajo limpio, por supuesto) y sería muy beneficioso si pudiera hacer un registro ahora mismo en su casa.

—Ni hablar.

—Pero lo del aparato, ¿lo cree?

—Supongo que sí. También creo que existe el Polo Sur. Yo no lo he visto y me da lo mismo, pero creo que existe.

—Debería considerar su actitud, siempre pero, pero, pero. La segunda cosa es sólo un sí o un no. ¿Ha sido sincero cuando ha dicho que la señora Hammaker era el único elemento de la lista del que había oído hablar?

—Sinceramente —dijo Probst, preguntándose qué iba a responder. Vio que en el fondo le daba igual—. Sí.

—Está bien. Siento haberle interrumpido —Norris fue hacia el camino y se sacudió de nieve los pies. Volvió la cabeza—. Comprenderá usted que yo creo en su palabra, ¿verdad? —y, dicho esto, se marchó.

Probst entró en la casa, se terminó el desayuno frío y paseó por la cocina tratando de calmar la temblequera, como había hecho durante años a raíz de diversas peleas en otros domingos por la mañana. Dejó la taza y el plato sobre la esterilla de plástico del fregadero. Unos días atrás, al dar la vuelta a la esterilla, había descubierto manchas amarillentas de limo, turbias como la grasa de pollo en un caldo frío.

Subió a su estudio, apartó de la butaca una montaña de correo de segunda clase y empezó a trabajar en la pila de currículos que su director de personal, Dale Winer, le había entregado. Eran aspirantes a cuatro nuevos puestos, uno administrativo y tres de oficina. Su ojo experto reparó en errores ortográficos, muestras de inestabilidad, exageraciones, diplomas de instituto del North Side (por aquello de favorecer a las minorías, no les irían mal dos mujeres negras), autobombo, experiencia irrelevante. No era que la mayoría de los solicitantes fuera incapaz de hacer el trabajo. Pero había que elegir bien.

Sonó el teléfono.

Era Jack DuChamp. Sólo para ver cómo estaba, dijo Jack. Ahora que se había confirmado que Laurie iría a la escuela dominical, él, Elaine y Laurie habían empezado a ir más tarde a la iglesia en vez de ir temprano porque a los chicos les gustaba dormir un poco más los fines de semana. A Elaine también, a veces. Mark se tomaba un semestre libre para ver si se organizaba un poco, hacía prácticas enseñando a niños sordos, y le gustaba. Pero era divertido tener un par de horas extra el domingo por la mañana, ver nuevas caras en la iglesia, y por Nochevieja habían decidido con Elaine que intentarían hacer algo de interés en esas horas, que tampoco era mucho ya que ir más tarde a la iglesia quería decir volver a casa más tarde, pero en cualquier caso, procuraban hacerse la vida un poco más interesante, los domingos por la mañana. Por eso le llamaba Jack.

—Ya —dijo Probst.

Laurie trabajaba treinta horas a la semana en el Crestwood Cinema, aparte del instituto y los ensayos de *Brigadoon,* el musical de la primavera, ¿y Luisa... trabajaba?

—Bueno, en realidad...

Así tendría más tiempo para estudiar. Y eso se apreciaba en la libreta de notas, Jack sentía decirlo, aunque él pensaba que a las escuelas de hoy en día les interesaba algo más que las calificaciones, que la madurez y la independencia debían de contar mucho, y si no, para qué servía ir a una escuela universitaria, ¿no? En fin, como Laurie estaba tan ocupada y Elaine tenía poco trabajo este semestre, habían podido redescubrir la vida social, y se preguntaban si Martin y Barbara..., los cuatro solos, alguna noche entre semana..., tal vez en un restaurante para que nadie tuviera que molestarse en cocinar.

Ayudando a niños sordos, pensó Probst. Ayudando a niños sordos. A niños sordos.

O la semana que viene, si es que ya tenían planes.

—Jack —dijo Probst—. Barbara y yo nos hemos separado.

Oh.

Era la primera vez que Probst empleaba la palabra «separados», incluso mentalmente, y resonó en su cabeza como si la estuviera ensayando después del hecho en sí. Jack dijo algo más, a lo que Probst, sin escuchar, respondió que bueno, sí, tranquilo. Y en cuanto se hubieron repuesto, Jack dijo que quizá un partido de los Blues, los dos solos, un sábado por la noche...

Luego llamó Luisa. Duane exponía fotos en una galería y la inauguración era el viernes por la noche. ¿Podría ir? A papá le encantaría, dijo él. Presintió que Luisa no estaba para tertulias, pero de todos modos consiguió hacerla hablar. Le fue tendiendo una trampa tras otra, escuchó lo que ella decía sobre las asignaturas que había elegido, sobre sus notas, su vista, su último resfriado, sus conversaciones con Barbara, lo de Duane y la galería, el nuevo tubo de escape que Duane había hecho instalar en el coche. Cuando se despidieron eran las diez y media.

El teléfono sonó otra vez inmediatamente. Era una mujer, Carol Hill, que llamaba del *West County Journal* para confirmar las citas que le habían pasado el día antes.

—... La última es: En definitiva hemos de analizar todo esto en términos de impuestos democráticos sin representación, es un viejo tema en este país y vale la pena tenerlo en cuenta si la fusión dará pie a un gobierno más o menos representativo para los residentes del condado pues yo creo que la respuesta es clara: no.

—Sí. Está bien. Le agradezco que haya llamado para verificarlo, Carol.

—Descuide. Gracias a usted —la voz se convirtió en señal de llamada.

Probst miró el nogal que había frente a la ventana y exclamó: «¡Un momento! ¡Es menos! La respuesta es clara: ¡Menos!». Meneó la cabeza.

MARY ELIZABETH O'KEEFE. Nacida el 16/6/59.

Sonó el teléfono.

Encajó el auricular en el hombro, lo sujetó con la oreja y oyó la voz de Barbara. Habló él. Habló ella. Habló él. Habló ella.

—... formalizar un poco todo esto —dijo Barbara.

—¿Qué quieres decir?

—Bueno, esta situación es un poco incómoda para los dos. Me han invitado a varias fiestas y no sé cómo hablar de este asunto —fiestas. Estaba siendo cruel—. No pretendo levantar ampollas, pero si conviniéramos en llamarlo...

—Una separación —dijo él—. Yo lo he llamado separación cuando la gente me pregunta.

—Supongo que es lo adecuado.

Adecuado: el término «separación» adecuado por sí mismo para inducirlos a odiarse mutuamente cuando posiblemente no tendrían por qué.

—Mira —dijo él—. ¿Quieres el divorcio?

Hubo un silencio al otro extremo de la línea. Pero no un silencio completo, pues Probst oyó los bordes vocales de al menos una frase murmurada. ¡Nissing estaba allí con ella! ¡Mientras ellos dos hablaban! ¡Nissing y Barbara discutiendo la jugada! Ella habló de nuevo.

—Es un poco...

—Porque a mí no me importa si no vuelvo a verte nunca más.

—Martin. Por favor.

—¿Estás sola? —dijo él.

El silencio de ella se pobló de imágenes, miradas frenéticas a su amante, la mano haciéndole señas, Nissing tomándoselo con calma.

—Pues... No, tienes razón. Tienes razón. No es momento para hablar de esto. ¿Puedo llamarte más tarde?

—No hay prisa.

—No digas eso.

Probst giró en su butaca.

—No quiero verte, no quiero hablar contigo, no quiero saber nada de esto. Sólo trato de sentarme un rato en mi butaca. Nada más.

Por el auricular le llegaron las palabras «¡Martin, te quiero!», y después ella colgó.

¿Te quiero? ¿Cómo diablos se entendía eso?

De repente Probst empezó a tener dudas. Las prisas de Barbara, el tener que consultar. Se dio cuenta de que existía la posibilidad de que Nissing la estuviera reteniendo en Nueva York contra su voluntad. Que Nissing fuera un criminal o un conspirador, que realmente hubiera habido un transmisor en el patio de atrás. Que Probst, en calidad de presidente de Municipal Growth, hubiera sido objeto de una tortura psicológica para influir en sus decisiones, que Jammu estuviera detrás de todo, que Norris tuviera razón acerca de que algo muy raro les estaba pasando a los líderes de la ciudad y que desde la partida de Luisa —¡desde que Dozer fue atropellado por una furgoneta!— Probst se había convertido en un blanco, que la subsiguiente crisis de su familia no era el resultado inevitable sino algo impuesto desde fuera: que Barbara le quería realmente.

Se puso a buscar entre los papeles de su mesa. Encontró el número que ella le había dado. No lo había usado hasta entonces. Marcó el 212 y los otros siete dígitos extraños, y tras una pausa que le pareció desacostumbradamente larga, la conexión se hizo efectiva.

—¡Diga! —dijo una voz masculina, vibrante.

—Soy Martin Probst. Quisiera hablar con mi esposa.

—Es tu marido —dijo Nissing. Probst oyó reír a Barbara.

—¿Sí? —dijo ella.

—Soy yo. ¿Estás sola?

La oyó decir «Sal de aquí, por favor», y el resto amortiguado por una carcajada de Nissing. Oyó volver la boca de ella al auricular. Jadeaba.

—Creí que no querías hablar conmigo.

—Así es, créeme. Pero me gustaría verte un rato y dejar algunas cosas claras. ¿Crees que podrías tomar un avión y venir un día de esta semana? —pensó en añadir, por si podía hacer daño: «Pagaré yo».

Barbara dejó ir un suspiro:

—Como iba a explicarte antes, John y yo nos vamos una semana y media a París, el vuelo es mañana. Regresaremos el día quince. Entonces ya veremos, si crees que ha de servir de algo.

—No lo sé. Ya comprenderás que no tengo ganas de darle muchas vueltas. Además, yo también estoy muy ocupado.

—Bueno, después del referéndum. Le dije a Lu que me gustaría verla para mi cumpleaños. Quizá entonces, a primeros de abril. El tiempo pasa muy rápido, al menos para mí.

Probst carraspeó un poco.

—Está bien —empezaba a tener jaqueca ocular—. ¿Por qué me has colgado antes?

Tras una pausa, Barbara dijo:

—Utiliza la imaginación, Martin. Piensa en un apartamento muy pequeño...

Aquella no parecía su esposa. Hablaba como otra mujer. Tal vez como la que siempre había deseado ser. La cosa podía ir por aquí.

No bien había acabado de colgar, el teléfono sonó de nuevo.

—Probst —dijo.

—Hola. Señor Probst, soy George Snell. De *Newsweek.* Lamento llamarle a su casa en domingo. Quería ver si podíamos concertar una entrevista para mañana o el martes. Su secretaria de prensa me dijo que estaría usted conforme.

—¡Vaya! —dijo Probst—. Desde luego. Tengo una agenda muy apretada, pero estoy seguro de que encontraremos algún hueco.

—Me alegro de saberlo. ¿Mañana quizá?

—Mejor el martes. ¿A la hora del desayuno?, ¿del almuerzo?, ¿a última hora? Decídalo usted.

—¿Puede concederme una hora hacia el mediodía?

Probst alargó la mano y apartó currículos buscando su agenda. Recordaba que el martes lo tenía libre, pero...

Una mujer interrumpió la conversación.

—Les habla la operadora. Tengo una llamada urgente para el 962-6605.

—Soy yo —dijo Probst.

—Bueno —dijo George Snell—. Si no hay novedad, quedamos así.

—Gracias..., George.

Cortó la conexión y esperó la siguiente llamada. Era John Holmes.

—Martin, lo siento. He estado tratando de localizarte toda la mañana. Tengo muy malas noticias.

—De qué se trata.

—Pues verás: Ross ha muerto.

Probst miró el martes.

—Vaya. ¿Un accidente?

—No. Le dispararon anoche en su casa, casi de madrugada. Parece ser que sorprendió a unos ladrones.

Probst escribió NEWSWEEK entre las doce y la una del mediodía como si fuera su última oportunidad de hacerlo.

—Es increíble, John.

—Sí, yo tampoco acabo de creerlo.

No había habido testigos, pero la casa estaba medio saqueada. Billerica había recibido un solo disparo que le había atravesado la garganta, y bastó eso para que Probst sintiera afecto por un individuo al que no había soportado nunca; la muerte convertía sus defectos y su insolencia en meros símbolos de su postrera y perdonable debilidad. Los padres de Billerica se ocupaban del funeral, pero Holmes quería que Probst fuera a la sede de Vote No. Quería reunirlos a todos allí.

*

Empezaba en agosto, a todo color. Estaba mirando desde dentro de una piscina la cara de un gato atigrado, obeso y de mirada idiota, con las patas apoyadas en el borde de hormigón de la piscina y la cola plana y paralela a una pierna, de mujer, que estaba tumbada al fondo. Dos chicos de primaria abrían sus tarteras sobre sus rodillas levantadas y le mostraban el contenido: manzanas rojas, *twinkies* naranjas. Los rostros parecían espectros narigudos de ojos marchitos y dientes a cuadros. Y la ciudad era un paisaje en blanco y negro. Ahora todo eran cumbres o valles, mientras que el horizonte, por muy desigual que fuera, se perdía en las márgenes de su campo visual como si, fuera de la vista, el mundo restante se aglutinara como las nubes de tormenta. Un negro hacía gestos obscenos, un indio trataba de encaramarse al campo de lo visible, y unos chicos jugaban a pelota a lo lejos, los pies anclados en una tierra que no parecía más estable que un sube y baja. Luisa, por el contrario, sonreía. Gansos como pensamientos felices volaban cerca de su hombro. Bajo la camisa, sus pechos se separaban uno de otro, virando hacia sus codos. ¿Por qué había peligro en aquella sonrisa suya? Tres golfistas, jubilados a juzgar por su porte gris y sofocado, se ponían en situación mientras un cuarto golfista, por la bidimensionalidad de la imagen, parecía golpearles la cabeza con el driver. La ciudad acechaba tras los árboles que había más allá del tee. En noviembre los días eran muy cortos. Chavales negros subían a horcajadas de una cerca mientras el cable de una bola de demolición quedaba flojo al impacto de la bola y una vivienda salía despedida hacia el cielo. Las mujeres estaban demacradas. Parecían miniaturas de sí mismas, noventa centímetros de alto, aspecto acomodado y cargadas de paquetes. Una le estaba hablando, le lanzaba palabras con un leve gesto de cabeza. El aparcamiento del Plaza Frontenac moría más allá del ámbito de un flash, y ni el cielo ni las ventanas del Shriner's Hospital tenían luz. Miraba a un joven agente de policía y no veía más que la cara; sobre la visera de su gorra, detrás de sus grandes orejas pálidas, al sur de su barbilla huidiza, en la oscuridad tras de su incisivo metálico, en el material bajo los rayos de sus globos oculares, todo era *terra incognita.* Las mejillas de Ronald Struthers se hinchaban al verle, sus brazos colgaban laxos como los de un espantapájaros sobre dos cuerpos más rollizos, el de un apoplético con calvicie incipiente, el de un hombre triste con túnica de lamé sobre prendas de cachemira. ¿Qué le pasaba a la ciudad? La espalda desnuda de Luisa le suscitaba tan poca atención como si fuera la puerta de un cuarto de baño; aquellas curiosas anfractuosidades palidecían mientras su mirada fotográfica se prolongaba en el tiempo y la nieve que caía fuera arañaba ligeramente la noche. Ella era un objeto. Esto era lo que pasaba. En lo alto del Arch captaba la mano regordeta de un niño pequeño a quien un cristal impedía tocar St. Louis. Jammu y Asha Hammaker cogidas del brazo enfrente de la Junior League, glamour, glamour, y Binky Doolittle, saliendo por la puerta, sellaba aquella unión con una mirada impúdica. Un voluntario joven exhibía un puñado de pegatinas de Vote No mientras un hombre vestido de tergal montaba en un Cougar, a toda prisa, para evitar que le pegaran una.

Probst quedó impresionado. Se demoró en la parte delantera de la galería, a solas detrás de los bastidores donde colgaban las fotografías. Más allá oyó un chapoteo de café, los invitados de honor y amigos varios hablaban en murmullos y Joanne, la galerista, se comía las erres. Probst no tenía muchas ganas de sentarse en una silla de tijera sin sitio donde apoyar los codos. Contempló la obra de la chica con quien Duane compartía la exposición. Duane lo hacía mejor, pensó.

Parecía que había llegado más gente mientras Probst estaba detrás de los bastidores.

—Es lo primero que busco cuando abro el periódico —oyó decir a una voz que le sonaba. Rodeó el último bastidor. Era la voz de Jammu.

—¿Te importaría decirme la edad? —estaba sentada entre Duane y Luisa, ambos retorciendo servilletas sobre sus respectivos regazos.

—Tengo veinte años —dijo Duane.

Luisa se apercibió de Probst. Éste tuvo que salir de su escondite.

—¿Qué opinas? —le preguntó ella.

Jammu y Duane levantaron la vista.

—Son excelentes —le dijo a Duane—. Veo que has trabajado mucho —y a Jammu le dijo—: Hola.

—Acabo de tener el placer de conocer a su hija.

Luisa apartó la vista. Llevaba un vestido de seda, morado oscuro y verde oscuro, con flecos en el dobladillo y los puños. Parecía de segunda mano. ¿Qué hacía con el dinero que él le mandaba?

—Creo que iré a echar un vistazo —Jammu rozó la rodilla de Duane—. Disculpe —Probst se apartó para dejarle paso, pero ella le indicó que le siguiera con un gesto de cabeza—. Me gustaría hablar con usted.

Probst dedicó a Luisa y Duane una mirada de desagrado: negocios. Jammu llevaba la trinchera doblada sobre el brazo. Se había puesto un vestido gris de punto, de corte sorprendentemente bueno para una mujer a la que consideraba de mal gusto en el vestir, y un collar de perlas.

—¿Sí? —dijo.

—Como le comenté la última vez que nos vimos —dijo ella en voz muy baja—, me parece ridículo que en siete meses no hayamos tenido ocasión de hablar un poco.

—Sí, es escandaloso —replicó Probst—. Deberíamos avergonzarnos —Jammu había hechizado a la ciudad y a sus fuerzas vivas. A él no lo iba a hechizar.

—En serio —dijo ella—. Creo que deberíamos hablar.

—Oh. Desde luego —Probst volvió la cabeza hacia las fotos de Duane, animándola a hacer otro tanto y así poder mirarla a ella. Era una mujer menuda, como pudo ver, mucho más que lo que daban a entender las fotos o la televisión. Su cuerpo tenía una prepubescencia insólita, como si fuera una muchacha vestida con ropa de adulta sacada de un vestuario de teatro, y su rostro, aunque normal para una mujer de treinta y cinco años, parecía avejentado. Probst, sin venir a cuento, predijo que estaría muerta dentro de diez años.

La puerta de la galería se abrió y los padres de Duane, el doctor Rodney y la doctora Pat, entraron a toda prisa. Luisa se levantó al instante y fue a saludarlos. Duane se quedó al lado de los canapés y las bebidas. Su nariz desapareció en un vaso de plástico. Rodney besó a Luisa. Pat abrazó a Luisa. Probst los maldijo. Luisa le pasó café a Pat y se quedó con las manos en las caderas, echándose el pelo hacia atrás a intervalos regulares. ¿Cuándo había aprendido a actuar con tanta naturalidad?

Jammu había continuado sin Probst hasta la última foto expuesta.

—Mire —dijo él—, creo que no tengo nada que hacer más tarde...

—¿Esta noche? —Jammu consultó su reloj—. He de hacer una visita al Barnes Hospital. Puede usted venir conmigo, por supuesto, pero si va a quedarse un rato, podría pasarme luego por aquí. De todos modos, yo vivo muy cerca. Podríamos tomar una copa o algo. ¿Ha venido solo?

—Sí. Mi mujer está fuera de la ciudad.

Rodney y Pat habían ocupado el centro de la escena entre Luisa y Joanne, obligando a Duane a ir hacia ellos. Luisa volvió la cabeza y miró a su padre disimulando.

—Le acompaño —dijo Probst a Jammu.

*

Le dejó esperando en la segunda planta del Barnes mientras ella hacía una consulta en información. El Wishing Well, la tienda de regalos del hospital, estaba totalmente iluminado, pero habían bajado la persiana de seguridad. En la maqueta del vestíbulo predominaba un color carne, un telón de fondo para órganos abstractos de color azul pálido y ocre y amarillo pálido conectados mediante un laberinto de arterias rojas y venas azul oscuro.

Jammu estaba rubricando una página de libreta para un chico en edad de instituto. Probst oyó al chico darle las gracias. Esperaba que alguna vez, aunque sólo fuera una, antes de jubilarse, alguien le pidiera un autógrafo.

—Sólo tenemos unos minutos —le dijo Jammu.

La habitación estaba en la cuarta planta. En la cama más cercana a la puerta, entre macetas de crisantemos y un pequeño bosque de pinos de Norfolk, estaba el agente de policía. Llevaba la cabeza vendada, de las orejas para arriba. No tenía almohada. La barba le había ido creciendo durante al menos una semana. Una sábana blanca le cubría el pecho y las piernas con excesiva pulcritud, y las líneas parejas del dobladillo a ambos lados de la cama daban fe de su incapacidad para moverse. Del gota a gota que le subía desde la mano, su brazo parecía haber contraído una delgadez terminal.

Probst permaneció en la entrada mientras Jammu iba hacia la cama y se inclinaba para mirar al agente a los ojos. La cabeza del herido giró unos grados hacia ella.

—¿Cómo va eso, Morris? —dijo ella.

—Uf —dijo el agente.

Probst leyó la tablilla. PHELPS, Morris K.

—Tiene buen aspecto —dijo Jammu. Con un pequeño pero intenso gesto de cabeza obligó a Probst a situarse a su lado—. Hoy he ido a su casa. He hablado con su esposa. Tengo entendido que ha estado pasando la mayor parte del tiempo aquí, haciéndole compañía.

Probst miró al herido y se quedó de piedra. Los ojos le miraban pero en una línea perpendicular a la suya propia. No había modo de que las miradas se encontraran. No se atrevió a girar la cabeza por miedo a parecer que condescendía.

—Yoldj quesfr —habló la boca.

—Entiendo —dijo Jammu—. Pero creo que ella lo está llevando bastante bien. Tiene usted unos chicos preciosos.

Una enfermera apareció en el umbral blandiendo un dedo avisador. No se marchó. Quedaban quince minutos para las nueve. Probst deseó que fueran las nueve menos un minuto.

—Le presento a Martin Probst.

Phelps sacó el aire:

—Hhh.

Probst tuvo que luchar contra la falta de palabras.

—Hola —probó. ¿Por qué le habían llevado allí? ¿Por qué no le había advertido Jammu que no entrara? Tuvo ganas de pegarla. La enfermera se les acercó.

—Tuvqurtravz —dijo Phelps—. Rlosmo.

—Me lo imaginaba. Es usted un buen hombre, Morris. Verá como en seguida se pone bueno.

La enfermera dijo basta. Una vez en el pasillo, Probst preguntó cuál era el diagnóstico.

—Seguramente necesitará cuidados durante el resto de su vida —dijo Jammu—. Del cuello para abajo tiene la musculatura de un buey. Pero una pequeña bala alojada en la cabeza...

Estaban cruzando el vestíbulo de la planta baja, camino de la salida, cuando Probst se desvió hacia los servicios.

*

Aquella tarde, antes de ir en coche a la galería, había leído un editorial del *Post-Dispatch.*

> ... Hasta ahora la opinión pública no sabe muy bien a qué atenerse. Jammu haría bien en mostrarse dispuesta a hablar del impacto del referéndum sobre el condado, si quiere reforzar su apoyo a la fusión. En nuestra opinión los hechos mostrarán un impacto moderadamente negativo más que compensado por los benefi-

cios para los más necesitados de la región, su salud económica colectiva y sus muy deterioradas infraestructuras. Jammu no tiene por qué temer a los hechos.

No se nos ocurre por qué Probst, pese a que atina al señalar la necesidad de un estudio a fondo, se empeña en negarse a abordar un debate responsable con Jammu. Cualquier intento de negar legitimidad a las fuerzas partidarias de la fusión es sin duda indigno de él.

Probst afirma que el debate se centraría excesivamente en las personas, no en el problema. No le falta razón. Pero puesto que el público exige una aportación, hay que achacar a Probst un exceso de escrupulosidad. ¿Es posible que esta confusión persista sólo porque un individuo se niega a apuntar un poco más bajo?

Jammu debería reconocer la necesidad de un estudio. Probst debería poner los pies en el suelo. El último mes de la campaña debería ser un modelo de discurso informado y dinámico.

El artículo le había encantado, y no sólo porque le encantaba hacer oídos sordos a los editorialistas. Era un ejemplo más de la mágica capacidad de la vida pública para ensalzar su persona. Vote No estaba haciendo una campaña limpia, ateniéndose a los hechos. Si tenía alguna duda sobre si era un rigorista en lo relativo a la ética, sólo tenía que abrir el periódico. Allí lo decían: Martin Probst es un rigorista en lo relativo a la ética.

Jammu y él fueron directamente del hospital al Palm Beach Café, un restaurante adonde iba la generación de saintlouisianos a medio camino entre la de Probst y la de Barbara. Pidieron copas y, tras un silencio muy desagradable, Jammu le miró a la cara.

—¿Por qué no me dice en una sola frase —le sugirió, sin esforzarse por aclarar la ronquera de su voz— qué tiene contra la fusión? Podemos discutirlo en privado, ¿no? Aquí no hay nadie que se desmaye por vernos.

—Una sola frase —dijo Probst—. Dado que yo y el resto de Municipal Growth habíamos abogado por la consolidación ciudad-condado —pensó unos instantes, buscando otras bases que ganar—; dado que el referéndum fue redactado como respuesta al miedo del condado a perder el tren; dado que el contexto es un mercado político libre y que la cuestión es si el mercado soportará una fusión...

—No ha mencionado nada de todo esto en sus declaraciones.

—Ni falta que hacía, ya que usted no deja de porfiar en ello. Sólo trato de demostrarle que he estudiado sus argumentos. Y la conclusión es que mi desconfianza intuitiva hacia este referéndum (ya que todo indica que debería estar a favor), mi desconfianza intuitiva significa mucho.

Jammu agrandó los ojos:

—¿Es todo?

—Y para concretar, pues —dijo él—, lo primero es el tono derechista de lo que está pasando. Los votantes no pueden ejercer su voto con inteligencia, y hay que temer a un cambio drástico, un mercado no regulado de ideas, igual que hay que temer a los juguetes nuevos que podrían perjudicar a los niños. Ahora bien, yo confío en usted... —trató de comprometer a Jammu visualmente, pero ella estaba jugueteando con su copa—. Y quisiera hacer hincapié en que eso es lo que les digo a Municipal Growth desde hace tiempo. Pero en el caso de Urban Hope, es como si Municipal Growth hubiera empezado de pronto a hacer sugerencias basadas únicamente en los intereses lucrativos de sus principales dirigentes. Rolf Ripley quiere darle un aire de prosperidad en sentido vertical, de arriba abajo, que es lo mismo que yo practico en el trabajo, sólo que yo empleo seres humanos y Ripley se dedica a la pura especulación. Y, por si fuera poco, se ha aliado con demócratas del sector populista como el alcalde. Aquí hay alguien que no está diciendo la verdad.

—Nada de esto va en contra de la fusión en sí —dijo Jammu.

—El caso es que no lo sabemos. ¿Acaso sus convicciones no son intuitivas? Los impuestos no bajarán. La plantilla municipal no va a menguar, incluso puede que aumente. Dese cuenta de que todo esto entra en el terreno de la utopía urbana. Los que ahora disfrutan de prebendas arrancarán maleza de las vías del South Side. Los negros del North Side llenarán los bolsillos de los Rolf Ripleys. A eso me refiero diciendo que es poco realista. Y en el condado la cosa es todavía peor. Usted trata de enganchar a la gente de manera intuitiva. Con su visión de un gran St. Louis.

—Entiendo que estamos en conflicto sobre las posibilidades de un cambio positivo. Usted es pesimista. Yo optimista.

A Probst no le agradó el comentario. Había pensado que era al revés. Él esperanzado y saintlouisiano, ella hosca y cansada. Ella (en palabras de Lorri Wulkowicz, la amiga de Barbara) indefectiblemente tercermundista. Vista de cerca, todo cuanto llevaba puesto —sus perlas, su vestido, su maquillaje, todo correcto— adquiría un matiz barato por culpa de su rostro y de su figura. Daba la impresión (Probst no sabía muy bien por qué) de que necesitaba un baño. La vio tragarse una píldora con el vino. «Antihistamínicos», explicó ella, cerrando el bolso. Un bolso pequeño sin asas, negro. Como si estuviera decidida a pagar la consumición, lo tenía todo el tiempo sobre el regazo.

—¿Quién es usted? —preguntó Probst.

Jammu tosió.

—¿A qué se refiere?

—Bueno, por ejemplo, ¿cuál es su nombre de pila?

—Coronel —Jammu sonrió.

—No. ¿Cuál?

—No me gusta mi nombre de pila. No soy «yo». Lo habría cambiado si la gente no se hubiera acostumbrado a mi primera inicial, que es una S. Puede usted llamarme Ess, no me importa. Así es como me llama mi madre, o bien Essie. ¿Puedo llamarle Martin?

—Su madre —dijo él—. ¿Dónde está?

—Vive en Bombay. Podrá usted leer los detalles en el *Post* del domingo. Todo lo que siempre quiso saber sobre mi vida privada pero le aburría preguntar.

Probst admiró la forma en que esto cerraba el paso a nuevas preguntas. Luego dijo:

—No estoy aburrido, y no me fío de lo que dice el periódico. De todas formas...

—De todas formas, yo debería ser más cortés. Perdone. He tenido un día malo.

Otro obstáculo. Probst hizo un último intento.

—¿Por qué se marchó de India? ¿Eso no se lo preguntan?

—Todos los periodistas lo hacen.

Probst se rindió. Una luz suave bañaba todavía las mesas, el piano seguía creando ambientes, pero le pareció que el local estaba como a las diez de la mañana, con todas las luces encendidas y las mujeres de la limpieza pasando el aspirador. Unas mesas, unas sillas. Al mirar en busca de un camarero, se fijó en la pareja de la mesa contigua. Estaban hablando entre sí pero mirando a Jammu y a él. Lo mismo otras caras de otras mesas. La gente los estaba observando. Encorvó los hombros y contrajo la cabeza.

—Fue el típico cambio de profesión —dijo Jammu—. Tuve la oportunidad de venir a trabajar aquí y la aproveché. Me gusta este país; ya lo he dicho a la prensa, pero una vez impreso no sonaba muy bien.

Probst asintió.

—¿Cómo es que no perdió la ciudadanía estadounidense al aceptar un cargo público en India?

—Fui la excepción a la regla.

—Quiere decir que violaron las normas.

Ella miró hacia el piano.

—Pero sin querer. Podían haber anulado mi pasaporte, pero mi madre se ocupó de las renovaciones. Ella nunca dijo que yo trabajaba para la policía, y el Servicio de Inmigración no lo preguntó. Ahora no ostento ningún cargo en India, así que no pueden hacer nada.

—¿La junta del cuerpo de policía no se extrañó?

—Dijeron que si demostraba mi idoneidad, me darían el puesto. Todo dependía de mí.

—Pero si el Servicio de Inmigración hubiera estado alerta, usted no hubiera sido ciudadana americana en julio.

—Supongo que no. ¿Por qué me hace estas preguntas?

—Todavía trato de decirle lo que tengo contra la fusión.

—Adelante.

—¿Cómo ha conseguido reducir la delincuencia? ¿Qué ha sido de todos los atracadores, de todos los heroinómanos? Y la Mafia. No puedo creer que estén todos en la cárcel y, como soy pesimista, sé que no se han reformado. ¿Las cifras de la delincuencia son reales?

—Lo son. Y usted sabe que me han investigado a fondo a causa de ello. Jefes de policía de todas las ciudades importantes han venido aquí preguntando lo mismo. Hemos tenido a la ACLU pisándonos los talones. La prensa nos ha buscado las cosquillas olfateando posibles escándalos. Y, como se habrá dado cuenta, no tenemos quejas importantes. ¿Por qué? Yo diría que por primera vez el reducido tamaño de St. Louis ha obrado en su favor. No es una ciudad lo bastante grande como para producir un buen surtido de opciones para todo tipo de delincuentes. Lo que en otras ciudades sería tan sólo un rejuvenecimiento aquí es algo casi total. La reurbanización del North Side abarca unos treinta y seis kilómetros cuadrados. Una cuarta parte de la ciudad. En sitios como Philadelphia, Los Ángeles o Chicago representaría un cinco por ciento. Aquí un gran porcentaje de los terrenos municipales ha ganado tal valor que son los mismos propietarios los que hacen las veces de policía. En propiedades de ciento cincuenta dólares el palmo, no se ve mucha delincuencia, aparte de los delitos de guante blanco. Así pues, el índice baja.

—Pero los que se dedican a eso, ¿dónde están?

—Es algo que no me preocupa. Están equitativamente repartidos entre el resto de la población de Missouri e Illinois. El índice de criminalidad ha aumentado en sitios como University City y Webster Groves, pero la policía local puede manejar la situación. Y si algunas familias pobres se han ido a vivir al condado, ahora la seguridad social tiene bastante más trabajo que antes. Eso no me gusta, pero debe usted admitir que es más eficaz y más justo que tener a toda la chusma de la región concentrada en la ciudad. Tiene lógica, ¿no le parece?

La tenía. Pero Probst no veía dónde se habían metido todos los peligrosos jóvenes negros de North St. Louis. Él los había visto. Sabía que ninguno de ellos había acabado en Webster Groves ni en ninguna de las bonitas poblaciones del condado. ¿Dónde estaban? La realidad se había vuelto clandestina.

—¿Cómo es que cae bien a todo el mundo? —preguntó.

—No a todo el mundo.

—A la mayoría. Me refiero al hecho de que actualmente usted es la pieza clave en la política de esta ciudad, y sólo lleva aquí siete meses. ¿Qué ha hecho para que tanto los políticos negros como los Quentin Spiegelmans consientan en trabajar para usted?

—No es que trabajen para mí. Simplemente me necesitan.

—¿Por qué usted?

—Quiere decir ¿qué tengo yo que otros no tengan?

—Sí.

—No lo sé. Ambición. Suerte.

—Muchísima gente tiene ambición. ¿Insinúa que está en la posición que está sólo por la suerte?

—No.

—¿Dónde están sus enemigos? ¿Dónde está la gente a la que ha pisoteado?

—Son muchos...

—No. Usted sabe que no. Sólo están los republicanos de derechas y algunas mujeres mayores, y sólo la odian por principio. Y porque tienen celos. Mire, coronel...

—Ess.

—Mire, puedo entender que Ripley y Meisner ahora se llevan bien con usted, dadas las decisiones que han tomado, y entiendo por qué la situación es estable, por qué los únicos que están contra usted son los criminales o los excéntricos, y entiendo por qué la guerra contra el crimen y la guerra contra el deterioro urbano van de la mano, puedo entender incluso qué motivos hay detrás de la unión entre demócratas e industriales. Estamos en el punto B. Es un *fait accompli*. Tiene sentido. Bien, pero no comprendo cómo ha llegado aquí desde el punto A. No entiendo qué les entró a muchos de mis conocidos para desertar de Municipal Growth. No entiendo cómo sabía usted tantas cosas y dónde encontró la garantía para planear y ejecutar tan absoluto y extravagante trastocamiento en las fortunas de la ciudad. Me niego a creer que una completa desconocida, por muy ambiciosa que sea, por mucha suerte que tenga, pueda venir a una ciudad americana y cambiarle la cara en menos de un año. No sé qué espero que me responda, pero veo una enorme brecha entre la persona que tengo aquí delante y la persona que ha hecho todas las cosas que ha hecho. No sé cómo lo ve usted.

—Lo hice y ya está, no sé qué más decirle.

—Entenderá que me pregunte quién es usted realmente.

—¿Quién cree que soy?

—No lo sé.

Se miraron. El problema se había vuelto impersonal.

—Yo no pregunto —dijo ella—. Sólo actúo. Quería que la ciudad llegara lejos. He hecho todo lo que he podido. ¿Por qué no quiere entenderlo? Usted también ha tenido éxito en su trabajo.

—Yo nací aquí. No fui a la universidad —la voz de Probst tembló con el drama de su vida—. Durante diez años trabajé catorce horas diarias, y no pude cambiar nada. Me apañé con lo que ya había.

—Me da la sensación de que siente un apego especial a lo que ya había aquí. Está un poquito enamorado de los problemas, ¿no es así? ¿No es eso lo que se esconde detrás de todas sus preguntas? Una ciudad en bancarrota, arrasada por la criminalidad, es fundamental para su perspectiva de saintlouisiano de toda la vida, y usted no quiere que cambie.

—Creo que se equivoca.

—No estoy insinuando que sea usted cruel. Simplemente es pesimista. Da dinero a UNICEF pero no cree que eso sirva para que los gobiernos africanos impidan que sus niños mueran de hambre. Construye puentes en St. Louis, pero no porque piense que servirán para que las personas que los crucen en sus coches le sean menos odiosas...

—Lo mismo se podría aplicar usted.

—Dígame: ¿no es eso lo que siente?

—Está diciendo que soy un egoísta.

—Sólo en la medida en que niega la validez de lo que yo he hecho por la ciudad. Si usted aceptara que las cosas han cambiado, sin duda apoyaría el referéndum. Me lo imagino diciendo, sí, he cambiado de parecer, en algún programa de televisión. Esta ciudad puede llegar muy lejos si trabajamos todos unidos. Si todos compartimos la carga, esa carga desaparece.

Se había erguido en su silla, rastreando con la mirada lo bueno, lo valiente, lo verdadero. Probst sintió vergüenza ajena.

—¿Quién es John Nissing? —preguntó a quemarropa.

—John... —ella frunció la frente—. Nissing. El escritor.

—Entonces le conoce.

—Sí. Escribió un artículo para el dominical del *Post-Dispatch;* él esperaba que el magazine del *New York Times* lo publicara pero no fue así. No lo he visto, pero imagino que saldrá todo lo que usted necesita, bueno, ya sabe. Esa basura sobre mi madre y las sofocantes calles de Bombay. Le concedí demasiadas entrevistas a primeros de año.

—¿Es natural de India?

—No. Que yo sepa, al menos. No es americano, aunque no creo que sea indio. Pero estuvo en Bombay y me bombardeó a datos y hechos. Un auténtico cosmopolita, con medios independientes. Un esnob y un sabelotodo. No paró de hablar de todos los lugares que conocía, la Antártida, el Ryukyus, Uganda, cosas así —Jammu se mordió la uña del pulgar—. Y cuarenta y seis de los cincuenta estados. ¿Por qué lo pregunta?

—Simple curiosidad. Nissing fotografió mi casa para una revista de arquitectura —un esnob y un sabelotodo: el tipo ideal de Barbara—. Parecía indio —añadió Probst imprudentemente.

—Yo más bien diría árabe.

*

Aquella misma noche Probst la miró quitarse la ropa. El pelo le caía sobre la cara en mechones de ébano mientras ella supervisaba sus dedos, sus manos cortas y cuadradas, que forcejeaban con la presilla de su sostén fruncido. Las persianas estaban subidas. Fuera nevaba. Probst no podía creer que estuviera a punto de verlo todo. Ella era más delgada aún de lo que parecía vestida, y cuando se bajó las bragas, la tela tensa entre sus dedos como una media, se quedó boquiabierto como si la mandíbula le hubiera caído hasta la cintura. No tenía pelo entre las piernas. Había únicamente un cráter con los bordes hinchados, un segundo ombligo. Era virgen. Ella le miró.

—Esto es lo que hay —dijo. Donde entró la bala.

Probst era la bala.

La luna iluminaba la habitación. Había estado soñando boca arriba, medio incorporado sobre las dos almohadas, la de él y la de Barbara. Había luna llena. No recordaba que su luz hubiera llenado nunca de aquella forma la habitación. Entraba a raudales por las ventanas orientadas al oeste, dando al dormitorio una sensación de pequeñez, de portabilidad. La cama se extendía casi hasta las paredes. Probst cerró los ojos e intentó volver adonde estaba antes, al sueño, a Jammu, y desflorarla.

Los volvió a abrir. Tenía algo encima del regazo, bajo la sábana y la colcha. Retiró la ropa y notó una uña, muy pequeña, y el peso de algo tibio sobre el pijama a la altura de la cadera.

Era un gatito. Había un gatito en su cama. Suplicante y peluda, su pequeña pata intentó tocarle la cara.

Esta vez despertó del todo. Estaba tumbado boca abajo, los ojos protegidos por las almohadas. Había eyaculado en sueños. Apartando una almohada con el codo vio el claro de luna en la ventana del este, no la del oeste, colándose por debajo de la gruesa cortina, que no había bajado del todo antes de acostarse. Era diferente de la luna que había soñado. Era una luz dura y modesta, un simple resplandor azulado en la ventana.

*

Cuando fue a trabajar a Vote No, ya no le pareció divertido. Como de costumbre, los voluntarios que estaban preparando café le ofrecieron una taza de la primera cafetera.

Mientras esperaba, saboreó su suave resaca, vestigio de la larga velada que, ahora, parecía haber sangrado el inicuo placer de hacerse el elefante. Holmes y los demás le habían hecho depositario de la pureza de la causa, y él los despreciaba por ello. Cuando llegó el café lo desechó con un gesto de la mano.

Tenues jirones de humo de tabaco perforaban el aire. En el rascacielos del Holiday Inn, en la acera opuesta, las puertas giratorias se movían como ventrículos, admitiendo gordinflones viajeros con equipaje, expulsando a otros recién duchados y aseados y con equipaje menos cuidado. Un espectáculo algo decadente. Los usufructuarios de los venales placeres de la estancia en un hotel, con servicio de habitaciones y máquina de cubitos de hielo y piscina en el tejado, eran intercambiables. Las puertas giraron.

Volar en un reactor era una cosa agradable. (Millones de personas lo creían así.) Pasar unos días en un hotel también era agradable. Cenar fuera de casa era agradable. (No muchos ciudadanos indios cenaban fuera.) Vote No había asignado a Probst la misión de moldear los sentimientos para ganar el voto de la clase media, la que volaba mucho en avión, se alojaba en hoteles e iba a restaurantes. Votar no era una cosa agradable. Votar sí también. ¿Importaba realmente? Ambas posturas corrían como peonzas. (Tener un Buick era una cosa agradable.) Esto era la decadencia.

A veces, Probst pensaba que había que tomar medidas urgentes para librar al mundo de las armas nucleares antes de que un accidente hiciera estallar la guerra. En otros momentos pensaba que el único camino de salvación consistía en fabricar más armas, un poderoso efecto disuasorio para que ninguno de los bandos se atreviera a provocar ese accidente. Él sólo sabía que estaba asustado. Podía argumentar ambas cosas. No quería argumentar nada. Le parecía ridículo e irritante que el *Post-Dispatch* y quizá miles de personas tuvieran interés en saber lo que él pensaba. Esas personas adoraban a Jammu, y él había estado con ella. Los habían visto juntos en el Palm Beach Café. Jammu irradiaba una luz plateada. Mentalmente, se la imaginaba como una cadena de plata que él no podía dejar de pasarse de una mano a otra. Barbara tenía un amante cosmopolita y una nueva y liberada versión de sí misma. Luisa tenía a su maleable artista joven. También Probst iba a tener algo.

Los voluntarios estaban saliendo muy excitados del despacho principal camino de la sala de conferencias. Holmes iba a pasar una serie de espots de dos minutos de duración, recién salidos de producción, que se emitirían en *prime time* durante las siguientes tres semanas. Tina le dio unos toquecitos en el hombro. «Al cine, Mart.» Probst la miró sin la menor expresión. Ella giró sobre sus talones. (Joder era una cosa agradable.) En menudo estado se encontraba.

19.

—Hay un hombre.

—No.

—Te lo noto en la voz, Essie. Las madres nos damos cuenta.

—Has ido recibiendo el dinero, ¿verdad?

—Es Singh. Otra vez.

—Apenas si veo a Singh.

—Bueno. Tú sabrás lo que haces.

—Digo que apenas le veo. No sé qué te pasa.

—Dímelo tú. Yo me he conformado.

—Te preguntaba si habías ido recibiendo el dinero.

—Un poco, sí.

—¿Qué significa eso? Te has estado llevando un ciento veinte por ciento neto y la cosa va en aumento. Él te envía fotocopias de cada...

—Sí, fotocopias.

—Si no me crees, envía otra vez a Karam.

—Lo haré. Puedes estar segura. Y espero que esta vez seas más educada con él.

—Vaya. No fui educada, ¿eh?

—Karam no es de los que se quejan, pero tuve esa impresión. Se sentía dolido. Es un hombre muy sensible, Essie. Muy tierno, además. Es como un padre para ti. Entiendo que Singh estuviera violento. No me sorprende. Pero tú ya tienes treinta y cinco años.

—Maman, entre Singh y yo no queda nada. Dentro de un mes se marcha, y dudo de que vuelva a verle más.

—Razón de más para vigilarle. Se me dio a entender que un cien por cien era una cifra mínima. Estaba convencida de que tú podías mejorarlo.

—Singh no te está robando el dinero. A nadie le importa tu dinero. No hay persona tan codiciosa como tú.

—Ni tan ingenua como tú. Piénsalo bien.

—Sacas más de dos dólares por cada uno de los que invertiste en septiembre. Los tipos de interés son buenos. En cuanto a los impuestos, bueno, yo ya te avisé. No creas que eres la única que tiene obligaciones fiscales. Ya tengo bastantes problemas con...

—Karam estará ahí la semana próxima. Si avisas a Singh de que va a ir a St. Louis, me enfadaré mucho contigo. Pero no me sorprenderá. Las madres sabemos de estas cosas.

—Te recuerdo que conozco a Singh desde hace diecinueve años.

—Las madres sabemos.

¿Quién es Singh?, preguntó Norris.

No zé. El número doce de nueztra lizta.

¿Qué dinero es ése?

Ze zupone que de Asha, pero en realidad de la madre.

¿Algo con que podamos enchironarla?

De momento no.

Jammu dejó encendidas las luces del despacho, se metió en el cuarto de baño y se puso unos pantalones largos y una cazadora de policía. Se sujetó el pelo y se encasquetó una gorra, tirando de la visera hacia abajo. Ayudantes de Pokorny habían estado siguiendo sus movimientos —el general Norris tenía dinero para pagar todo un ejército de espías— y ahora tenía que andarse con más cuidado. Cruzó el puente de peatones hasta la academia de policía, salió a Spruce Street y montó en el Plymouth que Rollie Smith le había dejado expresamente aparcado allí. Era una suerte no tener que hacer inspecciones sorpresa muy a menudo. Condujo veinte minutos hasta cerciorarse de que nadie la seguía. Luego cruzó el Mississippi por el puente MLK y entró en East St. Louis (Illinois).

East St. Louis era una versión en pequeño del Bronx, de Watts, de North Philly. Cinco kilómetros al este del Arch, aquellas calles volcánicas serían una amenaza o un tema polémico para la gente de St. Louis si no estuvieran protegidas por el ancho río y la frontera del estado. Singh había hecho bien en encerrar a Barbara Probst en el *loft* que tenía aquí. La ciudad era un agujero negro en el cosmos local, un lugar de pobreza y depravación de donde incluso el crimen organizado procuraba huir. Nadie esperaría que un psicópata remilgado como John Nissing llevara a su guapa rehén a una zona en donde apearse del coche —aun con el otro pie sobre el acelerador— era una invitación a la muerte. Jammu aparcó en la zona de carga del almacén y corrió hacia la puerta. Asha le había dado unas llaves. Una vez en la planta superior abrió una puerta de acero y, para asegurarse de que Singh no le pegara un tiro por error, silbó un fragmento de una vieja canción de taberna:

¿Quién puso el orto en ortodoxia?
¿Quién le puso el santo al santón?

Luego entró.

Singh no levantó la vista de los papeles que tenía esparcidos por el suelo. Estaba pulsando teclas con un solo dedo, a lo pueblerino, en una calculadora.

—Qué agradable sorpresa —dijo.

—Mi madre cree que le estás sisando parte de sus ganancias.

—¿Cómo está la buena mujer?

—Bhandari va a venir la semana que viene para hacer otra auditoría.

—Es curioso que me avises.

Jammu suspiró.

—Aprecio todo lo que estás haciendo por mí.

—Bah, descuida —Singh trazó una línea roja sobre una columna de cifras y se levantó—. ¿Has venido a ver la mercancía?

—Sí.

Singh abrió una puerta y cruzaron una habitación vacía. «Punto en boca», susurró. Detrás de unas cortinas había otra puerta. Jammu vio la mirilla, situada en la parte alta. Singh se fue y volvió momentos después con una pequeña escala de mano que tenía los peldaños forrados de caucho negro. Jammu se subió y atisbó por la mirilla.

La habitación también estaba vacía, o casi. Paredes, piso y techo se curvaban por la perspectiva del ojo de buey como la piel de una burbuja. La mujer y el colchón parecían adherirse, suspendidos, al suelo. Ella estaba boca abajo leyendo a la luz tenue de una lámpara. Llevaba el pelo suelto y largo, quedando el resto del cuerpo en sombras. Jammu distinguió apenas las piernas estiradas al pie de la cama, el cable que conectaba su tobillo a la pared. Pero la cara era irrefutable. Era la mujer de Martin. Había oído su voz y la tenía por una mujer que iba y venía a sus anchas por la ciudad. Ahora podría haber sido una mariposa debatiéndose en las manos de Jammu. Tuvo ganas de aplastarla. Tu marido no te quiere. Tu hija no te necesita. Tu Nissing es un mariquita. No conseguía recordar por qué había puesto reparos al secuestro. Odiaba la idea de dejarla en libertad, de desperdiciar una cosa conseguida a tan alto precio. Su supervivencia dependía de momentos como aquél, necesitaba el control absoluto. ¿Quién es usted? Esto le había preguntado Martin. Y entonces no recordó la respuesta. Ahora sí. Barbara levantó la vista del libro y miró hacia la puerta.

Satisfecha, Jammu se bajó de la escalera y cruzó la habitación. Singh la siguió.

—Tal como te había dicho —dijo él, cerrando la segunda puerta—. Sana y salva.

—Ya lo sé. Siempre y cuando no haya problemas en el momento de ponerla en libertad.

—Desde luego —Singh se quedó en el umbral, esperando a que ella saliera.

—No habrá problemas.

—Eso espero.

—Sigues siendo un psicópata.

—Ajá.

—Todavía no me voy, sabes.

—Ah —Singh fue a sentarse en el suelo, en mitad de la habitación—. ¿Cómo te va con Probst?

Jammu entró en la reducida cocina.

—¿Qué tienes de beber?

—Agua del grifo. Y Tang.

—Estás muy estoico últimamente —cogió un cigarrillo de los de Singh y se lo puso entre los labios—. ¿Tú le encuentras atractivo? —dijo en tono conciliatorio, arrastrando las palabras.

—No. Ya deberías saberlo.

—No siempre sé lo que piensas.

—Por regla general...

—Últimamente te retrasas un poco con los extractos —dijo ella—. No quiero ver itinerarios. Lo quiero todo resumido.

—¿Y qué quieres que resuma? Usa un plato para la ceniza, por favor. La cosa se está poniendo heinsenbergiana. Cuanto más le quitamos a Probst, menos indicadores tenemos de lo que está pasando. Casi no habla con nadie. No tiene amigos. Salvo tú, por supuesto, y me consta que sabrás sacarle provecho a la situación. Pero casi es mejor que hayamos eliminado la mayor parte de los micros. Intervenir el teléfono ayuda, pero la calidad del sonido es pésima desde que reduje los amperios. Deberíamos montarle otro accidente a ese Pokorny. En Bombay habría sido muy fácil. Fue un error no hacer que Bhise siguiera adelante. ¿Has pensado...?

—Estando tan reciente lo de Billerica, no. Además, Pokorny es sustituible.

—Como quieras.

—Barbara le sigue telefoneando, ¿no?

—Eso tampoco nos sirve de mucho. Es más, trató de despertar sus sospechas en la cuarta llamada, cuando él le sugirió que se divorciaran. Antes de colgar, ella le dijo que le quería. Lo único que nos salvó, aparte del puñetazo que le di, fue que Probst la trata tan mal que ella le detesta. Gracias, ya lo sé. Es porque yo he fomentado una situación que ya existía. Me quito el sombrero ante tus teorías.

El cigarrillo le estaba dando la sensación de que la vertical oscilaba. Ella también habría tratado mal a Barbara, de haber estado casada con ella.

—Probst ha modificado el tono de sus afirmaciones —dijo Singh—. Su postura en los seis últimos días equivale a una declaración de neutralidad. Si yo fuera John Holmes, estaría asustado.

—Parece ser que le estoy haciendo llegar mi mensaje.

—Tú tranquila, jefa. Le caes bien. Te considera guapa.

—Basta.

—Se pasa el día mirando las musarañas.

—He dicho basta.

—Apuesto a que desearías no tener que liberar a Barbara, que yo pudiera facturarla como equipaje cuando me vuelva a India.

Jammu apagó el cigarrillo y se lamió el resto de azúcar que le había dejado el papel.

—Pero te gustaría que él se lanzara de cabeza —dijo Singh.

—Para apoyar la fusión.

—Naturalmente, a eso me refiero —hizo una pausa—. Apreciada señorita Singh: Creo que mi novio me quiere pero es un poco timorato. Yo me lanzaría de cabeza. ¿Qué puedo hacer? Sinceramente, Despechada. Éste es el momento de los correlativos objetivos. Contrariamente a las expectativas de Baxti, no hemos conseguido envejecerlo acelerando el proceso de pérdida. Sus hábitos y su actitud general se han vuelto juveniles y sorprendentemente egoístas, lo cual es una suerte porque tú (perdona que te lo diga) tienes un encanto juvenil y egoísta. Te diré un par de ideas y una sugerencia.

—Que yo no habría tenido que oír si me hubiera marchado ya.

—El sobre, por favor —Singh se sacó un sobre blanco del bolsillo de la chaqueta y lo abrió. Repasó el extracto que contenía y leyó en voz alta—: Uno. Instarle a presentarse a las elecciones para cubrir la vacante de Billerica en el condado —miró a Jammu.

—Quizá.

—Dos. Nunca ha hecho de Profeta con Velo. Hacer que lo elijan a él.

—Quizá. La organización es cosa del ayuntamiento, y eso significa que ahora mismo muchos de sus miembros no están demasiado contentos con Probst.

—¿Egon Blanders? Le conseguiste un local en Easton. Seguro que te debe algún favor.

—Así es.

—Entonces. Probst sigue siendo popular al margen de su postura sobre la fusión. Debería ser el Profeta con Velo de este año. Y el supervisor del condado. En otoño «meditó» mucho sobre su «semi jubilación», como así se refirió a trabajar cinco días a la semana. Si fueras tú quien le diera novedades sobre un papel importante en el sector público... Lo cual me lleva a la sugerencia que mencionaba antes. Adúlale. Lo has hecho bien fomentando su vanidad física. Pero el Estado, que en estos momentos es poco más que un caos casi juvenil, necesita consolidarse. Mi sugerencia es el destino. Él, en parte, ya cree estar destinado a jugar un papel vital en la historia de St. Louis, se lo han dicho a menudo. Debería creer además que estaba destinado a formar equipo contigo; que su familia estaba destinada a abandonarlo para que él pudiera lograr este objetivo. Y te da igual si esto resulta un fiasco el día después del referéndum. A ti no te importa, ¿verdad? Más importante aún es el correlativo, a saber, que la ciudad y el condado están destinados a ser una misma cosa. Que la fusión no es una violación sino una necesidad. Tenía que pasar tarde o temprano. Para ti sería tarea fácil, porque tú misma crees en la necesidad histórica, a tu manera un tanto peculiar. Y el simbolismo (tú la ciudad, él el condado) debería reforzar la atracción personal. Recuerda, ésta es una ciudad de símbolos. Así que lánzate.

Jammu guardó silencio. Tenía la sensación de haber crecido más que Singh. Probst no tenía mucha labia, pero sí una posición de autoridad. Le admiraba por sus dudas, por sus escrupulosas observaciones, por las puertas a la verdad que abría gracias a su esmero.

—¿Cómo mantendrás activa la dinámica de Ripley —dijo Singh— si Probst se pone finalmente de su lado?

—Ripley ya no puede echarse atrás.

—¿Y Devi?

—Todavía la utilizo. Pero Devi ya tiene un pie en el avión. Pokorny y Norris quieren atraparme como sea.

—Eres muy paciente con el general.

—Le subestimas, Singh. Sus teorías lo han mantenido ocupado. No ha hecho nada práctico para oponerse a mí. Y me ha servido para oler el peligro. Estando un paso por delante de él, hemos estado dos pasos por delante de los demás. Mira, Singh, todo encaja a la perfección. Gopal nos quitó de en medio a Hutchinson, divulgó la insuficiencia de las fuerzas políticas del condado, dañó la popularidad de West County, contribuyó al ambiente de temor, y además hizo algunas cosas como lo del estadio. Pokorny todavía tiene a un hombre tratando de averiguar de dónde salió todo el material y para qué era si no pensábamos utilizarlo. Era para él. Para la élite que está al corriente, que está informada de todo. Para Norris, quien jamás sabrá que no debería haber malgastado el tiempo tratando de averiguarlo.

Singh se levantó con un gruñido.

—¿Qué es lo que te ronda por la cabeza? Después de hablar con ella, siempre te pones igual.

—¿Igual, cómo? —quiso saber Jammu. ¿Qué había notado él en sus palabras? A veces, Singh se inventaba cosas.

—Dentro de diez años no habrá diferencia entre tú y ella.

Estaba sentada con las piernas y los brazos cruzados, de sarga azul y cuero negro; al menos nunca iba tan formal como su madre, la cual, de joven, se había cambiado el nombre para largarse con un americano y tener un hijo de él en Los Ángeles, creyendo muy posiblemente la misma cosa.

*

El invierno llegó pronto a Cachemira, a finales de octubre cuando el valle exudaba humedad hacia las montañas para retomarla en forma de nubes, brumas góticas que intrigaban en las avenidas de Srinagar, aliadas con el humo de leña, una especie de contaminación premoderna. La noche empezaba con el invisible ocaso del sol detrás de picos invisibles, a las cuatro de la tarde. Balwan Singh entró en un bungalow de las afueras, colgó su chaqueta de un clavo y se acercó a los encorvados miembros del Grupo de Lectura de Estudiantes Marxistas, hablando antes de llegar a ellos, antes de que pudieran saludarle.

—Por regla general —dijo—, la revolución procede por líneas dialécticas entre la teoría y la praxis, la praxis y la teoría. La percepción que Lenin tenía de su historicidad se convirtió en la gerencia de Lenin sobre las acciones bolcheviques, acciones que, con sus éxitos y fracasos, condujeron a un refinamiento de su teoría, concretamente en los conceptos de imperialismo y del estado comunista. Mientras Lenin vivió, esta dialéctica estuvo a la par de su contrapartida, esto es, la del hombre como perceptor y el hombre como partícipe, como sujeto y como objeto. Pero la muerte de Lenin, las imperfecciones del estado incipiente y, sobre todo, la ascensión de Stalin, crearon una crisis en la dialéctica: la praxis dictó que la teoría, a corto plazo, fuera su apologista.

Los camaradas estaban acuclillados en el suelo, apoyados en las paredes, mascando *paan* o fumando, como una congregación de meditabundos barqueros de una generación mayor. En su mayoría eran hijos de hindúes acomodados, sus ojos brahmánicamente luctuosos, y se habían adherido a la pauta india según la cual los jóvenes se hacen hombres en seguida. El materialismo de manual los había exaltado. Practicaban el filibusterismo en las aulas. Se hacían expulsar. Se reían de los chistes correctos.

Singh, cuyos chistes siempre eran correctos, no reía nunca. Paseó arriba y abajo delante de ellos, situándose en mitad del asterisco de sombras que sus piernas arrojaban a la luz de las linternas, su pavoneo, como siempre, mitad profesoral, mitad agitador, pero sobre todo Heinrich Heine, y empezó a notar que no le estaban escuchando. Los hombros de sus camaradas se movieron como si hubieran notado corriente de aire. Así era. Había un recién llegado detrás de ellos, una chica, una chica muy joven con cuerpo de muchacho y pelo corto de muchacho también, sentada con las piernas cruzadas y pantalones cerca de la estufa de leña, en el suelo. Singh se interrumpió para preguntar su nombre.

—Jammu —dijo la chica.

La saludó muy envarado y, para dar ejemplo, hizo que el grupo la ignorara durante el resto de su conferencia. Al disolverse la reunión ella salió del bungalow como un encogimiento de hombros hecho carne, como un yo contenible en una sola palabra. Singh la siguió, mirando hacia atrás para asegurarse de que ningún camarada lo viera.

Jammu dijo que era de Bombay. Tenía dieciséis años. Estaba estudiando en Srinagar contra su voluntad. Le dijo a Singh que no era una buena universidad. Su madre quería casarla con cierto terrateniente cachemiro de cuarenta y tres años porque ella era hija bastarda y el hombre había pedido su mano. Estudiaba Ciencias Electrónicas. No hablaba una palabra de cachemir. Su madre quería fabricar transistores en Ahmadabad y pretendía que ella dirigiera la empresa. Jammu quería ir a Londres o París y ser escritora y no casarse. Había visto una octavilla del Grupo de Lectura. Su madre le había dicho que su religión era el neosocialismo. En el hueco de una ventana del sótano de su casa, en Bombay, había visto a una gata sacar cinco crías mojadas de su cuerpo. La gata se enfadó y trató de escapar pero estaba demasiado débil para trepar por la ventana. Los gatitos se retorcían como excrementos vivos sobre las hojas secas. La gata se tumbó de nuevo y se comió el saco. Le preguntó a Singh quién era Trotsky.

Se habría enamorado del primer hombre lo suficiente falto de escrúpulos para reclamarla, se habría convertido, a arbitrarias instancias de alguien, en una fascista, una industrial o una delincuente, se habría contentado con ser el miembro más insignificante del Grupo de Lectura. (Y luego lo habría incluido a él en una mordaz *roman à clef*, inacabada dentro de un baúl.) Era inexplicablemente inocente, como el sencillo cerebro de una bomba de relojería. Era incapaz de amar pero actuaba como casada, dirigiendo la vida de Singh («No puedes pagarte esas botas») y considerando a los demás hombres con hermética indiferencia. Iba a donde no había ido ninguna mujer, hacía lo que muy pocas chicas hacían, de modo que poco importaba lo que dijera. Siendo Jammu, no tenía importancia. El Grupo de Lectura, rebautizado como Frente Alternativo Socialista de Cachemira y de ahí Grupo de Lectura del Pueblo, la tenía por una dogmática. Singh también. Él la promovió a un puesto de mando. A todas las demás las abandonaba en la cama. Él y ella vestían de manera idéntica.

Cuando Jammu se fue a Chicago (bajo la falsa impresión del clima político de esa ciudad; era el año 1968 y ella pensó que Chicago era un semillero; el suyo era, como Singh pudo ver, un típico contrasentido indio), él partió a Moscú para estudiar Ingeniería Mecánica. Tenía una habitación en la mayor estructura independiente de toda Eurasia, el MGU en las Colinas Lenin, un monumento a la certeza de Stalin de que «más es más». Un día fue a la trigésimo quinta planta y encontró una descuidada colección de piedras y una puerta que daba a un pequeño ascensor, un ascensor donde sólo cabían dos personas muy apretujadas, de modo que al subir hasta lo más alto y abrirse la puerta, su cara quedó a unos dedos de una verja de acero y de un cartel que ordenaba en ruso NO TOCAR y que estaba marcado con una calavera y unas tibias cruzadas y un relámpago que atravesaba los ojos de la calavera. Bajó de nuevo en el ascensor a la colección de piedras. Echó una cana al aire con un joven estudiante de Ingeniería llamado Grigor que trabajaba por horas en la oficina de patentes soviética y que afirmaba, cuando estaba ebrio de vodka, tener la misión de copiar patentes occidentales al ruso y ponerles fecha como si hubieran sido hechas en Moscú varios años antes de las originales. Luego lloraba y le decía que había mentido. Jammu envió a Singh una postal diciendo únicamente «Te echo de menos». A su regreso a Bombay, Singh se enteró de que, entre tanto, ella había entrado al servicio de la policía india. No le importó. Seguía siendo su favorita, su primer y único ligue femenino hasta la fecha, y al recordarle ella que él era libre para liarse con quien quisiera, le hizo sentir universal y poderoso. Singh ejecutaba su función histórica religiosamente (si es que la religión entraña la sumisión al ritual de una mente autónoma). Así como los más eruditos teólogos católicos toman la comunión y se confiesan, así Singh no dejó de reclutar, incitar y debatir con los jóvenes de Bombay. Durante años vivió en Mahul, a la sombra de la refinería Burmah Shell. Cada mañana salía de sus aposentos para patearse las calles o servir mesas en el hotel Lady Naik o matar el rato en un salón de té con sus colegas izquierdistas, y al llegar a su edificio paraba delante de un deforme vendedor de tabaco, dejaba unas monedas sobre la bufanda que éste tenía extendida en el suelo y cogía un paquete de genuinos Pall Mall. Por brazos el hombre tenía dos hemisferios de ébano que sobresalían de sus hombros, atorados en el parto treinta años antes, relucientes a la luz roja de la mañana como si estuvieran barnizados. La deformidad quería humillar el concepto de brazos, o quizá reproducía en Singh el deseo de tenerlos. Aquel hombre era un avatar de Jammu.

En aquellos primeros años Singh visitaba con frecuencia la casa que la madre de Jammu tenía en Mount Pleasant Road. Shanti organizaba exhibiciones nocturnas de las creaciones de su experto cocinero *pathan* y de su propia pericia como conversadora. Shanti se consideraba marxista de la escuela gradualista.

—El nuestro es un país de castas, Balwan —decía con un pestañeo, como si él no lo supiera ya—. No de clases. Los petits y los patels. Los hojalateros y los sastres. Sijs e hindúes, y viceversa, claro está. ¿Cómo se puede cambiar esto? ¿Quién ha de romper la tradición? ¿Quién reorganizará los suburbios según el modelo occidental? Un hombre muy sabio que conocí una vez hablaba de deshumanizar a esta generación a fin de humanizar a la siguiente. Soy una cerda capitalista de mierda. Una reaccionaria de mierda. Sólo cumplo con... ¡mi meta histórica!

—Tu *dharma,* quieres decir.

—Vamos, vamos, hay que ser modernos.

—A eso iba. No estás superando la superestructura. Sigues siendo una brahmán que extorsiona a los *harijans* en nombre de la sabiduría y de los privilegios raciales.

—Y tú sigues siendo un sij de casta superior. ¡Tú y tus rusos! No eran más que franceses vestidos de marta cibelina; alemanes con samovar. Nosotros aún somos indios. No vamos a desprendernos de nuestra alma oriental de un día para otro. Si miramos hacia el oeste, es a Inglaterra. La vieja, sentimental, solemne y clasista Inglaterra.

—Morada de Marx, no lo olvides, y el único gobierno laborista en la Europa de posguerra.

—Come un poco de carne, Essie. Y tú también, Balwan. Os veo muy delgados. ¿Dónde está la clase obrera en la India «socialista»? ¿Dónde está la Revolución Industrial? Sólo falta una generación.

—En Bombay no, ni en Poona, Delhi, Bhopal. Y lo que importa son los centros urbanos, porque es ahí donde se concentran los órganos represivos. También Rusia era un estado agrario feudalista en 1917.

—¡Santo cielo! Entonces adelante. ¡Incita! ¡Quema los barrios bajos! Pero escríbeme unas líneas cuando tu revolución esté a punto —tocó el brazo de Singh, le guiñó un ojo a su hija—. Haré las maletas. Estoy segura de que el populacho no entenderá que he estado trabajando por ellos. ¿Verdad?

—Qué cosas preguntas.

—Pero todo queda en familia. Essie impide que no vayas a la cárcel. Tú evitas que pasemos por la guillotina.

Jammu mantuvo a raya a Singh. Le dijo que compartía su desdén hacia su madre, veía los humos que se daba, la conocía de memoria, ¿para qué darle más vueltas? Ella no tenía otra familia en el mundo. De modo que Singh se contuvo, y poco a poco Shanti le prohibió el acceso a su casa. Ambos hacían ver, por el bien de Essie, que su enemistad radicaba en sus diferencias políticas. No habría sido bueno dejar que Jammu supiera que entre sus dos únicos seres queridos había simplemente mala sangre. Daba una idea de sus aptitudes dictatoriales el que las personas próximas a ella se sintieran obligadas a ahorrarle hechos desagradables.

En Bombay, Singh se ganó fama de irresponsable porque siempre se perdía de vista, abandonando a sus secuaces. En trece años no llegaron a confiar lo suficiente en él para convertirlo en líder de sección. Empero, Singh sí era responsable con Jammu, la nueva estrella de la policía de Bombay. Siempre procuraba estar disponible por si ella necesitaba alguien para un trabajo especial. Procuraba que ella creyera que las noches que pasaban a solas significaban mucho para él. Y tal vez era así. Y tal vez la carrera de Jammu representaría más para el futuro de India que todos los agitadores marxistas. Fue esta posibilidad la que le mantuvo a su servicio. El margen de esperanza en Bombay era muy escaso. Jammu era una anomalía, alguien ajeno a la cultura local, y Singh sabía que en India los cambios siempre habían venido de fuera, de los arios, los mongoles, los británicos. Si eras indio y tenías conciencia social, tu obligación era abandonar India, literalmente, intelectualmente, o ambas cosas.

No vaciló en partir cuando llegó el aviso. Su destino —St. Louis (Missouri)— no parecía reunir los requisitos de un punto de apoyo arquimediano, pero Jammu dijo que los datos específicos carecían de importancia. (Sobre todo teniendo en cuenta que, hiciera lo que ella hiciera, irse o quedarse, la policía de Bombay se habría sublevado a mediados de otoño.) Dijo que en toda entidad social, inclusive una tranquila ciudad medioamericana, existían desigualdades susceptibles de transformarse en subversión. (¡Subversión! Constantemente, inocente que era ella, confundía subversión con corrupción.) Dijo que India le crispaba los nervios. Quería dejar su impronta en un lugar, una cultura, y no podía ser en Bombay. Había necesitado quince años con la policía de Bombay para llegar a esta conclusión, que Shanti le había estado preparando. Por supuesto ella sostenía que desde un principio había pensado utilizar su paso por la policía como plataforma para ir a América. Era mentira. Dijo que estaba aburrida e inquieta. Esto sí lo creía Singh. Le siguió los pasos. Tenía interés en atacar a los Estados Unidos.

Pero la operación había resultado ser una repetición de su comportamiento en Bombay, donde, como miembro del Grupo de Lectura del Pueblo, se había infiltrado en la policía nacional y penetrado en las profundidades de su burocracia, convirtiéndose en la comisaria jefe de la ciudad más grande de India y recibiendo de pasada todo el apoyo financiero de Indira y su partido, para después darle la espalda al país entero. Había vendido su trabajo, y todas sus expectativas, por un empleo en St. Louis. Y aquí, una vez más, había dominado la historia a una velocidad que a los irreflexivos pareció casi milagrosa. Y aquí, una vez más, la velocidad consiguió perturbarla. Ella la amaba porque sí, obsesivamente, con una desesperación moderna que conectaba sus progresos con el gueto, que era a su vez moderno y obsesionado con la rapidez. Tendencias repentinas, muertes súbitas. Y allí donde había tenido quiza la única oportunidad que jamás se le había presentado al St. Louis contemporáneo de forjar una pequeña revolución entre sus residentes negros, lo que había hecho era subvertir la subversión. Jammu estaba en el lado malo de la justicia. La pobreza, la educación de mala calidad, la discriminación y la delincuencia institucionalizada no eran modernas. Eran problemas indios, la base de una ideología de segregación, de padecimientos significativos, de orgullo desesperado. En el gueto, como en los guetos de las castas indias, la conciencia llegaba lenta y dolorosamente. Jammu no tenía paciencia. Llevó la artillería industrial a los barrios más pobres y dio por zanjado el asunto, porque en el fondo era más fácil cambiar la manera de pensar de un cincuentón rico y blanco o desviar el curso de su hija de dieciocho años, que dar a un niño negro quince años de educación decente. Jammu había mentido a la comunidad negra, los había echado de sus casas con añagazas, había sobornado y engatusado a sus propios abogados para que los traicionaran, y todo por mor de la velocidad. De aparentar que resolvía los problemas rápidamente. De atesorar poder mientras todavía fuera atesorable.

Con todo, Singh no sabía bien en qué categoría encajarla. Jammu era demasiado cohibida, demasiado proteica, demasiado aficionada y peculiar para desdeñarla. Pero al menos se daba cuenta de que ni ella ni sus métodos eran lo que él había esperado, sus métodos por no ser la mecha que debía prender una revolución, y ella por no ser la entelequia que él había imaginado contemplar cuando Jammu tenía dieciséis años y quería copular encima de gravilla o en una barca para obligar al otro a obedecer sus leyes. Singh lo comprendía ahora. Norteamérica era la sede del atavismo de Jammu. Ella era como su madre. Todas las sutiles contratendencias que le habían fastidiado desde el primer momento en Srinagar —la falta de dirección de Jammu, su indiferencia al sufrimiento, la precisión de sus asertos— habían culminado en St. Louis, la insensata St. Louis. Ella se quedaría, sus métodos lo bastante sólidos para conquistar a los lugareños pero demasiado caprichosos para hacerla progresar. Utilizaría a Probst porque creía tenerle cierto afecto y luego lo descartaría por comportarse como un ser humano. Singh se alegraba de haber visto los cambios que ella había forjado, el espectáculo de la velocidad, y de haberse sentido momentáneamente realizado en su manejo de la familia Probst. Había disfrutado del viaje, y se alegraría dentro de un mes cuando ya no estuviera en St. Louis.

*

¿SE TERMINÓ LA RACHA? La jefa Jammu, la más cotizada agente de policía del mundo, ha sido vista últimamente por las calles de St. Louis en compañía del acaudalado contratista Martin Probst (en la foto, montando en el coche patrulla particular de la jefa de policía). Según los rumores, esta relación podría ser la causa de que Probst se haya separado de la que había sido su esposa durante veinte años. Pero Jammu insiste en que «sólo somos amigos».

Cuando Barbara hubo examinado la fotografía para darle gusto a Singh, éste le arrebató el ejemplar de la revista *People.*

—La cola no avanzaba —dijo, arrimando la silla al colchón—. Tú estabas en el pequeño A&P y hojeabas las revistas del expositor. Casualmente viste la foto y el titular. Pero la cosa te produce vértigo, si la expresión no resulta excesiva. Primero te habla de divorcio, y ahora esto. Se está adelantando a ti. Tú casi no puedes soportarlo. Martin está destrozando la causticidad y la originalidad de lo que tú has hecho. Nunca tuviste la sartén por el mango y todavía no la tienes.

Barbara se retrepó en las almohadas. El ojo que él le había amoratado estaba casi curado. Ya no miraba por su propia cuenta.

—Mi marido es débil, John. Pero normalmente consigue subsanarlo.

—Eres condescendiente. Cuando el odio ya no basta, siempre puedes recurrir a la condescendencia. Cualquier cosa para demostrar que eres especial, algo que te sirva de meta, que te confirme que lo único que te ha faltado siempre es que se te valore. Abres las puertas de tu edificio y subes en el ascensor por primera vez, encanto, por primera vez, ves nuestro nido de amor como es en realidad. Te preguntas cómo serán los muebles. ¿Elegantes? Y en ese caso, ¿de qué estilo, de qué año? Nunca el tiempo había estado tan poco de tu lado. Notas el olor, el típico olor de todos los bloques altos de apartamentos con techo bajo y climatizador, el olor de las pocas bolsas de cosas orgánicas que el sistema de ventilación no alcanza. Ves la fotografía de mi bonita esposa fallecida y recuerdas que, cuando me viste por primera vez, antes de que yo te izara en brazos y te enseñara la verdadera naturaleza del amor sexual, recuerdas que me tenías lástima. Ves la libreta en blanco de aquella tarde en el MOMA. Con la *E* y nada más. Esposa separada. La esposa de veinte años. Domingo por la noche. Yo he estado fuera todo el fin de semana, desde que regresamos de París. Metes las cosas en el refrigerador y arrugas la nariz. El bicarbonato de sosa ya no sirve de nada. El pollo *tandoori* que nos sobró la víspera de la partida está rojo y azul como un pez tropical. Lo tiras a la basura y las cucarachas que hay dentro se ponen a cubierto. Fuera suenan bocinas. Miras el calendario semanal Van Gogh que tienes sobre la mesa de la cocina. Es día dieciocho. Has estado fuera dos meses.

—Ve a la parte jodida —dijo ella en alta voz—. Ya sabes que vivo para eso.

—¿Te refieres a las pesadillas que tuviste las primeras semanas de dormir aquí? ¿Pensando que yo era un psicópata?, ¿el Gran Desconocido? Se te dan bien los sueños, sabes que eran puro drama, una manera psíquica de sortear el hecho de que soy un hombre anticuado, absolutamente normal.

Ella se rió.

—Esa sí que es buena —alcanzó el cigarrillo que Nissing le había llevado.

—Te quedas de pie en la cocina, fumando con gesto amargo. ¡Tu marido y esa arrogante, esa zorra de jefa de policía! Y...

—¿Por qué no he de creerla? Quizá sólo son amigos. Lo cierto es que él la tiene en muy alta consideración.

—Dices eso en voz alta y oyes tus celos. Pues claro que son más que amigos. Tu marido es débil y Jammu es fuerte. Y nadie lo adivinará, porque tu marido es el hombre. Te los imaginas juntos. Riendo. Paseando. Magreándose. Tomados de la mano. Los favoritos de tu ciudad natal. Y mientras tú y yo, aquí, en las provincias orientales, tratando de sustentar mutuamente nuestra cordura. Pero tú me amas. Me quieres, Barbara, como nunca le quisiste a él.

Barbara restregó la ceniza que le había caído en los bajos del pantalón.

—¿Qué has hecho de tu vida? ¿Cómo llegaste a los cuarenta y tres sin darte cuenta de que era un error estar con él? Durante veinte años él no supo lo que tenía al lado. Peor aún, nunca sabrá apreciarlo. ¿Qué pasó en las cercanías de tu cuna o cuando te confirmaron en la iglesia, que te condenó a vivir a la sombra de un hombre poderoso al que respetabas y admirabas y encontrabas divertido y al que transigías, pero al que nunca amaste? ¿Qué perjuicio causó eso en ti? Vivir toda tu vida como su víctima. Su víctima sacrificial. Salir un día en las páginas de *People* como la esposa abandonada por culpa de su aventura con Jammu. Es de ti de quien sientes lástima en mí. Yo estoy ausente en busca de otro artículo, otro cheque con que pagar el alquiler. Salvo que no es así. Oyes ruido en el vestíbulo, te das la vuelta, y soy yo. Te digo: «¡Sorpresa!». Tú te sobresaltas, y yo te beso.

Singh se puso de rodillas y la besó en la boca, mirando la ceniza cada vez más larga. Los labios de Barbara no participaron.

—Así —dijo él, con un nudo en la garganta, y se puso en pie.

—Eres demasiado extraño —dijo ella. Apartó la cabeza para aplicar sus labios al filtro manchado—. Lo digo muy en serio.

—Veo que no estamos de humor —Singh se volvió a sentar—. Sólo tenemos ganas de contar historias, de desnudar nuestra alma. Nos sentamos a la mesa y yo te cuento algo. Te digo que nací en las colinas. Me crié en las colinas y fui al colegio en las colinas. Fui un estudiante radical...

—En India.

—Claro. En Cachemira. Fui un estudiante radical, y llegó un día en que para mí fue importante establecer mis credenciales. Subí a las colinas...

—¿A caballo?

—En moto, con una estudiante radical que también iba en moto. Estábamos casi en la frontera cuando llegamos a un coto de caza dominado a lo lejos por un bonito y pequeño castillo. Aparcamos las motos y nos adentramos en el coto. Encontramos un prado grande rodeado de abetos y nos sentamos. Estuvimos allí sentados cuatro días. Dormimos, comimos *pakoras.* Aparte de eso, mortificamos la carne. El propietario del coto no era un noble ni un príncipe, pero poseía muchas tierras y sus arrendatarios sufrían mucho. Como quizá sabrás, los que no son príncipes no suelen sentirse vinculados a sus arrendatarios, al menos éste no.

»Pasados cuatro días oímos unos caballos, como mi compañera sabía que iba a ocurrir. Me escondí detrás de un árbol mientras ella esperaba bajo el fuerte sol de las cumbres. Por el prado cabalgaban el propietario y su guardaespaldas. Tenía necesidad de un guardaespaldas, sabes. Los dos hombres echaron pie a tierra y hablaron con ella como si la conocieran. El guardaespaldas la ayudó a levantarse, y ella le clavó un cuchillo en la garganta. Yo salí de detrás del árbol y, con una bayoneta (una simple bayoneta, una reliquia familiar, entiendes, un símbolo de metal), atravesé el abdomen del terrateniente. Tuve que usar las dos manos, pero la hoja era afilada. El tipo se dobló por la cintura y a mí se me escapó la bayoneta de las manos. Le empujé al suelo, y mi compañera se le acercó y sonrió y dijo: «Somos la venganza del Pueblo». Él estaba tan aterrorizado que yo no pude ni mirarle a la cara. Pero ella sí. Ella sí. Trató de doblarse otra vez, poniéndose sentado, y yo extraje la bayoneta y se la hinqué en el pecho, esta vez hacia el corazón. Opuso bastante resistencia, un poco como cuando cortas un pollo crudo. La cabeza le cayó hacia atrás y de su boca salió sangre y también una mucosidad transparente, que se le metió por la nariz. Recuerdo que me dieron ganas de sonarme. De hecho estuve sorbiendo por la nariz todo el rato mientras volvíamos en moto a donde vivíamos. Yo, como sabes, tengo un marcado sentido de la ética, pero la existencia y la no existencia son cuestiones que me traen sin cuidado. Uno no merece vivir y no merece morir. Ese terrateniente había vivido cuarenta y tres años, más o menos la vida media de sus arrendatarios, aunque por debajo de la media de su familia, como es natural. Él no merecía morir. Fue simplemente que sus actos de toda una vida estaban pidiendo una respuesta violenta. Y a nuestro lado del Danubio se ven muchísimas respuestas violentas. Uno se acostumbra a ello, aunque ésa no es la palabra. Te asustas cada vez menos, o te vuelves menos asilvestrado, y si lo pensaras bien podrías llegar a la conclusión de que, según tus criterios, aunque ahora llevo una vida civilizada en Manhattan, yo estoy loco. Del mismo modo podría pensar que tú eres pasivamente loca porque eres incapaz de mirar tu propio cuerpo, tu vientre, que se hinchó para alojar a Luisa pero nunca fue cortado, y tus pechos, que yo me aventuraría a pensar que siempre te han parecido bien en cuanto a pechos se refiere, y tus piernas, que como al Tercer Mundo se diría que no eres capaz de dedicarles demasiada atención; no puedes mirarte y ver todo eso como parte de ti misma. Quizá, no lo sé, si la gente tuviera la cabeza donde tiene los pies respetaría más el cuerpo, por el hecho de mirar hacia arriba. Te asombra que en tu interior haya gran cantidad de sangre caliente, de órganos, carne, sesos; te imaginas a Luisa tras un accidente de coche, te imaginas su linda cabeza partida en dos, pero no la tuya, y por eso crees que soy demasiado extraño para amarme. Demasiado... ¿sincero?, ¿vulgar?

—Tedioso.

—Si tú hablaras más yo hablaría menos.

20.

La última aparición de Probst en la revista *Time* había sido en blanco y negro; sus solapas y su corbata eran estrechas, su pelo corto como el de un astronauta. El redactor jefe había parafraseado un frase del artículo para usarla de titular: *más que un monumento.* En aquel momento el perfil de St. Louis consistía en un arco que sobresalía de un área ribereña pelada y blanca, un puñado de edificios altos supervivientes de los años treinta y algunos bloques bajos de apartamentos, aburridas fugas sobre un tema de Mies van der Rohe. La ciudad parecía haber despertado de la parte más sombría del siglo y comprobado que no era el amanecer sino el mediodía, con el sol de Missouri abatiéndose implacable sobre las zonas despobladas, blanqueando las fachadas de sus estructuras. Bajo su corte militar y todo alrededor, el cráneo de la ciudad estaba pálido.

Veinte años después, y en el espacio de veinte meses, la ciudad había experimentado un estilismo contemporáneo, convirtiéndose en meca de compradores y en una potencia comercial que se expandía en acero y piedra. El color estaba regresando, y esto, por lo visto, complacía a *Time;* habían elegido St. Louis como artículo principal de su número de abril.

Con su Remington eléctrica Probst eliminó las sombras vespertinas de sus mejillas y cuello. Inmediatamente se le formaron trechos enrojecidos por la irritación. Un periodista de *Time,* Brett Stone, iba a entrevistarle a las ocho en su casa, y faltaba menos de una hora. Stone no había hablado de fotógrafos, pero Probst esperaba que llegase con uno. Se inclinó hacia el espejo del baño, alargando el cuello para examinar con los dedos la línea de su quijada. En la planta baja, el equipo de música tronaba con una sinfonía importante. Probst no había puesto música desde la partida de Barbara, y el sonido de la música clásica que salía por los altavoces parecía retomar el momento en que habían roto dos meses atrás. Instrumentos de cuerda sonaban por toda la casa, chelos que hacían vibrar las vigas, trompetas encabezando una carga escaleras arriba hasta el cuarto de baño. Beethoven, si es que era eso, conseguía que el hecho de lavarse la cara fuese un acto trascendental.

Se vistió durante el segundo movimiento, adagio, y bajó la escalera escoltado por acordes menores y atribulados *glissandi*. Probst apagó la música e inspeccionó la sala de estar. Puso el último número de *Time* sobre la pila de lectura de la mesita baja, pero lo pensó mejor y lo metió debajo otra vez. Se sentó en el sofá. Se levantó enérgicamente. Fue a la cocina y bebió un trago de bourbon. Subió arriba y se cepilló los dientes, volvió a bajar, tomó otro trago y dijo: «Al cuerno». Brett Stone no iba a escribir sobre cómo le olía el aliento.

Había concedido docenas de entrevistas, había pasado el rato con hombres y mujeres de *The New York Times, Newsweek, U.S. News, Christian Science Monitor* y todas las publicaciones de menor calado, pero no estaba tan nervioso desde la última Navidad, cuando Luisa se había presentado por primera vez con Duane. St. Louis estaba a punto de ser portada de la revista que se había reservado el derecho a nombrar el Hombre del Año. Probst quería dar la mejor impresión posible. Y, como siempre ahora, estaba pensando en Jammu. No había disfrutado de un solo momento de calma en ninguno de los dieciocho días durante los que se habían visto. El nerviosismo surgía de la tensión de esperar, cada día, a ver cuánto aguantaría sin ponerse en contacto con ella. Ese contacto era inevitable. La cuestión era prolongar el suspense.

Se sentó a la mesa de desayunar y apoyó los pies en la silla contigua, alargó el brazo para coger el teléfono y marcó su número.

—Aquí Jammu.

—Soy Probst —dijo él—. ¿Quieres que vayamos a cenar?

—Creía que estabas ocupado.

—Debería estar listo sobre las diez. Me aseguraré de que así sea. Tengo todas las respuestas memorizadas.

—«Lo encuentro poco realista».

—Exacto —sonrió. Ella hacía esas bromas sin rastro de malicia; resultaban incluso fortificantes—. Yo diría que la respuesta es un enfático «menos». Y quién espera salir ganando con esto.

—En serio, Martin, puedes decir lo que quieras de mí. No te lo tendré en cuenta si crees que no puedes contradecir lo que has afirmado anteriormente.

—Muy generosa de tu parte. Teniendo en cuenta que vas a ser la chica de portada.

Jammu tosió:

—*Touché.*

Probst notó que el auricular temblaba en su mano derecha. Cambió de mano; la izquierda, por algún motivo, estaba firme como una roca.

—¿Por qué hay tanto revuelo? —preguntó—. ¿Qué pasa con *Time* que todo parece tan importante?

—Será por el ribete rojo de la portada.

—¿El...? Ah. Ya.

—A propósito, enhorabuena.

—Se supone que tú no lo sabes.

—El que no sabe guardar secretos es Chuck Murphy. Pero es verdad, ¿no?

—Sí. Voy a llevar velo y corona, sostendré el cetro y viajaré en descapotable y pasaré revista a las debutantes. Y supongo que tendré que hacer predicciones, si soy un profeta. Pero no me lo esperaba. La mayor parte de la organización no me dirige la palabra. Yo ni siquiera he ido a las reuniones.

—Es como si quisieran que te sientas culpable y cambies de melodía respecto a la fusión.

—Deberían conocerme mejor —su mano derecha, recuperada, volvió a hacerse cargo del auricular—. ¿Ess...?

—Qué.

—Nada —sólo quería probar si el nombre funcionaba—. Estoy mirando cómo se mueve la manecilla de los segundos en el reloj de la cocina. Tenemos cuatro páginas en *Newsweek* pero no la portada. Esto será muy importante para St. Louis. La gente va a invertir aquí como nunca.

—Resulta curioso que te apropies de mi optimismo. Es justo lo que necesita tu campaña, menos defensa y más ataque. Pero realmente me gustaría que estuvieras de mi lado.

—¿Pretendes que cambie de opinión? —lo preguntó porque tenía la sensación de que en el fondo no era así—. ¿Quieres que le dé gusto a Stone?

—Sí.

—No es verdad.

—Te equivocas.

—No parece que lo digas en serio.

—Es que no quiero que me regalen nada. Pero digo que sí para ser sincera, porque no creo que hubieras tenido que ver conmigo si estuvieras realmente metido en el debate sobre la fusión. Y hace al menos una semana que me hablaste de tus, comillas, desconfianzas intuitivas.

Probst había tenido cuidado de recordarse a sí mismo por qué se veía con Jammu: no para hacer amistad con ella, sino para seguir sondeándola, verificar su historia. Pero la historia de Jammu había pasado la prueba decisiva. Era evidente que, de haber estado en su lugar, Probst habría tenido una actuación muy parecida. Era lógico. Y, en el ínterin, encaprichados el uno con el otro, se habían hecho amigos.

—Tú podrías ser supervisor del condado, Martin.

—Ya te dije por qué excluía esa posibilidad.

—De manera no muy convincente. Y si fueras el supervisor, o aunque sólo fueras Martin Probst y nada más, y si hubieras respaldado plenamente el referéndum, y si éste se concretara en una ley, entonces la región estaría reunida en más que un sentido. Reconoce que eso te gustaría.

—Lo reconozco. Pero ¿y si me mantengo en mis trece?

—Sabes que eso tampoco importa.

—¿Por qué?

—Porque eres una persona especial para mí.

Probst apoyó la cabeza en el duro respaldo de la silla y liberó los controles, dejó latir la cabeza. El techo era de un blanco denso pero consistía en una infinidad de puntos; sin traicionar su individualidad, todos ellos empezaron a refulgir.

—¿Qué me dices de la cena? —preguntó sin esfuerzo.

—Llámame cuando termines con Stone. Estaré aquí.

Faltaban entre quince y diez minutos para las ocho, una hora poco limpia, el minutero marcaba un fraccionario. Probst se puso de pie y comió un puñado de cacahuetes salados de una lata. Alargó la mano hacia el armario de los licores pero no lo llegó a abrir. Comprendía a Jammu. Ella tenía tan poca prisa por verlo desertar de John Holmes y de Vote No como él de verla desnuda: todo a su debido tiempo.

Por supuesto que no se fiaba de ella. No había nacido ayer. Sospechaba que Quentin Spiegelman había recibido el mensaje de que ella le consideraba una persona especial, lo mismo que Ronald Struthers y, anteriormente, Pete Wesley. Así se formaban las coaliciones. Pero ahora, al menos, tenía una sólida alternativa a la teoría de la conspiración del general Norris. Jammu no necesitaba poner micrófonos ni coches bomba cuando había una vía más fácil: hacer que la gente la quisiera.

Se notó aliento a cacahuete. Subió a limpiarse otra vez los dientes. Tenía las encías inflamadas, era ridículo. Pero un hálito de mantequilla de cacahuete podía ir en detrimento de su credibilidad ante Brett Stone. No tenía intención de hablar de Jammu. Sin embargo, sí quería insinuar que no iba a tener el menor desencanto si la fusión salía adelante. Recientemente se le había ocurrido un nuevo giro en su analogía con la Revolución americana, algo que sin duda iba a gustar a los de *Time.* El timbre de la puerta estaba sonando cuando bajó las escaleras.

En el umbral había un hombre de unos treinta años, mejillas arreboladas y una cabeza que sólo alcanzaba a los hombros de Probst. ¿Dónde estaba el fotógrafo? Hilillos de vapor le salían de la nariz; la noche era fría y húmeda. Probst no vio a nadie más.

—Pase. Usted es...

—Brett Stone —saludó con la cabeza y entró. La mano que le ofrecía a Probst tenía pelos cortos y negros en los nudillos, la palma blanca y arrugada. Al parecer no había traído fotógrafo.

—¿Vamos directamente al grano? —dijo Probst.

—Cómo no —Stone le precedió hacia la sala de estar, siempre asintiendo con la cabeza.

—¿Le apetece una copa?

—No, gracias —el reloj de Stone tocó las ocho. Tenía el pelo rizado, del color del aceite de coche, y unos ojos verde claro. Sus cabeceos eran rápidos y casi imperceptibles, como si fueran consecuencia de algún acontecimiento vital, ya de aquel mismo día, ya de algún momento de su vida.

Probst estaba fascinado.

—¿Le costó encontrar la casa?

—No, qué va —Stone, que había abierto su cartera apoyándosela en las rodillas, dejó una grabadora de microcassette sobre la mesa baja. Probst se situó junto a la chimenea y Stone empezó con las preguntas. ¿Cómo se había frustrado el proyecto de Westhaven? De los antiguos miembros de Municipal Growth, ¿cuántos seguían en activo? ¿Estaba Probst haciendo algún intento de expandir el grupo? Aparte de ser un alto ejecutivo, ¿qué otros criterios regían para formar parte de Municipal Growth? ¿Le habían pedido que se uniera a Urban Hope?

Probst meditó con cuidado las respuestas, moldeando sus frases sin perder de vista la grabadora, aportando toda la información adicional posible antes de la siguiente pregunta. Pronto se echó a sudar de concentración. Pero en su cabeza había una voz que le repetía: Yo te considero una persona especial, Martin...

A las ocho y veinticinco, Stone terminó la tanda de preguntas iniciales y dejó a un lado bolígrafo y libreta. Probst se sentó en el sillón contiguo al sofá, pasó una larga pierna sobre la otra y miró a Stone. Era el turno de las cuestiones jugosas. Stone se puso de pie y dijo:

—Gracias, señor Probst.

—¿Eso es todo?

—Sí —Stone asintió—. Muchas gracias. Me ha sido usted de gran ayuda —desconectó la grabadora—. A no ser que quiera añadir alguna cosa.

—Pues... no. No. Pero tengo algunas ideas sobre la fusión de la...

—Están bien documentados —Stone cerró su cartera y giró la combinación—. Además, esta tarde he tenido una charla muy productiva con John Holmes. No queremos robarle más tiempo cuando vamos sobrados de material. Usted siempre ha sido muy elocuente.

Muy elocuente. Los conejos saben por instinto el significado de la sombra de un halcón; Probst percibió la sombra de Nueva York.

Stone estaba esperando a que se levantara.

—Pero si le parece que hay algo más que podría ayudarnos...

—En realidad, es una pregunta —Probst no se levantó.

Stone le miró con impaciencia.

—Usted dirá.

—¿Qué clase de artículo es el que está escribiendo?

—Bueno —Stone se subió un poco los pantalones—. Le sorprendería cuántas personas han mencionado ese documental de la CBS, «Adolescente en Webster Groves». Creo que causó un verdadero trauma en esta zona. Todo el mundo tiene miedo de que los difamemos. No se preocupe. Los medios informativos no tienen ninguna intención de hacerlo, esta vez no. Por lo que a mí respecta, he quedado impresionado con esta entrevista.

—No me refería exactamente a eso —Probst se acomodó en el sillón—. Quería decir en concreto. Con qué va a llenar las páginas.

—Entiendo —Stone hundió las manos en los bolsillos—. Uno nunca sabe lo que hará después el redactor jefe, de modo que no puedo darle un informe punto por punto, pero supongo que, bueno, será un artículo sobre la dinámica política de la región. La jefa Jammu, lógicamente, en muchos y diferentes contextos. La reurbanización del centro de la ciudad y la filosofía que hay detrás. Delincuencia, bienestar social, nuevo federalismo. Seguramente algo sobre Municipal Growth, su defunción. Y no se puede escribir un artículo sobre St. Louis sin mencionar el Arch. Dentro del mismo epígrafe incluiremos también una doble página sobre otras ciudades en alza. Knoxville, Winston-Salem, Salt Lake, Tampa.

¿El Arch? Eso lo había construido Probst. Stone podía no conocer el dato. George Snell, de *Newsweek,* sí lo sabía. Había entrevistado a Probst durante noventa minutos y lo había citado generosamente en el artículo, haciendo hincapié en su decisiva influencia sobre la opinión pública.

El reloj de Stone emitió un nuevo pitido.

Probst quiso ganar tiempo:

—¿Las elecciones especiales?

—El referéndum. La situación en Baltimore. Claro. Es interesante. Hablaremos de todo ello. Pero, ahora mismo, si es noticia es sobre todo porque ha dividido a la región, no porque la haya unido. Y lo que más nos interesa es la opción unitaria.

Probst se levantó y fue hasta la chimenea. Estaba tan enamorado de ella que no podía pensar con claridad, pero comprendía lo generosa que había sido por teléfono, hablando como si él importara de verdad.

—¿Quiere una primicia? —dijo.

—¿Una qué?

Probst alzó la voz.

—¿Quiere que le cuente algo?

Stone estaba ligeramente inclinado a la izquierda, como si sus cabeceos pudieran acabar con él en el suelo. Sonrió.

—Por supuesto —dijo.

—Voy a convocar una rueda de prensa mañana —Probst se humedeció los labios—. Abandono Vote No para apoyar la fusión.

—Caramba. Qué interesante. Porque, naturalmente, usted ha sido pieza clave en la oposición.

—Así es.

—Si la fusión no era ya cosa hecha, ahora sin duda lo será.

—Sí.

—¿Puedo preguntarle si piensa divorciarse de su esposa?

—Sin comentarios.

Después de marcharse Stone, Probst empezó a deambular por el comedor y el salón. *La jefa Jammu, «lógicamente».*

Aún podía renegar. Aún podía votar no. *Time* no se iba a enterar, si luego no actuaba en consecuencia. Pero tras esta pequeña declaración de amor en presencia de Stone, producido como por un lapsus linguae, un rubor culpable, se sentía menos inclinado a retractarse que a ponerse a gritar esa misma declaración a los cuatro vientos del condado, tan a gusto se sentía después de haber compartido su secreto. *En muchos y diferentes contextos.* Ella estaba por todos los rincones del salón. Se dejó caer en el sofá y la vio en todos los sitios donde ella no había estado nunca, estirada en el asiento junto a la ventana, apoyada en la repisa de la chimenea, subida al brazo del sofá para examinar los bodegones. Jammu le superaba. Él era muy pequeño. Dejó sonar el teléfono un buen rato antes de ir a contestar a la cocina.

—Diga —dijo.

—Martin.

—Qué.

—¿Stone sigue ahí?

—Pues no —no era casualidad que le llamara ahora. Ella sabía que él no la podía haber llamado—. El señor Stone se ha marchado. No he podido decirle gran cosa, y él no necesitaba mucho que no tuviera ya. Algo parecido.

—Lo mismo me pasó a mí. Anotó unas cuantas frases y me sacó una foto.

—¿Ah sí?

—Sí.

—Si me mientes —dijo él— no sé lo que voy a hacer. Stone invirtió tres horas contigo si estuvo medio minuto.

Tras una pausa larga, dolida, Jammu dijo:

—¿Qué ocurre?

—Lee el periódico del viernes.

—¿Qué has dicho de mí?

—Ya sabes cuál es el problema.

—¿Es que has cambiado de opinión?

—Por última vez, Ess, no finjas más. Pues claro que he cambiado de opinión.

—¿Y cómo querías que yo lo supiera?

Probst suspiró. Ella seguía fingiendo.

—Transpiras entusiasmo —dijo él.

—Espera un poco. Necesito digerirlo. Esto cambia las cosas.

—En absoluto —Probst empezó a hablar con cierta autoridad, para salvar su orgullo—. Si dejo Vote No mañana, lo hago porque quiero y porque creo que es lo correcto. Me gustas, pero yo nunca dejaría que una cosa así afectara a mis decisiones. Quiero que quede claro. La fusión no era el único obstáculo entre tú y yo. También estoy casado. Tengo una esposa. Y he cambiado de opinión sobre la cena. Es el precio que tienes que pagar. A ti te quiere mucha gente, pero son pocos los que confían en ti. Creo que yo debo incluirme en esa mayoría.

Excesivamente satisfecho de haberle dicho que la quería sin tener que pronunciar esas palabras, miró el reloj. Por un momento pensó que eran las nueve de la mañana. Jammu estaba hablando.

—Martin, me llamo Susan. Susan Jammu. Y yo no he cambiado de opinión respecto a la cena. Sé que no vas a trabajar a favor del referéndum por hacerme un favor. Creía que esto estaba claro entre los dos. Creía que nos respetábamos más de lo que tú has dado a entender. Ya sé que estás casado. Ojalá no tuviera que decir todo esto por teléfono. Si no te parezco sorprendida de que pienses traicionar a John Holmes y a todos los demás es porque nunca pensé que tu sitio estuviera con ellos. Evidentemente, lo que has hecho no es nada fácil. Lo entenderé si quieres que nos distanciemos un poco, o un mucho, pero creo que me debes una cena, y ha de ser esta noche.

Susan. Era patético. Un nombre era algo tan pequeño, tanto, en realidad, que Jammu no podía esperar impresionarle si ella misma no lo estaba ya. Ella debía de considerarlo su gran secreto, su as en la manga. Probst sintió lástima.

—Estaré ahí dentro de veinte minutos —dijo.

El taxista intentó devolverle cuarenta dólares de los cincuenta que le había dado, pero ella cerró la puerta y dejó que se los quedara como propina. Quizá era una propina demasiado grande. ¿Lo era? Sus tacones transmitían agradablemente la fuerza del suelo al centro de sus talones mientras corría por la acera rosada hasta la entrada del cuartel general de Rolf. Era mediodía. El vestíbulo estaba desierto. ¿Era demasiada propina? ¡Un cuatrocientos por ciento! Eso era demasiado. Pero nadie lo sabría, y la próxima vez lo compensaría no dejando propina. El guardia, que la conocía, no sonrió esta vez. La miró como miran los hombres a las chicas que no saben administrar el dinero. Al llegar el ascensor, quiso entrar pero hubo de apartarse porque había gente que quería salir. Al final entró. Rolf la había llamado por teléfono —y luego él la había llamado Devi, pero antes se habían peleado, pero entonces la criada había dicho— y luego en recepción le habían dicho que la factura no estaría pagada hasta pasadas las dos de la tarde, y luego se había pinchado en la arteria, y luego había llamado Jammu y había razonado con ella y le había dicho el número de vuelo y la puerta de embarque y dónde tenía que conseguir el billete, y ella había razonado con Jammu. Todo sucedía a la vez. Todo era igual cuando se acostaba y diferente por la mañana. Jammu dijo que Martin estaba de parte de Rolf. Ella dijo que eso era imposible. Jammu dijo haz las maletas. La puerta del ascensor se abrió. Cuatrocientos por ciento. ¡Cuatro veces todo! Corrió pasillo abajo y empujó las puertas de cristal.

—¿Puedo ayudarla en algo?

Pasó por delante de la mecanógrafa y de las uñas rojas de sus manos estiradas, entró en el despacho y cerró la puerta. Se puso de rodillas.

—Oye, Devi...

Él no lo comprendía. Ella no podía razonar con él.

—Te lo he dicho por teléfono. No puedes negar que he sido honesto contigo. Pórtate como es debido.

La hizo levantarse. La llevó hacia la puerta, y ella dijo una última...

—Esto se acabó, Devi.

Él no lo comprendía. Una última... Dame una última...

—No hay nada que hacer. Lávate la cara, y haz el favor de quitarte ese estúpido color del pelo. Te sentirás muchísimo mejor.

Una última... Llevaba puesto el primer regalo de Rolf, y le guió la mano por debajo y luego adentro, empleando las uñas para que él no retirara la mano hasta palparlo. La criada estuvo amable. La criada le preguntó cómo le iba todo. La criada escuchó y le aconsejó espaciar las dosis, o sea que economizara un poco. ¡Quién pudiera!

Cerró la puerta con la otra mano y se dejó caer al suelo. Martin siempre decía que Rolf era un mamón. Rolf así se lo había dicho a menudo. Ella se daba cuenta ahora. Volvería con Martin y le pediría disculpas. Martin se enfadaría muchísimo cuando averiguara que aquel mamón se lo había hecho en el suelo aunque ya hubiera tomado una decisión y ella sabía que el mamón avisaría a la policía porque así lo había dicho por teléfono. El mamón separó los dientes.

—Bueno, ya está. ¿Contenta?

Sí, contenta. ¡Adiós para siempre! (Estaba impaciente por contarlo.) Cuando cruzó de nuevo las puertas de cristal la mujer se había ido, y con ella sus uñas rojas. Aún era mediodía. Esta vez bajó corriendo las escaleras. Perdió un tacón. Se detuvo para romper el otro y siguió corriendo plana. El guardia dijo: Nunca aprenderás a administrar. Deberías aprender a conducir tu propio coche. Sonó el teléfono mientras ella franqueaba la puerta giratoria y salía a la acera rosada. Apretó el paso.

—¡Alto ahí, señorita!

Oyó correr al guardia, y ella voló como un ciervo. Las tarjetas de crédito eran perecederas. El guardia le ganaba terreno, no se veían taxis en las proximidades. ¡Por cuarenta dólares el tipo podía haber esperado un rato! Por suerte un coche blanco se detuvo cerca de allí y la puerta de atrás se abrió. Montó en el coche y se volvió a tiempo de ver al guardia incorporarse y aplicar las manos a las caderas y el pecho que le subía y le bajaba y las mejillas coloradas y la boca que decía, ay Dios, ay Dios. Ella sabía quién era el hombre que conducía. Iba con un amigo al que no conocía.

—Hemos parado a recoger tus maletas.

Lo dijo en un idioma extranjero que ella comprendió, mientras recobraba el aliento. La llevaban al aeropuerto. Instrucciones de Jammu. Ella no se esperaba este servicio y no pensaba dar propina. Se metieron en la autovía. No dijeron nada excepto que el amigo iría con ella. Devi miró en la cartera, caliente todavía del trasero del único hombre aparte de Martin con el que lo había hecho. En el asiento de delante estaban tragando píldoras y le dieron una que era distinta de las de ellos. Sonrió, se la puso en la boca y agarró la lata de Crush.

—Biodramina para el vuelo.

—Te sentirás más tranquila.

Se puso la polvera delante de la cara para arreglarse y dejó caer la píldora mojada y medio deshecha en la polvera. Luego la cerró. Al llegar al aeropuerto el conductor y su amigo se apearon y dejaron las maletas en la acera. Ella se apeó también. ¡Tenía los pies planos! El conductor trató de arrebatarle el bolso, y la correa se partió y la gente estaba observando. Los amigos se miraron entre sí e intentaron convencerla de que volviera a subir al coche un momento.

—¿Conoce a estos hombres, señorita?

Alguien tenía mucho interés. Los dos amigos montaron rápidamente. Le dijo al hombre que la estaban molestando, cosa curiosa porque el coche ya se alejaba.

—¿Puedo llevarla a alguna parte?

Leyó las palabras cromadas: JUEZ DE PAZ. Su coche era más antiguo, una ranchera con tablas de madera de fibra castigadas por la intemperie. El juez de paz sonrió al abrirle la puerta del acompañante. Salieron del aeropuerto. El hombre conducía a toda pastilla.

—¿Cómo se llama?

Ella ya no estaba segura. Ni siquiera conocía al hombre, y empezaba a tener la gripe de la tarde. Un momento. Abrió el bolso, guardó la cartera en un bolsillo con cremallera y dispuso las cosas para la cura. A su derecha el Marriott quedó atrás. La gente no comprendía a Barbara, y como a ella no la tenían considerada, sólo quedaba una persona a quien acudir: Martin. No creía que Martin estuviera realmente de parte de Rolf.

Tratando de razonar con ella todo el tiempo, el juez de paz la llevó al centro. ¿Estaba resfriada? No, dijo que le parecía que quizá estaba incubando algo. Finalmente el coche se detuvo ante un semáforo. El hombre abrió la boca, un gilipollas risueño. Ella le roció la cara de Mace y no paró de rociar hasta que el coche de detrás sonó la bocina avisando de que estaba en verde. Se apeó del coche y miró calle arriba en busca de otro taxi. ¡Ponte bien rápido!, se dijo a sí misma, esperanzada pese a los escalofríos.

*

Con la primera luz del viernes, antes de que la ciudad se levantara, Probst subió la escalera principal de sus oficinas en el South Side. A las dos o las tres había renunciado a dormir. A las cinco había renunciado a tener los ojos cerrados. Iba retrasado en el trabajo, y sabía que los teléfonos de todos los lugares donde se le podía localizar empezarían a sonar a las ocho. También creía deberles un favor a Cal y Bob, que últimamente habían dirigido la empresa en su ausencia, les debía ir a trabajar temprano algunos días, en nombre del equipo.

Mike Mansky le saludó desde su mesa de Ingeniería, y con el mismo movimiento se inclinó para apagar un cigarrillo en el cenicero que tenía sobre el cartapacio. Tenían una cuadrilla nocturna reconstruyendo un puente en la Route 21, de lo contrario Mansky no habría estado allí.

Probst recorrió el pasillo oscuro y sin ventanas hasta su despacho y abrió la puerta. La mesa de Carmen y la máquina de escribir se veían grises a la luz del nuevo día. El mismo gris de lo inminente bañaba las paredes que en seguida serían blancas, el enmoquetado en seguida azul, los archivadores más genuinamente grises. Empezaba a verse ya un poco de color, una mancha de esmalte rojo en el rincón, una pequeña cafetera eléctrica. Cuando hacía frío, a Carmen le gustaba tomar una taza de caldo instantáneo.

La puerta de su despacho privado estaba entornada, su pulida superficie reflejaba el pálido rectángulo de una de las ventanas. Entró.

El general Norris estaba sentado a su escritorio. Estaba leyendo una especie de diario técnico de gran formato. Lo dejó sobre la mesa y miró a Probst. Probst miró al suelo, pero los rasgos del general, los surcos de su frente, ojos y boca, su decepción, habían dejado una huella en sus retinas. Suspiró.

—Le gusta presentarse en casa de los demás, ¿verdad?

—¿Le importa?

—No, qué va —Probst dejó su cartera en el suelo. No estaba habituado a que le recibieran en su propio despacho. Eso sí le importaba.

—Seguramente tendrá cosas que hacer —dijo el general—. No le entretendré. Sólo quería preguntarle por qué ha hecho lo que ha hecho.

Probst miró el edificio de la comisaría desde la ventana.

—Yo creo que la prensa expondrá claramente mis razonamientos.

—Oh, sí, sus razonamientos. Por supuesto. Usted siempre tiene algo que argumentar. ¿Sabe una cosa, Martin? Nunca había conocido a nadie como usted. He visto mucho egoísmo y mucho cinismo y mucha flaqueza, pero usted... Usted es el tipo que mete el dedo en el dique y que cuando le ofrecen un bocadillo lo saca para poder comérselo. Y eso sabiendo que también se va a ahogar. Es usted un caso.

—¿Algo más?

—Pues sí. Me gustaría darle un buen consejo —el general se levantó e hizo un tubo con su revista—. Llámelo sexto sentido, si quiere, pero yo todavía no he renunciado a usted. Quiero que esté entero para lo que se está avecinando.

—El consejo...

—No me sea descortés. Yo soy educado, séalo usted también. Mi consejo es el siguiente: Haga lo que quiera en privado con esa mujer pero no lo haga público.

—Ya.

—No lo haga público —con la revista, Norris dio unos golpes a una carpeta de plástico negro que había sobre la mesa—. Le dejo una copia del informe provisional que enviamos ayer a Hacienda y al FBI. Puede usted juzgar por sí mismo. Espero que no se le ocurra dárselo a ella. Pero le aseguro que lo descubriremos, si lo hace, y eso no va a dañar un ápice la investigación, pero está claro que a usted sí le dañará. No haga más estupideces, Martin.

El general abandonó el despacho.

Probst leyó el marbete de la carpeta. *Informe preliminar sobre la presencia india en St. Louis, por encargo de S. S. Norris, H. B. Pokorny & Hijos.* Lo hojeó por encima y vio listas, transcripciones, desgloses financieros, todo en unas 250 páginas, un volumen que le asustó. Si todo era fingido, no cabía duda de que tenían mucha imaginación. Decidió leer una sola página. Abrió por lo que parecía una sección del *Quién es Quién.*

> MADAN, Bhikubai Devi, nacida 12/12/61, Bombay. Prostituta. Con domicilio en el Airport Marriott Hotel, St. Louis. 19/9-presente. Visa #3310984067 (turista) fecha de expiración 14/11. Pasaporte indio #7826212M. Encuentros documentados: Jammu, 8/10, 22/10, 24/10, 6/11 (a.m. y p.m.), 14/11, 24/11, 27/11, 2/12, 12/12, 14/12, 29/12, 17/1, 21/1, 20/2, 27/2, 15/3 (ver cronología, Apéndice C). Ripley, más de 50 encuentros desde el 19/9 hasta ahora. Probable adicta a la heroína, Madan podría ser el principal y quizá único enlace entre Jammu y Ripley. (Ver Transcripción 14, Apéndice B.) Delitos punibles: posesión de narcóticos Clase 1, violación de visado (Ver 221 [c], ley de 1952, 8 U.S.C. [c]), prostitución. Expediente criminal en India: no disponible.

El teléfono estaba sonando. Probst dejó de leer. Era fácil adivinar quién le llamaba.

*

—Hay que tener huevos para hacer lo que ha hecho Martin —dijo Buzz Wismer.

El viernes había transcurrido sin que Martin se retractara en absoluto de la postura claramente pro-fusión que había adoptado el jueves. Hoy era sábado, y Martin había sido elegido a última hora para pronunciar el discurso clave en el mitin que iba a celebrarse a las tres en el Mall del centro de la ciudad.

—Hay que tener huevos —repitió Buzz. Con una cuchara presionó la película de queso de la sopa de cebolla a la francesa que Bev había sacado del horno. Buzz quería almorzar, pero el almuerzo estaba fundido y era peligroso. La cazuelita de loza no se podía tocar de caliente—. Sí señor —dijo, pellizcando la servilleta con hambrienta frustración—. Hay que tenerlos muy grandes.

Bev cortó los hilillos de queso que colgaban de su cuchara con un cracker petrificado y dio un primer mordisco. Las comisuras de su boca se aflojaron. Él la oyó tragar a regañadientes. Bev tosió explosivamente y se atragantó. Tenía algo en la garganta. Buzz se inclinó para darle una palmada en la espalda, pero ella lo impidió con un gesto de la mano, tosiendo y meneando la cabeza. Cuando se hubo recuperado, cogió su cazuelita con una manopla y la llevó al fregadero. Luego se sentó y partió un cracker en dos.

—No deberías haber hecho sopa si no pensabas comértela —dijo Buzz.

—Sí, hay que tener huevos —dijo ella—. Y ahora que lo ha hecho él, tú también puedes hacerlo. ¿No? Ahora que él ha dado el paso más difícil. Tú puedes ser el siguiente. Harían falta huevos para no hacerlo. ¿No te parece? —había partido cada mitad en dos. Cuatro cuadraditos iguales decoraban su posaplatos. Cogió otro cracker de la cesta—. Tú puedes ser el siguiente. Si él va a tréboles, tú tiras un trébol. Haz lo que él haga. Excepto la parte divertida. Eso se lo ha puesto fácil Barbara, ¿no es cierto?

Barrió con la mano los ocho cuadrados de cracker y fue a tirarlos al cubo de la basura. Buzz consiguió tragar una cucharada de sopa, centrifugándola dentro de la boca antes de que le produjera una quemadura grave. Tragó un poco de Guinness. Bev se sentó.

—Me gustaría ayudarte, Buzz, te lo digo de verdad. Soy tu compañera. Pero no hay nadie a la vista que pueda arrebatarme de tus manos. Nadie en absoluto.

—¿Y si fueras a acostarte?

—Me acabo de levantar.

—Ah.

Después de apurar su cazuelita, Buzz cogió la de ella del fregadero y se comió casi toda la sopa. Bev le sirvió de postre una tajada de tarta impregnada de Grand Marnier. (Su estilo de cocina era demasiado fuerte para él, pero así tenía algo que hacer, como medir aquellas generosas cantidades de mantequilla, tan generosas como las de queso rallado.) Dejó las dos cazuelitas en el lavaplatos, tomando nota mentalmente de comprobar que, una vez terminado el programa, la máquina hubiera conseguido limpiar el queso apegotado en los bordes. (La última criada los había abandonado después de seis días.) Era la una. Hizo gárgaras de Listerine, se puso una chaqueta de cuero y le gritó a Bev que se marchaba a la oficina. Ella acudió a la puerta con un vaso de jerez con hielo.

—Supongo que te veré cuando nos veamos —dijo Bev—. Ya nos veremos. Te veré luego.

Él sonrió.

—No voy a tardar tanto.

No había ninguna razón de tipo práctico para que Buzz imitara a Martin e hiciera declaraciones públicas apoyando la fusión. La campaña había terminado a todos los efectos a mediodía del jueves. Ahora sólo era cuestión de esperar otros nueve días hasta que fuera oficial. No obstante, Buzz quería hacer algo. Primero, estar del lado de los ganadores nunca había dañado la imagen pública ni la credibilidad profesional de nadie. Segundo, Martin había actuado con agallas, y Buzz pensaba que darle su apoyo era lo mínimo que podía hacer para echar pelillos a la mar (más que «pelillos», una letanía de intangibles y nocturnos insultos). Tercero, estaba Asha. Mientras conducía hacia sus oficinas vio un Rolls-Royce color crema parado en mitad del extenso y vacío aparcamiento, y mientras se acercaba lentamente a él casi pudo oír la noticia: Edmund «Buzz» Wismer, director general de Wismer Aeronautics, ha asombrado hoy a la ciudad anunciando su intención de trasladar sus instalaciones al centro de St. Louis, después de tenerlas ubicadas durante cuarenta años en la zona periférica del condado.

El anuncio, que se produce a renglón seguido de otro parecido por parte de Martin Probst, amigo y confidente de Wismer, llega en un momento en que Asha se estaba impacientando con él. Al fin y al cabo, ella tenía el motor en marcha, y Buzz se preguntó si, en caso de haber llegado unos minutos más tarde, ella todavía habría estado allí. Sin embargo, por su sonrisa internacionalmente célebre, Wismer se dio cuenta de que Asha se alegraba de haber esperado.

*

La cuenta atrás para el referéndum había entrado en las últimas cifras. En conjunto, los antiguos aliados de Probst en Municipal Growth y Vote No se habían mostrado encomiablemente comprensivos y pacientes con él, al menos a juzgar por su silencio. En parte, sin duda, estaban recordando la negativa de Probst a ensuciarse las manos con los aspectos prácticos de la campaña. No echaban de menos sus esfuerzos, y él se había vuelto tan antipático que muy pocos iban a echarle de menos como persona. Aparte de eso, los saintlouisianos sentían un respeto innato por los cambios de opinión bien meditados, aunque fueran sorprendentes y dolorosos, y quizá más aún en el caso de alguien con una reputación intachable. La gente ya se había acostumbrado a Probst, quien imaginaba la última reacción de los ciudadanos como un «Vaya por Dios, Martin Probst la ha hecho de nuevo». Como de costumbre, los acontecimientos se habían confabulado para que sus actos fueran típicos de él.

El domingo por la noche ya sólo quedaba pendiente una tarea desagradable. Tenía que despejar su mesa en la sede de Vote No y entregar las llaves. Lo había demorado todo lo posible, y todavía un poco más; cuando salió de la casa de Sherwood Drive eran más de las doce.

La noche era cálida. Pulsó un interruptor para bajar las cuatro ventanillas del Lincoln a fin de que entrara el aire que se había levantado de los céspedes en recuperación, de los narcisos, junquillos y campanillas de la ribera. La primavera había llegado de golpe y con todo su empuje, después de no haber dado el menor indicio en enero ni en febrero. Una primavera que la ciudad se había ganado a pulso.

Probst se había leído de pe a pa el documento de Pokorny y no había temido poner a prueba a Jammu en todos sus puntos. Las acusaciones eran graves. Ella comprendió que tenía que dar respuestas, y así lo hizo mientras tomaban crêpes el viernes por la mañana, mientras cenaban en Tony's el sábado. Probst la observó para detectar el menor síntoma de vaguedad, de farol. No detectó nada.

—Tienes que entender el contexto, Martin. Devi Madan es una joven de veintitrés años que tuvo la mala fortuna de caer en manos de un tipo sin escrúpulos especializado en abusar de jovencitas. Lo primero que hizo Ripley fue quitarle el pasaporte, supuestamente para que no lo extraviara. La instaló en el hotel del aeropuerto Marriott, y allí la dejó. Él no la dejó volver a Bombay ni siquiera después de que su pasaporte expirara. Ahí es donde intervine yo. Como escribía Joe Feig en su artículo del mes pasado, son muchos los indios que han emigrado a St. Louis, y uno de los motivos por los que vienen acá parece que soy yo. Las familias que quieren abandonar India para venirse a América descubren que St. Louis ha acogido al menos a un indio, es decir, yo, a lo grande. Cuando llegan aquí se ven inmediatamente en un montón de aprietos, algunos con la justicia pero sobre todo con las costumbres y el idioma, con las instituciones y la idiosincrasia del lugar. Y en India la tradición del mediador se remonta a muy antiguo. Hay una agencia en Bombay donde encuentras intermediarios que a cambio de una suma a veces razonable, pero normalmente no, te solucionan los trámites burocráticos. Pero las cosas no funcionan así en St. Louis, de modo que para todos estos indios, en especial personas como Devi, que lo está pasando mal de verdad, yo he sido el equivalente del mediador. No voy a compararme con la señora Gandhi, pero ella también dedicaba unas horas semanales a oír las quejas de la gente común. Era una tradición mongol que ella reactivó con su peculiar estilo regio. Devi no es la única persona de la que he tenido que ocuparme, aunque sí una de las que he visto más a menudo, hasta hace unas pocas semanas. Supongo que Pokorny no menciona que Devi ha podido finalmente volar a Bombay, después de que yo hiciera todo salvo hacer arrestar a Ripley por ladrón.

—¿Incluido chantajearle?

Jammu se tomó la pregunta en serio.

—Yo no chantajeo, Martin. Por otra parte, no soy tan pura como tú. Puedo decirte exactamente hasta qué punto figuraba Devi en algunos de los planes de Ripley.

—Ahórratelo.

Por deferencia a Norris, Probst no le había dejado ver el informe propiamente dicho. (Tampoco ella había mostrado interés en verlo.) Lo había partido en dos, a lo largo, con el cúter de Carmen, y había tirado cada mitad en dos papeleras distintas, una en el trabajo y otra en su casa.

No había luz en las oficinas de Bonhomme Avenue. Probst aparcó, montó en el ascensor y entró en el despacho, encendiendo las luces. Allí no había nadie. Parecía abandonado desde hacía más de una noche.

Empezó a meter montañas de papel amarillo en su cartera. Los borradores de sus discursos. Como souvenir cogió unos lápices de Vote No, una instantánea de él sentado a su mesa (ensimismado en su trabajo, la cabeza gacha), y una copia de todos los documentos en cuya redacción había participado. Cogió también la foto de Luisa que le había dado Duane. Dejó todos los cajones expresamente medio abiertos. Luego se sentó a escribir una nota para Holmes que pensaba dejar con las llaves.

Querido John,

—No te molestes.

Probst se sobresaltó y, al girar la butaca, vio a Holmes en persona, sin afeitar, en mangas de camisa, a un palmo de su hombro.

—Perdona si te he asustado.

—Descuida —dijo Probst—. Es que...

—Sí. He salido a tomar una copa —Holmes tomó asiento encima de la mesa, dejando un pie en el suelo—. Está todo muy tranquilo, ¿verdad?

—Es tarde.

—Hace una semana a estas horas todavía había un montón de gente, incluso los domingos —Holmes sonrió—. Los últimos tres días hemos perdido muchos voluntarios.

—¿Por mi culpa?

—Evidentemente —Holmes meneó la cabeza—. Mira, no quiero darte la paliza con esto, pero quizá te gustará saber que significó mucho para nosotros tenerte aquí todo este tiempo.

—Gracias, John.

—Y por razones puramente egoístas, yo detesto lamentarme de nada. Tú y yo nos hemos librado de un apuro.

—¿Cómo es eso?

—A mí nadie me va a pedir que dirija otra campaña, y a ti nadie te va a pedir que participes en una.

Agradecido por la broma, Probst preguntó:

—¿Crees que alguien sospecha que lo planeamos?

Holmes miró hacia los fluorescentes:

—Me quedo las llaves, Martin.

*

Unos ronquidos suaves llegaron a las orejas de Rolf desde debajo de la almohada a su derecha. Un radiodespertador desconocido le miraba parpadeando, y una foto enmarcada de unos padres de mediana edad arrojaba benevolencia sobre la cama. Había despertado de golpe, desvaneciéndose como oxígeno líquido su anterior somnolencia azul. Estaba totalmente despierto. Un diván y un confidente acechaban más allá del cubrecamas apelotonado y su fleco de encaje, en el lado de estar de aquel salón combinado con dormitorio. Estaba demasiado oscuro para distinguir lo que decía el bordado que colgaba junto a la puerta de la pequeña cocina, pero recordaba el mensaje: Hoy es el Primer Día de tu Nueva Vida. Así era Tammy. Rolf le había hecho ver que el orgasmo femenino era una mera invención de los redactores de revistas de moda. Cierto, quizá había algún tipo de mujer que sentía algo como... Tammy no era de ésas. Ella le había creído. Había descubierto que era verdad.

El aire sabía limpio y transparente. Considerando todos los aspectos, Rolf estaba satisfecho de su estado. Gelatron, y ahora también Houstonics, eran suyos. Y el nivel de endeudamiento era tan bajo que casi le causaba rubor. Los inmuebles de Gelatron y Houstonis en Tejas habían sido vendidos en un marco fiscal más que favorable, mientras las empresas se trasladaban a propiedades del propio Ripley en St. Louis, eludiendo así la necesidad de liquidar las existencias en St. Louis y sufrir allí las consecuencias fiscales. La empresa había crecido sin dolor. Incluso la conversión de Martin Probst a la causa no podía disminuir el placer que a Rolf le causaban las maniobras; y es que, de repente, como si hubiera despertado de un sueño profundo, a Rolf le importaba un comino lo que Martin hiciera. Podía recuperar a su Barbie (si es que la encontraba, je, je). Rolf estaba satisfecho. No todos los hombres podían financiar un parque temático sexual y catar la mercancía del vecino de al lado. Tampoco cualquiera podía haber reducido drásticamente sus pérdidas cuando al final se hartaba de todo. Rolf era todavía más admirado por sus saltos en paracaídas que por sus sagaces adquisiciones. Devi había salido de su vida, a un coste para el fondo de reservas de sólo unos cuantos centenares de dólares en metálico y diez minutos de tiempo de su secretaria para informar del robo de sus tarjetas de crédito. Y por primera vez Jammu había llevado las cosas muy bien, informándole el miércoles de que Devi era heroinómana y recordándole que como extranjera ilegal no tenía derechos. Era probable, por supuesto, que Jammu hubiera comprendido finalmente que Devi le robaba sus secretos. Jammu no era de las que hacían favores desinteresados.

Pero Tammy, por el contrario... Ella se agitó y giró hacia su lado. Una teta deliciosa miró a Rolf a los ojos. Tammy era azafata de Ozark. Una de las metas de Rolf era tirarse a una chica en el cuarto de baño de un jumbo a mil metros de altitud, y ahora estaba seguro de que podría alcanzar su objetivo. Había mucho que esperar de la vida, y muy poco que lamentar. Actualmente Ripleycorp tenía una situación financiera más firme que nunca en veinte años, una situación que no iba sino a afianzarse en el futuro ahora que Ripley había sustituido a Wismer y a General Syn como gigante industrial de la región. Su ánimo de lucro no había perdido un ápice de su potencia. De hecho, si no se dormía en seguida iba a tener que despertar a Tammy; ella se impresionaría demasiado para ponerse de mal humor.

Lo más estupendo de ganar dinero, naturalmente, era la garantía que le daba a uno en el mercado de la moralidad. Devi se había aprovechado de la munificencia de Rolf, y ella lo sabía. Rolf le había comprado muchas cosas bonitas. Devi no podía haber vivido mejor, y haberlo hecho todo tan mal. Era un fenómeno generalizado. Cuando pensaba en todas las tías con las que había gozado en cuarenta años, podía decirse a sí mismo, con todo el candor, que había sido sincero con todas ellas.

*

—Jack. ¿Cómo estás?

—Muy bien —era jueves por la tarde. Había pasado una semana desde el anuncio de Probst—. Acabo de llegar del servicio de Maundy en la iglesia. Un hermoso servicio. El nuevo director del coro tiene verdadero buen gusto, deberías venir alguna vez. Yo nunca fui muy amante de ir a la iglesia, pero te aseguro que estos últimos años... ¿Todavía vas a esa iglesia luterana de...?, ¿dónde estaba?

—No —dijo Probst—. Desde que me fui de casa de mis padres.

—Ah, pues sí que hace tiempo. Mucho. Bueno, mira. Me dirás que soy un pesado pero, dime, ¿tienes planes para esta Semana Santa?

—Pues...

—Verás, Elaine y yo habíamos pensado que quizá estarías solo, o con Luisa. Bueno, no sé, son unas fiestas familiares. Unas fiestas tranquilas. Déjame decirte lo que habíamos pensado, Martin. Vamos a ir temprano a la iglesia, bueno, eso si podemos sacar a los chavales de la cama (tenemos métodos para eso), con lo cual estaríamos de vuelta en casa sobre las diez y media. La comida será sobre las dos, y, mientras tanto, pues, jugaremos a buscar huevos en el jardín. Elaine y yo les decimos a los chavales que ya son un poco mayores para eso, pero ellos insisten cada año. Ahora es algo más que un juego, por supuesto. Qué sé yo, como el bridge. Se lo toman muy a pecho, sabes, y yo me paso la mitad de la noche cociendo huevos. La cosa tiene su estrategia, depende de si vas a sacarlos de quicio utilizando algunos de los sitios acostumbrados, o no. En fin, si crees que a Luisa le puede gustar, ella podría...

—Mira, Jack, no sé...

—Luisa podría venir temprano. O los dos. Y si no, a eso de las doce y media.

Probst bizqueó hasta que le dolieron los ojos.

—Creo que debería haberte interrumpido, Jack. El caso es que, por desgracia, tengo que...

—Oh, bueno, tranquilo —se apresuró a decir Jack.

Probst se enfadó.

—Es que tengo planes. La jefa Jammu va a venir a cenar a casa.

—¡Hombre! De la portada de *Time* a la mesa de Martin Probst.

¿Le estaba insultando Jack?

—¡Es una gran noticia! Dos personas como vosotros, tan competentes y eso, me parece una gran idea. Por cierto, vimos tu nombre en ese artículo. Tus viejos amigos se sienten orgullosos de ti. Y me parece bien que hayas abandonado el barco en el último momento. Menuda sorpresa. Yo creo que hiciste lo correcto al ponerte del lado de los ganadores. Y digo ganadores porque, bueno, ¿te acuerdas de lo bien que se me daba predecir los resultados de las elecciones?

—Sí —dijo Probst. No lo recordaba en absoluto.

—En estos últimos años incluso he mejorado. Un noventa o noventa y cinco por ciento de aciertos. En fin, esto del referéndum, parece una cosa cantada.

—Así lo indican los sondeos.

—Ya, ¿y sabes qué me hizo decidirme? Elaine y yo siempre miramos a ver si sales en la tele, y escuchamos lo que dices. Me pareció que tus argumentos eran buenos (ése es Martin, solemos decir) pero lo que dijiste el jueves o cuando fuera, eso sí que me gustó.

—Gracias, Jack. Espero que no seas el único.

Hubo una pausa. Probst tenía pendiente la compra para el domingo antes de que cerraran las tiendas, porque no parecía que su agenda le fuera a dejar tiempo para hacerlo en los dos días siguientes.

—¿Estabas haciendo algo? —preguntó Jack.

—¿Ahora mismo?

—Sí. Íbamos a tomar café y un poco de tarta.

—Por desgracia...—Probst sintió flojera en las rodillas. Muy resuelto, dijo—: Mira, Jack. ¿Te das cuenta de que no he tenido tiempo para aceptar ninguna de tus invitaciones en lo que va de año?

—Pues no —la respuesta llegó con un sarcasmo nuevo—. No lo había notado.

Se podían volver crueles contigo, así por las buenas. Jack lo había hecho ya de adolescente, alardeando de la amarga superioridad de los menos aventajados.

—Sólo quiero ser sincero contigo —adujo Probst—. No quiero que pierdas el tiempo.

—No me parecía que lo estuviera perdiendo.

—Será que no quiero que me hagas perder el mío.

—Está bien.

Soy Martin Probst. Soy el presidente de Municipal Growth. Soy el que construyó el Arch. Soy amigo de Jammu, soy el Profeta con Velo, y podría llegar a ser el nuevo supervisor del condado si me apetece.

—Perdona, Jack. Sólo pensaba que era mejor para los dos. No se trata de...

Señal de marcar.

«¡Cabrón!» Probst colgó el auricular de mala manera. Recogió las llaves, la chaqueta y la lista de la compra y salió de la casa antes de que el teléfono volviera a sonar. Uno trata de ser un poquito amable y...

Saben lo duro que es todo esto, y sin embargo...

Y Barbara le acusaba de ser débil de carácter, le daba palmaditas en las mejillas. Le haría tragar el haberle abandonado. Estaba en buena forma. Estaba en muy buena forma.

Pensaba hacer unas chuletas de cordero a la parrilla, patatas asadas, una ensalada verde y usar la botella de vinagre balsámico que había descubierto la semana anterior en una caja plateada que había en la alacena. Era lo que les faltaba a sus ensaladas, pero no a las de Barbara. En las últimas cinco semanas había empezado a comer ensalada otra vez. Su dieta de comer fuera de casa le había ido añadiendo una libra cada cinco o seis días, y al final se había quedado sin sitios donde esconder sus kilos de más.

Entró en el aparcamiento de Schnucks, cogió un carro de la cola y entró en el templo de la luz. Había estado yendo allí tan a menudo que podía ordenar la lista secuencialmente, según los pasillos en donde estaba cada cosa. Verduras fruta charcutería café cereales salsas especias carne. ¿Era demasiado pronto para comprar el cordero? ¡En absoluto! La carne se volvía más tierna con el tiempo, y además, podía ser que el sábado por la noche ya no les quedara género. Eligió dos paquetes del mejor cordero. Pensó en lo irónico que era matar corderos inocentes para festejar la Pascua. Recordó que al conocer a Jammu había tenido miedo de que fuera vegetariana.

Las colas de las dos únicas cajas todavía abiertas rodeaban un amplio expositor de golosinas. Probst puso en su carro un gran huevo de chocolate, chuchería comestible para gusto de Jammu. (Pero ¿quién se dejaba engañar por esos huevos huecos? Los niños, nadie más. A los niños los engañaban. La economía prosperaba gracias a la estupidez de los pequeños.) Como de costumbre, había elegido la más lenta de las dos colas. (Qué cabrón, ese Jack.) Echó un nuevo vistazo a los grafismos de las chucherías. Los conejitos de chocolate venían en endebles envases de cartón de vivos colores, envueltos en celofán. En cada una de las cajas aparecían las palabras «chocolate con leche» y una lista de enes y benzos y fosfos y lactos. Pero éstos no eran conejitos corrientes. Todos eran distintos, y las ilustraciones tenían que ver con las creaciones que había en el interior. Un conejito sobre una moto de chocolate recibía el nombre de Chopper Hopper. Otro con una lupa en la mano tenía el apodo Inspector Hector. Había un Jollie Chollie y, con una raqueta de tenis, un Willie Wacket. Conduciendo un coche de bomberos de chocolate había un grupo de conejitos que respondía al nombre colectivo de Binksville Fire Control;

su precio más elevado reflejaba su mayor peso neto. Había un Rolly Roller sobre patines. («¡Usted perdone!») Super Bunny con una capa marrón. Peter Rabbit; vaya, se acordaban de Peter Rabbit, ¿eh? Y vendían aquellas cosas a los niños pero no iban a la cárcel. Little Traveler. Parsnip Pete. Horace H. Heffelflopper. («¡Perdone!») Simplemente McGregor. Mister Buttons... Probst estaba manoseando los envases, en busca de nuevas afrentas. Encontró una más: Timid Timmy. (Somos la nación más grande de la tierra.)

—¡Perdone!

Probst se volvió hacia la voz, que parecía dirigirse a él. No vio a nadie. Miró hacia abajo y vio a un niño de unos nueve o diez años.

—¿Qué hay? —dijo.

—Perdone —dijo el chico—. ¿Es usted el señor Probst?

—Sí.

El niño le puso en la mano un arrugado ticket de caja y le preguntó:

—¿Puede firmarme un autógrafo?

Probst buscó un bolígrafo en el bolsillo de su chaqueta.

21.

Había sido un día caluroso, el apogeo de una larga mejoría. Jammu cambió el peso de nalga en su molida butaca giratoria, tratando de no apoyarse del todo en los callos que ocho meses de trabajo de mesa habían producido en su trasero. Tenía un dolor de espalda que no conseguía aliviar ni poniéndose de pie ni tumbándose ni, se figuraba ella, con la tracción. Por las noches estaba demasiado cansada para dormir o para que le sirviera de nada tomar pastillas, ya fueran estimulantes, narcóticos o sedantes. Sentía girar y deslizarse las sustancias químicas, como si fueran tornillos y ella una tuerca con las roscas pasadas.

Pero podía hacer cosas. Funcionaba, en aquel momento, gracias a las seis horas de sueño que le había robado al miércoles por la noche. Había comido pollo frito con Martin en su apartamento. No bien tuvo el estómago lleno, se le cerraron los ojos. Le dijo a Martin que necesitaba tumbarse un rato. Despertó tres horas más tarde, poco después de la medianoche, y lo encontró girando el botón del televisor. Ella no estaba enferma, pero notó como si hubiera sudado de fiebre mientras él estaba allí a su lado. Sin fuerzas para sentirse avergonzada, lo mandó a casa y durmió otras tres horas, el tiempo que duró el leve aroma protector de su visita. A las cuatro se vistió apresuradamente. Había mucho que hacer.

Quería dormir otra vez con él, sólo dormir.

El aire suave que ingresaba lentamente por las ventanas traía consigo parte del calor que las calles habían atrapado durante el día. Para ser viernes, había poco tráfico; pasaban algunos coches sueltos, no en grupo. El último número de *Time* descansaba en el suelo, a su derecha. Titular de portada: EL NUEVO ESPÍRITU DE ST. LOUIS. Debajo del titular una fotografía de ella. Tenía los labios apretados y las cejas levantadas;

Time daba expresiones extravagantes a figuras que consideraba extravagantes.

> Con la misma facilidad que Jammu para disociarse de sus orígenes asiáticos, una riada de inmigrantes procedentes de los núcleos urbanos de Bombay, Nueva Delhi y Madrás ha inundado las riberas del Mississippi como si le siguieran los pasos. La proliferación de restaurantes típicos, saris, túnicas azafrán y, especialmente, el desfile de exóticos vistos en compañía de la jefa de policía ha provocado ataques de paranoia en muchos saintlouisianos, incluido Samuel Norris, el fiero soberano de General Synthetics. «Nada hay más peligroso que un líder político que finge no serlo», afirma Norris. «A Jammu le mueve un socialismo muy enraizado y foráneo, y no veo razón para justificar mi preocupación por que sea un forastero quien corta el bacalao en esta ciudad.»
> Jammu, por su parte, no ve motivo para justificar...

Se imaginó a Brett Stone entrevistando a Norris durante horas, sondeándolo hasta que por fin el otro dijo algo lo bastante maduro como para ser publicado. Recordaba haber sentido por los periodistas una animadversión muy enraizada y foránea. Recordaba haber sido una socialista comprometida a quien apasionaban numerosas cuestiones intelectuales, como aún le ocurría a Singh. Se daba cuenta de que ahora, de adulta, llevaba todavía las cicatrices de una cólera anterior, recordaba una época en que este artículo de *Time* le habría encantado, puesto furiosa, suscitado en ella un sinfín de percepciones críticas. Ahora no. Se había limitado a leerlo dos veces. Sólo quería terminar su operación. Una operación no ideológica, no científica, inconclusa, absolutamente personal.

*

—Habríamos podido ser una familia normal, supongo, si hubiéramos sido más. Ninguno de los hermanos de mi padre pasó de la adolescencia, y mi madre sólo tenía una hermana, mi tía soltera, que era ciega. El ejército trasladó a mi padre de acá para allá hasta que se retiró y nos establecimos en Cachemira. Para entonces ya no quedaba familia numerosa, ni más sijs de los que hubo jamás en Cachemira. Tenía un hermano pequeño que murió cuando yo tenía cuatro años. Mi hermano mayor no pensaba en otra cosa que en ser oficial, la quinta generación de la familia, y la última también. Era un patriotero. Fue enviado a una academia militar de Delhi mientras yo iba al colegio en la ciudad, de modo que se puede decir que fui hijo único. Cuando cumplí catorce pesaba veinte kilos. Mi dieta era muy rica en manteca, pero eso no me ayudó. Mi madre estaba preocupada. Entré en la universidad en 1960, y en el plazo de tres años hubo un estado de excepción en Cachemira y una deprimente guerra con China. Mi padre no salía de casa. Llevaba una chaqueta de seda con mangas que tenía que subirse media docena de veces. Cuando no estaban remangadas parecía una camisa de fuerza esperando que alguien se la atara por detrás. Mi hermano llegó a cadete. Apenas recuerdo si había veranos. Las calles era frías, el invierno siempre parecía inminente, las tropas se helaban en sus catres, allá en Ladakh. Y yo iba a casa a ver a mis padres y me presentaba con ropa perfectamente normal, y mi madre me regañaba.

»Balwan, me decía, fuera hace frío. ¿Desde cuando carraspeas así? El segundo hijo de Ibraim Masood tiene tuberculosis, y tú con esa cosa de franela. El chico se consumió con mujeres de mala vida y ahora, en vez de heredar el negocio de alfombras, tendrá suerte si llega a cumplir los veinticinco. Lleva en cama desde que perdió el uso de sus piernas, trataron de moverle y se dobló en dos, hacia atrás, Balwan, como un plátano roto. Se le abrió el intestino delgado, tuvieron que extirpárselo, y ahora está metido en una bolsa de plástico. ¡Y se consideran afortunados por tener esa bolsa! Le oí hablar el martes, doce grados de escarcha y él con la ventana abierta gritando a los chicos de la calle: ¡No cometáis el mismo error que yo! ¡No os consumáis con mujeres de mala vida!

»A lo que yo le decía, ¿Estás segura de que se trata de TB, *motherji*? Y ella me respondía:

»El bulto que tu padre tiene en el abdomen está creciendo, lo palpo cada noche cuando está roncando, y sé lo que digo. El peor error que he cometido en la vida fue enviarlo a ese médico anglo que se llama Smythe. Escribió un informe médico de diez páginas sobre la salud de tu padre, y no eran más que palabras. Pero ahora tu padre tiene algo que echarme en cara, me pone ese maldito informe delante de las narices y dice que Smythe le hizo una declaración de buena salud. Y mientras, eso que tiene en el estómago es cada vez más grande. Yo se lo noto. No soy ninguna tonta, diga lo que diga tu padre, y estoy segura de que habla pestes de mí. Está muy enfermo. Y, para colmo, el bulto de tu hermano.

»Yo sonreía y decía, ¿El bulto?

»Sí, en su boca. Siempre ha tenido úlceras cancerosas, sabes, pero esto es otro cantar. La última vez que le vi no quiso abrir la boca porque no quiere hacer frente a la verdad. ¡Qué oficial tan valiente! No quiere abrir la boca para que se la vea su madre. Lo que me fastidia es ese instinto suicida, Balwan. Se niegan a tomarse los problemas en serio, y mira lo que le ha pasado al hijo de Ibraim Masood.

»Pero yo no me consumía con mujeres de mala vida. Mi salud siempre ha sido excelente. Como la de mi madre. Ahora está vieja, amargada por temores justificados, viviendo de una importante pensión del ejército. Su salud sigue siendo buena. La de mi hermano también lo fue, hasta que un francotirador le disparó en Dacca en 1971. Creo que tenía una forma benigna de herpes. El tumor de mi padre era benigno. Y sin embargo le mató, en 1964, por culpa de una hemorragia. La magia de la sugestión, ¿eh? Que podría ser el caso de tu Webster Groves, de tu propia familia. Cuando no existen problemas, hay que inventarlos. Me agrada pensar que mi madre acompañó a mi padre hasta que éste falleció. Sé que ella no le quería.

*

Alargó la mano, precognitivamente, agarró el teléfono y lo levantó tan deprisa que solamente oyó un grano de su sonido granular. «Aquí Jammu», dijo. La aguja del detector de intercepciones que había instalado el lunes se mantuvo en cero.

—¿Puedo hablar?

—Sí, Kamala.

—Bien, no hay rastro de ella. Pero me pregunto si estará en la casa de St. Charles.

—Gopal suele ir allí regularmente.

—Entonces no se me ocurre otra cosa.

—No te preocupes. La encontraremos. Tú toma el avión.

—Detesto irme cuando...

—Toma el avión.

—Bien, de acuerdo.

—Y ve a ver a mi madre, lo primero de todo.

—Sí.

—Adiós, Kamala.

—Adiós, Jammuji.

Y así, el libro sobre Chester Murphy, el presidente de Allied Foods, abierto en septiembre, se cerraba al fin. Una visita de un representante comercial del Punjab. Una radiografía en Barnes. Un memorándum falsificado del hospital y dos venenos de hierbas. Y, por último, una deserción de Municipal Growth y una compra en última instancia de propiedades junto al río en South Side. Un trabajo limpio, al que Jammu apenas había tenido que prestar atención.

Devi, por el contrario, lo había estropeado todo. Había llamado a Jammu el miércoles, hablando indirectamente de chantaje, y había colgado antes de que a Jammu se le ocurriera hacer localizar la llamada. No había vuelto a telefonear. Jammu no tenía efectivos suficientes para registrar todos los hoteles y fonduchas del área metropolitana de St. Louis. Sólo podía pedir a todos sus agentes que tuvieran los ojos bien abiertos, confiando en que Devi apareciera en alguno de los puntos de reunión. Gopal comprobaba regularmente los pisos francos y el almacén de comunicaciones, y Suresh estaba investigando los hoteles más prometedores. Pero su primera responsabilidad consistía en impedir que los capturaran. Eso entorpecía su trabajo.

Era Singh el que tenía que haber estado persiguiendo a Devi. Pero aunque Martin se había convertido en aliado de Jammu, Singh dedicaba todo su tiempo a Barbara. Había trazado una línea divisoria entre Jammu y la operación, declarando su lealtad a esta última. Decía que Barbara era una amenaza mayor que Devi. Decía que había que extremar los cuidados antes de liberar a Barbara. (Jammu se preguntaba qué coño se traía entre manos con Barbara.) Singh apenas salía del apartamento. Decía que la operación debía culminarse limpiamente, decía que la ascensión de Jammu al poder no debía tener fisura alguna. Decía que podían aprender más del reencuentro de Martin con Barbara que de ninguna otra de las cosas que habían hecho en St. Louis. Y todo esto lo decía sin dificultad: él no se jugaba el cuello.

Jammu no quería un reencuentro entre Martin y Barbara. Quería que ella desapareciera del mapa y no volviera nunca más.

Esto era también lo que quería Martin.

Pero él podía cambiar de parecer. Ya había cambiado una vez.

Jammu había pasado la semana a punto de agarrar el teléfono y darle la orden a Singh. Era verdad, por supuesto, que América podía cambiar tus puntos de vista. En un país escasamente poblado, la individualidad de la víctima destacaba por encima de todo, lo mismo que lo extremo de la sentencia, pues aquí la muerte parecía algo casi anómalo. Pero Jammu ya no tenía escrúpulos. Los viejos asesinatos no le habían impedido jugar el papel de líder ilustrada de St. Louis, y uno nuevo no le impediría jugar el de mujer apetecible, que así la consideraba Martin. Sólo temía que, si daba la orden, Singh decidiera no obedecerla.

No se veía a sí misma haciendo el trabajo con sus propias manos. Su sitio estaba en su mesa de despacho, en ser el centro de la operación. Singh, y sólo Singh, tenía el tiempo, la información y la imaginación para idear una muerte que no levantara sospechas. Pero él no lo haría. Barbara se lo había arrebatado. El miércoles Singh la dejaría en libertad. Y luego Barbara le arrebataría también a Martin, Singh regresaría a India, y Martin volvería con su esposa.

—¿Qué más da? —Singh, insincero—. Ahora es tuyo, y después del martes ya no importará si es tuyo o no. Tratar de retenerlo, en realidad, es la mejor manera de garantizar que Barbara pueda relacionarme contigo.

Estaba exultante. ¿Ves lo bien que sale todo? ¿Ves cómo la operación elimina cualquier posible desviación egoísta? Cuando Jammu estaba con Martin siempre pensaba lo mismo: no puedo controlar a Singh.

¿Qué importaba?

Mucho. Ella necesitaba a Martin Probst, el genio del lugar a quien el destino la había acercado. Quería su amor y su fidelidad. Martin no acababa de ver que ella tenía que estar en St. Louis, que tenía los medios y el derecho a hacerse un lugar propio. Él era la clave de que no pudiera entenderlo. Cuando lo entendiera, si es que ella se lo hacía ver, Barbara estaría muerta para él.

*

Luisa cerró de un portazo, repitió el portazo para que la aldaba cayera y bajó rápidamente a la calle. En la casa de al lado sonaba música a todo volumen. Por las ventanas de la segunda planta vio que había una fiesta, un montón de gente mayor que ella pero no mucho más, bailando agarrados a botellas de cerveza. Caminó hacia Delmar.

Su pelea con Duane no había durado mucho. En la parte más fría del invierno, las primeras discusiones habían durado horas, de la cocina al dormitorio y de ahí al pasillo; una vez había tenido que dormir en el piso de la sala de estar, tapada con abrigos. Ahora las peleas eran breves otra vez, como lo habían sido el primer mes cuando ella tenía miedo de que un simple grito significara volver a casa de sus padres. Ahora, lo único que soportaba emplear era un simple grito.

Esta noche Duane creía haber encontrado la respuesta (siempre estaba pensando que había encontrado la respuesta a algo) a cómo combatir el fascismo (no sabía qué era el fascismo; ella se lo había preguntado) en las instituciones extrapolíticas (le gustaba inventar palabras que no estaban en el diccionario) como la religión organizada, porque sólo el extremismo cultural podía combatir el liberalismo burgués (Luisa le reprendía por utilizar el término en un francés mal pronunciado) que, a la larga, si no se iba con ojo, podía generar una miopía nacionalista similar a la que se dio en Alemania (¿cómoooo? De repente estaba hablando de Alemania en 1933, como si ella dominara el tema) y que tomó la forma del nazismo. Ella dijo que no lo entendía. Él dijo que no le extrañaba, puesto que le interrumpía todo el rato.

La cosa había empezado porque era Viernes Santo y Duane había decidido someterla a un interrogatorio religioso después de cenar. Se sentía con derecho a hacerle estos cuestionarios porque era mayor y más culto que ella. Era el método socrático. (Nunca llegó a autoproclamarse su mentor, pero cuando ella quería ilustrar la aversión que le causaba, repetía mentalmente la palabra: MEN-TOR, MEN-TOR, MENTORMENTORMENTO.) ¿Creía Luisa en Dios?

—No me fastidies, Duane.

¿Creía en la santidad de la vida humana?

—Sí.

¿Por qué?

—Porque estoy viva y me gusto.

Pero eso no le satisfizo. Probó a andar en rodeos, enfocar la cosa de otra manera para hacerla decir lo que él deseaba oír. (Deseaba oírla como ejemplo de todo lo malo que emanaba de un barrio como Webster Groves.) Y como a la tercera pregunta del cuestionario sobre el aborto (iba a resultar un poco hipócrita declararse pro-libertad de elección) ella le tiró un vaso de leche a la cara. Duane se quedó allí sentado, indulgente pero furioso, mientras ella se ponía una sudadera.

Luisa entró en Streetside Records. Por el equipo de la tienda sonaba un éxito de antaño, y hombres barbudos y canosos con chaqueta del ejército revolvían entre las cajas. Había una veintena de grupos y solistas cuyos discos ella examinaba siempre que entraba en alguna tienda del ramo, para ver si había salido algo nuevo, pirateado o en directo. Ahora sólo eran unos quince en total. No se acercó a los Rolling Stones porque Duane admiraba su honestidad y la integridad de su sonido. No se acercó a Talking Heads porque Duane le había interpretado todas sus letras, tampoco a The Clash porque siempre que Duane los ponía la hacía guardar silencio. No se acercó a Eurythmics porque le gustaban a Duane.

Después de escoger el último de Elvis Costello (según Duane, Elvis estaba claramente de capa caída) decidió que no quería cargar con el disco. Lo dejó donde estaba, salió de la tienda y subió por Delmar en la buena dirección, hacia Clayton. La noche era casi lo bastante cálida para dar un paseo. Pensó en el minicuestionario que Duane le había hecho sobre el uso de desodorantes. Rió un poco. Sacó del bolso un Marlboro Light y rió otro poco. Más que risas eran como punzadas en el pecho.

¿Por qué demonios no había aguantado un poquito más?

Si no hubiera empezado a fumar después de Navidad, cuando tenía cigarrillos a mano, no lo estaría haciendo ahora; un día de febrero en que a Duane le había dado por ser escrupuloso con la salud, él mismo había dejado el tabaco. Ella quizá podía dejarlo también, pero no tenía ganas de hacerlo mientras viviera con él y tampoco estaba segura de querer dejarlo después. Había empezado porque todo la ponía nerviosa, las peleas, la situación. Ahora estaba más nerviosa todavía.

Dentro de seis meses estaría viviendo en Stanford (California). Si no hubiera conocido a Duane, si hubiera sido capaz de pasar el último año de instituto sin él, ahora le haría ilusión ir a la universidad. No era el caso. Duane había arruinado toda la mística, tan seguro como que él había hecho sus propias solicitudes en otoño, dispuesto a tener él también una experiencia en un buen *college* o una buena escuela de arte, cosa que él probablemente no había puesto nunca en duda. Duane era flexible. Dejó de fumar y no hacía trampa. Mientras compartían la vida, tristes y solos, él se dedicó también a preparar una exposición de fotografías que gustaban a todo el mundo. Le quedaban fuerzas suficientes para mirar por sí mismo. Era fuerte porque su familia era supuestamente feliz y equilibrada (daba lo mismo que ambos supieran que de hecho era una familia enferma y espeluznante).

Mientras estaba en ello, Duane le había asegurado que en la facultad Luisa no encontraría al hombre soñado. No lo encontraría nunca. Ella ya no creía en él. Y ahora que había vivido sola, en un apartamento, también esa aventura se había malogrado.

¿Quién la llevaría a la universidad? Seguramente tomaría un avión.

Y nadie lo entendería. No descartaba la posibilidad de que algún día llegaría a ser feliz y tener éxito, que incluso se casaría, aunque ahora mismo no se le ocurría cómo. Pero nadie podía saber hasta qué punto habrían sido distintas las cosas si ella hubiera aguantado un poquito más. Ni siquiera podía afirmar qué era exactamente lo que había perdido. Tenía algo que ver con sus padres; con su madre, que había confiado en ella, con su padre, que a su manera había tratado de advertirla respecto a Duane. Ahora sus padres estaban separados. Su madre se había ido de la ciudad y no parecía tener intenciones de volver.

Estoy muy, pero que muy decepcionado contigo.

Tiró lo que quedaba del cigarrillo a una cloaca. El mundo había cambiado, y no sólo porque Duane lo hubiera echado a perder. De pronto Luisa vivía en un mundo nuevo hecho para gente como Duane, para gente que podía despreciarlo y sin embargo triunfar en él, para gente que sabía usar un ordenador (todas las clases del instituto excepto las de los mayores estaban aprendiendo a utilizarlos; ella seguramene lo aprendería en Stanford, pero toda su vida tendría que cargar con la conciencia de haber aprendido tarde, y de que antes los forofos del ordenador eran unos tontos) y para gente incapaz de recordar que el centro de St. Louis siempre había sido un sitio donde ir de compras y a comer pero nada más, gente a quien no importara que antiguamente sólo hubiera habido un Arch (construido por su padre), gente lo bastante indiferente como para tener peleas.

En cierto modo era ella la que lo había estropeado todo.

Pudo ver el semáfaro del cruce con Big Bend, la calle que llevaba a Webster Groves. Tenía ganas de ir a casa. Había cambiado de parecer. Pero ya no tenía casa adonde ir. También sus padres se habían rendido a la novedad de la situación. Las cartas y llamadas de su madre eran joviales y sin críticas. Su padre lo había pasado mal haciéndose el moderno, pero hacía todo lo que podía. Luisa le había visto salir de la galería con Jammu, y poco después la radio empezaba a hablar del nuevo Martin Probst. Odiaba esas sonrisas que ahora enseñaba. Odiaba todo cuanto el mundo parecía amar. Deseó que su padre le volviera a chillar, que la hiciera derramar lágrimas.

*

Lo que le interesó a Barbara, mientras yacía despierta echando de menos a su amante putativo, era comprobar que todo era muy parecido. Había cambiado una prisión por otra. Seguía estando lejos de su hija. John todavía la amaba, y ella seguía sin amarle a él, ni siquiera tras la conversión a la honestidad y la medianía que él había aceptado por ella. Dolorosamente tuya, Barbara. Si es que existía eso de las almas afines, John y ella lo eran. Y por eso le gustaba, por el parecido, no porque le quisiera como había querido a Martin, sin que en realidad le gustara. Entre corazón y mente había una fisura que ni siquiera el sexo, sobre todo no el sexo, el choque de coño y polla, podía enmendar.

Eso desilusionaría a John. Parecía estar trabajando bajo unos plazos que él mismo se había impuesto, aumentando el ritmo de sus revelaciones y de sus relatos casi de hora en hora. O quizá no era un plazo sino un sentido del clímax que él creía que ella podía compartir. Barbara se acordó de que Martin solía emplearse a fondo para hacer que ella se corriera. Aumentaba el ritmo de sus envites, más aún si creía que ella estaba a punto. Si era así, eso la ayudaba. Si no, simplemente le hacía daño, como si los nervios no tuvieran más función que informar del contacto y del dolor, del calor y el frío, de la presión. Ella quería correrse, no tenía el menor motivo para no hacerlo. Pero no podía.

22.

La prensa nacional llegó como un torrente que pasó de un goteo el jueves a una inundación el sábado, en cantidades hasta entonces sólo vistas en meses de octubre en que los Cards habían llegado a la World Series. CBS, NBC, ABC, CNN y NPR habían enviado a sus mejores elementos. Todos los grandes rotativos de la nación encontraron periodistas disponibles para ir a St. Louis aquella semana, así como muchos periódicos de menor tirada. El *Eagle-Beacon* de Wichita y el *Blade* de Toledo, la *Gazzette* de Little Rock y el *Vindicator* de Youngstown. En cuanto a prensa internacional, el *Star* de Toronto y *L'Express* de París tenían corresponsales a mano, y un equipo de la Norddeutscher Rundfunk se detuvo el tiempo suficiente para ser tenidos en cuenta y, entre risas, desembalar una cámara de vídeo en una de las cintas transportadoras del Departamento de Equipajes del aeropuerto Lambert.

Los equipos de televisión fueron recibidos y atendidos por sus socios locales. La gente de los diarios de gran tirada, periodistas que anteriormente habían cubierto informaciones en St. Louis, reclamaron las entrevistas que habían concertado de antemano y se pusieron a escribir artículos previamente preparados.

Los periodistas menos importantes no sabían muy bien qué hacer. Se les había asignado informar sobre los sucesos en St. Louis. Pero ¿qué estaba sucediendo? Lo único que estaba claro era que la jefa de la policía local era una mujer de origen indio y que se llamaba S. Jammu.

Amparándose en estos datos y confiando en una oportunidad de hablar con ella, pequeñas unidades de periodistas empezaron a aparecer en el vestíbulo cúbico de la jefatura de policía, donde el guardia, negándoles austeramente el acceso al ascensor, los remitía al agente del Departamento de Información, siguiendo el pasillo a mano derecha. Tras los primeros veinte reporteros, el tal agente cayó en la cuenta de que las circunstancias del fin de semana eran muy especiales; telefoneó arriba y recibió instrucciones de mandar a los visitantes al despacho del jefe de relaciones públicas del ayuntamiento, en la acerca de enfrente. Allí atacaron montañas de comunicados de prensa y folletos en papel satinado a tres colores, café y donuts gratis, un documental de veinte minutos sobre la reorganización del Departamento de Policía de St. Louis, acceso ilimitado a Rollie Smith —la mano derecha de Jammu— y boletos de lotería para el sorteo del domingo por la mañana que debía determinar qué treinta y seis reporteros, en grupos de doce, tendrían el honor de entrevistar a la gran dama en persona durante veinte minutos el lunes por la mañana.

Como premio de consolación, los demás tendrían pases para la rueda de prensa que Jammu convocaría el lunes a última hora de la tarde.

El jefe de relaciones públicas, indicando que St. Louis se había convertido en una ciudad maravillosamente vital y heterogénea, instó a los forasteros a perderse por St. Louis, familiarizarse con el trazado de la ciudad y saborear los placeres y edificios que más les gustaran. A los interesados se les dijo qué bares y restaurantes frecuentaban los periodistas locales. Entre las periodistas jóvenes corrió la voz de que el redactor jefe del *Post-Dispatch,* Joe Feig, celebraba una fiesta tex-mex el sábado por la noche en su casa de Webster Groves, nada formal, podían ir como quisieran, cada uno lleva su botella, estrictamente privada, pero se podía asistir sin invitación.

Los verdaderos sabuesos de la noticia podían echar mano de una lista de tres páginas con los eventos programados para los próximos días y hacer preparativos para cubrir la información de lo que considerasen más interesante. La lista incluía la solemne inauguración de una serie de boutiques y bistros en la fascinante zona de Laclede's Landing; un programa ininterrumpido de rayo láser en el Planetarium, titulado «La ciudad y las estrellas»; un concierto pop en el bello estadio con música de compositores de Missouri; el domingo el viaje inaugural del recién reconstruido *Admiral,* el extraordinario y enorme crucero de placer por el Mississippi chapado en aluminio; el tercer y último debate sobre el referéndum entre el alcalde Pete Wesley y John Holmes; la apertura el martes a las tres de la tarde de un Centro de Información sobre las elecciones en el Kiel Auditorium, entrada libre para todo aquel que tuviera carnet de prensa; y, por último, La Noche de St. Louis.

La Noche de St. Louis era una gala que se prolongaba desde las seis hasta la medianoche del martes. Todo el centro de la ciudad sería iluminado en celebración de sí mismo. Tres escenarios animarían la velada con actuaciones de artistas como Bob Hope, Dionne Warwick y el grupo Crosby, Stills & Nash. Una orquesta de Dixieland y un grupo de metales recorrerían las calles con su buen humor. Habría sesiones de firma de autógrafos por parte de destacados miembros de los Cardinals, los Blues y los Big Red. Quince de los mejores restaurantes de la ciudad abrirían terrazas así como mesas en las que degustar comida y bebida. A medianoche un castillo de fuegos artificiales a cargo de la familia Grucci pondría punto final a los festejos. La Noche de St. Louis seguiría su curso al margen de los resultados del referéndum. En caso de que lloviera, se montarían tiendas en el Mall.

El Centro de Información facilitaría datos, análisis y tabulaciones de las elecciones especiales a partir de las diez del miércoles por la mañana.

Los enterados no dejaban de ver la idea que se escondía tras este despliegue de actividad. La elección del martes prometía ser un chiste. Las encuestas más conservadoras vaticinaban que la fusión ganaría en la ciudad por un margen de cuatro a uno, y en el condado por tres a uno o más, según a donde fueran a parar los votos de los indecisos. Tal como estaban las cosas, sólo una debacle de las relaciones públicas podía alterar el resultado.

Pero un cerebro ocioso es caldo de cultivo para el diablo. A las pocas horas de llegar, todos y cada uno de los periodistas habían enviado ya a sus redacciones un artículo sobre el equivalente saintlouisiano de los burdeles de Amsterdam o el Muro de Berlín. «La jefa Jammu es una mujer de gran dinamismo» y «La jefa Jammu es una mujer con visión» eran las dos principales revelaciones que los lectores vieron al día siguiente, y a modo de justificación el periodista ofrecía las frases y confesiones favoritas de Jammu de entre las recogidas por el comunicado de prensa número 24. Pero después de esta primicia, los periodistas podían haber enviado sensaciones propias, podían haber hablado con jóvenes irascibles y revisado números atrasados de la prensa local en busca de opiniones adversas. Naturalmente, si el cronista del *Bee* de Fresno encontraba algo, la noticia tampoco llegaría a muchas personas. Pero si, por ejemplo, Erik Tannenberg de *The New York Times* empezaba a levantar rocas y descubría algo feo o simplemente peculiar debajo de una de ellas, las consecuencias para Jammu, la campaña pro-fusión y la ciudad en su conjunto podían ser más que dolorosas.

Estaba el pequeño problema de las nueve familias negras que ocupaban ilegalmente dos casas de cuatro habitaciones en Chesterfield. Una agencia de mudanzas al servicio de Urban Hope había desalojado a las familias sin finura o compasión de sus casas en el North Side. Como los americanos descontentadizos y oprimidos han venido haciendo desde hace dos centurias, dichas familias se dirigieron hacia el oeste. La construcción en las casas de Chesterfield había avanzado hasta la mampostería en seco antes de que el constructor entrara en quiebra. La propiedad había pasado, por defecto, a manos de un banco cuyo director era Chuck Meisner. Por fortuna, las casas estaban ubicadas en un rincón remoto de West County accesible únicamente por Fern Hill Drive, la calle nueva. Como todavía no vivía nadie en Fern Hill Drive, y puesto que Meisner había financiado la apresurada instalación de una cerca de dos metros y medio alrededor de toda la zona en construcción, la presencia de aquellas familias no había llegado a oídos del público. Habían clausurado las ventanas e instalado barricadas en las puertas. Por lo visto tenían agua para aguantar varias semanas. Tenían también víveres suficientes, sacos de harina y arroz que la Allied Food Corporation había estado vendiendo sigilosamente en East St. Louis a precios de saldo debido a los inaceptables niveles de dibromuro de etileno. Armados con escopetas, carabinas y un pequeño cañón, los ocupas estaban siendo objeto de un discreto asedio por parte de la policía estatal de Missouri y de la policía municipal de St. Louis, cuya intervención tomaba visos de legalidad gracias a que la orden venía directamente del gobernador de Missouri. Las negociaciones habían resultado infructuosas. Se ofreció a las familias viviendas de primera clase en un proyecto público, inmunidad ante un posible procesamiento, y una sustanciosa compensación en metálico por daños y perjuicios. Aunque parezca mentira, las familias no aceptaron. Su líder era un tal Benjamin Brown, perenne candidato a concejal por el Distrito 21 del Partido Obrero Socialista. Brown declinó reanudar las negociaciones mientras no se le diera la oportunidad de hablar a los medios de comunicación. Las fuerzas de asedio solicitaron tiempo para meditarlo. No parecía probable llegar a ninguna decisión antes del miércoles. Meisner se pasó el fin de semana buscando nuevas vías para las donaciones inadecuadamente grandes que sus bancos deseaban hacer a la campaña a fin de financiar el último bombardeo televisivo en favor de la fusión.

Estaba también el problemilla de East St. Louis (Illinois). La delincuencia a ese lado del río se había ido desmandando. Todo el mundo sabía que bajo el mandato de Jammu la ciudad de St. Louis se había vuelto cada vez menos hospitalaria con los corredores de apuestas, los alcahuetes, los camellos y sus víctimas, y que algunos de estos invididuos se habían trasladado al este. El *Globe-Democrat* había publicado un editorial lamentando el deterioro de la ley y el orden en East St. Louis (aunque la ley y el orden no habían sido nunca el fuerte de ese municipio) y manifestado su esperanza de que dichas personas tuvieran finalmente el valor de afrontar sus muy reales problemas. Pero ningún periodista del *Globe* había visto la situación de primera mano. Ni ningún otro periodista. En East St. Louis había tiroteos frecuentes, y éste era un riesgo que los miembros de la comunidad periodística de Missouri no tenían ninguna prisa por correr. Illinois era un estado totalmente distinto, a fin de cuentas. Preferían cubrir la información sobre el resultado de las elecciones en el lado occidental del río antes de iniciar cualquier investigación.

Había otros problemas. Aprovechando un soplo de un profesor de leyes de la Universidad Washington, un periodista de la KSLX-TV había sacado a la luz un ligero contratiempo constitucional en el impuesto sobre bienes raíces aprobado por los votantes de la ciudad en noviembre. Al parecer, en caso de impugnación, la ley podía ser revocada por un tribunal antagónico (por ejemplo, el Supremo del estado de Missouri). Pero ningún reportero de la KSLX parecía dispuesto a convertir esa información en un artículo. Y cuando el citado periodista la redactó después, directivos de la emisora cercanos al director general James Hutchinson demoraron su transmisión más de una semana, marcándola para ser transmitida el martes, después de que cerraran las urnas.

Corría también el rumor de que una agencia de detectives privados estaba reuniendo un enorme dossier sobre la jefa Jammu y sus aliados, con pruebas que daban a entender que la ascensión de Jammu al poder se debía menos a su popularidad, y más a los chanchullos, de lo que generalmente se suponía.

Los profesionales del cinismo sostenían en los bares que el incorruptible Martin Probst había mudado de bando a cambio de favores sexuales por parte de cierta persona en cuyo coche patrulla había sido visto.

Y después estaban los Osage Warriors, aquellos terroristas locales que habían sido portada repetidas veces durante el otoño y el invierno. Los atentados habían cesado por completo, y las pesquisas de la policía y del FBI no habían dado pistas importantes. Si su súbita aparición había sido sorprendente, su desaparición lo era todavía más. ¿Qué sentido tenía todo aquello? Los conservadores estaban empezando a preguntarse por qué un grupo revolucionario armado habría ajustado su plan de batalla con tal precisión a las necesidades políticas de Jammu y de las fuerzas partidarias de la fusión.

Pero el cuarto poder no oyó nada de todo esto. Era sábado, 31 de marzo, y no había otros sonidos en la ciudad que las ovaciones y los órganos de vapor de los actos especiales y el clamor de las *fêtes* a las que habían sido invitados los representantes de los medios de comunicación.

El sábado a media tarde se produjo un secuestro en un Pizza Hut de Dallas. Muchos de los periodistas se fueron a Tejas. Pero muchos se quedaron en St. Louis. No había otra cosa que hacer aparte de ver los monumentos y elogiarlos. En las calles, en el seductor crepúsculo primaveral, se oían frases susurradas provocativamente. *El nuevo espíritu de St. Louis... Adiós al blues... Se acabó la superrivalidad... Una gran jefa india... Ejemplo clásico de planificación urbana inteligente... Las virtudes cardinales... Deliciosa mezcla de lo viejo y lo nuevo... Primera ciudad realmente moderna del Medio Oeste...* Y luego, por la noche, desde cientos de habitaciones de hotel, empezó el desapasionado teclear de las máquinas de escribir. Una ciudad nueva, una nueva imagen nacional, estaba siendo concebida en la noche.

¿Por qué nosotros?

Los que antaño podían haber formulado la pregunta, entre los escombros de la antigua gran ciudad, veían ahora la perspectiva de un sino más satisfactorio, la liquidación de la escisión política que durante más de un siglo había detenido el avance de St. Louis hacia la grandeza. St. Louis había saltado por fin a la palestra. Se había curado de sus males. Contra todo pronóstico, y contrariamente a las expectativas, estaba sacando partido de sí misma.

Los profetas locales estaban en el vigésimo séptimo cielo.

Pero ¿la ciudad?, ¿su autocompasiva, jactanciosa esencia? Esa parte del lugar que no olvidaría y que había preguntado: ¿Por qué nosotros?

Estaba muerta. La prosperidad, Jammu, y la atención nacional la habían matado. St. Louis era otra historia de éxito, nada más, feliz de esa manera unidimensional en que lo son las ciudades que prosperan. Si había tenido alguna vez algo interesante que contar al país, alguna admonición, alguna inspiración, ya no lo iba a decir.

Oh, St. Louis. ¿Creíste alguna vez que Memphis no tenía historia? ¿Que los ciudadanos de Omaha no se consideraban nada excepcionales? ¿Tan vana fuiste para confiar en que Nueva York concedería alguna vez que, pese a todo su esplendor, jamás podría igualar tu trágica gloria?

¿Cómo pudiste pensar que al mundo le importaría lo que fuera de ti?

*

Herb Pokorny había despedido a sus ayudantes antes de marcharse con su familia al lago St. Louis para relajarse una semana. No se quedó. Sam Norris había ido a Lambert con un maletín encadenado a su muñeca y había tomado un avión a Washington. Tampoco él se quedó. El sábado a mediodía se encontraban ambos en St. Louis con todos los informes e instrumentos pertinentes almacenados en la trasera de la destartalada ranchera de Herb, cuyos color y placas de matrícula habían sido cambiados el viernes por la noche.

Herb había roído el último hueso, el misterio de dónde se ocultaban todos los indios, sus armas, sus receptores y sus documentos. El hallazgo se había producido muy tarde, por un proceso de eliminación. Después de malgastar más de cuatrocientas horas-hombre en vigilar los domicilios de todos los extranjeros probables y seguir a los más probables para ver adónde se dirigían, Herb se había dado cuenta de que, una vez más, la clave era Asha Hammaker. Los indios sólo podía ocultarse en propiedades de los Hammaker.

Sam y Herb disponían ahora de un catálogo completo de dichas propiedades. La lista era larga, pero no demasiado. En tres días, cuatro a lo sumo, podrían explorar y registrar cada una de ellas.

Sam ya no pensaba en dormir. Cada hora contaba, habida cuenta de que Jammu estaba empezando a achicar agua. Hasta la fecha había enviado a casa a cinco de sus agentes e intentado mandar a un sexto, la chica, Devi Madan.

Herb tenía fotos de los dos hombres que la acompañaban en el aeropuerto, y habría sacado una de la chica si Madan, como explicó a Sam, no le hubiera apuntado con una pistola.

Así pues, Sam ya sabía que Jammu los estaba enviando a casa. Pero conocía también la psicología de su adversaria. Ella no estaba lo bastante segura para deshacerse de todos sus efectivos. Quizá lo estaría el miércoles. Pero el miércoles el juego habría terminado. Sam y Herb habrían completado el circuito a las propiedades Hammaker.

El sábado por la tarde tantearon la primera de la lista, un terreno de once acres paralelo al río Meramec, en el condado de Jefferson. Tras un registro minucioso de la zona arbolada, encontraron vestigios de una vieja carretera. A cincuenta metros del río, junto a dicha pista, hallaron tres cajas de cordita y otra de fulminantes debajo de una lona gruesa. Los explosivos encajaban con la descripción de los utilizados en el estadio. Era una pista endeble, pero pista al fin. Herb se figuró que podía haber más pruebas en la propiedad, pero eso tendría que esperar.

La siguiente parada fue en el condado de St. Charles. Cuatro acres y medio. Urbanizados. A la postre resultó ser una casa de campo encaramada a una loma, cerca de una carretera de grava. Se les hizo de noche. Tras una eternidad apareció a lo lejos un tractor, conducido por un viejo. Se pusieron en camino. Sam tenía un pesado corazón externo, el arma en su pistolera, pegada a las costillas.

Observaron huellas frescas de neumáticos en el camino de entrada, pero el garaje estaba vacío. Penetraron en la casa y percibieron olor a cebolla y comino. No había otro mobiliario que colchones y mantas. La nevera funcionaba. Dentro había hortalizas. Herb abrió el cajón de la fruta y boqueó de manera nada típica en él. Había una pistola automática con el perejil.

Un coche se aproximaba por el camino particular iluminando de azul intermitente las ventanas de la cocina. Demasiado tarde, Sam y Herb repararon en el ojo rojo que parpadeaba en el termostato del salón y comprendieron que había una alarma antirrobo.

Tardaron dos horas en convencer a la policía de St. Charles para que los dejaran salir de comisaría, con una citación para el jueves siguiente. Un coche patrulla los escoltó hasta el límite del condado. Pero sólo fue un pequeño retraso. Cuando el coche patrulla dio media vuelta, regresaron dando un rodeo a la casa en la colina, vieron que no estaba vigilada, rompieron los hilos de la electricidad y entraron.

*

Probst no había dormido bien. Molesto por el cambio de tiempo, ahora más húmedo, había caído presa de un sueño que parecía vigilia, interminables variaciones sobre el tema de los sondeos de opinión en que a cada parte de su cuerpo le correspondía un porcentaje, sin significado alguno, sus rígidas piernas un ochenta por ciento, su espalda un contracturado cuarenta y nueve por ciento, sus hinchados ojos aportando un veintidós por ciento cada uno, y así durante el transcurso de la noche.

A la salida del sol las campanas de Mary Queen of Peace habían pregonado la Pascua y habían seguido tañendo, toda la mañana, para repetir el anuncio. Los árboles echaban retoños entre una niebla verde. Era también el día de los Inocentes*. Lo blasfemo de tal coincidencia había lanzado chistes a la cabeza de Probst como pelotillas de papel mascado. ¿Que la tumba está vacía? Bah. Una inocentada.

No iba a la iglesia, por supuesto, pero desde hacía tiempo concedía a la Resurrección cierto margen de credibilidad, digamos un treinta y siete por ciento en un muestreo aleatorio de los componentes de su cerebro. La fe era una multa, y él la rompía en dos. Un evento como la creación del Paraíso obtenía un cero, mientras que la travesía del Mar Rojo daba un sólido sesenta por ciento. El mar se había abierto para Moisés pero se había tragado los carros. La idea de un pueblo elegido por Dios tenía visos de verdad, como todo el Viejo Testamento, mientras que el Nuevo rechinaba como los jovencitos cargados de folletos que importunaban a la gente en el centro de la ciudad. Probst no creía en Dios. Por fortuna, se había visto rodeado de un confortable silencio a ese respecto durante toda su vida adulta. Los hombres podían hablar de política en Probst & Company, pero jamás de religión. En casa, Barbara era la guardiana del silencio. «¿Dios? —solía decir, y añadía—: No me vengas con tonterías».

---

* El 1 de abril, en Estados Unidos. *(N. del T.)*

Oyó la cadena del váter y la puerta del cuarto de baño se abrió. Jammu apareció en el umbral de la cocina, deteniéndose antes de entrar. Había estado media hora parándose en los umbrales, pegándose a las paredes, como un pequeño animal que teme los espacios abiertos por miedo a los predadores. Hoy estaba tímida, y bastante guapa, con sus tejanos nuevos, un cárdigan de cachemir color lavanda con botones de nácar y debajo sólo un sostén, cuyos tirantes levantaban pequeñas fronteras que separaban los prados de su espalda de las cuestas de sus hombros y costados. Jammu toqueteó los avisos pegados a la puerta del frigorífico, ni ociosa ni fisgona. A Probst, que estaba lavándose las manos en el fregadero, no le preocupó lo que pudiera ver. Había retirado las pruebas más visibles de la presencia de Barbara de toda la planta baja. Y de la alcoba.

—¿Necesitas ayuda? —dijo Jammu.

Probst metió la fuente de chuletas de cordero bajo la parrilla y miró el reloj, 2:38. Una hora intempestiva para cenar, pero Jammu tenía cosas que atender por la tarde.

—No —dijo—. Gracias. Puedes sentarte.

El tránsito de ella hacia el cuarto del desayuno consiguió cambiarlo todo, arrojando una luz cuya longitud de onda sólo Probst estaba pertrechado para ver, revelando vectores de fuerza en los muebles y una saturación de azul en el cordoncillo de las cortinas. Se reunió con ella junto a la ventana. En el camino de entrada, perdiendo su pátina debido a la bruma, estaba el coche de policía camuflado en que ella había ido a verle. Mohnwirbel estaba de vacaciones en Illinois, y Probst sospechaba que se veía con alguna mujer.

—Compramos esta casa por el jardín —dijo—. Dentro de un par de semanas podrás ver por qué.

Jammu observó fríamente el macizo de flores donde Norris y Herb habían aparecido un mes antes. Se notaba por una brecha en los narcisos. Contemplando el jardín estático, Probst recordó las dos o tres tardes de domingo al año en que Ginny y sus padres se ausentaban y él, entonces un adolescente, había disfrutado de la casita para él solo. Cielo y mundo la envolvían. Miraba desde todas las ventanas con una expectación mayor que el aburrimiento, más misteriosa, en busca de un objeto. ¿Era esto lo que Barbara había sentido de casada cuando se quedaba sola? ¿Fue ahí donde intervino John Nissing?

El brazo de ella le rozó. Su pelo despedía un olor limpio a champú de coco. Jammu levantó los ojos en el momento en que él se inclinaba, sin esfuerzo, y pasaba los brazos por debajo de los de ella. Jammu se echó el pelo hacia atrás y miró a lo lejos en el último segundo antes de que él aplicara los labios a su boca y se diera cuenta de que por fin la estaba besando.

Ella movió la cabeza arriba y abajo, ofreciéndole la nariz, la frente y los ojos, y sus dedos rastrillaron el pelo de él, atrayéndolo para que la besara con más fuerza. El jersey estaba tibio y se movía sobre su piel, abultado a la altura de los tirantes del sostén. Sus pechos, bajo el cachemir, se achataron ligeramente contra el tórax de él mientras su boca, una ajetreada metáfora del hambre, se abría y se cerraba. Él levantó una mano y la llenó de sus cabellos, de su cabello personal. Le apartó la cabeza para verle bien la cara. Ella tragó saliva y soltó el aliento, en busca de aire, y algo hizo ruido. Era el cordero. Probst se separó.

Jammu rió sin voz, doblándose un poco.

—Estoy hambrienta —rió de nuevo. Una sonrisa aspirada—. Ah, te he traído una cosa.

Probst volvió al horno.

—¿Qué es?

—Una sorpresa. Ya lo verás.

Probst dio vuelta a las chuletas y abrió la nevera para sacar la ensalada. Trató de pasarle el cuenco de teca a Jammu, pero ésta lo esquivó, apretando a Probst contra la nevera, que olía a encurtidos. La luz del aparato inundó los ojos de él. Jammu le introdujo la lengua entre los labios transmitiéndole la dulce insipidez de su boca. ¿Acaso quería hacerlo allí, en el suelo, mientras el ketchup y la mayonesa los miraban? Él estaba dispuesto. Pero ella se apartó mirando de reojo al horno.

—Se va a declarar un incendio.

La comida estaba buena, pero no tan buena como la sensación de poder que ahora embargaba a Probst: Jammu no escaparía de la casa sin acostarse con él. Ella también lo sabía. Los tenedores sonaban con casta lobreguez. Separados por una esquina de la mesa, sus cuerpos no podían sentir lo que sus mentes daban ya por hecho, adónde los llevaría su amor tan pronto volvieran a tocarse.

Ella le explicó de qué manera había aplicado sus conocimientos de economía a los suburbios de Maplewood, Affton, Richmond Heights y University City, Ferguson, Bellefontaine Neighbors, Jennings y otros para obligarlos a aceptar una anexión completa por parte de St. Louis, una vez que la fusión hubiera allanado el camino.

—Porque el referéndum, per se, no sirve para paliar la falta de terrenos de la ciudad —dijo—. La escasez es ya crítica.

—Así que piensas convertir Webster Groves en una parte semiautónoma de St. Louis... —Probst le llenó la copa de vino—. La Gran Familia de St. Louis —torció el gesto—. Ya me imagino a Pete Wesley pronunciando un eslogan como ése.

—Te cae mal, ¿verdad?

—Peor, no le soporto.

Jammu asintió ambiguamente.

—¿Qué tal os lleváis vosotros dos? —preguntó él.

—¿Quieres decir qué clase de mujer soy? —dijo Jammu, volviendo la cabeza hacia las ventanas.

—No exactamente...

—Wesley no me considera atractiva.

—Peor para él.

—Pero, de lo contrario, y si me hubiera hecho falta, me habría acostado con él.

Probst se quedó de una pieza.

Ella pareció observarle con satisfacción.

—Ya te dije que no era pura.

Probst habló con voz gredosa:

—Entonces, ¿con quién lo has hecho?

—Con nadie. Pero por pura casualidad.

Probst dejó el tenedor sobre la mesa y contempló los charcos apimentados de su plato.

—No dramatices, Martin. Yo no estoy casada, tú sí.

—Quieres que meta a mi mujer en esto.

—Por supuesto.

—Quieres que me divorcie de ella.

—¿Tú lo deseas?

—Sí.

Jammu se balanceó sobre dos patas de la silla.

—Sí, ya sé. Esto es horrible, viniendo de mí.

—No, es lógico.

—Bien. ¿Dónde está Barbara?

—En Nueva York —recitó él—. Con alguien que tú conoces. ¿Te acuerdas de John Nissing?

Ella frunció el entrecejo.

—¿Quién?

—John Nissing, el cosmopolita. Periodista, para más señas.

—Ah, sí —Jammu bizqueó como si hubiera visto algo desagradable—. Pero eso no lo mencionaste.

—¿Te extraña? Tú y yo acabamos de... ¿Qué ocurre?

El gesto de Jammu era cada vez más intrigado. Fuera, un coche pasó de largo por la calle mojada.

—Nissing es homosexual —dijo.

Probst no pudo evitar la risa.

—Lo dudo mucho.

—Tú no has salido a cenar con él y con su amigo gay.

—¿Qué?

—¿Te comunicas con ella? ¿Te llama Barbara? ¿La has visto con él?

—Sí —dijo Probst—. Hablamos. Parece feliz. Feliz y muy ocupada.

Jammu encogió los hombros.

—Nunca se sabe. Pero, por lo que yo he podido ver de ese hombre, me sorprendería mucho que se entendieran —meneó la cabeza, perpleja—. Qué curioso. No suelo equivocarme tanto con las personas.

—Quizá hablamos de dos Nissing distintos.

—Puede. O de dos facetas distintas del mismo.

Probst no creía que Barbara corriera ningún peligro, pero le escatimó esa posibilidad. No quería que ningún desastre viniera a complicarle la vida, y tampoco quería una Barbara patética y llena de remordimientos volviendo a casa para hacerle sentir culpable por echarla, cosa que él pensaba hacer pasara lo que pasase. Ya no estaba para sentimientos de culpa. La había perdonado. La había apartado de su vida.

Jammu estaba meneando tristemente su copa por el pie. Probst deseó que hubiera algún modo de asegurarle que no renegaría de su compromiso con ella. Pero no lo había; no podía demostrarlo hasta que llegara el momento. Le levantó la barbilla con el pulgar, algo que había visto hacer en las películas.

—A veces puedes ser muy dura —dijo.

—Soy dura —sonrió hacia una pared, alarmantemente—. Estoy fuera de mi elemento. Yo nunca... Bah.

—Nunca ¿qué?

—Me siento muy bien, Martin. De maravilla.

El tono no habría sido muy distinto si hubiera dicho Estoy fatal, Martin, fatal de verdad. Pero él sí se sintió mal. Rendirse al amor, a sus años, tensaba ciertos músculos del estómago y el cuello, músculos que conectaban la voluntad con el esqueleto, porque existía otra rendición, más definitiva, a la que ya habían escogido resistirse.

Despejó la mesa. Fue a la cocina, puso en marcha la cafetera y sacó el huevo de chocolate de un armario. Lo llevó a la mesa.

—Feliz Pascua —dijo.

—Igualmente —ella le pasó un sobre grande de color marrón. Sopesó el huevo de chocolate.

—Auténtico chocolate con leche de imitación —dijo Probst, cogiendo el sobre. No estaba cerrado—. ¿Es ésta la sorpresa?

—Sí.

Echó un vistazo y vio firmas, centenares de ellas, y su nombre en letras mayúsculas.

—Son tuyas si las quieres —dijo ella—. El plazo termina el viernes a mediodía. Yo creo que deberías presentarte.

Se vio invadido de un arrebato de pasión, pura, feliz y transparente pasión, mientras sacaba las peticiones del sobre y leía los cientos de nombres en cientos de letras diferentes, y uno en particular, el suyo propio, en lo alto de cada página. PARA EL CARGO DE SUPERVISOR. CONDADO DE ST. LOUIS. La mujer del cárdigan lavanda estaba pelando el huevo. Él la paladeó a pequeños sorbos. Se presentaría. Y si ella le ayudaba, ganaría seguro. Se casarían. Y a ver qué decía entonces el estúpido de Brett Stone.

Pero terminada la segunda taza Jammu se levantó y, saliendo ya del comedor, dijo que tenía que marcharse.

Eran las cuatro. La lluvia golpeaba débilmente las ventanas.

—No puedo, Martin —estaba diciendo—. No debería, además. Ya sabes que tengo una agenda muy apretada.

Estaba sacando su trinchera del armario. Se la estaba poniendo. Estaba en el salón, hablando en voz alta por algún motivo. Probst no se había levantado de la mesa. Todos y cada uno de sus cincuenta años de vida intachable colgaban ahora de sus extremidades, sus hombros y sus manos. Así se sentía uno en el pesado planeta Júpiter. ¿Dónde estaba la mujer que le dejaría librarse de aquel peso?

Jammu estaba inclinándose para darle un beso de despedida.

*

A las seis, desde una cabina que la lluvia aporreaba sin tregua, Jammu hizo una llamada.

—Soy yo —dijo.

—Sí.

—¿Lo has oído?

—No. Te dije que no merecía la pena escuchar. Ese micro tiene un radio de dos metros.

—Bueno: olvídate de correlativos subjetivos.

—Pobrecilla.

—Sólo llamaba porque he pensado que querrías saberlo. Por motivos científicos. Ha cambiado de opinión sobre la fusión pero no sobre Barbara. Se presentará al cargo, pero no piensa tocarme.

—Será que no te has esforzado mucho.

—No creas. Bueno, ya lo sabes. Ahora sólo queda ponerla en libertad.

—Sí. El martes al anochecer. Me la llevo en coche a Nueva York. El mundo debería saber de ella a partir del jueves por la mañana.

—Pobrecito.

Jammu colgó. El semen de Martin le estaba resbalando hacia las bragas. Manchester Road era un río navegable, las luces rojas de cuyas barcazas se empañaban en el cristal de la cabina. El plan estaba trazado. Había decidido hacerlo ella misma. Le estaba dando a Singh el mejor de los motivos para huir de un país. Y tal vez era el pecado científico de falsear los datos sobre el matrimonio Probst, o tal vez su repentina traición a aquel su eterno compañero de crimen; pero viéndola allí de pie en la cabina, retorciéndose el pelo y temblando, cualquiera habría dicho que Jammu no había matado nunca a nadie.

23.

Martes, ocho de la mañana. RC estaba sentado en el sofá del salón viendo *Today* y comiendo doritos. Annie salió de la cocina vistiendo un impermeable amarillo. Robbie llevaba puesto un poncho rojo de los Big Red. Se despidieron de RC con un beso.

Today informaba en vivo desde St. Louis, nada menos que desde Webster Groves. La cámara enfocaba un enorme Lincoln que en aquel momento se estaba sumando a la línea de coches aparcados en el patio de una escuela de ladrillo rojo. Un paraguas salió del coche, seguido de Martin Probst. *Today* amplió la imagen. Alrededor de Probst se veían saltar síes y noes en pequeñas pancartas de cartón. Él parecía reconocer a la gente del programa e iba a su encuentro. Otros hombres y mujeres con cámaras quedaron en segundo plano, los que estaban a favor y en contra alargaban sus cuellos de madera, y de *Today* salió un micrófono para todo clima sostenido por una mano con la piel enrojecida y los nudillos morados. Probst hizo un chiste. Se vieron sonrisas bajo la lluvia. Y aquella lluvia ¿qué? Probst no creía que fuera a jugar un papel decisivo en los comicios. Se excusó; tenía que cumplir con su deber patriótico. La multitud dejó paso a Probst y su paraguas, mientras la mirada de *Today* se demoraba en él antes de cambiar, mediante un breve y ridículo interludio de interferencias visuales, a una cara popular en todo el país. Detrás de ella, el Arch negro había perdido su corona entre las nubes bajas. ¿Y aquella lluvia? El chiste de la jefa de policía fue aún más gracioso que el de Probst. Devolvemos la conexión a Nueva York.

RC apagó la tele y se quedó mirando la pantalla, tratando de desembarazarse de la desolación que le inspiraba el programa. Hacía dos semanas que venía sintiéndose solo y desconcertado, desde que Clarence y Kate y los chicos habían abandonado St. Louis. Después de más de cuarenta años, habían arrancado sus largas raíces para mudarse a Minneapolis, así por las buenas. Jerome, un primo de Clarence, había invitado a éste a trasladarse al norte y comprar acciones de su empresa de contratación, y antes de que Clarence tuviera posibilidad de decir no o quizá no, la Gallo Company, su principal competidor del South Side, le ofrecía comprar toda su parte en términos muy ventajosos. Su casa de cuatro habitaciones llevaba sólo seis horas en venta cuando fue vendida a una familia blanca de tres miembros, y antes de que terminara el curso sacó a los chicos del distrito escolar de St. Louis y los mandó al norte, a Edina. Eso rimaba con China. RC no acababa de creer que se hubieran marchado para siempre.

Se levantó y fue a fregar los platos, limpió el revólver, se vistió y comió una tira de beicon crudo (una mala costumbre que tenía) con unos cuantos crackers. Luego fue a votar. A las dos tenía hora para que le quitaran un lunar de la espalda, y a las tres empezaba su turno de patrulla. Ya en la acera, delante de su casa, se cruzó con un chaval rubio que llevaba una cámara fotográfica y cuya cara le sonaba de algo. RC había empezado a decir «Hola», pero el chico se le adelantó preguntando: «¿Cómo va eso?».

*

Todo el domingo y todo el lunes, abriendo cerraduras y trepando muros, se encontraron a cada momento con el mismo fenómeno: un rastro reciente, pero la presa se desvanecía. Tomaron huellas dactilares, pero con unas simples huellas nunca cazarían a Jammu. Descubrieron armas, comida, ropa, tinte para el pelo, máscaras de gas, herramientas de ladrón, vestigios de sustancias controladas, cajas con componentes de radio, un pequeño kit de falsificar y varios documentos de identidad falsos: un cien por cien chapuceros. Pasaron la mitad de la noche del domingo acechando una casa estilo rancho en la Autopista 141 donde unas luces se encendían y se apagaban tras las cortinas y un televisor parpadeaba, y, cuando finalmente entraron, la suma total de lo que contenía la casa resultó ser unas lámparas sincronizadas y un televisor. Allí había habido gente. Pero la gente se había marchado, como si alguien los hubiera avisado de la inminente llegada de Sam y Herb. Parecía importar poco que el coche de Herb estuviera limpio de micrófonos. Parecía importar poco que trabajaran resueltamente al azar, yendo y viniendo entre tres condados, adoptando muchas más acciones evasivas de las necesarias, acercándose a algunas propiedades a pie y desde direcciones extrañas, variando el rumbo bruscamente para regresar a lugares que ya habían registrado. Pese a tantas precauciones, los indios se les escapaban.

El lunes, de madrugada, irrumpieron en un condominio de Brentwood donde había un cuarto oscuro equipado para procesar microfilms, una cama con sábanas todavía calientes bajo las mantas y la menor evidencia de carácter específico y preciso. De haber hecho su incursión el sábado en lugar de ir a la casa en St. Charles, o el domingo en vez de ir a cuatro casas particulares y dos bloques de oficinas en poblaciones vecinas, o de haber llegado sólo una hora antes, habrían podido cogerlos con las manos en la masa. ¿Cómo era que los indios los burlaban? ¿Cómo podía la conspiración cesar con tan infernal sincronización? ¿Cómo podía cesar, sin más, cuando se enfrentaban a una mujer que durante ocho meses no había pasado un solo día sin recurrir a sus agentes? Eso estaba volviendo loco a Sam. No debió hacer caso a Herb. Debieron enviar todos los hombres disponibles a la lista de propiedades, todos a la misma hora del sábado. Ahora era demasiado tarde. Había que seguir adelante.

El martes por la mañana sus blancos pendientes se reducían a tres propiedades comerciales, dos en el condado y una al otro lado del río. Según el catálogo la primera estaba sin urbanizar, pero cuando llegaron allí vieron un almacén de dos plantas detrás de un vallado cerca de una vía muerta y unos apartaderos herrumbrosos. Tablas grises y cuarteadas de contrachapado se habían desprendido de los clavos que las aseguraban a las puertas y ventanas del edificio; en el tejado, de aluminio y latón, se erguían tres flamantes antenas de radio. Herb miró a Sam. Sam miró a Herb. Éste era el centro de comunicaciones que habían estado buscando.

*

Buzz Wismer llegó a sus oficinas centrales hacia el mediodía y encontró muy transformados a sus empleados. Saludó a la bonita recepcionista de la planta baja y ésta le sonrió débilmente. Saludó a un par de verbosos vigilantes que intercambiaron miradas repentinas como si un fantasma hubiera cruzado la estancia. En el ascensor ensayó varias frases amables con su amigo Ed Smetana, y Ed pulsó el botón de la planta de Contaduría, adonde no iba casi nunca. Buzz saludó a su secretaria, y ésta se agachó bajo la mesa como si ajustara el pedal del dictáfono. Se detuvo en su servicio privado y se miró la cara. El Buzz de siempre. Tenía la nariz un poco roja del viento húmedo que soplaba fuera, pero también era verdad que normalmente tendía a estar roja. Entró en su despacho. Sobre la mesa había un gran sobre azul y naranja de Federal Express.

PARA: Edmund C. Wismer, presidente
DE: Steven Howard Bennett, et al., accionistas

Buzz echó una ojeada.

Se acordó que 2 de abril reunión extraordinaria entre los presentes había delegados correo certificado 26 de marzo el cincuenta y cuatro por ciento lamentándolo mucho largo historial de servicio nuevas pautas traslado de las oficinas centrales opinión dudosa irrealizable poco realista fiscalmente sin consultar violación del artículo 25 estatutos abandonar su despacho viernes 6 de abril pleno delegados 16 de abril para elegir nuevo presidente y altos cargos...

Hundiéndose en su butaca, Buzz volvió a ser un joven y pobre paracaidista acrobático, y notó el brusco tirón de un paracaídas dorado, las correas que le aplastaban el pecho. Su secretaria le llevaba un vaso de agua.

*

El rastro era tan reciente que la lluvia no había podido difuminar siquiera las marcas de neumáticos ni borrar las fangosas huellas de pies en la rampa de carga. Una vez más, eran huellas femeninas. Herb las fotografió. Después habló hacia su grabadora de bolsillo. «Once quince a.m., han pazado veintiziete horaz dezde que vimoz unaz huellaz recientez de hombre, la puerta de la rampa de carga abierta de par en par pero a juzgar por el hormigón ha eztado cerrada. Entramos con linternaz...»

Sus comentarios en directo estaban poniendo de los nervios a Sam, quien cada vez estaba menos seguro de haber contratado al mejor detective de St. Louis.

Quienquiera que hubiese dejado aquel rastro se había asegurado de que el almacén quedara vacío. En el despacho de la segunda planta colgaban del techo cables coaxiales de antena, señalando oblicuamente a dos pisos de latas de Orange Crush, restos amarillos de comida basura, una pila de carretes Maxell y Memorex para grabadora y varias cajas de disquetes, un juego de mesas plegables de aluminio y varias sillas tubulares.

—Yo, ez que no lo entiendo.

Sam dio un puntapié gratuito a las latas de naranjada, esparciéndolas por la habitación.

—Bien —dijo—. Sospecho que si el material no está aquí, tampoco estará en ninguna parte. Pero nos quedan otras dos propiedades. A ver si aún podemos atrapar a un par de tipos.

*

Jammu estaba en su apartamento quitándose las malolientes prendas que había llevado en la entrevista. Se puso una falda de hilo blanca y una blusa blanca acorde con su estado de ánimo, que era alegre. Había dormido incluso algunas horas; Devi Madan estaba fuera del país.

Suresh, el hombre de Gopal, la había localizado el domingo por la tarde. Registrada como Barbara Probst, había estado hospedada en el Ramada Inn de la Interestatal 44 cerca de Peerless Park, en las proximidades del aeropuerto Weiss. Ella no estaba en su habitación cuando llegó Gopal, de modo que éste y Suresh la esperaron metidos en el cuarto de baño. Finalmente apareció en un coche de alquiler. Entró en el vestíbulo del motel y luego, apresuradamente, volvió a salir. Desde la ventana del cuarto de baño Gopal disparó a los neumáticos del coche con una automática provista de silenciador, pero el ángulo no era bueno y el coche se estaba moviendo. Cuando la siguieron, el tráfico vacacional en la I-270 les impidió obligarla a salir de la carretera. Barbara cambió de sentido en un cruce de trébol, condujo unos quince kilómetros en dirección sur, cambió otra vez de sentido, luego una más, para acabar en Lambert a tiempo justo de enseñar sus documentos en la puerta de embarque para vuelos internacionales y abordar un British Airways antes de que despegara rumbo a Londres. Con órdenes de seguirla adondequiera que fuese, Gopal y Suresh volaron a Washington, tuvieron suerte de encontrar plaza en un Concorde y llegaron a Londres treinta y cinco minutos después de que hubiera aterrizado el avión de Barbara. Esta mañana se encontraba aún en Inglaterra. Gopal y Suresh la matarían cuando dieran con ella y regresarían directamente a Bombay.

La operación se estaba cerrando como un herida milagrosamente curada. De las veintiuna personas, hombres y mujeres, que habían seguido las órdenes de Jammu en St. Louis, sólo quedaban Singh y Asha, y Asha iba a permanecer en la ciudad. En los últimos tres días ella y su doncella personal habían estado recogiendo aparatos y material impreso de las casas, estaciones repetidoras e instalaciones de almacenaje. En aquel momento iban al sur en un camión de leche prestado para hacer detonar los más dañinos efectos secundarios de la operación en una mina abandonada en los Ozarks. Asha estaba habituada al trabajo manual; cuando Jammu la conoció en Bombay, ella transportaba armas.

Jammu se arregló los puños de la blusa y separó los visillos de la ventana de su alcoba. Singh tenía que ir a verla con una caja de documentos financieros, los únicos vestigios escritos de la operación que todavía no estaban en su apartamento. Todos los papeles y las cintas magnéticas cabían ahora en dos archivadores de cuatro cajones cada uno. Había que tirar los preparativos de un futuro ya alcanzado.

Un hombre obeso con gafas de sol subía por la acera con una empapada caja de cartón. Jammu fue a la puerta.

Singh entró fulminándola con la mirada, jadeante, chorreando. Se había puesto encima tres chaquetas y dos pares de pantalones, disimulados bajo ropa de talla extragrande, y parecía como si se hubiera metido también un almohadón bajo las costillas. Las comisuras de su boca mostraban rastros de saliva reseca: era el sufrimiento en persona.

Jammu le cogió la caja y la dejó en el suelo.

—¿Vas a volver ahora para cerrar el apartamento?

—Está casi cerrado —dijo él—. He cambiado un par de cosas.

—¿En el apartamento?

—Y en el plan. Ahora no soy psicópata ni iraní. Ya no lo podía aguantar.

—Bueno, cuenta —Jammu giró completamente sobre sus talones—. ¿Cuánto hace que dura esto?

—Bastante. Ahora cree que soy sincero con ella. Siente lealtad hacia mí...

—Afecto, atracción, ternura...

—No le contará a Probst la verdadera historia. Dirá que ha estado viviendo en Nueva York con John Nissing. Es así de orgullosa. Y sí, también hay afecto.

Jammu le miró las gafas de sol. Singh estaba loco si pensaba que ella iba a aceptar un plan como aquél. No le habían presentado nunca a Barbara, pero era como si la conociera. Ella lo arruinaría todo. La solución era más obvia que nunca.

—La cosa me pareció muy clara —prosiguió Singh— en cuanto Probst se negó a tener relaciones sexuales contigo. No hay otra mujer en su vida, nada que a ella la ponga furiosa y, desde luego, ninguna mujer india que pueda despertar sus sospechas.

—Esto no me gusta.

—Te aseguro que era la única forma de engatusarla.

—No me gusta.

—Entonces, no haber salido de Bombay.

—No deberías haberla raptado.

—Si no lo hubiera hecho quizá no ganarías este referéndum.

—Muy bien —no había más que decir. Jammu levantó las manos como para establecer un contacto de despedida con él, un abrazo o apretón de manos, pero Singh la dejó allí de pie. Bajó pesadamente las escaleras, resollando y obeso.

*

Probst estaba pasando el día en el despacho para quitarse las elecciones de la cabeza y hacer que la empresa se enterara de que seguía siendo su director general y su gurú. Estaba revisando horarios para su prudente entrada en el boom de la construcción del centro de St. Louis, dos proyectos de oficinas en el North Side cuyas excavaciones empezarían en mayo. Carmen tecleaba a toda prisa en su escritorio.

Le satisfizo ver en los horarios varias redundancias y aplazamientos evitables que incluso Cal Markham había pasado por alto; eso demostraba que aún cumplía una función en la compañía y explicaba el porqué: tenía mucha experiencia y era muy inteligente. Con qué facilidad podía uno perder eso de vista. Con qué facilidad, cuando su hogar y su entorno se habían venido abajo, podía desdeñar el consuelo de la pura actividad, el puro trabajo, el orden físico y organizacional.

Naturalmente, no se le escapaba que había trabajado demasiado durante treinta años, se veía a sí mismo en retrospectiva como una monstruosidad con brazos y manos grandes como Volkswagens, piernas como las estrías de un bulldozer, y la cabeza, el verdadero templo del alma, una pequeñísima uva negra arriba del todo. Había fallado como padre y como marido. Pero si alguien hubiera intentado alguna vez decirle esto mismo, él lo habría hecho callar a gritos, pues el amor que sentía por Barbara y por Luisa en la oficina jamás había menguado. Probst tenía su corazoncito. Todas las cosas que había sido incapaz de tirar, todos los recuerdos y todos los recambios útiles, aquellos objetos y anales de su infancia y su luna de miel, su prematura y tardía paternidad, todas aquellas cosas las había guardado con la esperanza de encontrar tiempo algún día para participar más de lleno en las fases que representaban.

Pero él no pensaba cambiar. Quería a Jammu porque era una mujer que conseguía cosas. Con ella empezaría de cero, sabio ya como para no esperar jamás la oportunidad de revivir el pasado. Dentro de un año estarían viviendo juntos, no en una casa (¿qué le importaban realmente los jardines?) sino en un espacioso y moderno condominio en Hanley Road o Kingshighway adonde llegarían los dos ya de noche, y en el que no habría trastos.

*

Todas las mujeres eran iguales a ojos de las líneas aéreas, salvo quizá las que llevaban bebés o silla de ruedas. Mientras flotaban sobre la superficie terrestre, las azafatas le llevaron almohadones, mantas, bebidas. El único problema era entre vuelo y vuelo, cuando no podía inclinar el asiento hacia atrás y el suelo le daba flojera en las rodillas. Pero lo único que hacía falta para volver a volar era dinero en efectivo, y eso había sido tan sencillo como venderle casi todo el caballo al novio de la criada del Marriott, hasta que de repente vio que estaba en Edimburgo con apenas lo justo para pasar hasta el siguiente fin de semana y muy pocas libras y dos amigos tontos que trataban de matarla. Habían estado vuela que te vuela los tres en plena y gran desavenencia. Ella volaba por placer y por las cenas que servían en bandeja de plástico, en tanto que sus amigos lo consideraban una persecución. En lo que a ella concernía, sus intentos de matarla no habían servido más que para fijar un itinerario.

Ahora estaba de vuelta en casa, desconcertando al funcionario de inmigración al pasar rápidamente por la puerta y salir corriendo y decepcionando al taxista porque no llevaba maleta con la que justificar una propina extra. Desconcierto y decepción había habido en la mirada de su amigo, en los aseos de señoras en Edimburgo, cuando él había abierto el retrete donde ella había dejado sus botas altas y al darse la vuelta había visto el cuchillo con que Devi, descalza, le apuntaba al cuello. Él había apretado igualmente el gatillo, y ella no tuvo la culpa del regurgitar que se oyó en el esternón de aquel tipo, ni del curioso sonido opaco que produjo la pistola cuando entró después el otro amigo y cayó al suelo, que estaba sucio. Eran terroristas. Si Rolf la hubiera visto salvar el pellejo de aquella forma, observado su frío sentido práctico, habría estado muy orgulloso y le habría besado las manos de rodillas. Pero, lógicamente, ella sabía que lo estaba perdiendo todo. Cuando se pinchaba no conseguía conciliar el sueño, y en todo momento oía aquel regurgitar y aquel sonido opaco, pese a que no la incomodaban mucho. Parecían acecharla a la espera de que bajase la guardia. ¿Hasta qué extremo podía una mujer enfrentarse a las desdichas? Se acordó de cuando tenía trece años, aquellas vacaciones con sus padres cuando visitaron una *esthéticienne* en París y la Alhambra en Granada y las pirámides en Egipto. Devi nunca había visto nada tan pesado como los grandes pedruscos construidos por esclavos. El taxista estaba parando delante de Webster Groves Trust, donde ella pensaba probar suerte con su firma con la esperanza de que tuviera una cuenta y la gente la conociera, o al menos que se fiara de ella. Era lo único que realmente quería, que la gente la tratara bien. Porque nadie la trataba bien. Todo era como aquellos grandes pedruscos puestos boca abajo con la punta metiéndose en su cuerpo.

*

Cinco plantas más abajo de las ventanas de Buzz, frente a la entrada principal de sus oficinas, los periodistas reían en grupos de tres y cuatro, haciendo de su asedio un evento social. Buzz había intentado contactar con Asha en todos los números que ella le había dado. Nadie sabía dónde estaba. En el momento que más la necesitaba, ella no estaba disponible. Empezó a desesperarse, a desvariar, trató de llamar a Bev. No contestaba, aunque le había dicho que iba a estar en casa todo el día porque Miriam Smetana había cancelado su cita por motivos que aún no estaban claros. Tal vez los medios de comunicación habían estado fastidiando también a Bev y ella había desconectado el teléfono.

*

—Tendremos que seguir el jueves —dijo Jammu a sus jefes de distrito. Muy envarados, los nueve comandantes devolvieron las estrechas sillas a su lugar contra la pared y se marcharon en fila india, atestando la entrada como canicas en un embudo.

Como Jammu había supuesto, Singh estaba junto al teléfono en su piso del otro lado del río.

—Y ahora qué —dijo él.

—Gopal acaba de llamar desde Londres. Se han ocupado de Devi, pero antes la hicieron hablar, y parece ser que había mandado una carta a Probst antes de marcharse. Probst estaba bien esta mañana, pero me temo que la carta debe de estar en el buzón de su casa.

Jammu esperó. En el silencio telefónico le pareció sentir que Singh estaba pensando, que sopesaba lo que ella le decía y decidía si creerla o no.

—¿Qué piensas que le puede haber dicho?

—Sea lo que sea, toda carta es mala —dijo Jammu—. Tu plan para liberar a Barbara sólo funciona si no hay el menor fallo, la menor sospecha.

—Es la última cosa que hago para ti.

—Entonces, gracias por adelantado. Pero llámame a las tres.

En el bolso tenía un martillo para la ejecución, también un revólver por si acaso Singh no se había tragado la historia y aún estaba en el apartamento. Fue a decirle a la señora Peabody que iba a almorzar con la señora Hammaker. La señora Peabody le dijo que debía de estar hambrienta. Salió, lloviznaba, abrió el Coche Uno y se dirigió al sur hacia la fábrica de cerveza, donde Asha le había dejado un Sentra sin conocer el motivo. Dentro del Sentra, Jammu se puso una peluca de rizos pelirrojos. Era un disfraz simbólico; el edificio de Singh estaba en una manzana donde ella no había visto nunca un alma, de noche o de día.

*

A las tres menos cuarto Sam y Herb llegaron a East St. Louis. Cinco minutos después localizaban la última propiedad de su catálogo, un almacén a prueba de incendios. No tenía ventanas pero sí claraboyas, en las cuales, desde una manzana de distancia, contra unos nubarrones, vieron luz.

Mientras se acercaban vieron entrar a alguien.

—¡Es él! —dijo Sam—. Es Nissing. Están ahí dentro.

Herb aparcó el coche detrás de una gasolinera desierta que había cien metros más abajo. Era el único escondite en varias manzanas a la redonda, de allí hasta las autopistas. Forzaron la entrada al despacho con una barra sacaclavos, y una luz gris iluminó escombros de escayola, tejas caídas, cucarachas, puñales de cristal, pegatinas de Fram y STP, un calendario Pennzoil de 1977. Agarraron dos sillas plegables, instalaron la cámara de vídeo y el emisor de infrarrojo, apuntando ambas cosas por una grieta en las tablas a las ventanas sin luna, y mientras Herb salía de nuevo en busca del termo y un teléfono de campaña, Sam divisó el objeto, un edificio alto y esbelto, un castillo en mitad de aquel bárbaro despoblado. Enfocó la cámara y se dispuso a esperar. No había sitio adonde ir.

Después de almorzar tarde con Bob Montgomery, Probst se encontraba en su oficina con el resto del personal de la empresa, los dibujantes, administrativos y secretarias que empezaban la última parte de su jornada laboral después de la pausa para el café de la tarde. Hoy iba a dejar que se marcharan todos media hora antes a fin de que pudieran ahorrarse los atascos que iban a producir los comicios, y, a juzgar por la ausencia de risas o incluso de conversación procedentes del pasillo, le estaban devolviendo el favor con una especial diligencia. Cajones metálicos retumbaron en el silencio mientras Carmen archivaba. Probst estaba leyendo las pruebas y firmando su tanda matinal de cartas. Las campanitas de las máquinas de escribir resonaban débiles en el pasillo, entre un pizzicatto de lluvia y teclas. Alguien estaba andando hacia su despacho sobre tacones finos. Los tacones llegaron a la moqueta de la antesala y enmudecieron.

—Oh, señora Probst —dijo Carmen.

Probst notó que se le entumecían los brazos. Miró por la puerta hacia la antesala y vio su sombra, la espalda de una falda conocida.

—Hola, ¿está dentro?

—Sí, adelante. ¿Señor Probst...? —canturreó Carmen.

—Gracias —dijo Barbara.

Probst giró en la butaca para situarse cara a la ventana; reflejada en el cristal vio a su mujer cerrar la puerta, apoyar un paraguas cerrado en la pared y quedarse allí de pie, mirándolo con las manos a los costados.

—¿Martin?

Su voz auténtica era diferente de la voz por teléfono, más nasal y brusca. La había olvidado. Se había equivocado al pensar que a su regreso ella no ejercería ningún poder sobre él.

—Ayúdame, Martin.

Probst giró en redondo.

No era Barbara. Era una mujer con el mismo pelo que Barbara, su mismo cuerpo, su ropa, su peinado y su porte y más o menos su mismo cutis, salvo donde la lluvia lo había salpicado. Tenía las manos morenas.

Ella le sonrió esperanzada.

—He vuelto —dijo, lanzando el impermeable al perchero. Él se encogió. Ella se le sentó de lado en sus rodillas y le rodeó el cuello con los brazos. Los tenía morados y negros, llenos de costras y llagas, largos dedos verdes bajo la piel oscura. Olía a transpiración putrefacta. Sus labios tenían un tacto de hielo. Era el cadáver de Barbara.

—¿Quién eres? —Probst trató de levantarse y se la quitó de encima. Ella quedó en el suelo, medio en cuclillas.

—Seré tuya —dijo.

—Largo, fuera de aquí.

—He estado con Rolf —explicó ella.

Probst se puso el abrigo con torpeza. Devi Madan. Abrió la puerta y pasó a grandes trancos por delante de Carmen, seguido de Devi Madan.

—¿Adónde vamos? —Devi le pasó el brazo por la cintura.

*

Jammu hizo una primera pasada cerca del edificio de Singh y vio que su coche no estaba en el aparcamiento vallado. Habría ido a Webster Groves. ¿Llevando consigo a Barbara? No era muy probable. Ella estaba dentro del edificio, sin protección, y Jammu tenía tiempo de rodear la manzana una vez más, dejar que la presión criminal creciera en su interior, ensayar toda la escena por última vez. Daría a Barbara una oportunidad de hablar. Una sola frase, unas cuantas palabras, suficientes para que sus oídos de asesina se colmaran de la elegante y vulnerable inteligencia que tanto detestaba, y luego era una canción de los Beatles. *Bang, bang...*

No.

Un Country Squire, repintado pero sin duda el de Pokorny, estaba aparcado detrás de un edificio bajo y clausurado en la acera de enfrente. Jammu pisó el acelerador a fondo. Lo habría hecho, pero ahora no podía. Volvió a su despacho en Clark Avenue.

*

—No me toques.

—Martin.

—He dicho que no me toques.

En el aparcamiento, se enfrentaron el uno al otro sobre la cuadrícula blanca de los espacios reservados a los directores de proyecto, que estaban todavía en el lugar de trabajo. Devi se inclinó al frente, los ojos grandes y más esperanzados que nunca, con la superexcitación de un perro bueno a punto de perder el control y ladrar, y morder.

—Pero Martin.

La lluvia caía sobre la capa exterior de su pelo y le inundaba el cuero cabelludo. Probst no sabía qué hacer, pero tenía que hacerlo ya. La realidad de la presencia de aquella chica le abofeteaba, rebuscaba brechas en su sistema protector, intentaba colársele dentro y empaparlo. Fue a abrir su coche.

Ella se situó junto a la puerta del acompañante.

—¿Adónde vamos? —dijo.

—Lárgate.

—¿Cómo?

—Vete a donde quieras —dijo él—. No puedes estar aquí.

Era demasiado tarde. Cada palabra que intercambiaban confirmaba el derecho de la chica a hablarle y exigir cosas. Él ni siquiera podía decirle que se fuera sin implicarse personalmente. Ella formaba parte de su vida.

Devi miró colérica al cielo, dejando que la lluvia empañara sus gafas.

—Me estoy mojando —era tan trivial, pobre. Está loca, pensó él. Daba lo mismo.

—Utiliza el paraguas —dijo.

—Lo he dejado en tu oficina.

También el de Probst estaba en la oficina.

—Date prisa —dijo ella—. Monta.

Ella le conocía. Le conocía tan bien como si un segundo Probst, trasunto de Hyde, hubiera compartido vida con ella sin que el primero se hubiera enterado. Probst subió al coche y se inclinó sobre el asiento para levantar el seguro de la otra puerta. Ella entró rápidamente y tiritó.

—¿Adónde?

Ropa mojada, piel húmeda. Perfume y sudor y frío plástico de automoción. Gases húmedos de los coches en tránsito. Se retrepó y cerró los ojos, consciente apenas de que había cometido un error dejándola subir al coche. Ella le acomodó una mano a la nuca, puso la otra sobre su pierna, aplicó la boca a la de él. ¿La besaría Martin? Sí, ya lo estaba haciendo. El sabor de una boca nueva ya no le sorprendía. Barbara, Barbara, Barbara, Barbara.

La puerta de un coche se abrió en la calle mojada.

Era la policía. Barbara se apartó de Probst. Por el parabrisas, ambos vieron cruzar la calle a un agente y caminar hasta la comisaría. Su compañero permaneció en el coche patrulla y los miró sin mostrar curiosidad. Probst le dedicó una sonrisita. La cara de Barbara había adoptado la inexpresividad de un ciudadano razonablemente cumplidor de la ley. El poli desvió la vista.

Jammu le dijo que Devi Madam era una chica inocente y que había regresado a Bombay hacía varias semanas. Jammu había mentido. Pero Probst quería a Jammu. Mantendría la calma. Intentaría ayudar.

Puso el motor en marcha, hizo marcha atrás y torció a la derecha por Gravois. Dos manzanas más allá se detuvo junto a una parada de taxis enfrente del National. Unas ancianas salían de las puertas automáticas con carros llenos de género. Tiró del freno de mano.

—Necesitas dinero —dijo.

—Sí.

Abrió su cartera y contó unos billetes.

—Aquí tienes doscientos veinte dólares —no era suficiente. Sacó su talonario. Ella estaba doblando los billetes y guardándolos en el bolso: otra transacción doméstica.

—Ahí mismo hay una sucursal de Boatmen's —dijo Probst—. ¿Bastará con mil?

Ella asintió.

Probst escribió la cantidad en cifras y luego en palabras. Después de partir Barbara, había dejado de utilizar la cuenta conjunta.

—¿A nombre de quién lo extiendo?

Ella estaba mirando un taxi que se alejaba. No se molestó en responder. Probst escribió *Barbara Probst.*

*

Singh no había ido a Webster Groves. Simplemente había llevado el coche a un aparcamiento próximo al río y regresado al apartamento a pie. Ni por un momento había creído que hubiera una carta en el buzón de Probst. Jammu, esperaba él, iría a East St. Louis y vería que su coche no estaba. Entraría en el edificio con la intención de matar a Barbara y echarle las culpas a él.

Pero Jammu no había llegado. Empezó a preguntarse si la habría juzgado mal, si en el fondo no tenía reparos al experimento de liberar a Barbara tal como él lo había dispuesto. Quizá sí que Devi había enviado esa carta. Entonces sonó el teléfono.

—Soy yo.

—Te he llamado a las tres —dijo Singh.

—Estaba en tu edificio. ¿Tienes la carta?

—No había ninguna carta.

—¿Has visto quién está vigilando tu edificio?

—Claro —Singh se arriesgó—: Nuestro detective favorito.

—Ya sabes lo que significa, ¿verdad?

—Que será un poco más difícil sacar a Barbara.

—No. Significa que has de matarla.

Singh rió un poco.

—No me digas.

—¿Y cómo crees que la vas a sacar de ahí?

—Por la puerta de atrás, de noche.

—Imposible, Singh. Lo siento. Tienen toda la zona controlada por infrarrojos, y hay un par de hombres vigilando la parte de atrás. Saben que estás dentro. Te pararán si tratas de salir con algo más que la camisa. La única salida es hacerlo con las manos vacías.

—De todos modos me seguirán.

—¿Crees que puedes quitártelos de encima? No seas humilde.

Singh tragó saliva. ¿Acaso ella ya sabía que Pokorny había descubierto su escondite? No. En ese caso Jammu no habría acudido personalmente. Era evidente que la única cosa que tenía clara era que quería ver muerta a Barbara.

—Esto es estupendo —dijo.

—¿Tú crees que quería poner a Pokorny tras tu pista? ¿Crees que yo deseo que el cuerpo de esa mujer aparezca ahí, a tres kilómetros de mi oficina? Te lo repito, es la única manera de que tú y yo salvemos el pellejo.

No, pensó Singh, tú y Probst.

—... Haces el trabajo, aceptas la derrota, abandonas el país.

—Podría liberarla aquí mismo.

—¿Lo dices en serio? Tu plan ya era bastante malo sin que ella se entere de que ha estado todo el tiempo en East St. Louis. No puedes liberarla con vida salvo en Nueva York. Y eso ya no funcionará.

—La muerte es engorrosa, Susan. Lo lamentarás.

*

Mientras recorría el largo camino de entrada vio a un hombre flaco y rubicundo en la ventana de un garaje en el patio de atrás. El hombre la saludó con una sonrisa amistosa. Ella devolvió el saludo. ¡Una sonrisa amistosa! Se sentía mejor, pero fue hacia la puerta lateral de la casa para que él no la viera. Golpeó con el puño enguantado la ventanilla de la puerta. Le sorprendió ver volar cristales, lo cual era una tontería teniendo en cuenta el puñetazo que acababa de dar. Alargó la mano y giró el pestillo. Tenían una valla contra los ladrones, pero dejaban la puerta exterior abierta. Uno de estos días tendría que ponerle remedio.

*

Probst conducía sin rumbo, siguiendo el camino de la mínima resistencia —recto cuando el semáforo estaba verde, a la derecha en rojo, a la izquierda cuando encontraba un carril vacío para torcer hacia ese lado—, mientras esperaba a que el tumulto que tenía en la cabeza se condensara en ideas y decisiones. El anticongelante enviaba al interior del coche un extraño perfume. Un sentimiento de profunda maldad se había apoderado de él no bien había escrito el nombre de su mujer en el cheque. La sensación sólo intensificó su anhelo por Jammu. Él era su cómplice, y la echaba de menos. Le encantaba que le hubiera mentido sobre Devi Madan, porque eso quería decir que ella compartía la maldad. Al mismo tiempo se preguntaba si de veras le había mentido. Quizá no había comprendido hasta qué punto Rolf había pervertido a la chica. Sí. Era eso. Rolf había pervertido a la chica. Y, si Jammu era inocente, Probst la amaría también por eso. Por su pureza infantil.

Más al norte, en Riverview Drive, donde la lluvia salpicaba como arena azul el llano Mississippi y formaba charcos en el desierto carril para bicicletas, conectó la radio. Las numerosas voces de la ciudad le instaron a ir de nuevo hacia el sur. Era culpable. Había traicionado a su ciudad. Jack DuChamp había tenido razón en colgarle el teléfono el Jueves Santo. Probst comprendió finalmente que era necesario ir a casa de Jack, hacer esa visita largamente postergada, oír la opinión que Jack tenía de él y ver si era definitiva. Casi deseaba que Jack no pudiera perdonarle.

*

El sitio de la mujer era el hogar. Una tarde gris de martes, los canalones tragaban lluvia quedamente. En varios ceniceros ardían cigarrillos. Un libro de cocina abierto por una receta de repostería, todo en su lugar. Martin llegaría a casa, enfadado, a la hora de cenar. Los hombres se pasaban media vida pensando que las mujeres eran un estorbo y la otra media pensando que eran especiales. Ahora mismo le estaba preparando algo muy especial. El resto de la cena a su debido tiempo. A los hombres les gustaba llegar a casa y oler que había algo en el horno, oír pequeños chapoteos en el piso de arriba, una esposa sensual en la bañera. Abrió todos los armarios y sacó las especias, las cucharas y cucharillas de plata y un colador para tamizar. Encontró un saco de patatas. Estaban cubiertas de grandes brotes blancos. Igual que los hombres, no podían evitarlo —se suponía que tenían que actuar así, los pobres— pero eso no quitaba que fuera un poco repugnante. Buscó la harina por todas partes. ¿Iría bien con germen de trigo? Desenroscó la tapa y olfateó, vio unos gusanitos pardos entre el germen. Los gérmenes daban asco. Devolvió el tarro a su sitio y siguió buscando. ¿Para qué servía la harina? Todos los minutos contaban si quería tener la tarta en el horno para cuando él llegara.

Bajó corriendo al sótano, donde al parecer ella guardaba muchas cosas extra, pero todas las latas de café estaban vacías. Había montañas de cajas, hileras de bolsas de plástico, roperos metálicos, armaritos de madera. Las paredes estaban cubiertas de arañas, inmóviles como el moho. ¡Había tanto que clasificar!

Abrió una caja chata de fotografías en las que se la veía bastante seria. Frunció el entrecejo, seria. Las fotos eran un manual de urbanidad en Webster Groves. Cómo mantener la cabeza erguida al salir del coche. Cómo hincar la rodilla cuando cortabas rosas en el jardín. Cómo ser la esposa perfecta. ¡Cómo tomar un baño! ¡Cómo poner cara de concentración cuando horneabas una tarta! Cómo fumar un cigarrillo. Tenía que ponerse a practicar en seguida. Corrió al piso de arriba y volvió a bajar con un paquete de cigarrillos. Los sacó todos y se miró en el espejo más cercano.

*

Cuando el instituto abrió sus puertas, Luisa vio a sus amigos Edgar Voss y Sara Perkins yendo hacia el sur por Selma, como hacían todos los días. Apretó el paso para alcanzarlos. Se dirigía a Clark School para votar.

—Caramba, es verdad —dijo Sara—. Tú ya eres vieja.

Sara y Edgar tenían aún diecisiete años, y para demostrar que eran unos irresponsables empezaron a interpelarse. Sara le preguntó qué era Afganistán. Edgar dijo que salía en el juego del Risk, era de color verde oliva. Él le preguntó quién era la senadora del estado por Webster Groves. Sara no pudo apuntar la más mínima conjetura. Edgar tampoco lo sabía. Luisa no lo sabía. Pero un alumno de noveno que llevaba gafas de montura metálica y pasaba por la otra acera dijo: «Joyce Freehand», y se subió los libros al pecho, avergonzado.

La respuesta parecía acertada. «Es hijo de la senadora», le susurró teatralmente Edgar a Luisa. El chaval aceleró el paso para alejarse cuanto antes.

Querían que Luisa los acompañara a casa de Edgar para ver *Gilligan's Island* y tomar un refresco de lima, dos actividades que parecían haberse puesto de moda desde que Luisa ya no se trataba con ellos. Se preguntó qué otra cosa estaría de moda. ¿El sexo en grupo? ¿Practicar el tiro con rifle? No dieron indicios de desilusión cuando se desviaron de Glendale Road y ella siguió andando hacia Clark. Los vio darse empujones, jugar al más valiente en los charcos, y todo eso sin mirar atrás. Igual que el día anterior, cuando nadie había hecho comentarios sobre su peinado, ni tan siquiera Stacy. El sábado, presa de un humor tétrico, se lo había cortado muy corto, más de lo que lo había llevado nunca. Estaba convencida de que todos se habían dado cuenta —parecía una punkie, cuando tres días atrás su aspecto era típico de Stanford— y le dolió que la estupefacción general abortara cualquier comentario. Quizá se mostraban atentos con ella porque pensaban que tenía problemas emocionales. Pero Luisa no habría tenido problemas emocionales si lo hubiera intentado.

El clima húmedo no impedía arder a los cigarrillos. En las pelis de guerra los soldados fumaban en las más fangosas escenas de combate. Luisa se preguntó si alguien que pasara en coche, cualquiera de las amigas de su madre, la reconocería con sus gafas y su pelo corto, y el cigarrillo. En realidad no eran sus amigas lo que le dolía. Ella misma, cuando había llegado a casa el sábado y se había encerrado en el baño, casi había llorado al mirarse. El cuero cabelludo se le veía todo blanco. Sus lentes estaban cubiertas de una luz jabonosa. Se veía tan extraña, tan mayor, tan infeliz. Pero lo que le dolió de verdad fue que el nuevo estilo encajaba con su yo interior. Ése habría sido también su aspecto, si alguien hubiera podido mirar dentro de ella.

Lo peor de todo era que Duane, al llegar a casa con sus cámaras, le había dicho que le sentaba de fábula. Luisa estuvo más o menos de acuerdo. No era tonta. No iba a cortarse el pelo para quedar hecha un mamarracho. Pero le pareció injusto que la persona que más la comprendía fuese alguien con quien ya ni siquiera se llevaba bien.

*

—Llueve un poco —le dijo Nissing a Barbara con voz serena, accesible—. Estamos aquí sentados como dos viejos amigos, manteniendo nuestra última conversación.

¿Última? Barbara se acodó en la cama.

—¿Qué ocurre? —dijo.

—Te lo diré, pero creo que ya te lo imaginas. ¿Puedes notarlo, en esta habitación que podría estar en cualquier parte del mundo cuando llueve y la tarde está oscura? Tú misma lo dijiste. Estás tan sola como cuando abandonaste a tu marido. Algunas cosas no se pueden cambiar, y tal parece que tú eres una de ellas. Fue un bonito sueño durante un tiempo, pero tú te habías liberado y todo era nuevo, vivir en Manhattan o donde fuera, vivir con un hombre que te comprendía. Fue divertido mientras duró, hasta que el problema de la originalidad puso fin a la historia y tú te convertiste, conceptualmente, en lo que de hecho habías sido todo el tiempo: otra mujer de cuarenta y tres años que había abandonado el hogar por un hombre más joven y una vida donde expresar más a fondo su personalidad. Sólo una víctima más de la edad, sin la suficiente juventud en tu cuerpo para desdeñar el pasado como un preludio y luego forjarte una existencia nueva. Quizá otras mujeres son más valientes que tú, quizá su historia a estas alturas es la historia de mirar con valentía a un futuro problemático e incierto. Pero las otras no son Barbara Probst, y tú no quieres ser esas otras mujeres. Y, como mínimo, has reconocido que la aparente novedad de largarte conmigo y dejar Webster Groves no ha sido novedosa en absoluto. La emancipación comenzará cuando vuelvas a casa. Me dices, mientras estamos aquí sentados, que has decidido regresar a St. Louis. Admítelo: es lo que has querido hacer desde un principio.

—Pero por ninguna de estas razones.

Él ralentizó aún más sus palabras.

—¿Me estás diciendo que no echas de menos a tu marido y a tu hija?

Ella negó con la cabeza.

—Odio este juego, sabes. Pero si hubiera estado haciendo todas las cosas que dices que he hecho, dudo de que hubiera tomado esta decisión.

—Mientras que yo afirmo que es la decisión más fácil que has tomado nunca.

—Porque eres tú el que la ha inventado.

—A mí no me metas. Son cosas que tú piensas o que podrías pensar. Si mi exposición no es perfecta, debes achacarlo a que yo no estoy dentro de tu cabeza. Pero no creo que me haya equivocado tanto —se levantó y metió la mano en el bolsillo de su chaqueta sport. Extrajo una jeringuilla y un frasco de cristal con tapón plateado.

—¿Qué es eso? —dijo ella, tediosamente.

—Algo inmaterial. Continuamos hablando en nuestra habitación —se arrodilló junto a la cama y dejó la jeringa y el frasco sobre la moqueta. Abrió un paquete pequeño, le agarró el brazo izquierdo y frotó un poco de piel con una torunda antiséptica. Ella no opuso resistencia, pero recordó que si alguien hubiera intentado inyectarle algo raro antes de haber estado en aquella celda, se habría puesto a morder y a dar patadas. ¿No había intentado huir de él cuando la secuestró? ¿No había chillado cuando le administró aquella droga?

¿O no?

—Todos tenemos secretos —dijo él, introduciendo la aguja en el frasco—. Son buenos para el alma. Son una forma de alimento para los días malos. Tengo la corazonada de que por una cuestión de orgullo tú sólo recordarás los días buenos, dejarás que Martin crea que lo has pasado todo lo bien que una mujer podía haberlo pasado.

Barbara sintió la aguja.

—¿Vas a dejarme marchar?

—Exacto —le sujetó la mano con aire siniestro—. Te devuelvo la libertad, aunque eso nos haga daño a ambos. No hay sitio como el hogar. Una idea bien curiosa. No hay sitio como el hogar. Dilo.

Ella notó que la sangre se le enfriaba.

—¿Qué me estás haciendo?

—No hay sitio como el hogar.

La habitación ya estaba girando. No hay sitio como el hogar. Él estaba hablando desde el otro lado, y un corazón que late rápido mueve los venenos mucho más de prisa. Esto fue lo último que pensó.

*

—... Jack Strom. Es un placer tener hoy con nosotros al doctor Carl Sagan hablando sobre el invierno nuclear. Nos queda tiempo para unas cuantas preguntas de nuestros radioyentes. Hola, está usted en antena...

—Gracias, Jack. Quisiera preguntar al doctor Sagan si no cree que hacer publicidad de este tema podría obligar a Estados Unidos y Rusia a invertir todavía más en armas como, bueno, como la bomba de neutrones. Quiero decir, en vez de proscribir la guerra, si esta investigación no estará poniendo más énfasis en destruir blancos blandos en vez de en armas que, bueno, que provoquen incendios. ¿No?

—Muchas gracias. ¿Doctor Sagan?

—Bien. En primer lugar...

—Una bajada de temperaturas durante la noche. Mañana será soleado y más caluroso, con máximas entre dieciséis y diecinueve grados. La predicción para el jueves y el fin de semana...

—K-A-K-A, Music Radio, acercándonos a las cuatro de este muermo de martes, escuchemos a los Moody Blues con una canción del mismo nombre. En seguida vendrá el parte sobre la situación del tráfico, y todos los que llamen a la emisora recuerden el número mil seiscientos tres dólares con dieciocho centavos, repito, mil seiscientos...

—No se pueden reducir simultáneamente el número de cabezas nucleares e introducir una doctrina nueva como la que este oyente...

—Jesús no dio la espalda a estas personas. Jesús dijo...

*

El gimnasio era pequeñísimo. En la entrada, a cada lado de la puerta interior, había un poste de balonvolea colocado sobre un plato metálico puesto del revés y con un trozo roto para acomodar un par de ruedas. El palo de la izquierda tenía la red enrollada a su alrededor, el de la derecha una simple cuerda. Luisa se frotó los pies en la esterilla de goma.

La bandera de Estados Unidos descansaba en una base de madera lastrada que anteriormente le había recordado un disco gigante de hockey sobre hielo. Había casillas de voto arrimadas al estrado, a las puertas bajas con celosía por donde pasaban plataformas cargadas de sillas de tijera. Los delegados ocupaban mesas de bar, mesas de muñecas. Gruesas cuerdas de trepar iban de viga en viga a una altura que ya no daba vértigo; unos cables sujetos a las manivelas de las paredes verde pálido del gimnasio sostenían en alto los extremos anudados.

Los escribientes sonrieron cuando Luisa se acercó a sus mesas. Era el único ciudadano que estaba votando en el gimnasio. Cuando repasaron las listas y encontraron su nombre, comprobó que su padre tenía la crucecita de que había ido a votar, mientras que su madre, lógicamente, no.

*

Una tarta no era tarea fácil. Las instrucciones hablaban de nata, pero no había nata en la lista de ingredientes ni en el frigorífico. Y no entendía cómo se podía mezclar la mantequilla con el azúcar y las especias y el germen de trigo. Decidió derretirlo todo y dejarlo en su respectivo papel para que no goteara sobre los fogones. No conseguía pensar con claridad. Empezaba a preocuparse. Necesitaba hacer una excursión al lavabo. Necesitaba salir un poco. Necesitaba excusarse aunque fuera un segundo. Tenía que hacer una llamada. Le hacía falta un momento para recobrar la compostura. Las instrucciones hablaban de nata, pero no había nata en la lista de ingredientes ni en el frigorífico. Se fue al piso de arriba.

Por todas partes oía un ruido como de perros pisando hojas muertas. Abrió el bolso y buscó una vena, y empezó a lamentar la idea de hacer una tarta, aunque sólo fuera porque el humo era malo. Pero en seguida se olvidaría de todo. Tomaría un baño de princesa. Chap. Chap. Cuando llegara Martin. Chap, chap. Los numerosos frascos de fluidos de colores sugerían sus propios aromas, azahar, almizcle, miel pura de la naturaleza. La mujer sensual sabía cómo complacer al marido cuando éste volvía del trabajo. Lo había leído en un libro. Un salto de cama podía resultar muy sexy.

*

Cuando Jack DuChamp llegó a su casa, Elaine estaba estudiando en la sala de estar.

—¿Has votado? —preguntó ella.

—No.

—Pero por el amor de Dios...

—Los colegios están hasta los topes.

—Pues cuando yo he ido, no —dijo ella—. Haz el favor de ir a votar.

Jack abrió la puerta del armario y sonrió amargamente:

—¿Quieres que lo haga por Martin?

—Jack —le cortó Elaine—. ¿Por qué siempre lo llevas todo a un terreno personal?

*

Singh dejó a Barbara tendida en el rincón mientras llevaba la cómoda y las sillas a la habitación y ordenaba la ropa y las joyas. Había enmasillado y repintado el agujero de bala en la pared hacía un mes. Había retirado el cerrojo y la mirilla de la puerta hacía una semana. Lo único que quedaba era el cable junto a la cama. Con un destornillador retiró el anclaje del cable de la caja de toma de corriente a la que había estado sujeto y volvió a colocar el enchufe original, haciendo los empalmes con nerviosismo mientras los hilos pelados despedían chispas azules. Se levantó la pernera del pantalón y se aseguró el grillete a la pierna; era la única cosa, aparte de la jeringuilla, que tenía que llevar consigo. El cable lo dejó bien arrollado en la alacena, con las herramientas domésticas.

Meditó sobre la suerte que tenía Jammu. Dudaba de que hubiera cinco mil personas en todo el mundo lo bastante concienzudos para haber preparado el apartamento para la evacuación como él lo había hecho.

Llevando a Barbara en lento recorrido por las tres habitaciones y la cocina, la hizo dejar huellas dactilares en las paredes, los platos, los electrodomésticos, los ceniceros. Arrancó cabellos de su cabeza y los distribuyó. Con los zapatos de repuesto salpicó la moqueta de huellas. Aquello ya no era un pisito de soltero. La estaba devolviendo a la cama, junto con su propia almohada, cuando Indira le llamó.

—¿Y bien? —dijo.

—Estrangulada. Sin duda a manos de un hombre fuerte y apasionado.

Oyó un suspiro de alivio.

*

El fuego se había iniciado en el sótano cuando un cigarrillo olvidado, al soltar la ceniza, perdió el equilibrio y cayó sobre las virutas de madera que envolvían un plum-cake navideño. Las virutas de pino y el papel de embalar ardieron rápidamente, prendiendo las cajas contiguas. Eran cajas buenas y robustas. Algunas de ellas tenían más de diez años.

Fortalecido por una dieta de revistas, libros y ropa, el fuego había trepado por las paredes artesonadas hasta una ventana, lanzando humo hacia la fachada de la casa. Con el aire fresco, las llamas se desparramaron en todas direcciones, consumiendo primero las escaleras y minutos después el techo que las cubría, irrumpiendo en el hueco de escalera entre la primera y segunda plantas y dando lugar, luego, a una intensa corriente circular de aire que las transportó hasta las habitaciones del tercer piso. En esa coyuntura seguía pareciendo un incendio peculiarmente selectivo, pues se había iniciado en la primera de las zonas de almacenamiento para viajar hasta la segunda por la ruta más corta. Caja tras caja, las diapositivas Kodak sin etiquetar fueron pasto de las llamas. La colección de menús de restaurantes de todo el mundo, de todos los países que Probst había tenido el privilegio de visitar, juegos de toallas y sábanas que le habían regalado y que no había tirado pese a estar gastadas, juegos de mesa y libros de cuando Luisa era pequeña, entradas de la World Series y la World's

Fair, veinte juegos de postales de cumpleaños, trajes de Halloween, rosas de papel del Ejército de Salvación, ésa era la fina materia orgánica que estaba ardiendo, cosas efímeras.

Pero aproximadamente a la misma hora en que Betsy LeMaster llamaba a los bomberos, la quema se convertía en una tempestad indiscriminada e imparable. El pasaporte de Probst ardió en un segundo. Las llamas rodearon la cama de Luisa, devorando el colchón a salvajes bocados. Las cartas que Barbara había escrito a Probst desaparecieron en un fulgor amarillo. Los retratos de familia siguieron sonriendo hasta el último momento, cuando una oleada de ceniza en marcha los arrolló. Los óleos se ampollaron como malvaviscos, perdieron color y siguieron colgados hasta que los alambres se desprendieron de los marcos en llamas. El viejo aparato de ortodoncia de Luisa se fundió en charquitos de plástico rosa que hirvieron y prendieron, con alambres al rojo vivo. Ardió la ropa interior de Barbara, ardió el pijama favorito de Probst, los dos trajes de etiqueta de Luisa, el papel higiénico, los cepillos de dientes y las esterillas de baño, *Paterson* y *The Winter's Tale,* el libro de poesía erótica escondido y olvidado en la mesita de noche de Luisa, las cintas de las máquinas de escribir, la pasta de la cocina, las envolturas de chicle y recibos de compra que había bajo los cojines del sofá. En una ventana del tercer piso, una mujer india gritaba con voz grave y anómala, de contralto, una palabra que empezaba pero no terminaba. Mohnwirbel salió tambaleándose del garaje, borracho, y le pareció ver a Barbara.

*

Luisa oyó las sirenas mientras bajaba por Rock Hill Road para ir a coger el autobús. Cuando cruzó las vías venían ya de todas direcciones. Jamás había oído tantas sirenas a la vez. Aparecieron tras el horizonte y sonaron en todas las casas, en una mezcolanza de tonos y ritmos, puntuadas por la laboriosa velocidad de los camiones de bomberos. Dos autobombas pasaron por su lado y bajaron por Baker a toda pastilla.

*

A la derecha de la puerta principal había un botón rectangular con estrías. Probst lo pulsó, confiando en haber dado con la casa correcta. Hacía casi quince años que no pasaba por allí.

Le abrió una mujer de pelo entrecano y diminutos capilares rotos en las mejillas. Probst la identificó provisionalmente como Elaine DuChamp.

—¿Martin? —ella empezó a reconocerle—. ¡Caramba! Pasa, pasa.

Estrecharon manos y rozaron mejillas, una forma de saludo para la que ya tenían edad después de quince años. Probst vio fugazmente a una niña corriendo por el pasillo. Una puerta se cerró con ruido. De la cocina llegaba un olor a carne picada y cebolla que daba a la sala de estar una atmósfera ligeramente nauseabunda; esparcidos por el suelo, cuadernos y libretas. Elaine se apartó un poco y deshizo el nudo de su delantal.

—Menuda sorpresa —dijo, no sin amabilidad. Se puso de rodillas y de unos cuantos zarpazos recogió los cuadernos en una pila.

—Pasaba por aquí —explicó Probst— y se me ha ocurrido venir a ver a Jack, bueno, a todos vosotros. Últimamente he tenido que renunciar a vuestras invitaciones, pero como la campaña ha terminado, pensaba que...

—Jack estará encantado —Elaine metió la pila de cuadernos en un hueco de la estantería—. Se había olvidado de votar, pero en seguida vuelve. ¿Puedo ofrecerte algo?

—No, gracias.

Elaine partió para atender la cocina y Probst, tirado en el sofá como si viajara en la máquina del tiempo, se rascó la cabeza y echó un vistazo a su alrededor. Los muebles tenían fundas nuevas, pero las formas de las piezas principales, el diván y las tres butacas, no habían cambiado desde la última vez que había estado en el salón de los DuChamp. Lo más próximo a una planta era una gigantesca copa ancha de vidrio soplado a medio llenar de frutas de plástico. Pequeñas palancas de un juego de ordenador sobresalían del estante que había encima de la tele.

Volvió la cabeza y examinó los tres retratos al pastel y marco de latón que había en la pared del sofá. Debían de tener siete años por lo menos, ya que la niña no aparentaba más de diez. Un punto de carboncillo en cada ojo la hacía parecer radiante. El chico había posado con un blazer azul, una camisa blanca y una corbata roja, prendas que se deshacían en nerviosos trazos de carboncillo al pie del retrato, encima de las iniciales en negro del artista. La niña mayor llevaba puesto un vestido rosa claro con un cuello de encaje; ya entonces, siete años antes, tenía algo de pecho, y el brillo de sus labios era de un amarillo naranja. Probst recordó que hacía tiempo grandes almacenes como Sears habían contratado retratistas que concertaban citas en las diversas sucursales siguiendo un criterio rotatorio y producían dibujos a precios muy razonables. Le pareció que aquellos artistas itinerantes habían conseguido algo esencial, que aquellos tres niños vivieran para siempre como lo que parecían ser, unos niños felices.

*

—Pues vaya movimiento de tenaza que hemos hecho. Medias tenazas y nadie a quien apresar.

—Al menoz tenemoz a Nizing atrapado.

Roy, el hermano de Herb Pokorny, estaba aparcado al otro lado del objetivo, listo para observar cualquier cosa que pasara en ese lado y a seguir a quienquiera que intentara salir. Por si continuaba habiendo movimiento en Missouri, Herb había encargado a tres agentes suyos que cubrieran los puestos de avanzada indios aparentemente más utilizados. Un cuarto hombre tenía la misión de vigilar a Jammu.

—Claro —dijo Sam, atisbando en las espejeadas profundidades del termo—. Después de haberles dado a los otros cuatro días para esconder el material y escapar en avión a Katmandú.

—Lo ziento, Zam. Zi quiere podemoz cortar nueztra relación.

—Oh, no se apure —Sam dio una palmada a la espalda del pequeño detective—. Tenemos bastantes oportunidades de cazar a Jammu si nos largamos ahora mismo. Pero ya me los imagino ahí dentro con sus trituradoras.

—Ez libre de dezpedirme.

—No me lloriquee, Herb. ¿Usted cree que habrá algún sitio por aquí donde comprar alcohol?

—¡Shhhh!

Sam oyó el zoom de la videocámara.

—¡Qué ocurre?

—¡Nizing!

Sam aplicó rápidamente el ojo a la grieta. Nissing estaba en la calle bajo un paraguas de golf, rojo y blanco, mirando a derecha e izquierda como comprobando si había moros en la costa. Sam levantó el teleobjetivo a la altura de la grieta, miró por el visor y presionó el obturador, dejando que el avance automático silbara mientras Nissing caminaba resuelto en dirección al río. Mentalmente escribió el pie de aquellas fotos: *John Nissing, socio de Jammu, saliendo de un edificio propiedad de Hammaker. La propiedad contiene...* ¿Qué contenía la propiedad? Miró su reloj; eran las cinco y cuarto. ¿Una turba de extranjeros armados hasta los dientes? En cualquier caso, dentro de cuatro horas él y Herb iban a entrar.

*

Tenía que suceder uno de aquellos años. El director general de una empresa de propiedad pública no podía esperar ser el mandamás toda la vida. Buzz sólo lamentaba no haberse apeado del tren antes de que lo obligaran a hacerlo. Su dificultad para captar el concepto de beneficio debió haberle puesto sobre aviso. ¿Cómo podía haber cometido el error de dejar que sus sentimientos hacia Asha y Martin influyeran en sus decisiones políticas? ¿En qué demonios había estado pensando durante la primavera? En su momento, sus actos habían tenido sentido. Y ahora no tenían importancia. El viernes se jubilaba. Naturalmente, como principal accionista, sin duda se le permitiría llevar adelante cualquier proyecto personal que él pudiera elegir. En caso necesario, podía liquidar una parte del capital y financiar la investigación de su propio bolsillo.

Le apetecía tener más tiempo para sus amigos, y mejor aún, en cierto modo, tener tiempo para dedicarlo al estrafalario conjunto que era su familia. Cuando la máxima prioridad cesaba de prevalecer, todas las otras prioridades subían un punto.

Huyó de las oficinas centrales en un coche de la empresa sin que la prensa reparara en él. La lluvia salpicaba el suelo de pétalos de forsitia. Desde hacía tiempo se imaginaba a sí mismo jubilándose de muy distinta manera, un precioso día de noviembre, con un buen fuego y una copa de brandy al término de la jornada. La primavera era la época del año en que morían los grandes hombres.

Fue primero al complejo Hammaker para preguntar por Asha. No la habían visto en la oficina en todo el día. Llamó una vez más a la finca de los Hammaker, habló con la misma y ambigua sirvienta con quien había estado hablando desde las nueve de la mañana, quien le dijo que no, que Asha no había llegado todavía. Había salido con su doncella. ¿De compras? Buzz se fue a su casa.

Al ver el Cadillac de Bev aparcado junto a la caseta de entrada, esbozó una sonrisa de gratitud, juntando los labios como una galletita de la suerte. Cuando todo lo demás fallaba, siempre podía contar con Bev. Entró en casa, la llamó, subió arriba y la encontró tendida en la cama. Sobre la mesita de noche había un frasco vacío de Seconal y una botellita vacía de Harvey's Bristol Cream.

*

En cuanto vio que el coche de su padre no estaba en el garaje, Luisa perdió interés. Retrocedió entre la multitud. La luz no era buena y ninguno de los vecinos la reconoció, ni siquiera la señora LeMaster. Aunque vio algo familiar y significativo en el rostro de Luisa, la señora LeMaster dudaba tanto que no se decidió a llamar a un policía y decirle: eso no es un pajarito, es Luisa Probst, ella vivía en esta casa. Luisa volvió a subir por Baker Street. Aquel incendio no era cosa suya.

Dio gracias de haber trasladado todas sus cosas al apartamento de Duane. Pensó en los vestidos y los bolsos que habían quedado en su armario y que estaban mejor así, quemados. Se preguntó qué se sentía al mudarse a otra ciudad y presentarse utilizando un nombre distinto. Su apellido materno sería McArthur, el paterno sería Smith. Trató de imaginarse qué trabajo podría conseguir y luego, por alguna razón, pensó en los *National Geographic* de su padre.

Se detuvo en la acera y dejó el bolso en el suelo, se volvió hacia un roble y descargó un puñetazo en el tronco con todas sus fuerzas. Se mordió el labio y miró los nudillos. La piel blanca se había hinchado y unos jirones colgaban magullados del borde de los hoyuelos en los que la sangre empezaba a agolparse. Golpeó de nuevo el árbol con la misma mano. Le escoció más pero en conjunto le dolió menos. Dio otro par de puñetazos, y cada golpe le demostró lo duro que era el tronco, lo hundidas que debían de estar las raíces para sostenerlo firmemente erguido. El olor a madera quemada le produjo escozor en la nariz.

Al llegar a Lockwood se sentó a esperar el autobús mientras los coches pasaban por la calle, con sus ocupantes apenas entrevistos en la penumbra del interior. Coche tras coche, hombre tras hombre, siempre un conductor solo, arrancando del cruce de Rock Hill. Si ponías juntos a todos los hombres de Webster Groves en la oscuridad de sus vehículos a las cinco de la tarde, el total era un misterio que tenía la fuerza de la masa, pero dividido y más secreto, un misterio como la sección de negocios del periódico y sus conceptos esotéricos, como futuros y opciones, que cada día los hombres asimilaban en privado. ¿Entendían todo aquello? En las bibliotecas Luisa había echado al menos un vistazo a todos los asuntos posibles, una revista de psicoterapeutas, el boletín de la Missouri Historical Society, morfología de invertebrados, de todo un poco, y lo único que no pudo ni empezar a entender fue justamente lo que aquellos hombres con la corbata aflojada dentro de sus coches caros debían de tener en la mente.

Llegó el autobús. Luisa tiró a un charco el cigarrillo nuevo —uno crecía y se volvía sucio— y montó, introduciendo monedas en la caja. Se sentó enfrente de la puerta de atrás y se dedicó a mirar a las mujeres negras que hacían faenas y que se sentaban en los asientos reservados a minusválidos y ancianos, de vuelta a sus hogares. Una de ellas se inclinó al frente, apoyando las manos y el mentón en la empuñadura de su paraguas, y habló en voz baja a las otras, que estaban cabizbajas mirando al suelo antideslizante y los paraguas que yacían a sus pies como mascotas dóciles y empapadas. Las luces de los escaparates de Big Bend pasaban solitarias y dolorosas, iluminando la creciente oscuridad.

*

Trescientos agentes tenían la misión de patrullar a pie a fin de asegurar que la Noche de St. Louis se desarrollara en orden, ya que se esperaba que una multitud de quinientas mil personas invadiera el centro de la ciudad durante los festejos. Patrullar las aceras no habría sido una lata con tiempo despejado, pero la lluvia seguía cayendo y se había levantado un viento desapacible. RC y el sargento Dom Luzzi estaban tan tranquilos en su coche patrulla escuchando la radio y vigilando el evento principal, los furgones y las elevadoras autorizados yendo y viniendo entre las zonas de aparcamiento reservado, las tiendas blancas en el Mall, las mesas cubiertas. El horizonte de St. Louis estaba iluminado por secciones, los pisos como acuarios iluminados sobre estantes en una habitación a oscuras. Pero ¿dónde estaban los peces?

A las 5:25 RC y Luzzi respondieron una llamada de las oficinas de la KSLX, donde un grupo de transeúntes estaba molestando a los empleados que salían hacia sus casas. Luzzi rodeó el cordón policial que bloqueaba Olive Street y aceleró. Su llegada provocó una desbandada general. Vieron las suelas de los zapatos volar hacia los callejones. Un grupo de empleados de la KSLX, a muchos de los cuales RC reconoció, se dispersó camino del aparcamiento. Quienquiera que fuese el encargado del aparcamiento, iba a tener mucho trabajo durante un par de minutos. RC alargó el cuello y vio que era una mujer la que se encargaba ahora del trabajo.

Luzzi habló con el guardia de seguridad y regresó al coche.

—Se trata de un tal Benjamin Brown —dijo.

—Ah.

—¿Le suena ese nombre?

—De oírlo por ahí.

—Si esta gente insiste en crear problemas esta noche, habrá que cogerlos por separado. No son de aquí.

—¿No, señor?

Luzzi meneó la cabeza y anotó algo en su libreta.

—De East St. Louis.

—La cuna de toda maldad.

—Ya me estoy hartando de sus bromitas, White.

*

Al ver que Gopal no llamaba a las cuatro como estaba previsto y que pasaba otra hora sin que sonara el teléfono, Jammu empezó a inquietarse, por mera rutina. Se preguntó qué habría pasado en Inglaterra en las últimas veinticuatro horas. Se preguntó qué estaría pasando en St. Louis. Si el teléfono no sonaba, no tenía forma de saberlo. Llamó a la residencia de los Hammaker y no averiguó nada, llamó a casa de Singh y no encontró a nadie. Probó en la oficina de Martin.

—No —le dijo su secretaria—. Ha salido hace un rato con la señora Probst.

Jammu tardó unos segundos en recuperar la voz.

—¿Cuándo ha sido eso?

—Oh, a eso de las tres, aproximadamente.

—Está bien, gracias.

Todo había estado demasiado tranquilo.

O Singh había liberado a Barbara para abortar la operación, o Devi había regresado. Sabiendo que Devi tenía muchos recursos, que Gopal era puntual y que Singh era leal, si no a ella, sí a la operación, Jammu concluyó que la señora Probst era Devi y que Gopal, su brazo fuerte, seguramente estaba muerto.

¿En qué quedaba ahora su autoridad?

*

Jack llegó a la puerta principal sacudiendo su paraguas. Su abrigo era como un caparazón de lana, una enorme campana gris sin pliegues ni faldones. Probst sonrió desde el sofá, consciente de que su presencia era inusitada. Pero Jack se limitó a saludar con la cabeza.

—Hola, Martin —el tono de su voz acentuó la última sílaba. Un indicio de lágrimas de rabia.

Probst cruzó el aposento y le tendió la mano.

—Qué tal, Jack.

—Me alegro de verte —el apretón de Jack fue endeble—. ¿Cómo tú por aquí?

—Ya ves. Pasaba por el barrio y me he decidido a venir.

Jack no le miraba.

—Estupendo. Perdona un segundo.

Dio media vuelta y, con una imperturbabilidad traicionada por pequeños saltos en su andar, como cuando una gamuza húmeda se pega al parabrisas, se fue a la cocina. Evidentemente le guardaba rencor por algo. Pero quizá se le pasaría. Probst se sentó nuevamente en el sofá. No le importaba esperar. Las salas de espera eran lugares donde era imposible pensar.

En la cocina, donde a la hamburguesa y la cebolla se había sumado el queso fundido, se oyeron murmullos. Probst había aceptado la invitación de Elaine a quedarse a cenar, y sus murmullos sonaban tranquilizadores. Los de Jack eran recriminatorios. Luego los de ella se volvieron acalorados, los de Jack más resignados. Jack volvió a la sala de estar arreglándose el pelo y ajustándose los puños de su jersey azul cielo.

—¿Una cerveza, Martin?

De nuevo, su voz subió al hablar y se quebró en la última sílaba.

—Vale, gracias —dijo Probst—. ¿Interrumpo algo?

Jack no respondió. Fue a la cocina y regresó con una lata de Hammaker, la dejó en la mesita baja delante de Probst, encendió el televisor y volvió rápidamente a la cocina. Probst estaba pasmado. Nadie le condenaba al silencio salvo Barbara y Luisa.

—Por el amor de Dios, Jack —Elaine estaba enfadada.

—... esta noche mientras los bomberos de tres comunidades siguen lanzando agua sobre su casa de tres plantas, que ha ardido a media tarde. Cliff Quinlan nos informa en directo desde el lugar de los hechos.

—Nadie sabe cómo se inició el siniestro, Don. El jefe de bomberos de Webster Groves, Kirk McGraw, ha dicho que es demasiado pronto para hacer conjeturas sobre un posible incendio intencionado, no creo que nadie piense que esto tiene algo que ver con las recientes actividades políticas de Probst, pero el incendio ha sido devastador. Cuando llegaron los bomberos de Webster Groves, vieron a un hombre que según parece es el, esto, el jardinero de Probst entrando en la casa. No volvió a salir. La intensidad del calor ha hecho imposible la recuperación del cuerpo, y tal vez transcurran otras dos horas antes de que pueda conocerse si había más personas en la casa en el momento del incendio. La única víctima conocida es el, esto, el jardinero, que vivía en la finca y no ha sido visto. Sin embargo, algunos vecinos dicen que el coche de Probst no está en la propiedad, de modo que parece improbable que él estuviera en la casa. He preguntado a McGraw cómo es posible que un incendio de estas dimensiones haya pasado desapercibido en un barrio residencial como éste.

—Bien, Cliff, primero habría que destacar que la residencia está bastante aislada, ya ve los setos y la valla, la casa está bastante alejada de la calle, y teniendo en cuenta la hora en que se produjo el incendio, a media tarde, y la mala visibilidad...

Sonaron teléfonos por toda la casa.

—Sí —dijo Jack en la cocina. Apareció en el umbral—. Es para ti, Martin —señaló con el dedo el teléfono que había en el pasillo. Luego se retiró una vez más a la cocina.

Probst fue a por el abrigo que estaba en el armario y salió a la lluvia. Apenas había reconocido el lugar en las noticias, pero pudo identificar la llamada con toda certeza. Era lo que había estado esperando. Solamente Jammu habría pensado en buscarle allí. Él le había mencionado a Jack DuChamp una vez, y a Jammu, esto empezaba a aprenderlo, le bastaba con una vez.

*

Despertó con dolor de cabeza y medio aturdida, pero básicamente la sustancia que le había administrado había sido tan suave con ella como lo había sido él mismo. Se quedó unos momentos respirando a modo de ensayo, acostumbrándose al estado de conciencia, esperando la cena. Pero cuando movió las piernas y abrió los ojos vio que todo había cambiado. El grillete había desaparecido, las sábanas estaban limpias, una lámpara grande con pantalla descansaba sobre una cómoda junto a una silla en la que su ropa...

Casi se había desmayado. Al siguiente intento se puso de pie poco a poco, levantando paulatinamente la cabeza como si la colocara encima de la estatua de su cuerpo. Cruzó la habitación y abrió la puerta. El cerrojo que tantas veces había oído girar había desaparecido. Y ahora, donde durante semanas había podido oír los inequívocos ecos del vacío al ser conducida al cuarto de baño, se encontró andando por un apartamento muy similar al apartamento de Nueva York que John la había obligado a imaginar.

Libros suyos descansaban en los brazos de butacas escandinavas. Ella había colgado ropa interior a secar en el cuarto de baño. Sobre una mesa del comedor, encima de una cajetilla de Winston y un cenicero sucio, había guardado las cartas escritas por Luisa y Audrey en una pequeña estantería modular. Había llenado el frigorífico con sus marcas preferidas de yogurt, batido de chocolate de régimen, aceitunas para martini. (Estaba hambrienta de comida de verdad, pero no tocó nada.) Había hecho una lista del supermercado y la había dejado sobre la encimera. En el suelo, cerca de la puerta, encontró un pedazo de papel blanco.

Bhimrao Ambedkar
Abogado
Chowpatty, Bombay.

*

Las enfermeras, los celadores y las auxiliares mantuvieron distancias respecto a Buzz. En la sala de espera de la planta de cuidados intensivos de Barnes, aguardaba encorvado de hombros y tembloroso, un viejo menudo y hambriento. No había comido nada desde el bocadillo del almuerzo. No entendía lo que sonaba por el sistema de intercomunicación. Una enfermera manipulaba fichas extragrandes y un teléfono lanzaba gritos electrónicos. Una fina y uniforme capa de tejido cicatrizal cubría las paredes y el piso, el residuo de la luz artificial que había estado cayendo veinticuatro horas diarias durante veinte años.

El jefe de neurología le había dicho a Buzz que hasta que Bev no recobrara el conocimiento no se sabría hasta qué punto había quedado dañado el cerebro, pero que se fuera preparando para un largo y arduo periodo de recuperación. Asha le había dicho, cuando por fin la pudo localizar, que no podrían verse esta noche porque se había comprometido para los festejos de las elecciones. Y el teléfono de Martin no funcionaba.

Empezaba ya a notar un nudo en la garganta y algo dentro de la nariz cuando oyó una voz que le sonaba. Ahogó un sollozo, levantó la vista y vio a su urólogo caminando con otro médico a paso de charla. Ambos se despojaron de sendos gorros verdes y se masajearon el cuero cabelludo. Buzz alzó un poco más la cabeza y descruzó los brazos para permitir que le reconocieran y le dirigiesen la palabra. Nadie le dijo nada.

—Los chavales tienen espasmos laterales —dijo el doctor Thompson.

—Los chavales comen golosinas —dijo el otro médico.

—Las golosinas provocan espasmos laterales —dijo Thompson.

Se rieron y fueron los dos hacia el ascensor, que se había abierto mientras ellos se acercaban.

*

Cansado de conducir pero no de moverse, Probst aparcó el Lincoln en uno de los garajes del Centro de Convenciones, contó otros cinco coches en todo el nivel Amarillo y echó a andar. Eran las nueve. Había pasado dos horas en la comisaría de Webster Groves, hablando con Allstate, dando las gracias a los bomberos. Aceptando café y condolencias del jefe Harrison y dando información a una serie de agentes que traspasaron sus declaraciones a líneas de puntos. Se le dijo que pronto habría un cadáver por identificar. Lo dejaron a solas en un pasillo esperando sentado, por suerte, en un banco de nogal. Luego un agente pronunció su nombre en voz alta: lo llamaban por teléfono. Era el segundo aviso. Salió a pie, fue hasta el coche y condujo hacia el este.

Música de rock, y tan fuerte que sólo podía ser en directo, resonaba dentro del Centro de Convenciones y en las paredes de la plaza. Podía ser que el Centro estuviera lleno de jóvenes bailando y agitando los brazos sobre la cabeza, pero quizá no; en la plaza y calles adyacentes no se veían rezagados. Parejas de policías en tabardo miraban constantemente a su alrededor como a la defensiva. Zapateaban y se soplaban en las manos. Probst cruzó Washington Street a la mitad de una manzana y no vio venir coches en ningún sentido. Esta noche, naturalmente, las calles del centro estaban prohibidas a los coches particulares. Los peatones eran los reyes de la fiesta. Pero había menos peatones a la vista que de costumbre. Era martes por la noche.

Una orquesta de Dixieland estaba tocando bajo una marquesina de plástico enfrente de Mercantile Tower, cerca de la escultura de cromo, que brillaba como una baratija pero en grande. Tres adolescentes con anorak estaban escuchando la música. El que tocaba el *washboard* hizo un solo breve, encorvándose mucho y frotando vigorosamente las tablas de su instrumento. Guiñó el ojo a los chavales.

En las terrazas desiertas de la Calle Ocho, los camareros fumaban sentados, dormitaban, jugaban a las cartas. La lluvia martilleaba los pabellones, que tremolaban a cada ráfaga de viento como perros que hubieran evacuado. Probst se acercó a la caseta del Jardin des Plantes y pidió un trozo de quiche a un hombre bajo con cabeza en forma de bala.

—Cinco.

¿Cinco dólares?

—Es benéfica.

Se zampó la quiche antes de que se enfriara demasiado, triturando los brotes de soja germinada y las gambas de miniatura, tamizando las grasas en su boca y mandándolas esófago abajo.

En otro puesto, sobre una cisterna de agua, en un asiento conectado mediante unos muelles a una diana a la que los transeúntes podían tirar pelotas de tenis previo pago de las mismas, estaba Sal Russo leyendo el *Post-Dispatch.* Sal era concejal por el distrito donde tenía su sede Probst & Company. Se le veía bastante a gusto, el pelo seco y bien peinado, entre un par de calefactores.

—Hola, Martin.

—Qué hay, Sal —Probst miró al encargado—. ¿Cuánto?

El encargado señaló un letrero.

—Cinco pavos la tirada. Señor. O diez por tres tiradas. Es benéfica.

Compró seis, y luego seis más. Antes de que Sal asomara la cabeza por encima del tanque, Probst ya había doblado la esquina hacia Market Street. Se detuvo en seco, conmocionado por la vista del Arch.

Luces de colores jugueteaban en el acero inoxidable, dándole un aspecto cursi. Los rojos, verdes y amarillos se entremezclaban sin tregua en las secciones estructurales. Ya no era el Arch de Martin Probst. Era el del Servicio de Parques Nacionales.

Atracciones y salchichas alemanas, payasos y uniciclistas, rifas, acordeonistas y representantes elegidos esperaban a una multitud de visitantes que, a tenor de su no comparecencia sobre las nueve de la noche, seguramente ya no acudirían. El propio Probst sólo estaba allí por necesidad, para dejarse guiar hacia Jammu. El Arch pareció ruborizarse con una ascensión de luces rojas que acabaron volviéndose moradas. Se encaminó al este por el centro del Mall bajo la mirada de policías solitarios provistos de porra.

Debajo de la tienda más grande, Bob Hope estaba hablando a un reducido grupo de gente con un perfil demográfico singular. Todo eran hombres y más o menos jóvenes. Probst no pudo ver una sola mujer entre ellos, y tampoco ningún hombre más joven de veinte años ni mayor de cuarenta. Doscientos jóvenes, más bien bajos, vestidos de London Fog y Burberrys, camisa blanca con cuello estrecho y corbata de mediana anchura, zapatos marrones con suela de crepé, reían todas las gracias. Pete Wesley, Quentin Spiegelman y otros dignatarios formaban una falange en el escenario, detrás de Hope, que estaba diciendo:

—No, en serio, yo creo que es estupendo poder ver lo que se ha hecho aquí en St. Louis. Cuando pienso cómo estaba esto hace treinta años... Bueno, yo sólo hablo por las fotos. En aquel entonces, yo estaba en California y era un quinceañero.

Los jóvenes, o casi, prorrumpieron en carcajadas, batieron palmas y se miraron complacidos.

—Resulta que el otro día estaba en Washington...

*

Barbara no había querido marcharse. Había recogido del suelo la dirección de Bombay y había salido al pasillo con la intención de explorar el edificio, buscar una ventana para averiguar dónde estaba, y después volver al apartamento y probar algunos números de teléfono aparte del suyo antiguo, que parecía estar estropeado. Tenía que saber la dirección antes de que alguien viniera a buscarla. Pero la puerta del apartamento se había cerrado al salir ella, y no la pudo abrir.

El pasillo no tenía ventanas, todo era ladrillo y acero, el ladrillo pintado de gris y el acero de un naranja ferroso, la iluminación unas bombillas con protección metálica. Entró en un ascensor pisando nerviosa el gastado piso de madera, descendió a la planta baja y salió a un vestíbulo idéntico al del piso de arriba. El aire era helado y olía a rancio, el edificio estaba en completo silencio. Fue hasta un extremo del corredor y abrió una puerta muy pesada, demorándose un instante en el umbral.

Al otro lado de una húmeda calle desierta había una carretera elevada. Bajo la lluvia pasaban camiones con candiles de color ámbar en torno al perímetro de sus remolques. Más allá de la calzada unas nubes reflejaban las luces de la ciudad, pero si había un horizonte urbano estaba envuelto en tinieblas.

Sólo llevaba pantalón y jersey, y tiritó de frío al notar el viento insípido. En el suelo había un fragmento de hormigón prefabricado. Con el pie lo arrimó a la jamba de la puerta, salió al exterior y acompañó la puerta con cuidado hasta que ésta se apoyó en el hormigón. Miró a ambos lados de la calle. Parecía un barrio de Hiroshima en la primavera del 46, tan llano y desprovisto de vida que casi parecía prometer una travesía segura. Vio farolas y semáforos a lo lejos, luces de vehículos, luces de oficinas, más lejos aún, pero ni un solo rótulo de comercio, ninguna luz en forma de letras. Podía llegar hasta la autopista y parar un coche. Pero dudó. En el almacén tenía que haber algún otro teléfono, o cuando menos alguna herramienta que le permitiera entrar de nuevo en el apartamento. Telefonearía a la centralita y haría localizar la llamada. No quería marcharse de allí.

A unos cien metros de donde se encontraba, un hombre delgado de abrigo oscuro sin lustre cruzó la calle en diagonal. Se le acercó lenta e inexorablemente, con los pasos hipnóticos de quien se dispone a arponear una rana. Barbara se apartó del umbral retorciéndose las manos. Era una cuestión de equilibrio. Fue en la dirección hacia donde había estado inclinada: lejos de la puerta. El hombre apretó el paso y ella huyó pegada al edificio, alejándose de las luces de la ciudad. Las zancadas del perseguidor se emparejaron con las suyas. Ella empezó a correr. Él empezó a correr.

—¡Zeñorita Madan! —gritó él.

Las deportivas de Barbara golpeaban con ruido seco el pavimento desigual, adaptándose a las irregularidades para promediarlas y superarlas. Estaba tensando unos músculos que no había utilizado desde enero. Siguió corriendo pese a que oyó detenerse al hombre, todavía lejos, con un rechinar de suelas de cuero. Al volver la cabeza lo vio dirigirse hacia el almacén. Corrió bajo la autopista entre dos pares de columnas, atravesando un espacio muy negro, y, de pronto, salió a la luz.

La luz provenía del fuego, llamas que salían como lenguas de barriles y de fogatas en la calzada de una calle estrecha, llamas oprimidas pero no sometidas por la lluvia, llamas que escupían lateralmente, enroscándose a las tablas a escuadra que las alimentaban. Al fondo de la calle un solitario filamento brillaba en un cruce con lo que parecía ser una calle similar. En tiendas de campaña y bajo colgadizos en la acera, en las carrocerías de coches de cuatro puertas y de furgonetas sin neumáticos, asomadas a ventanas sin bastidor en edificios a oscuras, había muchas más personas de las que Barbara podía contar. Eran centenares.

Oyó voces aisladas, pero en su mayoría la gente estaba en silencio y tranquila, cruzando aquí una pierna, levantando allá un brazo, como si estuvieran meditando. Miró hacia el almacén. Dos faros habían aparecido en la tiniebla, discos inexpresivos de luminiscencia, la distancia entre los cuales aumentaba a medida que el coche se aproximaba lentamente. Se metió en la calle que tenía enfrente y, sintiendo un alivio poco menos que físico, vio que casi todas las personas eran mujeres. Fue hacia el grupito más cercano, tres que estaban paradas en una esquina, pero el coche estaba a punto de alcanzarla. Una ranchera. Torció por un callejón donde otras mujeres se calentaban las manos frente a un barril. El humo carecía de la verde complejidad aromática de la naturaleza: olía a madera vieja, a madero, no a leña. Las mujeres eran pasto de sus atuendos. Llevaban mallas, zapatos de plataforma con lentejuelas, botas de color regaliz muy ceñidas a los tobillos y las pantorrillas, minifaldas de piel y ciclistas de poliéster, cazadoras cortas y acolchadas. Los rostros, unos negros, otros blancos, asomaban de entre cabellos cardados y cuellos de piel de imitación. De dos en dos, sus ojos se fueron posando en Barbara. Ella pegó la espalda a una pared de ladrillo y contuvo la respiración mientras la ranchera pasaba de largo.

¡Se cerró el negocio, hermana!

Las carcajadas fueron sonoras y la golpearon como piedras, cayendo con peso muerto al suelo. Dos mujeres lanzaron ritualmente sus cigarrillos al barril. Todas la estaban mirando.

—¿Dónde estoy? —preguntó.

En Jammuville.

No hubo risas.

Barbara empezaba a respirar con normalidad.

—No, quiero decir ¿en qué estado?

¡En el mismo que nosotras!

¿Estás buscando trabajo?

Se cerró el negocio.

Callaron.

—Estoy buscando a la policía —dijo Barbara.

¿La policía? Dice que busca a la policía. Vaya.

Una de ellas señaló con el dedo.

¿Ves esa autopista? Pues síguela y atraviesa el puente.

Rieron otra vez. Hacia el corazón de Jammuville se oyó un disparo. Barbara enfiló una travesía más poblada aún que la que acababa de dejar. Se paseaban por las aceras, sus encantos chirriantes en el frío, sus contoneos rígidos y sus meneos forzados, mientras ojos masculinos brillaban en las sombras. Nadie decía una palabra. Barbara vio pechos de aspecto lacerado expuestos a la intemperie, éxtasis en los que sólo la agonía no era fingida, una falda levantada más arriba de una vulva fútil enmarcada por cintas negras. Se bajó del bordillo. Los coches pasaban lentos, unos detrás de los otros, casi pegados. Uno se puso a su altura. Por la ventanilla del lado del conductor vio a un blanco rechoncho en blazer rojo con un puro sin encender entre los labios. El tipo se quitó el cigarro de la boca y la miró de arriba abajo.

—Oiga —dijo ella—, yo no...

El hombre meneó la cabeza.

—¡Tetas! —la palabra fue definitiva, la voz profética—. Necesito tetas ciclópeas —tuvo una visión ad hoc—. Tetas monstruosas.

El siguiente coche la apartó de la calle a bocinazos, pero el que seguía paró, y Barbara golpeó el cristal con los nudillos. El hombre de mirada dócil que iba dentro meneó ceñudo la cabeza. Ella le miró el regazo. Él siguió la dirección de su mirada y sonrió modestamente ante su exhibición.

Vio una ciudad casi al final de la calle. Era St. Louis. El Arch se erguía enorme y solitario contra un fondo de brumas de vivos colores. Era St. Louis. Era la ciudad donde habían tenido lugar todos sus sueños, la ciudad que cuando John se iba de la habitación ella poblaba mentalmente de familiares y amigos, la ciudad que no había dejado de imaginarse, de recordar: la ciudad real, y era completamente distinta de la que tenía en la mente aunque idéntica en los detalles, fiel a sí misma, y tal era la índole de esa realidad, que subyugaba sus hitos más específicos. Pero incluso ahora no podía —no quería— zafarse de la sensación de que estaba a punto de despertar en brazos de John Nissing.

*

Al pie del Arch, Probst contempló el río y las desconsteladas estrellas urbanas que titilaban en Illinois. Una barcaza abarcaba invisible los cuatrocientos metros entre su cabina iluminada y su iluminada proa. Por el puente de Poplar Street pasaban coches a cien por hora, pero su avance parecía dolorosamente lento. En las profundidades del centro de la ciudad un hombre metálico graznaba entre mortecinas aclamaciones.

Un largo y ancho tramo de escaleras de hormigón perforaba el dique llegando hasta Wharf Street. Probst se sentó en el escalón superior. Vio pasar un sedán de cinco puertas, detenerse y hacer marcha atrás para aparcar entre donde estaba él y el *Huck Finn* y el *Tom Sawyer,* ambos amarrados a sus respectivos muelles. La puerta del coche se abrió. Era Jammu.

Por Pascua habían yacido juntos, ella encima de él, cadera contra cadera, rodillas contra rodillas, y él había abrazado su cuerpo estrecho tratando menos de parar sus temblores que de ajustarlos a los suyos propios. Era un temblor constante, no progresivo, browniano. Se sonrieron al darse cuenta de ello, pero el temblor no cesó. Los excluía, los reducía, los hacía iguales en su mutuo sometimiento, y esto era ideal, porque en el lecho ideal, en el crepúsculo que envolvía siempre las alcobas, uno sólo quería someterse.

No me digas que se trata de una aventura crepuscular. No me digas que hay otro paraíso además de éste.

A medio subir la escalinata, Jammu se detuvo y tomó asiento en el muro de contención del lado derecho del embarcadero. Probst notó que la lluvia le estaba empapando las posaderas. Ella se arropó en los faldones de su gabardina, cruzó los brazos y se llevó la mano a la boca. Probst la observó morderse la uña del dedo gordo. No quería otra cosa que aquella mujer. Y podía entender cómo había ocurrido todo, cómo un hombre en la flor de la edad, la envidia de un estado, podía perderlo todo sin haber opuesto la menor resistencia: no había creído en lo que tenía. Siempre había echado a faltar algo, o bien se había interpuesto, entre la posesión y la gloria, una pregunta: ¿Por qué yo?

Quizá si hubiera sabido que todas las cosas que él amaba podían desvanecerse así, habría sido capaz de dominarse, de obligarse a amarlas, o perder el control, permitirse a sí mismo creer. Pero ¿cómo podía uno saber cuándo se acercaba el fin?

Lo que quedó dentro de su mente fue una habitación, a cuyo alrededor el mundo había ido alejándose a una distancia galáctica. El ojo de la cámara había pasado de una sala de partos en diciembre a un punto de Main Street una semana después de lanzar la bomba, enfocando ahora los escombros en los que Martin y Susan de verdad se habían evaporado, y devolviendo la imagen a la habitación, donde el mundo, en ellos dos, hacía el amor. Probst podía vagar entre las formas recordadas de una ciudad, pero el único futuro cierto acaecería en aquella habitación.

*

Ella pensaba esperar que bajara él. Para empezar, nunca habría podido conquistarlo, ni siquiera para una tarde, sin una cierta disposición por parte de él, cierta identidad entre los planes de destrucción pergeñados y ejecutados por ella, y su aceptación de cada fase de los mismos. Idealmente, el Estado era un profundo sentido del azar. Pero ella, que había ordenado asesinar a Barbara, que había dispuesto esa pequeña violación, no podía compartirla. Había pensado que subiría las escaleras hasta arriba de todo y que le abrazaría; pero no fue así.

Martes de referéndum, el rumor submarino de los remolcadores, la leve succión del río en las márgenes, el chillido de los camiones, el suspiro de neumáticos en la atmósfera, los insulsos murmullos de la Noche de St. Louis, todo aquello carecía de volumen suficiente para ahogar a la criatura que crecía dentro de ella, una criatura que había avistado ocasionalmente en espejos u oído en una subida de fiebre, una niña pequeña y triste. La niña expresaba en alto sus esfuerzos, capaz únicamente, como Jammu, de planear y de hablar y de trabajar, de construir una vida. ¿Cuál de las dos era el terror? Sin duda, la mujer había fabricado a la niña tanto como ésta a la mujer. Ambas eran baratijas taiwanesas como todo lo demás que ella había pensado o manejado, pero la niña, al menos, tenía un nombre: Susan.

Recogiendo hilachas de los pliegues interiores de sus bolsillos, mirando a Martin sentado como la Paciencia personificada allá en lo alto, al pie del Arch, Jammu empezó a llorar. Sintió lástima de la niña. No tenía la capacidad, la instrumentación básica, los utensilios, para amar a Martin como él la amaba. Pero, aunque los artificios hubieran suplantado para siempre a las emociones, la niña estaba haciendo planes —*Yo no sabía que Devi estaba de vuelta, me envió una carta desde Bombay, muy melodramática, tienes que creerme, tú me crees, me doy cuenta de que sí*— sólo porque aún no había aprendido las emociones.

*

En cierto modo Probst se había figurado que, acudiendo a su llamada y reuniéndose allí con ella y aceptando el mal delicioso de no preocuparse más que el uno del otro, sería tan fácil como lo había sido tenerla en la cama, algo desinhibido de vergüenza y de timidez, una mera cuestión de rendirse a los impulsos. Pero cuando vio que estaba llorando y que se requerían palabras específicas de consuelo, tuvo la certeza de que aquello había terminado.

Empezó a impacientarse. El viento que venía del río arreciaba otra vez, y Probst notó que tenía las manos frías, los pies húmedos, el trasero dolorido, la vejiga llena. Reparó en dónde se encontraba. Levantó la cara hacia la forma que tenía encima, hacia las vigas de luz amarilla, azul y violeta que atravesaban la estructura y culminaban en la forma de la gran curva negra. Se tenía en pie sin más. Gotas de lluvia mojaron sus ojos. Estando en la habitación de su mente no podía mitigar el placer, porque habría sido como caer en la falacia de una petición de principio sobre lo que quedaría de él una vez extinguido. El sexo, a diferencia del comer, no era una satisfacción prolongadora de vida, y a la edad que tenían los dos la idea de la reproducción no podía entronizar el placer. Sólo la repetición podía hacerlo. Después de todo, en aquella habitación al borde del espacio, él y ella no estaban simplemente sentados. Estaban follando eternamente. En una habitación oriental, en un modo de existencia donde la vida presente, el perpetuo problema de la identidad, era eludido con alusiones a pasadas y futuras reencarnaciones. Pero en Missouri sólo se vivía una vez.

Se levantó, y la rigidez de sus hombros le pareció indicar que en el fondo no era una mala persona. Su cuerpo tenía capacidad de distraerle. Era un hombre capaz de impacientarse. No estaba obligado. Los actos se vaciaban de contenido, las sensaciones dejaban de importar. La historia de su vida no podía limitarse a signos de exclamación. Necesitaba encontrar un lavabo o al menos un rincón discreto, y fue con esa prisa de tipo práctico que gritó a la mujer que estaba más abajo, arrimada contra el muro de contención, destrozado su cuerpo como si hubiera caído del cielo y quedado hecha un guiñapo: «¡Adiós!».

Sin mirar hacia arriba, ella agitó un brazo, como si le tirara una piedra invisible.

*

El miedo se estaba apoderando de Barbara mientras a su alrededor chillaban neumáticos y la gente discutía en los edificios a oscuras. Quería caminar a paso vivo, decidida, confiada, pero andar requería un control de la musculatura para no perder el impulso. Se puso a trotar. En relación al almacén del que había partido estaba totalmente extraviada, pero mantenía a la vista el Arch y parte del horizonte de St. Louis, y hacia allá siguió avanzando. Sólo al llegar a una manzana donde había hombres cuyo aspecto no le gustó se decidió a cambiar de dirección y correr tangencialmente hacia el sur. Jammuville. Esperó en vano a que pasara un coche de policía o que surgiera una comisaría en la oscuridad.

Si hubiera podido imaginar dónde estaba el almacén habría corrido con más ganas de lo que lo hacía. Había vivido a salvo durante dos meses, una seguridad que agradecía ahora viendo lo que había a su alrededor. No había un sitio como el hogar. John le llevaba comida. Oh, estaba loca, pero no lo podía evitar. Estaba perdida en el lugar de sus pesadillas, de las pesadillas de cualquier ciudadano de Webster Groves, en un laberinto esquelético donde cada chaval tenía una pistola y cada mujer un cuchillo, y la cara de una mujer blanca era un objetivo para la violación en grupo después de que la apalearan si dejaba entrever que tenía miedo. Barbara era buena persona y nunca se había permitido creer una cosa así. ¿Quién haría daño a una mujer indefensa y sin bolso? Pero la amenaza era física y la rodeaba.

Sin soltar el pedazo de papel empapado con la nueva dirección de John, se apresuró hacia la interestatal, una manzana tras otra, pensando: Vuelve, vuelve a casa. Corrió casi hasta el final de la calle, lo bastante cerca para ver el rótulo verde con la flecha que señalaba a ST. LOUIS, llegó a un centenar de pasos de la cerca de cadena que la separaba del arcén desde donde trataría de parar un coche, y entonces divisó a los cuatro negros que haraganeaban allí. Sigue corriendo, pasa de largo. No podía. Estaba cometiendo el gran error pero no podía evitarlo. Estaba dando un rodeo y alejándose de ellos, mostrando que tenía miedo, y oyó un rumor de pies ajenos sobre el asfalto cuando ellos se desviaron.

—Eh, tú...

—Eh...

Un espléndido Continental negro estaba pasando por el cruce. Barbara se lanzó directa hacia los faros. El coche derrapó. Barbara miró hacia atrás. Los cuatro negros estaban allí en fila, mirándola inexpresivos. El coche empezó a alejarse, pero

Barbara agarró el retrovisor del lado del conductor. La ventanilla empezó a bajar. En el asiento delantero iban dos blancos con chaquetas de poliéster y camisas sport de colores pastel. El conductor se asomó a la ventanilla y miró a los hombres que estaban detrás de ella.

—¿Quieres subir, nena? —una voz serena, confiada.

—Sí, por favor.

El conductor habló con su compañero, que le echó una ojeada, se encogió de hombros y abrió la puerta de atrás. Mientras subía al coche, Barbara vio una ranchera que se detenía a medio centenar de metros. Era la misma que la había estado siguiendo desde el edificio de John. Los cuatro hombres cruzaron la intersección, enmarcados en la ventanilla de atrás, retrocediendo rápidamente.

—¿Adónde? —preguntó el conductor.

Los altavoces del coche susurraban música de Nashville.

—A cualquier parte —jadeó ella—. Me he perdido. A una comisaría.

—No conozco ninguna. ¿Y si vamos a nuestro piso?

—¿Te han molestado esos negratas? —dijo el compañero.

—Sólo estaba asustada —murmuró ella. El aire olía a aftershave y motor caliente. A sus pies vio bolsas de Burger King y dos maletas de aluminio. Para hacerse sitio, empezó a mover una hacia un lado.

—No toques —dijo el compañero.

El conductor giró el volante mano sobre mano, lánguidamente, y volvió la cabeza.

—Somos buenos chicos, encanto, pero hay que ser justos. Nos debes uno gratis, me parece a mí. Esos negratas no habrían sido muy amables.

Volvió su atención a la calzada. Iban muy deprisa, pero Barbara no dudó en agarrar el tirador de la puerta. El canto de la mano del conductor aporreó el botón del seguro, las yemas de sus dedos en la ventanilla. Su compañero se había arrodillado en el asiento, alisándose el pelo con ambas manos. Agarró a Barbara de la muñeca mientras ella se lanzaba hacia la otra puerta. El hombre empezó a saltar al asiento de atrás pero bajó la cabeza para mirar por la ventanilla. Frunció el entrecejo.

—Parece que tenemos compañía.

El conductor se volvió para mirar. Endureció las facciones.

—Eh, zorra, ¿qué significa esto?

—No lo sé. No lo sé. Déjenme salir.

Una luz roja invadió el vehículo. Barbara volvió la cabeza. La ranchera continuaba siguiéndola. En el techo, encima de la ventanilla del conductor, había aparecido un reflector de destellos.

*

La empleada de Lufthansa en Chicago descansó los dedos sobre el teclado de su ordenador.

—*Mit Film oder ohne, Herr St. John?*

—*Was für ein Film?*

Atención, señoras y señores, el vuelo directo a Frankfurt número 619 abrirá su puerta de embarque dentro de...

—*Ein Clint Eastwood.*

—*Ohne.*

—*Ja, dann haben Sie mehr Ruhe. Gepäck?*

—*Die Aktentasche nur.*

*

RC y el sargento Luzzi habían decidido pasar la última media hora de su ronda aparcados bajo el paso elevado de la I-70 en la cabecera del puente Martin Luther King, mientras escuchaban el relato que el propio cuerpo policial estaba haciendo de la Noche de St. Louis. Incendio en una de las casetas de Chestnut. Grupos de revoltosos tratando de colarse sin invitación en el Baile Electoral. Una escolta para la limusina de Bob Hope. Un destacamento para impedir que los espectadores se subieran a la barcaza de los fuegos artificiales, si es que aparecían espectadores.

La gran exhibición pirotécnica iba a empezar en veinte minutos; RC y Luzzi tendrían una magnífica vista de Laclede's Landing y de Eads Bridge. Pero RC no acababa de entender cómo era que había tan poca gente camino del muelle. Cada Cuatro de Julio aquella intersección era un hervidero de peatones, todos camino del Arch. Esta noche el poco tráfico que había se limitaba a coches, sobre todo limusinas que transportaban gente al baile. Habían visto a Ronald Struthers pasar por Broadway en un cochecito de golf decorado para una luna de miel, con papel de China y latas y las palabras *Recién atados* en una placa de cartón, refiriéndose a la ciudad y el condado. RC supuso que la jefa Jammu estaría ya en el baile, haciendo de anfitriona. Luzzi había sido lacónico al predecir que ella no tardaría en abandonar el cuerpo, a lo que RC había replicado que tal vez sí pero que ella nunca olvidaría sus inicios. En lo referente a Jammu, hasta RC y Luzzi podían ser educados el uno con el otro.

Dos coches se dirigían hacia ellos por el Martin Luther King, sobre el Mississippi. Uno llevaba un reflector de destellos, lo cual quería decir probablemente que era de la policía de East St. Louis, ya que la centralita no les había informado de ninguna persecución, y además no había muchas persecuciones que se prolongaran más allá del puente y volver. RC miró a Luzzi, quien ya había conectado sus reflectores y establecido contacto con la centralita.

—... Por el MLK. Tomaremos las medidas oportunas para detener el vehículo.

Situaron el coche de través en la vía de salida y se miraron a la luz del anuncio de Seagram que había junto a las Embassy Suites. «Saque la pistola», dijo Luzzi a RC. Luego agarró el rifle y se apeó del coche, parapetándose tras el guardabarro delantero izquierdo. RC desenfundó su revólver. De golpe y porrazo iba a entrar en acción como no recordaba haber hecho nunca. El vehículo que iba en cabeza por el puente había llegado a su altura y estaba haciendo eses como si dudara de qué dirección tomar. Pero el de detrás había aflojado la marcha hasta detenerse en mitad del puente. Una ranchera. Sin identificación oficial.

El primer coche chirrió y saltó el bordillo de la mediana, justo delante de RC. Luzzi se estaba incorporando. Un cañón centelleó dos veces mientras el coche derrapaba por la mediana.

—Los neumáticos, dispare a los neumáticos —gritó Luzzi, metiéndose en el coche. Le habían herido en el hombro izquierdo. RC desmontó y fue a situarse junto al guardabarro delantero derecho. El coche había dejado de moverse a menos de seis metros de él. Dentro iban tres personas, dos de ellas forcejeando en el asiento posterior. RC disparó dos veces a la rueda de atrás y dos veces dio en el tapacubos. La voz de Luzzi sonó cascada por el altavoz.

—Salgan con las manos en alto.

Los neumáticos mordieron asfalto. RC apuntó de nuevo, levantando el arma y luego bajándola a medida que el coche ganaba velocidad y se alejaba, seis, nueve, quince metros enfilando la Calle Tres. Vio abrirse la puerta de atrás, y una mujer salió disparada justo en el momento en que él apretaba el gatillo. RC vio claramente que la cabeza daba una sacudida al penetrar la bala. Luzzi gritaba cosas incoherentes. RC bajó el revólver y lanzó un aullido.

*

Al dejar atrás el Arch y desviarse de Lucas Street, Jammu oyó en su radio la voz de Luzzi. Dobló la esquina y vio que había aglomeración de coches en la Calle Tres. Un agente negro estaba de rodillas agarrándose la cabeza. Luzzi, apoyado en el coche patrulla 217 y con los brazos cruzados, se apretaba con una mano el hombro herido mientras con la otra sostenía un micrófono al extremo de un cable de espiral. En mitad de la calle, totalmente sola, una mujer yacía iluminada por los haces parejos de unas luces de cruce.

Jammu oyó sus propios pasos. Se vio las rodillas al agacharse junto a la mujer, cuyos ojos estaban abiertos de par en par. Su mano había dejado escapar un pedazo de papel, y del agujero ovalado que tenía donde había estado la nariz, la sangre manaba mejilla abajo para encharcarse, naranja y aceitosa, en la gastada pintura blanca de una línea de carril. A cierta distancia empezaba a congregarse gente. La mayoría de las solapas y de los bolsos ostentaba chapas de periodista. «Santo Dios», dijo una mujer. A su espalda Jammu oyó los sollozos del agente negro, evidentemente el autor del disparo. Acababa de ganarse una serie de ascensos. Jammu se guardó el papelito. Con el dedo índice tocó la sangre caliente que salía a chorro de la nariz de la muerta. «No se acerquen», les dijo a los periodistas. Llegaban más agentes de todas direcciones. Hicieron retroceder a la multitud, y nadie advirtió cuando Jammu, al volverse para hablar con ellos, se metió el dedo ensangrentado en la boca y se lo limpió de un chupetón.

24.

Pasada la medianoche, mientras los juerguistas gravitaban hacia la pantalla de televisión de setenta pulgadas que había junto al salón de baile, la ebriedad general empezó a traspasar la línea entre lubricación y anestesia. Omitieron las mezclas. Arramblaron con botellas enteras de champagne. Los hombres bailaban con hombres, las mujeres con sus copas. Invitados periféricos y forasteros famosos partieron discretamente dejando al núcleo duro de la campaña profusión, el eje Struthers-Meisner-Wesley, la tarea de blandir el puño en la pantalla plateada, hasta que alguien cambió el canal a *Luna nueva,* la película que la KPLR emitía a última hora de la noche.

El referéndum tenía que ganar por mayoría simple tanto en la ciudad como en el condado. En la ciudad, donde menos de un diecisiete por ciento de los votantes registrados había entregado papeletas, estaba fallando por poco. En el condado, con una concurrencia de votantes de apenas el catorce por ciento, estaba perdiendo por un margen de cuatro a uno. En total, la fusión estaba recogiendo algo más de un veinte por ciento de votos favorables. Pero incluso Vote No declinó calificar su victoria de aplastante. Teniendo en cuenta que poco más de uno de cada siete adultos se había molestado en acudir a las urnas, lo único que se podía decir que había sido aplastante era la apatía.

¿Apatía? Los analistas no lo veían claro. Después de todo, la campaña había generado una extraordinaria publicidad. Ambas partes habían desplegado argumentos persuasivos, y ninguna de las dos se había privado de utilizar los más perversos incentivos, el racismo, los celos y la codicia, que normalmente exaltaban a manadas de votantes. Las grandes luminarias de St. Louis, las Jammus y los Probsts, los Wesleys y los Hammakers, habían conducido la campaña. Nadie que prestara algo de atención a las noticias locales podía haber dejado de comprender la importancia de decidir si la ciudad y el condado debían reunirse en un condado único y nuevo. Y, sin embargo, nadie había votado.

Fue una noche en que los hombres y las mujeres que cobraban por dar la cara habrían deseado cobrar para quedarse en casa. La elección fue un cometa Kohoutek, una Super Bowl XVIII. Comentando sobre los resultados a medida que llegaban los datos, creyendo aparentemente que alguien les escuchaba a la una o las dos de la mañana, los periodistas locales presintieron su responsabilidad por la excesiva propaganda e hicieron de todo menos disculparse. Sus miradas iban de acá para allá como montañeros asustados ante una pared vertical, pidiendo ayuda a sus compañeros, posándose de nuevo en la cámara sólo después de haber obtenido dicha ayuda.

Oye, Don, ¿podrías explicar esto?

¿Te atreves a dar tu opinión, Mary?

Bill. ¿Tú qué dirías?

Para los medios de comunicación, con su actitud beligerante, St. Louis parecía de pronto una ciudad inexplicablemente temerosa. Amenazado por la perspectiva de pensar y decidir, el cuerpo político se había rendido. Eso avergonzaba a los comentaristas, pero sólo porque eran incapaces de entender el referéndum dentro de un contexto más amplio. Su vergüenza era una medida de su obsolescencia. No entendían que Norteamérica estaba superando la edad de la acción.

Con una madurez ganada a golpe de experiencia amarga, la nueva Norteamérica sabía que determinadas luchas no tendrían el final feliz antaño soñado, sino que estaban condenadas a perpetuarse frustrando metamórficamente todo intento de resolverlas. Al margen de cómo estuviera estructurada una región, los blancos acomodados no iban a permitir que sus hijos asistieran a la escuela con peligrosos niños negros. En cualquier sistema ideado por seres mortales coaccionados por los grupos de presión, los impuestos golpearían siempre con más fuerza a los no privilegiados que a los privilegiados, y la exacta índole de esa injusticia sólo dependía de lo que sucediera a los privilegiados en un determiando momento. El mundo acabaría en un holocausto nuclear, o no terminaría en un holocausto nuclear. Washington apoyaría a regímenes represivos en ultramar a menos que decidiera no hacerlo, en cuyo caso el comunismo se extendería, a menos que no fuera así. Etcétera. Todas las plataformas políticas eran igualmente inadecuadas, igualmente incapaces de modificar el orden cósmico.

Los americanos ilustrados aceptaban el mundo tal como era. Estaban dispuestos a pagar un alto precio por los alimentos que comían —helados con mucha mantequilla, pastas frescas, trufas de chocolate, pechugas de pollo deshuesadas— porque la comida de alta calidad bajaba fácilmente, permitiendo que el cerebro se ocupara de asuntos más filosóficos. Por la misma divisa, la promiscuidad sexual estaba pasando de moda. La amenaza del SIDA garantizaba que el espíritu no fuera nunca más un esclavo de las pasiones. En vez de hacer el amor, en vez de hacer la guerra, los jóvenes estaban aprendiendo a dominar sus bajos instintos, asistían a escuelas profesionales. En esta línea, la economía nacional jugaba su papel a la perfección. Acudía en ayuda de los inversores que no sabían muy bien en qué gastar su dinero, pues las épocas de inestabilidad exigían una mayor introspección, una dedicación al arbitraje y a los bonos libres de impuestos y a las compras con financiación ajena, a las ganacias que se deducían de las propias matemáticas, la música de las esferas. El empresariado se estaba contaminando espiritual y financieramente. Los norteamericanos que buscaban la pureza eran lo bastante listos para dejar los residuos tóxicos, las quejas de los consumidores, la inquietud laboral y las bancarrotas a otras naciones, o a los residuos de la casta mercantil original. El camino de la ilustración pasaba por la percepción de que toda dificultad comunitaria es una ilusión que nace del afecto y el deseo. Pasaba por la no acción, la no implicación y las pensiones de retiro. La nueva generación había renunciado al mundo a cambio de simplicidad y autosuficiencia. Les atraía el Nirvana.

*

Al alba, el grupo de expertos se reunió en el despacho de Jammu para valorar los daños. Expertos en campañas, familiarizados con los reveses, analizaron la situación bajo una perspectiva amplia, sin caer en exabruptos infantiles. Iban en mangas de camisa. Por las ventanas que daban al este miraron las calles grises y el Arch envuelto en niebla. Sólo en su actitud solícita para con Jammu delataban ser conscientes de la magnitud de la catástrofe.

Pete Wesley había preparado café, refunfuñando ante los controles de la cafetera para treinta tazas y, obligándose a ser hábil en un terreno con el que no estaba muy familiarizado. Llevó humeantes tazas cónicas de plástico, de dos en dos, a las anhelantes manos que le rodeaban. Señaló a Jammu.

—¿Quiere... —tragó saliva, mutilando casi la pregunta—... un café?

Ella negó con la cabeza.

Los hombres se aplicaron a beber. Cada vez que uno se detenía en la enorme cafetera para pedir más miraba a Jammu. ¿Café?

Ella negaba con la cabeza.

El hecho de ser extranjera y mujer acentuaba el *pathos* del momento, complicando, con una ternura paternal, la involuntaria superioridad que sienten la mayoría de los subalternos cuando su jefe conoce la derrota. Porque eran sus primeras elecciones en Estados Unidos —Jammu lo habría considerado sin duda un referéndum sobre su persona— los hombres temían que ella se arrogara todas las culpas. Pero más miedo les daba aún tratar de anticiparse a ello, pues en su círculo la intimidad de las excusas y la consolación era indicativo de baja forma. Esperaban que, una vez recuperada, recordara que hasta el último minuto los sondeos de opinión habían mostrado que tanto los residentes en la ciudad como en el condado le daban la máxima puntuación. Si el voto hubiera sido forzoso, si el sol hubiera hecho un favor al electorado brillando aquel martes, si la campaña hubiera suscitado menos aburrimiento y más participación popular, la fusión habría ganado de calle por la sencilla razón de que ella la apoyaba. Tampoco en el sentido práctico constituía la elección un referéndum sobre Jammu, porque su fuerza jamás había dependido de su habilidad para lograr el voto. El fracaso de la fusión no soslayaba los motivos que los diversos partidarios de Jammu tenían para seguir en su bando. Ella seguía siendo el nexo entre industriales como Chet Murphy y demócratas como Wesley, entre banqueros como Spiegelman e informacionalistas como Jim Hutchinson, entre planificadores y negros: entre la maniobra privada y la opinión pública. En septiembre Jammu contaba únicamente con un ex amante llamado Singh que la consolaba de sus depresiones matutinas. Ahora la flor y nata de la élite saintlouisiana estaba rendida a sus pies, tratando de obrar con tacto mientras se la viera desanimada, y Jammu aún era la clase de mujer reflexiva e inteligente, solemne, que merecía esas atenciones. Los grandes no llegaban a ser grandes si se sentían fácilmente satisfechos de sí mismos.

—Eh —Ronald Struthers se detuvo en mitad del despacho y abrió los brazos, mirando a Jammu—. Sólo trece años más.

Los otros desviaron la vista. Ella levantó la cabeza.

—¿Trece años más?

—Hasta que puedas presentarte al cargo de presidenta de los Estados Unidos.

La sonrisa precavida de Jammu ahondó las líneas que dividían su boca, su suave pico, desde las mejillas. Los demás se inquietaron, pensando que Struthers tendría que habérselo callado.

En ese instante apareció Asha Hammaker, dio un beso a Jammu y dejó sobre su mesa una bolsa grande de papel encerado que contenía croissants y panecillos de chocolate. Wesley tiró los posos y preparó una segunda cafetera con gran seguridad en sí mismo. El grupo se fue animando a medida que sus miembros renovaban fuerzas y la luz del nuevo día bañaba la oficina. Charlaron rodeando a Jammu. Asha había dejado una mancha de pintalabios en la frente de la jefa, una pequeña pluma roja. Hoy la zona encanecida que tenía sobre la oreja izquierda le llegaba más lejos de lo que lo había hecho en mañanas anteriores.

Jammu empezó a ensayar inapropiadas expresiones faciales, a respingar, a abrir mucho los ojos, a estirar los labios de lado a lado, fruncir cada vez más el entrecejo, hinchar los carrillos y bizquear, todo ello de un modo que recordaba mucho a su madre, la cual, a menudo, cuando hablaba con abogados o recibía legisladores, no podía evitar poner caras que no tenían absolutamente nada que ver con el asunto a tratar. Era una desatención un tanto apática, pero también un signo de senilidad, el desdén mostrado al mundo por personas con pocos años de seguir en él con vida. Sus amigos intentaron no fijarse.

—Es el condado el que pierde, no nosotros.

—¿Dónde está Ripley?

—Compraremos algunas de esas poblaciones, y todo arreglado.

—Empezaremos con el cuerpo de policía del condado, eso será en julio, cada cosa a su hora.

—Se ha marchado con su mujer. Creo que serían las once.

—Me gustaría ver cómo se politizan algunos ayuntamientos de ésos...

—Ojo, mucho ojo.

—Estamos lanzados.

—¿Y dices eso precisamente ahora?

—¿Os habéis enterado del incendio en casa de Probst?

—El segundo trimestre los tendremos a todos en el bote.

—Desde el techo, el acto final.

—¿Café, Ess?

—Esto ya no puede llamarse una democracia.

—Como los críos, Jim.

—¿Qué?

—Me he quemado la lengua.

—Necesito una ducha caliente, lo primero de todo.

—Están mejor en Francia.

Se pusieron a cantar la Marsellesa. Sólo Asha conocía la letra. Los demás llenaban los huecos con la-las y du-dus, cubriéndose el corazón con la mano, haciéndose los franceses. Jammu se levantó y salió del despacho. Sin dejar de cantar, la vieron alejarse y comprendieron que tal vez habían ido demasiado lejos. Estaba abriendo un armario en la antesala. Sacó una cazadora negra de piel, la pistolera y unos pantalones de sarga azul que estaban doblados. ¿Acaso iba a cumplir con sus obligaciones de jefa de policía? Jammu no dio explicación alguna.

Se detuvo en el baño, pulsó varias veces el botón metálico sobre el lavabo hasta que la espita soltó una cosa rosada, y empezó a lavarse las manos.

No podían acusarla de nada. Barbara y Devi estaban muertas, la herida de la operación estaba cerrada y la cicatriz apenas era visible. Jammu había cometido algunos errores, quizá. Como mínimo debería haber ordenado a Singh que trasladase a Barbara a otro edificio. No haberlo hecho había tenido como consecuencia un crimen no muy perfecto. Pero, en cuanto a la operación en sí, el asesinato era inofensivo. A instancias suyas, la policía de East St. Louis había realizado ya un registro autorizado del edificio, informándole de que no habían encontrado nada fuera de lo normal, solamente un loft *en el que al parecer un hombre y una mujer habían vivido a temporadas. Nada apuntaba a una cautividad, y todo a una existencia urbana normal. Singh había dejado abierta la posibilidad de la historia que iban a utilizar: Barbara acompañaba de vez en cuando a Nissing en sus viajes a St. Louis y se quedaba en el apartamento sin decirle nada a su marido. Una noche, mientras Nissing estaba ausente, Barbara salió del apartamento, se asustó por algún motivo, se metió en un lío y escapó. Su comportamiento, por supuesto, había sido bastante peculiar pero, como Jammu le había advertido ya a Probst, Nissing era un hombre peculiar. No importaba que la historia tuviera muchos huecos. Como nadie podía impugnarla, la policía no tenía motivos para investigar. Las partes realmente implicadas en el asesinato estaban bajo custodia. Al agente que había disparado el tiro fatal le darían unos días de baja por si necesitaba ayuda terapéutica; Brian Deere y Bobby Dean Judd, los dos camellos de poca monta que habían recogido a Barbara, iban a ser acusados de homicidio en segundo grado. Mientras hubiera una explicación para la presencia de Barbara en East St. Louis, cualquier explicación, los inspectores no tendrían que emplear la imaginación. Igual podía decirse de la presencia de Devi Madan en casa de Probst cuando se produjo el incendio. La explicación era Rolf Ripley. Y a Ripley no lo llamarían a testificar en ningún proceso cri-*

minal, porque no habría ningún proceso criminal, porque la pirómana estaba muerta. Jammu creía además que Probst no haría saltar la liebre y que tampoco intentaría iniciar una acción civil ni una cruzada pública contra ella. Para ponerle un pleito, antes tendría que reconocer que había mantenido relaciones sexuales con ella y luego apuntar la hipótesis más o menos fantástica de que ella había orquestado el asesinato de su esposa por motivos personales. O eso, o hacer referencia a toda la historia de la operación, una historia que ella había colocado ya inmutablemente en el terreno de lo ficticio.

Los aditamentos concretos de la operación habían sido destruidos. Lo mismo que los documentos financieros a que podrían haber tenido acceso investigadores norteamericanos. Todos los agentes de Jammu estaban muertos o en India, donde, en caso de que su lealtad llegara a mermar, podían ser reducidos al silencio mediante soborno. Las pruebas reunidas por Pokorny y Norris eran puramente circunstanciales; sí, las circunstancias eran en algunos casos bastante concluyentes a primera vista, pero Jammu tenía a su disposición todo un surtido de justificaciones para cada cosa, desde sus encuentros con Devi hasta las transacciones inmobiliarias que su madre había hecho a través de Asha, y, lo más importante, sabía cómo sacar provecho de una paranoica encuesta pública recurriendo a los fantasmas del macartismo, el seximo, los prejuicios raciales y cosas por el estilo. Lo que más la preocupaba era la publicidad que la muerte de Barbara daría a East St. Louis. Teóricamente, una ciudad con un cuerpo de policía excepcional no podía ser criticada por desviar elementos indeseables a una comunidad vecina. Pero buena parte de la reputación de Jammu nacía de su supuesta habilidad para erradicar la delincuencia callejera. La verdadera historia iba a manchar su expediente a ojos del público. Ella, lógicamente, estaba dispuesta a presentar un nuevo aspecto de su personalidad, la faceta de una mujer serena bajo el fuego enemigo, dispuesta a aceptar toda su responsabilidad, aun indirecta, en la muerte de Barbara y en la situación que se estaba dando en Illinois. Un pequeño escándalo le daría un toque humano; esta mañana había perdido su aura de invencibilidad. La vida pública exigía que las figuras populares hicieran a veces el papel de víctimas propiciatorias. Era algo a lo que podía sobrevivir. ¿Acaso Indira no había recuperado toda la fuerza tras el estado de excepción? En cuanto a la derrota de la fusión, los ocupas de Chesterfield y todas las otras minucias..., bien, como jefa de policía nadie podía esperar de ella que cargara con las culpas. Podía ser incluso que engrosara su capital político como la voz de la moderación en estas y otras crisis. Nadie le impediría utilizar su despacho, nadie le impediría aventurarse a solucionar problemas a distancia y luego retirarse a su humilde cargo oficial cuando hubiera dificultades, siempre y cuando fuese lo bastante hábil para eludir toda acusación de hipocresía u oportunismo, y tuviera suficiente éxito como para cosechar el afecto y el agradecimiento de la región por sus esfuerzos...

La voz interior, la presión de las justificaciones, la apología, no cesaban. Extrajo dos toallas de papel del expendedor y se secó las manos. Luego se cambió de ropa, mirándose repetidas veces al espejo, mirando la cara dentro de la cara.

... Cuando llegaran los periodistas expondría los hechos relativos a la muerte de Barbara, explicaría el procedimiento legal contra Deere y Judd y expondría personalmente el problema de la delincuencia en East St. Louis. Haría de Barbara un ejemplo y, sin mencionarlo explícitamente, dejaría que su audiencia recordara hasta qué punto ella y el marido de Barbara eran íntimos, hasta qué punto aquello era una tragedia para Jammu. Y luego, con un nuevo estado de ánimo, haría algún chiste valiente sobre el resultado del referéndum. Pero primero, antes de enfrentarse a ellos, necesitaría un trago de vodka y un sueñecito. Era indispensable que descansara un poco. La señora Peabody se encargaría de decir a los periodistas que estaba durmiendo. La idea les iba a encantar: la jefa Jammu duerme... los niños duermen... sueño dulce e inocente...

La bala se abrió camino en las paredes y se esfumó, dejando únicamente sangre. Donde un momento antes dos individuos se habían mirado uno a otro en el espejo, ahora no había nadie. Wesley y los demás tiraron sus pasteles. Llegaron a la carrera.

*

Dos meses antes de la fecha prevista para la boda, un agradable domingo de abril por la tarde, Probst y Barbara habían salido de Big Ben Road en el Valiant color gris plata de Martin, pasando por Twin Oaks, Valley Park y Fern Glen, donde el césped bajaba lanudo hasta los buzones que había en el arcén y el pasar de un coche era un acontecimiento para los nativos y las calzadas lucían su asfalto original, que no había sido sustituido desde el paso de la tierra al pavimento hacía veinte y treinta años. Barbara iba en el asiento del acompañante, media espalda contra la puerta y los dedos de una mano apoyados en la ventanilla abierta por la mitad, dejando que el viento consumiera su cigarrillo. Tenía las rodillas apoyadas en la guantera para mantener el equilibrio mientras el coche daba bandazos con una frecuencia irregular, algo más rápida que la respiración, algo más lenta que el pulso, cuando los neumáticos hollaban las juntas entre una losa y otra; las sacudidas, como saltos de fotogramas en una película, creaban la impresión de una velocidad excesiva, y Barbara ajustó sus movimientos a los del coche. Llevaba una blusa blanca debajo de un jersey gris de cuello cisne, y un pantalón de mono con las vueltas remangadas hasta la parte alta de unos calcetines de color arcilla. La franja tintada del parabrisas le teñía la frente de verde. Uno de sus pies descansaba sobre el muslo derecho de Probst, el cual, a través del pantalón, de la diferencia de humedad, notaba mullida la planta de aquel pie. Barbara movía los dedos lánguidamente, como si lo hicieran por cuenta propia, reflejo de un pie acostumbrado a los zapatos.

En aquel entonces ella siempre quería salir de excursión. Mirando en retrospectiva, Probst tendía a ver en aquel impulso un método científico de llenar las horas que pasaban juntos, puesto que no contaban aún con aquel grupo de amigos comunes cuyas flaquezas, años más tarde, serían su tema preferido de conversación, y que habían empezado a saltarse las clases de formación técnica —materia incomprensible para ella— así como la literatura francesa y las ciencias alemanas —que suscitaban en él cómica ignorancia o franco recelo porque aún no se atrevía a pedir que lo formaran culturalmente—. Para una pareja separada por edad y por antecedentes y poco proclive a entretenimientos normales, casi cualquier alternativa a jueguecitos tontos o arrumacos, un paseo en coche o a pie o un rato de cama, era bienvenido. Pero en aquel momento, las excursiones en coche que proponía Barbara parecían responder a motivaciones más positivas. Parecían surgir de una avidez de la que Martin carecía. Eran promesas, un poco como si, cada vez que proponía un destino, ella hubiera estado ya allí y pudiera dar fe de su belleza o interés, y luego, cuando llegaban al sitio, le estuviera dispensando atisbos de los veintidós años que llevaba dentro de sí, en las frondas otoñales del Algonquin Country Club, el lago Creve Coeur que por supuesto estaba helado y en el que se podía patinar, las frituras y los fiambres del restaurante para negros de North Jefferson Avenue. El mundo que ella prometía estaba latente en su figura, tridimensional y de tamaño natural, cuando se hundía en el asiento y formaba hoyuelos en la tapicería de cuadros escoceses como, según ella decía, los planetas formaban hoyuelos en el espacio; una mujer en el coche de Probst, venida merced a algo parecido a la gracia, como si fuera una excepción, que no la regla, que los jóvenes se enamoraran y salieran juntos, y él, Probst, hubiera tenido una suerte especial. Y todo porque Barbara no parecía consciente de ser un premio para él. No sonreía si no era preciso, no hizo comentarios sobre la ruta para ir a Rockwood Reservation, sino que permaneció sentada de un modo neutral, como lo hubiera hecho en el coche de su padre, buscando alguna distracción ajena a él, ansiosa únicamente por el momento de llegar. La suya era la indiferencia de un país extranjero hacia el inmigrante recién llegado: que se quedara si así lo quería, pero lo demás era problema suyo. Probst tampoco imaginaba que se acostumbraría a ella, aunque, con la universal y destructiva ambición del amor nuevo, quería saberlo todo acerca de Barbara. Deseaba pelearse con ella, ver al descubierto las entrañas de su voluntad.

Entre eses y frenazos, evitando un pequeño Ozark lleno de robles en pleno brote, llegaron al cruce con la Route 109, la carretera que iba a Rockwood. Probst miró a ambos lados antes de girar a la izquierda. En el carril al que se disponía a incorporarse, a mano derecha, vio aproximarse una furgoneta a toda velocidad, pero por razones que no entendería nunca, no llegó a verla en realidad. Salió a la intersección, y la conciencia de que estaba cometiendo una equivocación le hizo pisar a fondo el acelerador. La furgoneta iba derecha a la puerta del lado del acompañante. Barbara jadeó. Sonó una bocina. Preparándose para el impacto, Probst aceleró. El pickup derrapó, fue a chocar contra el guardabarro posterior y el maletero y salió rebotado hacia los carriles del sentido contrario. El Valiant, medio destrozado, acabó en la cuneta. Barbara se partió el labio y se rompió un diente al dar contra el salpicadero.

Después de que llegara la policía y la grúa se llevara el Valiant y el hermano de Barbara fuera a recogerlos y pararan en el hospital y tomaran un par de copas, Probst le pidió a ella que no se casara con él. Y esa noche, durante un rato, dos personalidades distintas habían forcejeado claramente en el interior de Barbara, una que le aseguraba a él, con el apresuramiento que se apodera de una mujer tímida cuando otro comensal le ha manchado el vestido de salsa, que todo estaba bien y nada había cambiado; y la otra, como una chica demasiado joven para ser consciente de que tenía obligaciones, mirándolo con aversión y pensando por qué poco este tipo no me manda al otro mundo.

Probst vio que en algún momento de los últimos veinte años el condado había hecho instalar un semáforo en el cruce. El sol de la mañana brillaba sobre largos charcos de agua en las cunetas, sobre los plateados tanques de propano próximos a las casas, sobre su hombro izquierdo mientras conducía al sur por la 109. El asfalto estaba impecable. Había conducido toda la noche salvo las dos o tres horas que había estado aparcado delante de un Schnucks después de escuchar las noticias que la KSLX emitía a medianoche. Había creído que la muerte de su madre cuatro años antes había demostrado de una vez por todas que él sólo podía llorar de rabia. Pero él no estaba casado con su madre. Las contracciones de pena habían ido en aumento a medida que los recuerdos concretos que provocaban esas contracciones se fundían para conformar una historia más general, un triste libro a punto de cerrarse. Después de ver salir el sol sobre la planta de montaje Chrysler al borde de la I-44 tuvo la sensación de que tenía fuerzas suficientes para pasar el día, pero fue una sensación teñida de pánico, el miedo de la sobriedad, porque cuando la congoja terminaba empezaban las preguntas.

Las carreteras no ayudaban. Los paisajes ofendían pasivamente a la vista, decepcionándola, traicionando la esperanza del conductor en que al llegar a campo abierto, como ocurría de hecho en carreteras de Inglaterra o África, se revelarían vestigios importantes del espíritu morador. Estaban, por ejemplo, los soportes chapados en zinc de las señales de salida y de kilometraje; vigas metálicas verticales cuyas rebabas delataban una fabricación barata, un exceso de manga ancha, normativas del gobierno federal. La estructura de los rótulos era lo bastante robusta y el diseño lo bastante agradable como para que el viajero acabara creyendo en la posibilidad de que aquello fuera una indicación menos literal. Pero su ambigua suficiencia negaba esa misma posibilidad, al menos para un oriundo del lugar. Quizá si un forastero pasaba por aquellos rótulos podía encontrar la palabra «Fenton» tan exótica e indicativa como a Probst se lo habían parecido «Oberammergau» y «Oaxaca» cuando había estado en dichas zonas, o podía ser que al extranjero le chocara agradablemente la milla como exagerada unidad de distancia, o el verde poco verde del rótulo en contraste con los amarillos o blancos de su país de origen, o incluso las macizas proporciones de las vigas metálicas. Pero podía ser que no.

Durante su juventud Probst había tenido experiencias especulativas en carreteras de otros países, y quería tenerlas todavía, ansiaba sentirse forastero otra vez; como Jammu había hecho, en lo concerniente a la ciudad. Para ser joven, para vivir en el mundo por contraposición a simplemente habitarlo, uno tenía que mantenerse forastero. Pero en la campiña sólo había colinas arañadas por caminos y pastos, pancartas anunciando whisky barato y moteles baratos y restaurantes baratos en la cima de cuyos menús aparecían el filete Nueva York y las gambas gigantes fritas en salsa rosa, los precios en caída a partir de ahí. Las placas de matrícula mostraban combinaciones de caracteres que no ayudaban mucho, muy pocas letras para jugar a las palabras, pocos números para buscar pautas. Los ríos bajaban enfangados. Nada se elevaba o se hundía en el horizonte más de unos pocos grados. Todos los coches tenían cuatro ruedas, todos los camiones llevaban faldones detrás de los neumáticos, todas las curvas de la carretera se traducían en un solo mecanismo, un giro del volante. La arquitectura interesante —iglesias nuevas con campanarios que parecían torres de pozo petrolífero o con perfiles náuticos, empresas de planta no rectilínea o atrios geodésicos— era fea. La arquitectura no interesante no era interesante. La distancia diluía el color de las flores. Si pasaba una mujer fascinante o un criminal, lo hacía con las ventanillas tintadas, y por lo demás daba igual, como daba exactamente igual que un camión transportara una carga insólita como cloro venenoso u ovejas, porque todo pasaba a gran velocidad. Probst no era un esteta. No había causa para el odio. Pero, a medida que se acercaba a la ciudad, el campo circundante le llenó de una sensación de engaño, un dolor lo bastante intenso para igualar su miedo a enfrentarse a las preguntas. Él estaba vivo. Tristemente, rabiosamente vivo, en un mundo que, empezaba a darse cuenta, le repelía.

Al llegar a Big Bend introdujo una moneda en una cabina de teléfonos.

La voz de Audrey le regañó, pragmática.

—¿Dónde te habías metido?

—Por ahí, en coche.

—Pues será mejor que vengas. Luisa está aquí. Todo el mundo está aquí, Martin.

Probst no dijo nada. Un camión aparcó al lado de la cabina, y por el auricular del teléfono captó el interior de la casa de los Ripley; el olor de la chimenea apagada, el ruido de tazas y platos en la cocina y el rítmico sonido de succión de la cafetera, las voces amortiguadas en cada una de las habitaciones, incluida aquella en la cual debería haber estado presente el marido de la fallecida, el Probst cuyo rostro consultaban los parientes, entre sorbo y sorbo, como si fuera un modelo, una plantilla. Sus expectativas no lo dejaban en paz. Le estiraban la cara, renovando las contorsiones de angustia de la noche anterior, vaciando la experiencia y forzándolo a una repetición; las habitaciones llenaron la cabina de teléfono y Probst se levantó rápidamente del sofá, pasó corriendo delante de Audrey, que estaba en el pasillo con una bandeja en las manos, y llegó al baño a tiempo de cerrar la puerta antes de que le sobreviniera el paroxismo.

—¿Martin?

Un hombre con unas deportivas rosas emergió del camión.

—¿Vas a venir? —preguntó Audrey.

Probst tragó saliva:

—Sí.

En Central Hardware los expertos vestidos de naranja estaban abriendo las puertas. Eran las nueve. Probst giró al norte por Lindbergh y quince minutos después se detenía frente a la casa de los Ripley, donde pudo ver aparcados el Volvo de los padres de Barbara y el Nova de Duane. Todas las cortinas de la mansión estaban echadas. La chimenea del lado este despedía un humo blanco de leña al cielo azul pálido.

Detrás del resplandor que daba en la puertaventana, cuya suave concavidad convertía los árboles reflejados en un solo árbol a modo de estrella con ramas irradiando del tronco, la puerta principal se abrió para revelar a alguien en las sombras del interior. Su falta de nitidez, el hecho de estar viéndole a él sin ser visto, fue como una reprimenda. Luego se abrió la puertaventana y una joven alta con gafas salió al umbral. Dudó un poco, reacia todavía, antes de decidirse a bajar los escalones e ir a su encuentro. Que fuera Luisa dio un toque de alegría a su descubrimiento: ella era una extraña para él.

*

Al embarcar en Chicago, Singh había escrutado el compartimiento central del atestado Boeing 747 en busca de su asiento, que, según le habían dicho, era de pasillo. Los pasajeros estaban guardando sus pertenencias y hundiéndose en los asientos, comprobando que todas las comodidades por las que habían pagado funcionaran adecuadamente, y prorrumpiendo en bostezos inmediatos como preparativo al sueño. Mucho antes de recorrer el pasillo y dar con su plaza, Singh tuvo la certeza de que determinado asiento allá al fondo era el suyo, porque en él había un bebé debatiéndose en pleno cambio de pañales.

—Usted perdone.

La madre, una joven sureña con un peinado de lo más intrincado, se dio prisa en envolver al niño y sacarlo del asiento. Le confió a Singh que había esperado que el asiento estuviera libre.

El bebé volaba al encuentro de su padre, un teniente de la base militar estadounidense en Frankfurt. En apariencia, todo indicaba que iba a ser imposible dormir, aunque la madre, bajo la influencia de media botella de Moselle, se apagó como una lámpara después de que sirvieran la cena. El bebé se agitó y tiró al suelo las gafas de Singh y le hincó en el ojo izquierdo un puño bañado en una mucosidad clara. Singh despertó a la madre, quien hizo un paquete de brazos y piernas y regresó a su sueño. Singh se reclinó lo mejor que pudo. Abrió un ojo para frenar cualquier violación de sus límites territoriales y vio que el bebé le miraba con una sonrisa babosa, levantadas las cejas. Singh enseñó los dientes. El niño chilló de risa. Singh cerró los ojos pero las risas no cesaron. Los abrió. A su alrededor parpadeaban luces de lectura. La madre, increíblemente, roncaba. Un hombre de negocios se inclinó desde el otro lado del pasillo para preguntar a Singh si el bebé era de él (si había surgido de sus ingles, si era el fruto de su semilla). Singh negó con la cabeza y despertó de nuevo a la madre. La madre cogió al niño en brazos, fue a dar un paseo por el avión, regresó y se puso a dormir. El bebé empezó a llorar. La madre despertó y sacó un frasco. El bebé echó un trago ansioso, miró hacia Singh y le roció.

—¡Clifford!

Notaron un olor a podredumbre, lo cual originó una nueva excursión de Clifford, quien, al partir con su madre, dio un postrer manotazo a las gafas de Singh, que ya estaban salpicadas de humores varios.

Sobrevolando Newfoundland, Clifford vomitó sobre las rodillas de Singh. Sobrevolando Inglaterra, con una precisión que le auguraba un buen futuro como artillero, Clifford arrojó un fragmento reluciente de huevos revueltos por el cuello de la camisa de Singh. El proyectil le bajó hasta el cinturón. Decidido a pasar el resto del vuelo lejos de su asiento, depositó los huevos en el retrete y, mientras se cepillaba los restos que tenía en el vello del pecho, el reactor topó con unas turbulencias, haciéndole perder el equilibrio. Uno de los puños de su camisa Pierre Cardin rozó el líquido azul del inodoro. Por los altavoces del avión las azafatas estaban aconsejando a los viajeros que regresaran a sus asientos y se abrocharan el cinturón de seguridad. Singh empapó la manga sucia en el lavabo y la estrujó para secarla. La siguiente sacudida, combinada con el piso resbaladizo del lavabo, le hizo caer de espaldas. Alargó un brazo para frenar la caída y su mano fue a dar justo en mitad de retrete, sobre la placa de acero inoxidable donde reposaba el líquido azul. La placa era articulada; a la presión de la mano, se abrió activando el mecanismo que arrojaba el agua.

Cuando por fin salió, oliendo a aquel líquido con aroma de caramelo, el avión había entrado en cielos alemanes, cielos más tranquilos, y se disponía a aterrizar en Frankfurt. El piloto, un capitán de afanes didácticos, narró en inglés con acento germánico los momentos finales del descenso.

—Diez metros...

—Cinco metros...

—Estamos sobre la pista de aterrizaje...

—Dos metros. Un metro. Tomaremos tierra de un momento a otro...

—*Ser.*

En la imponente terminal de Frankfurt, Singh cambió cincuenta dólares y se compró una camisa. Sus correligionarios lo escarnecerían, le harían pagar todas las horas que había desperdiciado en América con un ratito de vergüenza, pero igualmente se habrían llevado una desilusión si no volvía a su país hecho un figurín, su camarada trotamundos.

A eso de las doce, hora local, Singh se encontraba a bordo de un vuelo directo a Bombay. Desde su asiento de ventanilla observó las operaciones de abastecimiento en Estambul y se quedó dormido. Cuando despertó estaba sobre el océano Índico, una hora al oeste de Bombay.

Y al cabo ya estaba allí, montado en un taxi, saliendo de Santa Cruz y adelantando ciclistas en Jawaharlal Nehru Road, obligando a apartarse a los hombres menudos y espigados con turbante y *dhoti* que poblaban la polvorienta mañana, detrás, a quince kilómetros por hora, de un camión gris en cuya plataforma iban tres adolescentes balanceando las piernas. Era primavera, advirtió Singh. Lo viejo era nuevo. Hizo parar al taxista y le puso en la mano un billete morado de 100 rupias. Con sus zapatos nuevos de suela resbaladiza se dio prisa en alcanzar el camión. Uno de los chicos, un colegial de ojos redondos con una sudadera de la Universidad de Wisconsin y pantalones acampanados de color cobre, le hizo sitio en el portón trasero. Singh dio un salto, giró en el aire, y aterrizó sentado, contemplando el vacío cielo de poniente mientras el camión lo llevaba hacia el este para liberarlo entre los otros treinta millones de indios que se llamaban Singh.

Este libro
se terminó de imprimir
en los Talleres Gráficos
de Mateu Cromo, S. A.
Pinto, Madrid (España)
en el mes de enero de 2003